*

Conspiration amoureuse

*

L'identité d'une autre

Traque dans les Smokies

LENA DIAZ

Traque dans les Smokies

Traduction française de
CATHERINE VALLEROY

BLACK ROSE

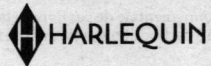

Collection : BLACK ROSE

Titre original :
SHROUDED IN THE SMOKIES

© 2023, Lena Diaz.
© 2024, HarperCollins France pour la traduction française.

Ce livre est publié avec l'autorisation de HARLEQUIN BOOKS S.A.

Tous droits réservés, y compris le droit de reproduction de tout ou partie de l'ouvrage, sous quelque forme que ce soit.
Toute représentation ou reproduction, par quelque procédé que ce soit, constituerait une contrefaçon sanctionnée par les articles 425 et suivants du Code pénal.

Si vous achetez ce livre privé de tout ou partie de sa couverture, nous vous signalons qu'il est en vente irrégulière. Il est considéré comme « invendu » et l'éditeur comme l'auteur n'ont reçu aucun paiement pour ce livre « détérioré ».

Cette œuvre est une œuvre de fiction. Les noms propres, les personnages, les lieux, les intrigues sont soit le fruit de l'imagination de l'auteur, soit utilisés dans le cadre d'une œuvre de fiction. Toute ressemblance avec des personnes réelles, vivantes ou décédées, des entreprises, des événements ou des lieux serait une pure coïncidence.

HARPERCOLLINS FRANCE
83-85, boulevard Vincent-Auriol, 75646 PARIS CEDEX 13
Service Clients — www.harlequin.fr
ISBN 978-2-2805-1054-7 — ISSN 1950-2753

Édité par HarperCollins France.
Composition et mise en pages Nord Compo.
Imprimé en septembre 2024 par CPI Black Print (Barcelone)
en utilisant 100% d'électricité renouvelable.
Dépôt légal : octobre 2024.

Pour limiter l'empreinte environnementale de ses livres, HarperCollins France s'engage à n'utiliser que du papier fabriqué à partir de bois provenant de forêts gérées durablement et de manière responsable.

1

Les Smoky Mountains au-dessus de Gatlinburg emprisonnaient Skylar. Le verrou de cette prison virtuelle était la peur, la peur qui lui interdisait de héler le petit groupe de randonneurs à quelques mètres d'elle.

La nostalgie lui serra la gorge. Elle aurait voulu surgir des buissons et les supplier à grands cris de revenir.

Regardez-moi. Écoutez-moi. Parlez-moi.

Mais, comme toujours, elle n'en fit rien. C'était impossible. S'ils la voyaient et la reconnaissaient, toutes ces années passées à fuir et se cacher n'auraient servi à rien.

Elle prit donc sa serviette et sa savonnette et, se détournant du sentier désormais vide, se rendit d'un pas lourd au ruisseau où elle avait prévu de se laver. Même la floraison des jacinthes printanières n'allégea pas son humeur.

Comment serait-ce d'être insouciante, de rire sans se préoccuper d'être entendue ? D'avoir une conversation civilisée au lieu de marmonner un merci furtif quand elle se réapprovisionnait en ville ?

Se laissant tomber à genoux, Skylar sentit la fraîcheur de la mousse sur ses jambes nues. D'ordinaire, le glouglou du petit torrent entre les conifères l'aurait fait sourire. Mais rien ne semblait pouvoir apaiser le cours de ses pensées ce jour-là.

Ces cinq années passées à vivre comme un ermite avaient laissé leur marque. Elle était lasse, épuisée jusqu'à l'os d'être constamment en alerte. À quoi bon lutter encore ? Peut-être devait-elle renoncer et s'abandonner à un sort inévitable.

Encore un jour, Sky. Juste un. Tu pourras te reposer demain.

C'était ce que son ex-soldat de père lui aurait dit. C'était ce qu'il lui avait répété, jusqu'à graver ces mots dans son âme. Quand elle se plaignait, adolescente, de leurs joggings à l'aube, le suppliant de la laisser reprendre son souffle :

— *Encore un kilomètre, Sky. Juste un. Tu pourras te reposer demain.*

Quand elle sentait ses bras se liquéfier et voulait sortir de la piscine :

— *Papa, s'il te plaît. Je ne veux plus nager. Je ne peux pas aller au centre commercial avec mes amies ?*

— *Encore une longueur, Sky. Juste une. Tu peux y arriver, chérie. Fais un effort. Fais-le pour papa.*

Et elle le faisait. Plutôt que de le décevoir, elle courait encore un kilomètre, elle nageait encore une longueur, elle visait la cible jusqu'à ce que ses coups de feu soient aussi précis que ceux de son père.

Mais le désir de lui faire plaisir ne suffisait pas toujours. Parfois son corps la trahissait et elle s'effondrait. Bizarrement, c'étaient les meilleurs moments. Parce que son père l'enlevait alors dans ses bras musclés, le front barré par le remords, et s'excusait de l'avoir poussée trop loin.

Il lui offrait un dessert extravagant. Ils jouaient des heures à des jeux vidéo, bien qu'il les ait en horreur. Il la laissait regarder ses émissions préférées, même s'il y avait école le lendemain. Tout ça en jurant qu'il ne la pousserait plus autant.

Mais il recommençait. Il le faisait toujours.

Même quand elle avait entamé ses études d'infirmière à San Diego, il passait tous les matins pour l'entraîner ou aller courir avec elle. Il n'avait jamais interrompu leur routine, lui promettant toujours qu'elle pourrait se reposer le lendemain. Mais, bien sûr, le lendemain n'arrivait jamais. S'arrêter était hors de question.

Même après sa mort, dans un accident de voiture causé par un chauffard ivre, Skylar avait continué à se donner à fond. Espérant retrouver des parents du côté maternel, elle s'était inscrite à l'université du Tennessee à Chattanooga. Elle n'avait jamais retrouvé personne, mais s'était coulée dans sa nouvelle vie et avait poursuivi les habitudes sportives de son père. Cela lui aurait fait l'effet d'une trahison de penser à les abandonner.

À l'époque, elle avait assez mûri pour comprendre en partie l'obsession paternelle. C'était le chagrin causé par la mort de la mère de Skylar qui l'avait poussé à la protéger. Il ne voulait pas la perdre. Et comme il ne pouvait la protéger du cancer il le faisait de la seule manière qu'il connaissait : en s'assurant qu'elle courrait plus vite et se battrait plus fort que quiconque.

Des années plus tard, un jour qu'elle sortait de l'hospice où elle faisait du bénévolat, elle avait vu un homme au comportement suspect la regarder de l'autre côté de la route. Ses réflexes s'étaient mis en marche. Elle s'était jetée au sol et avait roulé sur elle-même une seconde avant que les balles ne sifflent au-dessus d'elle.

Ce soir-là, elle avait dit à son père qu'elle l'aimait et que ses leçons avaient porté leurs fruits. S'il ne lui avait pas fait subir cet entraînement éreintant, elle n'aurait jamais survécu. Et elle n'aurait certainement pas réchappé à la tentative de meurtre suivante ni à ces années passées à fuir.

Mais si elle ne partait pas bientôt d'ici elle gaspillerait tout ce labeur, toute la foi que son père avait placée en elle.

Ces montagnes vertes, si belles et si paisibles, l'avaient bercée d'un faux sentiment de sécurité. Elle était restée trop longtemps, plus longtemps qu'elle n'était jamais demeurée quelque part. Elle aurait dû partir depuis des semaines.

Chaque jour qui passait accroissait le risque qu'on la reconnaisse durant l'une de ses visites à Gatlinburg. Ce « on » le dirait à quelqu'un, qui le répéterait à quelqu'un, jusqu'à ce que la rumeur parvienne aux oreilles de ceux qui voulaient sa mort.

Il était temps d'emballer ses maigres possessions et de trouver un autre endroit où vivre.

Elle sortit son pistolet de la poche de son short et le posa sur la rive. Puis elle ôta soigneusement son pendentif. L'épaisse chaîne en or étincela dans le soleil.

Pour la fin de leurs études, ses amies avaient reçu des voitures ou des liasses de billets. Son père, lui, lui avait offert une chaîne en or à gros maillons, à laquelle pendait une petite boussole également en or. La déception éprouvée lorsqu'il lui avait remis le bijou s'était évaporée quand elle avait lu l'inscription au dos.

Encore un jour, Sky. Juste un. Tu pourras te reposer demain.

Cette maxime était de meilleur augure pour son avenir que n'importe quel diplôme. Elle lui rappelait de se dépasser. Mais c'était avant tout le rappel de l'amour de son père pour elle.

Elle déposa la chaîne avec soin à côté d'elle. Puis elle commença d'ôter son T-shirt par la tête. Ce faisant, elle perçut un léger bruit qui la fit se retourner. Un jeune homme maigre se tenait à moins de dix mètres d'elle.

— J'ai fini par te retrouver…

Sa voix était sèche et rocailleuse. Une capuche dissimulait ses traits. Il avait le soleil dans le dos, ce qui mettait de toute façon son visage dans l'ombre. Non que cela importe. C'était le pistolet dans sa main qui retenait l'attention de Skylar. Un Heckler & Koch HK45 semi-automatique. Le genre d'arme que son père préférait, chère, puissante et mortelle. Particulièrement quand le canon était pointé sur sa poitrine.

Était-ce l'homme qui l'avait forcée à fuir Chattanooga ? Ou sa Némésis avait-elle dépêché un laquais pour la tuer ?

— Qui es-tu ? Que veux-tu ?

Essayant de gagner du temps, elle jeta un coup d'œil à sa propre arme. Trop loin d'elle, trop près de l'homme.

— Je ne vois pas ton visage alors je ne pourrais pas te décrire aux autorités. Va-t'en. Je ne parlerai de toi à personne.

Il se mit à rire.

— Pas question. On m'a payé pour faire ça. Très bien payé. Et j'aurai encore plus de fric quand ce sera fait.

— Qui t'a engagé ?

Ces arbres, sur la droite, ils pouvaient lui fournir un couvert. Mais pourrait-elle les atteindre sans être touchée ?

— J'ai pas demandé le nom du type.

Il leva le bras, plissant les yeux comme pour ajuster le tir, l'air de ne pas bien connaître l'arme. Son commanditaire la lui avait-il donnée ?

— Je te payerai plus que lui, affirma-t-elle en prenant appui sur ses jambes. Je te donnerai le double si tu me laisses partir. J'ai beaucoup d'argent.

— C'est bon à savoir, dit-il en ricanant. Quand je t'aurai tuée, je prendrai aussi le fric.

Elle plongea sur le côté.

Bam ! Bam !

À l'instant où ses pieds touchèrent le sol, elle roula sur elle-même et se releva en courant.

Un hurlement de rage se répercuta à travers les arbres, tandis que le jeune homme s'élançait à sa poursuite.

2

Le téléphone à l'oreille, Trent stoppa ses enjambées et survola la forêt des yeux.

— C'était quoi ça ? fit la voix de Callum au téléphone. Des coups de feu ?

— Je crois bien.

Bam ! Bam !

Trent pivota sur lui-même, cherchant la direction d'où venaient les tirs. Il sauta par-dessus les troncs bordant le sentier de randonnée et s'élança au petit trot vers les arbres.

— Trent ? Qu'est-ce qui se passe ?

— Ce qui se passe, c'est que cette rare journée de congé ne se déroule pas aussi bien que prévu.

— Trent...

— Appelle le 911, Callum. Fais venir les Park Rangers. Un imbécile tire dans le parc national.

— Tu me demandes d'appeler le 911 ? Et toi ?

— Je vais stopper ce crétin, évidemment, avant qu'il ne blesse quelqu'un.

Bam ! Il se baissa par réflexe, puis repartit en direction du dernier coup de feu.

— Trent. Pour l'amour du ciel... As-tu au moins ton arme avec toi ?

— C'est un parc national, Callum. C'est illégal.

— Dis-moi que tu plaisantes.

— Je crains que non.

Callum poussa un juron.

— Envoie-moi les coordonnées GPS. Je vais les transférer à un membre de l'équipe, lui demander d'appeler le 911 et de se coordonner avec les Rangers, pendant que je reste en ligne.

Lorsque Trent se fut arrêté assez longtemps pour s'exécuter, Callum dit :

— D'accord. Donne-moi une seconde.

Trent s'accroupit derrière les arbres et survola les alentours du regard. Autant qu'il sache, les coups de feu venaient de cette zone. Mais il ne voyait personne.

Callum revint en ligne.

— OK, reste où tu es. Attends les Rangers. Ivy est en train de parler avec eux. Ils ne sont pas très loin. C'est ton pote McKenzie qui les encadre. Il dit qu'ils peuvent être là en moins de huit minutes.

— Dis-lui que c'est sept de trop. Il faut qu'ils montent en moitié moins de temps, avant que je ne fasse figure de triste statistique.

— Arrête de plaisanter, Trent.

— Tu m'entends rire ?

Une autre détonation résonna entre les arbres, à sa gauche. Un cri féminin s'éleva, brusquement interrompu. Les choses avaient pris un tour plus sérieux, avec une victime potentielle. Jurant, il s'élança à nouveau.

— Trent ! Quoi que tu fasses, arrête-toi. Je suis sérieux, mon vieux. Attends les gars qui sont payés pour ça. Tu n'es plus flic et tu n'es pas armé. Tu saisis ? Ils ont tes coordonnées GPS. Attends juste...

— Impossible, mon vieux. Ce n'est pas qu'un dingue qui s'exerce au tir. Je viens d'entendre une femme crier, elle a visiblement des problèmes.

Sans raccrocher, afin que Callum puisse le suivre, il fourra le téléphone dans sa poche. Il s'enfonça plus profondément dans les taillis, puis s'arrêta.

Là, à vingt mètres sur sa gauche, de profil, se tenait l'homme qui avait tiré. Il était partiellement caché par le tronc d'un énorme pin. Malheureusement, une capuche dissimulait ses traits. Tout ce que voyait Trent, c'est qu'il était blanc. Ou peut-être latino. Oh ! bon sang, il n'était sûr de rien, en dehors du fait qu'il avait un pistolet à la main. Un pistolet qui oscillait lentement d'avant en arrière.

Il n'était pas difficile de comprendre que sa cible était la femme située à droite de Trent. De là où il était, il entrevoyait à peine son profil gauche. Elle épiait à travers les branches, le regard rivé sur l'homme. Il ne devait pas l'avoir vue ou il aurait tiré au lieu d'agiter son arme comme une baguette de sourcier. Mais ce n'était qu'une question de temps avant qu'il la repère. Elle avait besoin d'une meilleure cachette.

La pente derrière elle était trop raide pour qu'elle l'escalade rapidement. Et les arbres clairsemés donneraient au tireur une vue parfaite sur sa proie. Sa seule option était le bois relativement plat autour de Trent. Mais pour le rejoindre elle devrait traverser la clairière. Elle était piégée.

Deux autres coups de feu tonnèrent. La femme ne bougea pas. Le tireur, si. Son cerveau riquiqui devait finalement avoir saisi qu'il n'y avait qu'un seul endroit où elle pouvait se cacher – l'arbre abattu derrière lequel elle était accroupie. Braquant son arme, le type avança dans la clairière d'un pas prudent.

Trent regrettait amèrement de n'avoir pas emporté son pistolet pour cette balade matinale. Il mit cette piètre décision sur le compte de sa carrière de policier.

L'homme à la capuche se rapprochait. Bientôt, il verrait la femme. Trent regarda autour de lui, cherchant quelque chose à lancer. Une branche, une pierre, n'importe quoi. Un coup bien placé donnerait une chance à la femme de fuir et à lui-même de foncer sur l'homme et le plaquer au sol, de préférence sans recevoir de balle.

Mais il n'y avait ni branche ni pierre à proximité, rien que des feuilles mortes et quelques fleurs bleues. Le gamin là-bas serait peut-être distrait par des fleurs, mais Trent n'était pas prêt à parier sa vie sur cette hypothèse. Il devait trouver un plan B, parce que le plan A impliquait de devenir une cible.

Le tireur continuait d'avancer. Encore quelques pas et c'en serait fini de la femme. Trent poussa un soupir dégoûté. *Allons-y pour le plan A*. Contournant un arbre, il mit ses mains en porte-voix et cria la phrase la plus stupide qu'il connaisse, à savoir : « Police ! Ne bougez plus ! »

Sans surprise, l'homme pivota vers Trent et fit feu. Trent se baissa tandis que les balles hachaient les taillis autour de lui, déchiquetant des feuilles à quelques centimètres de là où il se trouvait. Un bruit de pas lui apprit que son stratagème avait marché. L'abruti courait droit dans sa direction.

— J'aurais pas pu choisir un pire jour pour une randonnée, marmonna-t-il dans sa barbe en se mettant à courir.

Il zigzagua dans la forêt, poursuivi par les balles qui mitraillaient le sol autour de lui.

Quelques minutes plus tard, il se retrouva dans la même situation que la femme, accroupi derrière un tronc couché. Il prit son téléphone dans sa poche.

— Callum, murmura-t-il, une chance que les Rangers soient déjà là ?

— Heure estimée d'arrivée dans trois minutes. Qu'est-ce qui se passe, bon sang ? On dirait la Seconde Guerre mondiale.

— La bonne nouvelle, c'est que j'ai réussi à sauver la femme. La mauvaise, c'est qu'il n'y a personne pour me sauver moi.

— N'en soyez pas si sûr, murmura une voix féminine derrière lui.

Il se retourna d'un bloc. La petite brune était accroupie à quelques mètres. Et cette fois elle tenait une arme.

— Ne vous montrez pas, murmura-t-elle.

— O... K. Qu'allez-vous... ?

Se redressant, elle lâcha une volée de balles par-dessus la tête de Trent.

3

Poussant un juron, Trent s'aplatit sur le sol.

Des tirs de réplique se firent entendre dans la clairière. La femme se baissa, puis jeta un coup d'œil et tira encore.

Un bruit de course apprit à Trent que le tireur s'était remis en mouvement. Mais cette fois il fuyait.

— Fichu couard, grommela la femme entre ses dents.

Elle fit mine de contourner Trent, mais il l'attrapa et la tira au sol juste avant qu'une autre volée de balles n'arrose l'endroit où elle s'était tenue.

Ses yeux bruns s'agrandirent de surprise. Soudain la forêt se tut. Plus de balles, plus rien. Même les oiseaux avaient cessé de gazouiller. Trent lui fit signe de rester immobile.

Elle lui jeta un regard qui disait *sans blague*. Il sourit jusqu'aux oreilles. Elle écarquilla les yeux dans une mimique universelle signifiant *vous êtes dingue*. Peut-être l'était-il, parce qu'il s'amusait, en fait.

Ils attendirent une pleine minute avant qu'il se retourne lentement et jette un coup d'œil au-dessus de l'arbre couché. Ne voyant aucun mouvement, il se baissa rapidement et lui fit signe. Ils rampèrent jusqu'à un chêne qui leur fournit un meilleur abri et leur permit de s'asseoir.

Elle lui fit face, l'arme pointée vers le sol, le doigt sur le barillet au lieu de la détente. Quelqu'un l'avait bien formée. Intéressant, songea Trent.

— Je pense qu'il est parti, murmura-t-il.

— Il reviendra. Il ne va pas gâcher cette occasion.

— Une occasion de quoi ?

— De me tuer, bien sûr. Vous avez peut-être remarqué qu'il me tirait dessus.

— J'ai remarqué que j'étais aussi ciblé. Un petit ami cinglé ? Un mari jaloux ?

Elle leva les yeux au ciel.

— J'ignore qui c'est.

— Un type sorti de nulle part vous poursuit à travers les Smokies, essayant de vous tuer ?

— Quelque chose comme ça.

— C'est peut-être un tueur en série. Heureusement que ce n'est pas Hannibal Lecter. Je suis à court de chianti.

Elle lui jeta un regard disant clairement *il y a un truc qui ne va pas chez vous* et désigna la clairière d'un geste du menton.

— Merci d'avoir fait diversion tout à l'heure. J'étais mal partie. La seule fois où je laisse mon arme sur la rive...

Elle pinça étroitement les lèvres.

— En tout cas, merci.

— La seule fois ? Il y a eu d'autres fois ?

— Je n'ai pas dit ça.

Ce n'était pas un déni très convaincant.

— Vous avez votre arme maintenant. Comment avez-vous fait ?

— J'ai couru la chercher quand il s'est tourné vers vous. Elle n'était pas loin.

— J'en suis ravi. Je suis presque sûr que vous m'avez sauvé la vie.

Sa bouche tressaillit comme si elle avait envie de sourire, mais ignorait comment.

— J'imagine qu'on est quittes.

Il tendit la main.

— Adam Trent. Mes amis m'appellent Trent. Étant donné les circonstances, je pense que ça s'applique.

15

Hésitante, elle considéra sa main d'un œil méfiant avant de la serrer.

— Skylar... euh, Anderson.

Il nota l'hésitation avant le nom de famille.

— Skylar. Ce prénom a une consonance familière. Nous nous sommes déjà rencontrés ? Je sais, on dirait que je vous drague, mais ça serait vraiment bizarre vu ce qui se passe.

Elle détourna le regard.

— Je suis sûre que je m'en souviendrais si c'était le cas.

Trent sentit une alarme se déclencher au fond de lui. Il y avait quelque chose de familier chez elle, quelque chose qui flottait dans les brumes de sa mémoire.

Des yeux marron frappants. Un délicat visage ovale. Une surprenante traînée de taches de rousseur sur le nez.

Les cheveux, néanmoins, n'allaient pas avec l'image que son esprit reconstruisait. Ils étaient ondulés, à hauteur d'épaules, brun-roux. Peut-être avait-elle changé de couleur. Il ne doutait pas un instant de l'avoir déjà vue. Ce n'était qu'une question de temps avant qu'il se rappelle quand, ou du moins où.

Il l'observa d'un air nonchalant, comme s'il n'était pas taraudé par la curiosité. Qui était-elle ? Et pourquoi ne voulait-elle pas qu'il le sache ?

— Je suis très physionomiste.

Il soupesait soigneusement ses réactions.

— Je suis sûr que cela me reviendra. C'est toujours le cas.

Elle écarquilla à nouveau les yeux.

— Toujours ?

Il hocha la tête.

— Je suis inspecteur. Ou plutôt je l'étais.

Il ajouta, pour enfoncer le clou :

— Ça m'aide d'avoir une mémoire photographique.

Elle déglutit.

— Vous êtes flic ?

Ce n'était pas sa mémoire photographique qui l'avait ébranlée, c'était son ancien métier. Ça, c'était suspect.

— J'étais flic, dans la police de Chattanooga. Maintenant, je suis enquêteur dans le civil. Je collabore avec la police sur des affaires non résolues pour une société appelée Unfinished Business. Vous en avez entendu parler ?

Elle secoua lentement la tête.

— Non, je ne peux pas dire ça.

Sa voix était tendue, et elle s'était sensiblement raidie quand il avait mentionné la police de Chattanooga.

— Nous avons ouvert il y a un peu plus d'un an. Vous êtes de Gatlinburg ? De Pigeon Forge ?

— Je ne fais que passer.

Elle regarda à nouveau derrière l'arbre.

— Je crois qu'il est parti. On peut probablement...

— Je me sentirais mieux si vous attendiez.

— Attendre quoi ?

— La cavalerie : les Park Rangers sont en chemin. Ils devraient être là d'une minute à l'autre.

— Vous avez appelé la police ?

— Mes collègues Ivy et Callum l'ont fait. J'étais au téléphone avec Callum quand j'ai entendu les coups de feu.

Le visage de Skylar était devenu affreusement pâle.

— J'ai l'impression que vous vous inquiétez davantage de la police que du tireur.

Elle le fixa.

— Vous plaisantez ? Ce type essayait de me tuer.

— C'est pourquoi vos réactions prêtent à confusion. Vous semblez plus effrayée par l'arrivée des Rangers que vous ne l'étiez par votre meurtrier. Pourquoi ?

Elle secoua la tête, comme pour nier l'évidence. Mais avant qu'elle puisse ouvrir la bouche des voix étouffées s'élevèrent derrière eux. Il y eut du mouvement dans les taillis. Un groupe de gens se dirigeait vers eux.

— Je parie que c'est mon pote, le Ranger McKenzie.

Trent désigna l'arme de Skylar.

— Vous devriez ranger ça, pour qu'ils ne pensent pas que c'est vous la menace. C'est de ça que vous vous inquiétiez ? D'avoir transgressé la loi en portant une arme à feu dans un parc fédéral ?

— Je... euh, oui. J'imagine qu'il y a de sévères amendes pour des choses comme ça.

Elle fourra le pistolet dans la taille de son short et tira son T-shirt par-dessus.

— Vous allez essuyer un sermon. Mais vu que vous m'avez sauvé la vie je pense qu'ils se préoccuperont davantage de trouver le type qui nous tirait dessus.

Visiblement, elle mentait. Il aurait parié son plan d'épargne retraite qu'elle savait exactement pourquoi le tireur s'en était pris à elle et qu'elle ne voulait pas que la police le sache.

Il épia à travers les taillis l'approche des Rangers. Lorsque McKenzie l'aurait mise en salle d'interrogatoire, peut-être obtiendrait-il des réponses et en ferait-il part à Trent.

— Je vais m'assurer qu'ils savent que nous sommes les gentils. Restez derrière moi. Autrement, ils pourraient vous prendre pour le méchant et commencer à tirer.

— O... K.

Ils se levèrent et se dirigèrent vers les Rangers. Ces derniers étaient au nombre de cinq, avec McKenzie à leur tête.

Trent l'appela par son nom et sortit des taillis, les mains en l'air. McKenzie sourit de soulagement et présenta rapidement ses coéquipiers.

— Et voici Skylar Anderson, dit Trent.

Il se retourna. Sauf qu'elle n'était plus là.

Il secoua la tête. Il avait supposé que son avertissement l'aurait incitée à rester derrière lui. Mais elle devait avoir compris que c'étaient des professionnels. Soit cela, soit elle avait décidé que garder ses secrets en valait la peine.

— Nous la trouverons, dit McKenzie. Commençons par la description du tireur.

— Sexe masculin, environ un mètre quatre-vingts. Il portait un sweat-shirt gris à capuche, un pantalon kaki et des baskets blanches. J'ai à peine aperçu son visage, il était dans l'ombre. À sa manière de bouger, j'ai eu l'impression qu'il était jeune, dix-neuf ou vingt ans. Je suppose que c'est un Blanc, mais il pourrait aussi être latino ou métis très clair.

— Des armes ?

— Seulement celle que j'ai vue. Un calibre 45, je crois.

— Et la femme ?

— Blanche, dans la trentaine, environ un mètre soixante, un corps athlétique mais très mince, comme si elle ne mangeait pas à sa faim. Les cheveux aux épaules, brun-roux. Des yeux marron. Elle portait un short chamois et une chemise bleu marine, des chaussures de randonnée marron.

McKenzie aboya des ordres en direction des hommes et des femmes qui l'accompagnaient, orientant l'un d'eux vers un bungalow à proximité, un autre vers l'ouest pour couper la route au fuyard. Les deux autres s'éparpillèrent dans les autres directions, tandis que Trent montrait à McKenzie l'endroit où la fusillade avait eu lieu.

Quelques minutes plus tard, il devint clair que trouver le tireur et Skylar allait prendre du temps. McKenzie demanda des renforts et une équipe de scène de crime par radio, tout en sécurisant ladite scène.

— On s'en occupe, Trent. Ils ont déjà fermé le sentier et ils nous envoient des renforts.

— Mieux vaut t'avertir qu'elle aussi a un pistolet. Un 9 mm, apparemment. Mais elle ne s'en est servie que pour se défendre. Elle m'a sauvé la vie.

— Tu en es sûr ? Tu ne la connais pas. Ou si ?

— Honnêtement, je n'en sais rien. Elle me paraît familière. Je jurerais que je l'ai déjà vue quelque part.

— Alors tu vas t'en souvenir, avec ta mémoire exceptionnelle. Tu m'appelleras quand ce sera fait ?

— À condition que ce soit à double sens. Si tu la trouves, tu me tiens au courant. Je suis curieux d'elle et de ce qui se passe. Elle cache manifestement quelque chose.

McKenzie hocha la tête.

— C'est entendu. Maintenant, dégage avant de saboter ma scène de crime.

Il sourit pour lui faire comprendre qu'il plaisantait et rejoignit les autres Rangers au trot. Trent quitta la clairière, hésitant, jusqu'à ce qu'il entende un glouglou. Il y avait un ruisseau à proximité. Skylar n'avait-elle pas dit qu'elle avait laissé son arme sur la rive ? N'était-ce pas là qu'elle était quand le tireur s'en était pris à elle ?

Il jeta un coup d'œil à McKenzie, mais celui-ci parlait à la radio en contemplant une carte qu'un autre Ranger tenait dépliée devant lui. Plutôt que de les interrompre, Trent se dirigea vers le torrent, se disant qu'il tiendrait McKenzie au courant s'il trouvait quelque chose.

Un instant plus tard, il atteignit le bon endroit. Une serviette et une savonnette gisaient sur la rive. Son camp devait être à proximité, peut-être le bungalow qu'avait mentionné McKenzie. Ne voyant aucune valeur à des affaires de toilette, il repartit en direction du sentier. Mais un éclair dans l'herbe attira son attention.

C'était une chaîne en or. Il la ramassa et s'aperçut qu'elle comprenait un pendentif en forme de boussole. Cette boussole était étonnamment lourde. Était-ce le tireur qui l'avait laissée tomber ? Ou Skylar ? Il l'étudia un moment, puis la retourna. Au dos, il y avait une inscription : *Encore un jour, Sky. Juste un. Tu pourras te reposer demain.*

Sky. Le diminutif de Skylar ? C'était probable. Il regarda autour de lui, espérant voir l'un des Rangers. Mais personne n'était en vue. Ne voulant pas laisser le pendentif là où il était, il le glissa dans sa poche de chemise. Il appellerait McKenzie plus tard et échangerait le pendentif contre les dernières informations.

Skylar jura en regardant l'ancien flic s'engager sur le sentier avec son pendentif dans la poche. Elle aurait dû aller chercher la chaîne avant de courir au bungalow prendre son sac à dos. Mais alors elle n'aurait pas pu récupérer ses affaires. Dès qu'elle avait gagné le couvert des arbres, un Ranger avait surgi de l'autre côté du bungalow et y était entré. Les bois grouillaient de membres de la police. Si elle devait rattraper... comment s'appelait-il déjà ? Trent Quelque chose ? Ou était-ce Quelque chose Trent ? De toute façon, elle devait se dépêcher pour le rattraper avant qu'il ne s'éloigne.

Elle venait de faire deux pas dans la direction où il était parti quand deux Rangers apparurent. Se rejetant en arrière, elle s'accroupit, priant pour qu'ils ne l'aient pas vue. Heureusement, ils ne regardaient pas dans sa direction. L'un d'eux parlait à la radio, disant quelque chose sur le bungalow. Son bungalow. Du moins, celui qu'elle avait réquisitionné.

Ils passèrent à quelques mètres d'elle. Elle resta aussi immobile que possible. Dès qu'ils furent partis, elle laissa échapper un soupir tremblant. Trent était parti depuis longtemps. Et les choses devenaient trop hasardeuses par ici.

Je suis désolée, papa. Je suis vraiment navrée.

Elle jeta un dernier regard dans la direction où Trent et son pendentif avaient disparu, puis tourna les talons et s'enfonça au petit trot dans la forêt.

4

L'arôme d'un steak sur le gril fit saliver Skylar tandis qu'elle descendait prudemment la pente à gauche du bungalow de Trent. Son estomac gronda, lui rappelant qu'elle n'avait rien mangé depuis le matin. Mais cela devrait attendre. Elle n'avait pas passé la moitié de la journée à fuir les Rangers, puis à traquer Trent pour frapper à la porte et demander ce qu'il y avait à dîner.

D'autant plus qu'il lui avait dit qu'il n'oubliait jamais un visage. Elle ne pouvait prendre le risque qu'il la reconnaisse. Il s'en était fallu de peu aujourd'hui, et cela soulignait l'urgence de trouver une nouvelle ville où se cacher. Mais elle ne partirait pas sans son pendentif. Cela voulait dire effectuer une reconnaissance, trouver où il l'avait mis et imaginer comment le reprendre.

En supposant qu'il l'ait toujours. Il était possible qu'il l'ait remis à cet implacable chef des Rangers qu'il avait appelé McKenzie. Le pendentif serait alors perdu pour toujours. Son cœur parut balbutier dans sa poitrine à cette idée. Elle maudit silencieusement McKenzie. Avant ce jour-là, elle n'aurait jamais cru qu'un Ranger puisse être assez déterminé pour la pourchasser comme il l'avait fait. C'était grâce à la chance plutôt qu'à l'habileté qu'elle avait réussi à lui échapper.

En chemin, elle avait croisé un gentil couple âgé, sur une petite route serpentant autour du parc national. Ils l'avaient déposée devant un hôtel des faubourgs après qu'elle avait menti en affirmant y avoir une chambre. Dès qu'ils étaient partis, elle s'était rendue à pied à un autre hôtel plus loin et, de là, avait appelé une compagnie de taxis pour qu'on vienne la chercher.

Quelques manœuvres et une autre voiture plus tard, elle s'était retrouvée dans un dernier hôtel, bon marché mais propre, où elle avait pu prendre une douche chaude. Puis elle s'était rendue dans la salle informatique pour chercher sur Internet la société dont Trent lui avait parlé, Unfinished Business. Comme le site web présentait les CV des enquêteurs, il lui avait été facile de trouver la photo de Trent et de lire sa courte biographie. Adam, son prénom était Adam. À partir de là, elle avait consulté la trésorerie des impôts du comté pour obtenir son adresse personnelle. Encore une courte randonnée, et elle y était.

L'arôme tentateur l'attira jusqu'à ce qu'elle soit au coin de la maison. La construction comprenait deux niveaux, un sous-sol et l'étage principal. Il n'y avait pas de jardin en tant que tel, juste une série de pilotis retenant la maison à flanc de montagne, et une balustrade en treillis de bois pour prévenir les chutes. Sans matériel d'escalade, elle ne pourrait pas accéder au sous-sol ni se faufiler dans la maison de ce côté. Mais il y avait un escalier en bois à l'angle gauche, menant à une terrasse. La lumière d'une lampe extérieure se déversait entre les planches, révélant un barbecue et un homme qui se tenait devant.

Un grésillement lui apprit que le steak venait d'être retourné. À moins que Trent n'ait jeté de l'eau sur le feu. Ce bruit fut rapidement suivi par les notes graves de sa voix. Elle se tendit, prête à disparaître si la personne à qui il parlait s'aventurait assez près pour la repérer. Mais il n'y eut pas de seconde voix. Il devait être au téléphone. Elle se tint parfaitement immobile, tendant l'oreille.

— Je ne sais pas bien quoi faire à ce propos, dit-il. McKenzie était trop occupé pour s'en préoccuper. Je suppose que je peux lui donner le pendentif demain.

Le soulagement lui fit la tête légère. Il n'avait pas encore remis le pendentif au Ranger. Mais il en avait l'intention. Cela signifiait qu'elle devait agir ce soir.

Après la conversation, des cliquetis indiquèrent qu'il retirait le steak du gril et le posait sur une assiette. Des pas traversèrent la terrasse. Un gond grinça quand il ouvrit une porte et entra à l'intérieur. Un déclic, la porte s'était refermée. Elle s'efforça de se la représenter. Ce n'était pas une porte glissante, puisqu'elle avait entendu un grincement. Probablement une porte-fenêtre à la française avec de petits carreaux ou peut-être une baie vitrée. Elle espérait que ce seraient les petits carreaux. Si elle ne pouvait crocheter la serrure, elle pourrait en briser un sans faire trop de bruit.

Allait-il rester à l'intérieur pour manger ? Elle distinguait la silhouette d'une petite table et de deux chaises près de la rambarde. Mais les moustiques rôdaient en force. Malgré l'altitude et bien que le soleil soit couché, il faisait encore lourd. Par une soirée comme celle-là, elle aussi aurait mangé à l'intérieur. C'était préférable aux insectes. Le répulsif antimoustique était une des choses qu'elle avait toujours dans son sac. Mais elle préférait ne pas s'en badigeonner constamment.

Était-il seul ? Il n'y avait aucun véhicule devant. Mais, si une femme ou une petite amie vivait avec lui, sa voiture pouvait être dans le garage, où la sienne était censément rangée. Elle devait se montrer prudente, attendre qu'il aille au lit. Parce que, même si elle avait une arme, elle ne voulait pas s'en servir. Pas sur lui, en tout cas. Il l'avait aidée. Et elle ne voulait pas le récompenser en lui tirant dessus.

À moins qu'elle n'ait pas le choix.

Elle contempla le ciel pour juger de l'heure, comme son père le lui avait appris. Déduire l'heure de la position des étoiles était un processus compliqué, qui nécessitait de localiser l'étoile Polaire et la Grande Ourse, puis de faire un calcul fondé sur le mois en cours. Mais elle l'avait fait si souvent que c'était automatique. Il était près de 20 heures maintenant.

La plupart des gens se couchaient vers 22 heures s'ils devaient travailler le lendemain. Comme on était lundi, elle s'attendait à ce que Trent fasse de même. Mais, s'il travaillait, que faisait-il dans le parc ce matin-là ? Peut-être était-il en vacances.

Soupirant, elle se résigna à attendre plusieurs heures. Mais rester à découvert n'était pas très malin. La route qui passait devant n'était pas très fréquentée, mais elle avait des virages. N'importe quelle voiture la verrait dans ses phares. Aucune raison de prendre le risque d'être vue.

Se cacher dans les bois, où elle pourrait garder l'œil sur le bungalow, c'était le plan. Une fois les lumières éteintes et suffisamment de temps écoulé pour qu'il se soit endormi, elle reviendrait et ferait ce qu'elle avait à faire. Elle était certaine que l'absence de panneau de système d'alarme sur les fenêtres signifiait qu'il n'en avait pas. Crocheter une serrure était un jeu d'enfant. Elle l'avait fait de nombreuses fois pour *emprunter* un bungalow. Mais désactiver une alarme anti-intrusion n'était pas dans ses cordes. Elle remonta le sac à dos sur ses épaules et se mit à grimper la pente.

5

Depuis sa cachette, Trent regarda Skylar traverser la grande salle à pas de loup. L'obscurité était épaisse, seulement rompue par l'affichage digital des appareils électroniques, à gauche de la cheminée. Pendus à un bouton du meuble TV, la chaîne et le pendentif clignotaient entre les points lumineux. Un appât étincelant. Skylar était le poisson que Trent espérait attraper.

L'inscription au dos du pendentif lui avait appris que le bijou avait une valeur sentimentale. Si quelque chose était susceptible de faire sortir Skylar de sa cachette, c'était bien ça. Il était logique qu'elle ait pour premier geste de venir vérifier si c'était lui qui l'avait pris.

Son silence et sa rapidité étaient impressionnants. C'était par pur hasard qu'il avait entendu une brindille se briser lorsqu'il était sur la terrasse. Il avait feint de se trouver au téléphone, parlant assez fort du bijou pour qu'elle l'entende.

Elle était si silencieuse qu'il ne l'entendait pas. Et s'il n'avait pas été accroupi derrière un fauteuil il ne l'aurait pas vue. Elle n'était qu'à quelques mètres. Si elle avait baissé les yeux à ce moment-là, elle l'aurait repéré. Mais elle était trop concentrée sur son objectif.

Elle tendit une main tremblante pour saisir le bijou. Puis elle le passa autour de son cou avec un soupir et releva ses cheveux pour le fourrer sous sa chemise. Son sac à dos était partiellement éclairé par une veilleuse LED, confirmant les soupçons de Trent. L'objet qu'il voyait dépasser du rabat était bien le canon d'un pistolet.

D'un mouvement fluide, il se leva, attrapa l'arme et la désarma. Skylar pivota sur elle-même avec un hoquet, fouillant l'obscurité des yeux. Mais Trent avait déjà contourné le fauteuil et s'était déplacé jusqu'au canapé. S'emparant de la télécommande posée sur la petite table, il pressa une touche. Les lumières s'allumèrent au-dessus d'eux, chassant la nuit.

En le voyant, Skylar resta bouche bée. Ses yeux s'écarquillèrent lorsque son regard tomba sur le pistolet dans sa main. Trent le fourra dans la taille de son pantalon et hocha la tête.

— Re-bonjour, Skylar.

Elle s'élança comme un faon apeuré en direction de la cuisine, son sac à dos rebondissant sur son dos. Il ne put retenir un frisson d'empathie quand elle atteignit les portes-fenêtres. Il avait prévu de lui faciliter l'entrée en ne poussant qu'un simple verrou. Mais ressortir de là aurait demandé une équipe du SWAT avec un bélier.

Elle secoua la poignée avec désespoir. Voyant que rien ne se produisait, elle tâtonna le long de la porte pour trouver l'ouverture.

— Vous feriez mieux de renoncer, cria-t-il. Vous ne réussirez pas à ouvrir ces portes.

De frustration, elle frappa l'un des carreaux, bien trop petit pour qu'elle passe au travers, même si elle avait pu le casser. Jurant, elle secoua encore la poignée.

— Des barres en acier, expliqua-t-il.

Elle finit par s'immobiliser et se retourna lentement pour le regarder.

— Quoi ?

— Les portes. Elles sont blindées. Des barres en métal s'insèrent dedans quand je presse l'une de ces touches.

Il leva en l'air la télécommande dont il s'était servi.

— La sécurité est mon dada. Quand on a vu ce que j'ai vu dans ma carrière, on a tendance à être extra-prudent.

Les lèvres retroussées, elle croisa les bras sur sa poitrine.

— Retenir quelqu'un contre sa volonté relève de la séquestration.

— C'est vrai. Mais c'est complètement légal, vu les circonstances. Je procède à l'arrestation citoyenne d'un intrus armé pour effraction.

Il sortit son téléphone de la poche de son pantalon.

— Dois-je appeler la police de Gatlinburg ou le Ranger McKenzie ?

Skylar pâlit. Elle fit un pas vers lui puis s'arrêta, comme si elle ne savait que faire.

— J'apprécierais que vous n'appeliez personne. Je ne suis pas une menace. Et je ne suis pas armée.

Elle rougit.

— Plus maintenant. Je ne suis pas non plus un cambrioleur. Je ne suis pas venue voler quoi que ce soit.

— Vraiment ? Alors expliquez-moi le pendentif que vous portez.

Elle leva la main droite à son cou.

— Il m'appartient. Je ne faisais que le reprendre.

— C'est un indice.

— Un indice de quoi ? Cela n'a rien à voir avec le type qui voulait me tuer ce matin. C'est un bijou que j'ai perdu dans les bois.

— Les Rangers et la police de Gatlinburg ne seraient pas d'accord. Ils vous cherchent.

— Pourquoi ? Parce que je portais une arme dans un parc national ? Si je ne l'avais pas fait, je serais morte à l'heure qu'il est.

— Comme l'homme qui vous tirait dessus ? Celui qui est à la morgue ?

Elle cilla d'un air abasourdi.

— Les Rangers l'ont *tué* ?

Il la fixa un long moment. Sa surprise semblait authentique. Mais elle pouvait aussi être une excellente menteuse.

— Il était déjà mort quand ils l'ont trouvé. Quelqu'un lui avait coupé la gorge. Je suppose que vous n'en saviez rien ?

— Vous croyez que c'est *moi* qui l'ai tué ?

— Vous l'avez fait ?

Son regard noir le rassura. Sa colère n'était pas feinte. Et la manière dont elle s'était raidie indiquait qu'elle se sentait insultée. Il était difficile de l'imaginer coupant la gorge de quiconque.

— Skylar, je suis désolé de vous poser la question, mais je dois savoir si...

— Je ne l'ai pas tué, d'accord ? La dernière fois que je l'ai vu, c'était avec vous. Je le jure.

Des taches rouges étaient apparues sur ses joues.

— Non qu'on aurait dû me condamner si je l'avais fait. Cela aurait été de la légitime défense.

Elle inspira fortement, visiblement secouée.

— Qui était-ce ? Vous le savez ?

— Un voyou du coin, habitué du vol, du vandalisme et des agressions. La tentative de meurtre était un degré au-dessus dans sa carrière criminelle naissante, mais pas entièrement inattendue vu la direction qu'il avait prise.

— Naissante ? Quel âge avait-il ?

— Quelle importance a son âge ?

— Je suis juste curieuse.

— Dix-neuf ans. En rupture de scolarisation. Il n'a cessé d'entrer et de sortir des centres de redressement depuis sa première arrestation, il y a trois ans.

Un éclair de chagrin traversa son visage.

— Il aurait eu quatorze ans à l'époque. Trop jeune. Ce n'est pas lui.

Il médita cette réponse et ses possibles implications. Quelque chose s'était-il passé, cinq ans auparavant, qui avait à voir avec le fait qu'elle avait été ciblée ce matin ?

— Trop jeune pour être lui ? Qui *lui* ?

Elle plissa le front avec une expression de regret. Manifestement, elle en avait dit plus qu'elle ne le voulait.

— C'est une longue histoire.

— J'aime les bonnes histoires.

— Je n'ai pas dit qu'elle était bonne.

Il ne put s'empêcher de sourire.

— Le bijou reste ici. Comme je l'ai dit, c'est un indice.

Et c'était son seul moyen pour gagner sa coopération. Il était résolu à dissiper le mystère de son identité ainsi que les raisons pour lesquelles on avait voulu la tuer. D'autant plus qu'il avait failli être tué lui aussi. Il n'allait pas rester les bras ballants, sachant qu'une jeune femme avait une cible dessinée dans le dos.

Elle leva à nouveau la main à sa poitrine, où la boussole dansait de façon tentatrice entre ses seins. C'était vraiment une belle femme, même sans maquillage ou vêtements chics.

— S'il vous plaît, Adam...
— Trent. Je vous ai dit de m'appeler Trent.
— Oui, eh bien, c'était avant que vous m'enfermiez, quand vous avez dit que nous pourrions être amis.
— Nous pouvons toujours l'être. Rendez-moi ce bien volé, et j'oublierai votre effraction.

Elle recula vers la porte en secouant la tête.

— Vous ne comprenez pas. Ce bijou veut tout dire pour moi. Je peux prouver qu'il m'appartient. Il a mon nom dessus.

Il posa la télécommande sur la table. Elle suivait chacun de ses mouvements d'un regard méfiant.

— Le nom gravé sur la boussole est Sky.

Il s'assit sur le canapé, essayant de la mettre à l'aise.

— C'est le diminutif de Skylar.

Son regard vola vers la télécommande. Bien qu'elle soit trop loin pour s'en saisir, elle semblait songer précisément à cela.

— Skylar comment ?

Elle fronça les sourcils.

— Pardon ?
— Votre nom de famille, le vrai cette fois.

Elle serra les dents.

— Peu importe. Seul mon prénom est sur la boussole. Mais je vous jure qu'elle est à moi. C'est un cadeau de mon père.

Elle avança vers le canapé, mais s'arrêta à trois mètres. Toujours trop loin pour se jeter sur la télécommande.

— S'il vous plaît. Laissez-moi partir. Et laissez-moi garder ce qui est à moi.

— Le pendentif ? Ou l'arme ?

Elle haussa les sourcils.

— Les deux, ce serait bien. Mais je vote pour le pendentif.

Il secoua la tête. Les joues de Skylar prirent une teinte carmin.

— J'avais enlevé le pendentif près du ruisseau pour me laver. Le tireur m'a surprise, et j'ai dû fuir en le laissant. Plus tard, quand je suis revenue le chercher, vous l'aviez pris.

— Comment saviez-vous que c'était moi ?

— Je vous ai vu. J'étais cachée dans les buissons.

— Alors vous m'avez cherché sur Internet dans l'idée de vous introduire chez moi et de le reprendre ?

— Quelque chose comme ça.

Il ne put s'empêcher d'admirer son honnêteté.

— Où avez-vous eu accès à Internet ? La couverture est très inégale dans les montagnes, surtout dans le parc.

— J'ai... emprunté un accès.

— Vous avez piraté le wi-fi de quelqu'un pour utiliser votre téléphone ?

Elle haussa les épaules. Il la contempla, et la vérité se fit jour dans son esprit.

— Vous n'avez pas de téléphone, n'est-ce pas ? Ni d'ordinateur ?

Elle ne répondit pas. C'était inutile. Il était logique qu'elle n'ait ni l'un ni l'autre. Elle vivait en autarcie, gardant son identité et son lieu de vie secrets. Posséder un téléphone ou n'importe quel appareil avec une fonction GPS l'aurait mise en danger d'être retrouvée. Ce qui voulait dire qu'elle avait usé d'un autre moyen pour se connecter.

— Mon bungalow n'est pas le premier dans lequel vous vous êtes introduite aujourd'hui, n'est-ce pas ? De quelle autre activité criminelle devrais-je être au courant ?

— Je n'ai fait de mal à personne. Pourquoi devriez-vous vous en soucier, de toute façon ? Vous n'êtes plus flic.

— Oui, eh bien, certains disent « flic un jour, flic toujours ». Un peu comme les marines, je suppose.

Ils s'entreregardèrent comme deux joueurs d'échecs. Attendant, planifiant leur prochain mouvement. Sa nonchalance vis-à-vis des lois qu'elle avait transgressées l'intriguait. Elle ne le frappait pas comme quelqu'un ayant grandi dans des conditions désespérantes, où le vol aurait été la seule option pour survivre. Quelque chose s'était passé, qui l'avait poussée à franchir la ligne rouge, à se croire autorisée à pénétrer par effraction chez les autres, à leur emprunter leurs biens et à faire tout ce qu'elle faisait pour ne pas laisser de traces. Qu'est-ce qui la rendait si désespérée ? Et pourquoi une femme visiblement intelligente et bien éduquée vivait-elle dans les bois comme une sans-abri ?

— Une fois que vous saviez où je vivais, pourquoi n'avoir pas frappé à ma porte pour me demander le pendentif au lieu de vous introduire chez moi ?

— Vous me l'auriez donné ?

— Non.

— Qu'est-ce que vous me voulez ? demanda-t-elle en croisant les bras.

— Votre nom de famille.

— Je vous l'ai déjà dit, quand nous étions dans les bois.

— Et comme vous ne le répétez pas je présume que vous avez oublié ce mensonge.

Son regard fléchit.

— Vous avez bien oublié ce faux nom, pas vrai ?

— C'est ridicule !

— Ah bon.

Elle le fixa un long moment, puis arqua un sourcil.

— Anderson.

Il éclata de rire.

— Bravo. Vous vous en êtes souvenue. Joli rattrapage.

— Trent...

— J'ai déjà fouillé toutes les bases de données imaginables

à la recherche d'une Skylar Anderson. Ce n'est pas votre nom. Asseyez-vous. Mettez-vous à l'aise. Toutes les sorties sont verrouillées, avec des barreaux et des portes en acier.

Elle jeta un coup d'œil aux deux rangées de fenêtres.

— Je suppose que les fenêtres sont aussi inviolables que les portes ?

— Bien sûr. Tous les panneaux sont en acrylique, comme à l'Aquarium de Gatlinburg.

— Incassable. Du moins, avec des moyens ordinaires. Ça ne vous rend pas nerveux ? Et s'il y avait un incendie et que votre supertélécommande ne fonctionne plus ? Ou qu'elle soit dans une autre pièce et que vous soyez piégé avec une seule fenêtre pour vous échapper ?

— C'est ce qu'on appelle une maison connectée. Elle intègre des protocoles de sécurité incendie. Je pourrais sortir.

— Comment ? Un forçage secret ? Un bouton d'alerte dans chaque pièce ?

— Ce ne serait plus un secret si je vous le disais, n'est-ce pas ?

Il sourit.

— Et si vous pensez que vos questions vont me faire oublier que vous avancez vers la télécommande, réfléchissez-y à deux fois.

Elle serra les poings à ses côtés.

— Si vous deviez appeler la police ou les Rangers, vous l'auriez déjà fait. À quoi vous jouez ?

— Je ne joue pas. Je veux juste vous parler, vous aider.

— En me gardant prisonnière ?

Sa méfiance était visible dans la raideur de sa posture. Pour la convaincre de se fier à lui, peut-être devait-il d'abord se fier à elle. Espérant ne pas commettre une erreur qu'il regretterait plus tard, il prit la télécommande et pressa une touche.

— Les portes sont déverrouillées. Vous êtes libre de partir.

Faisant volte-face, elle s'élança vers les portes-fenêtres. Il se maudit, tandis qu'elle en ouvrait une.

— Skylar, attendez ! *Je vous en prie.*

Elle fit halte sur le seuil, regardant par-dessus son épaule.

— Vous avez dit que je pouvais partir.

Il s'approcha lentement d'elle, s'arrêtant dès qu'elle fit un pas sur la terrasse. Soulevant le devant de sa chemise, il révéla le holster attaché à sa ceinture, ainsi que le pistolet à l'intérieur.

Elle lui lança un regard accusateur.

— Vous allez me tirer dessus, maintenant ?

— Vous remarquerez que mon pistolet est toujours rangé. Je vous montre juste que j'aurais pu vous tirer dessus si je l'avais voulu. Dans ma partie, on est toujours équipé.

— Vous ne l'étiez pas ce matin.

— C'est vrai, dit-il en riant. J'ai tendance à respecter la loi et à ne pas apporter d'arme dans les parcs nationaux. C'est un défaut. Comme je l'ai dit, j'aurais pu vous tirer dessus dès que vous vous êtes introduite chez moi. Je ne vous veux aucun mal, sincèrement.

Skylar jeta un regard d'envie à l'escalier menant au-dehors.

— Depuis combien de temps fuyez-vous ? reprit-il. Des semaines ? Des mois ?

Comme elle ne répondait pas, il sentit son estomac se nouer.

— *Des années ?* Est-ce que ça fait des années, Skylar ?

Une alarme se mit en route au fond de son esprit et les pièces du puzzle se mirent en place.

— Vous avez dit que le tireur était trop jeune il y a cinq ans. S'il vous plaît, dites-moi que vous ne fuyez pas depuis *cinq ans*.

Voyant qu'elle ne réagissait toujours pas, il secoua la tête.

— Ça fait aussi longtemps que ça ?

— Ce que je fais ne vous regarde pas.

— Ce que vous faites me regarde dès lors que nous avons essuyé cette fusillade ensemble. Dites-moi ce qui se passe. Peut-être pourrons-nous trouver un moyen pour que vous n'ayez plus à fuir, plus jamais.

Elle ricana avec mépris.

— Si c'était aussi facile, vous ne croyez pas que j'y aurais pensé toute seule ? Quand tout a commencé, je suis allée voir la police. Plusieurs fois. Ils ne m'ont pas aidée. Qu'est-ce qui vous fait penser que vous le pourrez ?

— Bonne question. Je pourrais vous dire que c'est parce que je suis un bien meilleur flic que la majorité, que je suis têtu et que je refuse d'abandonner avant d'avoir résolu le mystère. Mais vous ne me connaissez pas, vous pourriez présumer que je me vante. Alors je vais ajouter ceci : ma confiance n'est pas seulement fondée sur mon expérience, mais sur la latitude dont je dispose grâce à la société privée qui m'emploie. Je ne suis pas retenu par des procédures policières ou de la paperasserie. Unfinished Business dispose de fonds importants. Nous avons des ressources dont la police ne fait que rêver. Donnez-moi une chance. Laissez-moi vous aider à vivre une vie normale. Vous n'avez pas envie d'interagir avec des gens, de leur parler, d'être écoutée sans vous inquiéter d'être reconnue et mise en danger ?

— Comment savez-vous tout cela ? dit-elle en cillant.

— Que vous vous sentez seule ? Que vous avez envie de contacts humains normaux ?

Elle hocha lentement la tête.

— Comment pourrait-il en être autrement ? Vous vivez dans la peur depuis longtemps. Nous pouvons mettre un terme à cela. Tout ce que vous avez à faire, c'est me faire confiance.

Une larme roula sur le visage de Skylar, et elle l'essuya.

— Je ne vous connais même pas. Comment pourrais-je vous faire confiance ? Vous me tendez peut-être un piège. Vous faites peut-être partie de ceux qui me veulent du mal.

— Si c'était le cas, vous croyez vraiment que je vous aurais aidée aujourd'hui, que j'aurais risqué ma vie ? Je ne fais pas partie des méchants, Skylar. Je veux sincèrement vous aider.

L'angoisse qu'il lisait sur son visage lui donna envie de la réconforter. Il aurait voulu lui dire qu'il avait un faible pour les opprimés, qu'il ne pouvait supporter qu'une femme soit en danger, qu'il était sur des charbons ardents quant à la question de qui voulait la tuer et pourquoi. Mais des platitudes n'allaient pas la convaincre. Il fallait qu'il lui démontre qu'elle n'avait pas besoin de le craindre.

Il leva les mains, puis tira doucement le pistolet de son pantalon. Très doucement, il avança et le posa sur l'îlot de cuisine, à trois mètres de la porte ouverte. Reculant, il s'arrêta devant le canapé.

— Si je voulais vous faire du mal, je ne vous rendrais pas votre arme.

Le regard de Skylar flotta vers l'îlot, puis revint à lui, à l'arme qu'il avait au côté. Elle semblait soupeser ses chances d'atteindre son arme avant qu'il ne tire la sienne. En soupirant, il dégaina son propre pistolet et le jeta à l'autre bout du canapé.

Il n'avait pas plus tôt rebondi sur les coussins que Skylar s'élançait vers l'îlot et prenait son arme, qu'elle pointa sur lui. Il leva les mains en un geste universel de reddition, mais la déception lui mettait un mauvais goût dans la bouche.

— Ce n'est pas très gentil de votre part. Mais mon offre tient toujours. Si je ne peux pas convaincre mon patron de me laisser vous aider durant mes heures de travail, je le ferai sur mon temps libre. Mais, le connaissant, je ne peux pas imaginer qu'il refuserait d'aider quelqu'un dans votre situation. C'est à vous de choisir. Retournez vous cacher, maintenant que vous avez récupéré votre pendentif et votre arme. Vous pourrez continuer de fuir indéfiniment. Ou bien...

Elle recula en direction des portes-fenêtres, le canon de son arme toujours braqué sur lui.

— Ou bien ?

— Ou bien vous pouvez faire confiance à un homme qui ne vous a pas tiré dessus lorsqu'il l'aurait pu. Un homme qui vient de vous rendre votre liberté et votre arme, et qui a jeté la sienne hors de portée. Je vous fais confiance, Skylar. Je vous demande de faire la même chose. Si vous restez nous pouvons essayer de débrouiller tout ça, de vous rendre votre vie. Mais si vous partez vous serez toujours en danger, vous...

D'un seul mouvement, elle se retourna et franchit la porte-fenêtre.

6

Lui faire confiance ?

Assise sur un tronc couché, Skylar secoua la tête de dégoût, son arme à la main. Son arme inutile. Trent la lui avait rendue, mais il avait retiré le chargeur sans qu'elle s'en aperçoive. Bien qu'elle ait d'autres munitions, elle n'avait pas d'autre chargeur. Dire qu'il avait remis sa vie entre ses mains était un mensonge.

Mais n'était-ce pas exactement ce qu'il avait fait le matin même ? Il avait fait diversion, attirant les coups de feu dans sa direction, risquant sa vie pour sauver celle d'une complète inconnue.

Elle secoua la tête. Ça n'avait pas d'importance. Il avait prouvé qu'elle ne pouvait pas lui faire confiance en lui rendant une arme déchargée. Mais elle avait pointé l'arme sur lui, prouvant ainsi qu'elle-même n'était pas non plus digne de confiance, n'est-ce pas ?

En grognant, elle posa la tête entre ses mains, les coudes sur les genoux. Tout était si embrouillé. Au moins, il avait respecté sa parole en la laissant partir. Il ne l'avait pas poursuivie. Ce qui la poussait à nouveau à s'interroger sur ses intentions. Il avait répété qu'il voulait l'aider. Si ce n'était pas vrai, ne l'aurait-il pas gardée enfermée et n'aurait-il pas appelé la police ? Au lieu de cela, il l'avait libérée. Cela ne prouvait-il pas qu'il faisait partie des gentils, comme il l'avait dit ?

Elle avait bien besoin d'un gentil en cet instant. Quelqu'un pour alléger le fardeau qu'elle portait depuis si longtemps.

Un moustique vrombit autour de sa tête avant de se poser

sur son bras. Elle l'écrasa d'une claque, qui laissa une traînée sanglante. En grimaçant, elle s'essuya la main sur des feuilles. Une autre nuit dans les bois, sans abri, sans eau courante, ne lui faisait pas envie. Et elle ne pouvait prendre le risque d'aller dans un motel, alors que Trent et ses potes les Rangers la cherchaient sans doute. Elle était coincée là. Comme pour ponctuer cette pensée, son estomac se mit à gronder.

En guise de réponse, son sac à dos ne livra qu'une barre énergétique. En tant qu'en-cas, c'était parfait. Mais, vu le nombre de fois où elle avait dû s'en contenter pour dîner, elle commençait à les détester. Particulièrement avec le souvenir de ce steak alléchant qu'elle avait senti chez Trent. Un steak. Elle ne se rappelait pas la dernière fois qu'elle en avait mangé. N'avait-il pas des restes que cela ne l'ennuierait pas de partager ? Ça, c'était une bonne raison d'y retourner.

Ou de récupérer le chargeur de son arme. Ou les deux.

Elle soupesa à nouveau l'arme, secouant la tête devant sa stupidité. Elle était beaucoup plus légère que d'habitude, ce qu'elle aurait dû remarquer quand il la lui avait rendue. Mais elle était trop résolue à s'échapper pour y prêter attention.

Malgré son exaspération, un sourire s'épanouit sur ses lèvres. La manière dont il avait pris son arme, éjecté et caché le chargeur sans qu'elle le voie était appréciable. Son père en aurait été indubitablement impressionné. Elle, elle l'aurait déçu.

Cette journée avait été un échec du début jusqu'à la fin. Elle avait de la chance d'être encore vivante. De la chance d'avoir la boussole. Et elle devait remercier Trent pour ces deux choses. Si l'un des Rangers avait ramassé le pendentif, elle ne l'aurait sans doute jamais revu. Mais Trent l'avait laissée le reprendre, même s'il n'y était pas obligé.

Un autre moustique bourdonna autour de sa tête. Elle le chassa, reprit son sac et se leva, faisant face au bungalow de Trent. Si elle partait dans cette direction, elle remettait sa destinée entre les mains de quelqu'un qu'elle connaissait à peine. Elle se tourna en direction des bois obscurs. Si elle continuait dans ce sens, ce serait toujours la même chose. La solitude, le danger, sans aucune issue en vue. Mais au moins sa sécurité reposait entre ses propres mains.

Elle tourna à nouveau sur elle-même. Avancer ? Ou partir en sens inverse ? Dans quelle direction devait-elle aller ? Elle se tourna une fois de plus sur elle-même, la défaite pesant sur ses épaules. Renoncer ne lui avait jamais paru si tentant.

Se laissant tomber sur le tronc couché, elle se prit à nouveau la tête entre les mains.

Que dois-je faire, papa ? Quelle décision prendre ?

Après un long moment, elle sentit une paix inconnue l'envahir. Elle poussa un soupir et leva la tête. Posant une main sur sa poitrine, elle sentit le cercle réconfortant de la boussole à travers sa chemise. La lune devait fournir assez de lumière pour qu'elle puisse lire l'inscription. Mais elle n'en avait pas besoin. Les mots étaient gravés dans son cœur, dans son âme.

Encore un jour, Sky. Juste un. Tu pourras te reposer demain.

Toute sa vie, elle avait pris ces mots au pied de la lettre. Ils signifiaient qu'elle ne devait compter que sur elle-même. Mais son père l'avait profondément aimée. Il aurait voulu qu'elle soit en sécurité, qu'elle survive, qu'elle vive. Or elle ne faisait qu'exister, minute après minute, heure après heure, dans un état de frayeur constante. Elle avait fait précisément ce que son père ne voulait pas qu'elle fasse. Elle avait renoncé à la vie. Il était temps de se reprendre en main. De retrouver la joie. De mettre un terme à cette existence misérable. Et il n'y avait qu'un moyen d'y arriver, c'était de se tourner vers la seule personne qui lui avait proposé une aide sincère.

Adam Trent.

Remontant son sac à dos sur ses épaules, elle se leva et se mit en marche.

Elle jeta un coup d'œil au ciel, mais les nuages cachaient les étoiles. Elle ignorait l'heure qu'il était. Tard, manifestement.

Minuit ? 1 heure du matin ? Il s'était probablement couché. Ou la cherchait-il encore ?

Quelques instants plus tard, elle franchit la rangée d'arbres bordant son allée. La maison était obscure. Dormait-il ? Serait-il contrarié qu'elle le réveille ? Elle carra les épaules. S'il l'était, ce serait le signe que revenir était une erreur. Fuir, toujours regarder par-dessus son épaule, c'était pénible. Mais elle avait survécu jusque-là par ses propres moyens. Aucune raison de penser qu'elle ne pouvait continuer. Même si elle n'en avait vraiment, vraiment pas envie.

Elle remonta l'allée jusqu'à la maison. Cette fois, elle se dirigea vers la porte d'entrée. Toujours circonspecte, elle pressa la sonnette. S'il n'ouvrait pas d'ici une minute, elle s'en irait.

Remuant les pieds, elle jeta un coup d'œil aux fenêtres. Toujours obscures. Cela ne faisait pas déjà une minute, si ? Elle poussa un profond soupir. Plus longtemps elle restait sous ce porche, plus le risque augmentait que quelqu'un passe en voiture. Elle était sur le point de tourner les talons quand la porte s'ouvrit. Abasourdie, elle resta là à le fixer, essayant de reprendre contenance.

Sur le pas de la porte, Trent ne portait rien d'autre qu'un jean défait, remonté hâtivement sur ses hanches minces. Au-dessus de ses abdominaux dorés, une large poitrine, parsemée de poils sombres. Ses biceps saillirent quand il posa les mains de chaque côté du chambranle, ses yeux bleu foncé cillant comme s'il essayait de se réveiller.

— Skylar ?

Elle s'éclaircit la gorge, s'efforçant de remettre son cerveau en route. Des hormones oubliées se rappelaient à son souvenir, lui peignant des images érotiques.

Bon sang, Sky, reprends-toi.

Elle se força à croiser son regard au lieu de saliver comme une affamée devant un buffet.

— Je, euh... vous avez mon chargeur.

Ce n'était pas ce qu'elle avait eu l'intention de dire, mais c'était mieux que de laisser traîner ses doigts sur sa poitrine.

— C'est pour ça que vous êtes revenue ?

Il secoua la tête, visiblement déçu, et rentra dans la pièce principale. Un instant plus tard, il revint et lui tendit le chargeur.

— Voilà. Vous avez ce que vous êtes venue chercher. Amusez-vous à fuir le reste de votre vie, si ça vous chante.

— Vous êtes cruel.

— Je suis honnête.

Il recula comme pour fermer la porte.

— Attendez...

— Quoi ? Qu'est-ce qu'il y a encore ?

Elle serra le chargeur contre elle.

— Merci de m'avoir rendu ça. Mais ce n'est pas vraiment pour ça que je suis revenue.

Elle poussa un soupir tremblant.

— Je veux vous engager.

Il arqua les sourcils d'étonnement.

— M'engager ? Pour quoi faire ?

— Résoudre un meurtre.

— Le meurtre de qui ? demanda-t-il, les sourcils froncés.

— Le mien.

41

7

Après avoir passé un T-shirt et pris son ordinateur portable, Trent alla s'asseoir sur le canapé près de Skylar. Il ouvrit son traitement de texte et s'interrompit, les doigts au-dessus du clavier.

— Vous êtes prête à m'expliquer pourquoi vous voulez m'engager pour résoudre votre meurtre ?

Elle inspira profondément.

— Avant que je réponde à votre question, j'en ai une autre pour vous.

— D'accord.

— D'abord, pour rectifier les choses, je ne me suis pas introduite dans le bungalow de quelqu'un pour emprunter son ordinateur comme vous le pensiez. Je suis allée dans un motel et j'ai utilisé l'ordinateur à disposition. J'ai payé pour cette utilisation. Malgré ce que vous semblez penser, je n'ai pas l'habitude de voler. Et quand je m'abrite quelque part, comme ce bungalow dans le parc national, c'est parce que c'est abandonné. Personne n'y vivait. Je ne faisais de mal à personne en étant là.

— Je ne vous jugeais pas. J'essayais de comprendre les faits. Mais je n'aurais pas dû faire de suppositions. Mes excuses.

Elle eut l'air surprise.

— Merci. Je vous en suis reconnaissante.

— Que vouliez-vous me demander ?

Une lueur de méfiance reparut dans ses yeux, et elle se tordit les doigts sur ses genoux.

— Vous savez déjà que j'ai consulté le site web de votre employeur. Après ça, je suis allée sur le site de la trésorerie du comté pour obtenir votre adresse.

Il gloussa.

— Je me demandais comment vous l'aviez eue. Bonne initiative. J'aurais dû créer une SCI, pour empêcher les gens de connaître aussi facilement mon lieu de résidence.

— Je suis contente que vous ne l'ayez pas fait ou je ne vous aurais jamais trouvé.

Elle agita la main en l'air comme pour chasser ses paroles.

— Contrairement à la plupart des gens, vous faites attention à ne pas divulguer de détails personnels sur Internet. Je n'ai trouvé aucun compte à votre nom sur les réseaux sociaux.

Son regard troublé croisa le sien.

— Vous avez dit que vous étiez flic à Chattanooga. C'est aussi sur votre bio. Alors j'ai cherché des références à vous à Chattanooga. Je n'essayais pas de vous espionner, pas vraiment. J'avais besoin d'être... rassurée.

— De savoir que je ne fais pas partie des méchants ?

— Quelque chose comme ça. Heureusement, les journaux de la région ont publié des articles sur vous. Vous étiez un sacré inspecteur. Toutes sortes de médailles, de récompenses. Vous avez résolu des affaires très sensibles. Ce que je n'ai pas compris, c'est pourquoi vous avez démissionné et déménagé à Gatlinburg. Pourquoi abandonner une carrière aussi réussie pour tout recommencer ici ?

Il fronça les sourcils.

— Comme vous l'avez dit, je n'ai pas pour habitude d'exposer ma vie privée dans le cyberespace.

— Je n'essaye pas d'être indiscrète. Je veux dire si, mais je remets ma vie entre vos mains du seul fait d'être ici. Je dois savoir si je ne commets pas une erreur. Si vous avez été licencié...

— Vous craignez que je sois un flic corrompu ?

— Je n'ai pas dit ça.

43

Mais elle le pensait. Et il ne pouvait le lui reprocher. Il l'avait emprisonnée et menacée de la dénoncer alors qu'il était manifeste qu'elle craignait pour sa sécurité. Quelqu'un avait essayé de la tuer le matin même, et ce n'était pas la première fois. Il était compréhensible qu'elle soit prudente. Comprenant ses motivations et se sentant désolé pour elle, il décida de répondre à sa question.

— Je n'étais pas un flic corrompu. Je n'ai pas été licencié, j'ai démissionné. Et ça n'avait rien à voir avec le boulot. C'était... personnel.

Voyant son regard déçu, il soupira encore et se prépara à lui résumer la chose. Si cela ne suffisait pas, eh bien, tant pis. Certaines choses étaient trop intimes pour être racontées à une inconnue.

— Il y a quelques années, dit-il, ma vie telle que je la connaissais a pris fin. Ma femme a été tuée. J'avais besoin d'un nouveau départ, là où je ne verrais pas son visage chaque fois que je prendrais une rue familière ou entrerais dans un restaurant où nous avions l'habitude d'aller. C'est pour ça que je suis parti. Seulement pour ça.

Elle plaqua une main sur sa poitrine.

— Je suis navrée. Je ne voulais pas réveiller des souvenirs douloureux.

Comme il pensait à Tanya chaque jour, elle n'avait pas vraiment ressuscité de souvenirs. Mais il dut quand même réprimer un éclair d'irritation du fait de son indiscrétion. Il ne parlait de sa femme à personne, sauf à quelques proches au boulot. Mais à quelqu'un qu'il venait de rencontrer, jamais. Jusqu'à maintenant.

Il reposa les mains sur le clavier.

— Pouvons-nous revenir aux raisons de votre présence ici ? Expliquez-moi ce que vous vouliez dire en parlant de résoudre votre propre meurtre.

Elle le contempla un long moment, peut-être désorientée par le changement abrupt de sujet. Mais il refusait de lui en dire davantage sur sa vie privée. Finalement, elle hocha la tête, décidant de passer à autre chose.

— C'est une longue histoire. Je ne sais pas vraiment par où commencer.

— Commençons par votre nom. Nous savons tous les deux que ce n'est pas Anderson. J'ai fouillé toutes les bases de données et je n'ai rien trouvé, ni ici ni à Chattanooga.

Elle cilla.

— Pourquoi êtes-vous allé voir à Chattanooga ?

— Manifestement, vous vous croyez plus douée pour le bluff que vous ne l'êtes. Quand je vous ai dit que j'avais été flic à Chattanooga, vos yeux sont devenus aussi grands que des soucoupes. Soit c'était le fait que j'avais été dans la police qui vous inquiétait, soit c'était que je vienne de Chattanooga. Dans tous les cas, cela a chatouillé ma curiosité et j'ai fait des recherches. Mais, comme je vous l'ai dit, je ne suis arrivé à rien. Qui êtes-vous ? Donnez-moi votre vrai nom, cette fois.

Elle s'éclaircit la gorge et fit un geste en direction de la cuisine.

— Vous n'auriez pas un reste de steak que je pourrais manger, par hasard ? Il sentait si bon tout à l'heure.

— Vous esquivez.

— J'ai faim.

Il rit, puis reprit son sérieux.

— Il y a un steak dans le frigo, que vous pouvez réchauffer, *après* avoir répondu à ma question.

Elle leva le menton d'un air de défi. Ses yeux orageux croisèrent les siens, mais elle lui dit enfin ce qu'il voulait savoir.

— C'est Skylar. Diminutif Sky, comme sur la boussole. Mais mon nom de famille est...

Elle déglutit.

— ... Montgomery.

Tandis qu'elle filait vers la cuisine, il referma lentement son ordinateur. Il n'en avait plus besoin. Ce nom avait déclenché une cascade d'images dans son esprit. Le souvenir qu'il s'efforçait de retrouver depuis la fusillade se précisait enfin. *Skylar Montgomery*.

Ce n'était pas possible. Ou si ? Il la regarda sortir une assiette du réfrigérateur et la mettre au micro-ondes.

Elle avait l'air d'avoir le bon âge, la trentaine, peut-être un peu moins. Elle était petite, mais c'était la taille correspondant aux images qu'il avait en tête. Les cheveux étaient un peu différents. La femme des reportages avait de longs cheveux ondulés, bruns presque noirs. Mais c'était la première chose que les gens modifiaient quand ils se cachaient.

— De Chattanooga ? lança-t-il, en observant son langage corporel pour décider si elle dirait la vérité, cette fois. Vous étiez fille unique, vous viviez en Californie, à San Diego. Après la mort de votre père, vous vous êtes installée à Chattanooga, n'est-ce pas ?

Elle se tourna à demi, surveillant toujours le steak.

— Vous avez déjà trouvé tout ça sur votre ordinateur ?

Il haussa les épaules, sans prendre la peine de lui dire que c'étaient ses souvenirs d'une affaire que tout le monde au commissariat connaissait. Elle avait fait la une des journaux télévisés un peu partout. Il aurait dû assembler les morceaux depuis longtemps. Mais, comme la plupart des gens, il avait cru que Skylar Montgomery était morte, abattue par un tireur dans la forêt nationale de Cherokee. Son corps n'avait jamais été retrouvé, mais les trous de balles sur sa voiture et les traces de sang sur le sentier étaient parlants. On avait fini par la déclarer morte. C'était presque cinq ans auparavant, ce qui correspondait à sa question sur l'âge du tireur le matin même.

Pour l'interroger, il attendit qu'elle l'ait rejoint sur le canapé, en posant une bouteille d'eau sur la table et une assiette sur ses genoux. La première question qu'il voulait lui poser mourut sur ses lèvres quand il vit le plaisir évident qu'elle prenait à sa première bouchée. Fermant les yeux, elle savourait le steak comme si elle n'avait jamais rien mangé d'aussi bon.

Lorsqu'elle en eut englouti la moitié, il posa une question différente de celle qu'il avait prévue.

— Quand avez-vous mangé un steak pour la dernière fois ?

Elle fit descendre sa dernière bouchée avec une gorgée d'eau avant de répondre.

— Honnêtement, je ne m'en souviens pas. Je me nourris en général de barres énergétiques et d'aliments en conserve.

— Vous dites que vous êtes allée dans un motel aujourd'hui. Vous ne mangez jamais au restaurant ?

— Il y a trop de gens, c'est dangereux. Quelqu'un pourrait me reconnaître.

— Votre affaire a fait la une au niveau national, c'est vrai. Je suppose qu'on pourrait se souvenir de vous par ici. Mais, comme vous êtes censée être morte, je ne vois pas comment on pourrait rapprocher l'affaire de vous. Vous ne pouvez pas laisser de traces numériques ou la police ne vous aurait pas déclarée officiellement morte. Je suis sûr qu'ils ont mis vos comptes sous surveillance pour voir s'il y avait de l'activité après votre disparition.

— J'ai regardé assez de séries policières et mon père m'a assez fait la leçon pour savoir qu'il ne faut pas utiliser de cartes de crédit ou de débit. Je paye tout en liquide.

— Depuis cinq ans ? D'où sortez-vous autant de liquide ? Et comment avez-vous pu le sortir de la banque sans que la police le note ?

Elle sourit.

— C'est mon père que je dois remercier pour ça. Il était un peu… surprotecteur et ne faisait pas confiance aux banques. Il a amassé une petite fortune au fil des ans. Mais il n'a jamais ouvert de compte en banque. Il avait un coffre-fort à la maison, et c'est là qu'il gardait son argent. Par tradition et pour respecter ses avertissements, j'ai aussi eu un coffre-fort et j'y ai mis l'argent que j'avais économisé. C'est comme ça que j'ai pu vivre hors du système, en utilisant ce liquide. J'en cache la plus grosse partie dès que j'arrive dans un nouveau lieu, et j'en mets une petite partie dans mon sac à dos pour me réapprovisionner. Et puis j'ai un compte dont personne ne connaît l'existence, ouvert sous un autre nom. Mais je n'ai jamais dû y faire appel. En plus de la crainte de laisser des traces numériques, ça ne me semblait pas juste.

— Pourquoi ? C'est votre argent, non ?

— Techniquement, oui. Mais la manière dont je l'ai eu me fait honte.

Elle lui jeta un regard d'avertissement.

— Et, non, je ne l'ai pas volé.

— Ce n'est pas ce que j'allais dire.

Un air de gratitude se répandit sur son visage.

— C'est une patiente du centre de soins palliatifs qui me l'a légué. J'étais infirmière, dans mon ancienne vie. J'étais lasse des horaires à rallonge de l'hôpital, alors je suis allée travailler au service réclamations d'une compagnie d'assurances. Ils embauchent beaucoup d'anciennes infirmières, pour débusquer les fraudes. Ce n'était pas très intéressant, mais la paye était bonne. Pourtant le fait d'aider les gens me manquait. Alors j'ai compensé en travaillant au centre de soins palliatifs le week-end.

— Vous êtes devenue infirmière en soins palliatifs en plus de votre emploi principal ?

— Non. C'était du bénévolat. Je rendais visite aux patients qui souhaitaient avoir de la compagnie, parce qu'ils n'avaient pas de famille ou que leur famille venait rarement les voir. C'est comme ça que j'ai rencontré Martha, une vieille dame adorable, la grand-mère idéale. C'est une longue histoire, mais après son décès son avocat m'a ouvert un compte en banque avec une grosse somme d'argent. J'ai voulu refuser, mais il m'a dit que cela comptait beaucoup pour Martha de savoir que je ne manquerais de rien, qu'elle m'aimait comme sa propre petite-fille.

Elle plaqua la main sur son cœur.

— Comme je n'avais plus de famille, ça m'a fait du bien, c'est vrai. Alors j'ai cessé d'argumenter. Je me suis toujours dit que je rechercherais sa famille à un moment donné, pour lui rendre l'argent. Mais je n'ai jamais rencontré aucun d'eux. Bien sûr, s'ils étaient venus la voir, elle ne se serait pas inscrite pour avoir de la compagnie. C'est triste. C'était une femme intéressante et très gentille. Ses proches ont beaucoup perdu à ne pas venir la voir.

Elle agita une main en l'air.

— Je radote, désolée. Ce que je veux dire, c'est que, oui, je paye tout en liquide et que je n'en manque pas. Et j'ai les fonds de Martha en dernier recours. Alors je ne suis pas assez bête pour laisser des traces numériques que mon meurtrier pourrait suivre. Je n'ai honnêtement aucune idée de la manière dont il me retrouve sans cesse.

— Manifestement, vous ne vous êtes pas perdue et vous n'avez pas gelé à mort comme l'a conclu la police il y a des années.

— Oh si, je me suis perdue. Dans une situation comme celle-là, je me serais guidée d'après les étoiles pour retrouver mon chemin. Mais j'avais perdu beaucoup de sang et je n'arrivais pas à penser clairement. Je pense que j'avais de la fièvre. Il m'a fallu des semaines pour sortir de la forêt.

— Vous savez vous orienter d'après les étoiles ?

— Mon père était dans les forces spéciales. Il m'a entraînée comme si j'étais l'un de ses hommes.

Trent se rappelait vaguement que son père était dans l'armée. C'était une chance qu'il lui ait enseigné les principes de survie ou elle ne serait sans doute pas là.

— Vous venez de parler d'une perte de sang. Selon la police, l'homme qui avait tiré sur votre voiture vous avait aussi tiré dessus. Mais ils n'en étaient pas sûrs.

Elle hocha la tête.

— Oui, il m'a atteinte au flanc. Dieu merci, la balle n'a pas touché d'organe vital. Mais je saignais comme un bœuf, et ça s'est infecté.

— Vous avez manifestement réussi à sortir de la forêt. Pourquoi n'êtes-vous pas allée voir la police ? Pourquoi avez-vous laissé tout le monde croire que vous étiez morte ?

— Je n'avais plus de famille. Et c'était la troisième tentative de meurtre. Je savais que ce n'était pas la dernière, que le meurtrier essayerait encore, jusqu'à ce qu'il y arrive. Mais, s'il pensait que j'étais morte, j'avais peut-être une chance. Je suis rentrée chez moi, j'ai cassé une fenêtre à l'arrière de la maison, j'ai pris un sac à dos avec l'essentiel et je me suis enfuie. Depuis, je n'ai jamais cessé de fuir.

— C'était la troisième tentative de meurtre ? Je n'ai entendu parler que d'une.

— Oui, eh bien, les deux autres n'ont pas donné lieu à des battues massives, alors j'imagine qu'elles n'ont pas fait les gros titres.

— Vous avez raison. Les médias se sont jetés sur l'histoire de votre voiture criblée de balles dans un parking.

Elle frissonna et posa son assiette sur la petite table.

— C'était dingue. Je rentrais chez moi et un type a essayé de me faire quitter la route. Puis il a commencé à tirer. Quand je suis arrivée sur le parking, j'ai compris mon erreur, parce que c'était une impasse. Mais sa voiture arrivait à toute allure. Tout ce que je pouvais faire, c'était sortir de la mienne et courir.

— Tout à l'heure, vous avez dit que le type qui vous a tiré dessus aujourd'hui était trop jeune, qu'il n'aurait eu que quatorze ans à l'époque. Vous vous demandiez si c'était le même homme qui vous a poursuivi dans la forêt ?

— Je me suis posé la question, bien sûr. Mais je ne peux pas imaginer qu'un gosse si jeune fasse tout le chemin depuis Chattanooga pour me tuer. Ce n'est pas celui qui s'en est pris à moi à l'époque.

— Vous l'avez bien vu ? Celui d'il y a cinq ans ?

— J'étais trop occupée à m'en sortir.

— Mais ce n'était pas la première tentative d'assassinat contre vous.

— Non. Quelqu'un a essayé de me tuer une ou deux autres fois à Chattanooga. Et depuis aussi, comme aujourd'hui. D'une manière ou d'une autre, celui qui veut me voir morte arrive toujours à me retrouver. Parfois plusieurs mois s'écoulent, peut-être une année, sans qu'il se passe rien. Je pense qu'à l'origine c'était la même personne. Mais depuis il en a engagé d'autres.

— Comme le gosse de ce matin.

Elle hocha la tête.

— Je suppose, oui.

— Ce quelqu'un doit avoir une puissante motivation, pour vous poursuivre si longtemps. Est-ce que vous avez eu un petit ami violent ? Un ex-mari ? Quelqu'un qui pense que vous lui avez fait du tort et qui veut se venger ?

Elle secoua la tête.

— Les seuls petits copains que j'ai eus, c'était au lycée. Juste quelques flirts et des rendez-vous occasionnels à l'université. J'étais trop occupée à obtenir mon diplôme et entamer ma carrière pour m'engager sérieusement. Et, non, je n'ai jamais fait de mal à quiconque. Je ne sais vraiment pas pourquoi on a décidé de faire de ma vie un enfer. Tout ce que je peux faire, c'est me déplacer constamment.

— Et votre vie en Californie ? Est-ce que cela pourrait être quelqu'un qui vous a suivie depuis là-bas ?

— Je ne crois pas, dit-elle en secouant la tête. Je voulais un nouveau départ, un peu comme vous. Mes deux parents étaient morts. Je n'avais aucune raison de rester. Je soupçonnais que ma mère était de Chattanooga, malgré la chape de plomb que mes parents avaient posée sur leur passé. Alors mon premier choix a été l'université du Tennessee. Ils m'ont acceptée, mais je n'ai jamais découvert d'autres parents. Quelques années plus tard, j'ai subi ma première tentative de meurtre, un tireur de l'autre côté de la rue, alors que je sortais du centre de soins palliatifs. Dès que je l'ai vu, j'ai compris qu'il se passait quelque chose. Vous m'avez parlé de votre instinct. Mon père était comme ça, il sentait quand il se passait quelque chose, quand il était en danger. Il a fait de son mieux pour m'inculquer ça, et je suppose que ça a marché. Le type était... bizarre. La manière dont il me fixait... Je me suis jetée à plat ventre une demi-seconde avant que le premier coup ne parte.

Il secoua la tête, étonné qu'elle ait été si près de mourir.

— Je ne me souviens pas d'avoir lu quoi que ce soit ou entendu parler de ça, et je faisais partie de la police de Chattanooga à l'époque.

Elle plissa le nez dans une expression de dégoût.

— Pas étonnant. L'inspecteur qui s'en occupait ne l'a pas pris au sérieux. Le centre de soins palliatifs était situé en dehors de la ville, dans une zone rurale. Apparemment, il y avait déjà eu des plaintes à propos de coups de feu dans les bois, et il s'agissait toujours de chasseurs.

— Où étiez-vous quand c'est arrivé ? Près du bâtiment ?

— Assez près pour que ce ne soit pas un chasseur. J'étais à la limite du parking, me dirigeant vers ma voiture. Et, oui, l'inspecteur m'a à moitié convaincue que l'homme visait un cerf et qu'il ne m'avait pas remarquée. Mais, comme on a essayé à nouveau de m'abattre quelques semaines plus tard, je ne croyais plus vraiment que c'était accidentel. Plus tard, quand j'ai été prise en chasse dans la forêt nationale de Cherokee, j'ai compris que quelqu'un était résolu à me tuer et qu'il ne s'arrêterait pas jusqu'à ce que je sois morte. Après, j'ai erré trois semaines, fiévreuse et délirante. Quand je m'en suis finalement sortie, j'ai décidé d'aller voir la police, mais je suis entrée dans un café. La télévision était allumée au-dessus du comptoir. Tout le monde avait le regard rivé sur l'écran et personne ne m'a remarquée. La reporter disait que la battue était terminée et que la police pensait que j'étais morte. J'ai fait demi-tour et je suis partie. J'ai compris que c'était ma chance, que, si la police me croyait morte, l'homme qui avait essayé de me tuer allait le penser aussi.

À entendre ce qu'elle avait enduré, il avait envie de la prendre dans ses bras pour la rassurer. Mais il doutait qu'elle accueille bien son contact, peu importent ses intentions. S'astreignant à une attitude professionnelle, il demanda :

— Et, après cet incident au café, combien de temps s'est-il passé avant qu'on s'en prenne encore à vous ?

— Pas longtemps. Peut-être un mois. Mais je me suis dit que c'était parce que j'avais été idiote. Quand je suis retournée chez moi prendre de l'argent et des affaires, il devait être à l'affût et il m'a suivie. Depuis lors, je fais bien attention à ne jamais remettre les pieds là où je suis déjà allée.

Elle étouffa un bâillement d'une main. Il le prit comme le signe qu'il devait cesser de la harceler de questions. Ils avaient tous deux besoin de sommeil. Il posa son ordinateur et se leva, lui offrant une main pour l'aider à se lever.

— On va vous installer dans la chambre d'amis. Vous n'allez pas tarder à vous endormir en parlant. On reprendra demain matin.

Elle chercha son regard.

— Alors… vous allez m'aider ? Vous me laissez vous engager pour résoudre mon affaire et récupérer ma vie ?

— Il faut que j'en parle à mon patron et que je déplace certaines choses dans mon planning. Mais, oui, je vais vous aider.

Elle le surprit en l'entourant de ses bras et en le serrant contre elle. Avant qu'il puisse lui rendre son embrassade, elle recula, les joues roses.

— Désolée, dit-elle sans le regarder. Je ne sais pas ce qui m'a pris. Je vous suis juste… reconnaissante.

— Tout le monde a besoin d'être serré dans les bras, de temps en temps. Si vous voulez finir cette embrassade un jour, je suis là.

Elle cilla, l'air à nouveau méfiant.

Il soupira, souhaitant qu'elle soit plus à l'aise avec lui. Il regrettait profondément de l'avoir enfermée tout à l'heure. À ce moment-là, il la soupçonnait d'avoir tué le tireur et avait la ferme intention de la remettre aux Rangers. Mais il ne lui avait pas fallu longtemps pour comprendre qu'elle appartenait à la catégorie des victimes, pas à celle des meurtriers. Et qu'elle avait besoin d'aide. Une aide sérieuse.

Il recula pour lui laisser de l'espace.

— Venez. Je vais vous montrer où tout est rangé.

Elle lui adressa un sourire hésitant, prit son sac à dos et le suivit dans le couloir.

8

Quand Skylar fut installée, Trent se rendit dans son bureau, à l'autre bout de la maison. Après avoir refermé la porte, il s'assit à son bureau et passa un appel. Au bout de cinq sonneries, une bordée de jurons se fit entendre.

— Vaut mieux qu'il y ait mort d'homme ! grinça Callum. Tu sais quelle heure il est ?

Trent sourit en entendant le ton grincheux de son ami.

— Je ne t'ai pas réveillé, j'espère ?

— Tu te fiches de moi ? Il est 2 heures, non, 2 h 18 du matin. Un jour de semaine. Mieux vaut que ça en vaille la peine !

— Quand est-ce qu'arrive le comté de Hamilton dans la file des affaires à reprendre ?

— Le comté de Hamilton... Mais qu'est-ce que... Attends, Chattanooga ?

— C'est ça.

— Bon sang, j'en sais rien. Pas de sitôt. On vient juste de finir de classer le prochain lot, et le comté de Hamilton n'est pas encore dans la file. Pourquoi ? Qu'est-ce qui se passe ?

— Je veux faire jouer la carte perso et travailler sur une affaire non résolue du comté de Hamilton. Et je veux choisir laquelle.

— Ce n'est pas comme ça que marche la carte perso. Tu dois examiner la liste des affaires en attente et choisir l'une des affaires sur lesquelles ils *veulent* qu'on travaille, pas une enquête au hasard dont ils se fichent ou sur laquelle ils travaillent déjà.

55

Pourquoi est-ce que tu m'appelles pour ça, de toute façon ? C'est Ryland qui s'occupe de ça.

— Ryland est en vacances à partir d'aujourd'hui. C'est toi qui le remplaces cette semaine.

— Oh ! pour l'amour du ciel... Son avion ne décolle pas avant la fin de la matinée. Tu peux l'appeler. Il est probablement encore au lit. Comme moi.

— Mais tu es déjà réveillé.

Callum poussa un juron.

— Tu as peur qu'il te dise non.

— Peur n'est pas le mot que j'utiliserais. Mais tu sais comment on dit : il est plus facile de demander pardon...

— Que de demander l'autorisation. Je sais, je sais. Une de tes nombreuses maximes. Tu vas nous faire avoir des ennuis à tous les deux. Tu le sais, n'est-ce pas ?

— C'est important.

— Il vaudrait mieux. Quelle affaire ne peut pas attendre le matin et vaut la peine de mettre ton meilleur ami dans le pétrin ?

— Skylar Montgomery.

— Qui ?

— Skylar Montgomery. Il y a cinq ans à peu près. On a tiré sur sa voiture. Elle a réussi à fuir dans la forêt nationale de Cherokee. Le tireur l'a prise en chasse. L'une de ses balles l'a touchée, mais elle a réussi à s'en sortir. Quand les Rangers sont arrivés pour donner suite aux appels signalant des coups de feu, le tireur a dû abandonner la poursuite. Ils ont suivi les traces de sang, fait une battue et abandonné quelques semaines plus tard.

— Attends. Skylar. Ce n'est pas...

— Si, la femme de ce matin, au parc national des Great Smoky Mountains.

— Celle qui a failli te faire tuer.

— Non, c'est cette fusillade qui a failli nous faire tuer tous les deux.

— Attends, attends. Nous en avons déjà parlé. Ils ont retrouvé le tireur mort. Ton ami McKenzie veut l'interroger. Il pense qu'elle l'a tué.

— Elle ne l'a pas fait.

— Tu en as la preuve ?

— Je sais juger les caractères. Elle a insisté sur le fait qu'elle n'avait rien à voir avec sa mort, et je la crois.

— Elle a insisté ? Elle a disparu avant même qu'ils ne trouvent le type. Bon sang, Trent. Elle est là avec toi, c'est ça ? Dans quoi est-ce que tu es en train de me mettre ?

— Tu n'as rien à craindre. Je ne confirme ni n'infirme que je sais où elle est. Tu ne peux pas avoir d'ennuis puisque tu ne sais rien.

— Personne ne croira ça. C'est une pente glissante. Sans parler de l'accusation potentielle de complicité.

— Ce n'est pas une fugitive. Personne n'a émis de mandat d'arrêt contre elle.

— Ils ont émis un BOLO pour elle, en tant que personne présentant un intérêt pour l'enquête. Tous les agents de police du comté ont reçu l'instruction de la chercher. Ne coupe pas les cheveux en quatre. Tu es sur un territoire dangereux. Tu es sûr que c'est la colline sur laquelle tu veux mourir ?

— Sans hésitation.

— C'était rapide.

— Elle est innocente, Callum.

— Vraiment ? Elle est si jolie que ça ?

— Ça n'a rien à voir avec ma décision, répliqua Trent.

— Tu en es sûr ?

— Arrête. Je ne suis pas un adolescent boutonneux. Elle fuit depuis cinq ans. Il y a eu de multiples tentatives de meurtre contre elle, et elle n'a personne pour la protéger. Elle est fille unique. Son père est mort. Elle n'a pas de parents en vie. Et la police du comté de Hamilton ne l'a jamais prise au sérieux. Elle est désespérée. Je ne vais pas la jeter aux loups. Elle a besoin de notre aide.

— La police peut l'aider. Tout ce qu'elle a à faire, c'est aller en ville et leur expliquer ce qui s'est passé.

— Si c'était aussi simple, la police résoudrait toutes les affaires et aucune d'elles ne serait jamais classée. C'est une affaire non résolue sur laquelle nous devrions travailler, parce que nous pouvons effectivement empêcher un homicide, au lieu de retrouver le tueur après les faits. On peut sauver une vie. Si nous la remettons à la police, ils l'enfermeront pour s'être défendue et pourraient même l'accuser de meurtre. Combien de temps penses-tu qu'elle pourra survivre dans une prison du comté, avant que son meurtrier paye un autre détenu pour la suriner ? Un jour ? Deux ?

— Écoute, Trent, je saisis que c'est important pour toi, c'est clair. Ce que je ne comprends pas, c'est pourquoi. Toutes nos affaires sont importantes, et nous sauvons effectivement des vies. Chaque fois que nous retirons un meurtrier des rues, nous l'empêchons de faire d'autres victimes. Tu dois laisser la police faire son job. Si tu la caches et que tu travailles sur son affaire, qu'est-ce qui va se passer quand tout sortira au grand jour ? Même si tu n'atterris pas en prison, tu pourrais porter un sérieux préjudice à la réputation de la société, alors que le soutien des agences de police est crucial pour nous. Le patron pourrait même te licencier. Grayson ne peut laisser un enquêteur rebelle démolir la société qu'il a bâtie. Tu dois laisser tomber. Prends la bonne décision et dénonce-la.

— Je ne t'ai jamais parlé de Tanya, n'est-ce pas, Callum ?

Un silence, puis :

— Ta femme ? Cette Tanya-là ?

— Cette Tanya. Je ne t'ai jamais dit comment elle était morte.

— Ah, mon vieux, tu n'as pas besoin de me raconter ça.

Trent soupira et gratta la repousse de poils sur sa mâchoire.

— Il faut que tu comprennes. Je ne vais pas entrer dans les détails, sauf pour dire qu'elle a été assassinée par un type qui l'embêtait au travail. Il la harcelait. Elle m'a raconté qu'il se conduisait comme un abruti et qu'il émettait de très mauvaises vibrations. Je lui ai dit de le signaler à son supérieur parce que j'étais trop occupé avec mon travail pour l'écouter vraiment. Si je l'avais fait, j'aurais compris que c'était davantage qu'un abruti. C'était un sociopathe. Et, si j'avais fait une simple recherche sur lui, j'aurais découvert les signaux d'alerte que j'ai trouvés *après* qu'il l'avait tuée.

— Trent, j'ignorais tout ça. Je suis vraiment navré. Je...

— Pas plus navré que moi. Mais ça ne ramènera pas ma femme. Je n'ai pas fait ce que j'aurais dû faire quand je le pouvais. Et maintenant il y a une autre femme harcelée, qu'on a essayé de tuer à plusieurs reprises. Je ne pourrais plus me supporter si je l'adressais à quelqu'un d'autre et si elle en mourait. J'ai déjà assez de mal à me regarder dans le miroir tous les matins. Je ne peux pas lui dire non, Callum. Que tu m'aides ou pas, je vais m'en occuper, avec ou sans le soutien d'Unfinished Business.

— Tu auras notre soutien. Je suis à cent pour cent avec toi. Nous le sommes tous ou nous le serons, une fois que je leur aurai expliqué. Je vais parler à Grayson ce matin. La police de Gatlinburg lui doit beaucoup, avec toute l'aide que nous leur avons apportée. Ils sauteront peut-être sur l'occasion de s'acquitter de leur dette. Et ce McKenzie est un bon ami à toi. Je vais lui parler aussi, voir ce qu'il peut faire pour apaiser la situation. De toute façon, ne t'inquiète pas. On trouvera un moyen. Nous avertirons le comté de Hamilton, et nous leur dirons que nous rouvrons immédiatement l'enquête. Je ne pense pas qu'il y aura de raison d'envoyer Willow, comme nous le faisons habituellement. Tu dis qu'il n'y a pas de famille à avertir.

— Tout à fait. La déléguée aux victimes ne sera pas nécessaire. Et, quand tu parleras à l'officier de liaison du comté de Hamilton, sois prudent. Fais en sorte qu'ils comprennent que ça doit rester discret. Moins de gens sauront que je creuse l'affaire, mieux ce sera, jusqu'à ce que j'aie une idée de ceux qui trempent là-dedans.

— Attends... Tu es en train de dire que tu penses que la police de Chattanooga pourrait avoir étouffé l'affaire ?

— Pas du tout. J'ai travaillé avec eux des années, et je n'ai aucune raison de soupçonner de la corruption. Mais c'était un énorme cirque médiatique ; je ne veux pas prendre le risque que des bavardages interfèrent avec ma capacité à recueillir des informations. Celui qui est derrière tout ça pourrait disparaître, et je ne réussirais jamais à l'attraper.

— C'est quoi, le plan, alors ? Tu l'amènes au bureau ce matin pour revoir l'affaire avec l'équipe ?

— Je ne t'ai ni confirmé ni infirmé que je sais où elle se trouve.

— Arrête avec ton double langage. Je suis déjà mouillé jusqu'au cou et je n'arrête pas de m'enfoncer. Tu l'amènes ?

— Ça ne servirait à rien. J'ai déjà vérifié nos dossiers. Nous n'en avons pas pour cette affaire. Il faudra que notre officier de liaison l'obtienne et te l'envoie. Mais je ne veux pas attendre. Une fois que tu l'auras, dis-le-moi et je mettrai l'information en ligne. L'équipe et toi, vous pourrez l'étudier de votre côté et nous en discuterons plus tard. Skylar et moi, nous partons ce matin.

— Vous partez ? Où ça ?

— Là où tout a commencé. À Chattanooga.

9

De l'autre côté de la table, Skylar fixa Trent et abaissa lentement sa fourchette d'œufs brouillés.

— C'est ça votre plan, m'emmener à Chattanooga pour que le type qui veut ma mort me trouve plus facilement ?

— Le type ou la fille. Vous ne savez pas qui est derrière ces tentatives d'assassinat. Il faut garder l'esprit ouvert.

Levant les yeux au ciel, elle laissa tomber sa fourchette sur son assiette, l'appétit coupé.

— L'esprit ouvert, c'est une chose. Me conduire vers une mort certaine, c'en est une autre. Autant me peindre une cible dans le dos et aller me planter au sommet de la montagne avec un néon disant « Tirez-moi dessus ». C'était une erreur. Je m'en vais.

Écartant sa chaise de la table, elle alla chercher son sac à dos à l'intérieur. Elle l'avait déjà refait après sa douche, par habitude. Toujours prête à fuir. Mais elle ne s'était pas attendue à devoir filer aussi tôt. Après avoir ajusté les bretelles, elle tourna la tête vers l'escalier et se figea.

Trent se tenait près des marches l'observant d'un air circonspect. À côté de lui se tenait un homme qu'elle reconnut pour l'avoir vu la veille : le Ranger McKenzie. Tous deux la contemplaient avec intensité. Trent avec une expression réservée, McKenzie avec un visage de pierre, la main posée sur son holster.

— Ne vous enfuyez pas.

La voix de Trent était calme, apaisante.

— McKenzie n'est pas là pour vous arrêter.

Elle jeta un coup d'œil à l'ouverture de l'escalier, mais il était impossible de contourner ces deux costauds. Sauter par-dessus la rambarde de la terrasse n'était pas non plus une option. Les portes-fenêtres étaient encore ouvertes. Elle leur jeta un bref coup d'œil. La télécommande de Trent était dedans, sur la petite table. L'objet lui permettrait de verrouiller derrière elle, puis d'ouvrir la porte d'entrée quand elle l'atteindrait. Elle aurait une longueur d'avance. Peut-être serait-ce assez pour qu'elle s'échappe par les bois.

Elle revint à Trent. Il regarda l'ouverture, puis elle, et ses yeux bleus se plissèrent en une expression d'avertissement.

— Ne faites pas ça.

Elle courut à l'intérieur et claqua les portes derrière elle, réussissant à tourner le verrou juste avant que Trent ne l'empoigne. Derrière lui se tenait McKenzie, l'air amusé.

— Skylar, ce n'est pas ce que vous croyez ! hurla Trent.

Il secoua la poignée, puis donna un coup d'épaule dans le panneau. Tout le cadre vibra. Encore un coup ou deux, et il se fendrait en deux. À moins qu'elle ne mette en place ces barreaux en acier pour renforcer le tout.

Elle s'élança et s'empara de la télécommande. Trent se jeta à nouveau contre la porte. Le bois émit des craquements.

Elle fit courir frénétiquement ses mains sur les touches, cherchant la bonne. Là ! Elle pressa celle qui disait « Portes ».

Un claquement métallique résonna au moment même où Trent heurtait à nouveau la porte. Cette fois, elle ne bougea pas. Skylar le regarda à travers les carreaux et vit son visage rougi par l'effort, tandis qu'il se redressait en se frottant l'épaule. Il avait l'air assez en colère pour la frapper, et elle n'allait pas traîner assez longtemps pour savoir si c'était son genre. McKenzie n'était plus derrière lui. Était-il descendu pour lui couper la route ?

Faisant volte-face, elle courut vers la porte d'entrée, pressant la touche de déverrouillage au moment où elle posait la main sur la poignée. Elle l'ouvrit en grand et jeta la télécommande sur le sol avant de filer en direction des bois.

Un bruit de pieds battant le sol confirma ses craintes. McKenzie, Trent ou les deux la poursuivaient. Et, bon sang, ils étaient rapides. Mais elle avait survolé la zone autour du bungalow avant de l'approcher. Elle savait où se trouvaient les arbres couchés, les zones marécageuses, et comment zigzaguer pour éviter les buissons épineux.

Toujours avoir un itinéraire d'évasion. Son père lui avait appris cela. Et elle avait toujours suivi cette règle cruciale.

Les pas se rapprochaient. Mais les bois se dressaient juste devant elle. Elle allait y arriver.

Une silhouette solitaire apparut soudain, se détachant de l'orée des arbres, à six ou sept mètres. C'était un homme, tenant une arme à son côté, le doigt sur la détente.

Elle s'arrêta net, glissant dans les aiguilles de pin et manquant de chuter. Quand elle se redressa, l'homme sourit et inclina la tête en guise de salut.

— Je m'appelle Callum. Je présume que vous êtes la célèbre Skylar Montgomery.

Les pas s'arrêtèrent de chaque côté d'elle. Trent lui saisit le bras droit. McKenzie s'empara du gauche et sortit une paire de menottes.

Elle déglutit et considéra tour à tour les trois hommes, se demandant vaguement si tous les amis de Trent étaient aussi grands et costauds que lui. Callum et McKenzie l'étaient certainement. Comme ses chances de leur échapper à tous les trois étaient proches de zéro, et que sa seule alternative était de les accompagner de son plein gré ou d'avoir à le faire menottée, elle hocha la tête en direction de Trent.

— Je ne m'enfuirai pas.

Pour l'instant.

Il l'écarta du Ranger, et tous trois traversèrent la pelouse en direction de la maison.

10

Trent referma la porte du bureau derrière Skylar et lui, laissant Callum et McKenzie patienter dans la grande salle.

Skylar se tourna vers lui, les joues en feu.

— Alors c'est ça votre idée de « faites-moi confiance » ? Vous piégez les gens ?

La contournant, Trent alla se laisser tomber dans le fauteuil en cuir derrière le bureau.

— J'allais vous mettre au courant après le petit déjeuner. Mais vous avez pris la fuite. Encore une fois.

— Prendre la fuite, comme vous dites, c'est la seule chose qui me garde en vie. Si je perçois une menace, je m'envole, point. Vos potes, là-dehors, représentent indubitablement une menace. Je m'en irai à la seconde où cette conversation sera terminée. À moins que vous n'ayez l'intention de m'en empêcher et de laisser ce Ranger me jeter en prison pour avoir eu le culot de survivre alors qu'on essayait de me tuer.

— Personne ne va vous menotter, si vous n'essayez pas de fuir.

Ses yeux jetaient pratiquement des étincelles quand elle laissa tomber son sac à dos sur le sol et s'accroupit devant lui.

En jurant, Trent se leva d'un bond et s'empara du sac avant qu'elle ne puisse en sortir quelque chose.

— Laissez-moi deviner. Vous cherchez votre arme ? Ça ne changera rien. Ça ne fera qu'aggraver les choses.

Elle serra les poings de frustration quand il sortit son arme et en éjecta le chargeur. Après avoir empoché ledit chargeur, il fourra à nouveau l'arme dans le sac et jeta celui-ci sur l'une des deux bergères à côté d'elle.

— Asseyez-vous, lui ordonna-t-il.

Elle se raidit, les yeux plissés.

— S'il vous plaît, ajouta-t-il, faisant un effort pour réprimer son agacement.

Au lieu de s'asseoir, elle croisa les bras.

— Je suppose que si je sors de votre bureau ces deux abrutis vont me poursuivre.

Il était dur de ne pas laisser sa colère flamber en réaction à la sienne, surtout étant donné toute la peine que ses amis et lui avaient prise pour elle. Mais il se rappela qu'elle avait traversé l'enfer. Elle avait parfaitement le droit d'être en colère et de se sentir trahie parce qu'elle ne connaissait pas les faits. Prenant une profonde inspiration pour se calmer, il se rassit derrière son bureau.

— Ces deux *abrutis*, comme vous les appelez, risquent leurs carrières pour vous *aider*.

Un pli apparut sur le front de Skylar. Elle était sur le point de dire quelque chose, mais il leva la main pour l'arrêter.

— Laissez-moi vous expliquer.

Il désigna le fauteuil vide.

— S'il vous plaît, Skylar.

Elle jura, mais cessa de gigoter et s'assit. Un progrès.

— Callum, l'un de mes *potes*, est un collègue. Je l'ai réveillé très tôt ce matin pour le mettre au courant de mon intention de travailler sur votre affaire. Je pourrais prendre un congé, le faire tout seul, mais avec le soutien de ma société nous aurons plus de ressources. Callum en a discuté avec notre patron, et il a accepté non seulement de me laisser travailler officiellement sur votre affaire, mais aussi de tirer quelques ficelles auprès de la police locale pour qu'ils annulent le BOLO émis à votre encontre.

— Je ne... Qu'est-ce qu'un BOLO ?

— Un gros coup de sifflet, pour simplifier. C'est un avertissement adressé à toute la police, demandant de vous arrêter. Cela veut dire que tous les flics du comté ont votre signalement et vous arrêteront à vue. Ou plutôt ils le feraient si mon patron, Grayson Prescott, n'avait pas convaincu le chef de la police que nous nous en occupons et qu'il est inutile de vous arrêter.

Elle cilla, l'air moins en colère.

— O... K. Je ne m'attendais pas à ça. Je...

— Le principal argument avec lequel Grayson a pu obtenir la coopération du chef de la police, c'est que vous rencontriez McKenzie. Le marché est que vous répondiez à ses questions, que vous fournissiez vos empreintes et un échantillon d'ADN, afin qu'il puisse assurer *son* patron que vous n'êtes pas une meurtrière.

— Attendez. Je n'ai pas donné mon accord pour ça. Et je n'ai pas tué...

Il leva à nouveau les mains.

— Je suis de votre côté. Vous n'avez rien à me prouver. Mais McKenzie demande à être convaincu. Vous n'êtes pas obligée de lui parler. C'est à vous de décider. Mais si vous ne le faites pas le marché ne tient plus.

— Et il m'arrête.

— Malheureusement, oui.

— Quel marché !

Trent croisa les bras et darda sur elle un regard dur.

— C'est une bonne affaire. Et elle n'a pas été facile à arranger. Tout ce que vous avez à faire, c'est répondre à quelques questions.

— Et fournir mes empreintes et un échantillon ADN.

— C'est ça qui vous inquiète ?

— Vous avez oublié que je suis morte pour la plupart des gens ? S'il introduit mes empreintes et mon profil ADN dans une base de données quelconque et si cela avertit la mauvaise personne que je suis encore vivante ?

— Le fait qu'on ait essayé de vous tuer récemment signifie que celui qui vous en veut sait déjà que vous êtes vivante. Mais je comprends que vous vouliez rester discrète, ne pas divulguer votre localisation. Vos empreintes et votre profil sont déjà enregistrés quelque part, pour qu'on puisse les comparer ?

Elle hésita, puis dit :

— C'est une bonne question. Je n'en sais rien. Attendez, si, on m'a pris mes empreintes pour vérifier mes antécédents, quand je suis devenue infirmière.

— À moins qu'on ne vous ait accusée d'un délit, ça ne devrait pas être un problème. Les demandes de casier judiciaire n'ont rien à voir avec l'AFIS.

Devant son regard perplexe, il clarifia.

— Le système d'identification automatique des empreintes du FBI. C'est une base de données nationale, qui répertorie les empreintes à l'usage de la police. Ne vous inquiétez pas.

— Si vous le dites.

— Ce que je dis, c'est que vous pouvez choisir. Donnez ce qu'il veut à McKenzie et tout sera fini. C'est un excellent enquêteur, intelligent et sensé. Il n'a aucun intérêt à mettre une innocente en prison ou à compromettre votre sécurité. Il est plus que disposé à en finir avec ça, afin de vous éliminer comme suspecte. Ensuite, vous et moi serons libres de travailler sur *votre* affaire.

— Je n'irai pas à Chattanooga.

Trent soupira.

— Nous en discuterons plus tard. Pour l'instant, vous devez parler à McKenzie. Tout ça est contraire aux règles et ne suit pas du tout les procédures normales des agences auxquelles nous avons affaire, sans parler de ma propre société. Alors, quand nous sortirons d'ici, ce serait une bonne idée de remercier McKenzie et Callum de vous donner cette chance.

Fatigué et agacé, il n'attendit pas sa réponse et s'approcha de la porte. Mais il la regarda avant d'ouvrir.

— Vous êtes prête ?

Elle se leva lentement, s'essuya les mains sur son short, tira sur sa chemise et remit son sac à dos. Ou bien elle se préparait à filer quand il ouvrirait la porte, ou bien l'idée de parler à McKenzie la rendait nerveuse. Ou c'était encore autre chose qui la rendait anxieuse. Sa conviction de savoir déchiffrer les gens et de pouvoir prédire ce qu'ils feraient était sérieusement ébranlée depuis qu'il avait rencontré cette femme compliquée.

Une Skylar plus calme, presque hésitante, s'approcha de lui, les mains passées dans les bretelles de son sac.

— Pourquoi ne m'avez-vous pas dit tout ça avant que vos amis...
— Callum et McKenzie.

Elle hocha la tête.

— Pourquoi ne m'en avez-vous pas parlé avant qu'ils arrivent ? Vous deviez vous douter que la trouille allait me faire prendre la tangente, sinon vous n'auriez pas demandé à Callum d'attendre dehors au cas où je m'enfuirais.

— Vous n'êtes pas la seule à avoir été surprise. J'ai reçu un SMS quelques minutes avant que nous nous asseyions pour manger. Je me suis dit que j'appellerais pour fixer une réunion avec McKenzie une fois que je vous aurais parlé. Je n'ai pas eu l'occasion de leur demander à tous les deux pourquoi ça a changé, mais je ne crois pas me tromper en attribuant cela à Callum. Il ne voulait pas prendre le risque de nous voir partir avant que McKenzie et lui n'aient le temps de vous interroger.

— Je ne comprends pas. Pourquoi feriez-vous ça ?

— Parce que je crois à votre innocence. Je pense que c'est vraiment n'importe quoi qu'on vous soumette à un interrogatoire parce que le type qui essayait de vous tuer est mort lui-même. J'aurais argumenté en faveur d'un autre compromis. Mais ce n'est plus envisageable, maintenant. Finissons-en, puis allons attraper ensemble le méchant et vous rendre votre avenir. Qu'en dites-vous ?

Elle posa une main sur son bras.

— Merci. De croire en moi.

Son sourire reconnaissant, ainsi que le doux contact de sa main firent battre un peu son cœur. Callum avait peut-être raison de dire que son physique l'influençait. Cela faisait trop longtemps qu'il n'avait pas pris le temps de nouer une relation, même passagère. Et Skylar était exactement son type : d'une intelligence fulgurante, incroyablement débrouillarde et pulpeuse à souhait.

Il s'éclaircit la gorge.

— Inutile de me remercier. Vous avez risqué votre vie pour sauver la mienne. Cela seul m'a convaincu que vous êtes une bonne personne.

Elle tressaillit.

— Une bonne personne, ça peut se discuter.

Elle posa son sac à dos sur une chaise et ouvrit la fermeture Eclair latérale. Quand il vit ce qu'elle en sortait, il jura.

— Je sais, je sais. Désolée.

Elle retourna la deuxième arme et la lui tendit.

— Je ne l'ai pas volée, je l'ai empruntée. Hier soir, j'ai fouillé, après que vous êtes allé vous coucher, et je l'ai trouvée dans un tiroir. Je ne voulais pas être désarmée si vous me preniez encore mon chargeur. Ce que vous avez fait.

Exaspéré, il glissa l'arme dans sa poche.

— Je vois comment vous avez réussi à fuir si longtemps. Vous êtes imprévisible.

— Pas assez imprévisible, ou bien les malfrats ne m'auraient pas retrouvée plusieurs fois. Vous croyez vraiment qu'aller à Chattanooga est la chose à faire ?

— C'est dangereux, je ne vais pas vous mentir. Mais rester ici est également dangereux. Celui qui cherche à vous tuer sait que vous êtes à Gatlinburg. Quitter la ville est le meilleur parti. Et revenir sur la scène de crime originale est le meilleur moyen que je connaisse pour acquérir un levier sur une affaire. Je ne peux pas vous promettre que ce sera sans danger. Mais je ferai tout ce que je peux pour vous protéger et ne pas vous faire prendre de risques inutiles.

Elle pencha la tête.

— Je vous en suis reconnaissante. Encore une question.

Pourquoi ? Vous m'avez dit que vous aviez quitté Chattanooga pour mettre vos souvenirs à distance. Pourquoi voudriez-vous repasser par tout ça à mon seul bénéfice ?

Il sourit.

— Si vous demandiez à Callum, il vous dirait que c'est parce que j'ai un faible pour les belles femmes.

— Ne soyez pas condescendant.

— Je ne le suis pas. Vous *êtes* une belle femme.

— Ça suffit. N'insultez pas mon intelligence en essayant de détourner la conversation. Je veux savoir pour quelle raison vous êtes disposé à retourner à un endroit qui vous rappelle votre femme. Vous avez dit que vous étiez parti pour vous éloigner de souvenirs douloureux. Ce n'est pas logique que vous soyez prêt à y retourner pour quelqu'un que vous connaissez à peine.

Un coup résonna derrière Trent.

— Trent ? fit la voix étouffée de Callum à travers la porte. Tout va bien là-dedans ?

— On arrive, Callum.

— McKenzie commence à se dire que tu as laissé sa suspecte s'enfuir par la fenêtre.

Skylar leva les yeux au ciel et s'approcha de la porte.

— On est en train de faire passionnément l'amour sur le bureau. Dites à McKenzie qu'il nous donne quelques minutes pour terminer en beauté.

Une toux étranglée s'éleva de l'autre côté de la porte, suivie de pas rapides. Trent sourit largement.

— Le dessus du bureau serait un peu inconfortable. Le tapis est bien plus moelleux.

— J'attends toujours que vous répondiez à ma question.

Trent poussa un grand soupir, son amusement dissipé.

— C'est *à cause* de ma femme que je suis prêt à aller à Chattanooga avec vous.

— Je ne..., commença-t-elle d'un air désorienté.

— Je l'ai laissée tomber. Tanya, ma femme. Elle avait besoin de moi, et je n'étais pas là pour elle. C'est le fardeau que je porte jour après jour. Vous êtes venue me voir parce que vous aviez besoin d'aide, et je vais faire tout ce qui est en mon pouvoir pour vous protéger et vous rendre votre vie. C'est pourquoi je suis prêt à retourner dans cette ville que je hais. Parce que je pense sincèrement que c'est le seul moyen d'avoir les réponses nécessaires.

Elle fouilla son regard comme pour juger de la sincérité de sa réponse. Puis, hochant la tête, elle se pencha pour reprendre son sac à dos.

— Une fois l'interrogatoire terminé, nous ferons ça à votre manière, nous irons à Chattanooga. Mais je n'aime pas ça et, honnêtement, ça me fait peur rien que d'y penser. Je resterai une semaine. Après quoi, si vous n'avez pas trouvé qui essaye de me tuer, je m'en irai.

11

Assise face à Trent, dans le coin repas, Skylar contemplait, perplexe et quelque peu alarmée, l'activité autour d'eux. Elle avait cru que, après l'interrogatoire mené par McKenzie, Callum et lui s'en iraient et que Trent et elle prendraient la route de Chattanooga. Au lieu de cela, après avoir raccompagné McKenzie, Callum introduisit deux autres hommes, des collègues d'Unfinished Business.

L'un d'eux, Asher Whitfield, lui sourit pour la saluer, puis franchit une porte derrière elle, transportant un petit sac noir. En regardant par-dessus son épaule, Skylar comprit qu'il était entré dans le garage. Elle le vit sortir un tournevis et faire le tour d'un SUV avant que la porte se referme.

Brice Galloway, le deuxième homme, rappela à Trent qu'il avait besoin d'une photo aussitôt que possible. Puis il fit rouler la valise qu'il avait apportée dans le couloir, se dirigeant probablement vers le bureau de Trent.

— Une photo ? demanda Skylar à Trent. De moi ?
— Oui. Nous aurons besoin d'un...
— Trent ? cria Callum depuis le salon.

Il empocha son téléphone.

— Ivy va bientôt arriver. Tu peux me donner un coup de main ?

Trent adressa un sourire d'excuse à Skylar.

— Désolé. Je vous explique dans une minute. Je reviens tout de suite.

— Mais je ne...
— Trent ? appela à nouveau Callum.
— Vraiment désolé. Les choses vont plus vite que je ne m'y attendais. Ne bougez pas.

Il se rendit à grandes enjambées dans le salon. Quel que soit le sujet de leur discussion, il tapa quelque chose sur son téléphone. Envoyait-il un SMS ? Ou cherchait-il quelque chose sur Internet ? « Dans une minute » devint cinq minutes, et il ne revenait toujours pas. Trent posa son téléphone, et les deux hommes commencèrent à tripoter les cordons des appareils électroniques à côté de l'énorme télévision située au-dessus de la cheminée.

Skylar avait envie de prendre son sac à dos et de se faufiler par la porte d'entrée. Le fait qu'en dehors de Trent quatre personnes aient déjà vu son visage la rendait assez nerveuse. Et maintenant une autre, Ivy, était apparemment en chemin. Cela ne s'accordait pas à son désir de garder son existence secrète. Mais Trent lui avait déjà dit qu'il utiliserait les moyens de la société – ce qui comprenait le personnel, supposait-elle – pour l'aider dans son affaire. Cela ne supprimait pourtant pas ses inquiétudes. La seule raison pour laquelle elle ne prenait pas la fuite à l'instant même, c'était que quelque chose l'aidait à combattre l'anxiété, quelque chose qu'elle n'avait pas éprouvé depuis longtemps.

L'espoir.

Et sa promesse de donner une semaine à Trent. Il s'était plaint que c'était trop court. Elle lui avait répliqué que c'était bien plus long que cela ne lui convenait. Alors ils étaient tombés d'accord et s'étaient serré la main. Elle remettait sa vie et son espoir d'un avenir meilleur entre ses mains. Mais elle ne le suivrait pas aveuglément. S'il n'était pas disposé à prendre le temps de discuter de ce que ses collègues faisaient, elle se débrouillerait pour en avoir une idée toute seule.

Malheureusement, elle n'avait pas de téléphone pour faire des recherches sur Internet. Cela ne l'avait jamais dérangée jusque-là. Mais maintenant elle souhaitait en avoir un pour au moins revoir le site web d'Unfinished Business et en apprendre davantage sur Callum, Asher et Brice. Oh ! et sur cette Ivy qui arrivait.

La porte derrière elle s'ouvrit. Asher entra dans la pièce, sans lui donner l'occasion de lui poser des questions. Un vague hochement de tête, ce fut tout ce qu'elle eut, pendant qu'il contournait la table en hâte pour gagner le hall, avec le sac noir qu'elle avait vu plus tôt.

— La plaque est prête, cria-t-il à Trent.

Trent agita la main, et Asher disparut au coin, suivi par le déclic de la porte d'entrée qui s'ouvrait et se refermait.

Skylar était sur le point d'appeler Trent et d'exiger les explications promises. Mais il était au téléphone maintenant. Callum manœuvrait des boutons tandis que Trent allumait la télévision. Une publicité pour du détergent fut remplacée par l'image d'une salle de conférences. Mais il n'y avait personne, juste une longue table avec des chaises autour. Était-ce la société de Trent ? Allait-il avoir une vidéoconférence avec quelqu'un là-bas ?

La sonnette résonna.

Avant que Skylar ne résolve la question de savoir s'il était sans danger pour elle d'aller ouvrir, Trent gagna le hall au petit trot, glissant son téléphone dans sa poche, et disparut. Skylar entendit à nouveau la porte s'ouvrir et se refermer. Puis un homme et une femme pénétrèrent dans la pièce avec Trent, s'arrêtant devant le canapé.

L'homme était grand et mince, vêtu de noir de la tête aux pieds. Sa coupe courte et moderne aurait eu l'air assez discrète s'il n'avait eu les cheveux vert citron. Une alarme se mit en route dans la tête de Skylar. Ce n'était pas le genre d'homme qu'elle imaginait travailler pour Unfinished Business. Elle se rappela que le site web soulignait le fait que tous les enquêteurs avaient fait partie de la police. Ce type ne correspondait pas à ce profil, et pas seulement à cause de ses cheveux. Il avait l'air... nerveux, mal à l'aise. Et il la fixait comme s'il essayait de mémoriser ses traits. Si elle avait eu des munitions dans son pistolet, elle serait immédiatement allée le chercher. Elle avait vraiment besoin de récupérer son chargeur auprès de Trent.

La femme accompagnant le type aux cheveux verts était blonde, jolie et presque aussi grande que Trent. Les nouveaux venus, comme presque tous ceux qui étaient entrés jusque-là, transportaient de grands sacs noirs. Trent leur indiqua le passage à droite de la cheminée et tous trois franchirent l'ouverture pour se diriger vers les chambres.

Skylar jura à mi-voix. Callum tripotait toujours les boutons de la télévision. Maintenant, il y avait un homme sur l'écran, assis dans la salle de conférences. Aucun son, ce qui était sans doute le problème qu'essayait de résoudre Callum, car l'homme et lui semblaient parler au téléphone.

Skylar en avait assez d'attendre que Trent réponde à ses questions. Se levant, elle prit soin de ne pas attirer l'attention. Désireuse de savoir ce qu'Asher faisait, elle se glissa dans le garage. Elle l'avait entendu dire à Trent que la plaque était prête. Et, effectivement, elle vit que la plaque d'immatriculation à l'arrière du SUV n'indiquait pas le comté de Sevier, comme elle l'aurait dû. Elle était au contraire du comté de Hamilton, à savoir celui de Chattanooga.

Après avoir soigneusement refermé la porte du garage, elle traversa le coin repas et tourna dans le hall. La porte du bureau était fermée, mais elle ne se donna pas la peine de frapper. Elle l'ouvrit en grand et entra.

Brice tapait sur un ordinateur portable. Il arqua un sourcil, les doigts au-dessus du clavier.

— Ne vous interrompez pas pour moi, lui dit-elle.

Elle sourit, jeta un coup d'œil aux documents que crachait l'imprimante, puis se laissa tomber sur l'une des bergères. Ce faisant, elle remarqua les autres équipements, qui avaient dû arriver dans la valise à roulettes.

— Mademoiselle Montgomery, puis-je faire quelque chose pour vous ?

— En fait, oui. Vous pouvez me confirmer que vous...
— Ah, vous voilà.

Trent poussa la porte. Il salua Brice d'un hochement de tête et tendit une main à Skylar.

— Vous avez une minute ?

Ignorant sa main, elle croisa les bras.

— Pas vraiment. Brice et moi allions entamer une conversation. Je préfère qu'il réponde à mes questions, puisque vous ne semblez pas enclin à me mettre au courant de ma propre affaire.

Brice eut l'air de se retenir de rire. Trent le considéra les yeux plissés avant de regarder à nouveau Skylar.

— Mes excuses. Je vous mettrai au courant en chemin.
— En chemin ?

Elle se leva.

— Nous partons maintenant ?
— Pas exactement.
— Trent...
— Je répondrai à vos questions. C'est promis. Venez juste avec moi.

Elle soupira tandis qu'il s'emparait de sa main et l'entraînait hors du bureau. Il lui fit traverser le salon. Il y avait davantage de gens sur l'écran maintenant, fourmillant dans la salle de conférences. Avant qu'elle ait pu l'interroger là-dessus, il la poussa dans le couloir. Les gens qu'elle avait vus plus tôt devaient être par là. Et avec tout ce qu'elle avait observé ces dernières minutes elle commençait à avoir une idée de ce qui se passait. Ou du moins le pensait-elle. Il était temps de vérifier si elle avait raison.

— J'ai déjà mis le peu que je possède dans mon sac à dos, si vous êtes en train de m'emmener prendre mes affaires, dit-elle à Trent. Enfin, sauf mon chargeur, dont j'espère que vous me le rendrez bientôt.

Il sourit largement.

— Dès que nous serons hors de portée de tir de mes amis, je vous le rendrai.

Il lui fit signe d'entrer dans la chambre où elle avait dormi.

Lorsqu'elle vit ce qui l'attendait, ses soupçons se confirmèrent. Mais elle décida de faire un peu souffrir Trent pour l'avoir laissée comprendre toute seule. Elle fit volte-face comme pour partir. Sans surprise, Trent se plaça devant la porte ouverte, lui bloquant la sortie.

— Une seconde, Skylar.

Elle croisa les bras.

— Vous m'avez dit de ne pas bouger durant la dernière demi-heure, en promettant de m'expliquer ce qui se passe. Maintenant, vous me traînez dans une chambre où un autre couple attend. Quelle que soit la perversion que vous avez à l'esprit, vous pouvez l'oublier.

Il écarquilla les yeux. Un rire féminin s'éleva derrière Skylar.

— Tais-toi, Ivy, jeta Trent en lançant un regard furieux par-dessus la tête de Skylar.

Il s'éclaircit la gorge.

— Ce n'est pas du tout de cela qu'il s'agit, je vous le jure, Skylar. J'aurais dû vous prévenir. Nous ne sommes pas, c'est-à-dire... ils ne sont pas... Je ne ferais jamais...

Elle lui fit un clin d'œil, auquel il répondit par un regard soupçonneux.

— Pourquoi ai-je l'impression qu'on se moque de moi ?

— Parce que c'est le cas.

Elle se retourna.

— Vous êtes Ivy Shaw, n'est-ce pas ? Je vous reconnais d'après votre photo sur le site de la société.

La blonde sourit et lui serra la main.

— Bien sûr que c'est moi. Ravie de vous rencontrer, mademoiselle Montgomery. Voici Max. Ne vous laissez pas tromper par ses cheveux verts. C'est un orfèvre de la coiffure, et il est très discret.

Elle fit signe à l'homme derrière elle, qui semblait perplexe. Comme il tenait plusieurs paires de ciseaux dans une main et plusieurs peignes dans l'autre, Skylar se contenta de dire :

— Max, enchantée de vous rencontrer.
Elle se tourna vers Ivy.
— Quand allons-nous entamer mon maquillage ?
Ivy gloussa.
— Tout de suite, je pense. Max a approuvé le grand lavabo de la salle de bains. Il aura assez de place pour travailler. Il est juste en train de sélectionner ce dont il a besoin. Nous allons utiliser ce fauteuil à roulettes et...
— Excusez-nous une seconde.
Trent s'empara de la main de Skylar et l'entraîna dans le couloir. Cette fois, ce fut elle qui leva une main pour l'empêcher de parler.
— Inutile de m'expliquer. J'ai tout compris.
— Oh ? Et que pensez-vous avoir compris ?
— Eh bien, vous avez bien dit que votre patron avait accepté de vous laisser travailler officiellement sur mon affaire avec l'aide de la société. Vu le nombre de vos collègues ce matin, il est manifeste qu'ils sont là pour ça.
Elle se mit à compter sur ses doigts.
— Asher a remplacé la plaque d'immatriculation de votre SUV par une plaque du comté de Hamilton, pour que nous n'attirions pas l'attention à Chattanooga.
Trent s'adossa au mur, les bras croisés. Elle pinça un autre doigt.
— Le pauvre Callum s'efforce de comprendre votre équipement audiovisuel pour organiser une visioconférence. Je crois que c'est sur le point de marcher, d'ailleurs.
— Je suis tellement soulagé, répondit-il d'un ton comique.
Elle pinça un autre doigt.
— Brice est en train d'imprimer des faux papiers et veut cette photo de moi pour finir mon faux permis de conduire ou ma fausse carte d'identité. J'ai remarqué qu'il imprimait un formulaire sous de faux noms. Nous allons apparemment être M. et Mme Trent Adams. Vous avez interverti votre prénom et votre nom de famille.
Trent haussa les épaules.

— C'est logique puisque tout le monde m'appelle Trent. Ça nous permettra de ne pas gaffer quand quelqu'un me demandera mon nom.

— Alors je suis toujours Skylar ?

— À moins que vous ne vouliez un prénom différent. Ce n'est pas un prénom très courant, mais il n'est pas exotique au point de vous faire remarquer.

— Merci. Continuons. Ivy, je crois, a apporté les dossiers que vous vouliez du comté de Hamilton. Et elle a aussi amené Max, qui va modifier mon apparence avant que nous prenions la photo dont Brice a besoin.

Trent la contemplait avec une sorte d'admiration réticente.

— Comme je m'en suis sortie ? demanda-t-elle.

— Quand ceci sera fini, je vous donnerai un formulaire de candidature pour un poste d'enquêtrice à Unfinished Business.

— Bingo. J'ai oublié quelque chose ?

— Seulement qu'Ivy va rester avec Max et vous pendant qu'il s'occupe de vos cheveux. Il ne fait pas partie de l'équipe et je ne lui fais confiance que dans une certaine mesure. J'aimerais également savoir comment vous avez eu connaissance des documents que Brice imprime. Je suis entré dans le bureau deux secondes après vous. Ce n'était pas suffisant pour lire ce sur quoi il travaillait.

Elle haussa les épaules.

— Je ne suis pas tombée de la dernière pluie. J'ai reconnu la paperasse typique des fausses cartes d'identité et la plastifieuse près de l'imprimante.

— Et comment se fait-il que vous connaissiez tout ça ?

— Montgomery n'est pas mon nom d'origine. C'est un alias.

Il jeta un coup d'œil à Ivy et Max, qui parlaient à voix basse, et lui fit signe de remonter le couloir.

— Vous êtes en train de dire que, quand vous viviez à Chattanooga, c'était sous un faux nom ?

— Eh bien, c'est le nom que je portais depuis plusieurs années. Pour moi, ce n'était pas un faux nom. Je n'essayais pas de tromper quiconque. C'était juste le nom que j'avais quand mon père est mort.

— Mais ce n'était pas le nom que vous portiez à la naissance.

— Non. C'était un alias que mon père avait créé pour nous. Il avait tout l'équipement nécessaire, comme Brice. Et ses contacts l'aidaient à créer ce qu'il ne pouvait faire tout seul.

— Vous parlez de cartes de Sécurité sociale, d'extraits d'acte de naissance ?

Elle hocha la tête.

— Avec ces deux choses, on peut obtenir à peu près tout ce qu'on veut, y compris un vrai permis de conduire. Mais il a dû improviser quelquefois, d'où la machine à plastifier, ainsi que le papier et l'imprimante spéciale, pour fabriquer un permis de conduire avec un hologramme.

— Quel était le nom que vous portiez à la naissance ?

— Je l'ignore. Sur mon acte de naissance, il est écrit Wallace. Mais papa m'a dit des années plus tard que ce nom était tout aussi faux que les autres. Je me souviens de McAlister, avec un *l*, pas deux. Et il y a eu Smith aussi, à un moment donné. Ne me regardez pas comme ça. Mon père n'était pas un criminel, c'était un homme bien. Quelque chose s'est passé quand nous étions en poste à l'étranger. Je n'ai jamais compris quoi mais, après ça, mes parents étaient tous deux effrayés et inquiets. Papa a démissionné de l'armée, et nous avons quitté la base en Allemagne pour nous installer dans un petit appartement en France, où il a démarré une activité de consultant. Nous sommes devenus Ryan, Abby et Skylar Wallace.

— A-t-il aussi modifié vos prénoms ?

— Non, je... Honnêtement, je n'y ai jamais réfléchi. Le mien est Skylar d'aussi loin que je me souviens. Mais je ne sais pas pour mes parents. Je les ai toujours connus comme Ryan et Abby, ou Abigail s'il voulait se faire entendre.

Elle sourit.

— Je suis presque sûre qu'Abigail était le vrai prénom de

ma mère parce que je me rappelle qu'elle a dit une fois qu'elle portait le même prénom que sa mère, et que c'était une tradition familiale. Elle ne s'était pas rendu compte que j'écoutais. Mais elle ne se trompait jamais de nom de famille. Pas une fois. Mon père nous les avait enfoncés dans le crâne.

— Avez-vous demandé les états de service de votre père ?

— J'ai essayé, une fois. Mais l'armée est plutôt chiche en informations. Je ne pouvais pas prouver que Ryan Wallace était mon père, alors ils m'ont claqué la porte au nez. J'ai essayé de faire des recherches sur les sites web qui recensent les membres des forces spéciales, mais je n'ai jamais trouvé de Ryan Wallace.

— Vous êtes vraiment sûre que votre père était un Army Ranger, ou même qu'il était dans l'armée ?

— Oh ! je n'ai aucun doute là-dessus. J'ai vu des photos, et je les ai entendus en parler, ma mère et lui. Il était fier de servir son pays. Il aurait passé le reste de sa vie dans l'armée, s'il n'avait pas dû cacher nos identités.

— Des photos ? Vous avez des photos de vos parents ?

— Malheureusement non. Après la mort de ma mère, mon père est devenu encore plus soucieux et il a tout détruit. Il a brûlé les quelques photos qu'il avait gardées de son passage dans l'armée, et de lui et ma mère quand ils étaient jeunes. Quand j'ai découvert qu'il n'avait pas même sauvé une photo de ma mère pour moi, j'en ai eu le cœur brisé. J'étais furieuse. C'est l'une des rares choses sur lesquelles nous nous sommes disputés. Je ne lui ai pas parlé pendant un mois.

Elle poussa un gros soupir, luttant visiblement pour ne pas s'abandonner à l'émotion.

— Je suis désolé. Ça a dû être très dur.

— Oui, ça l'était. Mais l'eau a passé sous les ponts, n'est-ce pas ? Je ne pouvais rien y faire. Papa et moi nous nous sommes réconciliés. Désolée, je ne pense pas vous avoir dit quoi que ce soit d'utile.

— On ne sait jamais. Quelque chose que vous me dites pourrait très bien être la pièce dont j'ai besoin pour terminer le puzzle. Encore quelques questions. Vous vous rappelez où vous viviez en France ? Et quel âge aviez-vous ?

— C'était à Lyon.

Elle sourit.

— Je croyais que la ville avait été baptisée d'après les lions qu'on voit dans les zoos. Nous y sommes restés quelques années, mais je ne sais pas combien, parce que j'étais très jeune. Mais je me souviens que je suis entrée à l'école primaire à Houston. Alors nous avons déménagé là-bas avant que j'aie six ans.

— Mais vous avez fini le lycée à San Diego, n'est-ce pas ? Quand avez-vous déménagé de Houston à San Diego ?

— Nous avons déménagé plusieurs fois avant de nous installer à San Diego. Je suis restée Skylar Montgomery tout le temps du lycée. Ma mère était déjà morte à l'époque, et je crois que papa était plus consumé par le chagrin que par la peur qu'on nous retrouve. Et avant que vous me le demandiez, non, je n'ai jamais su de quoi ou de qui il avait peur. Et, oui, je me suis souvent demandé si cela a à voir avec les tentatives d'assassinat contre moi plus tard. Papa était mort depuis des années. C'est absurde que quelqu'un en veuille si longtemps à mon père et s'en prenne ensuite à sa fille. Non ?

— C'est bizarre, concéda-t-il. Mais c'est aussi une sacrée coïncidence. Combien d'années se sont écoulées depuis votre dernier changement de nom ?

— Trent ?

Callum se tenait au bout du couloir.

— Brice a besoin de cette photo. Et tout est prêt pour la vidéoconférence. Tu veux que je les prévienne de se rassembler dans la salle de conférences ?

— Je veux que Skylar assiste à la réunion, pour qu'elle puisse répondre aux questions.

Il jeta un coup d'œil à la chambre d'amis.

— Je ne sais pas combien de temps ça prend pour couper et teindre des cheveux.

— Une heure et demie à deux heures, lui dit Skylar. Je peux dire à Max de faire au plus vite.

Elle rejeta ses cheveux derrière son épaule.

— Je vais devenir blonde, rousse ou quoi ?

Trent contempla ses cheveux.

— C'est dommage de changer de couleur. Je trouve que cet auburn vous va très bien. Mais c'était aussi le cas de ces cheveux noirs que vous aviez avant de disparaître.

— Hum, merci.

Trent s'éclaircit la gorge.

— Courts et blonds, ce serait complètement différent de longs et auburn. Ça vous va ? demanda-t-il.

— Si ma sécurité est en jeu, je suis prête à me faire raser.

— On n'aura pas à aller jusque-là, dit-il en souriant.

— Alors allons-y pour courts et blonds.

Trent referma la porte de la chambre d'amis et se dirigea à grands pas vers Callum.

— On va reporter la réunion à demain matin. Avec un peu de chance, d'ici là on aura davantage d'informations.

Il fit signe à Callum de le suivre dans son bureau. Quand ils y pénétrèrent, Brice était au téléphone, derrière le bureau.

— Lance, Trent et Callum viennent d'arriver. Je te rappelle dans quelques minutes.

— Ne raccroche pas.

Trent ferma la porte.

— Je veux aussi parler à Lance.

— Je te mets sur haut-parleur.

— Salut, Lance. Tu as toujours des contacts dans le renseignement militaire ? demanda Trent.

— Officiellement, non. Officieusement, que veux-tu ?

— J'espérais que tu dirais ça. Donne-moi tout ce que tu peux trouver sur un Army Ranger nommé Ryan Montgomery, stationné en Allemagne à l'époque. Sauf que ce n'était pas son vrai nom. Tu vas devoir creuser un peu. Il a changé plusieurs fois de nom après avoir quitté l'armée. Avant Montgomery, il y a eu Smith, McAlister, Wallace et probablement d'autres.

— Il faudrait que tu m'en dises un peu plus. Puis-je supposer que Ryan Montgomery est apparenté d'une manière ou d'une autre à Skylar Montgomery ?

— C'est son père, ou plutôt c'était. Il est mort il y a plusieurs années. Le prénom de sa femme était Abby. Skylar est fille unique. Quand ils ont quitté l'Allemagne, ils se sont installés à Lyon, en France. Puis ils ont déménagé à Houston, au Texas, et dans d'autres endroits avant de finalement atterrir à San Diego, en Californie. Je n'ai pas encore vu le dossier du comté de Hamilton. J'espère qu'il contient des informations sur Skylar – des noms et des lieux – que tu pourras utiliser pour remonter dans le passé. Ou alors, tu peux partir de l'Allemagne et bâtir un dossier sur le père à partir de là. En fonction des dates dont m'a parlé Skylar et que je vais t'envoyer, sors les listes d'Army Rangers cantonnés en Allemagne et vois si tu peux réduire les possibilités.

— Il faudra plus d'une pelle pour creuser tout ça, surtout vu le délai. Une semaine, c'est ça ?

— Beaucoup moins s'il faut conclure avant la fin de la semaine.

Trent consulta Callum du regard. Celui-ci approuva d'un signe de tête et quitta le bureau.

— Je vais essayer de nous avoir plus de temps, dit Trent. Mais il faudra qu'on fasse de vrais progrès si on veut que Skylar reste avec nous. Elle est nerveuse, et l'idée d'aller à Chattanooga la met sur des charbons ardents. Callum t'assistera. Il est en route pour le siège.

Brice s'adossa à son fauteuil.

— Qu'est-ce que le père a à voir dans tout ça ?

— Peut-être rien, peut-être tout. Depuis des années, il était paranoïaque, déménageant et changeant constamment de nom. Maintenant c'est sa fille qu'on traque. Je veux savoir si la paranoïa du père était due à une menace réelle, et si cette menace touche maintenant la fille. Et j'en ai besoin pour hier.

— Je m'y mets.

Lance raccrocha. Brice désigna une enveloppe jaune.

— J'ai ton nouveau permis de conduire et le contrat de location pour la maison de Chattanooga. Une carte de crédit à ton nom arrivera demain.

— Demain, ce sera parfait. Je ne devrais pas avoir besoin de la carte, mais c'est bien d'en avoir une, juste au cas où.

— Le permis de Skylar sera prêt vingt minutes après que tu m'auras fourni la photo que j'ai demandée.

— Elle est en train de se faire maquiller. Dès qu'elle sort, je prends quelques photos et je te les envoie par SMS.

— Parfait. Tu as besoin d'autre chose ? Tu as donné leurs ordres à Lance et Callum. Moi, je suis là à remuer la paperasse.

— Ce n'est pas seulement de la paperasse, tu le sais. Personne d'autre ne sait faire ce que tu fais. Mais oui, puisque tu me poses la question, à quoi ressemble ton planning des prochains jours ? Il y a quelque chose que tu pourrais faire pour moi. Mais ce n'est pas facile.

— Facile, c'est ennuyeux. Compte sur moi.

Brice tira son ordinateur portable à lui.

— Ce gamin qui a essayé de tuer Skylar hier, j'aimerais savoir qui l'a engagé et qui l'a tué. Réponds à ces deux questions, et nous aurons probablement celui ou celle qui veut éliminer Skylar. Ce n'est pas une mince affaire. La police de Gatlinburg essaye de trouver la même chose. J'ai besoin que tu saches ce qu'ils savent et que tu partes de là.

— Tu as un nom pour moi, ou je dois le demander à la police ?

— Darius Williams, dix-neuf ans, natif de Gatlinburg. Essaye de trouver ce qu'il a fait les jours précédant la tentative d'assassinat. Tu peux peut-être préciser la fenêtre durant laquelle son commanditaire a pris contact avec lui. S'il s'est rendu à Chattanooga récemment, ce serait formidable. Si c'est le cas, je peux partir de l'autre bout, retracer ses déplacements, voir où il est allé et qui il a pu rencontrer.

12

Trent regarda Skylar, assise sur le siège passager. Elle avait les yeux fermés – davantage par ennui que par somnolence, se dit-il. On était encore au début de l'après-midi.

— Bienvenue à Chattanooga, lui lança-t-il.

Elle cilla et regarda les collines arborées qui défilaient par la fenêtre.

— Mon Dieu, je croyais qu'on n'y arriverait jamais. J'aurais pu faire ce trajet en la moitié du temps. En prenant l'autoroute au lieu de passer par ces trous perdus.

Il gloussa.

— Vous n'avez pas apprécié le paysage ? Toutes ces collines et ces vallons, ces chevaux, ces montagnes parsemées de rochers ?

— Si nous allions autre part, oui. Une chose est sûre, votre plan a fonctionné. Je ne crois pas avoir vu une autre voiture depuis des heures.

— Vous exagérez toujours autant, ou ce sont vos cheveux blonds qui influent sur votre personnalité ? la taquina-t-il en tournant sur une route à deux voies.

Elle leva les yeux au ciel et fit bouffer ses boucles blondes. Elle avait tripoté ses cheveux tout le trajet en se regardant dans le miroir de courtoisie.

— Arrêtez de vous inquiéter. Vous êtes magnifique.

C'était vrai. Pour sa part, il était plus attiré par les brunes, mais sa nouvelle apparence lui avait coupé le souffle quand elle était entrée dans le salon. Ivy devait lui avoir apporté des vêtements, car Skylar portait une robe d'été bleu roi à fleurs blanches et des sandales blanches à lanières. Un petit sac blanc pendait de son épaule. Il avait été trop stupéfait pour parler et s'était affairé à rassembler le dossier du comté de Hamilton avant de retrouver sa voix. Il lui était extrêmement difficile de se concentrer en sa présence. Bien sûr, que Callum lui murmure de cesser de saliver n'avait rien arrangé.

Skylar lui jeta un regard dubitatif.

— Vous essayez juste d'être gentil. Je trouve que ces mèches me donnent l'air d'une prostituée.

Il éclata de rire.

— C'est plus subtil que des mèches. Je crois que Max appelle ça un balayage. Et, croyez-moi, personne ne vous prendra pour une prostituée. Cette robe, la coupe et la couleur de vos cheveux, elles vous donnent l'air... sophistiqué.

— Sophistiquée.

Elle se regarda à nouveau dans le miroir.

— Voilà quelque chose dont on ne m'avait jamais accusée.

— Non ? Pourquoi pas ? Vous êtes...

Il allait dire de nouveau qu'elle était belle, mais il devait se refréner ou bien elle allait penser qu'il la draguait. Peu importe qu'il en ait effectivement envie. La situation rendait ces pensées complètement inappropriées.

— Je suis quoi ?

Il lui jeta un coup d'œil, puis ralentit pour négocier un virage.

— Maligne. Intelligente. Et vous êtes un vrai tireur d'élite.

— Vous parlez comme mon père.

— Ouille. Jamais entendu une femme m'accuser de cela. Je dois avoir perdu mon savoir-faire.

Elle se mit à rire.

— Croyez-moi, je ne l'ai pas dit comme ça. Parce que vous ne m'inspirez vraiment pas des pensées filiales.

Son visage rosit, ce qui rassura Trent. Il n'était pas le seul à combattre cette attirance. La tristesse aime la compagnie, et il était heureux de ce partage.

Elle s'éclaircit la gorge.

— Ce que je voulais dire, c'est que mon père pensait que l'intelligence, le raisonnement, l'aptitude à mettre dans le mille sont les meilleures capacités que l'on puisse acquérir. Que vous le disiez, franchement, ça me fait du bien. Ça me rappelle ce qui est important. Être indépendante et m'occuper de moi.

Elle fronça les sourcils.

— Normalement, en tout cas. Me remettre entre vos mains cette semaine, c'est... difficile, et même gênant pour moi.

Il tendit la main pour presser la sienne.

— Ne soyez jamais gênée d'accepter de l'aide. Il faut être fort pour admettre qu'on en a besoin. C'est *parce que* vous êtes intelligente que vous avez fait appel à moi. Et ensemble nous y arriverons. Nous découvrirons pourquoi on s'en prend à vous et nous y mettrons fin. Pour de bon.

Alors qu'il s'apprêtait à retirer sa main, elle le surprit en nouant ses doigts aux siens.

— Vous y croyez vraiment, n'est-ce pas ? Que vous trouverez, que vous me sauverez ?

— Bien sûr. Nous formons une bonne équipe. Et j'ai une super équipe pour me soutenir.

— J'espère vraiment que vous avez raison.

Manifestement un peu embarrassée, elle libéra sa main. Puis, semblant remarquer soudain leur environnement, elle plissa le front.

— Où sommes-nous ? Je ne suis jamais venue ici.

— Vous en êtes sûre ?

Il ralentit et prit un nouveau virage.

— Nous y sommes presque. Vous ne reconnaissez toujours rien ?

— Reconnaître quoi ? Attendez... Certaines de ces maisons me paraissent familières. Mais c'est tout. Si je suis censée reconnaître ce quartier, alors les choses ont vraiment changé parce que ça ne correspond à aucun de mes souvenirs.

— Oui, j'imagine que c'est le cas. C'était une route isolée, avec seulement une poignée de maisons. Maintenant, il y en a beaucoup plus, comme vous voyez. Mais l'endroit que vous vous rappellerez le mieux est au bout de la route, là où il y a assez d'arbres pour donner une sensation d'isolement.

— Comment pouvez-vous savoir ça ? Vous êtes déjà venu ? Récemment ?

Il secoua la tête.

— Je ne suis pas revenu dans cette partie du Tennessee depuis que je suis parti. Mais un de mes contacts est venu explorer le quartier ce matin et m'a envoyé des photos. Vous verrez par vous-même dès que nous aurons dépassé ce bosquet.

— Je ne crois pas. Certaines maisons me disent quelque chose. Mais dans l'ensemble cette route n'est pas vraiment...

Elle écarquilla les yeux quand un petit parking apparut, devant un bâtiment bas en brique rouge. Un portique surmontait l'entrée et affichait les mots Hamilton County Community Hospice & Palliative Care.

Skylar agrippa son siège, se raidissant tout entière.

— Qu'est-ce qu'on fait ici ?

Trent ralentit et s'engagea sur le parking.

— Ne paniquez pas. Il n'y a pas de danger.

— Vous plaisantez ? La dernière fois un type m'a tiré dessus.

Son visage pâlit visiblement quand il s'arrêta près des arbres, à une dizaine de mètres du bâtiment.

— Pourquoi vous arrêtez-vous ici, à cet emplacement exact ?

— Vous savez pourquoi. C'est là que vous étiez quand cet homme a tiré sur vous.

Elle déglutit et se tourna vers lui.

— Je vous ai raconté ce qui s'était passé, mais vous ne pouviez pas savoir...

— Bien sûr que si. Les rapports de police. Il y avait un schéma dans le dossier de police, avec des mesures.

— C'est surprenant. Je ne pensais pas qu'ils y avaient prêté attention. L'inspecteur en chef semblait pencher pour un chasseur imprudent. Mais le tireur n'avait pas de treillis ni de gilet réfléchissant. Et personne n'est assez stupide pour tirer dans un parking rempli de voitures.

— Peut-être qu'il s'en fichait. S'il était soûl ou énervé d'avoir pourchassé un animal, il a pu tirer quand même. Voyant qu'il avait manqué la bête, il a filé pour ne pas avoir d'ennuis.

Elle fronça les sourcils.

— Vous croyez vraiment qu'un chasseur tirerait trois fois sur moi par accident ?

— Étant donné les tentatives d'assassinat ultérieures, non, je ne le crois pas. Vous étiez ciblée. Mais je peux comprendre que l'inspecteur ait essayé de trouver une autre théorie. Vous n'aviez pas d'ennemi connu. Ou, du moins, vous n'en avez mentionné aucun dans votre déposition. Il n'a pas essayé de vous voler. Encore maintenant, sachant qu'il voulait vous tuer, je n'arrive pas à imaginer quel mobile il pouvait avoir.

— Bon d'accord, peut-être que ce n'est pas juste de qualifier l'inspecteur d'imbécile. Mais on aurait dit qu'il n'essayait même pas de résoudre l'affaire. Il ne m'a jamais appelée pour me tenir au courant. C'est moi qui ai dû le faire. Et il n'avait aucune information à me donner, il disait juste que l'affaire était toujours ouverte. Ce n'est qu'après qu'un homme a tiré sur ma voiture qu'il est revenu me voir.

Elle agita la main, le front plissé par l'agacement.

— Dites-moi seulement pourquoi nous sommes ici. Qu'espérez-vous accomplir ? Si le type qui me traque a des liens avec ce centre, alors...

— Ce serait une bonne percée.

— Et ça me mettrait en danger d'y passer.

Après avoir mis le point mort, il se tourna vers elle.

— C'est là que la confiance dont je parlais entre en jeu. Pour commencer, nous avons pris des petites routes pour arriver jusqu'ici. Personne ne nous a suivis, en dehors d'un de nos employés, qui surveillait nos arrières.

Elle écarquilla les yeux.

— Alors nous n'étions pas seuls, comme je le croyais ?

— Quelqu'un veillait sur nous tout le trajet. Et en traînaillant nous avons donné le temps à d'autres membres de l'équipe d'arriver, d'évaluer la situation et de prendre position.

— Prendre position ?

Elle survola le parking du regard.

— Où ça ? Ici ?

Il hocha la tête.

— À deux rangées en arrière, la berline blanche.

Il agita la main. Le conducteur assis au volant hocha la tête. Skylar inspira brusquement.

— C'est Ivy ?

— Bien sûr. Regardez au bout du parking, après le tournant. Vous voyez le type dans le pick-up vert foncé ?

— Non, je... Attendez, oui, je le vois maintenant. Il se confond avec le bois derrière.

— C'est voulu. Cet homme travaille aussi pour nous, bien qu'il ne soit pas employé par la société. Nous l'avons engagé, lui et quelques autres, pour nous aider cette semaine. Ils travaillent pour une entreprise de sécurité avec laquelle nous avons collaboré par le passé, alors ils sont irréprochables.

— Ça me soulage. Mais ça me rappelle aussi que nous n'avons pas parlé de votre tarif. J'étais tellement absorbée par ce qui se passait ce matin que ça m'est sorti de l'esprit. Mes moyens ne suffiront peut-être pas pour toutes les ressources que vous utilisez, sans parler du sac de vêtements neufs qu'Ivy m'a apporté. Il faudra peut-être que je fasse appel aux fonds de Martha pour vous rembourser.

— Nous parlerons d'argent plus tard. Ne vous inquiétez pas de ça.

Elle lui jeta un regard soupçonneux.

— Vous allez accepter mon argent, n'est-ce pas ? J'ai dit que je voulais vous engager. Je ne suis pas une cause charitable.

— Il y a d'autres choses sur lesquelles nous concentrer pour l'instant, comme faire le tour du centre de soins palliatifs.

— Entrer ? Pas question.

— J'ai déjà fait entrer deux agents dans le bâtiment. Ivy y est allée tout à l'heure pour rencontrer l'administratrice. Et il y a des hommes sur le parking, des employés de la société de sécurité dont je vous ai parlé. Ils connaissent les lieux. Ils ont inventé une histoire pour pouvoir entrer, jeter un coup d'œil et voir si quelqu'un semble représenter une menace. Ivy a demandé une visite pour nous, en tant que couple qui cherche un établissement susceptible d'accueillir votre tante. Ivy prétend être une amie proche qui a déjà dû s'occuper de ce genre de démarches. Mais son véritable but est d'occuper la personne qui nous fera visiter, pour que nous ayons la liberté de nous promener et de voir si quelque chose déclenche un souvenir utile chez vous.

— Ça me semble honnête. Je suppose que personne n'y trouvera rien à redire.

— Ils font faire ces visites tout le temps. Normalement, elles sont prévues très tôt, mais un petit don a aidé l'administratrice à assouplir son planning.

— Un petit don ? Trent, sérieusement, je ne peux pas me permettre...

— On y revient encore ? Je vous ai dit de ne pas vous inquiéter du coût de cette enquête.

— Et moi je vous ai dit que je ne suis pas une cause charitable. Je suis sérieuse. Je n'ai pas de problèmes d'argent, je dois juste être frugale. Vous engager pour une semaine, c'était intentionnel, pour garder un prix raisonnable. Mais vous avez impliqué tellement de gens, engagé une société de sécurité, tout ça doit représenter d'énormes sommes. Et ce n'est pas comme si je pouvais chercher un boulot pour payer.

Il soupira.

— D'accord, parlons argent pour vous tranquilliser. Vous avez déjà entendu parler de Prescott Industries ?

— Bien sûr. C'est un énorme conglomérat d'entreprises, disséminé dans tout le Tennessee. Qu'est-ce que... Attendez... Le propriétaire de Prescott Industries c'est votre patron, Grayson Prescott ?

— Lui-même. C'est un milliardaire, Skylar. Il n'a pas fondé Unfinished Business pour faire de l'argent. Lui et sa femme, Willow, qui est déléguée aux victimes, ont monté la société pour retrouver le meurtrier de la première épouse de Grayson. Et, après que nous avons résolu cette affaire, Grayson a prolongé la licence parce qu'il était résolu à aider d'autres familles à obtenir justice. Nous faisons équipe avec la police, mais ce sont ses deniers, pas ceux de la police. Nous le faisons gratuitement pour les comtés avec lesquels nous avons un contrat. Et nous n'acceptons pas d'honoraires des familles.

— Mais... je vous ai engagé. Nous avions un marché.

— Nous n'avons jamais convenu que je vous prendrais de l'argent, seulement que je vous aiderais et que vous m'aideriez en échange. Que la victime d'une affaire non résolue puisse répondre à mes questions, c'est de l'or. C'est un avantage que je n'ai jamais eu auparavant. Vous me rendez service en m'aidant à résoudre cette affaire pour le comté de Hamilton. Si je la résous, cela sera bon pour ma carrière. C'est un échange gagnant-gagnant. C'est moi qui devrais vous payer.

Elle leva les yeux au ciel, mais sourit, l'air plus détendu.

— Vous êtes ridicule. Mais je ne vais pas me battre contre ma chance. Si un milliardaire est prêt à prendre le coût en charge, je ne vais pas le contrarier. Mais remerciez-le pour moi, je vous prie. C'est quelque chose de merveilleux qu'il fait pour les familles, de les aider à faire le deuil de leur proche.

— Je le lui dirai.

Elle hocha la tête en remerciement, puis jeta un coup d'œil à la berline blanche ainsi qu'au pick-up vert.

— Je dois admettre que savoir qu'ils surveillent nos arrières est réconfortant.

Elle poussa un soupir tremblant.

— OK. Qu'est-ce que vous voulez que je fasse ?

— Ne me lâchez pas d'une semelle. Il est peu probable que quiconque vous reconnaisse. Vous ne ressemblez pas du tout à ce que vous étiez quand vous faisiez du bénévolat. Et il y a eu énormément de turnover au sein du personnel, comme nous l'a confirmé notre équipe de sécurité. Mon équipe et moi ferons tout notre possible pour vous garder en sécurité. Je ne vous forcerai jamais à faire quelque chose qui ne vous convient pas. J'aimerais que vous me montriez ce que vous faisiez ici, où vous alliez, à qui vous rendiez visite. Être sur place, voir les mêmes choses, entendre les mêmes sons et sentir les mêmes odeurs pourrait réveiller le souvenir de choses auxquelles vous n'aviez pas prêté attention. Cela pourrait nous donner de nouvelles pistes à suivre. Mais vous n'y êtes pas obligée. Nous pouvons repartir tout de suite.

— Je vais le faire. Vous m'avez juste surprise, c'est tout. Si vous me l'aviez dit à l'avance...

— Vous auriez dit non.

Elle le fixa un instant, puis soupira.

— Vous avez probablement raison. Mais je préférerais quand même ne plus être piégée de la sorte. Nous sommes censés travailler ensemble. Promettez-moi que vous me tiendrez au courant. Plus de surprises, d'accord ?

— Je suis le premier à admettre que je n'ai pas l'habitude d'expliquer tous mes mouvements. Mais je comprends votre réticence et vos inquiétudes. Plus de surprises.

— Juste comme ça ? Vous ne discutez pas ?

— Juste comme ça. C'est vous le patron. C'est à vous de décider de la prochaine étape.

Elle jeta un regard aux bois et frissonna. Mais alors qu'il s'attendait à ce qu'elle se déclare incapable de faire ça elle ouvrit sa portière.

— Allons-y.

13

— Comment disiez-vous que votre tante s'appelle, ma chère ? demanda l'administratrice à Skylar, tandis qu'ils faisaient halte près de la cafétéria.

L'air paniqué de Skylar indiqua à Trent qu'elle avait oublié le nom de cette tante inexistante. Ivy fit un pas un avant, le sourire aux lèvres.

— Tante Mildred. Mes amis avaient vraiment envie de sentir l'atmosphère, de se promener un peu, si cela vous va. Vous et moi pouvons discuter des formalités d'admission de tante Mildred. Je suis déjà passée par là avec ma propre tante, alors je sais quelles questions poser.

Elle agita les doigts en direction de Skylar et Trent.

— Allez-y, vous deux. Nous vous rattraperons. J'aimerais parler des repas avec Mme Cyr.

Le visage de la femme s'éclaira.

— Oh ! nous avons de merveilleux cuisiniers, et même un chef. Nos patients ne cessent de s'extasier sur la nourriture. Et une grande partie du personnel mange aussi ici. Les plats sont nourrissants et adaptés aux besoins des patients.

— Naturellement, dit Ivy. Puis-je rencontrer le chef ? Il est ici ?

— Absolument. Il prépare le dîner en ce moment. Et vous pouvez voir que nous avons une magnifique salle à manger, où ceux qui en sont capables peuvent prendre leurs repas. Nous les distribuons aux patients qui ne se sentent pas assez bien pour descendre.

Mme Cyr fit signe à Ivy de la précéder dans la cafétéria.

Trent entraîna Skylar dans le couloir. Un peu troublé par le contact de sa main sur son bras, il s'efforçait malgré tout de se concentrer sur l'apparence qu'ils devaient donner, celle d'un couple marié.

— Enfin ! J'ai cru que nous n'échapperions jamais à Mme Cyr.

Skylar se mit à rire.

— Elle est très volubile. Je suppose que ce don était un peu trop généreux. Elle ne cesse de nous lécher les bottes.

— La prochaine fois, je dirai aux gars de le réduire de moitié. Est-ce que ça vous paraît familier ou les lieux ont-ils été rénovés depuis que vous êtes partie ? Il y a une nouvelle direction. Cela implique en général des changements, qu'ils soient nécessaires ou pas.

— C'est différent, c'est sûr. Nouvelles peintures, nouveau carrelage. Mais la disposition des pièces, le tableau d'affichage avec les activités, la musique dans les haut-parleurs et même la fontaine dans le hall sont exactement ceux que je me rappelle. C'est un soulagement, cependant, que les employés ne soient pas les mêmes qu'autrefois. Jusqu'ici je n'ai vu personne que je reconnaisse.

— Tant mieux. Nous n'allons pas rester longtemps. Expliquez-moi juste votre routine. Dites-moi ce que vous faisiez, où vous alliez. Comment c'était pour vous, d'être ici ? Vous parliez à beaucoup de gens en dehors des patients ?

— Non. Je faisais le point au poste des infirmières et j'échangeais quelques mots avec elles ou les aides-soignantes quand elles entraient dans la chambre du patient. Mais la plupart du temps j'étais seule avec les gens que je venais voir.

Elle désigna un autre couloir sur la droite.

— Voici le service où je faisais du bénévolat. Dans cette aile, la plupart des gens ne sont pas assez mobiles pour quitter leur chambre. Ce sont eux qui demandent le plus de visites. J'ai rencontré quelques personnes merveilleuses ici. C'est triste de penser qu'elles sont toutes mortes maintenant, à moins qu'elles n'aient récupéré. Cela arrive parfois, mais c'est rare, du moins dans cette aile de l'établissement.

Trent l'escorta dans le couloir, marchant lentement pour lui donner le temps de s'imprégner de l'atmosphère. Il la vit sourire tristement lorsqu'ils dépassèrent une chambre et effleurer de la main la porte fermée d'une autre. Cela l'émouvait qu'elle ait si visiblement éprouvé de l'affection pour les gens auxquels elle rendait visite, et que cela l'affecte encore des années plus tard.

Il avait du mal à s'imaginer dans cette situation, offrant son amitié et se liant à des gens qui décéderaient bientôt. Skylar l'impressionnait, sachant qu'elle avait volontairement donné de son temps parce que le désir qu'elle avait d'aider les autres outrepassait le coût émotionnel pour elle. La plupart des gens ne voulaient ou ne pouvaient se soumettre à cela. Dieu merci, il y avait des gens comme elle qui le faisaient.

Elle le tira par la manche alors qu'ils dépassaient une porte fermée.

— Pourquoi avez-vous l'air si inquiet ? Il y a quelque chose qui ne va pas ?

Elle parcourut nerveusement le couloir du regard. Trent se morigéna pour ne pas avoir dissimulé son émotion.

— Tout va bien. Je me demandais juste ce dont vous vous souveniez. N'importe quel détail sur les semaines qui ont précédé votre dernier jour pourrait être important. Dites-moi qui vous avez vu durant cette période.

Ils continuèrent d'avancer dans le long couloir tandis qu'elle lui parlait de ses tâches, de ses patients préférés et aussi des plus difficiles. Lorsqu'ils atteignirent le bout du couloir, ils virent qu'il ouvrait sur une salle de séjour. Des patients, la plupart en fauteuils roulants, regardaient un film. Quelques autres étaient éparpillés dans la pièce, sur des canapés ou dans des fauteuils, bavardant les uns avec les autres.

— Ils semblent heureux, dit Trent tandis qu'ils se dirigeaient vers un canapé à l'écart.

— Vous vous attendiez à quoi ? répliqua-t-elle. Que tout le monde ait l'air déprimé ?

Elle sourit.

— Cela arrive, bien sûr. Mais la plupart des gens que je voyais avaient pris la mesure de leur mortalité et étaient prêts à profiter du temps qu'il leur restait. Ils étaient en paix avec eux-mêmes et s'efforçaient de tirer parti de leurs derniers jours. Ce sont ceux que vous voyez dans cette salle. Les autres, ceux qui ne peuvent quitter leur lit, ce sont eux qui sont tristes.

— Le type de patients auquel vous rendiez visite.

Elle hocha la tête tandis qu'ils s'asseyaient sur le canapé.

— C'est triste de les voir se battre contre la maladie et la souffrance. Mais vous seriez surpris de voir la joie qu'ils sont capables d'éprouver quand on leur tient la main et qu'on les écoute.

Elle rougit.

— Je radote.

— Pas du tout. C'est ce que j'ai besoin de savoir, ce que vous faisiez. Vous avez parlé de trois patients que vous en étiez venue à bien connaître, Julius, Elsa et Martha. Étaient-ce eux que vous voyiez principalement ?

Elle acquiesça, les mains nouées au point de faire blanchir ses jointures.

— Martha est décédée quelques semaines avant... avant que je m'en aille. Julius est mort une semaine après elle. Elsa tenait bon, bien mieux que ce qu'avaient pronostiqué les médecins. On espérait qu'elle récupérerait assez pour pouvoir rentrer chez elle. Malheureusement, je n'ai jamais su ce qui lui était arrivé. Je ne pouvais pas prendre le risque de contacter quiconque à ce stade.

— Avez-vous eu d'autres patients mémorables, dont vous ne m'avez pas parlé ?

— Durant les semaines avant... mon départ ?

— Oui. Il faut que nous les étudiions un par un, ainsi que leurs familles, pour écarter la possibilité d'un lien avec ce qui s'est passé.

Il prit son téléphone et ouvrit l'application de notes.

— Je comprends que vous enquêtiez sur le personnel, pour savoir si quelqu'un ne faisait pas une fixation sur moi. Mais les patients ? Ça me semble abuser.

Il baissa son téléphone.

— Alors dites-moi qui vous a tiré dessus.

— Vous savez bien que je l'ignore, sinon nous ne serions pas ici, dit-elle en cillant.

— Exactement. Nous n'avons pas la moindre idée de l'identité de celui ou celle qui a tenté de vous assassiner. Ce qui veut dire que tous ceux qui sont entrés en contact avec vous sont des personnes dignes d'intérêt.

Il leva à nouveau son téléphone.

— Noms et prénoms de ceux que vous avez croisés. Tous ceux auxquels vous pouvez penser.

Elle soupira.

— D'accord, d'accord.

Elle ânonna les noms et les descriptions des personnes concernées. En dehors de ses patients, elle avait eu peu d'échanges, comme elle l'avait dit. Il en résulta une courte liste. Les trois premiers noms étaient ceux des patients dont elle avait parlé le plus : Julius Thompson, Elsa Norton et Martha Lancaster.

Le nom de Lancaster le fit réfléchir. Il y avait une famille Lancaster éminente et fortunée à Chattanooga, qui élevait des pur-sang dans la région et dans le Kentucky. Skylar avait dit que l'avocat de Martha avait déposé une grosse somme d'argent pour elle sur un compte après le décès de la vieille dame. Il semblait plausible qu'elle ait été apparentée à ces célèbres Lancaster. Si oui, l'un d'eux pouvait-il avoir pris ombrage de ce que Martha donne une partie de l'argent familial ? Cela semblait mesquin, étant donné l'envergure de la fortune concernée, si on en croyait la rumeur. Ce n'était pas un mobile suffisant pour pourchasser quelqu'un pendant cinq ans. Mais l'argent faisait parfois faire des choses bizarres aux gens. Il prit note de demander à Callum d'effectuer des recherches sur ces Lancaster, afin de découvrir si Martha avait un lien avec eux.

— Vous voici, mesdames-messieurs.

Mme Cyr, rayonnante, se rua dans la pièce. Ivy la suivait, l'air un peu débordée. Trent ne put s'empêcher de sourire, mais le regretta immédiatement, car la mine réjouie de l'administratrice s'accentua. Elle avait cru que le sourire de Trent s'adressait à elle et non à Ivy.

— Monsieur Adams, appréciez-vous la visite jusqu'ici ?

Comme elle lui marchait presque sur les pieds, il ne pouvait même pas se relever sans la frôler.

Ivy lui adressa un rictus narquois, sans rien faire pour lui faciliter les choses. Pendant ce temps, l'administratrice continuait de ronronner sur la visite de la cafétéria et lui recommandait de revenir à un autre moment, pour qu'elle puisse lui présenter également le chef.

Skylar gloussa à côté de lui tandis qu'il s'efforçait de suivre le fil des questions et des informations que l'administratrice lançait à un rythme effréné. Bien qu'il n'ait été l'objet de l'attention de Mme Cyr que quelques minutes, il comprenait l'épuisement d'Ivy.

Le prenant en pitié, Skylar se leva finalement et détourna l'attention de l'administratrice assez longtemps pour que Trent puisse s'extraire du canapé. Tirant sur son costume, il alla se placer à côté d'Ivy et lui dit à voix basse :

— Tu vas me payer ça.

— Oh ! crois-moi, murmura-t-elle en retour, tu me dois bien plus que cinq minutes de torture. Cette femme pourrait faire pâlir d'envie un prêcheur. C'est un vrai moulin à paroles. Je n'en peux plus. Dis-moi qu'on a fini ici, s'il te plaît.

Il jeta un coup d'œil à Skylar, qui avait l'air sur le point d'agiter le drapeau blanc, car c'était à elle que s'adressait maintenant l'administratrice, avide d'exposer les qualités du centre.

— On est prêts, dit-il à Ivy. Contacte l'équipe. Appelle-moi s'il y a un problème dehors.

— Compris.

Elle se rua dans le couloir avant que Mme Cyr puisse à nouveau l'interpeller.

Trent se dirigea vers Skylar, qui lui agrippa la main comme une bouée de sauvetage. Bien qu'il répétât qu'ils devaient s'en aller, mais qu'ils reviendraient très vite pour leur tante Mildred, Mme Cyr continua de pérorer durant tout le trajet jusqu'à la réception. Il leur fallut encore cinq bonnes minutes de remerciements et de sourires forcés avant de pouvoir franchir les portes d'entrée.

— C'était une torture, murmura Skylar tandis qu'ils se hâtaient sur le trottoir. J'espère que vous avez obtenu ce que vous vouliez de cette fausse visite.

Il l'arrêta, hors de vue de l'entrée.

— Elle n'est pas tout à fait terminée. Maintenant que nous avons parcouru les couloirs, j'espère que les choses sont plus claires et vos souvenirs plus précis. Je voudrais que vous me racontiez la dernière journée que vous avez passée ici. Était-elle différente de votre routine habituelle ? À qui avez-vous rendu visite ?

Skylar noua ses mains, quelque chose qu'elle faisait quand elle était anxieuse, avait-il remarqué.

— Il n'y avait rien d'inhabituel, rien qui sorte de l'ordinaire. Je suis arrivée à l'heure normale. Martha et Julius venaient tous deux de décéder. Je n'avais pas d'autres nouveaux patients. Il n'y avait qu'Elsa.

— Vous avez vu quelqu'un ? Parlé à quelqu'un en arrivant ou en repartant ? Rencontré une nouvelle personne ou vu quelqu'un que vous ne connaissiez pas dans les couloirs ?

Elle secoua la tête.

— Je suis sûre que j'ai parlé à la réceptionniste, Debbie... Je ne me souviens pas de son nom de famille. Laissez-moi une minute, que je réfléchisse.

Le nom de la réceptionniste, Debbie Watkins, se trouvait dans le rapport de police que Trent avait lu. Ses collègues enquêtaient déjà sur elle et sur tous ceux qu'ils pouvaient localiser. Mais il avait espoir que Skylar se rappelle quelque chose qu'elle n'avait pas dit à la police. Les gens qui vivaient une expérience traumatisante repensaient souvent à des détails plus tard. C'était la raison pour laquelle les entretiens de suivi étaient si importants. Mais cela n'avait pas eu lieu dans son cas, sans doute parce qu'il n'y avait aucune piste et que l'inspecteur était passé à autre chose. Le manque de moyens était un problème général dans la police. C'était pourquoi il y avait tant d'affaires non résolues, et pourquoi Unfinished Business avait plus de travail que ses enquêteurs ne pouvaient en effectuer.

— Ne vous inquiétez pas d'elle, dit-il. Cela vous reviendra plus tard. Il y avait quelqu'un de nouveau, ce jour-là ?

— Non. Personne. Oh ! attendez, je me suis trompée en disant que j'avais suivi ma routine habituelle. Je suis arrivée plus tôt que d'habitude ce samedi-là. Normalement, le personnel préfère qu'on ne vienne pas avant le déjeuner. Cela lui donne le temps de nourrir, laver, habiller les patients et de distribuer les médicaments. Mais je n'avais pas bien dormi cette nuit-là, alors je me suis levée tôt et j'ai accompli mes corvées du week-end plus tôt que d'habitude. J'ai décidé d'aller au centre pour voir s'ils avaient besoin d'aide jusqu'à ce qu'Elsa soit prête. Voilà pourquoi je suis arrivée plus tôt. Mais je suis partie à la même heure que d'habitude.

Trent prit quelques notes sur son téléphone.

— C'est bon à savoir. Si le tireur avait prévu de s'en prendre à vous sur votre trajet, il est peut-être arrivé trop tard et a dû attendre que vous ressortiez. Ou bien il est parti et revenu. Mais après toutes ces années je doute que nous puissions trouver quelqu'un qui l'ait vu rôder. Cependant, nous pouvons demander au personnel qui était là à l'époque. Quand vous êtes partie, vous êtes sortie par l'entrée principale n'est-ce pas ?

— Oui.

— C'est là que vous l'avez vu ?

— Non. J'étais probablement en train de chercher mes clés de voiture dans mon sac en marchant.

— Repensez à ce jour-là et essayez de faire ce que vous avez fait à ce moment-là.

— Ça semble idiot, mais voilà.

Elle ouvrit le sac qu'Ivy lui avait donné et feignit de chercher, puis en sortit un truc rond. Trent se rappela qu'elle l'avait utilisé pour redonner un peu de couleur à ses joues. Elle le serra entre ses mains.

— J'ai mes clés, alias mon poudrier.

Elle se mit à marcher.

— Ma voiture était garée au bout de la rangée.

— Vous avez regardé le bâtiment, le bois à gauche, vers le parking ?

Elle ralentit en se mordillant la lèvre inférieure.

— J'étais perdue dans mes pensées quand je sortais de là. Je suppose que je regardais le trottoir, ou ma voiture.

— Et où se trouvait votre voiture exactement ?

— Vous le savez déjà, d'après le rapport de police.

— Faites-moi plaisir.

Elle tendit le doigt.

— Le dernier emplacement de la rangée, pas loin de votre SUV.

— Vous ne regardiez pas le parking en marchant ?

— Je ne crois pas. Comme je vous l'ai dit, je regardais probablement le trottoir, ou ma voiture. C'est ce que je fais normalement.

Ils s'arrêtèrent à quelques mètres de son véhicule.

— Pourquoi vous êtes-vous arrêtée là ? demanda-t-il.

Elle fronça les sourcils.

— Parce que je me suis arrêtée là ce jour-là.

— Pourquoi n'avez-vous pas continué en direction de votre voiture ? Elle n'était garée qu'à cinq ou six mètres.

— Parce que... je l'ai vu. De l'autre côté de la rue, près des arbres. Il me faisait face, il était totalement concentré sur moi. Ça m'a paru... bizarre.

— De quoi avait-il l'air ?

Elle secoua la tête.

— Il était trop loin pour que je voie les détails. Je n'ai même pas pu évaluer sa taille, par manque de comparaison. On était en janvier, il faisait froid. Il portait un trench-coat noir et un bonnet, le genre qu'on abaisse sur le visage.

— Une cagoule ?

— Quelque chose comme ça. Mais elle n'était pas sur son visage. Seulement sur ses cheveux. J'ai vu quand même des cheveux noirs. J'ai compris qu'il était blanc ou, du moins, qu'il avait le teint clair. C'est tout.

— C'est une très bonne description, alors qu'il était de l'autre côté de la route. Bravo.

— Eh bien, peut-être que le traumatisme a gravé son image dans mon cerveau.

— Que s'est-il passé ensuite ?

— L'instinct. Ou l'entraînement, en fait. La remémoration des leçons de mon père. Je me suis fiée à mon instinct et je me suis jetée de côté juste au moment où il levait son arme et faisait feu.

Elle fit courir ses mains le long de ses bras.

— Si je ne m'étais pas jetée au sol, je suis presque sûre que son premier coup de feu m'aurait touchée à la poitrine. J'ai roulé sur moi-même, puis je me suis relevée d'un bond et j'ai couru en zigzag pour m'abriter derrière le capot de ma voiture. Il a tiré encore deux fois, touchant ma voiture, puis... rien. Non, c'est faux. Il y a eu des cris. Des gens sont sortis du bâtiment. Je crois que ça l'a effrayé. Le temps que je jette un regard au-dessus du capot, il était parti.

— Et le pick-up blanc mentionné dans le rapport de police ?

— Je me souviens d'avoir vu l'arrière d'un pick-up blanc filant sur la route. Comme l'homme avait disparu, j'ai pensé qu'il était peut-être dedans. Mais je n'ai pas relevé le numéro et je ne me souviens pas du modèle. Et la police n'a jamais retrouvé le pick-up, du moins un pick-up qu'elle puisse relier à ce qui s'était passé.

— Vous ne l'avez pas vu monter dans le pick-up ?
— Non.
— Peut-être n'était-ce pas sa voiture. Quelqu'un d'autre le conduisait et on a supposé que c'était celui du tireur. Le type que vous avez vu a pu sortir du bois, puis s'y réfugier après.
— C'est ce qu'a dit la police aussi. Mais il n'y avait pas de neige fraîche pour montrer des traces de pas. Et le sol était gelé.
— Ils ont utilisé des chiens ?
— Non, pas que je sache. Peut-être n'en ont-ils pas vu l'utilité, étant donné que je n'étais pas blessée et qu'il n'y avait pas de preuve qu'il m'avait visée. Même moi, je n'en étais pas sûre jusqu'à la tentative d'assassinat suivante. Deux incidents comme ça, en une semaine, c'était impossible qu'ils ne soient pas liés et qu'ils soient dépourvus d'intention.

Trent s'adossa au SUV et croisa les bras.

— Quand vous marchiez, vous avez dit que vous regardiez le sol ou peut-être votre voiture. Vous en êtes sûre ?

Elle ferma les yeux un instant.

— Aussi sûre que je puisse l'être. Je veux dire, c'est naturel de regarder droit devant moi en marchant. Je n'avais pas de raison de me retourner ou de regarder ailleurs.

— Mais vous l'avez fait. Si vous ne l'aviez pas fait, il vous aurait touchée dès la première balle. C'est vous qui l'avez dit. Réfléchissez encore. Quelque chose a fait que vous l'avez regardé.

Elle ferma à nouveau les yeux, puis soupira d'agacement un instant plus tard.

— Je ne sais pas pourquoi je me suis arrêtée pour regarder.

Trent sortit ses clés de sa poche.

— Mettez ce truc de maquillage dans...

— Le poudrier.

Elle sourit et le laissa tomber dans son sac.

— Tenez ceci.

Il lui tendit ses clés.

— OK. Et maintenant ?

Il lui prit la main gauche et la ramena vers le portique. Une fois là, il la fit pivoter pour la mettre à nouveau face à son véhicule.

— Cette fois, gardez les yeux fermés et tenez ma main. Je vais vous guider. Je ne vous laisserai pas trébucher.

— C'est idiot.

— Ce n'est pas idiot si ça nous mène à l'homme qui a essayé de vous tuer.

Elle rouvrit les yeux et le dévisagea. Puis elle hocha la tête et abaissa les paupières.

— D'accord. Je suis prête. Que voulez-vous que je fasse ?

— Sentez le poids des clés dans votre main droite. Souvenez-vous de ce jour-là. Marchons, lentement. Qu'est-ce que vous sentez ?

Elle s'accrocha à sa main, et ils avancèrent sur le trottoir.

— Les pins. Il y en a partout.

— C'est ce que vous avez senti ce jour-là ?

— Oui. Mais pas aussi fort. Il faisait froid. L'air était vif.

— Continuez à marcher. Écoutez. Qu'entendez-vous ?

— Des oiseaux. Des écureuils qui jacassent.

— Ce jour-là, qu'entendiez-vous ?

Elle hésita puis sourit, les yeux toujours fermés.

— La même chose. Les oiseaux dans les arbres. Les écureuils s'agitaient parce que je les dérangeais. Peut-être que j'étais trop près de leur réserve de nourriture. Attendez. Il y avait autre chose. Des oiseaux qui croassaient bruyamment.

Elle rouvrit les yeux et se tourna vers la route.

— De l'autre côté de la route. Il y avait des corbeaux qui faisaient du tapage. C'est pour ça que je me suis arrêtée et retournée. Et c'est là que je l'ai vu.

— Vous avez entendu les oiseaux, vous vous êtes retournée et vous avez vu l'homme ?

— Oui.

— Vous aviez déjà entendu des corbeaux par ici ?

— Non, pas comme ça. Ils étaient bruyants, discordants. C'est ce qui a attiré mon attention.

Il fixa le bois un long moment. Puis il fit un signal en l'air. Immédiatement, un homme sortit d'une voiture sur le parking et se dirigea au petit trot vers eux. Ivy fit de même.

— Waouh, dit Skylar. J'avais oublié qu'ils étaient là.

— Il y en a d'autres, lui dit-il. Ils s'assurent que personne de suspect ne s'approche de vous.

— Il y a un problème ? questionna Ivy.

— Non, je veux juste parcourir le bois, vérifier où le tireur a pu se tenir, voir le parking par ses yeux. Tu te charges de Skylar ? Je voudrais qu'Ethan vienne avec moi, puisqu'il connaît la région.

— Bien sûr. Nous attendrons dans ton SUV.

Ivy tendit la main.

— Les clés ?

— C'est moi qui les ai, dit Skylar. Mais je préférerais aller avec vous, Trent. Je veux me rendre utile.

— Je comprends. Mais je ne peux pas garantir votre sécurité dans les bois. Il y a trop de variables inconnues. Trop de cachettes. Je vous tiendrai en courant. Je ne serai pas long.

Elle hocha la tête et suivit Ivy. Il fut soulagé qu'elle n'insiste pas. Il avait du mal à se concentrer quand elle était avec lui, et il ne voulait pas la mettre plus en danger que nécessaire.

— Ethan, allons-y.

Ils traversèrent le parking et gagnèrent l'autre côté de la route. Ethan longea la rangée d'arbres, examinant le sol, les broussailles et les pins comme s'il s'attendait à ce que quelqu'un en sorte d'une seconde à l'autre.

Trent pensa au rapport de police, nota la distance jusqu'à l'entrée du parking et avança de quelques mètres jusqu'à ce qu'il pensait être le bon endroit – là où le tireur s'était tenu ce jour-là. Le lieu n'avait rien de remarquable. Non qu'il se soit attendu à ce qu'il reste des traces tant d'années après. Lorsqu'il regarda le bâtiment, cependant, il comprit pourquoi le tireur avait choisi cet emplacement.

Ethan le rejoignit et passa une main distraite dans ses courts épis blonds.

— Un choix futé. Légèrement en hauteur. Les voitures ne pouvaient pas lui cacher la vue.

— Je suis d'accord. Un emplacement parfait pour un guet-apens. Beaucoup d'arbres entre lesquels se fondre. Et impossible de le remarquer tout de suite en sortant du bâtiment.

Skylar avait raison. Si elle ne s'était pas jetée de côté, elle aurait probablement été tuée. Même un mauvais tireur aurait touché sa cible depuis cet endroit, songea Trent, ébranlé.

Ethan remua derrière lui.

— Je n'ai pas vu de chemin à proprement parler, mais il y a un passage entre ces arbres, comme s'il y avait eu un sentier autrefois. Les broussailles ne sont pas si épaisses par ici. Ce n'est sûrement pas par hasard que le tireur a choisi cet emplacement.

— Il est venu reconnaître le terrain à l'avance, dit Trent.

— C'est ce que je dirais aussi. Les flics n'y ont pas pensé à l'époque ?

— Comme il n'y avait pas de mobile évident, ils ont privilégié la piste de la négligence plutôt que celle du meurtre. Ils n'ont pas enquêté aussi soigneusement qu'ils l'auraient dû. Des gens ont vu un pick-up blanc s'éloigner juste après les coups de feu. La police s'est concentrée là-dessus, supposant que le tireur était un chasseur qui avait pris la fuite juste après.

Il désigna les arbres.

— Montrez-moi cette possibilité de sentier.

Au bout de quinze mètres, des cris rauques se firent entendre au-dessus de leur tête. Des corbeaux montaient la garde autour de leur nid, exactement comme l'avait dit Skylar. Il était probable que le tireur était venu par là. Ce qui rendait moins probable qu'il ait caché un véhicule plus loin et l'ait repris après les coups de feu. Trent pariait qu'il avait pris la fuite à travers le bois.

— C'est vous le natif d'ici. Si vous fuyiez dans cette partie du bois, où iriez-vous à partir d'ici ? Quelle est la topographie de la zone ?

Ethan tendit le bras vers la droite.

— En allant vers le sud, on aboutit à des contreforts rocheux très escarpés. À moins d'avoir apporté du matériel d'escalade, c'est une impasse. En allant vers le nord, on tombe sur une maison, invisible depuis le centre de soins. Il n'y a nulle part où se cacher, car la pelouse est dépourvue d'arbres. C'est risqué aussi.

— Allons vers l'est.

Ils continuèrent à marcher dix bonnes minutes. Trent était sur le point d'ordonner une halte quand une clairière s'ouvrit abruptement devant eux. Une clôture blanche à claire-voie leur barrait le chemin, délimitant une immense pâture vallonnée. Sur la droite, quelques chevaux paissaient. Ils levèrent la tête, curieux des visiteurs. Mais ils perdirent très vite leur intérêt et se remirent à brouter.

À quelques mètres de là, un petit appentis adossé à la clôture abritait deux quads. Si quelqu'un avait démarré l'un de ces engins, à cette distance du centre de soins, l'aurait-on entendu ? Sans doute pas.

Trent agita la main en direction de la clôture.

— Vous savez à qui appartient ce terrain ?

— Je ne pourrais pas en jurer, répondit Ethan, mais je parie qu'il est adjacent à Igou Gap Road, ou peut-être à Jenkins Road. Il n'y a que des demeures bourgeoises et des prairies par ici. Vu l'allure de ces pur-sang, je suis presque sûr qu'il y a une belle demeure de l'autre côté de cette élévation.

— À qui appartient-elle ? demanda Trent.

— À l'une des familles d'éleveurs de chevaux les plus riches de la région, les Lancaster.

Lancaster. Comme dans Martha Lancaster ? Quelles étaient les probabilités que Martha ait pris Skylar en amitié, qu'elle lui ait légué une grosse somme d'argent, qu'il existe un itinéraire direct entre la propriété des Lancaster et le lieu de la tentative d'assassinat de Skylar, sans que tout cela soit lié ?

Une explication également plausible était que la famille de Martha l'avait placée dans l'établissement le plus proche, afin de pouvoir lui rendre visite plus facilement. Il n'y avait pas obligatoirement de raison infâme à cela.

Mais Skylar disait que la famille de Martha ne venait jamais lui rendre visite.

Il prit son téléphone et passa un appel.

— Ivy, tout va bien là-bas ?

— Tout va bien. La sécurité est venue nous voir plusieurs fois. Et avant que tu poses la question, oui, l'agent est un de ceux dont nous avons vérifié les antécédents, il est réglo. Il ne se passe rien ici, à part l'ennui et les grondements d'estomacs vides. Tu reviens bientôt ?

— En fait, c'est pour ça que j'appelais. J'ai besoin d'un service.

14

Skylar s'éveilla en sursaut et s'assit sur le canapé. Il lui fallut un moment pour comprendre où elle était, à savoir dans le salon de la maison de location, à Chattanooga. Elle devait s'être endormie en attendant Trent. Comme les lumières étaient allumées quand elle s'était assoupie, elle supposa que c'était Ivy qui les avait éteintes avant d'aller se coucher.

Était-il minuit ? Plus tard que ça ? La maison était plongée dans l'obscurité, en dehors du clair de lune qui filtrait par les impostes au-dessus des fenêtres.

Et d'un rai de lumière sous la porte du bureau, juste derrière l'escalier. Elle en eut la chair de poule. Elle tendit automatiquement la main vers son sac à dos, puis jura. Il était à l'étage, dans sa chambre. De toute façon, c'était une réaction excessive. Si quelqu'un était entré par effraction, il aurait déclenché l'alarme et Ivy serait descendue avec son arme. Trent lui avait demandé de la ramener dans la maison et de s'assurer qu'elle resterait en sécurité jusqu'à son arrivée. Et il n'y avait aucune raison de douter d'Ivy.

Elle poussa un profond soupir quand son esprit ensommeillé retrouva un peu de logique. Trent, c'était Trent dans le bureau. Il était finalement rentré. Elle se frotta les bras et poussa un autre soupir. Elle était tellement lasse d'avoir peur, de craindre le pire chaque fois qu'elle entendait un bruit. Ou voyait de la lumière sous une porte.

Vivre comme ça, ce n'était pas vivre, Trent avait raison. Elle espérait que ce qu'il avait fait ce soir les rapprochait un peu de la clé du mystère. Si c'était le cas, elle voulait le savoir sans attendre.

Pieds nus, elle traversa l'épais tapis et s'arrêta en se voyant dans un miroir. Peut-être devait-elle se changer avant d'aller le voir. Sa tenue n'était pas vraiment indécente, mais elle ne parlait normalement pas à des hommes en chemise de nuit. Elle avait gardé son soutien-gorge et la chemise de nuit lui arrivait sous les genoux. Ivy avait bien choisi les vêtements pour son voyage, mais certaines choses lui avaient échappé, comme le fait que Skylar était beaucoup plus petite qu'elle.

C'était idiot. Il l'avait déjà vue en short. En se surprenant à arranger ses cheveux, elle leva les yeux au ciel et se décida à frapper à la porte.

— Entre, Ivy ! cria-t-il.

Elle hésita. Il attendait Ivy ? Elle se tourna vers l'escalier, surprise de ne pas l'y voir. Peut-être devait-elle monter la chercher si Trent avait rendez-vous avec elle...

— Skylar ?

Elle fit volte-face, plaquant une main sur son cœur battant.

— Trent. Vous... euh, vous m'avez surprise.

Son regard plongea vers le bas puis remonta tout aussi vite. Il s'éclaircit la gorge et finit par sourire.

— Vous n'êtes certainement pas Ivy.

Sa voix avait quelque chose de rauque qui lui donna brusquement une bouffée de chaleur. *Arrête. Il s'attendait à voir Ivy, pas toi.*

— Je peux aller la chercher si vous...

— Non, non. Je n'ai pas prévu de la mettre au courant avant demain matin. Que faites-vous debout ? La dernière fois que je vous ai vue, vous dormiez sur le canapé.

Elle cligna des yeux.

— Vous m'avez vue en train de dormir ?

Il sourit à nouveau et s'appuya à l'encadrement de la porte, ses longues jambes étendues devant lui.

— J'ai eu ce plaisir, oui, mais je jure que ce n'était qu'une seconde. Dès que j'ai compris que vous dormiez, je vous ai laissée tranquille. Je ne suis pas un voyeur.

Elle se gratta la gorge, sans savoir quoi dire. Il avait eu le *plaisir* de la voir dormir ? Si elle n'avait pas eu plus de jugeote, elle aurait pensé qu'il flirtait avec elle. *Était-il* en train de flirter avec elle ? Cela faisait si longtemps qu'elle n'avait pas eu de relation qu'elle n'était même plus sûre de savoir ce que cela impliquait. Soudain elle souhaita le savoir. Les hommes lui manquaient. Et, parmi les hommes qu'elle avait rencontrés, Adam Trent était l'un des plus intéressants et les plus beaux. Peut-être même *le* plus intéressant et le plus beau.

Il fronça les sourcils.

— Skylar ? Je vous taquinais. Vous n'êtes pas fâchée, n'est-ce pas ?

— Fâchée ? Non, bien sûr que non. Je suis juste... Je voulais vous demander, si ça ne vous dérange pas, ce que vous faisiez ce soir. Je veux dire, si ça a à voir avec l'enquête. Si c'est personnel, je ne veux surtout pas être indiscrète. Je... oh, bon sang. Vous viviez ici, à Chattanooga, avec votre... Vous aviez probablement besoin de temps, d'espace, pour... réfléchir. Ou autre chose. J'aurais dû aller me coucher au lieu de vous ennuyer. En fait, je vais me taire et monter.

Elle pivota sur elle-même.

— Skylar, attendez.

Il la prit par les épaules. Ses mains étaient fermes mais infiniment douces lorsqu'il l'obligea à lui faire face.

— Vous n'avez pas à vous excuser de quoi que ce soit. Vous êtes curieuse de l'enquête et c'est normal. Je voulais vous parler de quelque chose, de toute façon. Quelques questions à vous poser. Si vous y êtes disposée, je vous mettrai au courant de ce que j'ai fait.

— Ce n'est pas... personnel ?

Il secoua la tête.

— Non. Entrez, s'il vous plaît.

Il ouvrit la porte plus grand et attendit. Incertaine de ce qui l'attendait, elle entra dans le bureau et s'arrêta, surprise. La pièce n'était pas très grande. Un bureau était placé devant la fenêtre, et des étagères couraient le long du mur. Tout était rangé, sauf le bureau. Il était entièrement recouvert de papiers et de dossiers, comme si quelqu'un avait allumé un ventilateur et fait voler les feuilles en tous sens.

— J'ignorais qu'un ouragan avait touché le Tennessee.

Trent se mit à rire.

— Oui, j'imagine que c'est un peu en désordre. Il y a beaucoup d'informations à compulser, et j'étais pressé de trouver ce dont j'ai besoin.

— Vous l'avez trouvé ?

Elle s'arrêta devant le bureau, essayant de comprendre ce qu'elle voyait.

— Je ne sais pas encore. Dans n'importe quelle enquête, il est difficile de distinguer les indices des détails non pertinents, jusqu'à ce que tout s'assemble comme par magie. Et je n'en suis pas encore à ce point-là.

Elle prit une des feuilles de papier et écarquilla les yeux.

— On dirait des rapports de police. John Lancaster ? Un lien avec Martha ?

— Son mari. Il est mort il y a plus de dix ans, bien avant le déclin de Martha.

— Ça ressemble à un rapport d'arrestation. Ça date de vingt et un, non vingt-deux ans. Pourquoi vous intéressez-vous au mari décédé de Martha ?

Il fouilla dans les papiers, cherchant apparemment quelque chose.

— Vous saviez que Martha était la matriarche d'une très riche famille d'éleveurs de chevaux ? Nous parlons de multimillionnaires. Super riches.

— Je savais qu'elle était à l'aise, mais elle ne parlait pas beaucoup d'elle. Elle détournait la conversation vers des sujets courants ou me posait des questions sur moi.

Il leva les yeux.

— Sur vous ? Comme quoi ?

Elle leva les mains dans un geste d'impuissance.

— Tout et rien. C'était une personne vraiment affectueuse, elle voulait toujours savoir comment j'allais, comment se passait mon travail. Nous avons parlé de mon père, de ma mère, des lieux où j'avais vécu. Des bavardages, c'est tout. Le genre de choses que se racontent les amies. Vous êtes sûr que sa famille élève des chevaux ? Elle n'a jamais parlé de ça.

Hochant la tête, il éparpilla d'autres piles de papiers.

— Les voilà.

Il ramassa une pile de photos et les feuilleta.

— Vous la reconnaissez ?

Il posa l'une des photos au bord du bureau. Skylar fixa l'image d'un homme et d'une femme souriants, à cheval, au milieu d'un pâturage. Derrière, une clôture blanche à claire-voie courait jusqu'à ce qui ressemblait à un manoir, au loin, d'un blanc aussi éclatant que la clôture.

Tirant la chaise réservée aux visiteurs près du bureau, Skylar s'assit pour examiner la photo.

— C'est incontestablement Martha. Elle était beaucoup plus jeune. Quand on est habitué à voir les ravages de la maladie chez une personne, c'est un choc de la voir heureuse et en bonne santé. Est-ce son mari, John ?

— Son fiancé, sur cette photo. Mais, oui, c'est John Lancaster. Ils ont été mariés quarante ans avant qu'il ne meure d'une crise cardiaque.

— Je savais qu'elle était veuve, mais elle ne m'a jamais parlé de lui.

— Parlait-elle de ses enfants ? De son petit-fils ?

Elle posa la photo.

— Son petit-fils ? Elle n'a jamais fait allusion à un petit-fils.

— Randolph. Il est encore au lycée. Ses parents sont Richard et Phoebe. Ils ne devaient pas être très proches non plus, sinon elle vous aurait parlé d'eux.

— Elle n'était pas la seule à taire des choses. Vous n'avez pas répondu à ma question initiale. Pourquoi enquêtez-vous sur le mari de Martha ? Je ne peux pas imaginer que ce soit lié à mon affaire.

— Moi non plus. Et pourtant nous y voici.

— Je ne comprends pas.

Tenant le reste des photos comme un jeu de cartes, il se rassit.

— Vous vous êtes rappelé avoir entendu des corbeaux avant qu'on tire sur vous. Quelque chose, ou quelqu'un, les avait dérangés, avant la première balle.

— Oui, d'accord, et... ?

— Quand Ethan et moi avons pénétré dans le bois aujourd'hui, nous avons aussi dérangé des corbeaux. Je me suis rappelé que certains oiseaux nichent toujours au même endroit. Plus tard, j'ai fait des recherches en ligne qui m'ont confirmé que les corbeaux font la même chose. Il n'est pas interdit de croire qu'ils nichent là depuis des années. Ils sont assez loin pour qu'il soit plausible que le tireur soit passé par là pour se mettre à l'affût, au lieu d'arriver et de repartir en voiture. S'il n'était pas passé par le bois, les corbeaux se seraient agités après les coups de feu et non avant.

— Ce qui veut dire qu'il connaissait mes horaires, qu'il savait quand je sortirais du bâtiment et qu'il est arrivé juste à temps. Cela expliquerait pourquoi personne ne l'a vu rôder.

— En effet.

— Ça semble logique, y compris pour les corbeaux. Mais j'attends toujours d'entendre ce que cela a à voir avec Martha.

— Patience.

— Personne ne m'a jamais accusée d'être patiente.

Il lui décocha un grand sourire.

— C'est incontestablement ce que je pense de vous. Ethan et moi avons suivi un sentier à peine visible entre les arbres. Il n'a sans doute pas été utilisé depuis longtemps, mais il l'a été par le passé. Il aboutissait à un pâturage pour les chevaux, entouré d'une clôture blanche à claire-voie. Lorsque j'ai demandé à Ethan s'il savait à qui appartenait cette propriété, il m'a dit que c'était à la famille Lancaster. Et que si nous nous dirigions vers une colline au loin nous tomberions sur une demeure à deux étages.

Skylar reprit lentement la photo.

— Comme celle-ci ? Et les clôtures, ce sont les mêmes ?
— Oui.

Il prit une autre photo dans le paquet et la posa au milieu du bureau.

— Voici une photo actuelle de la demeure Lancaster. Ma théorie est que celui qui vous a tiré dessus venait de cette propriété et s'est enfui par le même chemin. Il y a une sorte d'appentis par là-bas, avec deux quads. J'ai vu que les clés étaient dessus, sans doute parce que la propriété est isolée et que les propriétaires ne s'attendent pas à ce qu'on les vole. C'est assez loin de la route pour que personne n'entende un moteur démarrer. Le tireur peut avoir traversé le pâturage avec l'un d'eux et disparu longtemps avant l'arrivée de la police.

— Ce que vous êtes en train de dire, c'est que le tireur s'est servi de la propriété des Lancaster comme itinéraire de fuite et a volé l'un des quads pour filer ?

— C'est ma théorie, oui. C'est pourquoi je suis allé au commissariat cet après-midi, au lieu de vous reconduire. J'ai parlé à notre officier de liaison. Il m'a envoyé ceci, les copies des dossiers de police sur la famille Lancaster, y compris les titres de propriété, si bien que j'ai pu confirmer que le lieu que j'ai vu aujourd'hui leur appartient réellement. Je voulais voir aussi s'il y avait un rapport sur le vol d'un quad, mais il n'y en avait pas.

— Peut-être que le tireur a laissé le quad sur la propriété, qu'il ne l'a pas vraiment volé. Une fois qu'ils l'avaient retrouvé, ils n'ont pas cru utile de le signaler.

— Peut-être.

— Vous avez une autre théorie ?
— Pas tant une théorie qu'une possibilité.

Il fouilla dans le paquet de photos et en tira deux. Se penchant en avant, il les posa devant elle, à l'envers.

— Nous n'avons pas eu encore l'occasion de visiter les deux autres scènes de crime. Mais j'ai relu le rapport de police sur l'incident. Vous avez mieux vu le tireur qu'au centre de soins palliatifs. Il avait des cheveux châtain clair, légèrement ondulés. Il était mince et avait le teint clair. L'homme qui vous a pourchassée correspond-il aussi à cette description ?

Elle hocha lentement la tête.

— Je n'ai pas bien vu son visage. Soit il était trop loin, soit j'étais trop occupée à fuir. Mais, oui, cette description pourrait correspondre aux tentatives de meurtre ici à Chattanooga.

Il retourna les deux photos, révélant deux hommes assez ressemblants. Elle inspira brusquement et plaqua une main sur sa bouche. Tous deux correspondaient au souvenir qu'elle avait gardé de l'homme qui avait essayé de la tuer. Les mains tremblantes, elle s'empara des photos et les examina de plus près. Puis elle les reposa et s'entoura de ses bras.

— Tous deux pourraient être le tireur, au moins celui qui s'en est pris à moi ici à Chattanooga. Qui sont-ils ?

— Richard et Scott Lancaster. Les fils de Martha.

15

Trent jeta sa serviette en papier sur son assiette et posa sa tasse. Skylar et Ivy étaient assises face à lui, à la table du petit déjeuner. Visiblement nerveuse, Skylar jouait avec la nourriture.

— Si vous n'aimez pas la gaufre, je peux vous préparer un sandwich. L'agence de location a pourvu la cuisine d'à peu près tout ce que vous pouvez désirer.

— Non merci. Vous avez déjà fait exactement ce que j'ai demandé, ce qui était vraiment gentil, soit dit en passant. J'adore les hommes qui savent cuisiner.

Il sourit, et Ivy gloussa. Le visage de Skylar devint rose.

— C'est bon à savoir, dit-il. Mais il y a manifestement quelque chose qui ne va pas. Vous avez à peine pris deux bouchées.

— Ce n'est pas la nourriture, croyez-moi. Je suis nerveuse. Quand la vidéoconférence va-t-elle commencer ?

Ivy se leva et franchit l'arche entre la salle à manger et le salon.

— Si vous trouvez que cela a pris trop longtemps, vous pouvez le reprocher à Callum. J'ai tout préparé de notre côté. Lui, il a réussi à détraquer notre équipement dernier cri. Il a fallu plus d'une heure à Brice pour tout arranger.

— Je t'entends, fit la voix de Callum à travers les haut-parleurs de l'autre pièce.

— Ah, bien ! cria Ivy. Brice ne t'a plus laissé toucher à l'équipement, manifestement. Le son marche encore.

Callum poussa un juron. Ivy se mit à rire et revint vers Trent et Skylar.

— Toute la bande est là, je crois. On est prêts quand vous l'êtes.

Trent arqua un sourcil.

— Prête ? demanda-t-il à Skylar.

Repoussant sa chaise, elle se leva.

— Je suis prête depuis le lever du soleil. Je meurs d'envie de savoir ce que vous avez tous découvert.

Elle fit la grimace.

— Mauvais jeu de mots.

Ivy pénétra dans le salon. Trent fit le tour de la table et prit les mains de Skylar dans les siennes.

— Tout ira bien. Nous ferons ce qu'il faudra pour que vous n'ayez plus à vous cacher le restant de votre vie.

Elle hocha la tête sans conviction.

— Merci. Au moins, recommencer à parler à des gens était merveilleux. Ça m'aide à ne plus me sentir invisible.

Son air mélancolique fendit le cœur de Trent. Malgré ses bonnes résolutions, il ne put résister à l'envie de l'attirer dans ses bras et la serrer contre lui. Elle encercla sa taille de ses bras et se laissa aller contre lui.

Skylar comptait. Et elle avait besoin de savoir qu'elle comptait, qu'il se souciait de ce qui lui arrivait. Son équipe devait aussi le savoir. Il voulait qu'ils travaillent jusqu'à épuisement sur cette affaire, quel qu'en soit le coût. Il voulait qu'elle soit résolue et que Skylar ait une chance d'être véritablement heureuse.

Quelqu'un s'éclaircit délicatement la gorge, dans l'autre pièce. Ivy. Soupirant, il recula sans enlever les mains des épaules de Skylar.

— Prête ?

Elle sourit et laissa échapper un soupir fragile.

— Maintenant, oui. Merci, Trent.

— Quand vous voulez.

Une délicieuse vague de rose envahit à nouveau son visage lorsqu'ils se dirigèrent vers le salon.

Ivy leur jeta un regard curieux, sourit, puis passa du canapé à un fauteuil près de la petite table. C'était un geste clair. Elle laissait Trent et Skylar s'asseoir l'un à côté de l'autre.

Ils s'assirent, le regard d'Ivy pratiquement rivé sur eux. Le secret de Trent était définitivement éventé, celui qu'il avait essayé de se cacher à lui-même. Il ressentait pour Skylar une affection qui dépassait la simple sollicitude d'un enquêteur envers sa cliente.

L'attirance physique avait été instantanée. Il s'était efforcé de l'ignorer et avait gardé son émotion sous cloche. Mais les obstacles qu'il avait tenté d'ériger étaient tombés les uns après les autres, comme des dominos. Éprouver des sentiments pour une cliente était inapproprié, non professionnel et exceptionnellement risqué. Il aurait dû se retirer de l'affaire et la confier à quelqu'un d'autre.

Mais il ne le pouvait pas. Il devait aller au bout de ceci. Il faudrait seulement qu'il veille à garder des pensées claires et concentrées. D'une manière ou d'une autre.

L'inquiétude se lisait sur le visage d'Ivy, ainsi que sur ceux de l'équipe, qui l'observaient depuis l'écran. Il hocha la tête, essayant de les rassurer silencieusement, de leur dire qu'il maîtrisait les choses. Skylar ne semblait pas comprendre ce silence et ces regards. Elle leur souriait avec gratitude, pensant sans doute que leur inquiétude lui était destinée.

Il soupira, sourit d'un air rassurant en réponse au regard interrogateur de Skylar et, enfin, se concentra sur l'écran.

— Je vous suis reconnaissant de votre aide à tous dans cette affaire.

— Moi aussi, dit Skylar. Merci beaucoup.

— C'est naturel, lui dit Ivy, en fixant Trent. Nous sommes ici pour nous concentrer sur notre travail, résoudre l'affaire et aider une cliente. C'est le plus important. C'est la seule chose qui compte, n'est-ce pas, Trent ?

Il se raidit devant cette critique implicite.

— Bien sûr. Cette affaire a toute mon attention.

Il fit un geste en direction de l'écran.

— Et, bien que chacun de vous ait des affaires à traiter par ailleurs, vous avez fait des heures supplémentaires pour m'aider. Je vous suis très reconnaissant. Merci à tous, et surtout à Ivy, qui est venue jusqu'ici nous seconder.

— Je dois retourner à Gatlinburg après cette réunion.

Ivy leur adressa un regard d'excuse.

— J'ai rendez-vous avec un témoin dans une autre enquête. Mais si vous avez besoin que je reste je peux essayer de prévoir un autre arrangement.

— Je suis sûr que je peux gérer les choses sans toi, dit-il. Les types de la sécurité sont là pour m'aider au besoin. Mais merci. J'apprécie tout ce que tu as fait, et ton offre.

Elle lui adressa un sourire contraint, pas entièrement convaincu.

— Qui commence ? Brice ? Callum ?

— Moi, dit Trent. J'ai déjà mis Skylar au courant de ce que j'ai découvert, mais je veux vous en faire part aussi.

Il poursuivit en leur racontant leur visite au centre de soins palliatifs la veille et comment Skylar s'était souvenue des corbeaux. Il leur parla du vieux sentier qui menait à une propriété dont il avait confirmé plus tard qu'elle appartenait aux Lancaster. Il expliqua sa théorie quant au fait que le tireur avait peut-être utilisé ce sentier et un quad pour s'enfuir. Et que Scott et Richard, les fils de Martha, correspondaient tous deux à la description du tireur, dans les trois incidents situés à Chattanooga.

Ivy secoua la tête.

— L'argument est faible. La moitié des hommes que je connais correspondent à cette description. Et Skylar ne les a pas bien vus, n'est-ce pas ?

— C'est vrai, répondit celle-ci. Je ne les ai pas bien vus. J'étais trop occupée à essayer de survivre. Depuis que Trent m'a monté ces photos, j'oscille entre la conviction que c'est l'homme que j'ai vu et le contraire. En toute honnêteté, je ne sais pas. Je ne les reconnaîtrais certainement pas parmi d'autres. Et je ne comprends toujours pas pourquoi ils me voudraient du mal. Je rendais visite à Martha parce qu'elle s'était inscrite sur une liste au centre de soins palliatifs. Je ne lui ai jamais fait de mal. Nous étions amies. Ça n'a aucun sens que ses fils décident de me haïr après sa mort.

— Je suis forcé d'être d'accord avec elle, intervint Brice depuis la salle de conférences. Il ne semble pas y avoir de vrai lien, là.

— J'en conviens, dit Trent. L'argument est faible. Martha a bien légué de l'argent à Skylar. Mais les Lancaster sont riches. Cela ne me semble pas un mobile suffisant pour la traquer.

— De combien parlons-nous ? questionna Ivy.

— Deux cent mille dollars, répondit Skylar.

Brice émit un sifflement.

— C'est beaucoup d'argent. À quel point sont-ils riches ?

— Assez riches, dit Trent, pour que deux cent mille dollars ressemblent à de la menue monnaie. Je suis allé au commissariat hier voir s'ils avaient des informations sur les Lancaster. Plus précisément, je voulais savoir s'ils avaient enregistré une plainte pour vol le jour des coups de feu et prouver ainsi que quelqu'un avait pu prendre l'un des quads pour s'enfuir. Mais ils n'avaient pas déposé de plainte.

— Ça peut vouloir dire qu'il n'y a pas eu de vol, dit Ivy. Ce qui affaiblit encore ta théorie.

— Pas nécessairement. Ma théorie est que le tireur a pu s'enfuir par les bois, que ce soit à pied ou avec un quad volé. Le fait qu'il n'y ait pas de plainte donne de la crédibilité à la possibilité que ce soit un des Lancaster qui ait été le tireur, soit Scott, soit Richard.

Tout le monde se mit à parler en même temps, spéculant sur la théorie de Trent. Il leva la main pour les faire taire.

— Ça ne fait qu'un jour. Je ne suis pas encore convaincu que les Lancaster soient impliqués. J'examine seulement la possibilité qu'ils le soient, afin de les écarter ou, au contraire, de pousser plus avant. En ce qui concerne la police de Chattanooga, elle a d'épais dossiers sur Martha et ses fils. Vous vous demandiez à quel point ils sont riches ? Ils ont des actifs de l'ordre de centaines de millions de dollars. Pas autant que notre patron, mais pas loin.

— Waouh, dit Brice. La somme que Martha a léguée à Skylar n'est qu'une goutte d'eau dans la mer. Ça ne ressemble pas à un mobile pour tenter de la tuer. D'où ont-ils tiré cet argent ?

— La plupart des gens pensent que c'est de leurs élevages de chevaux ici et à Lexington, dans le Kentucky, dit Trent. Mais la police locale et le FBI enquêtent depuis des années sur des liens possibles avec le crime organisé. Ils ont même relevé des échantillons ADN à leur insu, dans l'espoir de les relier à des meurtres. Jusqu'ici ils n'ont pas réussi leur coup. Je me souviens d'avoir entendu des rumeurs à ce sujet quand j'étais inspecteur. Rien n'a pu être prouvé. Si je découvre quelque chose de plus prometteur, je me jetterai dessus. Brice, tu as enquêté sur Darius Williams...

— Qui est Darius Williams ? questionna Skylar.

— À mon tour, dit Brice. C'est l'homme qui a essayé de vous tuer dans les Smokies. Bien qu'il soit majeur, c'était plus un gamin qu'un homme. Quel gâchis ! La police de Gatlinburg et McKenzie ont rassemblé des éléments solides avant que j'entame ma propre enquête. Darius était intelligent et avait de bonnes notes à l'école. Il aurait pu devenir quelqu'un. Mais ses parents ont été tués, et il a été placé en famille d'accueil. Celle-ci semblait correcte et affectueuse mais, comme vous l'imaginez, ce bouleversement était dur à avaler pour lui. Il a pris un mauvais tournant, s'est mis à fréquenter les mauvaises personnes, à se droguer, ajoutez tous les clichés que vous voulez...

— Tu as pu le relier à Chattanooga ? demanda Trent.

— Pas jusqu'ici. Et je ne pense pas que j'y arriverai. J'ai parlé à certains de ses amis et au gérant de son immeuble, qui m'ont confirmé qu'il était à Gatlinburg ces deux dernières semaines. Ils étaient tous très bavards. Callum, il faudra que tu approuves le remboursement de mes frais, puisque c'est toi qui joues le patron cette semaine. Les gratifications n'étaient pas bon marché.

Callum émit un grognement.

— Du bon côté des choses, quand Grayson verra l'accumulation des dépenses, il décidera peut-être de ne plus me confier la direction.

— Espère toujours, lança Brice en riant. Personne n'échappe à ce rôle. C'est un rite de passage.

Skylar toucha l'épaule de Trent et se pencha vers lui.

— Je me sens coupable de toutes ces dépenses, peu importe la richesse de votre patron. Faites le compte de ce que ça coûte. Je le rembourserai quand je pourrai, d'une manière ou d'une autre.

Il secoua la tête.

— Brice et Callum plaisantent, murmura-t-il. Je vous promets que Grayson ne trouvera rien à redire à ces dépenses. Vous avez oublié qu'il est milliardaire ?

Il lui pressa la main.

— Tout va bien. Je vous assure.

Elle acquiesça, mais il était visible que cette question la perturbait. Ce qui ne faisait que renforcer l'opinion que Trent avait d'elle. Indépendante, elle ne voulait profiter de personne. Il aurait voulu l'empêcher de s'inquiéter.

Grayson ne jetait pas l'argent par les fenêtres, c'était un homme d'affaires intelligent et avisé. Il avait su dès le début qu'Unfinished Business n'engendrerait pas de recettes. Il gérait soigneusement ses autres entreprises afin de financer les enquêtes. Peu importe que les demandes d'un enquêteur soient exorbitantes, Grayson faisait son possible pour dire oui.

Trent se tourna vers l'écran.

— Brice, comment peux-tu être certain que Williams n'avait pas quitté la ville récemment ?

— À cause de ses activités nocturnes, d'une petite amie et d'un job à plein temps. Il assurait l'entretien de la résidence où il vivait. Il ne lui restait pas beaucoup de temps pour dormir. Le commanditaire a dû venir l'engager ici et je suis presque sûr que c'était le jour même où il s'en est pris à Skylar. Le matin, il a appelé son boulot pour dire qu'il était malade. Si cela correspond à leur premier contact, cette chronologie peut nous aider à réduire l'éventail des suspects ici, à Chattanooga.

— Absolument, dit Trent en prenant note sur son téléphone. Notre suspect a dû s'absenter toute la journée, d'abord pour engager le tireur, puis pour le tuer afin de couvrir ses traces.

À côté de lui, Skylar frissonna et se frotta les bras de bas en haut.

— Skylar, vous n'êtes pas obligée d'assister à toute la réunion. Je vous promets que je vous tiendrai au courant quand nous aurons fini.

— Non, non, ça va. C'est juste... triste. Et dingue. Même si ça dure depuis longtemps, c'est accablant de me dire que quelqu'un veut ma mort. Au point de me traquer et même d'engager quelqu'un pour faire le sale boulot à sa place.

Elle poussa un soupir tremblant.

— Continuez, s'il vous plaît.

Trent avait envie d'interrompre la réunion et de la serrer contre lui pour chasser ses craintes. Mais il savait aussi que le meilleur moyen de lui remonter le moral était de résoudre l'affaire aussi vite que possible.

— Autre chose, Brice ?

— Pas pour l'instant. Je crois que Lance est prêt à faire le point sous l'angle militaire.

— Attendez, dit Trent. Je dois d'abord avertir Skylar.

— M'avertir ? De quoi ?

— J'ai demandé à Lance d'examiner le passé de votre père, y compris son engagement dans l'armée. Comprenez, s'il vous plaît, que le but est de découvrir pourquoi il s'inquiétait qu'on vous retrouve, lui, votre mère et vous. Vous disiez que vous changiez souvent de nom, que vous ne cessiez de déménager et qu'il vous a enseigné l'autodéfense et la survie dans la nature. Il s'est donné beaucoup de peine pour vous protéger. Et voilà que quelqu'un vous traque. Ces coïncidences sont souvent des signaux d'alerte dans une enquête, alors...

Elle posa une main sur la sienne et lui sourit.

— Ça va, je comprends. C'est désagréable de penser que quelqu'un fouille le passé de mon père, d'autant plus qu'il était tellement secret à ce propos. Mais si vous pensez que c'est essentiel de le faire je sais qu'il serait d'accord. Et je le suis aussi.

Il hocha la tête, soulagé qu'elle ne soit pas contrariée.

— Continue, Lance. Tu as trouvé quelque chose d'utile ?

— Malheureusement non. Mon contact n'était pas disponible, et mes propres recherches dans la fenêtre indiquée n'ont révélé personne qui aurait pu être son père. Je lui reconnais ça, il était doué pour couvrir ses traces. Je l'ai pisté à travers les États-Unis et j'ai retrouvé les noms sous lesquels ils ont vécu. Mais je ne peux pas dire où il est né, ni où il vivait à l'étranger. Je vais continuer à chercher. Je suis sûr que, dès que je pourrai entrer en contact avec ma source, il trouvera plus facilement que moi son véritable nom. Jusque-là, je mets la question de côté.

— C'est décevant, mais je comprends, dit Trent. Cette affaire est difficile. Nous n'avons aucune trace d'ADN, aucune empreinte relevée sur les scènes de crime. Aucun des raccourcis habituels non plus pour nous aider à cerner un suspect. Skylar, pouvez-vous repenser aux tentatives de meurtre après votre départ de Chattanooga ? Avez-vous une idée de la manière dont votre identité a pu être découverte ? Avez-vous fait quelque chose sortant de l'ordinaire au cours des semaines précédentes ?

— Comme quoi ?

— Rendre visite à quelqu'un appartenant à votre ancienne vie ?

— Non. Jamais.

— Appeler quelqu'un ?

— Non.

— Envoyer un mail ?

— Je n'ai même pas d'adresse électronique.

— Et vos comptes sur les réseaux sociaux ? Je n'en ai pas trouvé sous votre nom. Vous avez peut-être un pseudo ?

— Je n'ai jamais créé de compte. J'utilise des moteurs de

recherche, mais je ne suis inscrite sur aucune plate-forme numérique. Je vis en autarcie. Pas de traces électroniques. Je paye tout en liquide.

— Vous avez dit que vous dormiez parfois dans des motels. Vous devez acheter de la nourriture, des provisions, des vêtements, des chaussures, des livres, que sais-je... Il faut de l'argent même pour camper. Vous disiez que vous cachez votre argent chaque fois que vous arrivez dans un nouveau lieu. Mais vous ne pouvez pas tout transporter avec vous, n'est-ce pas ?

— Non, j'ai effectivement un compte en banque. Mais il n'est pas au nom de Skylar Montgomery. Je l'ai ouvert au nom d'un des alias créés par mon père. Et je m'en sers rarement. Quand je le fais, je retire assez pour plusieurs mois.

— Quand avez-vous retiré de l'argent pour la dernière fois, par rapport à la dernière tentative de meurtre ?

Les sourcils froncés, elle réfléchit. Soudain, elle pâlit et ses yeux s'agrandirent.

— Environ une semaine avant.

Il hocha la tête, pas surpris.

— Et les autres tentatives ?

— Je ne sais pas. Si elles étaient proches d'un retrait au distributeur, ça ne m'a pas frappée sur le moment. J'ai seulement supposé que quelqu'un m'avait reconnue quand je faisais mes courses en ville. Mais même maintenant je ne suis pas convaincue que ce soit ainsi qu'on m'ait retrouvée. Je n'ai jamais rien fait pour relier cet alias à mon identité réelle. Personne ne sait sauf moi.

— Si je peux intervenir, dit Brice, il n'a pas été facile de retrouver vos alias et les endroits où vous viviez quand vos parents et vous étiez aux États-Unis. Et il nous a fallu un réseau dont la plupart des gens ne disposent pas. Néanmoins, Callum et moi avons fait le lien en moins de vingt-quatre heures.

En assimilant ce qu'il venait de dire, elle devint encore plus pâle.

— Un quidam moyen n'aurait pas pu le faire aussi vite que

nous, poursuivit Brice. Mais ce que je veux dire, c'est que c'est faisable. J'ai pu rapprocher tous vos alias du nom de Montgomery.

Elle secoua la tête.

— Il faudra que vous m'expliquiez un jour comment. Parce que mon père se faisait une religion de ne pas laisser de traces. Et, malgré ce que vous venez de dire, je ne crois toujours pas que vous ayez pu découvrir l'alias dont je me sers pour mes opérations bancaires.

— Et quel est-il ? questionna-t-il. Si cela ne vous dérange pas de nous en faire part ?

— Je ne vois pas pourquoi. Ma vie est déjà entre vos mains. C'est Julia Legrasse.

— Vous avez raison, dit Brice, en clignant des yeux d'un air surpris. Celui-là n'est pas apparu dans nos recherches.

— Mon père l'a créé spécifiquement pour les cas d'urgence. Il a déposé beaucoup d'argent sur ce compte, afin que je puisse m'en servir si je devais fuir. Je ne l'avais jamais utilisé jusqu'à ce que tout ça commence. Il n'y a aucun lien entre ce compte et moi en tant que Skylar Montgomery.

— Vous avez dû laisser des traces d'une manière ou d'une autre, sinon comment ces types vous retrouveraient-ils ? intervint Trent. Réfléchissez à ce que vous faites quand vous allez dans une nouvelle ville. Ou quand vous vous servez d'un ordinateur ? Vous dites que vous avez cherché Unfinished Business sur Internet au motel. Et des informations sur moi pour savoir si j'étais fiable. Quel compte avez-vous utilisé pour faire ça ?

Elle sourit.

— Aucun. Je me suis connectée avec le compte invité du motel. Et je me suis servie du nom et du numéro de chambre de la personne précédente. Je n'ai même pas eu à utiliser un alias. J'ai payé la chambre en liquide. Et bien sûr je n'ai pas fourni de pièce d'identité. J'ai convaincu l'employée de la réception que j'avais perdu mon portefeuille. Le nom que je lui ai donné, je l'ai inventé dans l'instant.

Elle haussa les épaules.

— Je ne m'en souviens même pas. Je ne l'avais jamais utilisé jusque-là, ni depuis.

Trent secoua la tête.

— Alors c'est forcément grâce aux retraits au distributeur qu'ils vous retrouvent. Rien d'autre ne peut l'expliquer.

Elle tendit les mains.

— Je suis désolée. J'aimerais me rappeler autre chose. Mais je n'ai jamais compris comment ils faisaient pour me retrouver. J'y ai réfléchi encore et encore...

— Attendez.

Trent se tourna vers elle.

— Et l'argent que Martha Lancaster vous a légué ? Vous dites qu'il est sur un compte auquel vous pourriez accéder si vous en aviez besoin.

— Mais je ne l'ai jamais fait.

— À quel nom est ce compte ?

— Mon alias d'urgence, Julia Legrasse. Mais comme je l'ai dit je n'ai jamais retiré d'argent, pas une seule fois. Et je n'ai fait aucun virement non plus. L'argent de Martha est là, intact. Aucune trace numérique.

— Quelqu'un a mis deux cent mille dollars sur ce compte pour vous. Qui l'a fait ?

— L'avocat de Martha. La seule trace est le virement ponctuel qu'il a fait vers ce compte.

— Mais peu importe que vous n'ayez jamais touché à cet argent, Martha et par conséquent son avocat vous connaissaient sous le nom de Skylar Montgomery. L'avocat connaissait aussi votre alias puisque c'est lui qui a viré l'argent. Il peut avoir des contacts dans le secteur bancaire. Chaque fois que vous faites un retrait sous ce nom, il pourrait en être averti.

Skylar écarquilla les yeux, atterrée.

— Je parie que c'est le lien, approuva Ivy. Il est forcément impliqué.

— Je n'avais jamais pensé à cela, dit Skylar en se tordant les mains. Je lui faisais confiance parce que j'avais confiance en Martha. Encore maintenant ça me paraît absurde. Pourquoi un avocat voudrait-il me tuer ? Et pourquoi me pourchasserait-il depuis presque cinq ans ?

— C'est ce que nous allons nous efforcer de découvrir, dit Trent. Ivy acquiesça, de l'autre côté de la petite table.

— Un peu qu'on va s'y mettre. C'est une formidable ouverture, Skylar. Quel était le nom de l'avocat ? Vous vous en souvenez ?

L'air tendu de Skylar se mua en un sourire amusé.

— C'est un nom que je n'oublierai jamais. Albert Capone.

Callum éclata de rire.

— Un avocat qui porte le nom d'un célèbre gangster des années 1920 ? Ça devrait figurer dans les livres de records !

— Il m'a bien précisé que le Al Capone de la mafia se prénommait Alphonse et non Albert. Et il m'a demandé de ne jamais, jamais l'appeler Al.

Callum se remit à rire. Trent la fixait.

— L'avocat qui connaissait votre alias s'appelait Albert Capone ?

Tout le monde fit silence et Skylar se raidit, ce qui lui indiqua avec un temps de retard que son ton avait été plus dur qu'il n'en avait eu l'intention. Mais il était abasourdi qu'elle ait prononcé ce nom qu'il avait lu la veille au soir. Il n'avait pas considéré que c'était important. Jusqu'à cet instant.

— Oui, dit Skylar, un peu sur la défensive. Je ne l'ai pas jugé d'après son nom. Il semblait correct, pas quelqu'un qui aurait pensé à me faire du mal.

— Je ne vous fais pas de reproche. Pardonnez-moi si cela en avait l'air. J'étais seulement surpris que vous prononciez son nom.

Il jeta un coup d'œil à Ivy, puis aux autres sur l'écran TV.

— On repart de zéro. Ce n'est pas Capone qui a délégué un

tueur à gages pour tuer Skylar. Il est mort. Quelques semaines après que Skylar a quitté Chattanooga.

— Comment est-il mort ? questionna celle-ci d'une voix blanche.
— Il a été assassiné. Quelqu'un l'a abattu d'une balle.

16

Chargée d'un plateau, Skylar fit halte dans l'embrasure du bureau de Trent, choquée par le désordre qui régnait à l'intérieur. C'était encore pire que la veille. Des papiers étaient éparpillés partout autour du bureau, comme s'il les avait balayés de la main.

Cette affaire le mettait vraiment sur les nerfs. Il se tenait à la fenêtre, les mains dans les poches, contemplant la pelouse et les arbres au-delà. Manifestement perdu dans ses pensées, il ne l'avait pas entendue.

Elle supposait que c'était une bonne chose que l'affaire le perturbe. Elle-même était perturbée depuis une éternité. Le reste de sa vie dépendait de ce que lui et son équipe pourraient faire dans les prochains jours. C'était effrayant de bien des manières. Mais pas davantage que ce qu'elle avait déjà traversé. C'était sans doute pourquoi elle se sentait étonnamment calme.

— Trent ? Je nous ai préparé de la soupe et des sandwichs.

Il se retourna et son regard tomba sur le plateau qu'elle tenait. Il regarda alors son bureau et jura.

— Désolé pour le bazar.

Il écarta des papiers pour faire de la place.

— Vous n'êtes pas obligé de vous excuser pour le bazar choquant qui vous entoure, le taquina-t-elle.

Il sourit.

— C'est drôle comme vous faites ça.
— Faire quoi ?

Elle repoussa les papiers éparpillés sur le sol et tira une chaise pour s'asseoir.

— Me faire sourire. Même quand ce type nous tirait dessus, dans les montagnes, vous m'avez fait rire. C'est un don.

Elle sentit ses joues s'embraser.

— Eh bien, euh, merci.

— Je vous en prie. Merci à vous. Et merci pour le déjeuner. Je ne m'étais pas aperçu qu'il était si tard.

— Vous êtes cloîtré depuis qu'Ivy est repartie et vous m'avez ordonné de sortir.

Il venait de prendre une gorgée d'une des bouteilles d'eau, et il toussa, mettant une main devant sa bouche.

— Je ne vous ai pas *ordonné* de sortir.

— Si. Pas avec ces mots, mais vous m'avez dit que vous ne vouliez pas de mon aide.

— Je me souviens très bien vous avoir dit que je ne pensais pas avoir besoin de votre aide, et que j'avais besoin de mettre les choses en ordre dans ma tête.

— Tout seul. C'est pourquoi je vous ai laissé à vous-même et j'ai regardé des programmes vraiment ennuyeux à la télé. J'ai l'habitude d'être seule, mais j'ai toujours un bon livre à lire. Ce n'est pas le cas ici. Vous pouvez croire que les propriétaires ne possèdent aucun livre ?

Il feignit le choc.

— Non, vraiment ? Dois-je appeler la police pour les dénoncer ?

— Mangez.

Il se mit à rire et prit l'une des assiettes.

En mangeant, elle lui posa quelques questions sur ce qu'il faisait. De son côté, il l'interrogea sur sa vie dans les bois. Ils parlèrent de la fois où on avait tiré sur sa voiture et essayé de lui faire quitter la route. Et ils discutèrent du peu dont elle se souvenait de ses errances dans la forêt nationale de Cherokee, quand la blessure qu'elle avait au flanc s'était infectée. Elle lui parla de l'entraînement à la survie de son père, et de comment cela lui avait permis de savoir où trouver de l'eau et quelles baies manger ou éviter.

Il s'essuya la bouche avec sa serviette et s'adossa à son siège en secouant la tête.

— Votre père devait être un homme étonnant. J'aurais aimé le rencontrer.

— Vous vous seriez admirés mutuellement, je pense.

— Comment est-il mort ? Brice n'a pas parlé de quelque chose de malfaisant quand il nous a informés de son enquête.

— Je dirais que c'était malfaisant qu'un conducteur ivre emboutisse la voiture de mon père. Il avait un de ces vieux modèles, sans airbags latéraux. Il est mort sur le coup.

Trent tendit le bras en travers du bureau et lui saisit la main.

— Je suis vraiment navré. Vous étiez à l'université, n'est-ce pas ?

Elle se cramponna à ses doigts, sans se soucier d'avoir l'air désespérée. Le contact de sa main la réchauffait mieux que toute autre chose. Cela la calmait et soulageait son chagrin. Selon lui, elle avait le don de le faire rire. Son don à lui était de lui ôter ses craintes et de lui remonter le moral rien qu'en la touchant.

— Ça va ? Je ne voulais pas vous rendre triste.

Il caressa gentiment le dessus de ses doigts.

— Ça va. Ce n'est pas vous. Enfin, je veux dire, si, mais je me sens mieux grâce à vous.

Comme elle songeait à l'attirer à elle, elle se força à relâcher sa main et à s'adosser à son siège.

— C'était ma première année d'université quand l'accident s'est produit. Ma mère était morte d'un cancer depuis plusieurs années. Pour la première fois de ma vie, j'étais seule, sans aucune famille. Et du fait de la vie que nous avions menée, toujours en mouvement, je n'avais aucun ami proche. C'est en partie pourquoi j'ai décidé de m'inscrire à Chattanooga. J'espérais trouver des parents du côté de ma mère. Mais ça n'est jamais arrivé.

Trent s'avança dans son fauteuil et posa les avant-bras sur le bureau.

— Vous en avez déjà parlé. Vous pouvez m'en dire plus ?

— Il n'y a rien à dire, en fait. J'ai entendu ma mère parler au téléphone avec des gens qui avaient l'air d'être des parents. À plusieurs reprises, je l'ai entendue mentionner Chattanooga, et j'ai supposé qu'elle était originaire de là. Mais chaque fois que je lui ai posé la question elle a refusé de me répondre. En général, après l'une de ces conversations, papa nous attribuait de nouveaux noms et nous déménagions. Je savais qu'il était furieux, mais il ne l'a jamais reproché à ma mère. Je crois qu'il comprenait combien elle se sentait seule, que les gens de son passé lui manquaient. Mais c'était dur de déménager aussi souvent.

— Vous ne savez vraiment pas quel était le nom de jeune fille de votre mère ?

— Je n'en ai aucune idée.

— Et elle n'avait pas peur des gens à qui elle parlait au téléphone ? Elle s'entendait bien avec ces personnes ?

— Oh oui ! Elle était heureuse quand elle était au téléphone. Pourquoi me demandez-vous ça ?

— Ce que vous avez dit prouve une fois de plus que c'est votre père qui avait une raison de fuir, pas votre mère. Ceux qui vous pourchassaient en avaient après votre père. Et si Chattanooga était la ville natale de votre mère il est probable que votre père y vivait aussi. Du moins assez longtemps pour nouer une relation avec elle.

— Je suppose. Est-ce que cela a une utilité ?

— C'est une autre pièce du puzzle.

Il prit son téléphone et tapa un SMS.

— Je transmets ça à Lance, au cas où ça l'aiderait dans ses recherches. Votre père s'est peut-être engagé dans l'armée quand il vivait à Chattanooga. C'est une donnée supplémentaire, qui peut faire déclic et nous donner le vrai nom de votre père. À partir de là, nous pourrons essayer de découvrir qui étaient ses ennemis et pourquoi il craignait d'être retrouvé.

— Vous pensez toujours que ceux qui lui en voulaient sont les mêmes que ceux qui m'en veulent ?

Il la contempla, le front plissé par la concentration. Saisie de timidité, elle jeta un coup d'œil à son corsage, se demandant si elle avait une tache ou un bouton défait.

— Qu'est-ce qu'il y a ?

Trent cligna des yeux, comme s'il venait juste de se rendre compte qu'il la regardait.

— Je réfléchissais seulement à ce que vous disiez. Quel âge avez-vous ?

— On ne demande pas son âge à une femme, dit-elle en souriant.

— C'est important. Je suppose... Non, je ne vais pas essayer de deviner.

— Vous faites bien. J'ai le début de la trentaine. C'est tout ce que vous saurez.

— C'est de bonne guerre. Vous avez dit que votre père avait quitté l'armée quand vous étiez petite fille. Alors celui qui voulait sa peau a entamé ses manœuvres il y a des décennies. Est-ce que je pense que c'est la même personne qui vous en veut aujourd'hui ? C'est peu probable. Il s'est écoulé trop de temps. Mais je suis tout de même convaincu qu'il y a un lien. Ce qui veut dire que celui qui vous en veut est probablement apparenté à celui qui en voulait à votre père, ou au moins fait partie de son entourage. Quelqu'un qui se sent lésé.

— Vous pensez que c'est une vengeance familiale ? Que le père s'en est pris à mon père et que, comme cela n'a pas marché, après la mort du père, le fils a décidé de s'occuper de moi ?

— Quelque chose comme ça. C'est une possibilité. Mais encore une fois c'est une hypothèse.

Se levant, il rassembla leurs assiettes.

— Je vais emporter ça à la cuisine. Il faut que j'appelle Brice et que je l'informe. Je reviens dans un instant.

Après son départ, Skylar se leva et s'approcha de la fenêtre. La vue des collines entourant la propriété aurait dû la calmer. Mais parler de sa mère avait réveillé des sentiments qu'elle refoulait d'ordinaire. À son grand désarroi, les larmes se mirent à rouler sur ses joues. Elle inspira fortement, essayant de maîtriser son émotion.

Mais les larmes se mirent à couler plus fort, et elle laissa échapper un petit sanglot. Serrant les poings, elle posa le front sur la vitre, les épaules secouées par des sanglots qui ne cessaient de monter.

Soudain, les bras de Trent l'entourèrent, et il la retourna pour la serrer contre lui. Elle s'accrocha à lui tandis qu'il l'enlaçait.

— Ça ira, murmura-t-il, en posant la joue sur le sommet de sa tête. Je vous promets que tout ira bien.

Son empathie et sa douceur ouvrirent les vannes, et elle sanglota de plus belle. Il lui frotta le dos de haut en bas, en murmurant des mots d'apaisement.

Enfin, les pleurs ralentirent et elle poussa un soupir entrecoupé, le visage toujours niché contre sa poitrine.

— Ils me manquent. Ils me manquent tellement.

La main de Trent poursuivait son lent va-et-vient dans son dos.

— Votre père et votre mère ?

Elle hocha la tête.

— Ça fait des années. La plupart du temps, j'arrive à penser à eux en souriant. Mais parfois ça fait trop mal, comme si ça venait juste d'arriver.

— Le chagrin est comme ça, chuchota-t-il.

Il lui embrassa gentiment le sommet de la tête.

— Il vient par vagues, sans jamais disparaître tout à fait.

Elle recula pour le regarder, les bras toujours autour de sa taille.

— Je suis désolée pour votre femme. J'ai bien vu que vous l'aimiez énormément.

— Oui. Je l'aime toujours. Je l'aimerai toujours.

— Combien de temps avez-vous été mariés ? Si ça ne vous dérange pas que je vous pose la question.

— Ça ne m'ennuie pas. Quelques années seulement. Mais nous nous sommes fréquentés des années avant cela.

Il écarta doucement sa frange de ses yeux.

— Vous ne lui ressemblez pas du tout. Et pourtant vous lui ressemblez aussi. Elle était réservée, parfois même timide. Les armes la terrifiaient. Mais elle était intelligente, forte et généreuse.

— Elle a l'air parfaite.

Il sourit.

— Vous avez l'air jalouse.

— Ha, vous aimeriez bien !

Il rit.

— Ça va mieux, maintenant ?

Elle sentit qu'il était sur le point de s'éloigner, aussi resserra-t-elle les bras autour de lui.

— Merci, Trent. Merci d'être toujours là pour moi. Personne d'autre ne l'a fait, pendant si longtemps. J'ai l'impression de vous connaître depuis toujours. J'espère que nous serons toujours amis, même quand tout ceci sera terminé, quelle que soit la manière dont ça tourne.

Impulsivement, elle se dressa sur la pointe des pieds et l'embrassa sur la joue. Tandis qu'elle reculait, il glissa doucement les mains dans ses cheveux pour encadrer son visage et la contempla.

— J'ai envie de vous embrasser, murmura-t-il d'un air frustré. De vous embrasser pour de bon.

— Qu'est-ce qui vous en empêche ?

Il sourit largement.

— Vous voyez ? Vous me faites toujours sourire. Même quand je suis partagé entre ce que je *devrais* faire et ce que j'ai *envie* de faire. Je dois rester professionnel. Ce n'est pas bien.

Mais ce disant il effleura sa bouche du pouce. Elle frissonna de plaisir et glissa les mains sur sa poitrine musclée.

Sa pomme d'Adam monta et redescendit.

— Skylar, nous ne devrions pas...

— Je ne sais pas qui a fait ces règles stupides. Mais je n'ai jamais été d'accord avec elles.

Il se mit à rire.

— Vous êtes un sacré numéro, vous savez ?

— C'est ce que vous m'avez dit. Mais je préférerais vous embrasser que parler.

Il émit un grognement.

— Je vais regretter ça.

— Moi non.

Il riait encore quand leurs lèvres se touchèrent. Puis tout devint sérieux. Elle avait déjà été embrassée, mais jamais comme ça. Le monde parut s'évanouir autour d'eux.

Il déplaçait sa bouche sur la sienne avec art, la faisant gémir. Sa langue caressait ses lèvres, puis effleurait la sienne dans une danse de séduction qui lui retourna le ventre. Tout ce qu'elle voulait, c'était se rapprocher encore, sentir sa peau contre la sienne, se blottir contre son corps anguleux. Elle se dressa sur la pointe des pieds, essayant de nouer les bras autour de son cou et grognant de frustration de ne pas y parvenir.

Sentant instinctivement ce qu'elle voulait, il la souleva d'un bras, se retourna et s'assit sur le bureau sans jamais rompre leur baiser enflammé. Elle était sur ses genoux, les seins écrasés contre sa poitrine, les jambes nouées autour de sa taille. Son baiser devint vorace. Il la buvait, l'absorbait, et elle sentit ses doigts de pied se recroqueviller dans ses chaussures.

C'était torride, tellement bon. Elle glissa les mains le long de sa poitrine, en quête des boutons de sa chemise, et défit le premier. Il interrompit le baiser, haletant, le front appuyé contre le sien.

— Il faut qu'on arrête.

Elle détacha un autre bouton et glissa la main à l'intérieur pour caresser ses pectoraux. Il frémit de tout son long et lui saisit le poignet.

— Skylar...

— J'ai envie de ça, Trent. Je vous veux.

Grognant, il recaptura sa bouche entre ses lèvres. Mais, lorsqu'elle tenta de défaire un autre bouton, il attrapa ses mains errantes et l'arrêta. Reculant un peu, il appliqua un bref baiser sur ses lèvres, puis la souleva et la déposa sur la chaise devant le bureau.

— Trent...
— Chut. Donnez-moi une minute.

Sa voix était rauque. Il semblait avoir du mal à reprendre le contrôle de lui-même. Elle serra les poings pour s'empêcher de tendre les mains vers lui, bien qu'elle en ait désespérément envie. Mais non, c'était non. Il voulait arrêter. Elle devait le prendre en compte, même si elle ne comprenait pas.

Une minute plus tard, il poussa un profond soupir puis s'agenouilla devant sa chaise, ce qui les mit au même niveau. Le regard fixé sur ses lèvres, il déglutit, puis secoua la tête.

— Tu es dangereuse.

Elle lui fit un grand sourire.

— Quelle gentille chose à dire.

Il rit et secoua encore la tête.

— Qu'est-ce que je vais faire de toi ?
— Tout ce que tu veux, répliqua-t-elle en agitant les sourcils.

Il riait encore quand il se releva et la tira pour la mettre également debout.

— Je suis plus que ravi de savoir que je ne suis pas le seul à lutter contre cette attirance. Mais nous devons nous concentrer sur l'enquête. Je dois me concentrer sur ta sécurité, et ça veut dire pas de distraction.

— Maintenant je suis une distraction ?

Il prit ses mains dans les siennes.

— Tu es tellement plus qu'une distraction, Skylar. Tu es sexy en diable. Mais par-dessus tout tu es importante. Tu comptes pour moi.

Elle entremêla ses doigts aux siens.

— Tu comptes pour moi aussi. Alors pourquoi es-tu aussi morose ?

— Parce que ce n'est pas professionnel, pour commencer. Nouer une relation personnelle avec une cliente, c'est franchir la ligne rouge. Les émotions sont exacerbées durant les périodes de stress comme celle que tu traverses. Tu pourrais mal interpréter tes sentiments et le regretter quand tu auras les idées plus claires. Ce serait profiter de toi que de permettre à ceci de se poursuivre.

Il retira ses mains et reboutonna sa chemise.

— Je ne comprends rien à tout ça. Et je ne suis certainement pas d'accord, dit-elle.

Il lui releva gentiment le menton.

— Si ce que tu ressens pour moi en ce moment est réel, ce sera encore là quand l'enquête sera finie.

— Alors tu ne me rejettes pas. Tu remets juste... à plus tard ?

Il l'embrassa sur le front, puis recula en souriant.

— Je ne te rejette certainement pas.

— Bon d'accord. Si je ne peux pas te sauter dessus, que faisons-nous maintenant ?

Il éclata de rire et déposa un bref baiser sur ses lèvres.

— Il faut que j'aille voir l'ancien associé de Capone, James Mattly. J'ai pris rendez-vous avec lui dans...

Il tira son téléphone de sa poche.

— ... dans quarante-cinq minutes. Je veux savoir ce que faisait Capone avant d'être tué il y a cinq ans.

— Tu as remarqué comme cette période de cinq ans ne cesse de resurgir ?

— Bien sûr. Une autre chose que j'ai remarquée, c'est que les attaques dont tu as été victime se sont accélérées. Il y en a eu davantage cette année que durant les quatre autres années prises ensemble.

Elle cilla.

— Tu as raison. Il y a une escalade. Tu penses qu'il y a une dimension temporelle en jeu ?

— C'est possible. C'est ce que j'espère apprendre de Mattly. Peut-être qu'il y a une échéance associée à l'anniversaire de ces cinq ans.

— Mais cinq ans depuis quoi ? Depuis la première tentative de meurtre sur moi ?

— Peut-être. Ou quelque chose de similaire.

— Martha est morte il y a presque cinq ans. Si c'est lié aux Lancaster, est-ce que ça pourrait être cette date ?

— Ça m'a traversé l'esprit. L'anniversaire de sa mort tombe la semaine prochaine.

Elle acquiesça.

— Nous n'avons que quelques jours avant que...

Elle haussa les épaules.

— Nous ne savons même pas de quoi il faut nous inquiéter, s'il y a bien un anniversaire en jeu.

— Je ne veux pas que tu t'inquiètes de quoi que ce soit. C'est pour ça que je vais demander à des agents de sécurité de venir ici avant que je parte pour mon rendez-vous.

Il fit le tour du bureau et ouvrit un tiroir.

— J'ai la carte d'Ethan ici, alors je vais...

— Non.

Elle s'était levée.

— Je ne resterai pas avec Ethan. Je vais avec toi.

— Skylar, ce n'est pas possible. C'est trop dangereux.

— Pourquoi ? Tu crains que Mattly n'ait pris la relève après le décès de Capone ? Que ce ne soit lui qui essaye de me tuer ?

— C'est une hypothèse, oui.

— Une hypothèse idiote. C'est Martha qui a engagé Capone. Crois-moi, si elle l'a engagé, c'est qu'il n'avait rien à voir avec ses fils. Elle ne pouvait pas les supporter.

— C'est nouveau pour moi. Je n'ai jamais entendu parler de ça. Ce n'était certainement pas mentionné dans les dossiers de la police.

— Mais c'est vrai. Elle parlait beaucoup d'eux, du fait qu'ils l'utilisaient pour son argent et ne venaient jamais la voir, à moins qu'ils ne veuillent quelque chose. Ils n'étaient pas du tout proches. Elle avait le sentiment qu'ils avaient hâte qu'elle meure, pour mettre la main sur le magot, même s'ils étaient déjà riches. Mais ils avaient des millions, et Martha avait des centaines de millions. Elle disait que l'argent avait détruit sa famille et qu'elle souhaitait n'être jamais devenue riche. Alors, tu vois, elle n'aurait pas engagé un avocat qui se serait montré amical avec ses fils. Donc, si tu penses que Scott ou Richard Lancaster sont derrière tout ça, nous ne prenons aucun risque en allant voir l'ancien associé de Capone.

— Et si tu te trompes ? Et si cela n'a rien à voir avec les frères Lancaster, mais a tout à voir avec l'avocat de Martha et, par défaut, son associé ?

— Je pense que c'est tiré par les cheveux. Mais, si la situation est celle-ci, alors quel meilleur moyen de le débusquer que de me montrer ?

— Tu suggères que je t'utilise comme appât ?

Sa voix était tendue.

— Non, je suggère que *je* m'utilise comme appât. Je suis une grande fille. Je comprends l'enjeu et je suis disposée à saisir cette chance.

Il ouvrit le tiroir avec brusquerie et se mit à fouiller dedans.

— Oublie ça. Je ne mettrai pas ta vie en danger. Je vais appeler Ethan.

— Tu as mis ma vie en danger à partir du moment où tu m'as emmenée à Chattanooga.

Il leva la tête.

— Ce n'est pas juste. La dernière tentative de meurtre s'est déroulée à Gatlinburg. Je ne pouvais pas t'y laisser. C'était plus sensé de t'emmener, de rafraîchir tes souvenirs et de dégager des pistes pour l'enquête.

— C'était quand même un risque. Quelqu'un aurait pu me reconnaître.

Il posa une carte de visite sur le bureau et referma le tiroir.

— Les probabilités étaient très faibles. Ton maquillage visait précisément à dissimuler ton identité. Tu ne ressembles en rien à ce que tu étais à l'époque.

— Je suis ravie que tu le dises. Ça signifie que je peux aller voir Mattly avec toi. Il ne me reconnaîtra pas.

Elle sourit et croisa les bras. Trent plissa les yeux.

— Je suis tombé tout droit dans le piège, hein ?

— Oui. Son cabinet est-il loin ? Nous devrions partir bientôt. Tu es en costume. Dois-je porter une robe pour notre rendez-vous ? Ivy m'en a apporté quelques-unes de vraiment jolies.

— Je n'ai pas dit oui.

— Tu pourrais réduire les risques pour moi. Et je pourrais emporter mon arme, juste au cas où.

— Pas d'arme. Oublie ça. Tu ne viens pas avec moi, de toute façon.

— Et quand nous partirons, poursuivit-elle, tu pourras prendre toutes les petites routes que tu veux, pour être sûr que personne ne nous suit.

Il leva les yeux au ciel, un demi-sourire au coin des lèvres.

— T'ai-je dit que je suis terriblement têtue ? questionna-t-elle.

— Ce n'est pas nécessaire. Il y a une enseigne au néon qui clignote au-dessus de ta tête.

— Génial. Quand partons-nous ?

17

Le cabinet de James Mattly était situé au premier étage d'un bâtiment délabré, dans un quartier sordide. Les places de parking étaient en retrait de la rue. Aucune voiture, sauf une Mercedes appartenant à Mattly, supposa Trent. Mais le véhicule n'avait de prestigieux que la marque. Il devait avoir au moins quinze ans. La peinture s'écaillait et le pare-chocs arrière était entaillé, sans doute par des voitures qui l'avaient accroché.

Trent se demanda s'il était sage de garer son SUV à cet endroit, mais il n'avait pas le choix à moins de devoir parcourir plusieurs pâtés de maisons. Ce serait trop loin pour leur procurer, à Skylar et à lui, une voie d'évasion rapide si les choses tournaient mal. Ses talons la ralentiraient et la mettraient en danger si elle devait courir.

Il choisit l'emplacement de l'autre côté de la Mercedes, espérant qu'elle abriterait son véhicule d'accrochages intempestifs. À côté de lui, Skylar ouvrit la boîte à gants et en sortit son pistolet.

Poussant un juron, Trent le saisit.

— Qu'est-ce que tu fais avec ça ? Comment as-tu pu même l'introduire dans la voiture sans que je le remarque ?

Elle leva les yeux au ciel.

— Ce n'était pas difficile. Et je vérifie le chargeur pour voir si tu ne l'as pas encore subtilisé. Je ne veux pas participer à une fusillade sans munitions.

Il se pencha devant elle et remit l'arme dans la boîte à gants, avant de verrouiller celle-ci.

— Je n'ai aucunement l'intention d'essuyer une fusillade.

— C'est le truc avec les fusillades. On ne s'y attend jamais. Tu as ton arme ?

— Bien sûr. Je te l'ai dit. Elle ne me quitte jamais.

— Alors pourquoi ne puis-je avoir la mienne ? Je tire probablement mieux que toi.

— Sans aucun doute, je t'ai vue faire. Mais tu n'as pas de permis de port d'arme. Si, à Dieu ne plaise, les choses tournent mal, je ne veux pas que la police te mette derrière les barreaux pour détention illégale d'arme.

— Tu n'as pas de permis non plus à ton nom, *monsieur Adams*.

— En fait, si. C'est l'une des choses dont Brice s'est occupé, outre ma carte d'identité.

— Ce n'est pas juste. Il aurait dû m'en donner un aussi.

— La prochaine fois que nous avons besoin de faux papiers, je veillerai à ce que tu aies un permis de port d'arme.

— Tu te moques de moi, maintenant.

— Je n'oserais pas, la taquina-t-il. Quant au fait que je sois M. Adams, pas pour cette rencontre. Nos noms sont M. et Mme Palmer. Ne dis rien de plus sur toi. S'il te pose une question, c'est moi qui répondrai.

— Pourquoi n'utilisons-nous pas les alias que Brice nous a créés ?

— Parce que, si Mattly fait partie des méchants, je ne veux pas qu'il sache qu'il y a une location dans les faubourgs de la ville au nom de M. et Mme Adams.

— Et comment le saurait-il ?

— De la même manière que le tireur sait où tu es. En suivant des traces numériques. Dans ce cas, nous avons un contrat de location et un acompte au nom d'Adams. En adoptant un pseudonyme pour la location, nous avons pu garder nos noms secrets. Les papiers et les formulaires qui vont avec, c'est juste au cas où on nous poserait des questions sur notre droit à louer. Au centre de soins palliatifs, nous avions besoin de papiers d'identité pour nous inscrire. Il était impossible d'y couper, alors nous avons aussi donné le nom d'Adams. Mais la société de sécurité que nous avons engagée a certifié le personnel et confirmé qu'aucun des salariés n'y était cinq ans auparavant.

— J'ai compris. Dans ce cas, avec l'avocat, nous n'en savons pas assez sur lui pour risquer un lien avec le nom d'Adams. Par conséquent, nous sommes maintenant les Palmer. C'est logique.

Elle tendit la main.

— Je peux voir ton permis de port d'arme au nom de Palmer ?

Il lui décocha un regard exaspéré.

— Tu trouves ça drôle ?

Elle sourit de toutes ses dents.

— Ça l'est, en fait.

— Tu comprends que ceci est mortellement sérieux, n'est-ce pas ? Si c'est Mattly qui a tué Capone, il pourrait être de mèche avec le commanditaire de tout ça.

— *De mèche ?* On utilise encore cette expression au XXIe siècle ?

Il serra les mâchoires. C'était ça ou se mettre à hurler. Ou l'embrasser. Et d'où venait cette pensée ? S'il y avait un moment où il devait se concentrer, c'était maintenant. Après avoir inspiré à fond, il ouvrit la portière et descendit de voiture.

Skylar, l'air légèrement désolé, l'accompagna jusqu'au bâtiment. Au premier étage, il fit halte devant la porte du « Cabinet d'avocat Mattly » et la regarda.

— Nous sommes M. et Mme Palmer, lui rappela-t-il à mi-voix. Reste près de moi et ne t'approche pas de lui. Je suis sérieux, Skylar. Je ne veux pas qu'il t'arrive quelque chose. Je regrette déjà de m'être laissé convaincre de t'emmener.

Elle acquiesça gravement.

— Merci de t'inquiéter de moi. Je serai sage. Parole de scout.

— Tu étais girl-scout ?

— Sûrement pas !

Il se mit à rire. Il ne pouvait s'en empêcher. Elle posa une main sur la sienne pour le retenir d'ouvrir la porte.

— Je prends ça au sérieux, malgré les apparences. Je ne suis plus aussi pessimiste, ce qui est agréable. On dirait qu'on m'a enlevé un poids des épaules, parce que j'ai enfin l'impression de maîtriser mon destin. Je te suis profondément reconnaissante de me donner une chance de me battre au lieu de me cacher.

Il acquiesça en soupirant.

— Je comprends.

Puis, comme s'il ne venait pas de se sermonner sur la nécessité de rester concentré, il l'embrassa. C'était un baiser bref, qu'on pouvait à peine qualifier de tel. Et il le regretta tout aussi vite. Mais cela lui donna terriblement envie de l'embrasser encore, pour de bon, et de faire courir ses mains sur elle. Il s'éclaircit la gorge et se redressa, se reprochant mentalement sa faiblesse. Puis il remarqua combien elle semblait secouée et ne put s'empêcher de sourire. Peut-être devait-il l'embrasser plus souvent, ne serait-ce que pour la distraire. Le problème était que cela le distrayait aussi.

Concentre-toi, Trent. Sois professionnel.

La poussant gentiment derrière lui, il ouvrit la porte et entra le premier.

Un homme âgé et un peu hirsute, vêtu d'un complet gris froissé, leva les yeux. Les piles de dossiers autour de lui étaient si hautes qu'il dut se pencher pour les apercevoir. D'autres piles, hautes d'un mètre cinquante, bordaient les murs. Une paire de chaises en bois étaient placées devant le bureau, orientées vers une causeuse élimée. Il sourit en guise de bienvenue.

— Monsieur et madame Palmer ?

Trent hocha la tête et avança, la main tendue.

— Maître Mattly, merci de nous recevoir aussi vite.

Ils se serrèrent la main et Mattly leur fit signe de prendre place sur la causeuse.

— Navré de toute cette paperasse.

Il s'assit face à eux, sur l'une des chaises en bois.

— Je pourrais dire que c'est récent, mais je mentirais. Je manque de place pour ranger depuis des années.

Il haussa les épaules.

— On fait ce qu'on peut avec ce qu'on a. Maintenant, en quoi puis-je vous être utile ? Vous avez dit au téléphone que c'était urgent.

Il sourit et hocha la tête en direction de Skylar. Trent se pencha en avant, attirant l'attention de l'avocat sur lui.

— J'irai droit au but. Une de nos connaissances était une amie de Martha Lancaster. Comme vous le savez sûrement, Martha est décédée depuis plusieurs années. Elle était la cliente de votre associé, Albert Capone. Notre amie a eu des problèmes depuis le décès de Martha, dont nous pensons qu'ils peuvent être liés à ce que M*e* Capone a fait pour le compte de Martha.

Mattly leva une main pour l'arrêter.

— Monsieur et madame Palmer, je vous exprime ma sympathie quant aux complications auxquelles vous faites allusion. Mais je comprends mal pourquoi vous me racontez cela.

— Martha étant cliente de votre cabinet, je voulais vous poser quelques questions sur le travail qui a été effectué pour elle. Cela pourrait m'aider à comprendre pourquoi quelqu'un harcèle notre amie.

— Je suis vraiment désolé que quelqu'un l'ennuie. Mais la police est l'autorité à laquelle vous adresser. J'ignore ce qui vous a conduit à penser que je pourrais vous fournir des informations sur Mme Lancaster. Mais je vous assure qu'il n'y a absolument aucun lien entre elle et ce cabinet. Elle n'a jamais été ma cliente, non que je vous l'aurais dit si elle l'avait été, ce serait contraire à la déontologie. Je ne peux véritablement pas vous aider.

Trent observait l'expression de Mattly et son maniérisme. Pour l'essentiel, il ne semblait pas prêter attention à Skylar. Et rien n'indiquait qu'il l'avait reconnue, ce qui était encourageant. L'impression qu'il en retirait était que l'homme était un avocat honnête et laborieux, pas un tueur à gages.

— Maître Mattly, vous jouez sur les mots. Dire que Martha n'a jamais été votre cliente n'équivaut pas à dire qu'elle n'était pas la cliente de votre associé. Et comme Me Capone est mort vous devez maintenant être en possession de ses dossiers. C'est pour cela que nous sommes venus vous voir.

Mattly croisa les bras. Trent fit une nouvelle tentative.

— Il a rédigé son testament. Vous devez au moins être au courant de cela.

Mattly continuait de lui opposer un silence réprobateur.

— Je veux juste savoir s'il a fait autre chose pour elle, qui pourrait expliquer pourquoi quelqu'un ennuie notre amie. Cela a commencé peu après le décès de Mme Lancaster et avant la mort de Me Capone. Il est dans notre intérêt mutuel d'examiner le dossier de Mme Lancaster. Il pourrait contenir des indices sur notre amie et celui qui a tué votre associé.

Le visage de Mattly se marbra de rouge.

— Tout cela est hautement déplacé. À moins que vous ne fassiez partie de la police et que vous n'ayez un mandat, je ne vous montrerai certainement rien du tout.

— J'interprète vos propos comme la preuve que vous avez bien le dossier qui m'intéresse. Vous ne voulez simplement pas me laisser le voir, malgré ce que je viens de vous dire. Pourquoi cela ? Cela ne fera de mal à personne, et cela pourrait au contraire faire beaucoup de bien, en résolvant le meurtre de votre associé.

— Vous devez partir, monsieur Palmer.

Mattly retourna à son bureau.

— Si mon associé a eu affaire à Mme Lancaster, et je ne dis pas que c'est le cas, le secret professionnel m'interdit de le divulguer.

Trent se leva pour le voir par-dessus les piles de dossiers.

— La cliente aussi bien que son avocat sont tous deux décédés. Le secret professionnel ne s'applique plus.

— Donc maintenant vous êtes avocat, en plus d'être quoi, détective privé ? Je vous prie de ne pas nier. C'est évident.

Il désigna la porte.

— Une fois encore, je vous serais reconnaissant de bien vouloir sortir de mon bureau.

— Vous avez raison.

Skylar se leva à son tour et s'approcha du bureau. Trent saisit son bras et la retint à son côté.

— Chérie, que fais-tu ?

Elle l'ignora et garda les yeux rivés sur l'homme de loi.

— Mon mari est enquêteur, c'est vrai. Mais son but est de me sauver la vie. Nous sommes venus vous voir parce que Martha était une de mes amies chères, et nous savons qu'elle n'aurait pas voulu qu'il m'arrive du mal à cause du legs qu'elle m'a fait. Et je sais que c'est Me Capone qui a rédigé son testament, parce que je l'ai rencontré. Il est venu au centre de soins palliatifs pour nous parler, à Martha et à moi.

Trent poussa un juron.

— Nous partons.

Il l'entraîna vers la porte, bien qu'elle essaye de se dégager.

— Attendez, lança Mattly. S'il vous plaît.

En se retournant Trent vit Mattly se hâter vers eux. Il lui fit face et poussa Skylar derrière lui, avant d'écarter le pan de sa veste pour révéler son holster.

— Ne vous approchez pas, Mattly.

Mattly fit halte et leva les mains, les yeux agrandis.

— Bonté divine. Vous êtes vraiment inquiet pour la sécurité de votre femme, hein ?

— Nous ne sommes pas venus ici par plaisir, c'est certain.

Mattly poussa un soupir entrecoupé et baissa les mains.

— D'accord, d'accord. Oui, c'est vrai, Albert a rédigé le testament de Mme Lancaster. Je ne connais pas les détails. Je ne l'ai pas secondé et je n'avais aucune raison de le lire. Tous les dossiers qu'il avait sur elle, je les ai détruits immédiatement après sa mort.

— Vous vous attendez à ce que je croie ça ?

Trent désigna les piles de paperasse.

— Je parierais que vous avez encore les dossiers de votre tout premier client, là-dedans.

Mattly fit la grimace.

— Vous n'auriez pas tort. Ma femme ne vient jamais ici, parce que le désordre la rend folle. Mais, dans ce cas, je vous jure que je ne possède plus le dossier. Je l'ai détruit, comme je vous l'ai dit. Je ne voulais rien avoir à faire avec lui.

— Avez-vous lu les dossiers des autres clients pour savoir si ce qu'il faisait pour eux aurait pu conduire à son meurtre ?

— Évidemment.

— Mais pas le dossier Lancaster.

— Non. Absolument pas.

Il soupira et se frotta les yeux.

— Je jure devant Dieu que j'ignore ce qu'il y avait dedans. Je ne voulais pas le savoir, même si cela aurait servi à résoudre le meurtre d'Albert. Il y a des choses qu'il vaut mieux laisser tranquilles. Inutile de sortir de la faculté de droit pour savoir ce que tous ceux qui ont rencontré les fils de Martha savent. Ce ne sont pas des hommes que vous avez envie de rencontrer. J'ai averti Albert de ne pas prendre Martha comme cliente. Mais il ne m'a pas écouté.

— Vous croyez que l'un d'eux a tué votre associé.

Il jeta un coup d'œil aux fenêtres, comme s'il craignait qu'on ne puisse l'entendre.

— Je n'ai pas dit ça.

Mattly était manifestement trop intimidé pour parler. Il était inutile d'insister davantage.

— Je suppose que nous sommes dans l'impasse. Nous allons vous laisser. Merci de nous avoir consacré du temps.

— Monsieur Palmer ?

Trent arqua un sourcil interrogateur.

— Quoi que vous cherchiez, je vous supplie de vous souvenir que mon associé s'est mis à dos les frères Lancaster. Maintenant il est mort. Soyez très prudent.

Il fit mine de refermer la porte, mais Trent l'en empêcha.

— Qu'a fait exactement votre associé pour se les mettre à dos ?

— Je croyais que c'était évident. Ils ne voulaient pas qu'il enregistre le testament.

Son regard se fit lointain.

— Albert était un homme bien. Il avait de la déontologie, et il était têtu. Il n'aimait pas les menaces. Et il estimait que c'était à Mme Lancaster de déterminer comment le tribunal diviserait son héritage, quels que soient les souhaits de ses fils. Il a ignoré leurs avertissements et il a fait enregistrer le testament. Quelques heures plus tard, il était mort.

18

Trent poussa le verrou lorsque Skylar et lui eurent pénétré dans la maison.

— Je serai dans le bureau, en train de lire les dossiers.

Il la dépassa pour entrer au salon.

— Et moi, je vais me changer. Trent ?

Il fit halte, priant silencieusement pour ne pas perdre patience.

— Tu n'as pas dit un mot depuis que nous avons quitté le cabinet de l'avocat. Je sais que tu es déçu que nous n'ayons pas les informations que nous espérions. Mais nous avons rencontré Mattly et eu un bon aperçu de sa personnalité. Je suppose qu'il n'est plus sur ta liste de suspects. C'est un progrès, non ?

Il acquiesça avec raideur.

— Alors qu'est-ce qui t'énerve autant ?

Il la fixa avec incrédulité.

— Qu'est-ce qui m'énerve ?

Il revint à grands pas vers elle et s'arrêta à quelques centimètres, la forçant à incliner la tête pour croiser son regard.

— Je t'ai demandé de ne rien dire à Mattly. Et tu lui as raconté que tu as rencontré Capone au centre de soins palliatifs et que Martha t'a légué de l'argent. Même un crétin pouvait faire le lien après avoir lu le testament. Mattly a peut-être l'air correct, mais il est terrifié par les frères Lancaster. S'ils l'interrogent, je doute qu'il résistera longtemps à la pression. Tu peux aussi bien appeler les frères et leur dire que tu es de retour en ville.

Elle leva les yeux au ciel.

— Est-ce pour ça que tu as fait un détour en revenant de chez Mattly ? Pour t'assurer qu'il ne nous suivait pas et ne dirait à personne où nous nous trouvons ?

— J'essaye de te protéger. Tu comprends ça ?

Elle posa une main sur sa poitrine.

— Je sais et je t'en suis reconnaissante. Mais ce n'est pas juste de faire des histoires. Je n'ai rien dit à Mattly qu'il n'avait pas déjà deviné. Tu crois vraiment qu'il a cru ton histoire selon laquelle on venait le voir pour le compte d'une amie ? Je pense qu'il est plus intelligent que ça. Il a compris tout de suite que tu es enquêteur. Tout ce que j'ai fait, c'est être honnête pour l'inciter à nous donner les informations dont nous avions besoin.

Elle serra les poings et recula, ses yeux jetant presque des étincelles.

— Au moins, sois honnête là-dessus. Tu es furieux que ça n'ait servi à rien et tu me le reproches.

Elle le contourna et ses pas coléreux résonnèrent dans l'escalier. Lorsque le claquement d'une porte se fit entendre, il poussa un juron et se rendit dans son bureau. Il se força avec peine à ne pas claquer la porte lui-même.

Lorsqu'il s'assit dans son fauteuil, ses épaules s'affaissèrent sous le poids de la défaite. Skylar avait raison. Mattly n'était pas idiot, il avait percé leur histoire à jour. Mais cela ne faisait qu'empirer la situation. Étant donné le sort de son associé et les soupçons de Mattly envers eux, les frères Lancaster devaient le tenir à l'œil pour s'assurer qu'il ne leur causerait pas d'ennuis. Le simple fait de parler d'eux avait paru le rendre nerveux. Cela préoccupait Trent. Il devait comprendre une bonne fois pour toutes si les frères avaient quelque chose à voir avec les tentatives de meurtre sur Skylar, et le plus tôt serait le mieux.

Rien de ce qu'il avait appris jusque-là ne le détournait de leur culpabilité. Et tout ce qu'il apprenait confirmait qu'ils étaient des criminels potentiellement dangereux. Ils avaient aussi beaucoup d'argent, ce qui voulait dire qu'ils pouvaient se permettre de verser des pots-de-vin, de fournir un pistolet semi-automatique Heckler & Koch HK45 à un gamin comme Darius Williams et de l'engager pour tuer Skylar.

Pour l'instant, il avait besoin d'une copie du testament de Martha. Si c'était le mobile du meurtre de Capone, cela pourrait expliquer les tentatives de meurtre. Mais, s'il n'y trouvait que les deux cent mille dollars en faveur de Skylar, il n'imaginait pas les Lancaster battre un cil devant ce montant. Il serait de retour à la case départ, avec pour seule piste le mystère du père de Skylar. La dernière fois qu'il avait parlé à Brice et Callum, aucun d'eux n'avait fait de progrès sur la question.

Il vérifia l'heure sur son téléphone. Le tribunal était encore ouvert une heure à peu près. Mais il n'aurait pas le temps d'engager un agent de sécurité pour Skylar et de s'y rendre pour prendre une copie du testament. Leur contact dans le comté de Hamilton aurait cependant probablement la possibilité de le faire.

Sans surprise, l'officier de liaison dit qu'il allait se rendre immédiatement au tribunal. En attendant, Trent rumina tout ce qu'il avait découvert depuis le début de l'enquête. Mais il n'en conclut qu'une seule chose : qu'il ne savait pas grand-chose. Quelqu'un avait rendu le père de Skylar si nerveux qu'il vivait comme un nomade et forçait sa famille à faire de même. Il craignait pour la sécurité de sa fille et lui avait enseigné à survivre par ses propres moyens. Et, des années plus tard, elle avait dû mettre cet entraînement à profit pour rester en vie.

Mais pourquoi ? Pendant plusieurs années après la mort de son père, tout s'était bien passé pour elle. Puis, cinq ans auparavant, elle avait dû fuir à son tour. Pourquoi, à nouveau ?

Les seuls suspects auxquels il pensait étaient les frères Lancaster. Les dossiers de police les présentaient comme dangereux, susceptibles de tremper dans le crime organisé. Mais même sachant cela, cela ne semblait pas logique qu'ils veuillent tuer Skylar parce que leur mère lui avait légué une petite somme d'argent. Peut-être n'étaient-ils pas du tout impliqués.

Pourtant Mattly, qui les connaissait bien, était manifestement convaincu qu'ils étaient à l'origine de la mort de son associé. Cela seul suffisait à les maintenir dans la colonne des « personnes présentant un intérêt ».

Qui d'autre était suspect ? Personne. C'était le vide complet.

L'ennemi de Skylar ressemblait à un fantôme, ne laissant ni trace ni indice derrière lui. Trent n'avait jamais travaillé sur une affaire aussi frustrante. Mais il n'avait jamais travaillé non plus sur une affaire dans laquelle ses émotions obscurcissaient son jugement. Il aurait dû se retirer de l'enquête dès le moment où Skylar et lui avaient partagé un baiser.

De qui se moquait-il ? Rien ni personne ne pourrait l'empêcher de travailler dessus. C'était *parce qu*'il avait de l'affection pour elle qu'il voulait tellement résoudre l'affaire. Cela signifiait qu'il devait continuer à creuser. Et, comme il n'avait personne sur sa liste en dehors des Lancaster, autant en apprendre davantage sur eux.

Les rapports de police remontaient à plusieurs années, quand le FBI avait commencé à s'intéresser à leurs affaires. Il y avait une énorme pile de rapports qu'il n'avait pas encore parcourus. En attendant la copie du testament, il commença à les feuilleter.

Il s'était écoulé près d'une heure et il n'avait rien découvert de neuf, seulement compte rendu après compte rendu de soupçons sans preuves. Pas étonnant que le FBI n'ait pas pu les arrêter. Leur réputation était franchement malsaine. Mais ils étaient passés maîtres dans l'art d'empêcher les autorités de mettre la main sur la preuve de leurs agissements. Il les voyait bien engager des malfrats pour tuer leurs ennemis, comme Skylar. Le fait que l'un se soit probablement rendu à Gatlinburg pour assassiner le tueur indiquait leur inquiétude. Il y avait quelque chose dans cette période de cinq ans qui ne cessait de resurgir. Mais peut-être n'était-ce qu'une quête futile. Il n'allait nulle part avec cette enquête.

L'arrivée d'un SMS fit vibrer son téléphone. Il le prit dans sa poche et fut soulagé de voir que c'était un message de l'officier de liaison, qui l'avertissait de l'arrivée par mail de la copie du testament. Mais, en constatant que le document faisait soixante pages, il sentit son estomac se nouer. Il en avait pour la nuit.

Se tournant vers son ordinateur, il ouvrit le document. La première chose qu'il fit fut de chercher le nom de Skylar. Il n'y avait qu'une occurrence, Skylar Montgomery, en page 47. Le paragraphe parlait de l'argent dont il avait déjà connaissance. Il était situé au milieu de plusieurs pages de dons similaires à d'autres gens. Martha s'était montrée généreuse avec ses amis, et ce qu'elle avait légué à Skylar n'avait rien d'extraordinaire à aucun égard.

Autant pour la trouvaille facile qu'il avait espérée et qui lui aurait dit pourquoi on voulait la tuer. Maintenant, il avait soixante pages de jargon juridique à lire de bout en bout, dans l'espoir de trouver une pépite d'or cachée au milieu.

Une heure et vingt pages laborieuses plus tard, il trouva enfin la pépite. Peut-être n'était-ce que de la pyrite, mais c'était tout aussi brillant. Dans un paragraphe où Martha avait listé les membres de son personnel et les objets qu'elle voulait leur léguer, sa gouvernante en chef était mentionnée. On disait d'elle qu'elle avait fidèlement servi les Lancaster pendant plus de cinquante ans, sans manifester le désir de ralentir ou prendre sa retraite.

Son nom était Abigail Flores.

Abigail. La mère de Skylar se prénommait Abigail, diminutif Abby. La femme du testament était trop âgée pour être la mère de Skylar. Mais selon cette dernière sa mère avait hérité son prénom de sa propre mère et venait de Chattanooga.

Le prénom Abigail était assez courant. Il y avait probablement des centaines de femmes dans cette ville qui le portaient. Mais, parmi elles, combien avaient un lien avec la famille Lancaster ? L'Abigail Flores mentionnée dans le testament pouvait-elle être la grand-mère de Skylar ? Et, si oui, quelle était la raison à l'origine de la fuite d'Abby, puis de Skylar ?

La seule chose qui lui venait à l'esprit était que la famille Flores devait avoir eu accès à toute la demeure. Abby avait-elle volé quelque chose aux Lancaster ? Si oui, qu'est-ce que cela pouvait être pour qu'il vaille la peine de la tuer ?

Mais, si les Lancaster étaient la famille criminelle que le FBI les soupçonnait d'être, peut-être s'agissait-il seulement de vengeance, le besoin d'affirmer que personne ne pouvait s'en tirer après les avoir volés. Peut-être s'en étaient-ils d'abord pris à Abby. Après l'avoir traquée des années, ils avaient découvert qu'elle était morte et avaient reporté leur revanche sur l'enfant d'Abby, Skylar.

Est-ce que cela pouvait être aussi simple ? Aussi mesquin ? Une famille criminelle protégeant son prétendu honneur en tuant la fille de la femme qui lui avait censément fait du tort ? Cela ne semblait rimer à rien. Mais dans un autre sens c'était parfaitement logique. La pièce manquante du puzzle, cette petite bribe d'information concernant la mère et la grand-mère de Skylar, venait de trouver sa place. Et cela formait la première image claire de l'affaire.

Quand Martha Lancaster avait rencontré Skylar au centre de soins palliatifs, elle devait avoir remarqué sa ressemblance avec sa gouvernante. Skylar lui avait dit que Martha l'interrogeait souvent sur elle. Peut-être Skylar avait-elle révélé que le prénom de sa mère était Abby. Et Martha avait fait le lien. Trent doutait qu'elle ait eu de mauvaises intentions envers Skylar. Elle ne lui aurait certainement pas légué de l'argent si cela avait été le cas. Le vol, ou quoi que ce soit qu'Abby avait fait, avait peut-être été commis au détriment des frères, et Martha n'en avait même pas eu connaissance. Au cours d'une conversation anodine, elle avait pu mentionner Skylar. Ils avaient alors décidé de concrétiser leur vengeance contre la fille de leur ennemie.

Il resta assis, réfléchissant. Plus il y pensait, plus il était convaincu d'être sur quelque chose. La cause effective de la vendetta entre les frères et la mère de Skylar était une inconnue. Mais cela n'avait pas vraiment d'importance. Ce qui comptait, c'était qu'il y avait vendetta. Cela expliquait tout.

Pourtant, ce n'était qu'une intuition à ce stade. Il tirait des conclusions des prénoms des deux femmes. Il était tout à fait possible que l'Abby de Skylar n'ait rien à voir avec les Lancaster.

Il se frotta les yeux et écarta son ordinateur pour fouiller dans les rapports de police. Quand il essayait de comprendre quelque chose, il trouvait parfois plus utile de faire autre chose. Son subconscient travaillait dessus pendant qu'il s'occupait ailleurs. En lisant un millier de pages, par exemple.

Le FBI n'aimait rien tant qu'écrire des rapports. Et ce que l'agent de liaison lui avait remis n'était qu'une fraction de ce qu'ils avaient. Il lui faudrait des jours pour lire tout ce qui se trouvait sur son bureau.

Secouant la tête, il repoussa les rapports et prit la pile de photos. Comme pour les dossiers, il n'en avait soigneusement étudié que quelques-unes. Il décida de les passer en revue de plus près. On ne savait jamais quand une pièce du puzzle pouvait vous tomber dessus.

La plupart étaient de Richard ou Scott dans différentes activités, y compris des courses de chevaux. Il le savait parce qu'un renvoi corrélait chaque photo à une description. Un nombre surprenant de photos étaient prises dans le Kentucky. Mais la famille possédait beaucoup de terres là-bas, y compris un élevage de chevaux qui éclipsait celui du Tennessee. D'après les photos, il semblait que le FBI s'était davantage focalisé sur l'activité dans le Kentucky. C'était sans doute logique s'ils pensaient qu'il existait des paris illégaux. L'élevage de chevaux engendrait des courses, et les courses engendraient des paris illégaux.

Un groupe de photos, au milieu du paquet, représentait mieux la famille. Il y avait toutes sortes de réunions à la demeure familiale, à la fois à l'intérieur et à l'extérieur. Une chasse aux œufs de Pâques réunissait des dizaines d'enfants.

L'une d'elles semblait bien plus ancienne que les autres. Certainement pas une photo prise par le FBI. Sur celle-là, Martha était beaucoup plus jeune. De même que son mari John, à côté d'elle, un bras passé autour de ses épaules. Leurs jeunes fils se tenaient de chaque côté. C'était manifestement des années avant que Richard n'épouse Phoebe. Deux autres personnes complétaient la rangée. Il remarqua la cheminée derrière le groupe. La personne à gauche lui semblait vaguement familière, mais Trent n'arrivait pas à définir qui cela pouvait être. Cela n'avait probablement pas d'importance, mais il chercha tout de même la référence. Le numéro 117.

Lorsqu'il lut les noms des gens, il se figea. Les pièces du puzzle commencèrent à se réorganiser dans son esprit. Il reprit la photo et l'examina de près. La lumière se fit jour dans son esprit.

In-cro-yable.

Il prit son ordinateur et ouvrit le testament. Cette fois, il lut chaque mot de ces soixante pages. Deux heures plus tard, il referma son ordinateur, abasourdi. Il avait une nouvelle théorie désormais, une théorie qui expliquait tout. Mais il avait besoin d'une preuve.

Et il savait exactement comment l'obtenir.

Deux des pages du dossier de police qu'il avait feuilleté plus tôt lui étaient nécessaires, mais il ignorait où elles se trouvaient. Il lui fallut chercher un bon moment. Quand il les eut retrouvées, il les photographia avec son téléphone et les envoya au laboratoire d'Unfinished Business. Puis il adressa un SMS à McKenzie, demandant qu'il le rappelle dès que possible.

Son portable sonna presque immédiatement. Ce n'était pas McKenzie, mais Brice.

— Ne t'excite pas, l'avertit celui-ci. Je n'ai rien d'extraordinaire à t'annoncer. Je voulais seulement te dire que jusqu'ici nous avons zéro résultat. Quel que soit le vrai nom du père de Skylar, il s'est bien mieux débrouillé pour le cacher au début, quand il a pris la tangente, que plus tard. Je n'ai pas encore renoncé, mais j'en suis dangereusement proche.

— Je peux peut-être te donner un coup de main, dit Trent.

Il expliqua ce qu'il voulait dire. Brice laissa échapper un sifflement bas.

— Tu es sûr de ça ?

— C'est une hypothèse de travail, entièrement circonstancielle à ce stade. Mais ça colle mieux que tout ce que nous avons trouvé jusqu'ici. J'essaye de la confirmer ou de l'infirmer. Vois ce que tu peux trouver.

Son téléphone vibra. Il consulta l'écran.

— J'ai un autre appel. Il faut que je le prenne.

— Pas de problème. Je verrai ce que je peux faire de ce nouvel élément. À tout à l'heure.

Trent prit l'appel suivant.

— McKenzie. Merci de m'avoir rappelé si vite.

Il expliqua ce qu'il voulait. McKenzie accepta avec empressement de l'aider.

— Je vais appeler le labo de ma société et leur demander de mettre un coup d'accélérateur, lui dit Trent. Ils travaillent vingt-quatre heures sur vingt-quatre et sept jours sur sept, alors cela ne leur prendra pas longtemps. Et ils ont des procédures expérimentales pour obtenir des résultats en un temps record. Ces procédures ne sont pas assez éprouvées pour être admissibles en justice, mais elles le sont assez pour nous donner les résultats dont nous avons besoin.

— Ce doit être sympa d'avoir un milliardaire comme patron. Notre labo mettrait des semaines ou des mois à traiter quelque chose comme ça.

— Les avantages du privé.

— Tu remues le couteau dans la plaie ? Je dirais que tu me dois une faveur. Mais, si ça m'aide à résoudre le meurtre de Darius

Williams, on sera quittes. N'oublie pas de me faire parvenir les résultats dès que tu les auras. J'attendrai ton coup de fil.

— Ne t'inquiète pas.

Trent raccrocha et se remit à faire les cent pas. Le labo était rapide, mais il fallait tout de même du temps pour réaliser ces analyses.

Son estomac émit un grondement. Il jeta un coup d'œil à sa montre et s'aperçut que l'heure du dîner était depuis longtemps passée. Skylar avait-elle mangé quelque chose ? Il l'espérait. Et il espérait aussi qu'elle n'était plus en colère contre lui. Elle méritait des excuses. Mais se concentrer là-dessus était impossible en cet instant, avec toutes ces pièces du puzzle flottant dans tous les sens. Il était tout proche de la vérité, il le sentait. Mais une fois encore, si les réponses qu'il cherchait ne confirmaient pas sa théorie, il serait renvoyé à la case départ.

Une heure s'était écoulée. Il était trop agité pour pouvoir s'asseoir. Il continuait de réfléchir en faisant les cent pas, tournant et retournant les pièces du puzzle, essayant de les assembler autrement au cas où ses conclusions se révéleraient fausses.

Son téléphone vibra. Brice l'appelait.

— Tu avais raison, dit celui-ci. Comment tu le savais ?

Trent laissa échapper un soupir de soulagement. Une énorme partie du puzzle venait de se mettre en place.

— C'est Martha qui me l'a dit.

— Qui ?

— Je t'expliquerai plus tard. J'ai encore besoin d'une chose comme preuve finale.

— Quelque chose que je peux faire ? demanda Brice.

— J'ai quelqu'un qui travaille dessus. J'aurai bientôt la réponse, dans un sens ou dans un autre.

— OK, appelle si tu as besoin de moi.

Un coup résonna à la porte du bureau. Lorsqu'il l'ouvrit, une Skylar à l'air incertain se tenait dans l'ouverture.

— Je peux entrer ? demanda-t-elle.

— Bien sûr. Tu es toujours la bienvenue.

Il recula et la suivit jusqu'au bureau. Se retournant, elle brandit un livre de poche, dont la couverture représentait un lac brumeux et un bateau vide.

— La journée n'a pas été entièrement infructueuse. Je ne pouvais pas croire qu'une maison aussi grande ne contienne aucun livre, alors je me suis mise en chasse. J'ai trouvé celui-là dans le chevet de la chambre d'amis. Il a dû être oublié par un locataire précédent. C'est un policier que j'avais envie de lire. Il est passionnant. J'en ai déjà lu le tiers.

— Le tiers, hein ? Impressionnant. Il est plutôt épais.

— Je lis très vite. Quand on passe ses journées sans appareil électronique, lire est la seule chose qui entretient la santé mentale.

Elle posa le livre et pressa ses mains l'une contre l'autre, dans un geste qu'il avait appris à reconnaître comme un signe de nervosité ou d'émotion.

— À propos de tout à l'heure, commença-t-elle, je n'aurais pas dû...

— Si, tu aurais dû. Tu ne me dois ni explication ni excuse, si c'est à cela que tu pensais. Je me suis comporté comme un imbécile. Ce que tu as dit est vrai. Mattly n'a pas gobé mon histoire. C'est ma faute, pas la tienne. Je suis désolé de t'avoir fait des reproches. Mais, plus encore, je suis désolé d'avoir reporté ma frustration sur toi. Tu me pardonnes ?

Un sourire s'épanouit sur le visage de Skylar, comme une fleur ouvrant ses pétales.

— Tu es pardonné. Je suis désolée, et n'essaye pas de m'empêcher de le dire. Je suis vraiment navrée. Je n'aurais pas dû laisser mon mauvais caractère l'emporter. J'espère qu'on peut dépasser ça et l'oublier.

— Oublier quoi ?

Il lui fit un clin d'œil, se sentant beaucoup plus léger. C'était incroyable ce qu'un sourire de Skylar pouvait faire.

— D'accord, c'est réglé. Je suis affamée. Et toi ?

— Eh bien, oui. J'espérais que tu avais déjà mangé.

— Je n'ai pas pensé à manger avant de lever le nez de mon bouquin. Je peux nous préparer quelque chose de léger, si tu veux. Une soupe ? Une omelette ?

— Une minute.

L'arrivée d'un SMS avait fait vibrer son téléphone. Il le lut et le relut soigneusement, pour ne pas faire d'erreur. C'était la dernière pièce du puzzle. Et elle collait comme dans un rêve. Elle expliquait tout.

Mais cela signifiait aussi qu'il avait un tout autre puzzle à résoudre : comment protéger Skylar dorénavant. Percer le mystère ne la mettait pas en sécurité, comme il l'avait espéré. En réalité, cela aggravait sérieusement les choses.

Elle posa une main sur son bras, les yeux plissés par l'inquiétude.

— Il y a quelque chose qui ne va pas ? Je veux dire, autre que l'habituel ?

— Oui. Non. C'est compliqué. Excuse-moi une minute.

Il passa un autre appel.

— Callum, salut. S'il y a encore des enquêteurs chez Unfinished Business, rassemble-les dans la salle de conférences. Contacte le reste de l'équipe et demande-leur de nous rejoindre. Il nous faut une réunion d'urgence. Tout de suite. Je vais envoyer un lien.

— Je m'en occupe. Mais quelle est l'urgence ? demanda Callum.

Trent croisa le regard interrogateur de Skylar en répondant :

— Je sais qui essaye de tuer Skylar. Et je sais pourquoi on veut sa mort.

19

Vu l'heure tardive, l'écran affichait un nombre surprenant d'enquêteurs dans la salle de conférences. Quelques autres avaient rejoint la vidéoconférence depuis chez eux, leurs images étant affichées dans des carrés. Ivy était allongée dans un fauteuil, enveloppée d'une couverture rose, bâillant à s'en décrocher la mâchoire. Faith était dans son bureau chez elle, les cheveux et le maquillage aussi parfaits que d'ordinaire.

Une enveloppe brune que Trent avait apportée du bureau reposait sur la petite table, devant Skylar et lui. L'écran de la télévision affichait un carré noir en haut, là où leur image apparaîtrait quand il presserait un bouton de la télécommande.

Il lui lança un regard.

— Prête pour le *live* ?

— Tu ne peux pas me dire tout de suite qui veut me tuer et pourquoi ? Je n'ai pas besoin d'une réunion d'équipe.

Il lui sourit de toutes ses dents.

— Ne me prive pas de mon apothéose. J'ai travaillé comme un fou pour comprendre tout ça. Si je te dis que c'est le colonel Moutarde dans la bibliothèque avec un chandelier sans expliquer comment j'en suis arrivé là, ça gâchera tout le plaisir.

— Ça n'a rien d'un plaisir. C'est angoissant. Ça fait cinq ans que j'attends de découvrir qui en veut à ma vie.

Trent reprit son sérieux et repoussa d'un doigt léger la frange qui lui tombait sur les yeux.

— Je sais que c'est dur. Mais je ne peux pas balancer ça sans y mettre un peu de contexte. Tu ne me croirais même pas. Et, tout aussi important, j'ai pu me mettre des œillères. Peut-être y a-t-il quelque chose auquel je n'ai pas pensé et qui constitue une meilleure explication. Si je refais tout le chemin avec les membres de l'équipe, ils pourront repérer les failles de mon raisonnement. Ils me diront peut-être que j'ai tout faux.

— Je ne peux pas imaginer que tu aies tout faux. Mais je comprends ce que tu veux dire. J'essayerai d'être patiente. Ça ne m'ennuierait pas de suivre les miettes de pain pour comprendre ce qui se passe.

Incapable de se refréner, il se pencha vers elle et l'embrassa. Mais alors qu'il voulait reculer elle agrippa la veste qu'il avait passée pour la réunion et l'attira à elle, appliquant ses lèvres sur les siennes. Il grogna et l'enlaça.

Toute la frustration, la peur qu'il avait eue pour elle chez Mattly, l'excitation d'avoir peut-être résolu l'affaire, la révélation soudaine qu'elle comptait plus que quiconque, tout s'abattit sur lui. Il avait envie de l'embrasser à perdre haleine. Il avait envie de l'allonger sur les coussins et de lui faire l'amour comme il le désirait depuis le premier jour. Elle représentait une drogue dont il ne pourrait jamais se rassasier. Et il n'en avait eu qu'une toute petite dose. S'il lui faisait l'amour, ce serait probablement l'overdose. Mais quelle façon de partir !

— Trent, lança Callum. Ton audio et ta vidéo ne sont pas encore allumés. Il y a un problème ? Tu peux nous voir et nous entendre ?

— Dis-lui de s'en aller, grommela Skylar.

Trent se mit à rire et lui repeignit les cheveux de la main.

— Allez, ma beauté. C'est ce que tu attendais.

Son visage était rouge de plaisir.

— Ce n'est pas *tout* ce que j'attendais.

Elle lui coula un regard coquin qui le fit rire de plus belle.

— Trent ? reprit Callum. On devrait peut-être réassocier le lien. Il y a quelque chose qui ne va pas.

— Vas-y.

Skylar tira sur sa chemise et s'éclaircit la gorge. Trent pressa la télécommande et le carré noir sur l'écran fut remplacé par une image de lui et Skylar, assis côte à côte.

— Tu nous vois maintenant ?
— Ils sont là.

Callum leva le pouce.

— Tu es aussi mauvais que moi en informatique.

Trent gloussa devant l'interprétation erronée de son ami.

— Il faudrait bien plus qu'un petit problème pour me mettre au niveau de ton incompétence.

Callum éclata de rire.

— Le gang est réuni, moins Grayson, Willow et Ryland, bien sûr. Toujours en vacances.

Ivy tapota la caméra de son ordinateur.

— Commençons la réunion. Il faut que je dorme pour préserver ma beauté.

— Tu n'en as pas besoin, lui assura Skylar. Tu es toujours radieuse.

Ivy lui adressa un grand sourire.

— Je savais bien que je t'aimais bien.

Tout le monde se tut quand Trent se lança dans ses explications. Il éclaircit d'abord pourquoi il s'était intéressé aux frères Lancaster. Il leur rappela que, le jour de leur visite au centre de soins palliatifs, il avait découvert que le tireur avait pu traverser les bois à partir de la demeure Lancaster. Il souligna que les frères étaient suspectés d'appartenir au crime organisé, et que le FBI enquêtait sur eux. Le fait que les ennuis de Skylar aient commencé après la mort de Martha et que le premier tireur ait pu venir de la propriété des Lancaster représentait une trop grosse coïncidence à son goût. Depuis, il avait cherché à confirmer ou infirmer le lien entre ces choses.

Après avoir découvert que l'avocat qui avait rédigé le testament de Martha avait été assassiné peu de temps après la mort de la vieille dame, et qu'il avait effectivement rencontré Skylar au centre de soins palliatifs, Trent avait décidé d'examiner aussi cet angle. Il les mit rapidement au courant de leur visite à l'associé de l'avocat assassiné. Il expliqua que Mattly était convaincu que Richard et Scott Lancaster avaient tué Capone à cause du testament de Martha.

— Tu as eu une copie du testament ? demanda quelqu'un.

— Oui, notre agent de liaison de Chattanooga me l'a fait passer ce matin. C'est une lecture difficile, avec énormément de termes juridiques. Mais j'y ai lu que Martha avait légué deux cent mille dollars à Skylar.

— Ce n'est pas vraiment un mobile de meurtre, dit Callum. Les biens des Lancaster valent mille fois plus.

— En outre, des dizaines d'autres légataires sont cités dans le testament, pour des montants équivalents, ajouta Trent. Cela prouve que l'argent que Martha a donné à Skylar ne représente pas une part substantielle de son héritage.

— Donc tu nous fais veiller pour nous dire qu'en gros tu n'as rien ? se plaignit Callum.

Brice fronça les sourcils.

— Quand est-ce que tu es devenu aussi grognon, mon vieux ? Laisse parler Trent. Il a beaucoup d'autres choses à dire. Tu verras.

— Attends une minute...

Callum se redressa.

— Tu as des infos exclusives dont tu ne m'as pas fait part ? On travaille tous les deux sur cette affaire.

— Je n'ai pas eu le temps.

— Les enfants, lança Ivy, soyez sages et laissez Trent poursuivre.

— Mission impossible, murmura Skylar.

Trent sourit.

— Le nom de Skylar n'est pas le seul qui m'ait donné à réfléchir dans le testament de Martha. Il y en avait un dans le paragraphe où elle léguait de l'argent aux membres de son personnel. Elle a légué une somme généreuse à sa gouvernante, qui travaille depuis plus de cinquante ans chez eux.

Il jeta un coup d'œil à Skylar avant de continuer.

— Son nom est Abigail Flores.

Le nom ne lui disait rien, apparemment. Elle n'eut pas de réaction.

— Quelque chose que vous ignorez tous, reprit-il, c'est que le prénom de la mère de Skylar était Abby, le diminutif d'Abigail. Et Skylar pense qu'elle venait de Chattanooga.

Cela éveilla l'attention de Skylar. Elle fronça les sourcils.

— Qu'est-ce que tu dis ? Ma mère est morte depuis des années. Et même si ce n'était pas le cas elle ne se serait pas cachée chez les Lancaster. En outre, cette Abigail Flores est assez vieille pour être ma grand-mère.

Elle écarquilla les yeux.

— Tu as raison. Tu ne m'as pas dit une fois que ta mère avait été prénommée comme sa mère à elle ? Toutes deux s'appellent Abigail.

— Attends, attends...

Cette fois, c'était Ivy qui l'interrompait.

— Trent, c'est vraiment tiré par les cheveux. On a une femme qui travaille pour les Lancaster et qui s'appelle Abigail. Comment est-ce que ça pourrait éclairer quoi que ce soit ? Tu as la preuve ADN qu'elle est apparentée à Skylar ?

— Pas de preuve ADN. Mais je suis convaincu qu'Abigail Flores est la grand-mère de Skylar. Ce sera bientôt clair, parce qu'on en revient au mobile.

Il jeta un coup d'œil à Skylar.

— Tu tiens le coup ? Est-ce que ça va ?

Elle hocha lentement la tête.

— Je suis comme Ivy, pas convaincue. Je ne comprends pas, mais ça va.

— D'accord. Je vais vous montrer une photo. Il faudra peut-être que vous zoomiez pour bien la voir. C'est une photo qui vient de l'enquête du FBI sur les frères Lancaster. Une photo de surveillance récente, des membres du personnel qui arrivent à la demeure pour prendre leurs postes. La femme au milieu, avec les yeux et les cheveux noirs, c'est Flores.

Il l'éleva pour que les autres la voient.

— Je peux la voir ? demanda Skylar en tendant la main.

Il lui remit le cliché. Elle l'examina de près, les yeux écarquillés.

— Honnêtement, elle ressemble beaucoup à ma mère, à l'image que j'ai gardée d'elle. Les mêmes cheveux, les mêmes yeux. Le même nez, la même bouche. Tu crois vraiment que c'est ma grand-mère ?

Il était étonnant que les gens ne voient pas les similarités entre eux-mêmes et une autre personne. Quand il avait vu la photo de la gouvernante, il avait vu Skylar.

— Oui, je le crois.

Déglutissant, elle continua de fixer la photo.

— Au risque de faire comme Callum, lança Ivy, en quoi est-ce pertinent ? Tu disais qu'on en revenait au mobile.

Il leur parla de sa première théorie à propos de Flores, à savoir que sa fille, Abby, avait volé ou peut-être vu quelque chose qu'elle n'aurait pas dû et s'était enfuie.

— Mais quand j'ai trouvé cette photo cela m'a aiguillé sur une tout autre voie.

Il prit la deuxième photo qu'il avait apportée et la leva en direction de la caméra.

Skylar regardait toujours la photo d'Abigail Flores.

— Celle-là date de dizaines d'années. Elle montre les Lancaster prenant la pose devant une cheminée, sans doute à la demeure de Chattanooga. Ce n'est pas une photo de surveillance. Je ne sais pas comment le FBI l'a obtenue.

Callum se pencha plus près de son écran.

— Il y a six personnes. Je vois Martha, son mari John, leurs deux fils, Richard et Scott. Je suppose que la femme sur la droite fait partie du personnel, puisqu'elle porte un tablier. Et qui est le type à gauche ? Je doute que ce soit un valet, pas avec ce costume chic.

— C'est Brandon Lancaster, le fils aîné de Martha.

— Attends, dit Ivy, il y avait un autre fils ?

Skylar leva les yeux, et Trent vit sa prise de conscience. Son visage devint tout pâle.

Il lui prit la main.

— Il y avait un troisième fils, l'aîné. Il a disparu il y a des années après un différend avec la famille et on ne l'a jamais revu. L'un des noms sous lesquels il a vécu des années était Ryan Montgomery. Le père de Skylar.

Un hoquet de stupeur échappa à la plupart des enquêteurs. Skylar secoua lentement la tête, le regard rivé sur l'écran.

— Non. Ce n'est pas possible. Ça ne peut pas... Je n'y crois pas.

Mais l'expression de son visage indiquait qu'une part d'elle y croyait bien. Il noua ses doigts aux siens.

— J'ai la preuve de cette partie de ma théorie. Le contact de Lance dans le renseignement militaire a confirmé que Brandon Lancaster était un Army Ranger, cantonné en Allemagne durant la période qui nous intéresse. Son commandant a indiqué que Brandon avait des problèmes familiaux et qu'il avait deux frères nommés Richard et Scott. Il a également confirmé que Brandon s'était marié avec une jeune femme qu'il avait fait venir du Tennessee peu après son arrivée. Son nom était Abigail Flores. Tout le monde l'appelait Abby.

Skylar serra sa main.

— Tu es en train de dire que ma mère était la fille de la gouvernante ?

— Oui. Je crois qu'elle et le fils aîné étaient amoureux, et que la famille désapprouvait. Il s'est engagé dans l'armée pour leur échapper puis a fait venir Abby. Plus tard, quand sa famille a essayé de le retrouver, il a quitté l'armée, changé de nom et commencé à déménager régulièrement, afin qu'on ne puisse pas le retrouver.

— Même si c'est vrai...

Elle s'éclaircit la gorge, l'air abasourdi.

— Même si tu as raison, ça ne peut pas être leur mobile pour vouloir me tuer tant d'années après, si ? Parce qu'ils haïssent mon existence, parce que je suis la preuve que leur frère, quoi... s'est marié au-dessous de sa condition ?

Elle dégagea sa main.

— Tu te trompes.

Elle regarda l'écran, puis détourna les yeux.

— Tu te trompes forcément.

— Skylar, j'ai la preuve ADN.

— ADN ? De mon père ? Comment ?

— Pas de ton père, de toi. Tu as fourni un échantillon ADN à McKenzie pour son enquête. Et le FBI a recueilli il y a longtemps des échantillons ADN de Richard et Scott à partir de gobelets de fast-food. J'ai demandé à McKenzie d'envoyer ton échantillon à notre labo, parce que le leur était trop en retard pour pouvoir s'en charger. En outre, il y avait les profils ADN des frères dans le dossier de police. Le labo m'a envoyé un SMS ce soir. Richard et Scott Lancaster sont tes oncles, sans aucun doute possible. Par défaut, Brandon Lancaster était donc ton père.

Sans se rendre compte de ce qu'elle faisait, Skylar plaqua une main sur la boussole donnée par son père. La forme en était à peine visible sous sa chemise.

Trent mourait d'envie de la prendre dans ses bras, quoi qu'en pensent ses collègues. Elle semblait si perdue et désorientée. Mais elle s'était écartée de lui et il doutait qu'elle le laisse la toucher.

— Trent, lança Callum, ce sont des révélations incroyables. Mais je ne suis pas certain de comprendre en quoi c'est un mobile de meurtre.

— Tu te souviens du testament ? Il m'a fallu un moment pour en venir à bout. J'ai dû m'interrompre plusieurs fois. Mais quand j'ai eu fini de lire le mobile était là, noir sur blanc.

— L'héritage, suggéra Ivy. Les frères craignaient que Skylar ne puisse réclamer la part de son père si elle les assignait en justice.

Skylar leva les yeux, le front plissé.

— Pourquoi craindraient-ils que je leur prenne leur argent ? Je ne savais même pas que je leur étais apparentée.

Elle frissonna et se frotta les bras de haut en bas.

— La seule idée que le même sang coule dans nos veines me rend malade.

— C'est aussi le sang de ton père, lui rappela Trent. Et c'était un homme bien. Il n'approuvait pas l'aspect criminel de l'entreprise familiale. Brandon est parti pour vivre sa propre vie, avec la femme qu'il aimait. C'est lui qui a coupé les ponts avec la famille, pas le contraire.

Elle serra à nouveau la boussole, sans rien dire.

— Alors c'est tout ? demanda Callum. Le fils aîné a renié sa famille, puis ses frères ont découvert l'existence de Skylar...

— Par Martha, dit Trent. Je crois que Martha a vu que Skylar ressemblait à son fils et à sa gouvernante et a saisi qu'elle pouvait être sa petite-fille. Skylar et elle parlaient du passé. J'imagine que Martha a obtenu assez d'informations pour être certaine que Skylar était la fille de Brandon et Abby. Martha aimait beaucoup Brandon, elle semble l'avoir préféré à ses autres fils. Je pense qu'elle a essayé de le retrouver au fil des ans et qu'elle a failli y arriver plusieurs fois. C'est pourquoi le père de Skylar ne cessait de déménager. Quant aux tentatives de meurtre, Skylar, je suis convaincu qu'elles ont toutes tes oncles pour auteurs. Les rapports du FBI décrivent des fils qui ne se sont jamais entendus avec leur mère. Son testament le confirme et fournit le mobile.

Skylar s'enveloppa de ses bras.

— Si tu vas dire qu'elle m'a tout laissé, ça n'a aucun sens. Tu disais que mon nom n'était cité qu'une fois.

— C'est vrai. Ton nom n'est pas cité ailleurs, pas explicitement. Mais une fois que j'ai lu le testament jusqu'au bout j'ai trouvé le nom de Brandon Lancaster. Et c'est ça qui m'a conduit à penser que c'était ton père. Martha a laissé de généreuses rentes annuelles à Richard et Scott, et ils récoltent les bénéfices des affaires familiales, pour l'instant. Mais Martha a laissé le gros des liquidités – des centaines de millions de dollars – ainsi que la propriété des affaires de la famille dans un fidéicommis imprescriptible, dont Albert Capone s'est occupé pour elle. Tout cet argent, bien plus que ce que Richard et Scott reçoivent, est réservé à son fils aîné, s'il est en vie. Si ce n'est pas le cas, l'héritage passe aux enfants qu'il a eus. Dans le cas contraire, tout revient aux frères.

Brice laissa échapper un sifflement bas.

— C'est un sacré mobile de meurtre !

— Il y a pire, dit Trent. Il y a une date butoir, une motivation supplémentaire pour la retrouver. La clause attribuant l'héritage à Skylar expire exactement cinq ans après la mort de Martha, ce qui veut dire dans quelques jours. Les frères ont des centaines de milliers de raisons de vouloir la retrouver et de l'empêcher d'empocher leur fortune. Ils la connaissent depuis des années et ont essayé de nombreuses fois de l'éliminer. Ils n'ont aucun moyen de savoir si elle sait ou non qu'elle est une Lancaster, et si elle a l'intention de faire son apparition avant la date butoir pour réclamer son héritage. À l'heure qu'il est, ils doivent vouloir désespérément s'assurer que ça ne se produira pas. Parce que le délai des cinq ans approche, ils ont probablement une armée en train de la pourchasser partout où ils ont eu une piste, y compris Gatlinburg. Leur but est de la trouver dans les prochaines quarante-huit heures et de la tuer.

Skylar noua ses mains sur ses genoux.

— Qu'est-ce qu'on fait ? On devrait partir, non ? Aller quelque part où je ne suis jamais allée.

Mais Trent et tous les autres firent non de la tête. Ce fut Ivy qui prit la parole.

— Ta grand-mère supposée vit ici. Tu vivais aussi ici. Si tu connais l'existence du testament et que tu veux l'argent, ce serait logique que tu restes discrètement à Chattanooga jusqu'à ce que l'heure soit venue de contacter les administrateurs du fonds. On peut parier que les frères les surveillent et ont des yeux partout dans la ville. Avec un mobile pareil, ils surveillent les routes, les aires de repos, les stations-service et les restaurants. Ils peuvent se le permettre, alors ils ne vont pas lésiner sur les moyens. Ils veulent te retrouver.

— Je suis d'accord, intervint un autre enquêteur. Prendre la route est plus dangereux que rester sur place à ce stade. Du moment que personne ne peut faire le lien et comprendre où vous vous trouvez, vous êtes plus en sécurité là où vous êtes. À moins que vous n'ayez fait quelque chose qui mette votre identité en tant que Montgomery en lien avec l'alias que vous avez utilisé au centre de soins palliatifs. Et l'avocat dont tu parlais, Trent ? Mattly ?

Skylar se mit à trembler.

— J'ai fait une bourde. Je lui ai dit tout de go que je connaissais Martha et qu'elle m'avait laissé de l'argent dans son testament.

— Non, c'est moi, dit Trent. Je n'aurais pas dû te laisser y aller pour commencer. Mais Mattly a l'air d'un type correct. Et il déteste les frères Lancaster. Je ne pense pas qu'il dise quoi que ce soit.

— Euh, les gars ?

Brice leva son téléphone.

— Je viens juste d'effectuer une recherche sur ce Mattly. On parle de lui dans tous les journaux de Chattanooga. On l'a retrouvé assassiné dans son cabinet il y a une heure.

— Oh non ! s'exclama Skylar. Pauvre Mattly. Tu ne crois pas que ce sont les frères Lancaster qui ont fait ça, si ?

Trent se leva d'un bond.

— Je pense que c'est exactement ce qui s'est passé. Ils l'ont probablement torturé pour qu'il leur dise où tu es. À l'heure qu'il est, leurs hommes cherchent un couple correspondant à notre description dans les locations saisonnières. La réunion est terminée. Nous partons. Tout de suite.

Il prit la main de Skylar.

— Attends. Mon sac à main, nos affaires...

— On enverra quelqu'un les chercher plus tard. Je vais appeler le 911 et dire à la police de venir à notre rencontre à quelques kilomètres d'ici.

Il désigna l'écran tout en la regardant.

— L'équipe va suivre le protocole. Ils prendront la route et viendront tout droit ici. Nous les appellerons de nouveau quand nous serons loin de la maison et que j'aurai défini un itinéraire de fuite. C'est clair pour tout le monde ?

Il leva les yeux. L'écran était devenu noir. Avaient-ils perdu la connexion ? Il n'avait pas le temps de s'en inquiéter.

— Viens.

Sortant son téléphone, il composa le 911 tandis qu'ils traversaient la pièce pour se rendre au garage. Il fit halte brusquement et regarda son téléphone. Les sourcils froncés, il pressa à nouveau les touches et le tint contre son oreille.

— Qu'est-ce qu'il y a ? demanda Skylar.
— Le signal ne passe pas.
— Tu as déjà eu ce problème dans la maison ?
— Non. C'est presque comme si le signal était brouil...

Il leva la tête et regarda les fenêtres de devant.

— Skylar ! Baisse-toi !

Il se jeta sur elle juste avant que des tirs automatiques ne balayent les murs.

180

20

Les coups de feu cessèrent. Des cris s'élevèrent à l'extérieur.
— Je ne peux plus respirer.

Skylar repoussa Trent pour se dégager. Il roula sur le flanc, le front plissé par l'inquiétude.

— Tu es touchée ?
— Non. Mais j'ai failli être écrasée par le poids d'un mannequin d'un mètre quatre-vingt-dix qui se donne l'air d'un enquêteur.

Il se mit à rire.

— Des gens essayent de nous tuer et tu me fais rire. Incroyable.
— C'est un don. Il faut qu'on aille à ton SUV.
— Je suis d'accord. Il y a trois mètres cinquante jusqu'à la porte du garage. Je vote pour qu'on rampe. Avec un peu de chance ils ne nous verront pas à travers les fenêtres.

Un coup sonore résonna à la porte d'entrée.

— Ils ne vont pas rester très longtemps dehors.
— Allez, allez.

Il la poussa devant lui. Skylar leva le bras et ouvrit la porte entre la maison et le garage, puis se faufila à l'intérieur. Trent s'empressa de l'imiter et referma doucement la porte derrière lui. Puis il se releva d'un bond et abaissa une barre métallique en travers de la porte.

— Ce n'est pas un équipement standard dans une location, observa Skylar en désignant la barre.

— Je l'ai fait poser avant notre arrivée. Toujours préparé, c'est ma devise.

— Tu étais boy-scout ?

— Certainement pas !

Elle leva les yeux au ciel.

D'autres coups de feu s'élevèrent à l'extérieur, mais heureusement aucune balle ne traversa les murs du garage.

— Tu vois, je t'avais dit qu'on ne s'attend jamais aux fusillades, dit-elle en faisant la grimace.

— Oui, c'est vrai. Mais surpris et non préparé sont deux choses différentes.

— Tu es sûr que tu n'étais pas scout ?

— Eh bien, j'ai essayé. Ils m'ont jeté dehors. Mes méthodes ne leur plaisaient pas.

— Scandaleux.

— À toi, ça te plaît un peu trop.

— Je préfère me battre que me recroqueviller de peur.

— Personne ne va se recroqueviller. Ces imbéciles s'en sont pris aux mauvaises personnes.

Il fit le tour du SUV jusqu'à la portière conducteur.

— Dis-moi que tu as les clés, s'il te plaît.

Elle sauta sur le siège passager et il ouvrit la portière.

— Elles sont sur le tableau de bord. Mais nous ne prenons pas le SUV. Ils s'y attendent. Ce serait un piège mortel.

Il prit un sac à dos sur le plancher et en ouvrit la fermeture Éclair.

— Nom d'une pipe ! C'est un véritable arsenal que tu as là-dedans.

— On en aura besoin.

Un fracas résonna à l'intérieur, les faisant tressaillir.

— On dirait qu'ils viennent de défoncer la porte d'entrée. Ils sont dans la maison maintenant.

Skylar prit les clés et ouvrit la boîte à gants. Son pistolet était resté à l'intérieur depuis leur rencontre avec Mattly.

— Te voilà, mon trésor.

Elle vérifia le chargeur. Pour une fois, Trent ne l'avait pas retiré. D'autres bruits sourds se firent entendre à l'intérieur.

— Ils nous cherchent, dit-elle à voix basse. C'est quoi le plan ?

— Nous protéger pour l'instant.

Il sortit un gilet pare-balles puis se pencha par-dessus le siège et en prit un autre qu'il lui donna.

— Mets ça, dépêche-toi.

Tandis qu'ils les enfilaient, elle s'émerveilla que le sien lui aille si bien.

— Tu avais prévu un gilet pour moi, c'est ça ?

— Juste au cas où. J'espérais bien ne pas en avoir besoin.

Il désigna la porte piétonnière du garage.

— Cette porte. C'est par là qu'on va passer. Mais ils seront là, c'est garanti. Peu importe où on va, on va devoir essuyer une pluie de balles pour atteindre le couvert des arbres.

— Il n'y a que quatre mètres cinquante de terrain découvert. Si on tire assez, on peut y arriver.

Il arqua un sourcil.

— Comment sais-tu qu'il n'y a que quatre mètres cinquante ?

— J'ai survolé les alentours depuis une fenêtre du haut quand nous sommes arrivés. Il faut toujours connaître l'emplacement des issues.

— Ça n'a pas si bien marché pour toi dans le parc national des Smoky Mountains. Je crois me rappeler que tu as été coincée.

— Une erreur. Une erreur en cinq ans, et il me la jette à la figure.

Il secoua la tête en souriant de toutes ses dents.

— D'accord. On va y arriver. Je tire à gauche, tu tires à droite. Mais d'abord nous avons besoin d'une diversion pour avoir une chance de nous battre. Faufile-toi entre l'avant du SUV et le mur. Le bloc-moteur devrait t'abriter des balles quand j'ouvrirai la porte.

— Attends. Tu vas lever la grande porte ?

— Pas le temps de t'expliquer. Dépêche-toi.

Poussant un juron, elle descendit de voiture et alla s'accroupir sur la marche en béton derrière le capot. Un craquement se fit entendre à l'intérieur de la maison.

— Dépêche-toi, murmura-t-elle. Quoi que tu fasses, fais-le vite.
— J'y travaille.

Elle ne voyait pas ce qu'il faisait depuis sa position, mais quelques secondes plus tard le moteur démarra. Presque immédiatement, quelqu'un secoua la poignée entre le salon et le garage. Elle braqua son pistolet dessus et récita mentalement une prière pour que Trent arrive à faire diversion avant que les malfrats ne fassent irruption. La porte extérieure du garage commença à se relever dans un grincement douloureux.

D'autres cris s'élevèrent à l'extérieur. Une balle s'engouffra par l'ouverture. Skylar se baissa derrière le pneu en orientant son pistolet vers le plafond, de peur de tirer sur Trent par mégarde.

Soudain, les pneus du SUV hurlèrent et le véhicule se mit en mouvement, reculant hors du garage et fonçant vers l'allée. Des hommes se jetèrent sur les côtés pour l'éviter.

— Maintenant, hurla Trent.

Skylar s'élança. Il ouvrit la porte latérale d'un coup et ils se mirent à courir, en tirant dans tous les sens. Quelques instants plus tard, ils s'accroupirent derrière deux gros chênes et s'entre-regardèrent.

— Je n'arrive pas à croire qu'on ait réussi, dit-elle.
— Moi non plus.

Elle rit.

— Et maintenant, c'est quoi la deuxième partie de ton plan ?
— Courir comme des dératés.

Ils jetèrent un coup d'œil vers la maison. Trois hommes couraient vers eux dans l'allée. Deux autres surgirent de l'arrière et un de plus tourna le coin de la maison.

— J'en compte six, dit-elle.
— Égalisons un peu les chances.

Se penchant entre les troncs, ils se mirent à tirer.

Un cri guttural s'éleva lorsque l'un des hommes tomba à terre. Puis un autre cri.

— J'en ai eu deux, se vanta-t-elle.
— L'un d'eux était à moi.

Une arme automatique se fit entendre sur leur gauche.

— Un de plus, hurla-t-elle.
— Avec une arme plus puissante que les nôtres. Cours !

Ils repartirent, zigzaguant et tirant chaque fois qu'ils pouvaient s'abriter derrière un arbre.

Quelques minutes plus tard, Trent ordonna une halte et ils s'accroupirent dos à dos, cherchant leur souffle. Il laissa tomber son sac à dos et en tira deux chargeurs, qu'il lui tendit.

— Recharge ton arme, murmura-t-il.
— Tu es un ange. J'étais presque à vide.
— Moi aussi.

Ils introduisirent les chargeurs et en empochèrent un deuxième. Trent referma le sac à dos et enfila les bretelles à la hâte. Les coups de feu avaient cessé. Le silence soudain était presque énervant.

— Ils doivent être tout proches, murmura-t-elle.
— Il faut profiter des avantages du terrain. J'aurais dû étudier une vue satellite de la région depuis des jours.
— Tu as de la chance, je l'ai fait. Tout ça fait partie de l'astuce « connaître les issues ».
— Tu es un ange.

Il sourit jusqu'aux oreilles.

— Par où ?

Elle pencha la tête.

— Vers l'ouest, jeune homme. Allez vers l'ouest.
— Tu as lu trop de livres.

Elle eut l'air choquée.

— On ne peut jamais trop lire. Vers l'ouest !
— C'est de là que venaient les tirs automatiques tout à l'heure, lui rappela-t-il.
— Je sais. Mais ils sont sur nos talons. Comme tu le disais, il

faut utiliser le terrain. Il y a un canyon et une chute d'eau pas très loin. Si on peut y arriver, on aura peut-être une chance.

— J'ai une autre idée. Des renforts.

Il sortit son téléphone, puis jura.

— Le signal n'est plus brouillé, mais je n'ai pas de réseau. D'accord. Allons-y, aussi silencieusement que possible. Baisse-toi.

Elle hocha la tête, et ils reprirent la direction des bois, Skylar en tête. Elle comprit à son juron qu'il ne voulait pas qu'elle passe la première. Il aurait voulu la protéger, faire office de bouclier si le tireur à l'arme automatique les rejoignait. Mais elle était la seule à savoir où se trouvait le canyon. C'était logique qu'elle prenne la tête.

Quelques instants plus tard, un gargouillement sourd s'éleva derrière elle. Pivotant sur elle-même, elle vit Trent essuyer une lame sanglante sur la poitrine d'un homme à ses pieds. Elle ne s'était même pas rendu compte qu'il avait un couteau. Puis elle prit conscience que le bandit s'était trouvé tout près d'elle. Bonté divine, elle ne l'avait même pas entendu. Trent lui avait sauvé la vie.

Il remonta une jambe de son pantalon et fourra le couteau dans sa botte. L'incongruité de son costume, avec un couteau de cinquante centimètres dans sa botte et un sac plein de munitions, lui donna soudain envie de rire. Mais ce n'était pas drôle. C'était terrifiant. Les chances étaient contre eux, peu importe qu'ils soient tous deux doués pour survivre. Ils allaient mourir.

Elle se mit à trembler si fort qu'elle faillit lâcher son pistolet. Trent l'attira derrière un gros arbre et l'embrassa. Puis il recula et chercha son regard.

— Ça va mieux ?

Elle étouffa un rire.

— Apparemment. Je ne tremble plus.

Il sourit et fit courir un doigt le long de son cou, comme s'ils avaient tout le temps du monde.

— On va y arriver, Skylar. Fais-moi confiance.

La terreur qui avait planté ses griffes en elle un instant plus tôt disparut. Elle lui faisait confiance, effectivement. Et elle se faisait confiance. Ils pouvaient y arriver. Il le fallait. Car elle refusait de mourir aux mains des malfrats que ses propres oncles avaient engagés pour la tuer. Elle voulait la justice. Et pour y arriver elle devait se battre.

Elle se redressa et vérifia le chargeur avant de le réintroduire dans son pistolet.

— Prête. Allons-y.

Il acquiesça, et ils repartirent.

Les hommes ne prenaient plus la peine de faire silence. Peut-être estimaient-ils qu'ils étaient tout proches de leurs proies. La panique éroda à nouveau la confiance de Skylar. Un rire s'éleva, pas très loin d'eux. Elle trébucha, mais la poigne de Trent l'empêcha de tomber.

Soudain, un bruit monta entre les arbres. Elle regarda Trent.

— De l'eau, murmura-t-elle.

Il hocha la tête, et ils accélérèrent. Se représentant mentalement les images satellite, elle essaya de s'orienter. Elle prit la boussole à son cou et vérifia la direction, repensant au moment où ils étaient entrés dans les bois, aux virages qu'ils avaient pris. Tout se mit en place dans son esprit, comme une carte. Ils devaient presque être au...

— Stop !

Elle se jeta sur Trent, l'envoyant heurter un tronc d'arbre. Ils tombèrent et roulèrent sur quelques mètres, s'arrêtant au bord extrême de la falaise. Trent jura et la tira en arrière, jusqu'à ce qu'ils soient hors de danger.

— Bonté divine, c'était moins une, murmura-t-il.

Des jurons se firent entendre non loin.

— C'est notre chance, lui chuchota-t-elle.

Elle désignait les branches basses près du bord de la falaise.

— Il faut dissimuler le précipice.

Se relevant d'un bond, il prit une brassée de branches. Ensemble, ils les traînèrent assez loin pour dissimuler que le pas suivant se faisait dans le vide, avec une chute de cinquante mètres à la clé. Des battements de pieds indiquaient que les tireurs seraient sur eux à tout instant. Skylar murmura rapidement ce qu'elle voulait que Trent fasse.

Il secoua vigoureusement la tête et chuchota que c'était trop risqué. Un coup de feu se fit entendre. Une balle siffla à ses oreilles. Trent riposta, abattant un homme qui tomba comme un roc. Mais elle en entendait d'autres arriver. On aurait dit une horde de chevaux fonçant vers eux dans un bruit de tonnerre.

Et vers la falaise.

— D'accord, fit-il, formant les mots en silence et comprenant qu'ils n'avaient pas d'autre option.

Retirant sa ceinture en un tournemain, il l'enroula autour de la branche d'un chêne, puis autour de son poignet. Se plaçant juste derrière le camouflage qu'il avait disposé au bord du précipice, il se pencha vers elle, le visage plissé par l'inquiétude.

Cinq hommes émergèrent des arbres, courant à pleine vitesse. À en juger par leurs sourires et leurs huées, ils croyaient avoir mis la main sur elle. L'un d'eux leva son arme.

— Go ! hurla-t-elle.

Elle plongea derrière les branchages en direction de Trent.

Celui-ci l'attrapa par la taille et se servit de la ceinture pour les balancer dans le vide avant de leur faire reprendre pied sur la terre ferme. Il l'attira sur lui en tombant, l'écrasant presque sous sa poigne d'acier.

Des tirs s'élevèrent tandis que leurs poursuivants galopaient vers l'ouverture où elle avait disparu. Au dernier moment, ils comprirent leur erreur. L'un d'eux hurla et culbuta par-dessus la falaise. Les autres freinèrent et s'accrochèrent les uns aux autres, essayant désespérément de stopper leur élan. Mais, comme un troupeau de moutons de Panurge, ils plongèrent dans l'abîme, leurs cris de terreur remontant jusqu'à Trent et Skylar. Puis un silence béni.

Ils restèrent allongés, enlacés, reprenant leur souffle. Enfin,

Trent rampa en arrière, l'entraînant avec lui, jusqu'à ce qu'ils soient à trois bons mètres du bord.

— Ça va ? demanda-t-il.

— Je n'arrive pas à y croire. Mais oui.

Son regard tomba sur son bras, et il fronça les sourcils.

— Tu saignes ! Beaucoup !

Elle baissa les yeux.

— Zut ! J'ai dû me couper sur une des branches.

Il jeta son sac à terre et retira son gilet pare-balles. Faisant sauter les boutons, il arracha sa chemise et s'en servit pour envelopper l'avant-bras de Skylar. Elle cria quand il serra le bandage improvisé.

— Désolé, chérie. Il faut arrêter le saignement.

Sa tendresse fit beaucoup pour soulager la douleur.

— Je sais, je sais.

— Je vais lui faire un bisou et ça ira mieux. Plus tard.

Il lui fit un clin d'œil. Elle se mit à rire.

— Regardez donc qui arrive à faire rire l'autre dans des circonstances ridicules.

— J'ai appris auprès de la meilleure. Tu peux te relever ?

— C'est au bras que j'ai mal, pas aux jambes. Bien sûr que je peux... Attention !

Un tireur fonçait sur eux, son arme braquée sur Trent. Skylar roula sur elle-même et lui asséna un coup de pied dans le genou. Trent pivota sur lui-même et l'atteignit à la gorge. L'homme tomba en gargouillant, une main sur sa gorge et l'autre sur son genou, se tordant de douleur.

C'était Scott Lancaster. D'un coup de pied, Trent envoya son arme hors de portée et souleva Skylar. Il la déposa plus loin, à distance de Scott, et lui tendit l'arme de ce dernier.

— Je vais le ligoter.

Sortant une corde en nylon de son sac à dos, il se mit à genoux derrière l'homme haletant. Skylar sourit. Bien sûr, son héros avait une corde dans son sac. Elle examina le chargeur de l'arme, admirant la beauté de cette dernière.

— C'est un sacré outil.

— Dommage qu'il ait été gâché par ce crétin de privilégié. Il était capable de nous tuer dix fois et n'y est jamais parvenu. Maintenant, on sait pourquoi lui et son frère ont engagé des hommes de main pour leurs meurtres.

Il s'interrompit dans sa besogne et regarda Skylar.

— Où est son frère ?

Ils tournèrent vivement la tête en direction du sentier. Une ombre noire courait vers eux. Trent et Skylar plongèrent sur le côté et roulèrent sous le couvert des arbres, tandis que Richard poussait un hurlement guttural et tirait dans tous les sens. Il devait avoir vu son frère étendu sur le sol.

Tous deux braquèrent leurs armes sur l'ouverture qu'il devait franchir pour atteindre la clairière. Quelques secondes plus tard, Richard apparut, visant Skylar.

Elle pressa la détente. La belle arme automatique s'enraya. Soudain, Richard fut soulevé de terre par Trent et plaqué contre un arbre. Un craquement écœurant se fit entendre et du sang noircit l'écorce. Ses yeux se renversèrent et il glissa au sol, mort.

Trent l'enjamba sans même lui accorder un regard. Il ignora un Scott toujours haletant et ralentit à peine pour enlever Skylar dans ses bras. Elle s'accrocha à lui, prise de tremblements incontrôlables. Trop, c'était trop.

— Chut, murmura-t-il. Tu entends ça ? Des sirènes viennent par ici. Quelqu'un a dû entendre la fusillade et appeler la police. Ou peut-être que mon équipe l'a fait en voyant qu'ils ne pouvaient nous joindre. On va s'en tirer. Ton bras sera pansé en un rien de temps.

Elle hocha la tête et resserra le bras autour de son cou.

— On ira beaucoup plus vite si tu me laisses marcher.

— Non.

— Trent, je suis sérieuse. S'il te plaît. Je veux sortir de ces bois. Pose-moi.

Il la reposa sur ses pieds en grommelant.

— Tu es sûre ? Je peux très bien te porter.

— Et je peux très bien marcher. Je parie même que je peux courir.

Elle s'élança au petit trot vers la maison pour le prouver.

— Skylar, attention au...

Se cognant le tibia sur un tronc couché, elle chuta. Sa tête heurta un arbre et tout devint noir.

— Monsieur, vous devez la poser pour que nous puissions l'examiner.

Trent déposa à contrecœur son précieux fardeau sur la civière de l'ambulance.

— Elle s'est cogné la tête vraiment très fort. Et son bras...

— Nous allons nous en occuper, monsieur.

Les secouristes se mirent au travail, vérifiant les signes vitaux de Skylar. Trent fit une brève déposition à la police, qui grouillait déjà dans la propriété. Il leur parla de Scott et Richard Lancaster et leur expliqua où les trouver.

Le policier chargé de la scène cria des ordres à ses hommes, qui partirent en direction des bois.

— Il y a de la place pour deux dans l'ambulance, dit-il aux secouristes, qui chargeaient la civière de Skylar à l'arrière. Si elle est stable, attendez un moment pour que nous puissions charger le type blessé.

— Il n'en est pas question ! rugit Trent. Appelez une autre ambulance pour lui. Il n'y a pas de place dans celle-ci.

Il grimpa à l'arrière et s'assit sur la seconde civière, défiant le policier de le lui interdire.

Les secouristes se le tinrent pour dit. L'un d'eux sauta à l'arrière et referma les portes. L'autre alla se mettre au volant. Très vite, ils se mirent en route pour l'hôpital, sans que Skylar ait à subir l'affront de partager une ambulance avec Scott Lancaster.

21

Trent posa sa tasse sur la table de chevet et reprit la main de Skylar. Elle semblait déroutée ce matin-là, avec tant d'enquêteurs dans sa chambre. Même le patron et sa femme étaient là, ainsi que Ryland, tous ayant écourté leurs vacances quand ils avaient entendu parler de l'attaque.

C'était Grayson, dans son costume à plusieurs centaines de dollars, qui avait arrondi les angles avec l'administratrice. Trent doutait que l'hôpital Erlanger East ait jamais eu autant de visiteurs dans une seule chambre.

Mais c'était ainsi que son équipe fonctionnait. Ils étaient aussi soudés qu'une famille. Et, même si Trent n'était pas blessé, le simple fait de savoir qu'il aurait pu être tué les avait décidés à prendre la route de nuit ou, pour certains, à sauter dans un vol. Il était excessivement reconnaissant à Callum d'être passé chez lui et d'avoir convaincu un flic de le laisser prendre des vêtements propres, même si la maison était déjà une scène de crime. Ce costume repassé n'était pas aussi confortable que l'aurait été un jean, mais c'était beaucoup mieux que la blouse d'hôpital qu'on lui avait fournie lorsqu'il était arrivé à moitié nu.

Il ne savait pas si le soutien de son équipe était dû au fait que l'affaire était son « bébé » ou au fait qu'ils avaient deviné combien Skylar comptait pour lui. Peut-être les deux. Il ne cachait certainement pas son affection pour elle. Il n'avait lâché sa main que pour manger et boire du café depuis l'arrivée de l'équipe.

— C'est étourdissant de les voir tous ensemble, hein ? la taquina-t-il.

— C'est juste... dingue d'être entourée d'autant de gens. Je suis tellement habituée à être seule. Et je suis gênée de ne pas pouvoir me rappeler tous leurs noms.

— Ne t'en fais pas. C'est bien plus facile pour nous d'apprendre ton nom que pour toi d'apprendre les nôtres. Je vais te désigner chacun. Et il n'y aura pas d'interrogation après. Il y a du personnel de soutien à Gatlinburg, quelques dizaines de membres, surtout des rats de laboratoire et des cracks informatiques, mais voici le cœur de l'équipe. Nous sommes onze en comptant le chef.

Il fit un geste en direction du pied du lit.

— Je te présente Grayson Prescott, notre fondateur et bienfaiteur. L'adorable dame à côté de lui est sa femme, Willow, qui est aussi notre déléguée aux victimes.

Ils sourirent et lui dirent qu'ils étaient heureux de la rencontrer, tandis que Trent continuait de désigner les autres.

— Lance Cabrera, Faith Lancaster – aucun rapport avec les Lancaster de Chattanooga –, Asher Whitfield, Brice Galloway, Ivy Shaw. Notre agent de liaison avec le Bureau d'investigation du Tennessee n'est pas encore là. Son nom est Rowan Knight. Le type à droite, près de la fenêtre, est Ryland Beck, l'enquêteur principal.

— Hé ! lança Callum. Tu m'as oublié.

— Non, il ne t'a pas oublié, le taquina Ryland. Il *essayait* de t'oublier.

— C'est ça. Je suis content que, toi, tu sois de retour, parce que ça me libère de la charge de diriger l'équipe.

— Tu ne seras pas si content quand je retournerai au bureau, lança malicieusement Ryland. J'ai entendu dire qu'il y a des notes de frais dont il faut que nous parlions, toi et moi.

Callum haussa les épaules.

— Je vais emprunter l'une des devises de Trent : « Mieux vaut demander pardon...

— ... que de demander l'autorisation », récitèrent les autres en chœur.

Skylar se mit à rire.

— Sérieusement ? C'est l'une de tes devises ?

— Je l'ai peut-être dit une ou deux fois.

Cette fois, tout le monde éclata de rire. Skylar s'adressa à l'équipe.

— J'essayerai de me rappeler vos noms dorénavant. Je suis émerveillée que vous ayez tout laissé tomber pour venir ici. D'autant plus que tout va bien pour moi.

Elle leva son bras recouvert d'un bandage du coude au poignet.

— Être hospitalisée pour une égratignure, c'est ridicule.

— Vingt points de suture, ce n'est pas une égratignure, dit Trent. Et ils t'ont hospitalisée à cause de cette mauvaise bosse à la tête. Tu as perdu conscience. Le neurologue veut te garder cette nuit en observation.

Elle lui lança un regard mécontent au rappel de sa maladresse.

— Puisque tu es ici, reprit-il, autant parler de l'éléphant dans la pièce. Richard Lancaster ne représente plus une menace. Mais son frère Scott, oui. Et qui sait si la veuve de Richard, Phoebe, ne va pas prendre la défense de son mari et de son fils et essayer d'empêcher Skylar d'hériter avant le délai ? Les Lancaster ont encore des millions d'avantages à la voir morte. Ils représentent une vraie menace. Et maintenant ils savent où elle est, grâce aux médias, qui ont eu vent de la fusillade.

Skylar se raidit. Il lui caressa le dos de la main, pour lui faire savoir en silence qu'il était là. Mais cette question devait être traitée. Ils devaient comprendre comment la protéger à long terme.

— On arrête la montre, suggéra Callum. On fait savoir aux administrateurs du fidéicommis que Skylar est l'héritière légale. Je suis sûr que le tribunal ordonnera de nouveaux tests ADN. Ce sera long, mais l'avantage financier de sa mort aura disparu. Mieux encore, elle peut rédiger son propre testament, qui exclura les Lancaster, ce qui assure doublement qu'ils n'auront pas de raison de s'en prendre à elle.

Trent secoua la tête.

— Je conviens qu'elle devrait avoir son héritage, mais cela ne résoudra pas le problème de sa sécurité. La vengeance est une motivation puissante. Je ne vois pas les Lancaster laisser passer la mort de Richard sans un châtiment quelconque. Ils tiennent Skylar pour responsable.

Elle tira sur sa main, attirant son attention.

— Ils t'en tiennent aussi pour responsable. C'est Richard qui est à l'origine de la fusillade, mais c'est toi qui l'as tué. Tu es autant en danger que moi.

— Probablement. La police peut accuser Scott de tentative de meurtre. Mais il fera traîner ça des années avant d'aller en prison pour de bon, s'il y va jamais. Sans parler des astuces légales dont il se servira. Je connais plus d'un meurtrier super riche qui a payé de soi-disant experts pour désorienter le jury. Comment combattre un multimillionnaire escroc comme Scott Lancaster et espérer gagner ?

Grayson croisa les bras.

— Il faut lui donner ce qui a le plus de valeur pour lui, de l'argent. Skylar, envisageriez-vous de renoncer à une part de la fortune de votre grand-mère pour acheter les Lancaster ?

— Pas question, intervint Trent. C'est son argent, et c'est mal à tout point de vue qu'une victime paye son oppresseur.

— Je ne suis pas une victime. Je suis une survivante, je l'ai toujours été. Si ma survie nécessite que je leur donne l'argent que je ne m'attendais pas à recevoir de toute façon, je suis pour à cent pour cent. Grayson, comment allons-nous procéder ?

Grayson lança un regard d'excuse à Trent.

— J'ai négocié des centaines de contrats d'affaires, au fil des ans. Je peux faire une offre, rédiger un contrat. Nous accepterons d'augmenter leur pécule annuel chaque nouvelle année. L'augmentation devrait être significative pour nous assurer que leur cupidité outrepasse leur désir de vengeance.

— Je n'aime pas ça, dit Trent. Ce plan n'est pas infaillible. Ils peuvent toujours changer d'avis et décider que leur vendetta est plus importante que la prochaine augmentation.

— Rien n'est infaillible, sauf de les mettre en prison, répliqua Grayson. Mais le FBI enquête depuis des années. Aucun des récents événements ne fournit de preuves à même de soutenir les accusations fédérales. Cette proposition de contrat pourrait être un bouche-trou jusqu'à ce que le FBI arrive à son but, s'il y parvient jamais. Je pourrais ajouter une option renouvelable, afin que Skylar puisse réévaluer les choses et changer d'avis.

Celle-ci dégagea sa main de celle de Trent et noua étroitement ses doigts.

— J'essaye d'envisager ma vie future. Même avec cet accord, j'aurai besoin de gardes du corps, de sécurité chez moi, quoi que cela soit. Il faudra que je regarde constamment derrière moi, comme je l'ai fait des années. J'ai goûté à la vie normale cette semaine, et ça m'a plu. Je n'ai pas envie de me cacher et de redevenir un ermite.

Grayson hocha la tête.

— Je comprends parfaitement. Mais, si nous n'avons pas assez d'éléments à charge pour mettre Scott et peut-être la femme de Richard derrière les barreaux, nous n'avons pas beaucoup d'options. À moins que quelqu'un n'ait une autre suggestion ?

Un coup résonna à la porte, et une infirmière fit son entrée. Elle ouvrit tout grand les yeux en voyant le nombre de personnes rassemblées dans la chambre.

— Je suis désolée, mais vous allez devoir sortir pour laisser de l'intimité à la patiente pendant que je vérifie ses constantes et que je la prépare pour la visite du médecin. Il sera là dans quelques minutes. La salle d'attente est dans le couloir.

Grayson s'avança et se présenta. Trent sourit en la voyant s'épanouir sous l'attention d'un homme aussi visiblement riche et élégant.

— Y aurait-il une salle privée où mon équipe pourrait se réunir ? Nous n'en aurons pas pour longtemps. Nous avons juste besoin de remuer quelques idées. Où dois-je m'adresser encore à Mme Wilkerson, l'administratrice de l'hôpital ? Elle s'est montrée très compréhensive tout à l'heure.

L'infirmière déglutit nerveusement.

— Il y a peut-être une salle de consultation libre. Vous y serez serrés et il n'y aura pas assez de chaises pour tout le monde. Mais vous pourrez probablement y tenir.

— Ça me semble parfait. Merci.

Elle acquiesça, l'air soulagé. Elle expliqua où était la salle et tout le monde sortit, sauf Trent.

— Infirmière, pourrais-je avoir un moment avec la patiente avant de partir ?

— Hum, d'accord. Mais une minute seulement. Je dois finir avant l'arrivée du médecin.

— Merci.

Après le départ de l'infirmière, il reprit la main de Skylar.

— Je me demande si tu n'es pas fétichiste des mains, tellement tu tiens la mienne, lui dit celle-ci.

— C'est plus grave que ça. Je suis fétichiste de toi.

Elle écarquilla les yeux.

— Ça a l'air grave.

— Ça l'est. Je voulais te dire que je...

Son téléphone bourdonna dans sa poche. En soupirant, il le prit pour le consulter. C'était l'agent du FBI à qui il s'était adressé, celui qui travaillait sur l'affaire Lancaster. Il lui envoya une brève réponse et fourra le téléphone dans sa poche.

— Je suis désolé, Skylar.

Lui dire qu'il l'aimait allait devoir attendre un peu.

— Il faut que j'y aille.

— Je comprends. Ton équipe t'attend.

Il était sur le point de corriger cette supposition quand un coup à la porte annonça le retour de l'infirmière. Cette fois, elle poussait un chariot. Elle fronça les sourcils.

— J'y vais, j'y vais.

Il embrassa Skylar sur la joue.

— Sois sage et ne contredis pas le docteur.

— Du moment qu'il me promet de me laisser sortir demain.

Il rit devant l'air sévère de l'infirmière et se hâta de sortir. Lorsqu'il pénétra dans la salle d'attente, l'agent du FBI le héla depuis le fond de la pièce. Trent hocha la tête et se dirigea vers lui, mais fit halte lorsqu'un visage familier attira son attention.

Une femme aux yeux noirs et aux cheveux noirs striés de gris était assise seule, tenant nerveusement son sac sur ses genoux. Une idée germa dans son esprit, une idée qui pourrait redonner à Skylar une vie « normale ».

Il fit un détour pour s'approcher de la femme.

— Excusez-moi, seriez-vous Abigail Flores ?

— Oui, c'est moi. Je suis ici pour voir mon employeur, M. Scott. Vous êtes son médecin ?

— Non, madame. Mon nom est Adam Trent. Je suis un ami... d'une de nos amis mutuels. Si vous avez une minute, j'aimerais vous parler de cette amie. J'ai aussi un service à vous demander.

Il fit signe à l'agent du FBI de les rejoindre.

199

22

Le matin suivant, à l'heure où les premiers rayons du soleil filtrèrent entre les lames du store, Skylar bâilla et s'étira sur son lit d'hôpital. La grande horloge sur le mur indiquait 7 h 45. Elle souhaita avec ardeur que ce soit le dernier matin qu'elle passe à l'hôpital. Les médecins et le personnel s'étaient montrés formidables, mais rester aussi longtemps au lit était d'un ennui inimaginable.

Un murmure à côté d'elle la fit tourner la tête. Ce pauvre Trent était endormi dans un fauteuil très inconfortable. Il était entré et sorti de nombreuses fois pour voir comment elle allait. Mais l'infirmière ne cessait de lui dire de la laisser dormir, et ils n'avaient pas eu l'occasion de s'entretenir. À en juger par l'aspect fripé de son costume, il avait dormi dedans.

Son cœur se gonfla tandis qu'elle le regardait. Elle n'avait jamais rencontré un homme tel que lui. Intelligent, brave, loyal, habile aux armes et presque trop beau. Et il était attaché à elle. Le simple fait de le savoir faisait tournoyer des espoirs fous dans son cœur. L'espoir d'un avenir, d'une vie normale, avec lui. Mais ce ne serait qu'un rêve s'il n'y avait pas moyen pour elle de se libérer des Lancaster.

Vivre dans la peur, ce n'était pas vivre. Elle ne le souhaitait à personne. Même si cela lui brisait le cœur de ne jamais revoir Trent, c'était ce qu'elle ferait s'il le fallait pour que *lui* vive une vie normale. Il méritait tellement mieux que d'être attaché à une femme qui regardait toujours derrière elle.

Il remua dans son fauteuil, cligna des yeux et s'assit. Lorsqu'il la vit le regarder, il lui adressa un sourire endormi.

— Bonjour.

— Bonjour… Tu n'avais pas besoin de rester toute la nuit.

Il jeta un coup d'œil à l'horloge et se redressa.

— Presque 8 heures. Bonté divine. Je ne voulais pas m'endormir. Heureusement, Callum monte la garde devant ta porte. Autrement, n'importe qui aurait pu entrer.

Il secoua la tête, visiblement dégoûté de lui-même.

— Monter la garde ? Tu penses vraiment que les hommes de Scott feraient une tentative dans un hôpital ?

— Je pense que tout est possible avant la fameuse échéance. Mais j'ai peut-être une solution à nos problèmes. Donne-moi une minute. Je vais t'expliquer, mais ma vessie va exploser.

Elle rit tandis qu'il contournait le lit au pas de course et entrait dans la salle de bains adjacente. Lorsqu'il en ressortit, il lui adressa un sourire penaud.

— Je t'ai volé un peu de dentifrice. Ne t'inquiète pas, je me suis servi de mes doigts, pas de ta brosse à dents.

— Dieu merci, le taquina-t-elle. Mais pour compenser le pillage de mon dentifrice tu dois baisser cette barre stupide. Tu n'es pas le seul qui doit filer à la salle de bains.

— Vos souhaits sont des ordres.

Il s'exécuta et lui offrit une main pour l'aider. Elle faillit refuser, se sentant idiote. Mais la station allongée lui avait fait les jambes molles et elle avait le vertige. Elle serait tombée s'il ne l'avait pas retenue.

Après avoir satisfait ses besoins naturels – y compris la brosse à dents – elle regrimpa dans le lit avec son aide.

— Arrête d'avoir l'air inquiet, lui dit-elle. Je vais très bien.

Il ne parut pas convaincu en remettant la barre en place. Mais il ne la contredit pas et retourna à son fauteuil.

— Je veux que tu écoutes cet enregistrement.

Il fit défiler quelques écrans sur son téléphone.

— Un enregistrement de quoi ?

Il posa l'appareil sur le lit, près d'elle.

— Scott et Phoebe Lancaster qui parlent dans sa chambre d'hôpital, hier après-midi.

Il pressa l'écran, puis posa les avant-bras sur la barre du lit.

Skylar resta immobile, pendant que la conversation se déroulait. Même si Scott avait la voix rocailleuse du fait d'avoir reçu un coup de poing à la gorge, ses paroles s'entendaient clairement. Phoebe et lui parlaient de l'échéance imminente des cinq ans et du fait qu'ils devaient tuer Skylar. Ils discutèrent de la pire hypothèse, à savoir qu'elle ne soit pas morte à ce moment-là et qu'ils doivent soudoyer les administrateurs du fidéicommis, les tuer ou trouver un autre moyen de l'empêcher d'hériter. Ils ne laisseraient rien se mettre en travers de leur chemin pour obtenir cet argent, dont ils estimaient qu'ils le méritaient.

Elle secoua la tête de dégoût, l'estomac noué à l'idée d'être apparentée à ces gens horribles. Puis cela devint pire. Phoebe se plaignit du fait que, lorsque Scott et Richard avaient tué Capone, ils auraient dû tuer aussi Mattly. Ainsi, cet enquêteur – elle supposa qu'ils se référaient à Trent – ne serait pas allé voir Mattly des années plus tard pour lui poser des questions sur le testament.

Ils se disputèrent avec méchanceté et aigreur. Elle lui reprochait tout ce qui avait mal tourné, et il faisait de même.

— Ça aurait eu l'air trop suspect de tuer les deux avocats en même temps, insistait-il. J'ai surveillé Mattly toutes ces années pour me rendre compte de ce qu'il savait du business des bookmakers et des usuriers que Capone nous a aidés à monter. Il n'avait pas l'air de savoir quoi que ce soit en dehors de nos entreprises légitimes. Mais avec l'échéance qui arrivait je le tenais à l'œil de plus en plus souvent, juste au cas où il en aurait su davantage que ce que je croyais. Tu devrais me remercier pour ça. Autrement, nous n'aurions pas su que cette sorcière de Skylar était ici et nous n'aurions pas trouvé son repaire.

— Si tu t'étais occupé de Mattly il y a des années, et de Skylar, Richard serait encore en vie.

La conversation dégénéra une fois de plus en dispute.

Trent éteignit l'enregistrement. Skylar était immobile, abasourdie.

— Quels gens affreux, malveillants et méchants !

— Les pires. J'ai été agréablement surpris qu'ils parlent si ouvertement, comme l'était l'agent du FBI qui m'a aidé à préparer tout ça. J'imagine que, Richard étant mort et Scott blessé, ils étaient tous deux sous le coup de l'émotion et un peu négligents. C'était notre chance.

— Comment ? Je ne peux pas imaginer qu'ils aient parlé comme ça avec quelqu'un dans la pièce.

— Ce n'était pas ça. J'ai persuadé un des visiteurs de Scott de poser un petit enregistreur sous son lit. Le FBI a obtenu un mandat pour ce faire, en se fondant sur les affirmations de ce même visiteur, des informations qu'il avait sur les activités criminelles de Scott et Phoebe à partir de conversations entendues. Tu n'as écouté qu'une petite partie de leur échange. Ils ont poursuivi en discutant de stratégies pour poursuivre leurs affaires. Apparemment, Richard était le cerveau, et ils s'inquiétaient de la manière de continuer à opérer sans lui.

— J'ai peur de me mettre à espérer. Mais c'est une bonne nouvelle pour moi, n'est-ce pas ?

— La meilleure. Ils ont reconnu des meurtres et une dizaine de crimes fédéraux. Le FBI a obtenu un mandat de perquisition en se fondant sur l'enregistrement, et ils sont en ce moment même au manoir. Ils m'ont informé par SMS que c'est une mine d'or. Scott et Phoebe iront en prison pour très longtemps. Tu es libre, Skylar.

Elle éclata en sanglots. Trent abaissa la barre du lit et s'allongea à côté d'elle. Elle s'accrocha à lui tandis qu'il la berçait en lui caressant les cheveux. Un coup résonna à la porte, et Callum se montra. Il haussa les sourcils en les voyant.

— Oui ?

La voix de Trent était sèche.

— Oui, euh... tu as dit à quelqu'un de te retrouver ici vers 8 heures. Cette personne est dans le couloir depuis plusieurs minutes. Tu veux que je lui dise de revenir plus tard ?

Trent regarda l'horloge. 8 h 5. Il jura. Skylar se dégagea et s'essuya les yeux.

— Je suis désolée. Tu avais un rendez-vous ? Tu peux partir, je vais bien.

Elle renifla et s'essuya encore les yeux. Il l'embrassa sur le front et descendit du lit, jetant un coup d'œil à Callum, qui les observait avec un intérêt non dissimulé.

— Donne-nous une minute. Puis fais-la entrer.

— D'accord.

Il sortit en refermant la porte.

— Skylar, j'ai demandé à quelqu'un de venir te voir. C'est la personne qui a donné au FBI les informations dont il avait besoin pour obtenir un mandat de perquisition. Et la personne qui a été assez courageuse pour placer le micro dans la chambre d'hôpital de Scott. J'ai pensé que tu aurais peut-être envie de la rencontrer.

Elle s'essuya le visage et fit bouffer ses cheveux en se redressant dans le lit.

— Bien sûr. Tant de gens m'ont aidée. Surtout toi. J'adorerais avoir l'occasion de remercier l'un d'eux.

Avant que Trent puisse finir d'expliquer qui était le visiteur, Callum ouvrit la porte et le fit entrer. Il était inutile d'en rajouter désormais. Il tendit le bras vers la femme.

— Skylar, je te présente ta grand-mère, Abigail Flores.

Abigail courut vers le lit de Skylar. Toutes deux s'enlacèrent et fondirent en larmes.

23

Dans la salle du tribunal, Trent était assis à l'extrémité du banc, empêchant quiconque de s'approcher de Skylar. S'ils voulaient assister à l'audience, ils n'avaient qu'à se trouver un autre banc.

Phoebe et Scott Lancaster étaient bien trop proches pour son confort moral. Même s'ils étaient enchaînés à la table de la défense, cela ne lui plaisait pas que des gens aussi mauvais se retrouvent dans la même salle que la femme qu'il aimait.

— Arrête de leur lancer des regards noirs, murmura Skylar. Tu inquiètes l'huissier. Il n'arrête pas de te surveiller, comme s'il pensait que tu allais te précipiter sur eux.

Elle avait raison. L'huissier le regardait d'un air nerveux. Un homme intelligent. Trent avait très envie de briser le cou de Scott. Mais il y avait trop de policiers dans la salle. Cela ne valait pas la peine de se faire arrêter pour le peu de dégâts qu'il pourrait causer avant d'être maîtrisé. D'un autre côté, un coup de poing massif pourrait achever ce qu'il avait entamé dans les bois. Cela vaudrait la peine d'aller en prison.

— Trent, murmura-t-elle à nouveau. Sérieusement. Arrête.

— Je serai sage, dit-il en soupirant. Mais je ne comprends toujours pas pourquoi tu as insisté pour venir ici. Tu n'es sortie de l'hôpital que depuis un jour.

— À qui la faute ? grommela-t-elle. Je serais sortie depuis une semaine si tu n'avais pas parlé au médecin de ce vertige et ce mal de tête sans conséquence après le départ d'Abigail.

— Tu as reçu un gros coup sur la tête. Et ce mal de tête était une migraine débilitante, en plus du vertige. Je ne m'excuserai pas d'en avoir parlé au neurologue. C'est à lui que tu dois reprocher de t'avoir gardée une semaine entière. C'est lui qui n'arrêtait pas de faire des tests.

— Des tests qui ont prouvé que la seule chose dont je souffrais, c'était de stress. Ce n'est pas humiliant, ça ?

— C'est parfaitement compréhensible. Ce qui mène une fois de plus à la question de savoir pourquoi tu estimais aussi important d'assister à cette audience de mise en liberté sous caution ? Il est impossible que le juge les libère. Le FBI a trouvé assez de preuves pour les mettre derrière les barreaux pour le restant de leurs jours. Et il n'y a pas de liberté conditionnelle dans les prisons fédérales.

— Ce n'est pas d'eux que je m'inquiète, c'est du fils de Phoebe, Randolph. J'espérais qu'il viendrait aujourd'hui, pour que je puisse lui parler.

— Il ne veut pas te parler. Il a refusé toutes tes requêtes par le biais de son tuteur. En outre, sais-tu même à quoi il ressemble ?

— Abigail m'a montré des photos sur son téléphone. Je veux juste lui parler quelques minutes. Il doit savoir qu'il n'est pas tout seul, que nous sommes tous deux les petits-enfants de Martha. Nous devrions nous serrer les coudes. Je ne veux pas qu'il grandisse en me reprochant ce qui est arrivé à sa famille.

— Donne-lui du temps. Une fois qu'il aura mûri, peut-être sera-t-il prêt à te parler.

— Il va avoir dix-huit ans le mois prochain. Que se passera-t-il pour lui ? Il n'aura plus de tuteur pour le guider. Il sera tout seul.

— Même si le juge a gelé l'essentiel de l'héritage de Martha pendant que les fédéraux font le tri entre argent légal et illégal, il s'est assuré que Randolph aurait une allocation généreuse. Il ne manquera de rien. Mais si ça t'ennuie je verrai ce que je peux faire pour l'amener à consentir à une rencontre. En tout cas il est hors de question que tu le rencontres seule. Je serai là.

Elle lui lança un regard inquisiteur.

— Tu ne penses pas qu'il va devenir une menace pour moi, comme ses parents, n'est-ce pas ?

— C'est peu probable. Pour l'instant son tuteur est chargé à la fois de s'occuper de lui et de veiller à ce qu'il ne s'attire pas d'ennuis. Après son dix-huitième anniversaire, quand le tuteur s'en ira, il sait que le FBI, la police et l'équipe de sécurité que j'engagerai le surveilleront. S'il traverse en dehors des clous, je ferai en sorte qu'il se retrouve en prison.

Elle leva les yeux au ciel.

— Ce n'est pas le genre d'aide que j'avais à l'esprit. Il a besoin d'amour et de compréhension. Je sais ce que c'est que de perdre ses parents. Il a perdu son père très jeune. Savoir que sa mère est en prison doit être dix fois pire.

L'huissier ordonna à tout le monde de se lever pour l'entrée du juge. Skylar survola encore le public du regard en se levant.

— Il ne viendra pas, murmura Trent.

Elle soupira. Comme Trent l'avait prédit, il n'y eut pas de liberté provisoire. Scott et Phoebe Lancaster furent remmenés menottés en prison. Après leurs procès, ils seraient déplacés dans une prison fédérale de haute sécurité pour le reste de leur vie. Skylar était enfin en sécurité.

Trent l'escorta sur le perron du tribunal. Callum les rencontra sur le trottoir et donna une accolade à Skylar.

— Félicitations, lui dit-il. C'est enfin terminé.

— J'imagine que oui, dit-elle en souriant. Merci. C'est très gentil à toi d'être venu jusqu'à Chattanooga pour une audience de trente minutes, alors que tu n'étais pas convoqué.

— Je ne m'y attendais pas. Mais qui d'autre se serait chargé de l'arme de Trent pendant qu'il était au tribunal ?

Il rit et tendit son pistolet à Trent.

— Je sais que tu te sens tout nu sans ça. Toujours équipé, c'est ta devise.

— L'une de ses nombreuses devises, railla Skylar.

— Merci, Callum. C'était effectivement désagréable d'être dans la même pièce que les Lancaster sans arme.

— Les forces de sécurité du tribunal ne laisseraient pas entrer des familles de victimes armées, dit Callum. Ce serait la recette du désastre.

— Survivante, corrigea Skylar. Pas victime.

— Mea culpa, dit Callum avec un sourire.

— Je connais un super restau en ville, dit Trent.

Ils se dirigèrent vers son SUV – le nouveau, étant donné que l'ancien était criblé de balles.

— Tu n'es pas le seul à connaître des super restaurants par ici, dit-elle. Je vivais aussi dans cette ville, tu sais.

Il se retourna pour répondre à une question de Callum.

— Randolph, non ! hurla Skylar.

Callum et Trent pivotèrent sur eux-mêmes, dégainant à la vitesse de l'éclair. Randolph braquait une arme sur eux depuis l'autre côté de la rue.

— Non, ne fais pas ça !

Skylar bondit en avant, attrapant l'arme de Trent.

Bam, bam, bam.

Randolph s'effondra sur le trottoir. Trent se retourna pour voir Skylar. Elle était allongée sur le dos, les yeux fermés, du sang s'étalant sur le béton. Une terreur glacée lui serra la poitrine, et il tomba à genoux près d'elle. Il y avait un trou de balle dans sa chemise.

— Elle est touchée ! Callum, appelle le 911 ! Skylar, Skylar, tiens bon, chérie. Tiens bon !

24

Skylar déplaça une dernière fois le bouquet de roses rouges sur la tombe de Randolph, puis se redressa et contempla les champs vallonnés autour d'elle. Des hectares de terrain entourés d'une barrière à claire-voie d'un blanc immaculé, qui délimitait le territoire des Lancaster. Les magnifiques pur-sang qui la regardaient avec curiosité depuis la clôture la firent sourire.

Phoebe avait demandé que Randolph soit enterré ici, sur le ranch où il avait grandi. Comme le juge avait donné la propriété du manoir et des terres à Skylar, c'était à elle de répondre. Bien sûr, elle avait dit oui et veillé à ce que cela se fasse.

Les fédéraux n'avaient pas laissé Phoebe sortir de prison pour l'enterrement. Aussi Skylar s'en était-elle occupée également, organisant une veillée funèbre pour ses amis d'école et le personnel de maison, qui le connaissait depuis sa naissance. Sa grand-mère était là aussi, la secondant en tout. Et elle allait envoyer des photos de la tombe et des fleurs à Phoebe, pour s'ôter ce poids.

Abandonner la propriété de la demeure et des terres à sa grand-mère l'avait déchargée d'un autre fardeau. Elle ne voulait rien avoir à faire avec ce lieu, aussi beau soit-il. Mais c'était le foyer de sa grand-mère depuis des décennies. Elle avait pleuré des larmes de joie quand Skylar lui avait remis les titres de propriété, de même qu'un généreux compte en banque, afin qu'elle n'ait plus jamais à travailler. Au moins, il était sorti une bonne chose de tout cela.

Comme sa grand-mère y vivait, Skylar reviendrait pour des visites occasionnelles. Mais elle n'avait aucun désir d'y séjourner. Son foyer était ailleurs. Il lui avait fallu bien trop longtemps pour le comprendre.

Elle descendit la colline vers le quad qu'elle avait emprunté pour y monter. Bien que, techniquement, elle supposât qu'il était à elle désormais. Ou plutôt à sa grand-mère. Tout était si étrange. Son monde avait totalement changé. En partie pour le mieux, en partie non. Apprendre qu'elle était une Lancaster ne faisait pas partie des bonnes choses. Mais apprendre qu'elle avait une merveilleuse grand-mère en faisait incontestablement partie.

Après avoir dépassé le portail, elle sauta du quad et referma. En se retournant, elle sentit son cœur battre à la vue d'un homme appuyé à un arbre, à quelques mètres de là. Le soulagement l'envahit quand elle prit conscience que c'était Trent.

Elle lissa son jean et tapota ses cheveux, beaucoup plus courts qu'auparavant.

— Comment m'as-tu retrouvée ?

— Je suis enquêteur. J'aime tes cheveux. Tu as repris ta couleur naturelle. Le noir te va bien.

— C'est châtain foncé, mais merci.

— Pourquoi te cachais-tu et pourquoi as-tu évité mes appels depuis ta sortie de l'hôpital ?

Elle s'appuya à la clôture.

— Je ne me cachais pas. J'ai... réfléchi. J'avais besoin de temps pour penser.

— Tu ne me pardonneras jamais d'avoir tué Randolph, c'est ça ? La boussole qui pend autour de ton cou suffit à prouver qu'il était mortellement sérieux dans son intention de te tuer. Si elle n'avait pas arrêté la balle, tu serais morte au lieu de te remettre d'une commotion et d'avoir des points à l'arrière de la tête.

— Il n'a pas tiré sur moi. C'est sur toi qu'il a tiré.

Il la fixa un long moment, puis poussa un juron.

— Tu as bondi devant moi pour prendre la balle, c'est ça ?

— J'ai bondi devant toi pour t'empêcher d'abattre Randolph.

— Tu aurais pu être tuée en essayant de sauver quelqu'un qui ne méritait pas d'être sauvé.

Elle eut un hoquet.

— Comment peux-tu dire ça ? Ce n'était qu'un enfant.

— Ce prétendu enfant a assassiné son tuteur pour pouvoir sortir et s'en prendre à nous au tribunal.

Elle frissonna.

— Je sais, je sais. J'essaye d'assimiler tout ça. Comme j'ai dit, j'avais besoin de temps pour réfléchir.

Elle sortit le pendentif de sa chemise et fit courir un doigt sur la balle incrustée dans la boussole.

— Je n'arrive pas à croire que tu le portes toujours. Pourquoi veux-tu un rappel continuel du fait que quelqu'un a failli te tuer ?

Elle rangea le pendentif sous son vêtement et croisa son regard.

— Ce n'est pas un rappel de Randolph, c'est un rappel de mon père. Il a passé sa vie à essayer de me sauver. S'il ne m'avait pas formée comme il l'a fait, je serais morte depuis longtemps. Et, à la fin, c'était comme s'il était sorti de sa tombe pour me sauver la vie et m'indiquer une nouvelle direction.

Elle fit un pas vers lui, puis un autre, jusqu'à ce qu'ils se touchent presque.

— Il m'a sauvé la vie en sauvant la tienne.

Elle lui caressa les joues du bout des doigts.

— Si je n'avais pas bondi devant toi, cette balle aurait fini dans ta poitrine, pas dans mon pendentif.

Il poussa un nouveau juron.

— J'ai compris que tu te sacrifiais pour moi.

— C'était plus égoïste que ça. J'espérais sauver mon cousin et toi. Si tu avais été tué, je serais morte aussi, comme si la balle avait transpercé mon propre cœur. Je ne te reproche rien, Trent. Je me reproche d'avoir failli te perdre. J'aurais dû écouter tes avertissements. Je n'aurais pas dû aller à cette audience. Ça a failli me coûter la chose la plus précieuse que j'aie jamais trouvée. Toi.

Les mains tremblantes, il lui prit les épaules.

— Qu'est-ce que tu dis, Skylar ? Tu ne m'as pas parlé depuis une semaine, et j'ai supposé le pire. Alors j'ai besoin que tu sois très claire.

— Je t'aime. C'est assez clair ?

Ses magnifiques yeux bleus s'écarquillèrent de surprise. Soudain, elle fut dans ses bras et il la fit tournoyer, en riant et en faisant pleuvoir des baisers sur son visage. Elle-même rit à en avoir mal aux côtes.

— Arrête, arrête, j'ai le vertige.

Il s'arrêta immédiatement et baissa les yeux sur elle, le front plissé par l'inquiétude.

— Ça va ? Je n'aurais pas dû faire ça. Tu as encore le vertige... ?

Elle rit et lui plaqua une main sur la bouche.

— Arrête de t'inquiéter autant. Je vais très bien. N'importe qui aurait le vertige en tournant comme ça. Mais tu peux me poser par terre.

Il la déposa gentiment sur ses pieds et lui passa un bras autour de la taille pour la stabiliser.

— Tu n'as pas besoin d'être si doux. Je ne suis pas fragile.

— Peut-être pas. Mais tu es précieuse. Je ne veux pas qu'il t'arrive quoi que ce soit, jamais. J'ai perdu quelqu'un que j'aimais tendrement, que j'aime toujours, et je ne pense pas que je pourrais survivre à une autre perte comme celle-là.

Elle sentit son cœur se briser à ces mots.

— Ta femme ? Tanya ?

Il hocha la tête.

— Désolé. Je n'aurais pas dû parler d'elle, même indirectement.

— Bien sûr que si. Elle fait partie de toi. Nous ne devrions jamais oublier nos proches décédés. Nous devrions les emporter pour toujours dans notre cœur.

— Tu es une femme incroyable, Skylar Lancaster.

Elle fit la grimace.

— Je hais ce nom.

— On pourrait peut-être le changer encore une fois. Je me disais que Skylar Trent sonne assez bien.

Elle le dévisagea, émerveillée.

— Y a-t-il une question dans cette petite phrase, Adam Trent ?

Il sourit jusqu'aux oreilles.

— Je t'aime, Skylar. De tout mon cœur et de toute mon âme. Me feras-tu l'honneur de devenir ma femme ?

— Il t'a fallu trop longtemps pour y arriver. Et si tu ne le sais pas déjà la réponse est oui.

Il riait quand il l'embrassa. Lorsqu'ils reprirent finalement leur souffle, il lui dit en souriant :

— Tu as assez d'argent pour vivre n'importe où dans le monde, maintenant. Où voudrais-tu installer ton chez-toi ?

— Chez moi, ce n'est pas un lieu, c'est un sentiment. Mon chez-moi, c'est là où tu es.

Elle lui déposa gentiment un baiser sur les lèvres.

— Emmène-moi chez moi, Trent.

Et c'est ce qu'il fit.

Vous avez aimé ce roman ?
Retrouvez en numérique l'atmosphère
mystérieuse des Smokies :
1. *Rejoints par le passé*
2. *Sombre machination*
3. *Traque dans les Smokies*

JUNO RUSHDAN

Conspiration amoureuse

Traduction française de
CHRISTINE BOYER

BLACK ROSE

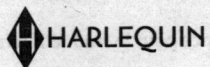

Titre original :
WYOMING COWBOY UNDERCOVER

© 2023, Juno Rushdan.
© 2024, HarperCollins France pour la traduction française.

1

Un coup de feu claqua, brisant le silence de la nuit.

Rocco Sharp, agent au sein de l'ATF – le service fédéral américain chargé, entre autres, de la lutte contre les trafics d'armes et d'explosifs –, se raidit au volant de son SUV. Il s'était garé sous les sapins, à l'écart, pour attendre son indic. La montagne était plongée dans l'obscurité. Ils avaient l'habitude de se retrouver à cette heure tardive et loin des regards indiscrets.

Il sentit les poils de sa nuque se hérisser, un mauvais signe, en général. Il descendit de voiture et tendit l'oreille, à l'affût du moindre bruit. Que son informateur ne soit pas encore là l'inquiétait.

En neuf mois, Percival Tiggs n'avait jamais été en retard.

Bang ! Bang !

De nouveaux coups de feu éclatèrent. Au loin, mais plus près que le premier. Il remonta dans son SUV, ouvrit la boîte à gants pour en tirer une paire de jumelles. Il se rendit sur une corniche toute proche d'où il voyait le canyon en contrebas. De là, il n'aurait aucun mal à distinguer un véhicule traversant la pinède. À l'aide de ses jumelles, il focalisa son attention sur la route qui serpentait à flanc de montagne jusqu'à la rivière baignée de clair de lune.

Il perçut le doux ronronnement d'un moteur finement réglé ainsi que le grondement d'un puissant V6 ou peut-être d'un V8. D'un poids lourd, en tout cas. Tous deux se rapprochaient.

Bientôt, des phares percèrent l'obscurité.

Une berline de couleur claire dévalait la route sinueuse et dangereuse. Il reconnut la Land Rover.

Percival.

Avait-il été repéré ?

Derrière lui, presque collé à son pare-chocs, se trouvait un gros camion noir. Un homme tirait par la vitre ouverte, côté passager. Rocco entendit des projectiles ricocher sur la carrosserie. La Land Rover dépassa l'embranchement sans s'y engager et continua son chemin à un train d'enfer.

Percival avait-il voulu éviter de conduire ses poursuivants à Rocco ? Ou roulait-il simplement trop vite pour négocier le virage ?

Quoi qu'il en soit, cela n'augurait rien de bon pour son indic.

Avant de les perdre de vue sous la pinède, il orienta ses jumelles vers l'arrière du poids lourd pour relever son numéro d'immatriculation. Il fit tourner la bague de mise au point pour améliorer la netteté de l'image. Malheureusement, des taches de boue sur la plaque en rendaient la lecture impossible. En revanche, il aperçut deux autocollants sur le pare-chocs. L'un représentait un arbre argenté irisé sur fond blanc. L'autre, un carré rouge zébré d'un éclair blanc.

Les véhicules disparurent au détour d'un virage. Avec un juron, il regagna à la hâte son SUV et démarra. Il s'engagea sur le chemin forestier qui menait à la route. Il se trouvait à une bonne demi-heure de la ville, mais toujours dans la juridiction du bureau du shérif. Et son groupe d'intervention interarmées – qui réunissait plusieurs hommes venus d'horizons différents pour atteindre un objectif précis – entretenait de bonnes relations avec le shérif Daniel Clark. Rocco appela donc le dispatcheur et lui transmit les éléments concernant le camion, au cas où un adjoint serait dans le secteur et pourrait l'intercepter. La Wyoming Highway 130 traversait les Medicine Bow, une chaîne de montagnes des Rocheuses, et passait à proximité de Laramie.

— Ils se dirigent vers l'est, dit-il tout en prenant un virage serré. Mais ils n'ont pas encore dépassé Wayward Bluffs.

— Nous n'avons aucun adjoint dans la zone, agent Sharp, répondit le dispatcheur. Mais l'adjointe Russo vient de quitter le Deerwood Ranch, où elle intervenait à propos d'une bagarre. Je la préviens.

— Merci. Espérons que cela suffira.

Le Deerwood Ranch se trouvait à une vingtaine de kilomètres. Rien ne garantissait qu'Angela Russo arriverait à temps, mais cela valait la peine d'essayer.

Il raccrocha et mit le téléphone dans sa poche.

Des feux arrière apparurent au loin et il accéléra pour tenter de les rattraper. Et pour donner à Percival une chance de semer ses poursuivants.

Un virage en épingle à cheveux approchait. Devant lui, les deux véhicules le négocièrent à vive allure.

Il les distinguait à peine à travers les branches des grands pins qui lui obstruaient la vue. Il frappa son volant. Malgré la fraîcheur de la nuit, il transpirait à grosses gouttes.

Recruter et traiter une source comme Percy était toujours délicat. Rocco était conscient de mettre ainsi la vie d'autrui en danger. Il s'efforçait toujours de trouver un juste équilibre, mais celui-ci n'était pas simple à trouver. Il devait protéger ses informateurs tout en les poussant à lui transmettre les renseignements dont il avait besoin.

Depuis plusieurs mois, quelqu'un vendait des *ghost guns* – des armes fantômes, intraçables et sans existence légale – dans la région. Il proposait à ses clients un arsenal impressionnant, composé de fusils d'assaut, de mitraillettes, d'engins explosifs de qualité militaire, ainsi que des munitions perforantes.

En matière d'armement, tout ou presque était légal dans le Wyoming, mais le trafiquant d'armes qui sévissait depuis près d'un an dans le secteur les revendait à des criminels et à des gangs... qui tuaient sans états d'âme.

De nombreux innocents avaient perdu la vie. Le mois précédent, deux collègues, agents de l'antenne de Denver de l'ATF, avaient été grièvement blessés lors d'une fusillade. Des balles perforantes avaient transpercé leurs gilets pare-balles. Elles provenaient du même fournisseur.

L'un de ces agents était un ami de Rocco. Pour lui, l'affaire était devenue personnelle. Pourtant, malgré son puissant désir de démasquer les trafiquants d'armes, il culpabilisait de mettre Percy en danger.

La fin ne justifiait pas toujours les moyens.

Il négocia à son tour le virage en épingle à cheveux. Ses pneus crissèrent sur l'asphalte. Une odeur du caoutchouc brûlé lui chatouilla les narines.

Maintenant, il voyait distinctement les deux véhicules foncer dans la montagne et il pressa plus fort l'accélérateur, déterminé à réduire la distance qui les séparait.

Bang !

Le pare-brise arrière de la Land Rover de Percival explosa.

Bang ! Bang !

La voiture de Percy fit une embardée comme si un pneu avait éclaté. Elle partit en vrille, pivota sur elle-même, avant de s'écraser contre la rambarde de sécurité dans un gros bruit de ferraille. Les freins hurlèrent dans la nuit. Des étincelles volèrent. La berline arracha plusieurs mètres de la glissière, qui céda avec un craquement sinistre.

Rocco sentit son ventre se nouer.

Redresse, Percy, redresse. Allez !

Mais, horrifié, il vit la Land Rover, emportée par son élan, défoncer le garde-fou, basculer dans le vide et dévaler le ravin.

Non !

Le poids lourd ralentit un instant, dépassa le trou béant dans la rambarde, avant de poursuivre sa route à plein régime.

Rocco se rua jusqu'au lieu de l'accident. Arrivé sur place, il nota le kilomètre, coupa le moteur et actionna ses feux de détresse. Puis il s'empara de sa lampe torche, de son stetson, et sauta du véhicule.

Traversé par une décharge d'adrénaline, il courut vers la glissière éventrée et plongea le faisceau de sa lampe dans le précipice. Un pin avait arrêté la course folle de la Land Rover. Elle s'était retournée sur le toit et n'était plus qu'un amas de tôle cabossée.

Reste en vie, Percival. Accroche-toi.

D'un bond, il se catapulta vers l'épave. Dans sa précipitation, il buta contre une grosse pierre et se tordit la cheville. Une vive douleur lui parcourut la jambe alors qu'il perdait l'équilibre. Mais il se redressa et reprit sa course en boitillant. Il trébucha encore, tomba.

Il se releva et repartit, le souffle court, en s'efforçant de ne pas glisser à nouveau. Il sentait son cœur battre la chamade, la sueur ruisseler sur son front.

Une seule pensée l'habitait.

Atteindre Percival.

Âgé d'une cinquantaine d'années, Percival Tiggs était vétérinaire. Il avait une femme et un fils. Son seul tort était d'avoir le bon type d'accès à un moment où l'équipe de Rocco avait cruellement besoin de renseignements pour avancer.

Il parvint à la Land Rover. Des éclats de verre brillaient au clair de lune. Un bras pendait par la vitre ouverte.

Il promena le faisceau lumineux dans l'habitacle. L'airbag s'était dégonflé. Percival avait le visage en sang.

Il pressa les doigts sur l'artère carotide, chercha son pouls. Et le trouva. Il était faible, à peine perceptible. Mais le malheureux respirait toujours.

Rocco dégaina son couteau et trancha la ceinture de sécurité – qui venait de sauver la vie de Percy. Il le tira hors de l'épave jusqu'à un endroit à peu près plat.

Percival poussa un gémissement.

Rocco sortit son smartphone de sa poche et composa de nouveau le numéro du shérif.

— C'est encore l'agent Sharp. J'ai besoin d'une ambulance en urgence, ajouta-t-il avant de communiquer l'endroit précis où il se trouvait. Le tireur s'est enfui à bord du poids lourd noir et se dirige toujours vers l'est sur la Highway 130.

Percival se tenait le ventre. Sa chemise était trempée de sang. Avait-il été touché par une balle ? Il marmonna quelque chose mais, concentré sur la réponse du dispatcheur, Rocco ne comprit pas ce qu'il cherchait à lui dire.

— Il y a au moins deux individus dans le camion, ajouta-t-il. Dites à cette ambulance de se dépêcher.

Sans prendre la peine de raccrocher, il laissa tomber son téléphone et pressa les mains sur l'abdomen du malheureux dans l'espoir de juguler l'hémorragie.

Percival commençait à vomir du sang.

— Il sa... il savait... que j'étais indic..., balbutia-t-il d'une voix altérée avant de se mettre à tousser.

— Chut, ne parle pas. L'ambulance est en route.

Mais au rythme où le pauvre Percy se vidait de son sang les secours n'arriveraient pas à temps.

— Il sera trop tard, bredouilla Percival, faisant écho à ses propres pensées. Nous avions tout faux.

Il fouilla avec effort la poche de son jean et en sortit un papier roulé en boule.

— Nous nous sommes trompés sur toute la ligne, poursuivit-il.

Rocco prit le feuillet ensanglanté et l'éclaira de sa lampe. Une date y était griffonnée.

19 septembre.

Dans six jours.

— Que doit-il se passer le 19 septembre ?

Percy secoua la tête.

— Quelque chose d'énorme, répondit-il dans un murmure. Quelque chose d'horrible...

Il battit des paupières, sa respiration faiblissait. Il marmonna d'autres paroles, trop bas pour que Rocco puisse les entendre.

— Ils ont tout planifié.

— Planifié quoi ? demanda Rocco en lui tapotant la joue.

L'angoisse le gagnait alors qu'il regardait le pauvre homme à l'agonie.

— Que va-t-il se passer ? répéta-t-il.

Percy bougea les lèvres, mais ses mots se perdirent.

— Répète, insista Rocco en se rapprochant de son visage.

— Mc-C-Coy. Ma...

Percival n'acheva pas sa phrase. La tête renversée en arrière, il écarquilla les yeux et rendit son dernier soupir.

Non ! Rocco l'étreignit comme s'il espérait ainsi retenir sa vie, changer le destin.

Il pensa à la femme de Percy – sa veuve – et à la raison de ce meurtre insensé.

McCoy. Marshall McCoy.

La culpabilité le ravagea tandis qu'une indicible colère le submergeait.

— Je démasquerai ceux qui t'ont fait ça, promit-il.

D'une manière ou d'une autre, il retrouverait ces types dans le camion.

— Et je le leur ferai payer.

Rocco savait précisément par où commencer.

Par Mercy McCoy.

223

2

Mercy McCoy traversa à la hâte le hall d'entrée. Grâce à ses immenses baies vitrées, il était toujours inondé de lumière. À la porte, elle enfila ses chaussures de toile et sortit du Light House, le Phare. Elle y vivait avec son père dans un appartement privé aménagé à l'étage. Mais le bâtiment était un lieu de vie pour toute la communauté. Les repas y étaient préparés et servis au rez-de-chaussée. Ils les partageaient tous ensemble dans la vaste salle à manger dans laquelle ils se réunissaient aussi pour des cérémonies spirituelles.

Elle ouvrit la portière et s'installa à l'arrière du SUV. Elle détestait se faire conduire et aurait préféré pouvoir au moins s'asseoir devant. Mais son père l'avait interdit.

Je suis ton père, pas ton ami. Voilà pourquoi je t'ordonne de faire ce que je sais être bon pour toi. Nous sommes tous deux les leaders de la Lumière, les bergers de notre troupeau. Chacun a sa place dans notre communauté. Tu dois connaître la tienne et la garder en toutes circonstances.

En se remémorant la règle, elle réprima un soupir.

Alex, le responsable de la sécurité, démarra et s'engagea sur le chemin qui descendait la colline.

— C'est la dernière fois que tu vas en ville pour raisons personnelles, annonça-t-il.

La gorge serrée, Mercy eut du mal à déglutir.

— Comment ça ? Je ne comprends pas. Pourquoi ?

— Ce sont les ordres d'Empyrée, répondit-il, faisant référence à son père, le grand leader de Shining Light.

Dans la mythologie, l'empyrée était la partie la plus élevée du ciel, là où vivaient les dieux.

— Mais il ne m'a rien dit ! protesta-t-elle.

Quand elle l'avait croisé en sortant, son père s'était contenté de lui adresser un geste de la main en souriant. Il ne lui avait pas soufflé mot d'un éventuel changement de protocole.

— Je crois qu'il compte t'en parler à ton retour, dit Alex.

— S'agit-il d'une mesure temporaire ? Ou permanente ?

Alex croisa son regard interrogateur dans le rétroviseur, mais ne répliqua rien, ce qui était en soi une réponse.

Anéantie, Mercy se recroquevilla sur son siège. Elle jeta un coup d'œil par-dessus son épaule au Light House, au Phare. Tout en verre et en métal, l'édifice était magnifique et très lumineux mais, à ses yeux, il ressemblait de plus en plus à une prison.

Des années durant, elle ne s'était rendue en ville qu'en compagnie des autres membres de la communauté pour y arpenter les rues. L'objectif était alors de faire connaître leur mouvement et de prêcher la bonne parole.

Chaque fois qu'elle y allait seule elle se sentait remplie d'allégresse. Essentiellement parce que ces sorties n'avaient absolument rien à voir avec son père.

Mais, là, elle était la proie d'une indicible déception.

Les grilles en fer forgé s'ouvrirent. Ils passèrent devant la guérite du garde et se dirigèrent vers Laramie. Des arbres masquaient les hauts murs qui entouraient la propriété.

Depuis six mois, à sa grande joie, elle avait réussi à quitter le complexe deux fois par semaine. Au début, elle descendait en ville pour participer à des séances de yoga. Mais un jour, par hasard, elle avait découvert l'USD, l'Underground Self-Defense School, qui proposait des cours d'autodéfense. Elle y avait vu Charlie Sharp apprendre à d'autres femmes à se défendre, à ne plus avoir peur, à devenir fortes.

Mercy avait eu envie de suivre leur exemple.

À l'intérieur de l'enceinte de Shining Light, rien ne pouvait lui arriver. Elle était protégée. Elle vivait dans une bulle de règles strictes. S'y soumettre était le prix à payer pour bénéficier d'un sentiment permanent de sécurité et de paix.

Dans le monde réel, elle se sentait souvent hésitante, inquiète, fragile, comme un poulain nouveau-né qui galope pour la première fois.

Mais lorsqu'elle se retrouvait à l'Underground Self-Defense School, à enchaîner les coups de poing, les coups de pied, elle se sentait pousser des ailes. Elle était enfin *libre.* De découvrir sa vraie nature et, surtout, d'entrevoir tous les possibles qui existaient au-delà des murs de l'enceinte. Libre d'imaginer qui elle pourrait être loin de Shining Light, loin de la férule d'Empyrée.

Et maintenant elle allait devoir renoncer à ces séances...

Alex s'arrêta à l'angle de Garfield et de Third Street. Il savait qu'elle ne voulait pas que quelqu'un de l'USD la voie se faire déposer comme une enfant.

Elle avait vingt-quatre ans, mais pas de permis de conduire. Elle n'avait jamais vécu ailleurs que dans la communauté. Elle n'avait jamais fréquenté une école ordinaire, ni exercé un travail rémunéré. Elle n'avait jamais mangé un repas qui n'aurait pas été préparé par les mains de ceux qu'elle appelait « sa famille ». Elle n'était jamais allée au cinéma, n'avait jamais décoré un sapin de Noël. Ou partagé un gâteau d'anniversaire.

Elle ne s'habillait que de blanc. Les leaders de Shining Light ne portaient aucune couleur qui aurait absorbé la lumière.

Tout cela pour se conformer aux ordres d'Empyrée...

Elle sentit une sourde colère bouillonner en elle, menaçant de la submerger.

Bien sûr, son père voulait bien faire. Elle ne doutait pas de ses bonnes intentions. Sans doute la surprotégeait-il parce qu'elle avait perdu sa mère très jeune, trop jeune pour avoir gardé des souvenirs d'elle. Il n'en parlait jamais et elle avait appris à ne pas poser de questions pour ne pas lui faire de la peine. Mais les règles et les restrictions que tous les autres membres de la communauté acceptaient – et semblaient même apprécier – lui paraissaient de plus en plus étouffantes.

Alex lui sourit via le rétroviseur.

— Je reviendrai te chercher à 18 h 45.

— Inutile, merci, dit-elle. Je rentrerai à pied.

Il se tourna sur son siège et planta sur elle ses yeux noisette pour tenter de deviner ce qu'elle cachait. Il avait appris d'Empyrée cette technique, consistant à la sonder de ce regard perçant. Il était devenu très bon dans ce domaine.

Alex avait vingt-neuf ans et faisait partie du mouvement depuis l'origine. Il avait rejoint la communauté bien avant sa naissance. Il imitait de plus en plus Empyrée, et bientôt l'élève dépasserait le maître, elle n'en doutait pas.

Officiellement, il occupait le poste de responsable de la sécurité, mais il était surtout l'un de leurs plus fervents missionnaires. Il dirigeait et conseillait les autres Starlight – les Poussières d'Étoiles –, en élargissant sans cesse ses responsabilités et son rôle. Même s'il rêvait de succéder à Empyrée, de devenir un jour leur guide spirituel, elle ne le considérerait jamais comme un berger.

Mais comme un grand frère un peu directif.

— Ton père t'attend à la maison à 19 heures, lui rappela-t-il. Pour le dîner.

Elle hocha la tête et serra les poings. Comment aurait-elle pu oublier l'emploi du temps ou les exigences paternelles ?

— J'y serai.

Alex consulta sa montre.

— Si tu comptes rentrer à pied, tu n'auras pas le temps de suivre le cours complet. Il te faudra choisir.

Pourquoi devait-elle toujours sacrifier quelque chose ?

— Je reviendrai te prendre, insista-t-il avec un autre sourire qui lui donna la chair de poule. Ce sera plus simple pour toi.

Mais elle ne voulait pas de son aide. Elle en avait assez de vivre dans une cage dorée, de s'entendre dire du matin au soir ce qu'elle devait faire.

— Mon père ne t'a pas donné l'ordre de venir me chercher, n'est-ce pas ?

— Non, reconnut Alex d'un air rembruni.

— Alors, laisse-moi revenir au Light House par mes propres moyens.

Elle était en avance. Son cours ne commencerait théoriquement que dans vingt minutes. Si Rocco, son instructeur, était déjà là, elle n'aurait aucun sacrifice à faire.

— Ce n'est pas le moment idéal pour te promener seule, poursuivit Alex.

Mercy prit soudain conscience que le changement de protocole ne la concernait peut-être pas.

— Pourquoi ? S'est-il passé quelque chose ? Faisons-nous l'objet de nouvelles menaces ?

Les habitants de Laramie ne voyaient pas tous d'un bon œil la présence de Shining Light. Les Starlight suscitaient souvent la curiosité ou la peur parce qu'elles étaient différentes, vivaient autrement et suivaient un chemin qui paraissait étrange à la plupart des gens. Mercy avait remarqué que certaines personnes la regardaient de travers parce qu'elle était toujours intégralement vêtue de blanc. Elle les entendait chuchoter sur son passage.

Parfois, pendant les nouvelles lunes, Empyrée envoyait les membres de la communauté en ville. Ils y descendaient en masse pour distribuer des dépliants aux passants. Ils se montraient toujours souriants et polis, mais il n'était pas rare que certains leur lancent une tomate ou un œuf. Parfois même des pierres.

Pour sa part, Mercy n'avait jamais rencontré de problèmes lorsqu'elle était seule. Peut-être était-ce le groupe qui provoquait sans le vouloir des réactions négatives.

Un jour, ils avaient reçu des menaces de mort dans l'enceinte. Un épisode terrifiant. Depuis lors, son père avait mis le complexe sous clé et renforcé la sécurité. Mais à sa connaissance rien d'approchant ne s'était produit ces derniers temps.

Elle s'interrogeait peut-être sur sa voie, sur la vie qu'elle avait envie de mener, parce que son père ne lui avait jamais laissé le choix. Contrairement à tous les autres membres de son troupeau. Cela dit, beaucoup d'entre eux avaient été appelés à les rejoindre, poussés par une force qui les dépassait. Une voix intérieure les avait guidés jusqu'à leur communauté. Elle avait été témoin de la façon dont certains, brisés par les épreuves, par la drogue ou l'alcool, étaient venus à eux et avaient trouvé à Shining Light la guérison et un but dans l'existence. Indépendamment de ce qu'elle déciderait pour elle-même, elle était prête à protéger ce sanctuaire pour ceux qui souhaitaient y vivre, ainsi que l'héritage de son père.

— Non, nous n'avons reçu aucune menace, répondit Alex. Empyrée souhaite seulement que nous resserrions nos rangs. Que nous mettions davantage l'accent sur la Lumière et moins sur le profane. Il veut que tu te concentres davantage.

Nous y voilà.

Il s'agissait d'elle. Elle *seule* était concernée par ces nouvelles mesures. Et que son père en ait parlé à Alex plutôt qu'à elle l'agaçait au plus haut point.

Elle avait eu tort de montrer à quel point ces séances de krav maga lui plaisaient. Elle aurait dû cacher sa joie. Elle le savait pourtant. Il ne fallait jamais baisser la garde.

Par sa faute, à cause de son insouciance, Empyrée allait l'empêcher de continuer à s'entraîner à l'Underground Self-Defense School. Il ne supportait pas qu'elle vive quoi que ce soit d'heureux hors de leur communauté.

— Mon père en discutera certainement avec moi plus tard. Merci pour la conduite, ajouta-t-elle, toujours polie.

Elle sortit de la voiture et referma la portière.

Une femme l'examina de la tête aux pieds, remarqua le pendentif Shining Light à son cou – un croissant de lune et un soleil emboîtés –, son T-shirt blanc, ses leggings blanches et ses chaussures en toile blanches. La bouche pincée, elle traversa la rue comme si elle ne voulait surtout pas la croiser.

Mercy baissa la tête et se précipita vers l'USD. Catastrophée à l'idée de se rendre à sa dernière séance, elle poussa la porte d'entrée.

— Mille excuses pour mon retard, indépendant de ma volonté, déclara l'agent spécial de supervision du FBI, Nash Garner.

Il prit place à la table de la salle de conférences, où le reste du groupe d'intervention – la *task force,* dédiée à la lutte contre le trafic d'armes – l'attendait.

— J'ai appris que tu avais perdu ton informateur, hier soir, Rocco, poursuivit-il. Je suis désolé.

Nash chapeautait l'équipe. Leur mission était d'enquêter sur la secte Shining Light, soupçonnée de terrorisme, et de déterminer le niveau de la menace. Un trafiquant d'armes était apparu sur leurs radars. Ils le suspectaient de cacher son stock d'armes dans l'enceinte.

Rocco brandit le sac d'indice qui contenait le morceau de papier, taché de sang, sur lequel une date était griffonnée.

— Percy est mort en essayant de me dire quelque chose. Il n'a malheureusement pas eu le temps de me donner les détails, mais un événement majeur est programmé dans cinq jours. J'ai besoin d'une autorisation pour mettre en œuvre le plan C.

Les deux premiers ayant échoué, ils n'avaient plus le choix.

L'agent spécial Becca Hammond posa la main sur son ventre de femme enceinte. Elle était à six mois de grossesse et avait renoncé provisoirement à travailler sur le terrain.

— Je préférerais une autre solution, déclara-t-elle.

Lui aussi détestait procéder ainsi, dans la précipitation. Mais maintenant qu'un indic avait été découvert – et assassiné – l'équipe n'avait plus le temps de monter une autre stratégie.

Avec un soupir, il consulta sa montre.

Mercy était certainement arrivée à l'Underground Self-Defense School, maintenant. Et l'attendait. Elle était toujours en avance.

Il avait envoyé un texto à Charlie, sa cousine, pour lui demander de la retenir à tout prix.

— Ils ont tué Percy parce qu'ils ont deviné que les autorités enquêtent sur eux. Toutes les mesures que nous prendrons seront dangereuses, de toute façon. Le seul indic que tu as réussi à intégrer dans cette secte se tait désormais, sans doute parce qu'il a peur, rappela Rocco à Becca.

Elle baissa la tête. Elle ne leur avait jamais révélé l'identité de son informateur mais, quel qu'il soit, il avait brusquement interrompu leurs échanges, le mois dernier. Maintenant que Percy était mort, ils se retrouvaient le bec dans l'eau.

— Nous devons à tout prix démasquer ce trafiquant d'armes, reprit Rocco. Nous savons qu'il fournit Shining Light. Et nous n'avons plus que cinq jours devant nous pour comprendre ce qu'ils ont programmé et l'empêcher.

Quelque chose d'énorme. Quelque chose d'horrible.

— Mercy McCoy est la clé pour avancer, ajouta-t-il. La seule source à notre disposition.

Brian Bradshaw, inspecteur au sein de la police de Laramie, s'éclaircit la gorge. Brian était non seulement son meilleur ami mais, depuis quelques mois, il sortait avec sa cousine Charlie.

— C'est vraiment notre seule option ? En es-tu sûr ?

Tout le monde autour de la table se posait la même question, Rocco le savait.

— Sûr et certain. À moins que quelqu'un n'ait une meilleure idée.

Silence.

— J'ai besoin d'une réponse. Maintenant.

— Mercy est-elle prête à travailler pour nous, à nous fournir des renseignements sur Shining Light ? demanda Becca. En lisant tes rapports, j'ai eu l'impression qu'elle ne l'était pas encore.

En effet, si la jeune femme montrait des signes de mécontentement et de frustration à l'égard de la secte, cela ne signifiait pas pour autant qu'elle était disposée à trahir les siens. Rocco ignorait d'ailleurs si elle serait un jour d'accord pour espionner son père.

— Je n'ai pas l'intention de lui mettre la pression. J'ai déjà un mort sur la conscience.

Il n'avait même pas pu présenter ses condoléances à Mme Tiggs et assumer la responsabilité de ce qui s'était passé, la veille au soir... pour ne pas avoir à dévoiler son identité.

— Ce n'est pas ta faute si Percival a été assassiné, dit Nash.

Rocco secoua la tête. Bien sûr, ce n'était pas lui qui avait appuyé sur la détente. Mais en le recrutant il avait fait de Percy une cible.

— Je n'exposerai pas Mercy au danger, répéta-t-il.

Elle était jeune et gentille. Et belle. Elle avait la vie devant elle. Et n'avait pas demandé à naître dans une secte. Mais, le jour où elle était entrée dans l'établissement de sa cousine pour se renseigner sur les cours d'autodéfense, il avait vu en elle une occasion en or d'infiltrer Shining Light. Au fil des mois, il avait appris à la connaître. D'abord pendant des cours collectifs. Puis, plus tard, en tête à tête avec elle. Il l'aimait beaucoup. S'il voulait être honnête, il l'aimait plus que beaucoup. Il éprouvait pour Mercy des sentiments de plus en plus forts. Chaque fois qu'ils étaient seuls, il leur devenait de plus en plus difficile de résister à l'attirance féroce dont ils étaient la proie. Mais il se forçait à calmer le jeu. Il ne pouvait se permettre de s'attacher à une source potentielle.

— J'ignore ce que son père lui ferait si elle l'espionnait et s'il s'en apercevait, ajouta-t-il.

Becca, l'experte de la secte Shining Light, ouvrit une bouteille d'eau et en but une gorgée.

— D'après ce que je sais de Marshall McCoy et de son profil psychologique, il ne tuerait pas sa fille.

— Il existe des châtiments pires que la mort, rétorqua Rocco. Es-tu sûre qu'il ne lui ferait pas de mal ?

— Non, je n'en suis pas sûre du tout, reconnut-elle en secouant la tête. La souffrance est pour eux un mode d'expiation, une purification qui permet la rédemption. C'est l'un de leurs principes de base. S'il estimait le châtiment justifié, il n'hésiterait sans doute pas à la frapper.

Rocco serra les poings sous la table.

— Voilà pourquoi, et aussi parce que, en effet, Mercy n'est pas prête à trahir son père, plutôt que de tenter de la recruter, je préfère me servir d'elle pour m'introduire dans la secte.

Muets de stupeur, Becca, Nash et Brian le dévisagèrent un instant avec incrédulité.

— Tu veux infiltrer Shining Light ? demanda enfin Nash. Sous couverture ?

Il haussa les épaules.

— Et alors ? Je passe ma vie à travailler sous couverture.

La plupart de ses missions au sein de l'ATF – le Bureau of Alcohol, Tobacco, Firearms and Explosives, chargé entre autres de faire appliquer les lois sur les armes à feu et les explosifs – l'y obligeaient.

— Ma couverture est solide, poursuivit-il.

Pour cette opération, il avait construit sa légende autour de sa cousine Charlie. Une bonne couverture contenait toujours des éléments de vérité. Ainsi, il utilisait le nom de jeune fille de sa mère, Sharp, et avait conservé son dossier militaire avec quelques modifications laissant entendre qu'il avait effectué des missions secrètes, obscures. Il avait également travaillé dans le privé, comme agent de sécurité dans une entreprise appartenant à l'un de ses amis. Si quelqu'un se renseignait sur lui, il ne trouverait rien qui remettrait en cause sa légende, il s'en était assuré.

— Tu as infiltré toutes sortes de groupes, allant du crime organisé jusqu'à un célèbre gang de motards hors la loi, déclara Brian. Mais jamais une secte.

— Recruter Mercy comme source pour obtenir des renseignements sur Shining Light me semblait jusqu'ici une très mauvaise idée, renchérit Becca en secouant la tête. Mais ta suggestion d'infiltrer l'enceinte me paraît encore pire. Suicidaire.

— Et si Becca et toi tentiez plutôt de parler à Mercy ? suggéra Brian. De lui faire comprendre que des vies sont en jeu. Pensez-vous réussir à obtenir sa collaboration ?

— C'est possible, répondit Becca en haussant les épaules. Mais peu probable. Elle ne considère pas Shining Light comme une menace. Cela dit, je préfère l'approcher, essayer de la convaincre de nous servir d'indic, plutôt que de te voir te jeter dans la gueule du loup, Rocco.

Le souvenir de la voiture de Percy plongeant dans le vide lui revint en mémoire. Il revit le visage crispé de douleur du malheureux, son ventre en sang, sa vie qui s'échappait. Tout cela parce que Rocco lui avait demandé de devenir informateur lorsqu'il avait appris que le fils de Percy était membre de la secte.

Ce n'était pas la première mission qui les obligeait à prendre des décisions difficiles afin d'arrêter des criminels. Mais c'était la première fois qu'il en était aussi profondément ébranlé.

En général, ses sources de renseignements étaient eux-mêmes des gangsters. Ils avaient déjà risqué leur vie et, en travaillant pour eux, ils cherchaient à éviter la prison ou à négocier une réduction de peine.

Percy, lui, n'avait été qu'un simple vétérinaire. Il avait consacré son existence à soigner les animaux. Il aimait sa famille, ses amis...

Mercy était plus innocente encore.

Il se tourna vers Nash. C'était au grand patron de trancher, et à personne d'autre.

— Nous n'avons que cinq jours pour empêcher une tragédie. Je ne veux plus exposer quiconque au danger.

La seule vie qu'il était prêt à risquer cette fois-ci était la sienne.

— Donne-moi ton feu vert.

Si Nash lui refusait l'autorisation de s'introduire sous couverture dans la secte, il irait de toute façon. Même si cela signifiait qu'il devrait rendre son insigne à la fin de l'histoire.

À ce stade, sa carrière n'avait plus d'importance.

L'essentiel était de tout faire pour arrêter l'opération programmée pour le 19 septembre.

— Quand dois-tu revoir Mercy ? demanda Nash.

— Je suis censé être avec elle, en ce moment.

Ils avaient des séances d'entraînement tous les mardis et jeudis. C'était leur dernier cours de la semaine. La prochaine fois qu'il la verrait, il serait trop tard.

— Penses-tu vraiment réussir à lui faire croire que tu veux rejoindre le mouvement de son père... après avoir passé des mois à lui faire prendre conscience de tout ce qui clochait à Shining Light ? demanda Nash.

Il était indéniable qu'il s'agissait d'un énorme pari.

— Peut-être que si tu avais plusieurs jours devant toi pour lui suggérer cette éventualité, pour lui donner la possibilité de se familiariser avec l'idée, cela pourrait marcher, intervint Becca. Mais là, à l'improviste ? Je n'y crois pas du tout, ajouta-t-elle en secouant la tête.

Rocco serra les mâchoires. En général, Becca n'hésitait pas à prendre des risques. Il pensait qu'elle le soutiendrait.

— Nous n'avons pas le temps, répliqua-t-il. Je n'ai même plus un instant supplémentaire à consacrer à cette discussion. Je dois partir.

Becca soupira.

— Leur mouvement n'accepte les novices que lors de la nouvelle lune. La prochaine n'aura lieu que dans plusieurs semaines.

Elle s'empara de son smartphone et parcourut l'écran.

— En tout cas, tu devras lui faire croire qu'en te laissant entrer dans sa communauté elle t'aiderait d'une manière ou d'une autre sur un plan personnel. Venir en aide de manière désintéressée à ceux qui en ont besoin fait partie de leurs préceptes fondamentaux. Cela pourrait fonctionner avec son père.

Le temps pressait. Il essayerait n'importe quoi.

Avec un juron, Becca leva les yeux de son téléphone.

— La prochaine pleine lune tombe le 19, ce mardi... pendant une éclipse. Je ne sais pas ce que cela signifie. Si c'est mieux ou pire. En tout cas, tout ce qu'ils font est fondé sur le cycle lunaire.

— Que signifie pour eux une pleine lune ? demanda Nash.

— C'est une période importante pour la transformation, dit-elle en haussant les épaules. J'en sais davantage sur la nouvelle lune. Les novices qui choisissent de rester sont toujours intronisés lors des nouvelles lunes. Les mariages sont célébrés à ces moments-là aussi.

De toute façon, ils n'avaient pas le choix.

— C'est moi qui étais chargé du recrutement de Mercy, rappela Rocco à Nash. Je la connais mieux que quiconque. Je peux la convaincre.

Son instinct lui disait que pour y parvenir il lui suffirait de se servir de la relation qu'il avait nouée avec elle, des liens personnels qu'ils entretenaient depuis six mois.

— J'ai seulement besoin d'un feu vert.

Avec un autre coup d'œil impatient à sa montre, il se leva.

— Alors ?

Le regard de Nash glissa un instant vers Becca, mais la décision finale reposait sur lui.

— Je t'autorise à y aller, dit-il enfin. Trouve leur fournisseur d'armes et découvre ce qui est programmé le 19 septembre. Tu n'as pas droit à l'erreur. Fais ce qu'il faut pour aboutir.

3

En proie à une anxiété grandissante, Mercy tournait en rond dans la petite salle d'entraînement réservée aux cours particuliers.

— Puis-je t'apporter quelque chose avant le début de mon cours ? proposa Charlie en passant la tête dans l'embrasure de la porte. Une bouteille d'eau ? Une tasse de thé ?

Mercy secoua la tête. De plus en plus nerveuse, elle se mordillait les lèvres tout en jouant avec son pendentif.

— Non, merci.

— Aimerais-tu te joindre à nous jusqu'à ce qu'il arrive ?

De nouveau, Mercy refusa. Elle avait commencé son apprentissage du krav maga par des cours collectifs mais, pour sa dernière séance, elle voulait Rocco et personne d'autre.

— D'accord, je te laisse alors, dit Charlie avec un doux sourire. En tout cas, il est en route, je te le promets, ajouta-t-elle avant de s'éloigner.

Charlie était mince et athlétique. Mercy admirait sa force, son indépendance et son feu intérieur. Elle aurait beaucoup donné pour lui ressembler.

Elle s'était déjà échauffée, étirée. Mais Rocco n'était toujours pas là. Elle ne savait pas combien de temps encore elle pourrait l'attendre.

La perspective de ne pas le revoir pour lui dire adieu la dévastait.

Son absence était peut-être un signe. La Lumière lui demandait peut-être ainsi de renoncer et de se soumettre à la volonté de son

237

père. Et de lui être reconnaissante. Sans sa générosité, s'il ne lui avait pas accordé une marge de manœuvre et offert ces cours, elle n'aurait jamais eu la possibilité de se former à l'Underground Self-Defense School.

Résignée, Mercy se dirigea vers la porte avec un profond soupir. Mais au moment où elle l'atteignait Rocco apparut et entra dans la salle d'un pas pressé et assuré.

Comme il posait les yeux sur elle, elle sentit une nuée de papillons danser au creux de son ventre.

Il produisait cet effet sur la plupart des femmes, elle en était certaine. Grand, musclé et bronzé, il était magnifique. Sa force, son charisme comme son sourire radieux le rendaient irrésistible d'une manière presque douloureuse. Parce que, quelque part, elle devinait qu'un homme comme lui n'était pas pour elle. Il ne s'intéresserait jamais à une fille comme elle.

Il était beau comme un dieu. Pas comme une véritable divinité, bien sûr. Aucun être humain n'était comparable à un dieu. Pas même son père, malgré ses efforts pour atteindre un stade aussi inaccessible. Mais Rocco semblait sortir tout droit des illustrations d'un livre de mythologie.

Il ôta son chapeau de cow-boy et passa les doigts dans ses cheveux bruns. Son T-shirt ajusté laissait deviner un corps musclé, aux larges épaules et aux hanches étroites.

Et dire qu'au départ il l'intimidait.

À sa décharge, il mesurait presque deux mètres. Les tatouages tribaux qui couvraient ses bras et surtout le magnétisme qu'il dégageait avaient de quoi impressionner.

Mais elle avait vu à quel point il était doux et gentil avec les femmes. Voilà pourquoi elle avait voulu s'entraîner avec lui. En tête à tête. Dans la salle privée.

Il lui décocha un grand sourire.

— Merci de m'avoir attendu, Mercy.

Le simple fait de l'entendre prononcer son prénom fit battre son cœur plus vite.

Trop émue pour répondre, elle hocha la tête et s'humecta les lèvres.

— Je sais que ton temps ici est limité et donc précieux, poursuivit Rocco.

Il était loin d'imaginer à quel point. Mais elle chassa cette pensée de son esprit, ne voulant pas s'y attarder.

— C'est bon, marmonna-t-elle en retrouvant l'usage de sa voix. Je suis contente que tu aies réussi à venir, ajouta-t-elle en souriant. Je craignais que tu annules.

— Je déteste rater l'une de nos séances. Je les attends toujours avec impatience.

— Moi aussi. Elles sont pour moi les meilleurs moments de la semaine.

— Je n'ai pas eu la possibilité de me changer, poursuivit-il en désignant son jean. Mais cela n'a pas d'importance. J'ai pensé que nous pourrions commencer par quelques exercices visant à améliorer ta vitesse de réaction. Ils t'aideront à affronter des situations concrètes d'agression. Puis nous passerons au combat au ralenti. Je décomposerai avec toi plusieurs techniques de défense pour te permettre de mieux comprendre les mouvements. L'objectif est de transformer ta peur en réflexes fonctionnels, via des contre-attaques appropriées.

Sous le coup de l'émotion, elle avait du mal à se concentrer et tout ce qu'il lui disait s'embrouillait dans sa tête.

— Pourquoi ne pas passer directement au combat ?

— Comme tu veux. Pour une raison qui m'échappe, tu sembles aimer te faire brutaliser, ajouta-t-il en riant.

Lorsqu'il la saisit par les épaules et l'envoya au sol, une étincelle de quelque chose qu'elle aurait été incapable de nommer s'enflamma en elle – si intense, si crue, que son corps s'embrasa.

Tout en la bloquant à terre, il l'encouragea à exécuter une manœuvre de contorsion pour se libérer de son emprise.

Elle y parvint et se redressa en se raclant la gorge.

— Je ne suis pas sûre d'avoir le temps de tout faire. Je dois être revenue dans l'enceinte à 19 heures.

Il hocha la tête sans la quitter des yeux. Lorsqu'il se pencha plus près, elle sentit son cœur battre à tout rompre dans sa poitrine. Son eau de toilette boisée lui donnait envie d'enfreindre une multitude de règles et d'interdits.

— Je peux t'y conduire après le cours, proposa-t-il. Comme l'autre fois, je te déposerai à proximité en m'arrangeant pour que personne ne nous voie. Ce sera notre petit secret, ajouta-t-il avec un grand sourire.

Maintenant, elle ne pensait qu'aux petits et grands secrets qu'elle rêvait de partager avec lui.

— Super.

Cela lui donnerait plus de temps. Avec lui.

Elle comprit que le plus difficile en renonçant à ses cours à l'Underground Self-Defense School serait d'être privée de moments comme ceux-là avec Rocco.

Quand il retira son T-shirt et s'étira, elle ne put s'empêcher d'admirer le jeu de ses muscles. Qu'il était sexy !

Elle déglutit avec difficulté en imaginant ce qu'elle ressentirait si elle le touchait. Pas en exécutant un exercice de krav maga. Mais pour le plaisir.

— Maintenant que le problème est réglé, reprit-il, j'espère que tu es prête pour moi.

À plus d'un titre.

Elle s'efforça de réprimer cette pensée, de repousser tous les désirs qui l'envahissaient chaque fois qu'elle était près de lui.

Heureusement que son père n'avait pas accès aux profondeurs de son âme. Il serait tellement déçu.

Elle sautilla d'un côté à l'autre sur la pointe des pieds.

— Oui, oui. Allons-y. Je suis bien échauffée.

Rocco lui attacha des protège-tibias avant d'enfiler une paire de gants rembourrés. Ils commencèrent par une série de coups de poing, de coups de pied et d'autres frappes qu'il lui avait enseignées. Et bientôt ils passèrent à un rythme plus soutenu et plus exigeant.

Mais tout à coup elle sentit son cœur s'emballer. Il battait trop fort, trop vite. Elle avait soudain du mal à respirer. La pièce tournait. Le souffle court, elle se mit à transpirer à grosses gouttes. Au bord du malaise, elle recula en trébuchant.

— Mercy ? demanda Rocco avec inquiétude. Tout va bien ?

Elle hocha la tête, mais elle ne parvenait plus à parler. Que lui arrivait-il ? De longs frissons la parcouraient, elle avait l'impression d'être sur le point de s'évanouir. Était-elle en train de mourir ?

— Non, ça ne va pas, balbutia-t-elle. Je ne me sens pas bien du tout. Une ambulance. Appelle une ambulance.

Il arracha ses gants et la prit dans ses bras.

Elle tremblait de tous ses membres.

— Allonge-toi, dit-il en la guidant jusqu'à un tapis de sol. Dis-moi ce que tu ressens.

Paniquée, elle cherchait de l'air. En vain.

— J'étouffe !

— Ferme les yeux, ordonna-t-il. Concentre-toi sur le son de ma voix. Inspire en comptant dans ta tête jusqu'à deux. Un, deux. Voilà. Maintenant, expire. Un. Deux.

Il répéta ses instructions encore et encore jusqu'à ce qu'elle y parvienne.

— À présent, inspire en comptant jusqu'à quatre puis expire de la même manière. Un, deux, trois, quatre. Bien ! Lentement. Un, deux, trois, quatre.

Elle finit par cesser de trembler et parvint à respirer normalement.

— Ouvre les yeux, Mercy.

Elle obéit et le découvrit tout près d'elle. Son regard doux et inquiet l'émut au ventre.

— Je suis désolée, dit-elle en passant la main sur son front moite. Je ne comprends pas ce qui s'est passé, ce qui m'a pris.

Les sourcils froncés, il étudia son visage avec attention.

— Je crois que je le sais, dit-il. Tu as été victime d'une crise de panique. Y a-t-il eu des changements importants dans ta vie, ces derniers temps ? Quelque chose qui t'inquiète ?

Une crise de panique ?

Son existence derrière les hauts murs de l'enceinte lui semblait souvent trop étroite. Vivre en permanence sous la coupe de son père l'étouffait. Mais c'était la première fois qu'elle manifestait des symptômes physiques.

— C'est ma dernière séance.

La perspective de ne plus pouvoir s'entraîner avec *lui* l'accablait.

— Mon père ne me permettra pas de revenir.

— Pourquoi ?

— Cela n'a pas d'importance.

Des larmes brûlaient ses paupières, mais elle les réprima. Elle n'était pas du genre à pleurnicher, à se plaindre. Depuis toujours, elle s'était contentée d'obéir. Comme une fille dévouée.

— L'important est que je n'aurai plus la possibilité de te voir... et j'en suis malade.

Elle se rendit compte qu'elle venait de lui avouer ses sentiments et rougit d'embarras. Elle n'avait pas envie de les lui dévoiler.

— Je veux dire que je ne pourrai plus revenir à l'Underground Self-Defense School pour me former au krav maga.

Lorsque Rocco prit son visage entre ses mains, quelque chose passa entre eux, l'air se chargea d'électricité. Elle ne pouvait nier son attirance pour lui. Chaque fois qu'elle le voyait, il devenait de plus en plus difficile de la lui cacher.

Mais maintenant elle se demandait s'il partageait son trouble.

— Pourquoi restes-tu dans ce mouvement ? dit-il en lui caressant la joue. Tu n'as pas l'air d'y être très heureuse.

La question était simple mais la réponse compliquée. Beaucoup de choses la retenaient à Shining Light. Des années d'habitude, d'enseignement et de doctrine, d'abord. Et surtout elle éprouvait une profonde affection pour sa communauté. Pour son père aussi, malgré son côté autoritaire.

La Lumière peut illuminer. Mais elle peut aussi aveugler.

Elle écarta cette petite voix dans sa tête qui surgissait toujours dans ses moments de doute.

— C'est compliqué. Je n'ai pas vraiment le choix.

— Les membres sont-ils obligés d'y demeurer contre leur gré ? Je pensais qu'ils étaient libres de quitter l'enceinte à tout moment.

Tout le monde sauf elle.

— Les autres ne sont pas forcés de rester.

— Mais toi tu l'es ?

Elle se mordilla les lèvres.

— Il se fait tard. Je dois partir. Je n'ai pas le temps de t'expliquer.

— Alors laisse-moi t'accompagner, rejoindre ta communauté.

Avec un sursaut, elle le dévisagea avec incrédulité.

— Tu veux vivre dans l'enceinte ?

— Oui.

— Pourquoi ? Pour y renaître ? Je croyais que le mouvement n'était pas pour toi.

C'était d'ailleurs en partie la raison pour laquelle elle trouvait Rocco si séduisant, si attirant. Il n'avait jamais porté de jugement sur Shining Light ni montré le moindre intérêt à y adhérer.

— Je m'inquiète pour toi. Tu parles souvent de la famille qui t'entoure derrière ces murs, mais jamais d'amis. Tu dois t'y sentir très seule.

Il avait tout compris. Était-elle si transparente pour tout le monde ? Ou s'était-elle trop confiée à lui ?

— Nous pourrions continuer nos séances d'entraînement dans l'enceinte, poursuivit-il. Et là-bas je veillerai sur toi. Je serai l'ami dont tu as besoin.

Les moments passés avec lui étaient devenus pour elle une sorte de thérapie. Elle s'ouvrait à Rocco comme elle ne l'avait jamais fait avec personne. Une grande affinité les unissait. Ils parlaient de tout. Aucun sujet n'était tabou entre eux.

Au fil des derniers mois, elle avait noué avec lui une relation à laquelle elle tenait beaucoup. Elle n'avait pas envie de le perdre.

D'un autre côté, amener des gens à l'intérieur du complexe sur un coup de tête ne s'était jamais produit. Shining Light ne fonctionnait pas ainsi.

Mais elle rêvait d'une solution qui n'impliquerait pas un énième sacrifice de sa part.

— Je ne vois pas comment ce serait possible...

Il lui prit les mains et mêla leurs doigts. Instinctivement, elle s'accrocha à lui. Elle craignait de le lâcher, de perdre pour toujours ce qu'il lui apportait. La possibilité de vivre quelque chose de différent. Une ouverture vers l'extérieur...

— Tu m'as dit un jour que grâce à la Lumière tout était possible. Tu t'en souviens ? demanda-t-il.

— Bien sûr. Mais je suis surprise que tu l'aies retenu.

— J'écoute tout ce que tu dis, Mercy.

Alors qu'il dardait les yeux sur elle, elle sentit que non seulement il enregistrait chacune de ses paroles, mais qu'il observait également ses réactions.

— Tu es la fille d'Empyrée. Tu ne mesures pas ton pouvoir.

Son pouvoir ? Elle faillit éclater de rire devant l'absurdité d'une telle déclaration. Son père ne voulait même pas qu'elle lui succède lorsque le moment serait venu pour lui de nommer le prochain berger. Il estimait qu'elle n'était pas apte à assumer de telles fonctions.

Elle secoua la tête. Elle aurait voulu le lui expliquer, mais elle avait trop honte.

— Combien de Starlight y a-t-il dans votre communauté ?

Starlight était le nouveau nom de famille que prenaient les adeptes une fois qu'ils renaissaient lors de la cérémonie sacrée au cours de laquelle ils se libéraient de leur ancienne personnalité. Ils se choisissaient alors un nouveau prénom et étaient tatoués du symbole de Shining Light. Le même qui figurait sur son pendentif mais, sur le tatouage, un œil figurait au centre du soleil.

— Cinq cent douze, répondit-elle.

— Combien d'entre elles viennent en ville deux fois par semaine pour y suivre des cours ?

Aucune.

— Je parie qu'il n'y a que toi, poursuivit-il. Parce que ton père t'écoute et tient compte de ton avis. Pourquoi portes-tu du blanc ? ajouta-t-il.

La question était rhétorique. Elle lui avait expliqué le système de couleurs. Au sein de Shining Light, chaque membre avait une fonction précise et portait une couleur qui représentait celle-ci. Du gris pour la sécurité. Du vert pour les travailleurs essentiels, de l'orange pour les créatifs – artistes, musiciens. Le jaune était réservé aux conseillers et aux éducateurs. Les nouvelles recrues, les novices qui envisageaient de rejoindre le mouvement, étaient habillées en bleu.

— Les leaders, les guides ne portent aucune couleur, dit-elle.

— Comporte-toi en leader. Conduis-moi vers la Lumière. Là où tout est possible.

— Le conseil des anciens risque de s'y opposer.

À moins que son père n'approuve son initiative, ce qui était peu probable.

Rocco haussa les épaules.

— L'un d'entre eux porte-t-il du blanc ?

— Non.

Empyrée avait donné au conseil la possibilité d'émettre un avis. Mais celui-ci n'était que consultatif.

Les anciens n'avaient en réalité aucun pouvoir.

— Mais il reste à convaincre mon père. Tu ne sais pas comment il est.

Inflexible. Dur. Inébranlable. Un vrai roc.

— Je ne veux pas qu'il t'arrive quoi que ce soit à cause de moi, dit-il en scrutant son visage avec inquiétude. Te punirait-il ? Te frapperait-il, si tu m'amenais à l'intérieur ?

— Non, mais il risque de ne pas être d'accord et de s'opposer à moi.

— Tu te défendras. Je t'ai appris à te battre. Et je ne t'ai jamais vue abandonner un combat. Tu vas jusqu'au bout. Non seulement tu es forte, mais tu es intelligente. Tu réfléchis vite. Tout ce que tu as à faire est de décider ce dont tu as envie. Si tu veux vraiment quelque chose, tu l'obtiendras.

Depuis des mois, il semblait chercher à l'éloigner de Shining Light, il remettait en question leurs enseignements, la poussait à réfléchir par elle-même. Il l'encourageait à rêver d'une existence différente. Maintenant, il inversait tout et désirait vivre avec elle dans la communauté. Un revirement total.

— Pourquoi ferais-tu ça pour moi ? Pourquoi mettrais-tu ta vie entre parenthèses pour nous rejoindre ?

Par pitié ?

Je ne suis pas fragile, je ne suis pas sur le point de m'effondrer, avait-elle envie de lui lancer.

— Je n'ai pas besoin que tu me sauves, Rocco.

Elle avait déjà dans sa vie un homme déterminé à être son sauveur. Elle n'en avait pas besoin d'un autre.

Il lui caressa la joue du bout du pouce. Le geste lui parut si tendre et doux qu'une larme coula de ses yeux.

— N'y vois aucun désir altruiste de ma part, dit-il. J'ai traversé des périodes difficiles, ces derniers temps. J'ai croisé des gens malsains qui m'incitaient à les suivre, à partager leur mode de vie.

— Veux-tu dire avec de la drogue ou de l'alcool ?

— Tu es toujours directe, répliqua-t-il en riant. Tu ne prends pas de gants pour poser une question.

C'était ainsi que son père l'avait élevée.

Dans la transparence, l'honnêteté totales.

— Je suis désolée.

— Ne t'excuse pas, mais en vérité le sujet ne m'est pas facile à aborder. Je ressens de plus en plus le besoin de m'éloigner de la tentation. Tu m'aiderais beaucoup en m'ouvrant les portes de ta communauté, en partageant les bienfaits de la Lumière avec moi.

Apporter de l'aide à qui en demandait était un principe gravé dans son âme.

Dans l'enceinte, les conseillers étaient doués pour accompagner les gens dans les moments difficiles. Lors de leurs séances, ils les poussaient à se confier, à tout raconter. Une partie essentielle du processus.

— Tu auras peut-être du mal à accepter notre mode de vie...
— Je veux le comprendre. J'ai envie de découvrir ton monde. Ton existence dans l'enceinte. Je veux voir pourquoi tant de gens choisissent de rester. Pourquoi *tu* y restes.

Son regard brun et chaud se souda au sien.

— Donne-moi la possibilité de mieux te connaître. Et de m'ouvrir à toi, ajouta-t-il d'une voix douce. Et toi, Mercy, de quoi as-tu envie ?

De tout changer.

De m'émanciper. De sortir de l'ombre d'Empyrée.

De vivre libre.

Elle voulait garder pour elle quelque chose sur lequel son père n'avait aucune emprise. Et cet homme qu'elle avait connu à l'extérieur de Shining Light et avec qui elle s'était liée ne tomberait pas dans le culte aveugle de Shining Light.

Du moins l'espérait-elle. Son père pouvait se montrer très persuasif.

Mais Rocco ne se laissait pas facilement influencer.

La tête penchée, elle étudia son beau visage. Il lui avait dit avoir trente-deux ans, mais il faisait plus vieux. Des fils d'argent ornaient ses cheveux.

Il la regardait avec une intensité qui la troublait. Mais une force intérieure s'emparait d'elle alors que l'envie de tenter sa chance s'installait dans son cœur et se muait en détermination.

Même s'il ne lui offrait que son amitié, ce n'était pas rien. Avec lui, elle aurait une épaule sur laquelle s'appuyer – un soutien qu'elle n'avait jamais connu.

Elle savait très bien ce qu'elle voulait. Ce ne serait que pour un petit moment parce qu'il ne choisirait jamais la Lumière.

Et qu'elle ne la quitterait jamais vraiment.

Elle avait envie de plus de moments avec *lui*.

Elle voulait Rocco, pour elle seule.

4

En prévision du dîner, Marshall McCoy troqua son costume blanc contre une tenue plus décontractée, une tunique blanche et un pantalon en lin assorti. Comme il descendait, pieds nus, l'escalier du Light House, il vit arriver un SUV qu'il ne reconnut pas. Le véhicule se gara à proximité.

Plus surprenant encore, Mercy en sortit, côté passager. Marshall se pencha dans l'espoir d'apercevoir le conducteur à travers les baies vitrées.

Coiffé d'un stetson, un grand brun s'extirpa à son tour de la voiture.

Marshall s'arrêta, dévoré par la curiosité. Qui était ce cow-boy ? Il mesurait une bonne tête de plus que les hommes chargés de la sécurité rassemblés devant lui. Ses épaules étaient plus larges que la moyenne.

Les gardes armés s'écartèrent pour le laisser passer comme la mer Rouge devant Moïse.

Stupéfait, Marshall les regarda entrer dans le hall. Mercy invita l'inconnu à enlever ses chaussures. Une main sur son bras, elle lui chuchota quelque chose. Il avait un physique intéressant. Son corps semblait avoir été sculpté dans la pierre, ses muscles étaient impressionnants. Des tatouages couraient sur ses bras.

Sa petite fille était désormais une femme. Si elle n'avait jamais montré le moindre intérêt romantique pour l'un des membres de la communauté, Marshall devina d'instinct ce qu'elle trouvait séduisant chez cet homme.

En un instant, il comprit que l'attirance était réciproque. Qui qu'il soit, ce type se tenait tout près d'elle. Plus près que personne ne s'y était jamais autorisé. Et tous deux ne cessaient d'échanger des petits sourires complices.

Alex restait derrière eux, l'air perdu. Comme s'il était l'intrus.

Une sourde appréhension saisit Marshall. L'inconnu n'avait pas sa place ici et pourtant il se comportait comme s'il était prêt à conquérir l'enceinte.

Il se décida à venir à leur rencontre.

— Bonsoir, ma fille.

La chaleur de sa voix le surprit lui-même. Ouvrant les bras en guise de bienvenue, il s'avança vers eux.

— Qui nous as-tu amené, mon enfant ?

— Père, voici Rocco Sharp. Il est mon professeur à l'Underground Self-Defense School, l'école d'autodéfense. Rocco, je te présente Empyrée.

— Voici donc l'homme sous lequel ma fille se tortille depuis six mois avec, semble-t-il, beaucoup de plaisir.

Un silence tomba, profond et laid comme une plaie purulente. Mercy rougit. Alex baissa la tête.

Mais Rocco afficha un grand sourire, retira son stetson et lui tendit la main.

— Ravi de faire votre connaissance, monsieur.

Il ne semblait pas éprouver la moindre honte ni même l'envie de rejeter cette insinuation paillarde.

Il ne manque pas de cran.

— Pardonnez-moi de ne pas vous serrer la main, poursuivit Marshall, affichant son sourire classique, teinté de grâce mystique. J'ai besoin de lire l'énergie d'une personne lorsqu'elle entre pour la première fois chez moi. Puis-je ? ajouta-t-il en levant les bras.

Sans hésiter, Rocco s'avança.

— Je vous en prie.

Cet homme était fort, non seulement physiquement mais aussi de caractère, devina Marshall. Il ne serait pas facile à briser. Mais accepterait-il de se plier ?

Il prit la tête de Rocco entre ses mains, la pencha vers lui pour lui toucher le front du sien, puis pressa une paume sur son cœur. Manifestement peu impressionné, Rocco soutint son regard pendant toute l'opération.

Avec une profonde inspiration, Marshall ferma les paupières et s'ouvrit aux énergies de cette âme. Pour les laisser couler à travers lui.

Il perçut la présence de ténèbres mais aussi d'une puissante lumière. Un brasier brûlait à l'intérieur de ce Rocco. Il sentit une violence indubitable mais maîtrisée. En revanche, son cœur, qui battait avec puissance et régularité comme un métronome, était hors de portée. Gardé.

Cet homme n'était pas perdu. Mais en recherche. De quelque chose.

Comme beaucoup de ceux qui étaient venus frapper à la porte de Shining Light.

Marshall retira ses mains et dit :

— Allons parler à l'intérieur.

En entraînant sa fille dans le mouvement, il les invita à le suivre plus profondément dans le Light House.

Alors qu'ils passaient devant la fresque murale au bout du hall, représentant le symbole de Shining Light, le cow-boy parut fasciné, comme tous les nouveaux arrivants.

Ils atteignirent son bureau.

— Merci, Alex, dit-il. Peux-tu attendre dans le couloir et fermer la porte ?

Visiblement furieux, Alex baissa pourtant la tête.

— Oui, Empyrée.

Debout devant sa table de travail, Marshall joignit les mains.

— Qu'est-ce qui vous amène ici, Rocco ?

— Je l'ai amené, répondit aussitôt Mercy, parce que…

Marshall leva un doigt pour la faire taire.

— Je reviendrai vers toi dans un instant, ma chérie, dit-il d'une voix douce tout en gardant les yeux rivés sur l'inconnu. Rocco, répondez, je vous prie.

— Mercy et moi avons sympathisé. Lorsqu'elle m'a annoncé que ce soir serait sa dernière séance d'entraînement et qu'elle ne savait pas si nous nous reverrions, je lui ai demandé si je pouvais venir ici. J'ai traversé une période difficile, ces derniers temps. J'ai pensé qu'il serait peut-être sain de m'éloigner des influences négatives qui polluent ma vie. J'ai eu envie de vous rejoindre pour mieux comprendre vos habitudes. Et Mercy. Elle parle de sa foi avec tant d'enthousiasme.

— Vous avez eu six mois pour satisfaire votre curiosité, objecta Marshall en se rapprochant. Pourquoi cette brusque décision ?

— Jusqu'à ce soir, j'étais certain que nous passerions encore beaucoup de temps ensemble. L'idée de ne plus la revoir et de retomber dans mon quotidien si sombre a tout changé, monsieur. J'ai compris que je ne devais pas laisser passer ma chance.

Marshall ne détecta pas de mensonge flagrant, mais devina que Rocco ne lui disait pas non plus toute la vérité.

— Nous n'accueillons les novices que lors des nouvelles lunes, dit-il. Si votre intérêt est toujours là, vous pourrez revenir dans six semaines voir si nos convictions et notre style de vie vous conviendraient. Merci d'avoir reconduit Mercy à la maison, ajouta-t-il avec un geste vers la porte.

— Tu as mal compris, père, intervint Mercy. Je l'ai amené ici en tant que *mon invité*. Pas en tant que novice potentiel.

Un sixième sens avertit Marshall que ce cow-boy serait difficile à contrôler. Ce Rocco avait déjà poussé sa fille à ignorer leurs coutumes et à faire fi des principes fondamentaux du mouvement. Quelle serait la prochaine étape ?

Fort de près de cinq décennies à faire semblant et à jouer un rôle de composition, il réussit à ne pas montrer la moindre surprise ou colère.

Il élargit son sourire.

— Tu connais les règles, ma chérie, dit-il avec douceur. Nous n'accueillons pas d'invités.

— Nous ne l'avons jamais fait jusqu'ici, corrigea-t-elle. Mais il est toujours possible de faire des exceptions.

— Si je t'y autorisais, chaque membre du troupeau voudrait faire de même. Nous ne pouvons pas vivre dans l'anarchie et transformer cette enceinte en moulin ouvert à tous les vents.

L'éclair de déception dans les yeux de Mercy ne lui échappa pas. La lueur de détermination non plus.

— Tu as toujours fait des exceptions avec moi, en tout cas, chaque fois tu le jugeais bon, en m'expliquant que je n'étais pas comme le reste du troupeau, répliqua-t-elle. Je suis une McCoy, une leader. Pas une Starlight. Rocco a demandé mon aide et une voix intérieure que tu m'as appris à ne jamais ignorer m'a ordonné de l'amener ici. Je l'ai écoutée. Tu ne peux pas me demander, à présent, de le renvoyer.

Avait-elle entendu la voix d'une puissance supérieure ?

Ou celle de Rocco glissant le poison de la tentation à son oreille ?

— Très bien. Je vais donc reconsidérer notre calendrier, déclara Marshall d'un ton décontracté. Au lieu d'attendre six semaines, nous ouvrirons nos portes aux novices potentiels et aux *invités*, à la prochaine nouvelle lune.

Cette décision devrait la calmer. Avait-elle perdu la tête pour amener un étranger ici, si près de l'éclipse de pleine lune ? Surtout *cet étranger*.

L'étincelle de rébellion qui brilla dans les yeux bleus de sa fille l'exaspéra, mais il veilla à garder une expression affable.

Mais au lieu de se soumettre, comme il l'avait escompté, elle répliqua avec fureur :

— Au fond, tu te moques complètement de mes voix intérieures. Ou que j'essaye d'aider quelqu'un dans le besoin. Je n'ai pas ma place ici. Ni dans le troupeau. Ni en tant que leader. Pour toi, je ne suis rien d'autre qu'un objet sur ton étagère.

253

Plus il s'efforçait de la retenir, plus elle semblait déterminée à se libérer de son emprise. Plus elle grandissait, plus il la sentait s'agiter, se révolter. Dans l'espoir de la canaliser, il lui avait confié la gestion de leurs productions agricoles. Puis il l'avait chargée des novices.

Pourtant, cela n'avait pas suffi.

Voilà pourquoi, lorsqu'elle avait demandé à suivre des cours à l'Underground Self-Defense School, il s'était dit : « Pourquoi pas ? » Mais ces entraînements n'avaient fait qu'alimenter en elle le brasier ardent du doute.

— Je préfère en discuter avec toi en privé, en tête à tête.

Dès qu'elle serait hors de la sphère d'influence de cet homme, il lui serait plus facile de trouver le moyen de lui faire entendre raison.

Il était le seul à avoir le droit de tirer les ficelles de sa fille.

Marshall se tourna vers le cow-boy.

— Si vous voulez bien nous excuser un moment...

Rocco jeta un regard interrogateur à Mercy, en attendant qu'*elle* lui demande de sortir.

Il reporta son attention sur sa fille.

— Prie ton ami d'attendre dans le couloir ou je demande à la sécurité de l'y escorter.

Mais Mercy redressa les épaules et secoua la tête.

— Non, tu ne le leur demanderas pas.

Bien que déstabilisé, il contra :

— Donne-moi une bonne raison de ne pas le faire.

— Parce que j'ai besoin d'un changement. Nous sommes trop isolés, trop repliés sur nous-mêmes et j'étouffe dans cette enceinte.

Elle redressa le menton, le geste d'une guerrière qu'il avait forgée, même s'il ne s'attendait pas à ce qu'elle se retourne contre lui.

— Voilà sept ans que tu me refuses le droit de quitter Shining Light pour effectuer mon *penumbroyage*, poursuivit-elle. Si tu n'autorises pas Rocco à rester avec nous en tant qu'invité pour lui permettre d'en apprendre davantage sur la Lumière et sur notre chemin spirituel, j'en demanderai la permission aux anciens, dès ce soir. Et je partirai avec lui pour faire tout mon possible pour l'aider au-delà des murs de l'enceinte.

Marshall serra les mâchoires et refoula l'amertume qui lui brûlait la bouche. Lorsqu'elle était adolescente, elle était devenue experte en guérilla permanente contre lui, mais il avait appris à couper court à ses provocations. Il était si rare que Mercy lui tienne tête dans une attaque frontale comme celle-ci qu'il en fut désarçonné.

Il se dirigea vers l'une des fenêtres et considéra la nuit.

— C'est quoi un « penumbroyage » ? demanda Rocco.

Elle reporta son attention sur lui.

— As-tu entendu parler du *rumspringa* ?

— C'est une sorte de rite de passage pour les adolescents amish. Ils quittent leur communauté pour vivre à l'extérieur pendant un certain temps, un an, je crois, et découvrir le monde moderne, avant de décider de se faire baptiser, de s'engager dans leur religion et d'intégrer définitivement leur communauté.

— Le *penumbroyage* est la même chose pour nous, dit-elle. Si tu es né dans l'enceinte ou y es arrivé enfant, tu peux partir un an entre tes dix-sept et tes vingt-quatre ans pour réfléchir et décider de la suite de ta vie. Mon père ne cesse de retarder mon départ sous prétexte qu'il a besoin de mon aide ici.

En tant qu'Empyrée, il ne pouvait pas la priver d'un droit qu'il avait lui-même créé pour sauvegarder la pureté des cœurs de son troupeau. Il avait tenté de démontrer à Mercy qu'elle devait y renoncer d'elle-même. À quoi ressemblerait leur communauté si elle avait des doutes sur leur chemin spirituel ? Quelle image donnerait-il de lui en tant que berger de son troupeau, si sa propre fille avait besoin de prendre des distances pour s'assurer qu'elle suivait la bonne voie ?

En réalité, il ne craignait pas uniquement la honte qui s'ensuivrait si elle choisissait le monde laïc, ni même un coup porté à son ego. Il refusait de laisser s'éloigner de lui sa fille unique. Il ferait tout pour la garder près de lui.

N'importe quoi.

Il n'avait jamais imaginé qu'elle exigerait un jour le droit de quitter l'enceinte pendant un an. Sans argent, sans travail, sans logement, la plupart des jeunes renonçaient à l'aventure. Les rares qui étaient partis avaient de la famille à l'extérieur vers qui se tourner.

Elle avait longtemps accepté de reporter son *penumbroyage* parce qu'elle était bonne et dévouée. Et qu'elle n'avait personne à l'extérieur pour l'aider.

Jusqu'à maintenant.

Il regarda le reflet de Rocco dans la vitre. Il le vit poser une main réconfortante sur l'épaule de Mercy et fut témoin de la réponse de sa fille. Le souffle court, elle rougit et se tourna vers lui pour lui sourire. Leur profonde complicité sautait aux yeux et l'écœurait.

La tension sexuelle entre eux deux était nucléaire.

Il se retourna pour leur faire face.

— As-tu couché avec cet homme, Mercy ? demanda-t-il en s'efforçant de mettre dans sa voix son inquiétude plutôt que des reproches.

— Quoi ? bégaya-t-elle, écarlate.

Le cow-boy ne broncha pas, ne sourcilla même pas.

— Non, répondit-elle en se rapprochant de lui. Père, je le jure. Cela ne te regarderait pas, si je l'avais fait. Tu n'as établi aucune règle concernant la chasteté.

Rocco haussa un sourcil et esquissa un signe de tête satisfait, qui n'échappa pas non plus à Marshall. Il était peut-être temps qu'il établisse une telle règle.

Il ne voulait pas que son peuple se comporte comme des hippies épris de liberté, sans aucune maîtrise d'eux-mêmes. Pourtant, il ne prêchait pas le célibat. Uniquement la monogamie. Il autorisait les unions, les arrangeait souvent lui-même, formait des alliances et bénissait les mariages. Lui-même se trouvait rarement sans une partenaire soigneusement choisie. Actuellement, il couchait avec la jeune Sophia, qui travaillait au potager, et les choses étaient devenues sérieuses entre eux malgré les réserves de sa fille.

— Je t'ai appris à traiter ton corps comme un temple, lui rappela Marshall. Ne trahis pas ma confiance en forniquant avec un homme indigne de toi parce qu'il n'a pas accepté la Lumière.

— Je n'ai rien fait de tel, père. Je te le promets.

Avec un soupir de soulagement, Marshall se força à sourire.

— Je devais m'assurer de la pureté de tes intentions en l'amenant ici.

Il n'avait pas d'autre choix que de la croire sur parole. Même si elle disait la vérité, son attirance pour lui et son désir de coucher avec lui étaient évidents.

— Je t'aime, ma chérie, ajouta-t-il en la serrant dans ses bras, et je ne veux que ton bien.

Ce qui n'incluait pas son nouvel ami.

Cet homme, qui luttait entre les ténèbres et la lumière, allait lui enlever sa fille, aussi sûrement que le soleil se levait à l'est et se couchait à l'ouest.

À moins qu'il ne l'en empêche.

— Je le sais, dit-elle en reculant.

— Soyez le bienvenu ici, dit-il à Rocco. Pour apprendre et pour grandir dans la Lumière.

— Merci, monsieur.

Le sourire un brin arrogant qui se dessina sur les lèvres du cow-boy l'irrita.

— Vous devrez remettre votre téléphone portable, poursuivit Marshall. La plupart des gens ici n'ont pas le droit d'en avoir un, pas même Mercy. C'est une distraction néfaste.

— Votre fille me l'avait dit. J'ai laissé le mien dans la voiture. Avec les clés.

Marshall hocha la tête et se tourna vers elle.

— Bien. Mercy, je ne te demanderai qu'une petite chose en échange de ma générosité.

Elle se raidit.

— Et quoi ?

— Nous en discuterons au dîner.

Puisqu'il n'était pas parvenu à lui parler en tête à tête, il le ferait devant tout le troupeau. Elle n'oserait pas provoquer un scandale en présence de la communauté.

— Pourquoi n'irais-tu pas te doucher et te changer avant le repas ? poursuivit-il. Je vais accompagner Rocco dans la salle à manger et le présenter aux Starlight.

— Merci.

Elle se hissa sur la pointe des pieds pour l'embrasser sur la joue. En sortant, elle caressa le bras de Rocco et lui décocha un sourire rassurant.

La douceur qu'elle lui témoignait rendait Marshall malade.

Il devait agir, et vite.

— Aimeriez-vous faire un brin de toilette avant le dîner ? proposa-t-il à Rocco.

— Volontiers, merci.

— Les douches sont au bout du couloir.

Avec un signe de tête, Rocco quitta le bureau.

Dès qu'il fut hors de portée de voix, Marshall appela Alex d'un claquement de doigts.

Alex – son bras droit, son fils spirituel – entra précipitamment dans la pièce.

— Je veux que tu enquêtes sur son passé, dit Marshall.

— J'ai pris des renseignements sur lui dès que Mercy a commencé à suivre régulièrement des cours à l'Underground Self-Defense School.

— Et ? Qu'as-tu découvert ? Des antécédents criminels ?

Donne-moi quelque chose.

Toutes sortes de gens venaient chercher refuge ici. Y compris des fugitifs. Le savoir pouvait être utilisé à bon escient dans une certaine mesure pour guérir leurs âmes et leurs cœurs.

Alex sortit son smartphone, l'un des rares autorisés dans l'enceinte, et fit défiler l'écran.

— Charlotte Sharp, Charlie pour les intimes, vit à Laramie depuis trois ans. C'est sa cousine. Ils ont grandi ensemble. La mère de Rocco est la tante de Charlie et ses parents sont devenus les tuteurs légaux de Charlie. Rocco a emménagé ici l'année dernière et a commencé à enseigner le krav maga à l'USD.

— Que faisait-il auparavant ?

— L'armée pendant plusieurs années, répondit Alex en glissant vers un autre écran. Son dossier est scellé.

— Qu'est-ce que cela veut dire ?

— Il a sans doute mené des opérations spéciales. Mais il en a été renvoyé. Je n'ai pas réussi à savoir pourquoi. Ensuite, il a traîné à droite à gauche, travaillé comme videur, comme barman et aussi pour une entreprise de sécurité privée avant de s'installer ici comme professeur d'arts martiaux. Il n'a pas de casier judiciaire. Pas de femme. Pas d'enfants. Mais il a été verbalisé plusieurs fois pour conduite en état d'ivresse.

Il était donc « clean » ou presque.

— Charlie est donc sa cousine germaine, côté maternel ?

— Oui.

Alors pourquoi se faisait-il appeler Sharp ?

— Comment se nomme son père ?

Alex jeta un coup d'œil à son smartphone.

— Joseph Kekoa.

— Effectue une recherche sur Rocco Kekoa. Rapidement. J'ai accepté de le laisser rester ici avec nous pendant un moment.

— Mais pourquoi ? demanda Alex en blêmissant.

— Écoute-moi, dit Marshall en posant une main sur son épaule. Ce soir, je vais t'offrir ce que tu attends depuis longtemps. Le seul obstacle susceptible de te gêner est ce cow-boy. Je vais lui donner assez de corde pour se pendre et tu vas m'aider à le perdre.

Comme des bruits de pas approchaient, Marshall se redressa. Rocco revenait.

— Mes oreilles sifflaient. Parliez-vous de moi ?

— En fait, oui.

Marshall sortit du bureau et fit signe à Rocco de le suivre.

— Nous discutions du travail que nous pourrions vous confier pendant votre séjour ici. Vous occuper des chevaux ou de la ferme vous conviendrait-il ?

Ils se dirigèrent vers la salle à manger.

— J'ai grandi dans un ranch. J'adore les chevaux. Mais j'ai fait l'armée. Je suis plus doué avec les armes à feu qu'avec les animaux. Ou les plantes.

— Que faisiez-vous dans l'armée ?

— Si je vous le disais, je devrais ensuite vous tuer, répondit-il avec un sourire qui faisait sans doute fondre les femmes.

— Pourquoi ne pas le mettre à la sécurité sous mes ordres ? proposa Alex. Je pourrais lui montrer les ficelles du métier.

Traduction : garder un œil sur lui.

— Bonne idée, dit Marshall avec un signe de tête approbateur. Mais ne lui confie pas d'armes. Pas encore.

— Pourquoi ? demanda Rocco. Je sais très bien m'en servir.

— Je n'en doute pas, répliqua Marshall en s'arrêtant sur le seuil de la salle à manger. Mais je vois très bien qui vous êtes, en réalité.

— Que voulez-vous dire, monsieur ?

— Vous êtes un agent.

5

Rocco sentit son cœur cesser un instant de battre, mais il ne laissa rien paraître de son trouble et garda un visage impassible.

— Pardon ?

— Vous êtes un agent du chaos, monsieur Sharp. Envoyé pour me mettre à l'épreuve et pour sonder la foi de ma famille. Mais je n'ai pas peur de vous. Ma maison n'a pas été construite sur du sable et résistera à toutes les tempêtes.

En souriant, il posa une main sur son épaule pour l'entraîner dans une immense salle à manger, assez grande pour accueillir une réception, meublée de tables et de chaises en bois. Elle était remplie de Starlight. Vêtues de vert, de gris, d'orange, de jaune et de bleu, elles formaient un arc-en-ciel humain. Elles étaient assises devant des assiettes fumantes, mais personne n'y touchait. Elles étaient toutes pieds nus. Mercy lui avait expliqué que les chaussures étaient interdites dans l'enceinte pour des raisons d'hygiène.

Lorsqu'ils entrèrent, un silence tendu tomba et tous les regards se tournèrent vers eux.

— Ma chère famille, dit Marshall, sa voix résonnant dans la salle silencieuse, j'aimerais que vous souhaitiez la bienvenue à Rocco. Il sera notre invité. Votre sœur Mercy nous l'a amené.

Des murmures parcoururent la pièce.

— Nous n'avons pas l'habitude d'accueillir des gens de passage, reconnut Marshall. Mais une voix intérieure a demandé à votre sœur de venir en aide à cet homme. Nous devons la soutenir dans cette démarche de leader. Elle lui servira de guide comme la Lumière l'en a sollicitée. Je sais pouvoir compter sur vous. Que dites-vous tous ?

À l'unisson, ils inclinèrent la tête et répondirent :

— Ainsi soit-il.

Marshall se tourna vers Rocco.

— Maintenant, allons nous restaurer, dit-il en désignant une longue table contre le mur.

De grandes boîtes en aluminium contenant du riz, un assortiment de légumes, des haricots et des lentilles y étaient posées. Mais il n'y avait pas de viande.

— Apparemment, vous êtes tous végétariens, dit Rocco, faisant mine d'être surpris.

Il n'en avait jamais discuté avec Mercy et ne voulait pas avoir l'air trop au courant de leurs coutumes et habitudes.

— Nous avons adopté un mode de vie respectueux de l'environnement, répondit Alex. Nous cultivons ce que nous consommons. Une alimentation à base de plantes réduit les émissions de gaz à effet de serre, protège la nature et favorise la santé. Ainsi, nous contribuons à rendre le monde meilleur.

Tout un programme.

— En tout cas, tout semble délicieux, dit-il en prenant un plateau.

Il aurait préféré un steak bien saignant.

— Je vous conseille de goûter notre tarte à la poire et à la rhubarbe, poursuivit Marshall en se servant lui-même une part. Elle a été confectionnée par des mains attentionnées.

Rocco ne se fit pas prier.

Ils se dirigèrent vers une table où étaient déjà assis quelques gars de l'équipe de sécurité.

Une jeune et jolie femme vêtue de vert s'approcha, son plateau à la main.

Mais Marshall secoua la tête et dit :

— Il vaut mieux que tu t'assoies avec les autres, ce soir, Sophia.

Elle hésita, visiblement déçue.

— Bien, Empyrée.

— Mais j'aimerais m'entretenir avec toi en privé plus tard, dans mes appartements.

Un grand sourire éclaira aussitôt le visage de la dénommée Sophia.

— J'attends avec impatience ce moment, répondit-elle avant de s'éloigner.

Marshall prit place au bout de la table et se lança dans un petit laïus d'un air inspiré :

— À l'extérieur de notre enceinte, beaucoup d'hommes et de femmes se perdent dans les marécages du monde moderne. Nous sommes toujours disposés à aider les âmes de bonne volonté à se libérer de leurs fardeaux et à retrouver le sens de leur vie. Mais vous devrez suivre nos règles. Les transgressions sont mal vues.

Rocco ne répondit pas. Mercy entrait dans la salle à manger et il reporta son attention sur elle.

Sa robe blanche en coton épousait sa silhouette élancée, ses seins ronds. Ses cheveux blonds n'étaient plus retenus en chignon, mais tombaient sur ses épaules comme un long voile encadrant un visage angélique. Qu'elle était jolie. D'une beauté éthérée, elle irradiait.

Cette fille était... canon.

Ses yeux – d'un bleu chatoyant qui rivalisait avec la couleur d'un ciel d'été – trouvèrent les siens et, un bref instant, elle lui sourit avant de détourner la tête.

Elle s'arrêta devant une table remplie d'enfants et leur dit quelque chose qui les fit rire. Ils se levèrent pour l'entourer en parlant tous à la fois et en riant. Mercy semblait les fasciner, ce qui ne surprit pas Rocco.

Quand elle les rejoignit enfin, un plateau à la main, il se leva galamment, déplaça son assiette d'un siège et lui tira la chaise à côté de son père.

— Merci, dit-elle avant d'ajouter à voix basse pour que lui seul puisse entendre. Mais s'il te plaît ne refais jamais ça.

Il s'aperçut que tout le monde les regardait.

Se comporter en gentleman était-il donc aussi mal vu ici ?

Dès qu'elle fut assise, Marshall ouvrit les bras et ils récitèrent tous ensemble le bénédicité :

— Merci pour ce repas. Puisse-t-il nourrir nos corps et alimenter notre capacité à faire de ce monde un monde meilleur et à grandir dans la Lumière. Nous sommes heureux de soutenir le mouvement dans la quête de la vérité.

Une fois la prière terminée, ils commencèrent à manger et les conversations reprirent.

Marshall se leva.

— J'ai une grande nouvelle à vous annoncer, dit-il à l'assemblée. Un événement que j'espérais depuis longtemps va se concrétiser. La Lumière m'a enfin parlé à ce sujet. Le moment est venu pour Mercy et Alex d'ouvrir leurs cœurs l'un à l'autre et de commencer à se courtiser, à se fréquenter en vue de se marier.

Bouche bée, Mercy dévisagea son père avant de se tourner vers Alex, qui lui adressa un grand sourire.

À en juger par son expression, elle n'y fut pas sensible.

Voilà donc la « petite chose » que son père lui demandait en échange de l'autorisation donnée à Rocco de rester. Ce dernier eut du mal à contenir sa colère. Que Marshall se serve de lui pour la contraindre le révoltait.

— Il ne s'agit pas de ma volonté, vous le savez, poursuivit Marshall. Mais de celle de la Lumière. Que dis-tu, Alex ?

Le sourire de ce dernier s'élargit et ses yeux brillèrent.

— Ainsi soit-il.

— Et toi, Mercy ?

Comme elle hésitait, son père ajouta :

— Il ne nous appartient pas de choisir notre conjoint. La Lumière sait ce qui est bon pour chacun de nous. Tout est fait pour le bien commun. Que dis-tu ?

Mercy semblait à la fois furieuse et déchirée. Elle promena les yeux sur la salle à manger. Toutes les Starlight attendaient sa réponse. La tension dans la pièce était à couper au couteau.

L'emprise que cette communauté exerçait sur elle était évidente.

— Ainsi soit-il, répondit-elle enfin en baissant la tête.

Un tonnerre d'applaudissements éclata dans la salle.

Marshall se rassit et posa une main sur le bras de sa fille.

— Aie confiance. De nombreuses unions très heureuses et réussies ont été créées de cette façon.

— Vous voulez dire en forçant les gens à se mettre en couple ? dit Rocco.

Sans se départir de son air affable, Marshall répondit :

— Aux États-Unis, un mariage sur deux finit par un divorce. Alors que plus de la moitié des mariages dans le monde sont arrangés et que leur taux de divorce n'est que de 4 %. En trente ans, parmi toutes les unions que j'ai constituées, 99 % ont prospéré.

Son père omettait de mentionner que ces « mariages arrangés » n'étaient souvent qu'une façade et dissimulaient de véritables abus. Au nom de la tradition, des vieillards convolaient avec des fillettes, des hommes imposaient la polygamie à leurs épouses. Des femmes étaient contraintes à des rapports sexuels non consentis, à des grossesses forcées, à des violences conjugales et à des privations de liberté. Ces statistiques ne signifiaient rien. Dans de nombreux pays, seul l'homme était autorisé à divorcer et de nombreuses femmes se retrouvaient piégées.

Marshall adressa un doux sourire à sa fille.

— Le cœur a parfois besoin d'un petit encouragement pour s'ouvrir à la bonne personne. Il est si facile de se laisser tenter par le diable, ajouta-t-il avec un regard furtif à Rocco. Mais, nous, nous sommes au service d'une puissance supérieure.

— Oui, répondit-elle en hochant la tête. Je comprends.

Une myriade de questions traversèrent l'esprit de Rocco sur le fonctionnement de cette démarche prénuptiale. Mais, pour les poser, il lui faudrait attendre de pouvoir parler avec Mercy en tête à tête. Bien sûr, elle n'était pour lui qu'une source, qu'un indic potentiel. Mais personne ne méritait d'être forcé de sortir avec quelqu'un et encore moins de l'épouser, surtout avec quelqu'un comme Alex. Ses sourires obséquieux étaient insupportables.

— Après le dîner, Rocco, dit Marshall, Shawn vous conduira dans l'un des dortoirs pour novices, où vous vous installerez.

Mercy se raidit.

— J'aimerais lui faire visiter l'enceinte et me charger de lui.

— Tu seras occupée après le dîner, ma chérie, dit Marshall en lui tapotant de nouveau le bras. Tu devras passer du temps seule avec Alex. Il faut fournir un effort pour que ça marche.

Tandis qu'Alex rayonnait comme un enfant entrant dans un magasin de bonbons, elle pinça les lèvres.

Rocco aurait voulu lui prendre la main, lui apporter un peu de réconfort, mais il y avait bien trop de regards rivés sur eux.

— J'ai promis à votre fille de continuer à lui donner des cours d'autodéfense, dit-il. C'est le moins que je puisse faire pour vous remercier de votre hospitalité. Nous devrions organiser une séance d'entraînement par jour dès demain.

Mercy se redressa, les yeux de nouveau brillants.

— Excellente idée.

— Je n'ai jamais compris l'intérêt de ces cours, intervint Alex. J'ai appris à Mercy à se servir d'une arme à feu. Je suis un tireur d'élite, ajouta-t-il en se tournant vers Rocco. Il n'y a pas meilleur fusil que moi. Je peux très bien lui enseigner aussi à donner des coups de poing et de pied.

Rocco réprima un éclat de rire.

— Mes cours vont beaucoup plus loin. Je suis formé au jujitsu et au krav maga. Je lui apprends à survivre et à se battre en combat rapproché. Pas à se bagarrer dans les bars.

Alex rougit de colère et serra les poings.

Rocco comprit soudain qu'il venait de commettre une erreur. Alors qu'il avait besoin de se lier avec les uns et les autres pour obtenir des renseignements, il était en train de se mettre tout le monde à dos. Il devenait urgent de rétropédaler.

— Je serais heureux de vous enseigner les bases du krav maga, Alex. Ainsi qu'à tous ceux qui souhaitent les apprendre.

— Nous verrons si vous en aurez le temps, déclara Marshall. Vos journées vont être bien remplies, Rocco. Elles commencent au lever du soleil par une méditation. Puis la communauté se rassemble pour écouter mes homélies quotidiennes. Et, bien sûr, vous devrez vous consacrer à la partie la plus importante du programme : vous libérer de vos fardeaux intérieurs.

Toutes les autres personnes à table hochèrent la tête, y compris Mercy, comme si ces séances étaient vitales.

Il savait que « se libérer de ses fardeaux » consistait à raconter à l'un de leurs conseillers ses malheurs et tout ce qui l'avait amené à frapper à la porte de Shining Light.

Concocter un petit récit crédible ne devrait pas être trop difficile pour lui. Au cours de sa vie, il avait connu bien des épreuves, des blessures et des traumatismes qui l'avaient emmené dans des endroits sombres. Cela dit, la perspective de se confier à des disciples de la secte et de les laisser fouiller ses pensées ne l'emballait pas. Il essaierait de trouver un moyen d'éviter ces séances.

Il lui fallait avancer. Et vite.

Il y avait presque deux jours que Rocco était à Shining Light et il n'avait toujours rien découvert.

Au lieu de pouvoir mener l'enquête et fouiller les lieux comme il l'avait espéré, il tournait en rond depuis des heures en tapant dans ses mains au rythme d'une musique abrutissante en compagnie d'un groupe de novices. Ils s'étaient réunis pour cette « danse chamanique » sur un grand carré d'herbe au centre de l'enceinte. D'un côté se dressaient leur église, qu'ils appelaient le « sanctuaire », et l'école, flanquée d'une aire de jeux pour les enfants. De l'autre étaient alignées des petites caravanes dédiées aux séances de « bien-être » et à la « découverte de soi-même », où travaillaient les conseillers et Mercy.

Mais il ne l'avait pas vue depuis le déjeuner.

Ces gens étaient des experts en matière de manipulation, de diversion et d'enfumage. Il avait toujours cru que ses mois de formation dans l'armée avaient été un enfer, mais il se trompait. Shining Light était bien pire.

Les membres de la secte n'arrêtaient jamais. Ils enchaînaient les activités, qui s'exécutaient toujours à plusieurs, sans doute pour les empêcher de réfléchir par eux-mêmes.

Toute la communauté se levait avant le soleil pour une méditation matinale, suivie d'une prière collective. Ils participaient ensuite collectivement à une séance de yoga et pratiquaient des exercices de purification. Il s'agissait de se débarrasser de ses « blocages intérieurs », afin de retrouver son énergie et sa « véritable essence ». Ils étaient alors prêts à écouter une série de sermons, les « homélies » du grand Empyrée et d'autres. Toute la journée, des groupes de parole lui proposaient en permanence de « partir à la découverte de lui-même ». Puis quelqu'un avait eu besoin d'un coup de main à l'écurie pour nettoyer les box et pelleter du fumier.

Bien sûr, il lui avait fallu apprendre à se connecter avec son âme à travers le chant et des mouvements « sacrés », exécutés au rythme d'un tambourin. Puis à « ouvrir ses chakras » grâce au « reiki », une technique de guérison énergétique. Au cours de la séance, Harvey, l'un des anciens, avait posé les mains sur lui, soi-disant pour « canaliser le souffle vital » circulant dans son corps afin de soulager ses souffrances et lui apporter la paix intérieure. Mais Rocco ne supportait pas son contact. Ce vieux type effrayant et tout ridé semblait vouloir le toucher pour toutes sortes de mauvaises raisons.

Tout sonnait faux dans cette enceinte. Leur prétendue bienveillance, leur écoute n'étaient qu'une manière subtile d'imposer à tous la loi de leur guide spirituel autoproclamé. Tout n'était que de l'esbroufe, du cinéma. Jusqu'au fait de pratiquer les activités pieds nus.

Seul point positif, il avait réussi jusqu'ici à échapper à la séance de « libération de son fardeau intérieur ». Il n'avait eu qu'à dire qu'il n'était « pas encore prêt à partager ». Ils avaient insisté, lourdement, mais il avait répété la même phrase magique jusqu'à ce qu'ils arrêtent.

En revanche, il lui avait été impossible de sortir de nuit du dortoir pour fouiller discrètement le complexe. Des gardes étaient postés à l'avant et à l'arrière du bâtiment. Un changement de protocole qui datait de son arrivée, à en croire les novices. Cerise sur le gâteau, une alarme s'était déclenchée à 2 heures du matin. Quand une sirène hurlante avait retenti, tout le monde s'était levé et rassemblé derrière le Light House. Ils avaient alors eu droit à une conférence sur la sécurité et sur la manière de réagir en cas d'attaque réelle.

Rocco s'était demandé si l'exercice était une tactique visant à le priver de sommeil.

En tout cas, il n'avait encore rien appris et sa frustration grandissante lui faisait l'effet d'une bombe à retardement qui finirait par lui exploser au visage. Le pire était de croiser partout Mercy sans jamais pouvoir lui parler. Ni la toucher. Ils ne pouvaient qu'échanger des regards en raison de l'ingérence perpétuelle de son père.

Marshall avait des yeux et des oreilles partout. Rocco se sentait espionné. Des gardes ne cessaient de patrouiller.

Il regarda autour de lui à la recherche d'Alex ou de Shawn. Tous deux le suivaient à la trace. Il avait réussi à sympathiser avec Shawn, qui avait laissé échapper que la communauté achetait ses armes aux Devil's Warriors, un gang de motards hors la loi. Cela dit, Shawn ne semblait pas le mieux informé.

Alors qu'il tournait dans le carré d'herbe en psalmodiant et en faisant semblant de vider son esprit, il songeait à Mercy. Penser à elle l'aidait à s'extraire de cet enfer.

Mais très vite il reporta son attention sur le bâtiment de la sécurité. Il n'y était entré qu'une seule fois, pour faire la connaissance des membres de l'équipe et pour une brève visite. Il lui avait été signalé une zone réglementée, où il lui était interdit de s'aventurer. Il avait ensuite été rapidement reconduit à la porte et remis à Harvey, le praticien du reiki.

Comme s'il suffisait de penser à lui pour le faire apparaître, Harvey sortit de sa caravane et se dirigea droit vers lui. Pour un homme de son âge, il avait une démarche plutôt énergique.

Rocco gémit en le voyant se balancer au rythme du tambourin, le regard rivé sur lui, un large sourire sur le visage.

La musique s'arrêta enfin.

Eden, qui avait dirigé la séance, leva les mains.

— Vous avez tous bien travaillé et je suis heureuse de vous accompagner dans ce voyage chamanique. J'espère que vous vous sentez à présent à la fois plus connectés à votre âme et les uns avec les autres. Allez maintenant marcher avec la Lumière.

Tout le monde applaudit.

Harvey se précipita vers lui.

— Tu étais très beau en mouvement, Rocco, dit-il.

— Merci.

Il ramassa son stetson et s'apprêta à s'éloigner.

Mais Harvey posa les mains sur ses épaules et commença à lui pétrir les muscles.

— Tu es grand et fort, poursuivit-il. Mais aussi très tendu. Je ressens ton stress. Je devine que tu es soumis à une énorme pression intérieure. Ne porte pas seul tes fardeaux. Notre famille est là pour toi, mon frère. Nous allons intégrer un massage à notre séance de reiki, aujourd'hui. Cela t'aidera à te détendre.

— Non, merci, répliqua-t-il en l'écartant de lui. Je n'ai pas besoin de me faire masser, mais d'aller courir.

— Ne te ferme pas. Tu devrais essayer mes massages. J'ai des mains magiques, tout le monde le reconnaît.

Comme il les plaquait sur son dos pour une petite démonstration, Rocco se dégagea de nouveau.

— Je ne suis pas prêt pour ces attouchements. Ils me font me sentir... vulnérable.

Les yeux de Harvey s'éclairèrent.

— C'est en partageant notre vulnérabilité que nous grandissons, dit-il d'un ton dogmatique.

— Je ne suis pas prêt.

La porte de la caravane de Mercy s'ouvrit et elle apparut. Vêtue d'une robe d'été blanche, les cheveux coiffés en chignon, elle resplendissait de beauté et de grâce.

Sauve-moi, s'il te plaît.

Un sourire aux lèvres, elle s'approcha d'eux.

— Harvey, je voulais te signaler un changement de programme aujourd'hui. Tu vas faire une séance de reiki avec Louisa, dit-elle en faisant signe à l'une des novices. Et moi je vais m'entraîner avec Rocco, ajouta-t-elle. C'est le seul moment dans mon emploi du temps où j'ai pu caser une séance. Tu es une âme généreuse, je sais que tu comprends.

— Euh, oui, bien sûr, dit Harvey, visiblement contrarié.

— J'apprécie ta coopération, dit-elle en lui tapotant le bras.

C'était un côté d'elle que Rocco avait rarement vu. Elle s'exprimait avec douceur mais fermeté. Elle dégageait une autorité naturelle tout en gardant un ton poli empreint de gentillesse.

Elle avait l'âme d'un chef. Pas étonnant qu'il soit amoureux d'elle.

— S'il te plaît, explique à notre invité, dit Harvey en désignant Rocco d'un geste, que mes massages reiki sont efficaces.

— Je le confirme, répondit-elle en souriant. Harvey est capable de débloquer tes nœuds énergétiques et de libérer ta force vitale. Sous ses doigts magiques, tes tensions disparaîtront.

Harvey rayonna.

— Nous essayerons demain, dit-il avant d'entraîner Louisa jusqu'à sa caravane.

Mercy se mit en marche et Rocco la suivit.

— Merci, lui chuchota-t-il. Ce type me met mal à l'aise.

— Le reiki n'est pas pour tout le monde, répondit-elle en accélérant le pas. Harvey est très tactile. Je pense que mon père te l'a envoyé pour t'énerver.

Objectif atteint.

— Où allons-nous ?

— Surprise ! dit-elle en lui saisissant la main.

Ils partirent en courant.

Le moment était léger et insouciant, et il avait envie de se laisser porter.

Sans ralentir, ils passèrent devant des petites maisons où vivaient les couples et les familles, devant l'infirmerie, puis ils se précipitèrent vers un bosquet. Les arbres portaient des grappes de fruits verts. L'air était parfumé.

— Qu'est-ce qui pousse ici ?

— Des noyers. Mon père en a fait planter quand j'étais enfant parce que je suis allergique aux cacahouètes. Il les a interdites dans l'enceinte. Les noix seront prêtes à être récoltées dans quelques semaines. Nous les cueillerons pendant la lune croissante et confectionnerons de l'huile et du beurre de noix pour l'année. Il est délicieux, servi avec du miel de lavande.

— Je pensais que, si tu étais allergique à une arachide, tu étais allergique à toutes.

— C'est une erreur courante. J'ai passé des tests, ajouta-t-elle en mêlant leurs doigts. Savais-tu que les cacahouètes ne sont pas réellement des noix ? Mais des légumineuses.

Un jour sans s'instruire est un jour perdu.

— Je l'ignorais totalement.

Elle le regardait avec une tendresse empreinte de gravité qui le bouleversait depuis leur première rencontre. Il ne pouvait supporter l'idée que qui que ce soit puisse la blesser ou, pire, la tuer. Elle embellissait le monde par sa seule présence.

Une petite brise souleva des mèches échappées de son chignon.

Quand elles effleurèrent son visage, il eut envie de les glisser derrière son oreille. Pourquoi fallait-il qu'elle soit si belle ? La délicatesse de sa peau de porcelaine, la blondeur de ses cheveux et le bleu saisissant de ses yeux avaient quelque chose d'éthéré, de surnaturel.

Et son cœur était tellement ouvert et lumineux. Pourquoi l'attirait-elle autant ? Il savait bien qu'elle n'était pas pour lui.

Reste concentré. Tu as du travail, une mission à mener à bien.

Il s'obligea à détourner la tête.

— J'ai entendu des gens parler de la pleine lune à venir. Mais je ne comprends pas pourquoi le cycle lunaire est si important pour vous tous, dit-il.

— Eh bien, les nouvelles lunes favorisent tous les commencements, tous les débuts. Voilà pourquoi, à chaque nouvelle lune, nous accueillons les novices, semons des graines et fixons des objectifs pour le mois à venir. Les pleines lunes sont, quant à elles, synonymes de transformation, lorsque les graines semées à la nouvelle lune fleurissent. Nous organisons à la pleine lune les rites de mue intérieure. Nous sommes alors invités à descendre au plus profond de nous-mêmes, à nous dépouiller de ce qui nous pèse, nous fait souffrir et nous empêche d'évoluer. Les novices renaissent alors sous la forme de Starlight. Mais la prochaine pleine lune, celle de mardi, sera différente.

Rocco se rapprocha et s'aperçut qu'elle respirait plus vite. Troublé, il sentit son propre corps se réveiller.

— Différente comment ?
— À cause de l'éclipse.

Il avait passé tellement de temps pendant leurs séances d'entraînement à en apprendre davantage sur elle, à deviner ce qui la faisait vibrer, ce qui la faisait sourire et rire, ce qui la mettait mal à l'aise, dans le seul but de la séduire pour se renseigner sur la secte, qu'il était désavantagé.

— Comment une éclipse lunaire change-t-elle quelque chose ? demanda-t-il.

— Ce sera une éclipse totale. Une version suralimentée. Comme un joker qui apporte de la volatilité et révèle des secrets. Il s'agira d'un moment charnière. La fin d'un cycle et le début d'un autre. La lune sera directement opposée au soleil. Il pourrait y avoir des frictions, des émotions décuplées, une polarité. Mon père nous recommande une grande prudence.

— Craint-il un événement grave ?

— Non, répondit-elle en secouant la tête. Nous ferons un rituel de purification ce soir-là et organiserons une cérémonie de mue. Les choses seront révélées mais, quoi qu'il arrive, tout était écrit, tout était censé se produire.

Elle l'étonnait. Sa foi était immense, profonde.

— Tu ne t'inquiètes donc jamais ?

Incapable de s'en empêcher, il repoussa ses cheveux derrière l'oreille, en lui caressant la joue au passage. Il observa la rougeur qui embrasait son charmant visage.

Mercy se rapprocha. Sa petite main se posa timidement sur son épaule, remonta dans son cou avant de plonger dans ses cheveux. Son autre main caressa son dos, en provoquant de délicieuses sensations dans son sillage.

Il pourrait se perdre en elle. Plus effrayant encore, il en rêvait.

— Tu m'as vue faire une crise de panique, dit-elle. C'est la preuve que je m'inquiète.

Tandis qu'elle le dévisageait, il était conscient de chaque détail émanant d'elle. La rondeur de ses hanches. La douceur de ses courbes. Son sourire. Son odeur – elle sentait la vanille et le soleil. Tout en elle le troublait.

Il y avait quelque chose entre eux, une alchimie, une attirance, qu'aucun d'eux ne pouvait se permettre d'explorer. Mais il mourait d'envie de la serrer dans ses bras. De l'embrasser.

Comme pour l'y encourager, elle se hissa sur la pointe des pieds et rapprocha les lèvres des siennes.

Il baissa la tête, impatient de goûter sa bouche.

Un hennissement les fit alors sursauter. Un cavalier approchait et ils s'écartèrent d'un bond l'un de l'autre, comme des adolescents pris en faute.

6

En voyant Shawn arriver à cheval, Mercy se reprocha la légèreté dont elle venait de faire preuve.

Avait-elle perdu la tête ? Enlacer Rocco ici était de la folie. Et si son père les avait surpris, pressés l'un contre l'autre, en train de s'embrasser ?

Elle n'avait pas réfléchi et s'était laissé emporter. Elle s'était soudain sentie pleine de sensualité et d'audace, elle avait eu envie de le toucher.

Sous les noyers, elle s'était crue à l'abri des regards indiscrets. Mais quelqu'un avait dû les voir courir par ici.

Dire qu'elle ne pouvait même pas rester dix minutes seule avec Rocco sous les arbres alors qu'elle rêvait de passer un après-midi entier avec lui dans une chambre fermée à clé. Ce qui n'arriverait évidemment jamais dans l'enceinte.

Mais ce qu'elle éprouvait pour Rocco ne se réduisait pas à un désir sexuel, à une poussée hormonale, ni même à une alchimie. Il la connaissait mieux que personne. Elle qui avait l'habitude de cacher sa tristesse, ses malaises et ses colères était heureuse de ne pas avoir à faire semblant avec lui. D'avoir quelqu'un à qui parler, à qui parler *vraiment.* Ils avaient tellement partagé. Ils s'étaient raconté leur enfance, leurs rêves, leurs espoirs, leurs doutes et leurs échecs...

Elle lui avait confié qu'elle souhaitait que Shining Light s'ouvre sur l'extérieur, qu'elle se verrait bien tenir une boutique en ville où elle vendrait leur miel, leurs savons, leurs œuvres d'art, leurs bougies. Il lui avait révélé qu'il avait acheté un ranch qu'il restaurait pour y élever un jour des chevaux.

Elle avait cru qu'être avec lui dans l'enceinte les rapprocherait encore, mais tout le monde conspirait à les séparer.

Shawn était presque à portée de voix.

— Je n'arrête pas, je n'ai jamais une minute à moi, murmura Rocco, tournant le dos au cavalier qui arrivait. J'aurais pourtant besoin d'un peu de temps pour digérer tout ce que j'apprends et pour essayer d'ouvrir mes chakras.

Elle voulut répondre, mais Shawn était déjà là.

Il descendit de sa monture.

— Ils ont besoin d'aide à l'écurie, Rocco, pour nettoyer les box.

— Je vais m'en charger, proposa Mercy. J'ai déjà demandé à Rocco de s'acquitter d'une autre tâche.

— Non, répondit Shawn en secouant la tête. Empyrée n'accepterait pas que tu t'occupes du fumier.

— Peux-tu régler le problème dont je viens de te parler pour moi ? dit-elle à Rocco, lui donnant le feu vert pour filer. Pendant que je te tiens, Shawn, poursuivit-elle en reportant son attention sur lui, j'aimerais que nous passions en revue quelques-unes de mes préoccupations en matière de sécurité.

— Avec moi ? Tu devrais plutôt en parler à Alex ou à ton père, non ?

— Je préfère t'en parler à toi, dit-elle en souriant.

Du coin de l'œil, elle regarda Rocco s'éloigner à grands pas. Elle aimait sa façon de se mouvoir – ses longues foulées impatientes tempérées par une sorte de grâce nonchalante. En vérité, elle aimait tout chez lui, jusqu'à sa façon de porter son jean.

— À moins que tu n'aies pas envie de m'aider, reprit-elle à l'intention de Shawn, incapable de quitter Rocco des yeux.

— Bien sûr que j'en ai envie. Je suis toujours d'accord pour rendre service, assura-t-il.

En souriant, elle se recentra sur l'agent de sécurité pour donner à l'homme dont elle était amoureuse la possibilité de souffler et de profiter d'un moment de tranquillité.

Rocco se glissa à l'intérieur du bâtiment de sécurité.

Son timing était parfait. Les Starlight s'entraînaient au champ de tir, situé à l'autre extrémité de l'enceinte. Voilà sans doute pourquoi Marshall avait voulu le mettre entre les pattes de Harvey ou l'occuper à pelleter du fumier.

Il passa en hâte devant les bureaux et les ordinateurs pour se diriger directement vers la zone réglementée, celle qui lui était interdite. Devant la porte verrouillée, il attrapa son kit du parfait cambrioleur, attaché à sa cheville.

Il en sortit des outils et s'employa à crocheter la serrure. Il s'était déjà attaqué à ce genre de travail et l'opération ne lui prit qu'un instant.

Il ouvrit la porte, entra et la referma derrière lui.

En découvrant la pièce, il eut le souffle coupé.

Les murs étaient couverts de râteliers de fusils d'assaut : des M16, des HK416, des SIG 550, des fusils de précision semi-automatiques avec lunettes de visée. Toutes sortes de pistolets étaient rangés dans des caisses avec des munitions et des gilets pare-balles. L'endroit abritait un arsenal impressionnant, des centaines et des centaines d'armes.

Il enregistra mentalement tout ce qu'il voyait. Son principal objectif était de repérer le type de munitions dont ils disposaient. Là encore, ils en avaient de toutes sortes, mais il ne vit pas de balles perforantes. Ni de grenades ou d'explosifs.

Il remarqua alors une grosse caisse en bois, contenant d'autres fusils-mitrailleurs. Un éclair brûlé ornait l'une des planches.

Le souvenir des autocollants sur le pare-chocs du camion qui avait sorti Percival de la route lui revint en mémoire. Un éclair blanc sur fond rouge. Cet éclair-ci était noir.

Il avait vu des représentations de l'éclair blanc en feuilletant leurs livres religieux dans le sanctuaire, tout en écoutant d'une oreille l'homélie d'Empyrée.

Ces fusils-mitrailleurs étaient-ils réservés aux membres de la secte, alors qu'ils avaient déjà de quoi les armer deux fois, y compris les enfants ? Ou étaient-ils destinés à être expédiés ?

Percy lui avait dit qu'ils s'étaient trompés.

Shining Light n'avait peut-être pas de fournisseur d'armes. Peut-être était-elle *le* trafiquant d'armes.

Il en avait assez vu. Conscient qu'il ne devait pas s'attarder, il courut à la porte. Mais quand il l'ouvrit Alex se tenait de l'autre côté, un sourire aux lèvres, avec trois gardes en renfort.

Marshall était allongé sur le lit, alangui, après son moment de plaisir de l'après-midi avec Sophia.

Dès qu'il l'aurait renvoyée, il sortirait pour une longue balade à cheval.

Quelqu'un frappa à la porte et il fronça les sourcils.

Il détestait être dérangé lorsqu'il était dans ses appartements privés.

— Un instant.

Il se leva, attrapa sa robe de chambre en soie blanche et l'enfila. Il se recoiffa rapidement devant le miroir.

Son regard tomba sur le tatouage de Shining Light gravé sur son torse.

Ses affaires marchaient bien. Il lui suffisait de maintenir le cap et son empire continuerait de prospérer. Une vingtaine de novices renaîtraient lors de la prochaine cérémonie. Il n'en avait jamais eu autant en une seule fois.

Il ne laisserait rien – ni personne – se mettre en travers de son chemin.

Il se dirigea vers la porte et l'ouvrit.

— Empyrée, dit Alex en baissant la tête. Je suis désolé de vous déranger.

Il valait mieux qu'il le fasse maintenant qu'il y a vingt minutes.
— Qu'y a-t-il ?
Un sourire apparut sur le visage de son fils spirituel.

— Vous aviez raison. Rocco s'est introduit dans la zone réglementée du bâtiment de sécurité après en avoir forcé la serrure. J'ai trouvé ça sur lui, ajouta-t-il en brandissant le kit de crochetage.

Le cow-boy était venu préparé.

— Il ne lui aura pas fallu longtemps pour se trahir. Je lui aurais donné une semaine. As-tu trouvé quelque chose sur Internet concernant Rocco Kekoa ?

— Rien.

— Peu importe. Il vient de prouver qu'il n'était pas digne de la Lumière. Où est-il maintenant ?

— Menotté dans l'une des salles de méditation individuelle.

— Parfait. Tu glisseras de l'ayahuasca dans son assiette au dîner. Dès qu'elle fera son effet, nous irons au fond des choses. Nous saurons ce qu'il fait ici, ce qu'il cherche.

Sous l'emprise de la drogue, il ne pourrait rien leur cacher.

— Et ensuite ? demanda Alex.

Marshall comprit qu'il devait se débarrasser de cet agent du chaos. Il tenait là l'occasion de le faire, mais il lui fallait procéder de façon correcte.

— Tout dépendra de ce qu'il dira.

Il pensa à sa fille.

— Ce soir, Mercy et toi devriez essayer de vous « retrouver », dit-il, faisant référence à la pratique consistant pour des promis à dormir entièrement habillés.

Le but était de créer un lien fort et intime entre eux avant le mariage.

— Elle a besoin de davantage d'encouragements pour te considérer comme son futur mari, poursuivit-il. Pour prendre votre union au sérieux.

— Oui, monsieur. J'attends ce moment avec impatience.

— Bien sûr.

Alex s'en alla et Marshall referma la porte.

Quand il vit Sophia sortir de la salle de bains, une idée lui vint à l'esprit.

— Nous as-tu entendus ? demanda-t-il en s'avançant vers elle.

Il connaissait déjà la réponse. Il voulait simplement savoir si elle allait lui mentir.

Elle hésita.

— Oui. Mais je n'en avais pas l'intention. Je n'essayais pas d'écouter aux portes.

Pas cette fois. Il l'attira à lui.

— Te souviens-tu de ce que je t'avais enseigné à propos de la discrétion et de la loyauté ?

Sophia se raidit et devint toute rouge.

Il avait administré quelques coups de cravache sur ses fesses nues. Il s'assurait que ses leçons étaient inoubliables.

— Oui, répondit-elle en tremblant. Je ne dirai rien.

Oh ! mais elle le pourrait. Cette fois, il le souhaitait.

— J'ai besoin que tu fasses ce pour quoi tu es si douée.

Paniquée, elle se mit à genoux et attrapa son peignoir.

— Non, pas ça !

En soupirant, il la saisit par les bras.

— Tu n'as rien à craindre.

— Je ne comprends pas.

— Assieds-toi, je vais t'expliquer...

281

7

Après avoir organisé l'emploi du temps des enfants scolarisés dans l'enceinte, Mercy se félicita d'avoir réussi à y intégrer des cours de dessin, de musique et de danse. Et, surtout, d'avoir trouvé quelqu'un pour leur apprendre à jouer au football. Depuis des années, son père s'opposait aux sports collectifs en prétextant qu'ils conduisaient à une compétition malsaine. Elle était contente de l'avoir convaincu du contraire.

Bien sûr, elle ne pouvait s'empêcher de se demander si ses arguments sur les bienfaits du sport l'avaient fait changer d'avis. Ou si la présence de Rocco l'avait poussé à lui accorder ce qu'elle voulait. Sans doute y avait-il vu une façon de lui passer la corde au cou, de la retenir à Shining Light.

Elle ferma les yeux et imagina ce que ce serait d'être libérée d'Empyrée et de ses obligations envers la communauté. De vivre loin de sa famille...

La culpabilité vint aussitôt ternir son joli rêve. Puis le visage de Rocco s'imposa à sa mémoire. Son sourire sexy. Sa gentillesse. Et une douce chaleur balaya sa honte.

Des coups précipités à la porte de la caravane la firent sursauter et, presque aussitôt, Sophia fit irruption.

— Bénie soit la Lumière, je t'ai trouvée.

Elle referma la porte.

Mercy se leva d'un bond :

— Qu'y a-t-il ? Mon père a eu un problème ?

Lorsqu'elle était petite, quelqu'un lui avait tiré dessus un jour et, depuis lors, elle s'inquiétait en permanence pour sa sécurité. Après cet épisode, ils avaient construit un haut mur autour de l'enceinte. Mais rien n'arrêterait un criminel motivé.

— Empyrée va bien, répondit Sophia. Il ne s'agit pas de ton père. Mais de Rocco. Il a été enfermé dans l'une des salles de méditation.

Mercy en resta un instant muette de stupeur.

— Pourquoi ? balbutia-t-elle enfin. Que s'est-il passé ?

— Je ne sais pas exactement. Je crois qu'Alex l'a surpris en train de farfouiller là où il n'avait rien à faire. Empyrée veut lui administrer une dose d'ayahuasca au dîner pour découvrir ce qu'il avait en tête, ce qu'il complotait.

Lui administrer une dose d'ayahuasca ?

L'utilisation de l'ayahuasca, une plante d'Amazonie aux vertus hallucinogènes très fortes, était exclusivement réservée à leurs rituels religieux. Lors de sa renaissance, un novice en consommait de son plein gré avant de confier son parcours de vie à Empyrée en privé. Puis, lors d'une cérémonie en présence de toute la communauté, il s'attribuait un nouveau prénom et devenait une Starlight.

Elle n'avait jamais été sous l'influence de cette drogue, mais son père lui avait expliqué qu'il était impossible de cacher quoi que ce soit après en avoir pris. Il s'agissait d'une sorte de sérum de vérité.

Mais le breuvage sacré n'avait jamais été imposé à quelqu'un. Une telle pratique violait tout ce en quoi ils croyaient.

— Peut-être as-tu mal compris, dit Mercy, qui ne parvenait pas à imaginer son père capable d'un tel abus.

— Je suis certaine d'avoir bien compris, répliqua Sophia. Après avoir forcé Rocco à parler, Empyrée le punira pour lui faire expier ses fautes. Il sera fouetté.

Aux yeux d'un observateur extérieur, de telles pratiques pouvaient paraître désuètes, et même sévères. Mais ces règles de vie leur permettaient de vivre en paix et en harmonie. Tous les membres de Shining Light s'aimaient et s'entraidaient. Dans l'enceinte, il n'y avait ni meurtres, ni viols, ni vols. Peu d'autres communautés pouvaient se vanter d'en dire autant.

Mais Rocco était un invité. N'étant pas membre de Shining Light, il n'était pas lié par leurs obligations ni soumis à leurs punitions. Quelque chose n'allait pas.

— Je dois parler à mon père.

— Et une fois que tu l'auras fait que se passera-t-il, d'après toi ? répliqua Sophia.

Il la sermonnerait comme une enfant, refuserait de l'écouter et la ferait taire en se drapant de son aura de guide spirituel. Peut-être l'enfermerait-il dans sa chambre jusqu'à ce qu'il en ait fini avec Rocco. Il serait alors trop tard pour l'aider.

— Tu ferais mieux de le sortir de là et du complexe, poursuivit Sophia comme si elle lisait dans ses pensées. Tout de suite.

Mercy ouvrit un tiroir de son bureau pour y prendre son trousseau de clés. Elles ouvraient la plupart des portes, à l'exception de celles des appartements de son père.

Mais, saisie d'un doute soudain, elle regarda Sophia.

— Pourquoi es-tu venue me dire tout ça ?

L'éventualité d'un coup monté, conçu pour causer des ennuis à Mercy et creuser un fossé entre elle et son père, ne pouvait être écartée.

— Tu ne m'as jamais aimée, n'est-ce pas ? demanda Sophia.

Elle ne prit pas la peine de le nier. Avant de renaître, Sophia se nommait Enid Stracke, alias Candy. Elle exerçait le métier de strip-teaseuse et était tombée dans la drogue. Mercy n'était pas du genre à juger autrui, mais elle n'avait pas apprécié la façon dont Sophia, qui n'avait que deux ans de plus qu'elle, s'était attiré les bonnes grâces d'Empyrée. En couchant avec lui.

Et elle était consciente que son père profitait de cette femme, perdue et fragile, qui aspirait à combler un vide intérieur. Sous prétexte de la sauver, il abusait de sa vulnérabilité pour satisfaire ses désirs sexuels.

Les voir ensemble la répugnait.

— Ce n'est pas que je ne t'aime pas, répondit-elle. C'est que je ne te fais pas confiance. Pourquoi veux-tu m'aider ?

Sophia contourna le bureau et se plaça devant elle.

— Parce que nous allons bientôt faire partie d'une même famille... et je ne parle pas de la communauté.

Elle prit la main de Mercy et la posa sur son ventre.

— Je suis enceinte.

Ses mots eurent sur elle l'effet d'une gifle.

— Je sais que tu ne me considéreras jamais comme une belle-mère, poursuivit Sophia d'une voix émue. Mais nous pourrions être sœurs. Ou au moins amies. Je suis venue te parler de Rocco et de ce que compte faire ton père pour te montrer que tu peux me faire confiance. J'aimerais être à la fois la femme d'Empyrée et à tes côtés.

Mercy eut du mal à ne pas lever les yeux au ciel. Elle ne se souvenait peut-être pas de sa mère, mais Sophia ne la remplacerait jamais. Que son père épouse cette femme l'accablait. Mais l'urgence était ailleurs.

— Prouve-moi que je peux te faire confiance, dit-elle.

Le visage de Sophia s'éclaira.

— Bien sûr. Comment ?

— Crée une diversion. N'importe quoi pour détourner l'attention des agents chargés de garder la pièce où est enfermé Rocco.

Si Sophia acceptait, elles se retrouveraient alors dans le même bateau, toutes deux coupables d'avoir aidé Rocco à s'enfuir.

— D'accord, dit Sophia, qui lui reprit la main. Mais en échange promets-moi que nous serons sœurs.

Les sœurs n'avaient pas toutes des relations harmonieuses.

D'après les histoires que les novices lui avaient racontées, certaines familles se toléraient à peine. Mais elle comprenait ce que demandait Sophia : être la reine d'Empyrée et faire en sorte que la princesse s'aligne sur le nouvel ordre mondial.

Mercy ne se serait jamais imaginé vendre son âme pour obtenir une faveur ou l'aide de qui que ce soit, mais l'idée que son père s'en prenne à Rocco lui était insupportable. Ce dernier avait certainement commis une erreur, peut-être par curiosité. Mais il était un homme bon et elle refusait de croire qu'il ait fait quoi que ce soit par malveillance. Son père voulait sans doute lui montrer qui était aux commandes et lui donner *à elle* une leçon pour lui avoir tenu tête. Il utilisait Rocco comme un pion. Quoi qu'il ait à se reprocher, elle ne permettrait pas qu'il soit drogué à son insu et fouetté.

— Je te promets d'être ton amie et la sœur de ton bébé, dit Mercy, pour Rocco et pour l'enfant à naître.

Et tant pis si cela la rendait malade.

Sophia hocha la tête, un sourire aux lèvres.

— Cela me suffit. Attends mon signal pour passer à l'action. Il me faut vingt minutes. Mais tu devras encore gérer les gardes postés aux portes à l'avant et à l'arrière.

— Ils ne m'inquiètent pas.

— Ah bon ? Mais après avoir libéré Rocco comment le feras-tu sortir de l'enceinte ?

De toute évidence, son père n'avait pas confié à Sophia tous leurs secrets.

— Ne t'en fais pas, dit-elle. Je m'en occupe.

Sophia sortit en courant.

Mercy prit une profonde inspiration pour essayer de se calmer. Si elle se reprochait d'aller à l'encontre des ordres de son père, il relevait de son devoir de mettre un terme à ce qu'il s'apprêtait à faire.

Ne voulant pas donner l'impression de se précipiter, elle prit son temps pour fermer la caravane et s'obligea à traverser le carré d'herbe vers le sanctuaire posément.

Derrière le bâtiment se trouvaient les pièces de méditation

individuelle, qui n'étaient guère plus que de petites cellules avec des barreaux aux fenêtres. Chacune était équipée d'un bureau, de deux chaises, de toilettes et d'un lit.

Elle se força à marcher plutôt qu'à courir. À l'horizon, de gros nuages assombrissaient le ciel. Une tempête se préparait.

À chaque pas, son pouls s'accélérait. Elle mesurait les risques qu'elle prenait en aidant Rocco à s'enfuir. Elle songeait à sa réputation, à la colère de son père, aux représailles... L'enjeu était énorme.

Du coin de l'œil, elle repéra Alex. Il se dirigeait droit vers elle, tel un papillon attiré par la lumière.

Mieux valait en finir avec lui. Le plus vite serait le mieux.

Elle ralentit pour le laisser la rattraper.

— Attends, Mercy. Accorde-moi un instant.

Avec un soupir, elle s'arrêta et lui fit face.

— Qu'y a-t-il ? demanda-t-elle, en se demandant s'il aurait la décence de mentionner l'incident avec Rocco.

— J'ai hâte de passer du temps avec toi, ce soir, dit-il. D'autant que tu étais migraineuse hier et que tes maux de tête t'ont contrainte à écourter notre soirée.

Dommage pour lui, elle avait prévu d'avoir de nouveau des malaises intempestifs en fin de journée. Sa seule présence les déclenchait.

— Malheureusement, depuis ce matin, je ne me sens pas dans mon assiette.

Comme elle s'apprêtait à poursuivre son chemin, il la saisit par le bras.

— Empyrée pense que nous devrions nous « retrouver », passer la nuit ensemble.

Mercy avait entendu certaines Starlight raconter qu'en général, pendant ces nuits de « retrouvailles », les promis faisaient plus que se parler ou se câliner. Ils se livraient à des relations sexuelles sans pénétration.

À sa connaissance, tous les couples qui les avaient expérimentées s'étaient rapidement mariés par la suite.

Elle s'efforça de lui sourire, de lui cacher son dégoût.

— Je vais y réfléchir.

— Ton père ne le suggérait pas. Il l'ordonnait. Il estime que tu ne prends pas nos futures épousailles au sérieux et je suis d'accord avec lui. Préfères-tu ta chambre ou la mienne ?

Il ne manquait pas d'audace.

Pour ne pas exploser de colère, elle lui adressa un nouveau sourire et, du bout des doigts, effleura le tatouage Shining Light qu'il portait à la base du cou.

— Quand j'étais plus jeune, j'avais peur de toi, Alex. Tu te faufilais dans ma chambre et rampais dans mon lit, tu t'en souviens ?

Empyrée voulait que sa fille et son fils spirituel dorment sous le même toit, soient toujours ensemble.

— Tu t'accrochais à moi dans le noir comme une moule à son rocher. À l'époque, je me disais que tu ne pourrais jamais aimer, aimer vraiment, quelqu'un. Tu exigeais trop. Tu avais trop besoin d'approbation, d'admiration, de reconnaissance. Parce que tu es un faible. Je l'avais deviné, enfant. Et j'avais raison.

Pouvoir enfin lui dire ses quatre vérités en face lui fit du bien, et bientôt elle ferait de même avec son père.

Il serra les mâchoires.

— J'aime trop, voilà mon problème, répliqua-t-il. Trop profondément. Toi et moi avons toujours été destinés l'un à l'autre. Plus tôt tu l'accepteras, mieux ce sera.

Sa confiance en lui ne connaissait aucune limite.

Elle baissa les yeux sur la main qu'il avait posée sur son bras.

— Laisse-moi partir, dit-elle d'un ton sans réplique.

Une lueur de prédateur brilla dans ses yeux.

— Et si je refuse ?

Un coup de poing à la gorge devrait suffire à le neutraliser.

Il la serra plus fort, d'un geste possessif, avant de la lâcher.

— À la prochaine pleine lune, ton père envisage d'annoncer

ma mue. J'aurai alors le grand honneur de porter du blanc. Il a également décidé de sceller notre union d'ici à la fin de l'année.

Alex succéderait à son père. Et non pas elle. Elle eut soudain l'impression d'avoir été frappée.

Mais pourquoi lui ? Plusieurs anciens au sein du conseil étaient plus qualifiés qu'Alex.

Elle aurait dû deviner le plan de son père. Il avait tout manigancé depuis le début.

Il ferait passer Alex du gris au blanc pour le rendre son égal avant son inévitable succession. Son désir de les marier suivait la même logique. Il continuerait ainsi à tout contrôler. Il se moquait qu'elle considère Alex comme un grand frère autoritaire et non comme un mari possible.

— Je te prendrai pour époux quand j'y serai prête.

Et ce jour n'arriverait jamais.

— Quant à passer une nuit ensemble, nous en avons passé suffisamment il y a des années, ajouta-t-elle.

Même si, à l'époque, leurs jeux d'enfants étaient bien innocents, elle ne partagerait plus jamais son lit avec lui. Sous aucun prétexte.

— Nous n'étions alors que des gosses, protesta-t-il. Tout est différent, à présent.

Des coups de feu retentirent, les faisant sursauter. Ils venaient de la ferme, située à l'autre extrémité de l'enceinte. Des Starlight criaient, se dispersaient pour aller se cacher.

Sophia. Le timing parfait pour cette diversion.

— Nous terminerons notre discussion plus tard, dit Alex, qui partit en courant tandis que d'autres détonations d'armes à feu se faisaient entendre.

Mercy se précipita vers l'arrière du sanctuaire, dépassa deux autres gardes qui fonçaient vers la ferme et gagna les pièces réservées aux méditations individuelles.

Shawn était posté devant la chambre numéro deux.

— Va vite les rejoindre ! cria-t-elle en courant vers lui. Alex a besoin de tous les hommes.

Shawn jeta un œil à la porte qu'il gardait comme s'il hésitait. Un autre coup de feu transperça l'air.

— Tu ferais mieux d'y aller ! dit-elle.

Il lui adressa un bref signe de tête et se rua dehors.

Elle attendit qu'il soit hors de vue pour chercher la bonne clé dans son trousseau et l'introduire dans la serrure.

Assis sur le lit de camp, Rocco était enchaîné au cadre métallique et elle grimaça. Elle n'avait pas anticipé la possibilité qu'il soit menotté.

— Ravi de te voir, dit-il.

Elle referma la porte.

— Je n'ai pas la clé des menottes.

— Pas de problème. Donne-moi l'une de tes épingles à cheveux et j'en fais mon affaire, répondit-il.

Elle en arracha une de son chignon, la laissa tomber dans sa main et il se mit au travail.

— Tu penses y arriver ?

— Bien sûr. C'est très facile. Regarde.

En effet, il parvint en quelques instants à ouvrir le bracelet et à se libérer.

Il se leva et lui serra les épaules.

— Que fais-tu ici ? demanda-t-il C'est une démarche risquée de ta part. Je ne veux pas te causer d'ennuis.

— Nous n'avons pas beaucoup de temps. Je dois te sortir d'ici, de l'enceinte.

— Pourquoi ?

— Je ne sais pas ce que tu as fait, mais mon père prévoit de glisser une décoction à base d'ayahuasca dans ton repas, ce soir. C'est une drogue puissante que nous utilisons pour les rituels. Elle permet à un novice d'entrer en transe pour entreprendre un voyage spirituel. Mais si tu as quelque chose à cacher tu seras incapable de le garder pour toi. Sous l'emprise de cette drogue, il est impossible de dissimuler quoi que ce soit.

En le voyant regarder le sol d'un air ennuyé, elle comprit qu'il cachait effectivement quelque chose. Mais quoi ? Elle aurait aimé l'interroger, le découvrir, mais ils n'avaient pas un instant à perdre.

— Et ensuite mon père a prévu de te châtier pour te permettre d'expier, poursuivit-elle. De te fouetter.

— J'aimerais voir ça !

— Tu ne pourras rien faire pour l'empêcher.

Mais elle avait la possibilité d'intervenir maintenant, *avant* d'en arriver là.

— La seule façon d'éviter que cela se produise est de te faire quitter l'enceinte.

— Je ne peux pas partir.

— Pourquoi ?

Il serra les mâchoires et détourna de nouveau les yeux.

Elle sentit son cœur se serrer. Pourquoi ce regard fuyant ? Que lui cachait-il ?

— Si tu restes, quels que soient tes secrets, ils seront révélés au grand jour. Et tu seras battu, répéta-t-elle. Sans doute sévèrement.

Son père était très en colère contre elle à cause de ses récents actes de rébellion, elle le savait. Il s'en prendrait à Rocco pour l'atteindre, elle. Pour la punir, elle. Pour la soumettre, elle. Elle l'avait compris.

— Nous n'avons plus le temps de tergiverser. Décide. Reste ou pars. Dans quelques instants, tu n'auras plus le choix.

Elle rêvait qu'il choisisse de rester. Avec elle. Mais au fond d'elle-même elle devinait que ce n'était plus une possibilité... à cause du secret qu'il cachait.

Il enfonça son chapeau de cow-boy sur sa tête.

— D'accord. Comment comptes-tu me sortir d'ici ? demanda-t-il. Je n'arriverai pas aux grilles de l'enceinte sans être repéré, d'autant que ton père a renforcé la sécurité.

— J'ai un moyen. Un bunker se trouve sous le Light House. Tout au fond, mon père avait fait creuser un tunnel qui conduit dans les bois. Je vais t'y emmener. Mais nous devons faire vite.

De retour de sa balade équestre, Marshall fit entrer son cheval dans l'écurie. Il pensait à Mercy et à tout ce qu'il lui cachait. Pour son bien.

Parfois, il songeait à l'autoriser à effectuer son *penumbroyage*, à découvrir le vaste monde, à vivre de nouvelles expériences, à goûter des plaisirs dont elle ignorait tout et à ressentir la douleur, le chagrin, la déception, qu'elle connaîtrait inévitablement. Le monde était si cruel, si injuste.

Mais il l'aimait trop pour la laisser errer, même pour un petit moment, dans la nuit. Il voulait lui épargner ces souffrances. Elle ne comprenait pas qu'il la protégeait.

Devenus adultes, la grande majorité des enfants qui avaient grandi dans l'enceinte, comme Alex, ne demandaient jamais à partir ou à s'interroger sur leurs choix de vie. En fait, ils étaient ses disciples les plus fervents, les plus acharnés.

Pourquoi sa propre fille ne leur avait-elle pas emboîté le pas ? Qu'avait-il raté avec elle ?

Le talkie-walkie qu'il portait au cou émit un sifflement perçant. Il pressa le bouton.

— Empyrée, c'est Alex.

— Qu'y a-t-il ?

— J'ai Sophia avec moi à la ferme. J'ai dû la ligoter.

— Pourquoi diable as-tu fait une chose pareille ? demanda-t-il, horrifié.

— Elle a réussi à prendre une arme à feu à l'un des gars de la sécurité et a commencé à tirer des pommes dans un arbre en disant des bêtises.

Ce genre de comportement ne ressemblait pas à Sophia.

— Détache-la et passe-la-moi. Tu as récupéré l'arme, n'est-ce pas ?

— Oui, mais...

— Alors passe-la-moi.

— Comme vous le souhaitez.

Marshall quitta l'écurie et se dirigea à grands pas vers le Light House.

La sécurité concernant les armes à feu était une priorité absolue dans l'enceinte. Tout le monde avait été formé à manipuler les pistolets, à tirer avec, les nettoyer et les ranger. Il ne comprenait absolument pas ce qui avait pu la pousser à faire une chose pareille.

— Empyrée, dit Sophia.

— Pourquoi as-tu pris une arme à feu pour tirer sur des pommes ?

— Parce que Mercy m'avait demandé de faire diversion.

Il se tut.

— As-tu fait ce que je t'avais ordonné ?

Avait-elle appâté sa fille en lui parlant de Rocco, en lui apprenant qu'il serait drogué à son insu et fouetté ? Avait-elle mis son plan à exécution ?

— Oui, mon amour. Exactement comme tu le voulais.

— Bonne fille.

Marshall sourit. Avant le coucher du soleil, il serait débarrassé de ce Rocco, une bonne fois pour toutes.

— T'a-t-elle dit comment elle envisageait de le faire sortir de l'enceinte ? demanda-t-il.

— Elle n'a pas voulu me le confier, mais elle ne s'inquiétait pas.

C'était pire que ce qu'il craignait. Sa fille était prête à révéler l'un de leurs secrets les plus précieux pour aider un étranger à s'enfuir.

— Repasse-moi Alex.

Un instant plus tard, son fils spirituel demanda :

— Empyrée, se passe-t-il quelque chose dont je devrais être au courant ?

— Mercy se dirige avec Rocco vers le bunker pour le faire sortir par le tunnel. Je t'autorise à utiliser la force létale.

Rocco devait mourir. C'était le seul moyen de mettre fin à l'amour de Mercy pour lui.

— Oui, monsieur, dit Alex – et Marshall entendit le sourire dans sa voix.

Alex rêvait de tuer Rocco depuis son arrivée. Maintenant, il en avait la possibilité. Il ferait mieux de ne pas tout gâcher.

— Assure-toi que Mercy ne sera pas blessée. Et Alex... ne le manque pas.

— Ne vous inquiétez pas. Je ne rate jamais ma cible.

8

De gros nuages noirs et menaçants obscurcissaient l'horizon et des éclairs zébraient le ciel alors qu'ils se hâtaient vers le Light House. Rocco s'inquiétait de ce qui arriverait à Mercy pour avoir enfreint les règles de sa communauté en l'aidant à s'enfuir.

Il aurait dû se soucier de la mission qui était en train d'échouer. Ou redouter de se faire attraper alors qu'il tentait de quitter l'enceinte.

Mais il ne pensait qu'à elle.

S'il l'avait pu, il serait resté. Pour se donner une chance d'atteindre son objectif, et surtout pour éviter à Mercy d'avoir à subir les conséquences de son évasion. Quels que soient les dangers, il était toujours prêt à les affronter. Il n'avait jamais hésité à prendre des risques. Mais être forcé à ingérer une drogue – qu'elle soit légale et à des fins religieuses ou illégale pour toutes sortes d'autres raisons – n'était pas une option. L'ayahuasca le pousserait à raconter ses secrets et ferait du même coup exploser sa couverture. Il se ferait tabasser et, plus grave, il n'aurait rien à montrer à l'équipe, mis à part ses plaies.

Le châtiment qu'Empyrée avait prévu de lui infliger était brutal et inhumain. Et que la communauté tout entière accepte de telles pratiques et les trouve normales lui semblait insensé.

Mercy était persuadée que l'enceinte était pour elle l'endroit le plus sûr de la planète, mais depuis qu'il en avait franchi le seuil ses instincts protecteurs étaient passés à la vitesse supérieure.

Et la combine de son père pour la forcer à se faire courtiser et épouser par un pauvre type qu'elle n'aimait pas, au nom d'une prétendue Lumière, n'avait fait que l'inquiéter davantage.

Tout en marchant, tête baissée, il scrutait la zone et jetait sans cesse des coups d'œil par-dessus son épaule.

— Arrête de regarder autour de toi, dit-elle. C'est suspect.

— Où sont les gardes chargés de la sécurité ?

Elle lui sourit d'un air espiègle.

— Occupés à la ferme à gérer une petite diversion que je leur ai concoctée.

Elle ne cessait de le surprendre.

Ils contournèrent le Light House pour y entrer par une porte dérobée. Mercy se glissa la première à l'intérieur, s'assura qu'il n'y avait personne et lui fit signe de la suivre.

— Ton père est là ?

Rocco préférait éviter une confrontation avec Empyrée. Certes, avoir ainsi l'occasion de le frapper au visage ne lui aurait pas déplu, mais dans l'immédiat sa priorité était de filer.

— Il aime se balader à cheval avant le dîner mais, depuis ton arrivée, il ne cesse de modifier son emploi du temps. Il m'est donc impossible de savoir où il se trouve actuellement.

Elle ferma la porte derrière eux et la verrouilla.

Puis elle l'entraîna dans le corridor couvert d'étagères sur lesquelles les Starlight rangeaient leurs chaussures après être entrées. Au bout du couloir, un escalier en colimaçon menait aux étages.

Elle se retourna et posa une main sur son torse pour l'arrêter.

— Attends-moi ici, murmura-t-elle. Je reviens tout de suite.

— Où vas-tu ?

— J'ai besoin de récupérer quelque chose dans ma chambre.

Il remarqua la panique teintée de désespoir qui assombrissait ses yeux bleus.

Aucune diversion n'allait retenir indéfiniment au loin l'équipe de sécurité.

Mais, sans lui laisser la possibilité de lui demander s'ils pouvaient se permettre de perdre du temps, elle s'élança vers le premier étage.

C'était la première fois que Mercy gardait ses chaussures à l'intérieur d'un bâtiment. Il ne s'agissait pas d'un acte de rébellion mais d'angoisse. Enlever leurs chaussures les aurait retardés.

Elle grimpa les marches quatre à quatre sans faire de bruit, courut jusqu'à sa chambre et se glissa à l'intérieur. Et prit ce qu'elle était venue y chercher sur le dessus de son armoire.

Mais, comme elle se retournait pour quitter la pièce, elle sentit son sang se glacer en tombant nez à nez avec Daisy.

Cette dernière était chargée du ménage dans les chambres ainsi que dans le bureau de son père.

Daisy sourit.

— J'ai presque fini. J'ai commencé plus tard que d'habitude parce que...

Son regard tomba sur les chaussures que Mercy portait aux pieds et son sourire s'envola.

Mercy baissa les yeux.

— Oh ! j'ai oublié de les enlever. Que je suis bête.

— Tu n'oublies jamais.

C'était vrai. Comme eux tous, elle veillait à la propreté de la maison.

— J'étais pressée. Je suis désolée.

Elle retira ses chaussures en toile et les tint contre sa poitrine, avec l'autre objet dont elle espérait ne pas avoir besoin de se servir.

— S'il te plaît, ne le dis pas à Empyrée.

— La transparence est le chemin vers la Lumière, répliqua Daisy. Me demandes-tu de lui mentir ?

Oui. Oui, je te le demande.

— Non. Bien sûr que non. Je préfère lui avouer moi-même mes fautes, voilà.

Avoir gardé ses chaussures à l'intérieur serait la moins grave de celles qu'elle avait commises en ce jour.

Daisy hocha la tête.

— D'accord.

— Je suis vraiment désolée. Je sais à quel point tu travailles dur pour garder l'endroit propre. Et j'apprécie tes efforts.

Mercy la prit dans ses bras, sincèrement reconnaissante pour ses années de service.

Daisy lui sourit.

— Merci. Que la Lumière soit avec toi.

— Et avec toi aussi.

Elle dévala les marches en toute hâte, le cœur battant à un rythme effréné.

Elle se précipita vers Rocco.

— Allons-y.

Il jeta un coup d'œil à ses pieds nus, mais ne posa pas de questions.

Ils se dépêchèrent dans le couloir. Comme ils passaient devant la bibliothèque, son endroit préféré, elle songea à quel point elle aurait aimé vivre avec Rocco dans l'enceinte, lui faire partager ses joies, ses lectures par exemple. Mais comme d'habitude son père s'était arrangé pour briser ses rêves et lui imposer sa volonté.

Mais ce n'était pas le moment de ruminer sa tristesse et sa déception. Elle devait à tout prix sortir Rocco de là. Le reste était secondaire.

Ils entendirent des voix et des bruits de casseroles émanant de la cuisine.

— L'équipe chargée des repas ne va pas tarder à préparer le dîner. Par ici.

Elle le mena vers un petit escalier, qu'ils descendirent sans bruit. Les réserves étaient rangées au sous-sol. Ceux qui travaillaient à la cuisine s'y rendaient régulièrement pour y prendre des victuailles, mais ils ignoraient la présence du bunker et du tunnel.

En bas des marches, elle lui prit la main pour le guider dans l'obscurité.

— Je préfère ne pas allumer, dit-elle. Pas avant d'avoir atteint le bunker. Au cas où quelqu'un emprunterait l'escalier, je ne veux pas qu'il se méfie.

Comme il se rapprochait d'elle, l'odeur de son eau de toilette lui chatouilla délicieusement les narines.

— Je te fais confiance, dit-il en mêlant leurs doigts.

Le geste l'émut et elle espéra qu'il n'entendait pas les battements précipités de son cœur.

Chaque fois qu'il était près d'elle, il déclenchait au creux de son ventre une faim sensuelle qui la troublait. Personne d'autre n'avait eu sur elle cet effet-là. Jamais.

— Montre-moi le chemin, poursuivit-il à voix basse.

Mercy l'entraîna dans les profondeurs sombres du sous-sol. Le savoir si près d'elle sans le voir la grisait.

Elle connaissait chaque recoin de cette maison et ne rencontrait aucune difficulté à s'y frayer un chemin dans le noir, mais la proximité de Rocco la perturbait.

Se forçant à se concentrer, elle reprit sa marche. Ils atteindraient bientôt le mur du fond.

— Nous y sommes presque, annonça-t-elle en tournant à gauche.

Lorsqu'ils arrivèrent devant des étagères vides, elle posa la main sur l'un des supports métalliques et tira.

— Aide-moi.

Ils unirent leurs efforts. Il y eut un léger déclic puis le faux mur sur lequel était collée l'étagère s'écarta sans bruit.

Elle chercha à tâtons une manette et ouvrit une lourde porte blindée. Elle y entra la première, chercha l'interrupteur et alluma. Tout le Light House était alimenté par des panneaux solaires. Son père s'était préparé au pire des scénarios.

Rocco la suivit dans le bunker.

Rapidement, elle remit le faux mur en place, mais ne prit pas la peine de refermer la porte. Malheureusement, elle ne pouvait la verrouiller de l'intérieur.

Son père ne lui avait jamais confié le code qui lui aurait permis de le faire. Peut-être était-il en effet un prophète, un voyant spirituel, et avait-il toujours su qu'elle le trahirait un jour...

Mais avec Rocco à ses côtés Mercy se sentait pleine d'audace. Elle ne craignait plus de décevoir celui qui la manipulait depuis trop longtemps.

Il promena les yeux autour de lui, examina rapidement les râteliers remplis de fusils-mitrailleurs et d'armes automatiques. Il prit un calibre 9 mm et l'examina.

— Il est vide, dit-il.

— Toutes les armes sont déchargées. Les munitions sont stockées ici, ajouta-t-elle en lui désignant plusieurs caisses.

— Je n'arrive pas à croire que vous ayez un tel arsenal ici en plus de celui qui est rangé dans le bâtiment de sécurité, dit-il en insérant un chargeur dans le pistolet.

Mais elle repartait déjà.

— Viens. Le tunnel est par ici.

Ils coururent devant des étagères remplies de denrées non périssables : des haricots secs, du riz, des pots de fruits en conserve, des légumes, des confitures... Un peu plus loin étaient soigneusement empilés des stocks de papier toilette et d'autres produits de première nécessité. Ils passèrent devant une petite cuisine, des sanitaires et une infirmerie entièrement approvisionnée en médicaments.

— C'est quoi, ce bunker ? demanda-t-il. Vous vous préparez pour la fin du monde ou quoi ?

Non, ils s'étaient préparés à soutenir un siège. Pour tous les membres de la communauté, le danger viendrait forcément de l'extérieur.

— Mon père pense qu'il vaut mieux prévenir que guérir. Il veut empêcher qu'un autre Waco ne se reproduise dans le Wyoming.

Trente ans plus tôt, après deux mois de siège, les forces de l'ordre avaient lancé un raid dans une ferme du Texas où s'était installée une secte. Près de quatre-vingts personnes avaient péri dans l'incendie qui s'en était suivi.

Son père avait tout prévu pour protéger son peuple d'un sort aussi funeste. Ce bunker n'était qu'une mesure parmi d'autres.

— Allez, viens.

Ils traversèrent un immense espace meublé de lits superposés à trois niveaux, du même genre que ceux qui équipaient les dortoirs des novices.

Un peu plus loin se trouvaient les quartiers privés, réservés à Empyrée, à elle, à Alex et aux membres du conseil des anciens.

Ils atteignirent enfin la porte qui menait au tunnel.

Elle n'était ornée ni de serrure ni de code pour le cas où ils devraient évacuer en urgence. Elle l'ouvrit. Une première série de lumières à détecteur de mouvement s'allumèrent.

— Tu n'as plus qu'à suivre le tunnel, dit-elle. Dans un bon kilomètre, il débouchera dans les bois, à proximité de la ville. Si tu te dépêches, tu seras trop loin pour qu'ils puissent te rattraper quand ils se rendront compte de ta fuite.

Elle lui donna le morceau de bois qu'elle avait pris sur son armoire.

— C'est un bloqueur de porte.

Le jour de son quatorzième anniversaire, lorsqu'elle avait eu ses premières règles, elle avait demandé aux menuisiers de lui en fabriquer un. Pour interdire à Alex de se glisser dans sa chambre, la nuit. Il n'y avait pas de serrure sur les portes des chambres pour empêcher quelqu'un d'entrer. Mais des verrous étaient posés à l'extérieur, au cas où son père voudrait enfermer l'un ou l'autre. Elle ne s'était jamais interrogée sur ces pratiques. Elle les avait toujours vues et elles lui semblaient normales.

— Cale-le en bas de la porte avant de filer, dit-elle.

De cette façon, ils ne pourraient pas le suivre dans le tunnel.

Les yeux dans les siens, il se rapprocha d'elle. Son regard était brûlant. Elle remarqua qu'il respirait plus vite.

— Mercy, murmura-t-il en lui caressant le visage.

Il plongea les doigts dans ses cheveux blonds, pencha la tête et captura ses lèvres.

Sans hésiter, elle lui rendit son baiser et très vite elle s'envola, emportée par cet assaut sensuel. Finirait-elle dans les feux de l'enfer pour avoir partagé cette intimité avec un non-croyant, comme son père l'en avait mille fois menacée ?

En tout cas, dans les bras de Rocco, à l'embrasser à pleine bouche, elle avait plutôt l'impression d'être au paradis.

Alors elle fit taire la petite voix dans sa tête qui la sermonnait et s'abandonna à ce baiser avec un gémissement de plaisir.

Elle noua les bras autour de son cou et se pressa avec délice contre son corps musclé. Dévorée par une faim ardente, envahie d'une douce chaleur, elle se hissa sur la pointe des pieds pour mieux savourer sa bouche. Elle avait un goût de menthe et de café. Elle avait le goût du bonheur et elle ne pouvait pas s'en rassasier.

Il l'embrassait avec frénésie comme en proie à un désir impérieux.

Incapable de s'arrêter, elle se frotta contre son érection. Ce baiser l'avait libérée, elle avait envie de davantage.

Il l'étreignit plus fort.

Mais soudain il se figea, s'écarta d'elle et tourna la tête comme s'il avait entendu quelque chose derrière lui. Elle perçut à son tour des bruits de pas qui approchaient dans le bunker. Ils étaient tout près. Presque au-dessus d'eux.

— Va, va vite, dit-elle en le poussant vers le tunnel, le cœur brisé.
— Viens avec moi.

Le sang rugissait à ses oreilles et elle crut avoir mal entendu.
— Que dis-tu ?
— Viens avec moi, répéta-t-il en lui prenant la main.

Les bruits s'intensifiaient. Trois ou quatre hommes arrivaient. D'un instant à l'autre, ils seraient là.

Elle hésita.

Si elle restait dans l'enceinte, elle aurait des comptes à rendre. Elle avait aidé Rocco à s'évader, elle le payerait cher, elle le savait.

Mais, si elle partait avec lui, elle s'aventurerait dans un monde inconnu que son père lui avait toujours décrit comme dangereux et malsain.

Que devait-elle faire ? se demandait-elle, déchirée.

Ils entendirent Alex et trois autres personnes envahir le bunker.

Bang ! Bang !

Des coups de feu retentirent.

— Ne tirez pas ! ordonna Alex. Mercy ne doit pas être blessée.

Maintenant, elle devait se décider.

Elle se tourna vers Rocco et comprit que ce saut dans l'inconnu, cet acte de foi, en valait la peine.

Que Rocco en valait la peine.

Toute hésitation envolée, elle lui prit la main pour franchir avec lui le seuil du tunnel.

Alex se précipitait dans la pièce. Il tira, mais Rocco riposta, les forçant à se mettre à l'abri.

Pendant une fraction de seconde, elle croisa le regard d'Alex, vit son visage blême de colère. Puis elle claqua la porte.

Rocco glissa la cale de bois dessous. D'un coup de pied, il l'enfonça plus fort.

Ils s'enfuirent dans le tunnel. En cours de route, il brisa toutes les ampoules derrière eux. Quand Alex et les autres parviendraient enfin à ouvrir la porte, ils ne pourraient pas faire feu dans l'obscurité sans risquer d'atteindre Mercy.

La main dans celle de Rocco, elle accéléra. Elle courait le plus vite possible.

Derrière elle, elle entendait les coups de poing sur la porte et les cris d'Alex :

— Mercy ! Mercy !

Bang bang !

— Mercy !

9

Il faisait nuit lorsqu'ils arrivèrent aux abords de la ville. La pluie avait commencé à tomber alors qu'ils couraient à travers bois, mais à présent elle s'était transformée en véritable déluge.

Mercy avait beaucoup impressionné Rocco. Non seulement elle l'avait fait sortir de la salle de méditation, en lui évitant ainsi d'être drogué et fouetté, mais dans le bunker elle avait gardé son calme, y compris lorsque les hommes d'Alex avaient fait feu. Dans la pinède, elle avait suivi le rythme exténuant qu'il avait adopté. Il n'avait dû l'aider qu'une fois ou deux lorsque le sol détrempé devenait particulièrement glissant.

Mais le plus surprenant était qu'elle soit partie avec lui alors qu'il aurait été tellement plus facile pour elle de rester.

Le vent soufflait fort quand ils atteignirent une petite station-service : le Dogbane Express.

Trempée, épuisée et glacée, Mercy devait être au bout du rouleau.

Il ouvrit la porte et l'invita à entrer.

En les voyant, l'employée à la caisse s'exclama :

— Oh là là, vous vous êtes fait rincer, tous les deux ! Étiez-vous dehors pendant la tempête ? ajouta-t-elle en constatant qu'aucune voiture n'était arrêtée devant les pompes à essence.

— Nous étions sortis marcher et nous sommes laissé surprendre par l'orage.

Rocco regarda autour de lui et repéra un téléphone public. L'un des derniers du pays, sans doute.

— Cet appareil est-il en service ?
— Bien sûr.

Il sortit son portefeuille de sa poche. Le seul objet que l'équipe chargée de la sécurité ne lui avait pas confisqué. Il en tira un billet de un dollar et le posa sur le comptoir.

— Pourriez-vous me faire la monnaie, s'il vous plaît ?

Elle pressa un bouton et le tiroir-caisse s'ouvrit avec un gling. Elle posa quatre pièces sur le comptoir.

— C'est pour moi, dit-elle en repoussant le billet vers lui.
— Merci, dit-il en l'empochant. Je reviens tout de suite, Mercy.

Tout en gardant un œil sur elle, il se dirigea vers la cabine téléphonique et décrocha le combiné.

La caissière examina Mercy de la tête aux pieds.

— Vous êtes l'une de ces Starlight, non ? Vous faites partie de la secte ?

Son collier l'avait sans doute trahie. Il ne l'avait jamais vue sans ce bijou.

Mercy, qui frissonnait et claquait des dents, hocha la tête.

— Oui, madame.
— Vous avez eu envie d'une petite pause, si je comprends bien.
— En quelque sorte.

Il mit une pièce dans la fente et appela une compagnie de taxis.

— N'hésitez pas à vous servir un café, ajouta l'employée. Je viens d'en préparer, il va vous réchauffer. Je vous l'offre.
— Merci beaucoup, dit-elle. C'est très gentil de votre part.

Elle s'empara de la cafetière, posée sur une petite table, et remplit deux tasses.

— Je vais vous chercher quelques serviettes, poursuivit la caissière. Je m'en voudrais que vous attrapiez la mort.

Après avoir commandé un taxi, Rocco composa le numéro de Charlie.

— Salut, c'est Rocco.
— Je n'ai plus de nouvelles de toi depuis que tu es parti avec Mercy McCoy. Cela remonte à des jours, une éternité. Tout va bien ?

— Oui, oui. Je travaille.

— Avec Mercy ? s'exclama sa cousine, incapable de dissimuler sa surprise. Est-elle une de tes sources ? Un indic ?

Il n'avait jamais discuté de ses missions avec Charlie.

Elle ne pouvait donc pas savoir qu'il avait en effet envisagé de recruter Mercy McCoy comme source de renseignements. Elle avait, en revanche, sans doute remarqué qu'elle était la seule à qui il donnait des cours particuliers, avec qui il travaillait en tête à tête.

Mercy s'avança vers lui et lui tendit une tasse de café. Elle tremblait comme une feuille.

— Merci, lui dit-il.

Puis il reporta son attention sur sa conversation avec Charlie.

— Je ne peux pas entrer dans les détails pour le moment, poursuivit-il. Écoute, nous sommes sur le point de prendre un taxi pour nous rendre dans un motel, ajouta-t-il avant de lui donner l'adresse de ce dernier.

— Pourquoi vas-tu dans un hôtel ? Et pourquoi prends-tu un taxi au lieu de te servir de ta voiture ?

— C'est une longue histoire. La version courte est que des membres de la communauté pourraient venir la chercher chez moi. Chez toi aussi, peut-être. Tu devrais rester avec Brian dans les prochains jours.

Il savoura avec délice une longue gorgée du breuvage brûlant.

— Je suis chez lui presque tous les soirs, de toute façon, répondit Charlie. Je ne dirais pas que nous vivons ensemble, parce que j'ai toujours ma maison, mais il m'a donné deux tiroirs et un placard pour mes affaires.

La relation de Charlie avec Brian l'avait complètement pris au dépourvu, mais tous deux étaient passés de « rien » à « du sérieux » à une vitesse fulgurante. Il ne s'en plaignait pas. En fait, il était ravi que sa cousine ait enfin laissé quelqu'un abattre les murs qu'elle avait érigés autour de son cœur. Et que l'heureux élu soit un gars aussi formidable que Brian lui faisait encore plus plaisir.

— Ce serait peut-être une bonne idée que Brian passe du temps à l'Underground Self-Defense School, ajouta-t-il. Des Starlight pourraient essayer de t'ennuyer là-bas pour tenter de découvrir où se cache Mercy.

Nash serait d'accord. Lorsqu'il s'agissait d'assurer la sécurité de leurs proches, ils n'avaient pas l'habitude de mégoter.

L'employée revint et leur tendit des serviettes-éponges.

— Pourrais-tu passer chez moi me prendre quelques affaires et en trouver pour Mercy ? demanda-t-il à sa cousine. Nous ressemblons à deux chats noyés. Et si tu me dénichais aussi une voiture cela m'arrangerait bien.

Charlie soupira.

— Je m'en occupe. Je te prêterai ma Porsche et je roulerai avec Brian. À très vite, ajouta-t-elle avant de mettre fin à la communication.

Il se rendit au distributeur automatique et retira du liquide afin de pouvoir payer la chambre en espèces. Il l'avait réservée sous un faux nom pour être sûr que personne ne pourrait les pister. Il remarqua dans les rayons de la station-service des téléphones portables prépayés. Il en prit un, en regrettant que l'employée ne les lui ait pas signalés plus tôt.

Il se rendit à la caisse et régla son achat. Comme il empochait la monnaie, le taxi arriva.

Au motel, Rocco déverrouilla la porte et invita d'un geste Mercy à entrer. La chambre était équipée de deux lits doubles, d'un micro-ondes et d'un mini-réfrigérateur. La peinture était écaillée, le lino déchiré par endroits, et une odeur de moisi flottait dans l'air.

— Désolé, ce n'est pas le Ritz.

Il ôta son stetson trempé et envoya un texto à Charlie.

C'est Rocco. Ce numéro est temporaire. Nous sommes chambre 12.

La pièce était glaciale et il mit le chauffage à fond. Dans le placard, il trouva une couverture supplémentaire et l'enroula autour des épaules de Mercy.

Elle s'y lova profondément, les bras autour d'elle.

— Je pensais que nous irions chez toi.

Il aurait adoré l'accueillir chez lui, lui montrer où et comment il vivait et tout ce qu'il lui avait caché sur lui.

— Je suis sûr que ton père connaît mon adresse. Il risque d'y envoyer Alex et d'autres pour venir te chercher.

— Cela m'étonnerait. Tu ne m'as pas kidnappée. J'ai choisi de partir.

Mais elle avait pris la décision de s'enfuir avec lui à la dernière minute. Tout était allé très vite au milieu des balles qui fusaient. Il était impossible de savoir quelle version de l'histoire serait racontée à son père. Quoi qu'il en soit, Alex était du genre à se venger. S'il pensait savoir où trouver Mercy, il n'hésiterait pas à s'en prendre à elle.

Alex était soit obsédé, soit amoureux d'elle. Dans les deux cas de figure, il n'allait pas la laisser lui échapper sans réagir, Rocco en était certain.

— Tu as quitté l'enceinte sans autorisation. Ce qui veut dire qu'il y aura des conséquences pour toi, non ?

L'air un peu perdu, elle se frotta les tempes.

— Je n'y ai pas vraiment réfléchi quand j'ai décidé de partir avec toi.

— Des regrets ? demanda-t-il.

Si elle en avait, il ne la laisserait pas profiter d'une bonne nuit de sommeil et commencerait tout de suite à l'interroger sur ce qu'elle savait peut-être. Le moindre détail en apparence anodin pouvait les aider à avancer. Ensuite, il la déposerait aux portes de l'enceinte. Et lui dirait adieu... à contrecœur.

Mais il espérait qu'elle ne regrettait pas de lui avoir pris la main et de s'être enfuie de la communauté. Même si ce n'était que pour quelques jours.

Elle se tourna vers lui et s'apprêtait à répondre lorsque des phares apparurent devant la fenêtre de leur chambre, attirant leur attention. Des portières claquèrent.

Rocco jeta un coup d'œil dehors.

Il vit Charlie et Brian s'embrasser. Elle portait le chapeau de cow-boy de Brian, qui l'étreignait. Chaque fois qu'il les surprenait enlacés, il était sidéré de les voir ensemble, comme s'il en était témoin pour la première fois. À sa connaissance, Brian était le seul homme à avoir réussi à séduire sa cousine.

En tout cas, il était agréable de les savoir heureux et amoureux.

Il ouvrit la porte.

— Bonsoir, vous deux.

Charlie entra en brandissant deux gros sacs.

— Voilà les renforts, dit-elle en lui en fourrant un dans les bras. J'ai récupéré chez toi de quoi te changer pendant deux ou trois jours.

Brian franchit le seuil à son tour, chargé d'un troisième sac, en papier.

— Quant à moi, je me suis occupé du ravitaillement : double cheeseburger, frites, sandwichs, soupe à la tomate et deux salades.

— Merci, dit Rocco, qui se tourna vers Mercy. Voici Brian, l'amoureux de Charlie.

Elle le salua d'un geste de la main.

Charlie lui colla l'autre sac dans les bras.

— Va vite prendre une douche chaude et mettre des vêtements secs, dit-elle. Tu trouveras là-dedans tous les articles de toilette dont tu peux avoir besoin. J'ai mis aussi quelques T-shirts, un pull, des leggings, un vieux jean dans lequel je ne rentre plus et une chemise de nuit. Tu devras peut-être retrousser les jambes du pantalon. En revanche, seuls les T-shirts sont blancs. Désolée.

— C'est très bien.

Mercy avait toujours le regard d'un cerf pris dans les phares d'une voiture.

— Merci, ajouta-t-elle.

— Comment ça se passe ici ? poursuivit Charlie. Vous partagez une chambre tous les deux ?

Sa cousine était toujours brusque, directe et impitoyable dès lors qu'il s'agissait de protéger les plus vulnérables. Elle était particulièrement sensible au sort des femmes battues.

Elle s'était donné pour mission d'aider les victimes de violences conjugales. Non seulement elle leur apprenait à se battre, à se défendre, mais elle se débrouillait pour les éloigner de leurs agresseurs. Elle n'hésitait pas à leur créer une nouvelle identité, à leur fournir de faux papiers, pour leur permettre de disparaître. Mercy étant sous l'emprise d'une secte, il était logique que Charlie cherche à la protéger.

— Je ne veux pas la perdre de vue, répondit Rocco.

Elle pourrait changer d'avis au milieu de la nuit, appeler son père et filer en catimini avant qu'il n'ait eu l'occasion de l'interroger et de découvrir ce qu'elle savait.

Dans l'état actuel des choses, elle était sa seule piste, sa seule chance d'avancer. Il n'était pas question de la laisser s'échapper ni de permettre qu'il lui arrive quoi que ce soit.

— Mercy, cet arrangement te convient-il ? demanda Charlie. Parce que si ce n'est pas le cas je peux passer la nuit avec toi ici et Rocco dormira dans une autre chambre.

— Si tu restes, Charlie, je reste, intervint Brian. Pas avec vous, mesdames, bien sûr.

Mercy serra le sac contre elle.

— Je serai très bien avec Rocco. Vraiment. Vous n'avez pas besoin de rester.

Quand elle se tourna vers lui, il fut soulagé de voir dans ses yeux qu'elle se sentait à l'aise à l'idée d'être seule avec lui.

— Je ne comprends pas très bien ce qui se passe entre vous deux, reprit Charlie en les dévisageant tour à tour.

Elle regarda Mercy et ajouta :

— En tout cas, si jamais tu décides de quitter Shining Light, ne crois pas que seul un homme peut t'aider à changer de vie.

Même si Rocco est mon cousin et un bon gars, il n'est pas ta seule option. Si tu as besoin d'un logement, d'un travail ou de n'importe quoi d'autre, parle-m'en et je te les trouverai.

Charlie était une personne formidable à avoir à ses côtés. Quoi qu'il advienne, Mercy pourrait compter sur elle, se félicita Rocco. Quelle que soit la décision qu'elle prendrait, il voulait qu'elle ait le plus de soutien possible. Mais il serait également là pour elle, si elle le souhaitait, et le lui dirait.

— C'est très généreux de ta part, dit Mercy. Vraiment. Je ne sais pas encore ce que je vais faire à long terme, mais merci.

Charlie lui adressa un sourire chaleureux puis se tourna vers Rocco, qu'elle fusilla d'un regard glacial.

— J'aimerais te dire deux mots en privé.

Elle sortit en laissant la porte ouverte.

Il la suivit.

— Épargne-moi tes sermons, dit-il. Je ne suis pas d'humeur.

Les mains sur les hanches, elle ravala donc les mots qui lui brûlaient visiblement les lèvres et prit une profonde inspiration.

— Mercy n'a peut-être pas été maltraitée physiquement, mais depuis sa naissance elle vit sous la coupe de son père, complètement isolée du monde extérieur. Le dénommé Empyrée est autoritaire et mène toute sa communauté à la baguette. Il contrôle chaque facette de la vie de sa fille en ne lui laissant qu'un droit, celui de se taire. Elle est donc très vulnérable.

— J'en suis conscient, merci.

— Alors n'en profite pas.

— Pour qui me prends-tu ?

Elle le traitait comme un inconnu lambda alors qu'ils étaient de la même famille et avaient grandi ensemble.

— Je pense que tu es quelqu'un de bien, mais tu n'en restes pas moins un homme. Ouvre ton sac.

Il tira sur le zip de la fermeture Eclair. Sur ses vêtements se trouvait une boîte de préservatifs. Elle était folle ou quoi ?

— Il ne s'agit pas d'un plan-séduction, dit-il. Je suis en mission.

— Appelle ça comme tu veux. Je ne suis pas aveugle, Rocco. Elle te dévore des yeux et je crois qu'elle ne te laisse pas de marbre non plus. Dis-moi que j'ai tort.

Furieux, il serra les dents. En partie parce qu'elle avait raison. En partie parce qu'il était trempé, glacé et affamé.

— Je reste toujours professionnel, quels que soient mes sentiments personnels.

Et, si malgré tout il se laissait emporter, il gardait toujours un préservatif dans son portefeuille. Il n'avait pas besoin que sa cousine se mêle de ses histoires.

— Le sujet est clos, conclut-il.

— Parfait.

Elle sortit des clés de sa poche et les lui lança.

Il les attrapa au vol.

— Merci d'être venue si vite.

Il retourna à l'intérieur et trouva Brian seul.

— Mercy est dans la salle de bains, expliqua-t-il à voix basse.

Rocco entendit alors des bruits d'eau, la douche qui coulait.

— As-tu appris quelque chose de concret ? poursuivit Brian.

Il secoua la tête.

— Non, rien. Mais elle en sait peut-être plus qu'elle ne le pense. Je lui parlerai demain matin lorsqu'elle se sera reposée. Si je ne trouve rien, je m'intéresserai à une piste qu'on m'a donnée par ailleurs. Les Devil's Warriors auraient des liens avec le fournisseur d'armes.

Malheureusement, ce tuyau n'était pas nouveau et était sans doute percé.

Brian décrocha son arme de son holster et la tendit à Rocco.

— À toi de voir. Mais si tu n'avances pas Becca voudra sans doute essayer quelque chose.

— Oui, c'est probable.

— Je comprends que cela puisse être difficile, surtout après ce que vous venez de traverser, tous les deux, poursuivit Brian en désignant la salle de bains. Mais tu n'as pas la possibilité d'y aller mollo avec elle. Tu dois tout faire pour obtenir des réponses. *Ce soir.* Il ne nous reste que deux jours.

Personne n'avait besoin de lui rappeler que le temps pressait et qu'il serait bientôt trop tard. Il en était déjà douloureusement conscient.

— Nash veut te voir à la première heure, demain matin, ajouta Brian. Et, pour que tu le saches, je serai à l'Underground Self-Defense School toute la journée avec Charlie. Elle sera en sécurité.

Rocco ne s'inquiétait pas du tout à ce sujet. Il lui aurait confié sa vie et savait que Charlie n'avait rien à craindre avec un tel garde du corps.

Brian lui lança un regard compatissant avant de partir.

L'eau ne coulait plus dans la salle de bains. Un instant plus tard, Mercy ouvrit la porte et apparut dans un nuage de vapeur. Elle était vêtue d'un T-shirt et de leggings noires. Il ne put s'empêcher de remarquer qu'elle ne portait pas de soutien-gorge.

Ressaisis-toi. Tu n'es pas qu'un homme. Tu es un agent de l'ATF.

— Tu devrais te restaurer un peu, dit-il en détournant le regard. Je vais me doucher.

Il se précipita dans la pièce qu'elle venait de quitter et ferma la porte.

Son soutien-gorge et sa culotte étaient suspendus à la tringle de douche. Elle était donc nue sous ses vêtements.

Il secoua la tête pour en sortir cette image, ouvrit la cabine de douche et fit jaillir l'eau chaude. Un délice. Il se savonna avec énergie, se rinça et se frictionna à l'aide d'une serviette-éponge. Une fois sec, il enfila un T-shirt, un boxer et un pantalon.

Dans la chambre, Mercy avait étendu une couverture sur le sol et y avait disposé le repas comme pour un pique-nique.

Assise en tailleur, elle l'attendait.

— Je t'avais dit de commencer. Tu dois mourir de faim.

— Je n'ai jamais mangé un repas seule, mais toujours avec ma famille.

Elle avait l'air si fragile, avec son visage nu, ses joues roses et son doux sourire, qu'il sentit son cœur se serrer.

La qualifier de vulnérable était un euphémisme.

Tout était nouveau pour elle, qu'il s'agisse de porter autre chose que du blanc ou de se restaurer en dehors de sa communauté.

Il aurait donné n'importe quoi pour attendre le matin pour lui asséner la vérité. Mais Brian avait raison. Le temps pressait. Il ne pouvait pas se permettre d'attendre.

Il s'assit à côté d'elle.

— Veux-tu la moitié de mon hamburger ?

Les sourcils froncés, elle secoua la tête.

— Ce n'est pas parce que je ne suis plus dans l'enceinte que je vais commencer à manger de la viande.

Elle n'était manifestement pas prête à renoncer aux habitudes de Shining Light, mais elle avait quitté le mouvement et était à présent avec lui, loin de la secte.

— Aimerais-tu réciter le bénédicité ? proposa-t-il.

— Oui, répondit-elle en lui prenant la main. Merci pour ce repas. Puisse-t-il nourrir notre corps et alimenter notre capacité à faire du monde un monde meilleur. Et merci d'avoir protégé Rocco.

Non seulement elle l'avait inclus dans sa prière, mais elle avait raccourci cette dernière en laissant de côté les éléments qui le mettaient mal à l'aise.

Il regarda sa petite main dans la sienne.

Sa confiance, son innocence le touchaient au cœur. En réalité, cette femme le bouleversait. Il leva la tête et croisa ses yeux bleus, posés sur lui. Il soutint son regard. Aucun d'eux ne parla, se contentant de dévisager l'autre. Le moment s'étira. Puis passa.

Elle goûta la soupe, puis le sandwich pendant qu'il dévorait son hamburger et ses frites. Il mourait de faim, mais il se força à ne pas s'empiffrer. Mais même en prenant son temps il termina avant qu'elle n'ait fini son premier sandwich.

— Pourquoi es-tu partie avec moi ? demanda-t-il.

Il avait besoin de savoir ce qui l'avait motivée.

Qu'elle ait envie de temps, de liberté, d'espace ou d'une nouvelle vie, il s'arrangerait pour qu'elle l'ait.

Elle haussa les épaules.

— Je voulais m'assurer que tu t'en sortirais sain et sauf et puis...

Elle prit le visage de Rocco entre ses deux mains et ajouta :

— Et puis, je n'étais pas prête à te dire au revoir.

Sa douceur l'invitait à se rapprocher.

Mais ce fut elle qui prit l'initiative. Elle l'attira à elle, glissa les doigts dans ses cheveux humides et captura ses lèvres pour un baiser timide, hésitant... qui fit instantanément battre son cœur plus vite.

Il avait envie de l'enlacer, de l'étreindre, de se perdre en elle. Il rêvait de l'allonger sur le lit, de la couvrir de baisers, de caresses. Il avait envie de découvrir si elle sentait bon partout, de voir ses yeux s'assombrir de désir et s'affoler de plaisir.

Il voulait lui faire l'amour, la faire sienne.

Mais il resta immobile, même si son corps vibrait sous l'effort de se retenir. Il avait déjà connu des femmes, il avait déjà expérimenté la frustration. Mais, là, tout était différent.

Mercy était différente.

Finalement, le bon sens prit le dessus. Il rompit le baiser et s'éloigna d'elle.

— Je suis désolé. Je ne peux pas.

Elle ferma les paupières.

— Pourquoi ? murmura-t-elle.

Elle avait l'air confuse, honteuse, et sa réaction lui brisa le cœur.

Le moment sensuel qu'il venait de partager, aussi léger et tendre qu'il ait été, était plus que suffisant pour faire jaillir de ses reins un désir ardent. Charlie avait raison.

Il s'était souvent imaginé avec Mercy comme ça, seul avec elle, loin de l'Underground Self-Defense School et loin de l'enceinte.

Mais, dans ses rêves les plus fous, il n'aurait jamais pensé que ce serait lui qui dirait non.

— Mercy, regarde-moi.

Il attendit qu'elle ouvre les yeux et y vit briller un désir intense et une tristesse mêlés.

— Je dois te dire quelque chose...

Elle hocha la tête.

— Je t'écoute.

Il redoutait de prononcer ces mots, sachant qu'elle allait le détester après les avoir entendus.

— Je suis un agent de l'ATF, chargé de la lutte contre les trafics d'armes et d'explosifs. Je me suis servi de toi pour m'introduire dans l'enceinte afin d'enquêter sur Shining Light et sur ton père.

10

Sidérée, Mercy écouta les mots qui sortaient de la bouche de Rocco sans parvenir à y croire. Il parlait d'elle comme d'une source, susceptible de lui fournir des renseignements. Il avait vu en elle une indic potentielle. Il évoquait des trafics d'armes et d'explosifs, un terrible événement à venir, à la pleine lune...

Mais elle n'entendait qu'une insupportable vérité.

Elle s'attendait si peu à ces révélations qu'elle n'avait pas eu le réflexe de se fermer intérieurement, de se protéger. Dévastée, elle éprouvait ce qu'elle aurait ressenti si un camion l'avait percutée par surprise, réduite en miettes, et avait brisé son cœur en mille morceaux.

Il se tut enfin. Ou peut-être avait-il fini.

Un long silence tomba dans la chambre, mais les mots continuaient leur travail de destruction. Elle était la proie d'une telle douleur que, sonnée, elle ne parvenait plus à bouger. Ni même à respirer ou à articuler un son.

Comme il s'avançait vers elle, elle se recroquevilla sur elle-même.

— Mercy, tu vas bien ?

Sans répondre, elle battit des paupières. Des larmes brûlantes jaillirent de ses yeux et coulèrent sur ses joues.

Il tendit les mains vers elle, mais elle se releva d'un bond, s'écarta de lui et recula contre le mur.

— Rien n'était vrai, balbutia-t-elle enfin. Tout ce que tu m'as dit n'était que mensonges.

— Ce que je ressens pour toi est sincère, protesta-t-il. Je le ressens depuis que je t'ai vue pour la toute première fois.

Avec un gros soupir, il passa les mains dans ses cheveux et se mit à arpenter la pièce.

Dans un état second, elle nota sans s'y arrêter ses larges épaules, ses cheveux humides rejetés en arrière, ses bras musclés.

Ce qu'elle éprouvait pour lui était si fort qu'elle s'était mise en danger pour lui épargner toute souffrance, pour le protéger. Pour lui, elle avait tout quitté, trahi sa famille, son père, sa parole.

Alors qu'elle ne représentait rien pour lui.

Elle était tombée amoureuse d'un homme qui n'existait pas, d'un leurre. Il ne l'aimait pas. Il n'avait vu en elle qu'une source à recruter. Il avait joué l'amoureux pour obtenir des renseignements mais, en réalité, il ne nourrissait aucun sentiment pour elle. Il s'était servi d'elle.

Mais il poursuivait :

— Je ne t'ai pas tout dit, mais une grande partie de ce que je t'ai raconté était vraie. Tu dois comprendre pourquoi je ne pouvais pas être totalement transparent.

— Parce que tu nous prends pour des terroristes.

Elle l'avait invité dans l'enceinte, lui avait parlé de leur façon de vivre, confié leurs secrets. Elle lui avait montré qu'ils étaient pacifiques et ne cherchaient qu'à rendre le monde meilleur.

Et lui, pendant tout ce temps…

Son père avait eu raison de se méfier de lui.

— Je ne pense pas que ni toi ni la plupart des membres de ta communauté en soyez, dit-il.

— Mais mon père, oui ? s'exclama-t-elle, horrifiée.

— Pourquoi a-t-il eu besoin d'amasser toutes ces armes ?

— Pour nous protéger. Des gens comme toi. Au cas où un jour vous décideriez de nous attaquer.

— Je t'en prie, cesse de nous voir comme le mal incarné. Il existe des lois dans ce pays et nous les respectons. Nous n'avons pas le droit de faire n'importe quoi. Mon équipe d'intervention interarmées n'assiégerait jamais l'enceinte sans raison valable.

Oh ! non ! Il y avait donc toute une « équipe d'intervention interarmées » qui enquêtait sur eux ?

— Va dire ça à tous les innocents tués pendant le massacre de Waco.

Le siège de cette secte par les forces de l'ordre avait coûté la vie à soixante-quinze personnes, dont des femmes et des enfants.

Rocco secoua la tête.

— Les agents disposaient d'un mandat de perquisition qu'ils tentaient d'exécuter, dit-il. Des erreurs ont été commises à Waco, c'est vrai. Mais tous les policiers et les agents du pays en ont tiré les leçons. Personne n'a envie qu'une telle tragédie se reproduise. Je ne laisserai jamais un tel drame arriver. Je te le jure, dit-il en se rapprochant.

— Que veux-tu de moi ?

— Nous avons absolument besoin de savoir qui fournit Shining Light en armes et ce que ton père a prévu de faire dans deux jours, à la pleine lune.

Toutes les questions qu'il lui avait posées à propos des cycles lunaires et de leur signification lui revinrent en mémoire.

— Il n'y a rien de prévu à part le rituel chamanique de la mue.

Ce rituel collectif permettait une transformation profonde de leur être. Les Starlight étaient alors invitées à se libérer de tout ce qui leur pesait, les faisait souffrir et les empêchait d'évoluer. Leurs fautes passées, leurs sentiments négatifs et leurs éventuelles transgressions étaient pardonnés, et en échange elles recevaient, en cadeau, la Lumière.

— Je te l'ai déjà dit.

— Tu es la fille d'Empyrée, tu es forcément au courant de ce qu'il complote ! lança-t-il d'un ton si dur qu'elle sursauta. Je t'en prie, dis-moi ce que tu sais, ajouta-t-il plus doucement.

C'était un cauchemar. Elle n'arrivait pas à y croire. Quelque part, elle espérait qu'elle allait se réveiller. Mais malheureusement elle ne rêvait pas.

— Mon père ne ferait jamais de mal à quiconque.

— Un de mes indics est mort dans mes bras. La dernière chose qu'il m'a dite était que ton père était derrière une grosse opération à venir, un attentat sans doute. Je t'en supplie, réfléchis. Tu sais certainement quelque chose qui pourrait permettre d'éviter une tragédie, de sauver des vies innocentes.

Elle secoua la tête, écœurée.

— Si j'avais connaissance d'un attentat à venir, fomenté par mon père, je ferais tout pour l'empêcher. Comment oses-tu en douter ?

— Je n'en doute pas, répondit-il, adouci. Mais il est prévu quelque chose d'énorme, quelque chose d'horrible, ce jour-là.

— Je ne suis au courant de rien.

— Et les armes ?

— Mon père et Alex s'occupent de tous les achats.

Elle était restée dans l'ignorance sur tant de choses depuis si longtemps.

— Je ne sais pas qui est leur fournisseur.

— Et l'argent ? D'où vient-il ? Comment ton père finance-t-il Shining Light ?

Prise de nausées, Mercy se massa le ventre.

— Mon père a fondé Shining Light avec son propre argent. Il avait acheté un terrain et y avait fait construire les installations. Lorsque les gens choisissent de devenir des Starlight, ils remettent leurs biens à la communauté. Mais la plupart d'entre eux n'ont rien et sont accueillis sans qu'il leur soit rien demandé.

— Mais d'autres apportent des fortunes ?

— Oui, reconnut-elle en baissant la tête.

Elle avait interrogé son père sur la manière dont certains novices avaient été recrutés. Elle avait compris qu'il ciblait de riches familles, cherchait leurs failles et leurs faiblesses pour les exploiter. La promesse de sauver un adolescent rebelle, de désintoxiquer une fille junkie, de tirer quelqu'un des ténèbres pour le tourner vers la lumière, était puissante. Et, combinée à la personnalité charismatique de son père, elle n'avait pas de prix.

Elle l'avait vu à l'œuvre, de ses propres yeux.

Bien sûr, il avait toujours nié être intéressé. Mais elle n'était ni aveugle ni dupe de ses mensonges. Elle connaissait les imperfections de leur communauté et les combines de son père, mais cela n'en faisait pas pour autant des terroristes.

— Il doit y avoir des traces de ses ressources financières, dit Rocco.

— Je n'ai jamais eu accès aux comptes ni à des documents montrant combien il y a dans les caisses et à quoi l'argent est utilisé.

Elle n'avait même pas de compte bancaire. Elle avait dû supplier son père de payer ses séances d'entraînement à l'Underground Self-Defense School.

— Que vas-tu faire maintenant ? poursuivit-elle. Demander un mandat de perquisition pour fouiller l'ordinateur de mon père ? Saisir ses comptes bancaires ?

— Non. Ça ne fonctionne pas comme ça, répondit-il en se frottant le visage. Aucune loi ne nous y autoriserait et, même s'il y en avait une, cela prendrait du temps. Nous n'en avons pas. Si je parvenais à identifier les trafiquants d'armes, quels qu'ils soient, peut-être sauraient-ils ce qui se prépare. S'ils ont vendu des explosifs à ton père, celui-ci leur a peut-être dit ce qu'il comptait en faire, à quoi ils allaient servir.

Que la Lumière m'aide... et guide Rocco.

Après tout ce qu'elle lui avait raconté, il croyait encore son père capable d'organiser un attentat.

— Comment comptes-tu découvrir les noms des trafiquants d'armes ?

C'était peut-être le seul moyen d'innocenter son père et de protéger la communauté.

— Auprès des Devil's Warriors, les Guerriers du Diable.

Le gang de motards hors la loi ?

La colère de Mercy se mua en inquiétude. Pour lui.

— Ils sont dangereux. Violents.

Un ancien membre du gang, Shawn, avait rejoint la communauté. Les horreurs qu'il leur avait racontées sur les crimes de cette bande de voyous la terrifiaient encore.

— N'y va pas, dit-elle en s'approchant de lui.

Il se laissa tomber sur l'un des lits.

— C'est ma dernière option.

— Ils te tueront.

Il haussa les épaules.

— Je suis habitué au danger.

Vraiment ?

Approcher une « source » éventuelle, l'amener à baisser sa garde et à trahir les siens pour communiquer des renseignements prenait du temps. Il lui avait fallu des mois de patience pour l'apprivoiser, *elle,* pour qu'elle se sente à l'aise avec lui, lui fasse confiance. Et tombe amoureuse de lui.

Une fois dans l'enceinte, pressé par le temps, il avait voulu aller trop vite. Et il avait échoué.

À présent, il ne restait que deux jours pour empêcher une tragédie, elle l'avait compris. Il n'aurait pas la possibilité d'adopter la même approche avec les Devil's Warriors.

Il allait se faire tuer.

Malgré sa douleur, sa déception et sa colère, cette éventualité la ravagea.

— Je parie que tu t'en veux d'avoir perdu tant de temps avec moi, dit-elle. Pour rien.

La fille d'Empyrée. Il avait sans doute cru avoir décroché le gros lot.

Quelle triste blague.

Il leva la tête et plongea les yeux dans les siens.

— Apprendre à te connaître n'était pas une perte de temps. Je regrette seulement de n'avoir pas pu être sincère avec toi dès le début... Ce que j'éprouve pour toi est réel, ajouta-t-il.

— Qu'éprouves-tu pour moi ?

— Bien plus que je ne le devrais.

— Cela ne m'avance pas beaucoup. Pourquoi m'as-tu embrassée dans le tunnel ? Pour que je parte avec toi ? Parce que tu voulais m'interroger ?

Il secoua la tête.

— Non. Je t'ai embrassée sans réfléchir. Et je t'ai demandé de venir avec moi parce que...

Elle se tordait les mains, attendant désespérément qu'il dise quelque chose qui soulagerait son cœur brisé.

— Parce que je ne voulais pas te laisser, dit-il.

— Et perdre ta source ?

Il prit ses deux mains.

— À ce moment-là, je ne voyais pas en toi une indic potentielle, une source possible de renseignements. Mais une femme dont j'étais amoureux. Une femme qui me fait ressentir des choses que je n'avais ressenties avec personne d'autre. L'idée de te quitter m'était soudain insupportable.

Il se mettait à nu et elle avait envie de le croire. Elle le voulait vraiment. Mais il lui avait raconté tellement de mensonges. *Pendant des mois !*

Il l'avait utilisée et peut-être le faisait-il encore. Il était possible qu'il continue à lui servir de belles paroles, à lui tenir un discours amoureux, pour une raison qu'elle ignorait encore. Comment lui faire confiance ? Elle se demanderait toujours ce qu'il cachait, ce qu'il ne lui disait pas.

Elle se leva et se dirigea vers l'un des lits, qu'elle ouvrit.

— Je suis fatiguée.

Gagnée par une profonde lassitude, elle jeta un coup d'œil au réveil sur la table de nuit, surprise qu'il soit si tard.

— Je peux demander à Charlie de rester ici avec toi ce soir, proposa-t-il. Si tu préfères.

Mercy se raidit. Voulait-il s'éloigner d'elle maintenant qu'elle ne lui était plus d'aucune utilité, qu'elle n'avait aucun renseignement à lui communiquer ?

— Savait-elle que tu m'utilisais tout ce temps ?

— Non. Elle l'a découvert ce soir.

Elle en fut un peu réconfortée. À propos de Charlie, en tout cas.

— Tu peux l'appeler si c'est plus facile pour toi, dit-elle. Je ne veux pas te mettre mal à l'aise en te forçant à passer la nuit avec moi.

Elle monta dans le lit, remonta les couvertures et le dévisagea.

— J'ai très envie d'être avec toi, Mercy. Je n'ai jamais rien désiré aussi fort.

Un long silence tomba, qui sembla s'approfondir à chaque battement de son cœur.

La gorge serrée, elle le regarda se détourner d'elle, rassembler les restes du repas et les jeter. Il ramassa ses chaussures de toile couvertes de boue et alla les nettoyer dans la salle de bains. Puis il mit la chaîne sur la porte, éteignit la lampe, gagna l'autre lit, posa son pistolet sur la table de nuit et s'allongea.

Tandis qu'il fixait le plafond, les mains derrière la tête, elle reporta son attention sur ses chaussures. Qu'il les ait nettoyées était un petit geste, minuscule, mais il la toucha profondément.

Mercy ne cessait de se tourner et se retourner entre ses draps, sans parvenir à trouver le sommeil. Elle chercha le réveil des yeux. Voilà plus de trois heures qu'elle s'était mise au lit, constata-t-elle avec un soupir.

Elle était épuisée, mais n'arrivait pas à s'endormir.

Peut-être était-elle perturbée par cet environnement inconnu, par l'odeur bizarre qui flottait dans la chambre, par ces vêtements qui n'étaient pas les siens.

Ou peut-être ne parvenait-elle pas à digérer la trahison de Rocco. Comprendre qu'il s'était servi d'elle lui avait fait l'effet d'un coup de poignard en plein cœur.

Ou peut-être sa présence dans un lit à deux pas d'elle, sans pouvoir le toucher, la rendait-elle nerveuse.

Elle n'avait aucune idée de ce que demain lui réserverait, ignorait même si les sentiments de Rocco pour elle étaient sincères. Mais ses sentiments à elle comme son désir pour lui l'étaient.

Elle avait passé sa vie à s'inquiéter des autres, à s'efforcer de combler leurs attentes, leurs besoins, leurs désirs.

Et ses désirs à elle ? Qui s'en souciait ?

Pour une fois dans sa vie, n'avait-elle pas le droit d'être égoïste et de penser un peu à elle ?

Elle n'avait pas envie de songer à la communauté, à son père, à l'ATF, à la pleine lune, à l'interdit de coucher avec un non-croyant.

Elle voulait prendre ce qu'elle désirait au plus profond d'elle-même. C'est peut-être sa dernière chance.

Tout en se mordillant les lèvres, elle se demanda si Rocco était éveillé. Il n'avait pas bougé. Il était toujours sur le dos, les mains jointes derrière la tête.

Brusquement, elle rejeta les couvertures, glissa hors du lit et grimpa sur le sien.

Il se redressa et, appuyé sur un coude, la regarda.

— Que fais-tu ?

Elle baissa la tête vers la sienne, lentement, pour lui donner la possibilité de s'éloigner. Mais il ne le fit pas, se contentant de l'observer.

Alors elle l'embrassa.

Pour voir s'il la repousserait, la rejetterait.

Il s'écarta un peu et elle sentit son ventre se serrer.

— Que veux-tu, Mercy ? demanda-t-il d'une voix douce en lui caressant la joue.

Lorsqu'elle l'avait conduit dans l'enceinte, elle avait espéré qu'il y resterait avec elle ou qu'elle finirait par partir avec lui. Mais en tout cas qu'ils seraient ensemble. *En couple.* Qu'elle partagerait avec lui toute la passion et le plaisir qu'elle ne connaissait qu'au travers de ses lectures.

La plupart des romans d'amour n'avaient pas de fin heureuse. Son histoire avec Rocco n'en aurait pas non plus.

Mais, là, elle avait la possibilité de profiter au maximum de l'instant présent.

— J'ai envie de toi.

Plus qu'elle n'avait désiré aucun homme qu'elle avait jamais rencontré.

— Aujourd'hui, tu as connu des montagnes russes d'émotions, répondit-il. Dans quelques jours, si tu le veux encore, alors...

Elle le fit taire d'un baiser.

Elle ne savait pas de quoi demain serait fait, si elle serait capable de le regarder sans ressentir de la colère, si elle déciderait de rester en ville ou de retourner dans l'enceinte. Sa seule certitude était qu'elle ferait tout ce qui était en son pouvoir pour protéger la communauté. De lui.

— Ce soir, dit-elle. À moins que tu n'en aies pas envie.

À moins que tu n'aies pas envie de moi.

— Non, ce n'est pas la question. Rassure-toi, je te désire vraiment. Mais je ne veux pas que tu fasses quelque chose que tu regretteras demain, ajouta-t-il avec un soupir.

— Trop tard.

Elle retira sa chemise et se mit nue devant lui.

— J'ai envie de faire l'amour avec toi.

Elle avait rêvé tant de fois de se donner à lui. Elle se demanda si ses fantasmes à elle étaient plus nombreux que ses mensonges à lui. En tout cas, elle ne laisserait pas la colère lui voler cette joie, ce plaisir tout simple : se sentir bien dans ses bras.

— À mon tour de me servir de toi.

Les mots lui échappèrent sans qu'elle y réfléchisse. Ils paraissaient cruels, ce qui ne lui ressemblait pas.

Mais il lui sourit.

— Sens-toi libre de m'utiliser à tout moment. J'en serai toujours très heureux.

Il captura sa bouche pour un baiser qui devint vite brûlant.

Lorsqu'elle noua les bras autour de son cou, il l'allongea et s'étendit sur elle.

— Tu es si belle.

Ses mots étaient un baume pour son cœur meurtri. Pourtant, elle savait qu'il n'était pas très sincère.

— La première fois que je t'ai vue, dit-il, son souffle lui effleurant les lèvres, j'ai pensé que tu ressemblais à un ange.

Eh bien, pour le moment, elle ne se sentait pas vraiment angélique. Elle écartait les jambes, s'ouvrait à lui. Son corps d'homme sur elle lui semblait divin, le renflement qui durcissait contre son ventre grisant.

D'une main, elle lui saisit la nuque, de l'autre son T-shirt. Elle avait envie de le déshabiller.

Comme s'il lisait dans ses pensées, il le retira d'un geste et se glissa entre ses cuisses.

— Mets la lumière, dit-elle. J'ai besoin de te voir.

Pour imprégner cette nuit dans son esprit, pour que ce souvenir la réchauffe dans les jours à venir.

Quoi qu'il arrive, personne ne pourrait lui retirer ce moment.

Il tendit la main et alluma. Elle passa les doigts dans les poils de son torse, sur ses épaules, sur ses tatouages.

Dieu, qu'il est beau.

L'homme le plus magnifique qu'elle ait jamais vu.

Lorsqu'elle s'aventura dans son pantalon et sous son caleçon pour saisir son sexe, il prit une profonde inspiration.

— Mercy, râla-t-il en retirant sa main.

Les avant-bras de chaque côté de sa tête, il picora son cou et sa gorge de baisers brûlants qui la firent frissonner.

Brusquement, il s'interrompit, se pencha vers le sol, ouvrit son sac et en sortit une boîte de préservatifs, qu'il posa sur la table de nuit.

Très vite, elle captura de nouveau ses lèvres pour un baiser torride. Son corps tout entier lui faisait mal, tant elle le désirait.

— Encore, balbutia-t-elle d'une voix rauque. Je veux te sentir partout.

Quand il promena sa bouche sur ses seins, en excita les bouts de la langue pour les faire se dresser, elle ferma les yeux avec un soupir.

— Que veux-tu ? demanda-t-il, son souffle chaud sur sa joue.
— Je te veux, toi. À l'intérieur de moi.

Il sourit.

— Dis-moi ce que tu aimes.
— Je... je ne sais pas.

Il comprit enfin.

— Est-ce... ta première fois ?

Elle hésita à mentir. Elle craignait qu'il n'arrête tout si elle lui avouait la vérité.

— C'est important pour moi de le savoir, insista-t-il.
— Oui, c'est la première fois. Mais continue, je t'en supplie.
— Je vais continuer. Mais ... ralentir un peu.

Pourquoi ? Elle était prête à se précipiter à corps perdu.

— Je n'ai pas envie que tu ralentisses !
— Crois-moi, c'est mieux ainsi. Il faut y aller doucement, te laisser découvrir le plaisir, pas à pas.

Cela lui semblait bien.

— Oui. S'il te plaît, oui.

Il l'attira vers lui et l'embrassa à pleine bouche.

Et elle oublia tout. Il n'y avait plus que lui.

Il glissa la main entre ses jambes, la caressa avec délicatesse, en s'efforçant de l'ouvrir. Emportée par une faim sauvage, elle se tordait de plaisir.

Rocco effleura sa grotte secrète et très vite il excita son bouton de rose avec une extrême douceur. Submergée par une indicible jouissance, elle se mit à crier.

Mais il continuait, la rendant folle de plaisir. Quand il la pénétra enfin, elle s'arqua sous lui tant elle avait hâte de ne faire plus qu'un avec lui.

L'orgasme la souleva la première et elle s'effondra dans ses bras, émerveillée, éperdue de reconnaissance envers lui pour lui avoir fait toucher le ciel pour la toute première fois.

11

Mercy ne cessait de le surprendre. Elle s'était laissé embrasser, caresser et cherchait à présent à lui donner, elle aussi, du plaisir sans éprouver la moindre honte, gêne ou timidité. Elle paraissait très à l'aise avec son propre corps. Elle s'ouvrait à lui avec naturel, portée par une sensualité instinctive, joyeuse. De son côté, il cherchait à se faire pardonner et voilà peut-être pourquoi il tenait à ce que sa première fois soit pour elle un merveilleux moment.

Incapable de se contrôler plus longtemps, il la pénétra avec une infinie douceur et l'entraîna vers le ciel. L'entendre jouir, sentir ses ongles s'enfoncer dans son dos, l'émut au cœur.

Soulevé à son tour par un violent orgasme, il s'effondra sur elle avec un cri rauque.

Le souffle court, le cœur battant à tout rompre, il l'embrassa dans le cou et s'écroula sur l'oreiller avant de la reprendre contre lui pour la blottir au creux de son épaule.

Mercy était parfaite. Sans rien demander, elle lui avait donné envie d'être tendre et généreux.

Il n'avait jamais fait l'amour ainsi, en ne pensant qu'à l'autre, qu'au plaisir de sa partenaire. Se retenir pour l'emmener plus loin, plus haut, conscient de vaciller lui-même au bord du gouffre, lui avait paru une délicieuse torture. La voir s'abandonner entre ses bras l'avait comblé.

Tout ce qu'elle était lui plaisait. Son corps souple et mince, ses longues jambes fuselées, ses seins ronds, son sourire, ses cheveux blonds qui coulaient sur son torse comme de l'or liquide. Et surtout son visage d'ange. Elle l'affolait et le ravissait à la fois.

Avec elle, en elle, il se sentait à sa place, profondément heureux. Comme si elle était faite pour lui.

Mais avant qu'il n'ait repris son souffle et ses esprits elle se détacha de lui, se glissa hors du lit et se dirigea vers la salle de bains. Chacun de ses mouvements était gracieux et prudent comme ceux d'une chatte s'aventurant sur un terrain glissant.

Quelques instants plus tard elle revint dans la chambre, mais en évitant son regard elle gagna l'autre lit, éteignit la lampe et lui tourna le dos.

Il sentit un gros poids tomber sur sa poitrine.

— Mercy...

Il avait cru qu'elle reviendrait près de lui. Qu'elle voudrait se pelotonner contre lui. Ou lui parler.

— T'ai-je fait mal ? demanda-t-il avec inquiétude en se souvenant qu'elle venait de vivre sa première fois.

Il avait fait de son mieux pour y aller doucement, s'était efforcé de maîtriser ses ardeurs afin de ne lui causer aucune douleur. Mais peut-être n'y avait-il pas réussi.

— Mercy, ça va ?

— Merci de m'avoir donné ce que je voulais.

Être remercié semblait étrange. Et sonnait faux.

Il attendit qu'elle en dise davantage. Comme elle restait silencieuse, il comprit qu'elle était toujours en colère contre lui, malgré ce qui venait de se passer entre eux.

Le ventre noué, il poursuivit :

— Je suis désolé de ne pas t'avoir dit la vérité plus tôt. Je n'ai jamais eu l'intention de te blesser. Si je pouvais revenir en arrière et gérer les choses différemment, je le ferais.

Mais ensuite il se rendit compte que, s'il lui avait dit qu'il était un agent de l'ATF ce soir-là, à l'Underground Self-Defense School, après sa crise de panique, il l'aurait fait fuir.

— Je suis fatiguée, dit-elle. Bonne nuit.

De plus en plus noué, il sentit une sourde angoisse s'emparer de lui et l'étouffer.

Parviendrait-il à la convaincre que, s'il lui avait menti pendant des mois, il éprouvait pourtant pour elle des sentiments forts, sincères ? Qu'il tenait à elle ? Sans doute pas.

Et voilà pourquoi il craignait de la perdre pour toujours.

Lorsque Rocco se réveilla le lendemain matin, la situation ne s'était pas arrangée. Au contraire, à la lumière du jour, elle semblait avoir empiré.

Ils s'habillèrent en silence. Mercy s'efforçait manifestement d'éviter tout contact physique. Il suivit son exemple et garda ses distances.

Ne sachant pas combien de temps encore ils auraient besoin de la chambre, il ne rendit pas les clés. Ils montèrent dans la Porsche de Charlie et il démarra.

— Nous pourrions nous arrêter quelque part pour prendre un petit déjeuner, proposa-t-il en sortant du parking.

Les bras croisés, elle regardait par la vitre.

— Je n'ai pas faim.

— Alors pourquoi ne pas aller boire un café et discuter ?

— Avant de me confier à ma prochaine baby-sitter ?

Il réprima un soupir.

— As-tu envie de parler de ce qui s'est passé cette nuit ?

— Nous avons eu une relation sexuelle. Qu'y a-t-il à dire ?

Pour lui, ils avaient partagé beaucoup plus qu'un acte sexuel.

— Eh bien... comment te sens-tu, pour commencer ?

— En colère. Trahie. Perdue. Satisfait ?

Loin de là.

— Où allons-nous ? ajouta-t-elle.

— Au quartier général de l'équipe. Nous avons des bureaux sur Second Street. Je dois faire le point avec mon patron. Et Becca Hammond, un agent du FBI, voudra certainement te parler.

Elle écarquilla les yeux.

— Pourquoi ?

— C'est la procédure standard. Il n'y a pas lieu de t'inquiéter.

Elle fronça les sourcils.

— Si je dois être interrogée de nouveau et cette fois par une inconnue, je préfère que ce soit dans un endroit familier. Comme à l'Underground Self-Defense School.

Il secoua la tête.

— Nos bureaux me semblent plus sûrs et plus pratiques. Et tu ne seras pas interrogée. Seulement questionnée.

— Suis-je en état d'arrestation ?

— Non, bien sûr que non.

— Alors, si tu veux que je réponde à ton amie du FBI, ce sera selon mes conditions. Ou cela ne se fera pas du tout.

Il en fut contrarié, mais il l'avait déjà tellement malmenée qu'il n'avait pas envie d'en rajouter. Lui permettre de choisir l'endroit où elle s'entretiendrait avec Becca n'était pas grand-chose. Il n'y avait pas de fenêtres à l'Underground Self-Defense School. Elle serait alors hors de vue, hors de danger.

— D'accord.

Un lourd silence tomba entre eux, un silence qui lui pesait.

— Tu dois avoir des questions, reprit-il pour le rompre. Sur moi. Sur mon travail.

Elle posa sur lui ses yeux bleus perçants.

— Rocco Sharp est-il ton vrai nom ?

— Oui et non. Officiellement, je m'appelle Rocco Kekoa. Sharp est le nom de jeune fille de ma mère. J'ai commencé à l'utiliser comme couverture lorsque j'ai été affecté à l'équipe d'intervention interarmées.

— Tu as vraiment fait l'armée au sein des opérations spéciales ?

— Absolument. Je me suis enrôlé à dix-huit ans. J'ai servi pendant dix ans, effectué deux missions en Afghanistan et une en Syrie.

— Et ton enfance avec Charlie dans un ranch ?

— J'y ai vécu les plus beaux moments de ma vie. Et voilà pourquoi j'en ai acheté un. Un jour, j'y élèverai des chevaux, comme je te l'avais dit.

— Tu t'es vraiment cassé le bras, enfant, en tombant d'un arbre ? Tu t'es vraiment fait courser par un taureau ?

Il méritait ses soupçons, mais il soupira.

— C'est vraiment arrivé.

Il lui avait confié des choses qu'il n'avait jamais racontées à personne. Dès le départ, il lui avait parlé d'événements marquants qui faisaient de lui l'homme qu'il était devenu. Il ne savait pas pourquoi. Il ne s'agissait pas d'une manœuvre visant à la manipuler. Mais avec elle il s'était toujours senti... à l'aise, en sécurité. Elle avait un cœur si généreux, si lumineux.

Il adorait être avec elle, lui parler. Elle ne le croyait pas, mais il était profondément amoureux d'elle. Il avait envie qu'elle fasse partie de sa vie. À tel point qu'il ferait tout pour regagner sa confiance. Pour lui prouver que ses sentiments pour elle étaient sincères et profonds.

— J'ai adoré être ton professeur de krav maga. J'avais toujours hâte de te retrouver. Je tiens à toi, Mercy.

Après sa crise de panique, il ne l'aurait jamais laissée rentrer seule dans l'enceinte. Il avait compris que l'instinct de survie de Mercy s'était manifesté via cette crise, un signe qu'elle avait besoin d'aide, même si elle n'en était pas consciente.

— Depuis combien de temps nous surveilles-tu ? demanda-t-elle.

— L'équipe s'intéresse à Shining Light depuis un peu plus d'un an.

— Pourquoi nous ?

— Le nombre de vos adeptes a augmenté très rapidement. Comme votre stock d'armes. Ton père a réussi à convertir plus de cinq cents personnes dont la moitié en quatre ans, à les convaincre de changer de nom, de lui donner leurs biens. Pour vivre dans un complexe isolé et lourdement armé.

Shining Light avait amassé près de deux mille armes, dont

des fusils d'assaut, des fusils de chasse, des revolvers. Son équipe avait également appris la présence de grenades et d'explosifs divers, même si Rocco ne les avait pas vus. En tout cas, Marshall McCoy disposait d'une petite armée.

— Ton père a de quoi déclencher une tragédie à tout moment.

Elle prit une profonde inspiration et secoua la tête.

— Tu crois toujours que ma communauté est une menace ?

— Je pense que ton père l'est. C'est un homme dangereux, qui a beaucoup de pouvoir, dit-il.

Elle se raidit et détourna le regard.

Il perçut sa méfiance. Il devait faire preuve de prudence.

— Cela dit, j'ai été témoin de la paix et de la joie qui règnent dans l'enceinte. Tout le monde semble heureux. Vous prenez soin les uns des autres.

— Comme toute communauté digne de ce nom devrait le faire, dit-elle. Dis-moi... si tu parvenais à identifier le fournisseur d'armes et à empêcher du même coup la prétendue tragédie censée se produire demain, ton équipe et toi nous laisseriez-vous tranquilles ?

— Pourquoi ? Sais-tu quelque chose ?

— Non. Je me demandais seulement si ça valait le coup pour toi de risquer ta vie en affrontant les Devil's Warriors.

Risquer sa vie en infiltrant des gangs était son quotidien, mais le lui dire n'améliorerait sans doute pas les choses.

Il s'engagea sur le parking de l'USD et se gara derrière le bâtiment.

— Je ferai tout ce qui est nécessaire pour mettre fin aux trafics d'armes dans le pays et pour sauver des vies.

— Y compris me raconter encore des mensonges ?

Il coupa le moteur et se tourna vers elle.

— Je ne te mentirai plus jamais.

Les yeux plissés, elle se mordilla les lèvres.

— Tu n'as pas répondu à ma question. Si tu obtenais les

renseignements dont vous avez besoin, ton équipe et toi, laisseriez-vous Shining Light tranquille ?

— Ce n'est pas à moi d'en décider, répondit-il. Tout ce que je peux te dire, c'est que je n'ai rien vu dans l'enceinte qui justifierait un mandat de perquisition.

S'il avait trouvé des explosifs ou s'ils l'avaient agressé, drogué ou forcé à ingérer de l'ayahuasca, cela aurait été une autre histoire.

— Et si ton père acceptait de collaborer avec nous cela contribuerait grandement à prouver sa bonne volonté vis-à-vis des forces de l'ordre.

— Je pourrais lui parler.

Quelle horrible idée.

Désormais, Mercy représentait une menace directe pour le pouvoir autocratique de son père. Elle avait aidé Rocco à s'enfuir. Marshall ferait n'importe quoi pour la faire plier et la ramener sous son emprise.

— Je ne pense pas que tu devrais voir qui que ce soit de la communauté ou lui parler, tant que tu n'as pas décidé de ce que tu veux faire ensuite.

Elle avait goûté à la liberté. Il lui en montrerait davantage, avec l'aide de Charlie. Ils lui présenteraient leurs amis. À l'extérieur de l'enceinte aussi, les gens prenaient soin les uns des autres. Elle ne voudrait plus retourner à Shining Light. Il en était certain.

Elle baissa la tête, visiblement mal à l'aise.

— Crois-tu que je tiens à toi ? poursuivit-il. Que mes sentiments sont sincères ?

Elle haussa les épaules sans répondre.

— Que faudrait-il pour te convaincre ?

— Du temps. Que j'en voie la preuve à travers des actes.

— Alors, s'il te plaît, donne-moi du temps. Je t'en supplie.

Et il n'était pas du genre à mendier.

Il essaya d'attirer son regard vers le sien, mais elle refusa de se tourner vers lui. Il avait envie de prendre dans ses bras, de lui faire l'amour jusqu'à ce qu'elle lui pardonne. Mais il n'osait pas la toucher.

— Le feras-tu ?

Mercy ne put que lui dire la vérité.

— Je ne sais pas.

Il reporta son attention sur la porte à l'arrière de l'Underground Self-Defense School.

— Allons-y.

Ils sortirent de la voiture.

— Fais tout ce que te demandera Brian. Il veillera sur toi pendant mon absence.

— Ne me dis pas qu'il fait également partie de ton groupe d'intervention interarmées ! s'exclama-t-elle, ne plaisantant qu'à moitié.

— En fait, si, il en fait partie. Mais il est d'abord inspecteur de police à Laramie. C'est grâce à cette équipe que nous avons fait connaissance et sommes devenus amis.

Ces révélations la mirent encore plus mal à l'aise.

Il déverrouilla la porte, la referma avec soin derrière eux. Ils se dirigèrent vers la pièce principale.

Charlie était occupée à donner un cours. Brian se tenait dans le hall d'entrée, les bras croisés. Dès qu'il les aperçut, il s'approcha.

— Bonjour, vous deux. On va dans le bureau ?

Dès qu'ils y entrèrent, Rocco ferma la porte.

— Du nouveau ? demanda Brian.

— J'ai bien peur que non. Je vais vous laisser pour aller faire le point avec Nash. J'ai prévenu Mercy que Becca voudrait lui parler.

Brian hocha la tête avec un regard sombre.

— Très bien.

— Avoir posté des policiers en tenue devant l'USD était une bonne idée, poursuivit Rocco.

— Leur présence a souvent un effet dissuasif.

— Mon père n'enverrait personne me chercher, déclara-t-elle. C'est un gaspillage de ressources.

— Peux-tu nous accorder un instant, vieux ? demanda Rocco.

Brian sortit dans le couloir.

— Tu sous-estimes ton père, Mercy, dit Rocco. Il ferait n'importe quoi pour te garder sous son joug.

— Il ne me kidnapperait pas et ne me ramènerait pas de force. Je ne me suis pas échappée d'une prison.

Même si elle en avait l'impression.

— Non, il se contente de te manipuler pour t'obliger à épouser un homme dont tu ne veux pas, devant toute ta communauté qui trouve ce comportement normal. Et depuis des années il s'arrange pour t'empêcher de faire ton *penumbroyage*. Mais tu continues à croire qu'il hésitera à envoyer Alex ou quelqu'un d'autre pour te ramener de force ?

— Oui.

Elle essaya d'imaginer la scène, de se représenter ligotée, bâillonnée et jetée dans un véhicule comme lors d'une prise d'otage. Elle n'y parvint pas. Son père n'employait pas ce genre de méthodes. Pour parvenir à ses fins, il opérait avec beaucoup plus de subtilité.

Au fil des ans, chaque fois qu'il l'avait amenée à lui céder, à s'aligner sur lui, il avait toujours réussi à lui faire croire qu'elle l'avait décidé. Elle le voyait tel qu'il était. Un maître marionnettiste de talent qui tirait les ficelles de chacun.

L'immense pouvoir d'être prophète l'avait sans doute corrompu.

La petite voix dans sa tête revint lui murmurer.

La Lumière peut illuminer mais aussi aveugler.

Elle croyait toujours à la sincérité des Starlight. Mais pour sa part elle était prête à quitter la communauté, à changer de voie, à choisir son destin, à se libérer de la tutelle de son père.

À être libre.

— J'espère que tu as raison, dit Rocco.

— Inutile de t'inquiéter pour moi. Tu devrais plutôt te faire du souci pour toi, si tu envisages toujours d'aller infiltrer les Devil's Warriors.

— Il y a de fortes chances qu'ils aient le même fournisseur d'armes que Shining Light. À ce stade, ils sont notre seule chance d'avancer.

Il faudrait du temps pour identifier ce trafiquant d'armes et quand Rocco l'aurait fait – si le gang de motards ne l'avait pas tué d'emblée – il serait trop tard. La pleine lune était demain.

Elle ne pensait pas que son père était un terroriste, mais elle ne pouvait écarter l'hypothèse d'un tiers le reliant à ce qui allait se passer.

— J'ai peut-être envie de t'étrangler, mais je ne souhaite pas pour autant qu'il t'arrive quelque chose.

— Oh ! je vois, répondit-il avec un sourire sexy. Tu veux avoir le plaisir de le faire toi-même. En tout cas, si tu es d'humeur à te servir de nouveau de moi, je te laisserai m'attacher pour que tu puisses faire ce que tu veux de mon corps.

Elle n'arrivait pas à croire qu'il plaisante dans un moment pareil.

Il promena les yeux sur son visage. Son regard était comme une caresse et elle s'enflamma.

Pourtant, il n'esquissa pas un geste pour la toucher. Il n'avait pas essayé de le faire de toute la matinée. Elle l'en avait dissuadé, elle le savait. Mais elle en fut pourtant irritée.

Aussi absurde que cela puisse paraître, elle voulait être tellement irrésistible pour lui qu'il ne puisse s'en empêcher.

— Je n'ai jamais dit qu'il y aurait une prochaine fois.

Son sourire s'envola.

— Je ne te mérite pas, Mercy McCoy. Tu es trop bien pour moi et je le sais, dit-il en l'embrassant sur le front. Mais si tu ne me donnes pas une chance de te montrer ce que tu représentes pour moi, à quel point je tiens à toi, je le regretterai jusqu'à mon dernier jour.

Il la prit dans ses bras et la serra contre lui.

Sentir son corps musclé contre le sien la troubla. Malgré tout, avec Rocco, elle se sentait protégée.

Puis il la lâcha et quitta la pièce.

Avec une profonde inspiration, elle ferma les yeux, et s'efforça de refouler les sentiments complexes et troublants qu'elle éprouvait pour lui. Elle ne pouvait se permettre de se tromper à nouveau à son sujet.

Sa trahison l'avait anéantie.

Il s'était approché d'elle pour effectuer son travail. Il était alors en mission, elle ne devait pas l'oublier.

Mais même si elle se répétait qu'il lui fallait se méfier, qu'il lui avait menti des mois durant, au plus profond d'elle-même elle le croyait. Il avait parlé avec tant de ferveur, comme si les mots venaient du cœur.

Peut-être était-il très bon acteur, mais au fond elle avait envie que Rocco soit l'homme qu'elle pensait qu'il était.

Il n'avait pas couché avec elle. Il lui avait fait l'amour. Sous ses baisers, sous ses caresses, elle s'était sentie respectée, aimée, chérie. Quand leurs corps s'étaient joints pour n'en faire qu'un seul, elle avait senti sa force et sa douceur et elle avait touché son âme.

En tout cas, elle aussi avait des obligations, des devoirs. Envers sa communauté et envers tous les innocents qui y avaient élu domicile.

Brian entra dans le bureau, la tirant de ses pensées, et elle sut soudain ce qu'elle devait faire avec une clarté stupéfiante.

— Puis-je t'offrir quelque chose ? demanda-t-il. Un café ? Un thé ? Un magazine ?

— Nous n'avons pas pris de petit déjeuner. Pourrais-tu me commander quelque chose au Delgado ?

— Bien sûr. Qu'aimerais-tu ?

— N'importe quoi de végétarien.

— Ils ont de délicieux burritos. Des œufs, des haricots, des avocats...

— C'est parfait.

Il décrocha le téléphone et passa la commande.

— Ce sera prêt dans vingt minutes. Comme la commande est en dessous de leur minimum de livraison, j'irai la chercher.

Le restaurant était en bas de la rue.

— Merci. Et finalement j'aimerais bien feuilleter une revue.

Brian alla chercher une pile de magazines dans l'entrée et les posa sur le bureau. Ils traitaient tous d'autodéfense.

— Puis-je avoir un peu de temps pour moi, pour reprendre mes esprits ? Tout ce que m'a appris Rocco a quand même été un choc.

— Bien sûr. Je te laisse.

Sur le seuil, il s'arrêta.

— Quand tu seras prête, Charlie voudrait te parler de tes options, si tu souhaites t'installer ici, en ville. Elle ne te met aucune pression. Mais sache que Rocco n'est pas le seul sur qui tu peux compter. Charlie, moi et d'autres que tu n'as pas encore rencontrés t'aiderons à faire la transition. Tu n'es pas seule.

Elle eut soudain envie de fondre en larmes.

— Merci.

Il quitta la pièce et referma la porte derrière lui.

Elle trouva un bloc-notes et rédigea une petite lettre pour expliquer sa décision à Rocco.

Elle savait que les mots ne lui suffiraient pas, mais dans l'immédiat elle ne pouvait faire mieux. Puis elle décrocha le téléphone et composa le numéro du bureau de son père.

La ligne sonna et sonna. Elle priait pour ne pas avoir à contacter Alex pour le joindre.

À la sixième sonnerie, son père décrocha :

— Allô ?

— C'est moi. Mercy.

Silence. Un silence calculé, sûrement.

— Je savais que tu appellerais, dit-il enfin. Comment vas-tu ?

— Je vais bien.

— Ce n'est pas vrai. Je l'entends dans ta voix. Ton cœur est blessé.

Il faisait ça en permanence. Il entrait dans sa tête.

Avait-il prévu ce qui s'était passé ? Percevait-il sa douleur, sa confusion, son inquiétude ?

— J'ai besoin que quelqu'un vienne me chercher.

Ils savaient tous les deux qui serait ce quelqu'un. Elle faillit demander que ce ne soit pas Alex, mais il n'enverrait personne d'autre et cela pourrait jouer à son avantage.

— Certainement, ma chérie.

— Qu'il m'attende sur le parking de l'Underground Self-Defense School. Il doit y être dans moins de vingt minutes.

— Très bien.

Elle raccrocha et jeta un coup d'œil à l'horloge murale.

Le cœur battant, elle se leva d'un bond, se précipita vers la porte du bureau et l'ouvrit.

Charlie poursuivait son cours d'autodéfense. Il la retiendrait pendant encore plus d'une demi-heure. Brian se tenait dans l'entrée telle une sentinelle, la tête penchée comme s'il scrutait la rue.

Elle recula et s'assit là où elle pouvait voir la porte à travers les baies vitrées. Tout en parcourant une revue, elle gardait un œil sur l'horloge et l'autre sur Brian.

Des gouttes de sueur perlaient à ses tempes. Le doute s'insinuait dans son esprit. Soudain, elle ne savait plus si elle avait pris la bonne décision.

Commettait-elle une erreur en filant à l'anglaise pour rejoindre l'enceinte ?

Elle se ressaisit. C'était la seule solution. Certes, c'était un pari. Mais, si elle échouait, l'unité d'intervention interarmées continuerait d'espionner la communauté. Et Shining Light serait désignée comme responsable si quelque chose d'horrible se produisait le lendemain.

Et Rocco... pourrait être blessé ou tué.

C'était un risque calculé. Et l'enjeu était trop élevé pour ne pas le prendre.

Brian attrapa son chapeau de cow-boy et l'enfonça sur sa tête. Dès qu'il eut franchi la porte d'entrée, Mercy se leva.

Elle prit une profonde inspiration, s'assura que la lettre se trouvait au centre du bureau, en évidence, et se précipita vers l'arrière du bâtiment.

Par les baies vitrées, elle vit Brian dire quelque chose aux policiers dans la voiture de patrouille avant de descendre la rue.

Elle remonta le couloir, tout en jetant un coup d'œil furtif par-dessus son épaule. Personne n'était derrière elle. Elle courut vers l'issue de secours, tira le loquet et sortit.

Alex l'attendait au volant d'un SUV. Elle attrapa la poignée à l'arrière, mais la portière était verrouillée.

Il baissa la vitre.

— Assieds-toi devant avec moi, dit-il. Les règles ont changé.

La colère la parcourut, brûlante comme un fouet, mais elle la repoussa. Elle devait se concentrer sur son objectif et rien ne l'empêcherait de l'atteindre.

Elle bondit sur le siège avant. Sans lui laisser le temps de claquer la portière, il démarra et s'engagea sur Garfield Street sur les chapeaux de roues. Au stop, il tourna à droite sur la route principale, Third Street.

Il considéra le jean qu'elle portait, mais il n'émit aucun commentaire. Sa grimace et le plissement de ses yeux étaient suffisamment éloquents.

Comme ils passaient devant l'entrée principale de l'USD, elle jeta un dernier regard à Charlie qui continuait son cours.

— Empyrée m'avait dit hier que tu reviendrais, dit-il. Mais pour la première fois de ma vie j'ai douté de lui.

Elle regarda Alex, son tatouage Shining Light à la base du cou. Il avait toujours été un fervent croyant. Dévot jusqu'à la moelle.

— Y a-t-il quelque chose de prévu pour demain ? demanda-t-elle.

— Le rituel de la mue. Tu le sais.

Par la vitre, elle aperçut Brian quittant le Delgado, les bras chargés du petit déjeuner qu'elle ne mangerait jamais.

— Y a-t-il quelque chose d'autre qui a été gardé sous silence ? dit-elle, en espérant apprendre de lui ce dont elle avait besoin.

S'il lui donnait les pièces manquantes du puzzle de Rocco, elle était prête à sauter du véhicule pour éviter d'avoir à retourner dans l'enceinte.

— Comme quoi ? demanda-t-il.
— Quelque chose d'horrible. Quelque chose de violent.

Il lui lança un regard interrogateur. Visiblement, il tombait des nues et n'avait aucune idée de ce dont elle parlait.

Mais elle insista :

— Mon père te prépare à lui succéder. Il te dit beaucoup de choses.
— Parce qu'il me fait confiance.

Ce qui signifiait qu'il ne lui faisait pas entièrement confiance *à elle*. C'était la seule explication pour laquelle elle était restée dans l'ignorance.

Elle posa la main sur son bras.

— Tu es heureux que je revienne, n'est-ce pas ?
— Bien sûr, dit-il en souriant.
— Veux-tu me faire plaisir ?
— Tout bon mari souhaite combler son épouse.
— Alors dis-moi qui nous fournit des armes.

Il se raidit.

— Quoi ?
— Donne-moi seulement un nom.

Il la regarda avec incrédulité d'abord puis avec colère.

— Tu me le demandes à cause de *lui*. N'est-ce pas ?

Il éclata d'un rire cruel.

— Même si je le savais, je ne te le dirais pas. Pas après le coup que tu as fait hier.

Il freina brusquement, se mit sur le bas-côté et se tourna vers elle.

— Tu n'as jamais pris au sérieux mes sentiments pour toi.

Mais tu as tort parce que je préférerais te voir morte plutôt que perdue dans les ténèbres avec ce type.

Ses yeux brillaient d'une rage qu'elle n'avait jamais perçue chez lui auparavant.

— Comprends-tu ?

Soudain terrifiée, elle déglutit avec peine.

— Oui.

Elle comprenait trop bien. Jamais elle n'épouserait Alex. Son amour pour elle se résumait à la soumettre ou à la tuer.

Mais elle réglerait ce problème plus tard.

Alex pressa la pédale d'accélérateur et fonça vers l'enceinte.

Elle sentit son cœur se serrer.

Si Empyrée avait confié à quelqu'un le nom de leur fournisseur d'armes ou des détails sur un événement majeur en préparation, ce quelqu'un aurait été Alex.

Elle n'avait donc pas le choix.

Elle devait retourner au complexe et demander l'aide de son père. Il la lui accorderait après lui avoir imposé un petit numéro mélodramatique de son cru destiné à la culpabiliser.

Le prix à payer pour obtenir ces renseignements et empêcher la catastrophe annoncée.

12

Assis à la table de conférence, face à Nash et Becca, Rocco faisait son débriefing lorsque son smartphone sonna. Irrité par cette interruption, il coupa l'appareil sans chercher à voir qui cherchait à le joindre.

Il rassembla ses pensées et reprit :

— Comme je le disais...

La sonnerie du téléphone de Nash le coupa dans son élan. En soupirant, son chef le sortit de sa poche.

— C'est Brian.

Rocco eut l'impression d'un coup de poing dans le ventre.

Mercy.

— Mets-le sur haut-parleur.

Nash répondit :

— Je suis avec Rocco et Becca. Nous sommes tous à l'écoute. Que se passe-t-il ?

— Mercy est partie.

Rocco se leva d'un bond et demanda :

— Comment ça partie ? Comment est-ce possible ?

— Je suis allé lui chercher quelque chose à manger, répondit Brian. Elle s'est envolée pendant mon absence.

Rocco avait du mal à comprendre.

— Tu veux dire qu'elle a été enlevée ?

— Non. Elle est sortie par la porte de derrière.

— Pourquoi est-elle partie ? demanda Nash. En as-tu une idée, Brian ? S'est-il passé quelque chose ?

— Elle a laissé un mot.

— Lis-le, ordonna Rocco plus durement qu'il ne l'aurait voulu.

— « Cher Rocco, mon père est le seul à pouvoir vous donner à temps les réponses dont vous avez besoin. Reste à distance des Devil's Warriors. S'il te plaît, fais-moi confiance ».

Rocco se sentit blêmir. Les questions de Mercy, voulant savoir s'ils laisseraient Shining Light tranquille s'ils obtenaient les renseignements qu'ils cherchaient, prenaient soudain un sens. Elle avait décidé de regagner la communauté avant même qu'il ne la laisse à l'Underground Self-Defense School.

— Si elle est à pied, dit-il, tu peux la rattraper.

— J'ai fait le tour du quartier avec ma voiture. Aucun signe d'elle. Je suis sûr que quelqu'un est venu la prendre.

Avec un juron, Rocco se dirigea vers la porte.

— Attends, dit Becca. Elle t'a demandé de lui faire confiance. Courir jusqu'à l'enceinte pour y faire un esclandre reviendrait à faire exactement le contraire. Peut-être devrais-tu la laisser faire. Pendant ce temps-là, nous allons réfléchir à d'autres solutions.

— Becca a raison, dit Nash. Mercy est déjà là-bas. Donne-lui une chance d'interroger son père. Si tu n'as pas de nouvelles d'elle dans quelques heures, nous y irons tous ensemble.

Mercy se glissa dans le bureau de son père.

Il se leva. Son regard la parcourut, s'attarda sur son jean, mais il ne dit rien sur sa tenue.

Il la prit dans ses bras.

— Ma chère enfant est revenue. Que la Lumière soit louée.

Il l'entraîna jusqu'au canapé.

— Alex, laisse-nous.

— Monsieur, je dois vous dire que...

Son père lui fit signe de partir.

— Ça attendra. Mercy passe avant tout.
— Mais, Empyrée, je...
— Silence.

Il avait durci le ton, mais n'éleva pas la voix.

— Le salut de son âme est en jeu. Rien de ce que tu as à dire n'est plus important. Va-t'en.

Il le chassa d'un clappement de langue comme si Alex était un chien. Il les avait toujours traités ainsi, comme des animaux de compagnie.

Alex se retira et referma la porte du bureau derrière lui.

Son père s'assit à côté d'elle. Elle joignit les mains sur ses genoux, ne sachant pas comment procéder. Il ne posa aucune question, ne la réprimanda pas. Il se contenta d'envelopper ses mains jointes dans les siennes. Il restait silencieux, le regard doux et bienveillant, le visage calme.

Visiblement, il ne voulait lui mettre aucune pression. Au contraire, son approche exprimait sa compréhension, son soutien. Son amour. Il incarnait l'image du père attentionné.

Ou du parfait prédateur qui lui tendait un piège.

Le silence s'étira, aspirant l'air de la pièce jusqu'à ce qu'elle ne puisse plus respirer.

— J'ai besoin de ton aide, dit-elle enfin.

Il hocha la tête comme s'il s'y attendait.

— Je t'écoute.

Elle avait le choix entre deux attitudes. L'une consistait à faire semblant, à fondre en fausses larmes en demandant pardon. Mais à ce petit jeu Empyrée était bien meilleur qu'elle.

Elle opta donc pour la seconde. La vérité sans fard.

Elle lui raconta tout : Rocco s'était servi d'elle, il était un agent de l'ATF, son équipe d'intervention interarmées enquêtait depuis des mois sur Shining Light et ils avaient besoin du nom de leur fournisseur d'armes. Elle lui parla de l'indic mort dans les bras de Rocco, de ses derniers mots à propos d'un probable attentat terroriste prévu pour le lendemain. Elle lui expliqua que si la tragédie avait lieu la communauté servirait de bouc émissaire, souffrirait, et qu'elle donnerait n'importe quoi pour les protéger ainsi que Rocco.

— Si nous ne lui donnons pas les renseignements, Rocco essayera de les obtenir des Devil's Warriors, mais ils sont dangereux. Il risque d'être tué. Nous devons arrêter cet engrenage. Tout de suite. Avant qu'il ne soit trop tard.

Son père ne réagit pas tout de suite. Mais, quand il parla enfin, ce fut pour poser la dernière question à laquelle elle s'attendait :

— As-tu couché avec lui ?

Elle hésita mais, si elle tentait de lui mentir, il le saurait.

— Oui.

Il hocha lentement la tête. Il semblait presque soulagé.

— Parfois, il faut aller au bout d'un désir. Ne pas savoir est souvent plus puissant que l'acte lui-même. Notre imagination est si fantastique qu'elle s'emballe, remplit les vides de manière colorée. Alors que les souvenirs, eux, sont conçus pour s'estomper. Et s'oublient toujours. Avec le temps.

Elle sentit son ventre se nouer.

— De tout ce que je viens de te dire, c'est la seule chose qui t'intéresse ?

Il resserra sa prise sur ses mains.

— Veux-tu savoir pourquoi je n'ai jamais pu me résoudre à te choisir pour me succéder à la tête de la communauté ?

Une question dangereuse. Mais il lui fallait une réponse, sinon elle s'interrogerait à ce sujet sa vie durant.

— Oui.

— Quand ta mère nous a quittés, j'ai eu l'impression ensuite que tu avais d'une certaine façon un pied ici et l'autre tendu vers le monde extérieur pour la suivre. Tu as commencé à douter, à tout remettre en question. Je sentais que ta foi vacillait. Tu ne croyais plus aveuglément. En partant, elle t'avait dit : « La Lumière peut éclairer mais aussi aveugler. » Et après cela tu ne m'as plus jamais regardé de la même façon. Avec respect.

Mercy sentit son cœur cesser de battre. Pendant des années, elle avait été convaincue que sa mère était morte. Elle n'avait plus aucun souvenir d'elle. Il n'y avait aucune photo d'elle nulle part. Elle ne parvenait même pas à se rappeler les traits de son visage, à quoi elle ressemblait.

— Ma mère est partie ? Pourquoi ? Est-elle toujours en vie ?

Une avalanche de questions lui traversèrent l'esprit.

— C'est la seule chose qui t'intéresse ? demanda-t-il, lui renvoyant ses propres mots. Je pensais que le temps pressait pour aider Rocco. Préfères-tu vraiment parler de ta mère ?

Elle serra les mâchoires. Elle détestait ce petit jeu. Parce qu'il y était bien meilleur qu'elle.

Marshall savait quelle serait la réponse de sa fille, ce qu'elle choisirait. Ou plutôt qui. Certainement pas sa mère, dont elle se souvenait à peine.

Il avait cru que Rocco était le problème alors qu'en réalité il était la solution. Depuis des années, Marshall ne savait plus comment convaincre Mercy de renoncer à son désir de partir et d'accepter de jouer pleinement son rôle de leader. Il avait souvent été tenté de la forcer à prononcer ses vœux, à s'engager sans réserve dans le mouvement et à se faire tatouer. Mais chaque fois la peur l'en avait empêché. La peur profonde et glaçante qu'elle s'en aille quand même. Et si elle le faisait après avoir prononcé ses vœux il ne pourrait jamais l'autoriser à revenir. Pour eux, elle serait considérée comme *déchue* et serait à jamais bannie de la communauté.

Mais maintenant elle allait se sacrifier de son plein gré.

Grâce à un non-croyant.

— En aidant Rocco, nous protégerons Shining Light, poursuivit-elle. Si nous ne faisons rien, ils s'en prendront à nous.

Ce n'était pas un scoop pour lui.

— Ils nous espionnent depuis un moment. Ils ont mis un informateur dans l'enceinte.

— Un indic ? s'écria-t-elle, bouleversée. Sais-tu de qui il s'agit ?

— Sophia, répondit-il avec un sourire entendu.

Elle tressaillit de surprise.

— Sophia ? Tu le savais depuis le début ?

— C'est la raison pour laquelle j'ai commencé à coucher avec elle. Elle a alors compris ce que pourrait être sa vie, ici, avec moi, et elle m'a tout raconté... Confidences sur l'oreiller. Becca Hammond l'a envoyée. J'ai demandé à Sophia de rompre tout contact, ce qu'elle a fait. Je ne suis pas étonné qu'ils se soient ensuite abaissés à te séduire pour parvenir coûte que coûte à leurs fins. Ils t'ont traitée comme un vulgaire pion. Ils n'hésitent pas à s'affranchir de toutes les règles, à briser les cœurs, à mentir comme des arracheurs de dents pour atteindre leurs objectifs.

Elle blêmit comme si elle était la proie de violentes nausées.

— Puis-je t'offrir un verre d'eau ? proposa-t-il.

Elle secoua la tête.

— As-tu toujours envie de protéger Rocco ? poursuivit-il.

Elle baissa les yeux.

La pauvre fille continuait à vouloir le défendre.

Quelle déception.

— La seule façon de protéger la communauté est de donner à son groupe d'intervention le nom de notre fournisseur d'armes et de les aider à arrêter tout ce qui est prévu pour demain, dit-elle. Es-tu au courant de quelque chose à ce sujet ?

— Bien sûr. Je *suis* le prophète.

Il ignorait ce qui était prévu, mais il savait qui planifiait l'attentat. En effet, il serait énorme, violent, sanglant. Quelque part, la tragédie programmée l'arrangeait. Après le chaos, les gens afflueraient vers lui. Comme toujours. Ils seraient encore plus nombreux. Mais il devait d'abord protéger et préserver ce qu'il possédait déjà.

— Je peux les renseigner, oui. Mais j'ai d'abord besoin de quelque chose de ta part.

Elle se pétrifia.

— Et quoi ?

Les flammes de la rébellion brûlaient en elle depuis bien trop longtemps. Le moment était venu d'éteindre cet incendie.

— Si je réponds à ta requête, si j'aide Rocco et son équipe, alors tu dois t'engager à prononcer tes vœux et à sceller ton union avec Alex à la date de mon choix.

Mercy pâlit, tout le sang se retira de son joli visage. Pourquoi ne comprenait-elle pas qu'il n'avait que son bonheur à l'esprit, qu'il agissait ainsi pour son bien à elle ? Une fois qu'elle aurait épousé Alex et eu un enfant, tout se mettrait en place naturellement.

— La Lumière a parlé à travers moi. Que dis-tu ? demanda-t-il.

Les larmes jaillirent de ses yeux bleus, les mêmes que ceux de sa mère.

Mais il transformerait la douleur de sa fille en joie, comme le Christ l'eau en vin.

— D'accord, répondit-elle enfin.

Il réprima son impatience.

— J'ai besoin d'entendre les mots, Mercy.

— Ainsi soit-il.

13

— J'exige de parler à Mercy McCoy, déclara Rocco au garde posté à l'entrée du complexe. Je ne partirai pas avant de l'avoir vue.

Nash montra son badge.

— Je suis l'agent spécial Garner et voici l'agent spécial Hammond, ajouta-t-il en désignant Becca, assise sur la banquette arrière. Aucun de nous ne s'en ira avant que nous nous soyons assurés que Mlle McCoy va bien.

L'homme retourna dans sa guérite, décrocha le combiné et passa un appel. Un instant plus tard, il ouvrit les grilles et revint vers la voiture de Nash.

— Allez-y.

Nash roula jusqu'au Light House, qui resplendissait sous le soleil. Une belle façade qui cachait la laideur des secrets de Marshall McCoy, pensa-t-il.

Alors qu'ils se garaient, des gardes armés les accueillirent.

En sortant du véhicule, Rocco remarqua que son SUV avait été garé devant le bâtiment. Comme s'ils l'attendaient.

— Vous pouvez entrer, dit Shawn.

Ils gravirent les marches jusqu'à la porte où se tenait Alex. Son grand sourire donna envie à Rocco de le frapper au visage.

— Empyrée est impatient de vous parler, dit Alex en les invitant d'un geste à pénétrer à l'intérieur. Merci d'enlever vos chaussures.

Rocco dénouait déjà ses lacets. Nash parut hésiter, mais finit par obtempérer, tout comme Becca.

Alex leur ouvrit la voie jusqu'au bureau, une main sur son arme. La porte était grande ouverte.

Mercy était à l'intérieur, l'air sombre, assise sur un canapé au fond de la pièce. Quand ils entrèrent elle redressa la tête, mais ne se leva pas.

Marshall s'approcha d'eux, les bras ouverts, pour les accueillir.

— Soyez les bienvenus. Je suis Empyrée.

— Agent spécial Nash Garner.

— Agent spécial Becca Hammond.

En reconnaissant son nom, Marshall sourit.

— J'avais hâte de vous rencontrer, agent Hammond. Votre réputation vous précède.

Becca garda un visage impassible, mais posa une main protectrice sur son ventre, un geste qui en disait long.

— Asseyez-vous, je vous en prie, poursuivit Marshall en leur désignant des chaises.

— Je reste debout, répliqua Rocco.

Alex se posta à côté de lui.

De nouveau, Rocco jeta un coup d'œil à Mercy en se demandant si elle allait bien, mais elle baissa la tête.

Nash et Becca prirent place sur les sièges qui faisaient face au bureau où s'installa Marshall.

— Ma fille m'a raconté des choses troublantes. Je suis heureux que vous soyez venus ici pour me permettre de clarifier la situation. J'ai cru comprendre qu'un de vos indics, agent Kekoa, vous avait transmis un message inquiétant avant de mourir dans vos bras. Est-ce exact ?

Mercy lui avait-elle tout dit ?

— Oui, tout à fait.

— Pourriez-vous répéter ses paroles pour nous tous ? demanda Marshall. Par souci de clarté, afin que nous soyons tous sur la même longueur d'onde.

— Il m'a dit que, le 19 septembre, quelque chose d'énorme et d'horrible allait se produire et que McCoy l'avait planifié.

Marshall hocha la tête.

— Et naturellement vous avez supposé que votre informateur faisait référence à moi.

Rocco sentit le sang se glacer dans ses veines.

— Oui, il vous espionnait.

— Il s'agissait de Percival Tiggs, vétérinaire de son état, n'est-ce pas ? J'ai appris son décès dans les journaux. Son fils fait partie de mon troupeau et son père n'en était pas vraiment ravi.

Nash échangea un regard furtif avec Rocco, mais aucun d'eux ne répondit.

— Vous n'êtes sans doute pas autorisé à confirmer ou à infirmer mes déductions, poursuivit Marshall. Je le comprends. Mais je crois que votre informateur parlait de mon frère, Cormac. Mac, pour les intimes. L'autre McCoy, mais le moins connu.

Mercy releva la tête et écarquilla les yeux, visiblement stupéfaite. Elle regarda son père puis Rocco. Manifestement, elle tombait des nues.

Était-il possible que Percy ait parlé du frère de Marshall ?

— Percival Tiggs se rendait régulièrement au camp de Cormac pour soigner les chevaux. Mac a toujours été trop radical pour Shining Light. Il prêche un extrémisme qui me semble dangereux. Il est survivaliste, anarchiste tendance paramilitaire. Il refuse de se plier aux lois autres que celles dictées par Mère Nature. Nous avions fondé Shining Light ensemble, mais nos chemins se sont séparés il y a dix-neuf ans. Il est finalement parti avec un groupe de disciples. Son départ a coïncidé avec celui de ma femme, Ayanna. Trois chemins qui n'en faisaient qu'un se sont alors fracturés et ont divergé...

Mercy se raidit et se tordit les mains.

Rocco comprit qu'il se jouait quelque chose entre elle et son père dans cette histoire. Mais quoi ? À quel jeu dégueulasse jouait ce gourou ?

— Je ne considère pas Mac comme l'un des déchus, contrairement à mon ex-femme, poursuivit Marshall. Il a appelé sa

355

communauté la Brotherhood of the Silver Light, la Confrérie de la lumière argentée. Mais à mon avis ils s'aventurent bien trop près du soleil. Tandis qu'Ayanna, elle, a préféré s'éloigner dans la nuit. En tout cas, si un événement important et horrible est prévu pour demain, Mac en est l'instigateur. Il est donc le McCoy que vous cherchez.

Percy avait-il essayé de lui dire qu'ils s'étaient trompés à propos de Marshall ? Avait-il voulu dire Mac McCoy ? Lui parler de Cormac McCoy ?

— Votre frère vous approvisionne-t-il en armes ? demanda Rocco.

— Absolument. Comme je l'ai dit, il n'est pas déchu.

— Où pouvons-nous le trouver ? s'enquit Nash.

— Là-haut, dans les montagnes. Mais il est à la tête d'un groupe très soudé. Moins facilement infiltrable que le mien, ajouta Marshall en jetant un coup d'œil à Becca. Sans mon aide, vous n'obtiendrez rien de lui.

Becca se pencha en avant.

— Et que faudrait-il pour bénéficier de votre aide ?

— Je suis certain que ma coopération contribuera grandement à prouver ma bonne volonté au sein de votre force d'intervention, dit Marshall en souriant à Rocco.

Il reconnut ses propres mots. Mercy lui avait vraiment tout raconté.

— Mais en échange j'aimerais avoir votre parole, ajouta Marshall, que nous ne serons plus harcelés ni espionnés. Je voudrais pouvoir dire de bonne foi à ma communauté qu'elle n'a rien à craindre de vous.

— Tant que vous n'enfreignez pas la loi, déclara Nash, vous ne serez pas inquiétés. Eh oui, nous ne manquerons pas de signaler votre coopération non sollicitée. Ce qui aura du poids.

Marshall joignit les mains sur le bureau.

— Voici comment nous allons procéder. Je vais envoyer Rocco au camp de Cormac. Avec Mercy.

Alex émit un bruit guttural semblable à celui d'un animal blessé, attirant l'attention de tous.

— Non, ce n'est pas possible !

— Silence, ordonna Marshall en levant la main vers Alex. Mac ne laissera pas entrer Rocco autrement. Si Mercy est avec lui, en se prétendant sa fiancée et en lui expliquant que Rocco est trop radical pour Shining Light, mon frère ne se posera pas de questions. Ensuite, ce sera à l'agent Kekoa d'effectuer son travail.

Alex se précipita vers le bureau.

— Non ! Ne faites pas ça !

— Ressaisis-toi, mon fils, dit Marshall, qui se leva pour poser une main sur son épaule. Aie confiance en moi. Tout ira bien. Mercy a décidé de prononcer ses vœux, de s'engager envers Shining Light et de t'épouser. N'est-ce pas, ma chérie ?

Tout le monde se tourna vers elle. Rocco sentit son cœur se serrer.

Elle soutint son regard.

— Oui.

Marshall tapota le dos d'Alex.

— Tu vois. Cette virée dans les montagnes aidera l'équipe de Rocco à empêcher un attentat et donnera à Mercy l'occasion de lui dire adieu. J'ai la situation bien en main.

Alex resta silencieux, mais ne semblait pas convaincu.

— Cormac ne s'étonnera-t-il pas de les voir arriver la veille de la date prévue pour cet attentat ? demanda Nash. Ne risque-t-il pas de trouver cela suspect ?

Marshall hocha la tête et se rassit.

— Certainement. Voilà pourquoi il faut que Mercy l'accompagne. Mac n'a jamais su lui refuser quoi que ce soit.

Elle se leva et se dirigea vers la fenêtre, les bras croisés.

— J'avais cinq ans, la dernière fois que je l'ai vu. Je ne me souviens même pas de lui.

— Ça n'a pas d'importance, dit son père. Lui se souviendra de toi et vous laissera entrer dans son camp. J'ai tout prévu.

Becca bougea sur sa chaise comme si elle était mal à l'aise.

— Nous apprécions votre coopération, dit-elle. Mais pourquoi nous livrez-vous votre frère ?

— Il n'y a plus d'amour entre lui et moi. Il a toujours été porté sur la violence. Le livrer pour protéger mon peuple et sauver des vies innocentes est faire preuve de sagesse. N'êtes-vous pas d'accord ?

— Certainement, répondit Becca.

— Quand doivent-ils partir ? demanda Nash.

— Bientôt. Le camp est à quatre heures de route. Il vaut mieux qu'ils arrivent avant la nuit. Cela vous convient-il ?

Nash se leva.

— Oui, très bien.

— Une dernière chose, ajouta Marshall. Je vous déconseille d'envoyer des renforts là-bas pour protéger Rocco. Des hommes de mon frère patrouillent en permanence dans les montagnes et les bois alentour. Ils repéreraient vite la présence d'intrus et nul ne sait ce qui se passerait alors. Pour que le plan fonctionne, il faut que Mercy et Rocco y aillent seuls.

— Merci de votre collaboration, dit Nash en lui serrant la main. Rocco, j'aimerais te dire un mot dans le hall.

Rocco sortit du bureau avec Nash et Becca tandis qu'Alex tentait toujours de convaincre Empyrée de renoncer à son idée.

— Cela ne me plaît pas, dit Becca dès qu'ils furent hors de portée de voix.

— Et à moi non plus, renchérit Nash.

— Nous n'avons pas le choix, répliqua Rocco.

Il croisa les bras et jeta un coup d'œil au bureau.

Mercy se tenait toujours près de la fenêtre, le visage pâle, le regard rivé sur lui et non sur Alex qui fulminait.

— Tu n'auras aucun renfort, en cas de problème, dit Nash.

Cela ne l'inquiétait pas.

— J'ai l'habitude de travailler seul. Comme tout agent sous couverture.

— Son père joue à un jeu dangereux, dit Becca. Avec sa fille au centre de tout. C'est ce qui m'ennuie. Cette attitude ne correspond pas à son profil. Il la met en danger. J'ai l'impression que nous passons à côté de quelque chose.

Rocco partageait ce sentiment.

— Je dois être honnête avec toi, Nash. Dans des circonstances normales, la mission passerait avant tout le reste. Quoi qu'elle exige. Mais, là, assurer la sécurité de Mercy sera ma priorité. Je m'inquiète pour elle.

— Et si Marshall appelle son frère pour le mettre au courant de tout ? dit Becca. Il t'a peut-être tendu un piège.

— C'est possible, reconnut Rocco. Mais nous n'avons pas le choix. Le temps presse et c'est notre meilleure option. La seule, en vérité.

— Essaye de découvrir ce que ces types ont prévu, dit Nash, puis sors de là avec Mercy. N'essaye pas de jouer les héros, de les empêcher de mettre leur plan à exécution. Transmets-moi à temps les infos et nous nous chargerons du reste.

— Bien reçu.

Il ne pouvait pas se permettre de prendre le risque d'un acte héroïque. La vie de Mercy était en jeu.

— Becca, ça t'ennuierait de ramener ma voiture en ville ? Nous prendrons l'un des véhicules de McCoy pour aller dans les montagnes.

— Bien sûr. Aucun problème.

— Les clés sont en principe sur le contact.

Nash et Becca partirent.

En retournant vers le bureau, Rocco sentait sa détermination s'intensifier. Il allait tout faire pour protéger Mercy de son père, d'Alex, de son oncle. De toute menace.

Quand il entra à grands pas dans la pièce, Alex se tourna vers lui, les yeux remplis de haine.

Marshall posa une main sur l'épaule de son fils spirituel pour l'exhorter au calme.

— Assez. Fais-moi confiance. Mercy, ajouta-t-il, tu me sembles très pâle. Te sens-tu bien ?

— Oui, oui, je souffre seulement d'hypoglycémie. Je n'ai pas pris de petit déjeuner.

— Mieux vaut ne pas attendre le déjeuner pour partir, dit Marshall. Il ne sera servi que dans une heure. Plus vous passerez du temps au camp de Mac, Rocco, mieux cela vaudra, ajouta-t-il, presque serviable. Mais la route est longue. Partageons un petit en-cas tous les quatre avant votre départ.

— Très bien, dit Mercy d'un ton résigné comme si elle avait perdu toute envie de se battre. Si ça te va, Rocco ?

— Je meurs de faim.

Endurer un repas avec le puissant Empyrée et le jaloux Alex ne l'amusait pas beaucoup, mais il en était capable.

— Et nous devons encore savoir où nous allons et à quoi nous attendre, une fois sur place.

— Alex, va voir ce que les cuisiniers peuvent nous préparer rapidement.

Marshall le chassa d'un geste et Alex s'éloigna, les poings serrés.

Rocco espérait que ce minus n'était pas assez mesquin pour cracher dans son assiette.

Empyrée déverrouilla un tiroir de son bureau et en sortit une carte routière.

— Laissez-moi vous montrer l'itinéraire pour se rendre chez mon frère.

Marshall pointa du doigt la route qui traversait les montagnes, en passant devant l'embranchement où il était censé rencontrer Percy, l'autre soir. Le vétérinaire fuyait peut-être le camp de Cormac cette nuit-là. Ce Mac était sans doute le McCoy auquel Percy faisait référence, oui.

Empyrée tapota l'endroit où ils trouveraient le camp.

Rocco étudia la carte.

— Quelle est la taille du campement ?

— Il est beaucoup plus petit que notre communauté. Il y a

une dizaine de maisonnettes en bois. Certains de ses hommes préfèrent vivre sous des tentes, lorsque le temps le permet.

— Combien y a-t-il de personnes ? demanda Rocco.

— Entre trente et quarante.

— Vous lui achetez vos armes ?

— Bien sûr. Mac se fournit à l'étranger, mais je ne sais pas grand-chose sur son secteur d'activité. Quand nous nous mettons d'accord sur une transaction, l'un de ses gars retrouve Alex à un endroit prédéfini qui change régulièrement pour des raisons de sécurité.

— Ça ne vous dérange pas de perdre votre fournisseur d'armes ? s'enquit Rocco, qui était toujours sceptique.

— Comme vous l'avez constaté par vous-même, nous sommes bien approvisionnés.

En effet, ils l'étaient.

— Que me suggères-tu pour gérer l'affaire avec mon oncle ? demanda Mercy.

— Sois toi-même, répondit Marshall en souriant. Et reste fidèle à l'histoire. Vous allez vous marier tous les deux. Les opinions radicales de Rocco et son penchant pour la violence en faisaient un mauvais choix pour ma communauté et j'ai estimé que celle de Cormac lui conviendrait mieux.

Alex revint, chargé d'un plateau de bols fumants.

— La cuisine avait déjà confectionné du chili aux trois haricots pour le déjeuner, dit-il en le posant sur le bureau.

Il tendit un bol, une serviette et une cuillère à Mercy.

Rocco refusa celui que lui offrait Alex, en prit un autre et s'installa à côté de Mercy.

Marshall ordonna à Alex de s'asseoir à côté de lui. Ils récitèrent le bénédicité, Rocco se contentant d'écouter.

— Ce chili est exceptionnel, un délice, déclara Marshall après sa troisième cuillerée. Je féliciterai le personnel en cuisine. Je ne le fais pas assez souvent. Tout le monde travaille si dur.

Il continua de parler, pour combler le silence qui devenait

gênant, alors que le regard d'Alex rebondissait entre Rocco et Mercy.

— Vous voyez, nous pouvons tous nous comporter en adultes et faire preuve de courtoisie.

Prise d'une brusque quinte, Mercy posa soudain son bol sur le bureau. Son visage était tout rouge. Elle porta les mains à sa gorge.

Sa toux se mua très vite en respiration sifflante.

Marshall se pencha en avant et la regarda avec inquiétude.

— Mercy ?

Rocco lui serra l'épaule.

— Ça va ?

Elle secoua la tête.

— Non, ça ne va pas... pas du tout. Je n'arrive plus à respirer, dit-elle d'une voix rauque.

Des marques rouges apparurent sur son visage et ses bras.

Le bol de Marshall lui échappa des mains et tomba avec fracas sur le sol. Il se leva d'un bond et courut vers elle.

— Mon Dieu ! Elle fait une réaction allergique.

Les mains sur sa gorge, elle recula en titubant.

Rocco se mit debout, terrifié. Il avait du mal à croire ce qui se passait. Mercy cherchait en vain de l'air. Elle était en train de mourir sous ses yeux impuissants.

Le cœur serré, les mains moites, il sentait la peur l'envahir et le paralyser. Il devait à tout prix faire quelque chose.

— Elle n'est allergique qu'aux cacahouètes, dit Marshall, mais je les ai interdites dans l'enceinte. Je ne comprends pas.

Son regard se tourna vers le bol de chili puis vers Alex.

Ce dernier restait silencieux et immobile, à fixer Mercy.

— Qu'as-tu fait ! hurla Marshall.

Mercy haletait, ses respirations devenaient de plus en plus sifflantes, de plus en plus courtes. Son visage commençait à enfler. Elle vacilla et s'effondra, mais Rocco la rattrapa au vol.

L'horreur le transperça comme une lame brûlante.

Marshall s'accroupit près d'elle. Quand Rocco lui prit la main, elle serra ses doigts fins autour des siens.

— Calme-toi, chérie, dit Marshall. Ne panique pas. Respire.

— Où est son auto-injecteur d'adrénaline ? demanda Rocco. Elle a forcément un EpiPen.

— Dans sa chambre. En haut de l'escalier. Troisième porte à droite. Elle le garde dans le tiroir du haut de sa commode.

D'un bond, Rocco quitta la pièce, courut dans le couloir, gagna l'escalier et grimpa les marches quatre à quatre. Dans la chambre, il ouvrit le tiroir, le fouilla en vitesse, mais ne vit nulle part l'injecteur jaune et noir. Il finit par renverser le tiroir.

Il n'était pas là.

Il le chercha dans les autres tiroirs, bouleversa les lieux.

Toujours pas d'EpiPen.

Le ventre noué d'effroi, il redescendit et entra en trombe dans le bureau. Marshall berçait sa fille, à moitié inanimée, sur ses genoux.

— Il n'y est pas, dit Rocco, le cœur battant à tout rompre. Je ne l'ai pas trouvé.

Visiblement de plus en plus inquiet, Marshall se tourna vers Alex.

— Où est-il ? Qu'en as-tu fait ?

Mercy ne respirait plus qu'à peine. Ses lèvres devenaient bleues.

Tout allait vite, trop vite. La femme qu'il aimait était en train de mourir sous ses yeux.

Il se précipita vers Alex et l'attrapa par le col de sa chemise.

— Dis-moi ce que tu en as fait.

Alex ne répondit pas. Il regardait Mercy.

— Es-tu fou ? cria Marshall. Elle va être ta femme.

Alex secoua lentement la tête. Son regard était vitreux, comme s'il était en transe.

— Non. Elle va coucher avec lui et ne reviendra jamais.

Ce rat voulait la tuer parce qu'il ne supportait pas qu'elle ne soit pas sa femme ? Comment pouvait-il être aussi mesquin, aussi cruel ? Seul un minable ferait une chose pareille.

— Elle a déjà couché avec lui, espèce d'idiot, répliqua Marshall en se balançant d'avant en arrière, sa fille dans les bras. Et elle est revenue. Qu'importe qu'elle faute une ou deux nuits avec ce non-croyant, si elle passe le reste de sa vie avec toi. Je t'ai dit d'avoir la foi, imbécile !

— Si elle meurt, tu meurs, je te le jure. Lentement, horriblement, cria Rocco, prêt à aller jusqu'au bout.

Mais Alex semblait insensible à toute menace.

En proie à une terreur et à une fureur folles, Rocco ne savait plus quoi faire pour faire entendre raison à ce pauvre type.

— Où est ce foutu EpiPen ?

— Elle reviendra des montagnes, dit Marshall en s'accrochant à Mercy. J'ai tout prévu. Mais tu dois la laisser vivre.

La tête penchée en arrière, il marmonna quelque chose qui ressemblait à une prière.

— Il y a d'autres injecteurs d'adrénaline au sous-sol. Rocco, allez les chercher. Ils sont dans le bunker.

— Je les ai déplacés, répliqua Alex. Il ne les trouvera pas à temps.

Rocco leva le poing, prêt à lui casser le nez. En réalité, il avait envie de le tuer.

— Dis-nous où tu l'as mis ou je te massacre.

Alex ne lui fit même pas l'aumône d'un regard. Il gardait une expression inflexible, ses yeux sombres teintés d'une détermination mortelle.

Une rage impuissante envahit Rocco. Il comprit qu'il pourrait le réduire en bouillie, cela ne servirait à rien.

Parce que ce lâche ne semblait pas se soucier de mourir lui-même – tant que Mercy trépassait la première.

Que faire ? Que devait-il faire ?

Il n'allait pas rester les bras croisés et laisser la tragédie se produire.

Réfléchis, réfléchis.

Une secte reposait toujours sur le pouvoir du gourou. Si quelqu'un avait encore la possibilité d'influencer Alex, c'était Empyrée.

Rocco se tourna vers Marshall.

— Faites-lui entendre raison. Vous seul le pouvez.

Empyrée demanda à Alex :

— Que veux-tu ?

Alex fit un signe de tête vers Mercy.

— Elle. Pour commencer.

— Pour l'avoir, tu dois d'abord la laisser vivre, répliqua Marshall avec autorité. Donne-moi l'EpiPen. Tu l'as, n'est-ce pas ? Donne-le-moi ! Sinon, tu marcheras dans les ténèbres, banni à jamais. Ton âme rejoindra le camp des déchus.

Alex s'agenouilla à côté de Mercy et se pencha vers elle.

— Tu te souviens de ce que je t'ai dit dans la voiture ? demanda-t-il. Bats des paupières une fois pour dire « oui ».

À bout de souffle, elle ferma et rouvrit les yeux, le visage ruisselant de larmes.

— Tu as intérêt à revenir vers moi, dit Alex.

Elle referma les paupières. Elle devint toute molle.

— Dépêche-toi ! cria Rocco.

Alex sortit le dispositif médical de sa poche.

Marshall lui arracha l'auto-injecteur des mains, ôta le capuchon et enfonça l'aiguille dans le bras de sa fille. Il le jeta ensuite par terre et la berça.

Tout en lançant à Alex un regard féroce qui le fit s'écarter précipitamment, Rocco s'approcha de Mercy et lui prit la main.

— Combien de temps faut-il pour que le produit fasse son effet ?

— Tout devrait aller très vite, maintenant.

Marshall se pencha vers sa fille.

— Allez, ma chérie. Respire. S'il te plaît, ouvre les yeux.

Rocco poussa un juron dans sa barbe. Il ne pouvait pas la perdre.

Mercy inspira, inspira encore et battit des paupières. Ses lèvres, ses joues reprirent des couleurs. Elle lui serra la main, son regard trouva le sien.

Un intense soulagement le submergea comme une vague puissante. Elle allait s'en sortir. Elle allait vivre.

Marshall la serra fort contre sa poitrine. Il l'embrassa sur le front et la glissa dans les bras de Rocco. Puis il se leva et se précipita vers son bureau.

Il décrocha le téléphone.

— J'ai besoin de la sécurité. Immédiatement.

— Empyrée, balbutia Alex. J'étais désespéré.

— Je sais, dit Marshall en hochant la tête. Tu n'étais pas toi-même. Mais tu as agi de manière imprudente et tu as failli la tuer.

— Mais je ne l'ai pas tuée, rétorqua Alex. Son sort était entre mes mains et j'ai choisi de lui laisser la vie sauve.

Les gardes accoururent, Shawn en tête.

— Enfermez Alex dans l'une des salles de méditation individuelle, ordonna Marshall. Et aidez ma fille à monter dans l'un des véhicules.

Mercy dans les bras, Rocco se leva.

— Je vais la porter.

Marshall hocha la tête.

— L'un de vous, courez à l'infirmerie. Dites au médecin qu'elle a fait un choc anaphylactique. Demandez-lui de venir lui poser une intraveineuse. Elle aura besoin de liquides et de vitamines pour l'aider à récupérer, ainsi que d'un EpiPen supplémentaire pour le voyage, au cas où.

L'un des hommes partit en courant tandis que Shawn et l'autre garde prenaient chacun un bras d'Alex.

— Ôtez-le de ma vue, dit Marshall, qui les repoussa d'un geste dédaigneux.

Ils sortirent Alex du bureau. Rocco se promit de lui faire payer ce qu'il avait fait, dès qu'il en aurait la possibilité. Mais il devinait que Marshall s'en chargerait le premier.

Marshall attrapa la carte sur le bureau et se tourna vers Rocco.

— Je vous accompagne jusqu'à un véhicule.

Il posa la main sur le dos de Rocco et poursuivit :

— Parfois, lorsque l'adrénaline s'estompe, il est possible que les symptômes réapparaissent. Il faudra alors lui injecter une dose supplémentaire d'épinéphrine. Surveillez-la attentivement. Une fois arrivé au camp, restez fidèle à l'histoire. Mac a toujours eu un faible pour Mercy. Jouez là-dessus et tout ira bien pour vous deux.

— S'il s'agit d'un coup monté, déclara Rocco, elle risque d'être blessée.

Il était encore plus réticent maintenant à l'idée de l'impliquer, vu son état de faiblesse. Mais tant de vies étaient en jeu.

— J'ai failli perdre ma fille, il y a quelques instants. Faites-moi confiance. Je n'ai aucune intention de la mettre en danger.

Rocco ne répondit pas, mais il n'accordait aucune valeur aux paroles du gourou.

Il n'avait aucune confiance en Marshall McCoy.

14

Marshall attendit que la communauté ait déjeuné – et de s'être un peu calmé – pour se rendre dans la salle de méditation où était enfermé Alex.

Alex était devenu fou. Nul ne savait ce qu'il serait susceptible de faire par la suite.

Marshall fit signe à Shawn d'ouvrir la porte.

Il entra.

— Tu peux nous laisser, dit-il à Shawn, qui referma la porte.

Les mains jointes, il regarda Alex.

Son *fils* spirituel était assis, menotté au lit. S'il semblait calme et posé, il n'éprouvait manifestement ni regret ni remords. Et une lueur déterminée brillait dans ses yeux.

— La punition pour tout acte de violence commis envers un membre tatoué, et donc consacré, de la communauté est le bannissement, déclara Marshall.

Alex redressa la tête.

— C'est vrai. Mais Mercy n'est pas tatouée. N'est-ce pas ?

C'était un fait incontestable. Pourtant...

— C'est ma fille.

— Et je suis votre fils ! Vous m'avez choisi, pris sous votre aile, façonné à votre image. C'est moi que vous préparez à vous succéder. Pas elle. Elle porte peut-être du blanc et nous la qualifions de leader, mais c'est une vaste plaisanterie. Elle n'a jamais prouvé sa foi en prononçant ses vœux. Parce que, au fond, nous le savons tous les deux, elle est incroyante.

Marshall s'approcha de lui et le gifla.

— Comment oses-tu ?

Humectant sa lèvre fendue, Alex sourit.

— C'est la vérité. Vous lui avez toujours accordé un traitement de faveur que vous refuseriez à quiconque. Comme elle est votre fille biologique, elle a droit à tout. Tout le monde aime Mercy, elle rayonne de lumière, mais votre hypocrisie n'échappe à personne.

— Tu as essayé de la tuer !

Avec une profonde inspiration, il s'efforça de se calmer.

— Pourquoi as-tu fait ça ?

Un sourire se dessina sur le visage d'Alex.

— Parce que... je n'ai jamais oublié la raison pour laquelle Ayanna est partie et Mercy restée...

Un frisson glacé parcourut Marshall. Alex ne pouvait pas le savoir. Marshall refusait même d'y penser, d'évoquer le sujet.

— Si j'avais voulu la tuer, poursuivit Alex, elle serait morte. Je l'ai mise à l'épreuve.

Marshall secoua la tête devant les délires de ce fou furieux.

— Tu as fait quoi ? D'autres ont été bannis pour moins que ça.

— Pour me bannir, vous devrez soumettre l'affaire au conseil des anciens. Je leur dirai que je n'ai violé aucun règlement intérieur. J'avouerai avoir mis des cacahouètes concassées dans le chili d'une non-croyante. Pour sonder sa foi, asséna-t-il, une lueur glaçante dans les yeux. Après avoir accepté de m'épouser devant tout le monde, Mercy s'est enfuie avec un agent infiltré de l'ATF envoyé pour nous espionner. Elle a couché avec lui. Pourtant, dans ma grande magnanimité, j'ai choisi de la sauver, malgré ses péchés. Le doute tourmente votre fille comme une maladie. Tandis que moi, votre fils spirituel, j'ai prononcé mes vœux et je me suis engagé auprès de la communauté à seize ans.

Il montra le tatouage qu'il portait en bas du cou.

— Quand Mercy McCoy aura-t-elle le sien ?

Marshall dévisagea Alex, sidéré d'être responsable de la création de ce monstre.

La situation était délicate. Que sa fille n'ait toujours pas prononcé ses vœux pour s'engager au sein de Shining Light devenait problématique, critique.

En refusant de se consacrer, sa vie durant, à la communauté, Mercy était devenue un maillon faible. Un handicap.

Un acte de violence visant quelqu'un qui n'était pas tatoué ne constituait pas un délit punissable. Marshall avait conçu les règles de façon que son peuple ne craigne jamais de se défendre, en cas d'attaque extérieure. Pendant près de trente ans, il avait ainsi maintenu la paix dans l'enceinte.

Même s'il détestait l'admettre, laisser Alex soumettre le sujet au conseil des anciens était gênant. Tout serait remis en question. Y compris l'autorité de Marshall. Son jugement. Son traitement préférentiel envers sa fille.

La seule façon pour Marshall de protéger Mercy était qu'elle prononce ses vœux, s'engage et soit tatouée. Il ne pouvait plus tergiverser. Demain, elle devrait choisir. Devenir une Starlight ou une déchue.

Mais il devait encore faire face à Alex. *Son monstre.*

— Tu dois être puni.

— Je me battrai bec et ongles pour rester dans la communauté. Vous ne m'en chasserez pas comme ça, je vous le promets ! rugit Alex. Laissez-moi rester. Protégez-moi comme j'ai protégé... vos secrets.

— Tu ne seras pas banni. Le fouet sera ta punition. Je te l'infligerai moi-même.

Alex sourit comme s'il lui avait offert un cadeau.

— Après avoir expié, je veux vous entendre me dire que vous êtes certain que Mercy reviendra.

Homme de peu de foi.
Sa fille reviendrait avant l'éclipse. Marshall n'était pas seulement prophète. Il était surtout un homme intelligent qui gardait toujours une carte maîtresse dans sa poche...

15

Une main chaude tapota la jambe de Mercy pour la tirer du sommeil.

— Nous y sommes presque, dit Rocco.

Épuisée par les derniers événements, elle s'était endormie dans la voiture dès qu'ils avaient quitté l'enceinte.

Tout en s'étirant, elle contempla les sommets enneigés et les sapins autour d'elle. Si haut dans la montagne, les températures seraient beaucoup plus fraîches.

Heureusement, Rocco était passé au motel et avait récupéré leurs affaires. Charlie lui avait préparé quelques pulls.

Elle retira l'aiguille de la perfusion de son bras.

— Comment te sens-tu ?

— Beaucoup mieux.

— Tant mieux, dit-il en souriant. Mais tu m'as fait très peur.

Alex les avait tous terrifiés. Il l'avait regardée s'étouffer avec un détachement effrayant. La bouche ouverte, elle avait cherché de l'air comme un poisson hors de l'eau.

Si Rocco avait tout fait pour la sauver, Alex, lui, était resté de marbre. Il attendait sa mort. Son comportement lui avait rappelé qui il était et de quoi il était capable.

Je préfère te voir morte que perdue dans les ténèbres avec cet homme.

Ses paroles résonnaient dans sa tête et la glaçaient de peur. Si elle avait longtemps sous-estimé la capacité de nuisance d'Alex et sa folie, elle les mesurait pleinement, à présent.

— Je ne peux pas retourner dans l'enceinte.

Elle n'avait pas envie de fuir comme une traîtresse, de faire partie des « déchus », d'être rejetée, bannie, par les gens qu'elle considérait comme sa famille sans même leur dire au revoir. Mais elle ne voyait pas d'autre solution.

— Si je ne prononce pas mes vœux, je n'ai pas de place dans la communauté.

Elle avait reporté son engagement le plus longtemps possible, incapable de se résoudre à prendre la décision la plus difficile de sa vie.

— Et je ne les prononcerai pas.

Et, tôt ou tard, Alex tenterait à nouveau de la tuer parce qu'elle ne serait jamais à lui. Il n'était pas question de lui donner la possibilité de passer à l'acte en retournant là-bas.

— Tu fais le bon choix, j'en suis persuadé, dit Rocco en lui prenant la main. Je suis heureux que Charlie t'ait parlé hier soir. Tu sais maintenant que, pour cette transition, tu ne dépends pas uniquement de moi. Bien sûr, je suis et serai toujours là pour toi. Mais sens-toi libre de choisir ta voie, la façon dont tu veux vivre la suite. Nous avons beaucoup d'amis en ville qui te soutiendront.

— Merci. Cela signifie beaucoup pour moi.

Plus qu'il ne le pensait.

Quitter la communauté, les seules personnes qu'elle connaissait, lui avait paru un pari trop risqué, trop grand. Hors de portée. Avec l'aide de Charlie, de Brian et surtout de Rocco, elle pouvait envisager une autre vie. Quelle que soit la profondeur de ses sentiments pour elle, il se souciait d'elle, elle n'avait plus aucun doute à ce sujet.

— Personne ne te met la moindre pression, ajouta-t-il, mais j'espère que tu ne renonceras pas à nous deux, à la possibilité d'aller plus loin avec moi. Je ne t'ai jamais menti sur ce que j'éprouve pour toi. Après avoir failli te perdre, tout à l'heure, j'ai pris encore plus conscience de ce que tu représentes pour moi.

Je ferai tout pour te prouver que j'ai envie de construire avec toi. Si tu veux de moi.

Elle ne répondit pas. Il lui offrait tout ce dont elle avait rêvé. Mais elle ne parvenait pas à se débarrasser de la peur d'être de nouveau trahie. Du doute. Peut-être cherchait-il à arranger les choses avec elle dans le seul but de rendre leur histoire de fiançailles crédible aux yeux de son oncle.

Deux hommes en tenue de camouflage sortirent soudain du couvert des arbres et se mirent en travers de la route. L'un d'eux pointa son fusil vers leur pare-brise. Le second s'approcha de la portière, côté conducteur, son arme à la main.

— Vous vous êtes perdus, tous les deux ?

Rocco baissa sa vitre.

— Nous sommes ici pour voir Cormac McCoy.

— Je ne connais pas de Cormac McCoy.

Elle se pencha vers lui.

— Je m'appelle Mercy. Je suis la fille de Marshall McCoy. Pouvez-vous dire à mon oncle que je suis là ?

Sans les lâcher des yeux, le gars recula et sortit un talkie-walkie. Après avoir échangé quelques mots avec son patron, il revint à la voiture, près d'eux.

— Ils vous écoutent, monsieur, dit-il. Vous pouvez parler.

— Si tu es vraiment ma nièce, lança alors une voix masculine via l'appareil, dis-moi comment tu m'appelais quand tu étais petite ?

Paniquée, elle secoua la tête.

— C'était il y a dix-neuf ans. Comment pourrais-je m'en souvenir ?

— Ma petite Nugget, elle, n'aurait pas oublié. Qui que vous soyez, partez avant d'être transformés en passoires.

Le mot « Nugget » réveilla un souvenir et la ramena à une époque où elle se nourrissait essentiellement de nuggets et de macaronis au fromage. Elle fouilla dans sa mémoire.

— Un instant, cela me revient... Oncle Macaroni !

— Laissez-les passer, dit Cormac.

Rocco roula sur le chemin de terre jusqu'au camp. Un autre homme armé leur ouvrit un grand portail en bois et leur fit signe de passer.

Mercy remarqua des chevaux qui s'ébattaient dans un champ, un peu plus loin. Et sept camions garés à proximité.

Des hommes les chargeaient d'armes, de munitions et de caisses dont elle ne parvenait pas à identifier le contenu.

Manifestement, ils préparaient une opération d'envergure.

Une sourde inquiétude la gagna à la vue de la curiosité méfiante que suscitait leur arrivée.

— Nous sommes là où mon indic s'était rendu avant notre rendez-vous, avant d'être tué, dit Rocco.

— Comment le sais-tu ?

— Les types qui l'ont sorti de la route conduisaient ce poids lourd, dit-il en le désignant d'un geste du menton.

Deux autocollants étaient collés sur le pare-chocs arrière. Tous deux illustraient des emblèmes qu'elle reconnut.

— Ces symboles sont tirés de nos enseignements. L'arbre argenté irisé représente l'illumination qui survient brusquement, mais après un long travail. L'éclair traversant le bloc rouge signifie la force majeure. Un événement écrasant qui cause des dommages, des perturbations. Voulus par Dieu.

Il gara la voiture.

— Es-tu prête ?

— Oui. Finissons-en et partons d'ici.

Elle attrapa son sac sur la banquette arrière et en sortit un pull. Tout en l'enfilant, elle promena les yeux autour d'elle.

Le camp était situé au cœur d'une pinède. Plusieurs petites cabanes de rondins et quelques tentes se dressaient ici et là. Les montagnes environnantes les protégeaient sans doute du vent glacial en hiver.

Un quinquagénaire aux longs cheveux blonds et aux traits aristocratiques sortit d'une des maisonnettes et se dirigea vers eux. Il était un peu plus grand que son père, mais doté d'une barbe épaisse.

Avant de descendre de la voiture, Rocco la prit par le menton et captura ses lèvres. Elle ferma les paupières un bref instant pour savourer la délicieuse sensation qui la traversa quand leurs bouches se rejoignirent. Il l'embrassa avec fougue. Il ne s'agissait pas d'un baiser de cinéma. Mais d'un vrai baiser plein de passion et de désir.

— Rocco...

Il caressa ses lèvres du pouce.

— Les meilleurs mensonges sont teintés de vérité. Ne l'oublie pas.

Un petit coup à sa vitre la fit sursauter. Elle découvrit son oncle et lui adressa un sourire tremblant.

Comme il lui ouvrait la portière, Cormac remarqua le sac de perfusion vide suspendu à la poignée au-dessus de sa tête.

Elle sortit de l'habitacle. L'air frais la fit frissonner.

— Salut, oncle Mac.

— Tu as bien grandi, dit-il avec un sourire. Viens m'embrasser, ma petite Nugget, ajouta-t-il en lui ouvrant les bras.

Il la souleva du sol et l'enveloppa dans une étreinte d'ours. Elle se souvint alors de sa tendresse. Ses câlins, chaleureux, n'avaient rien à voir avec ceux de son père.

Il la reposa à terre et l'examina de la tête aux pieds.

— Que tu es belle !

Puis il se tourna vers Rocco.

— Et qui est ce grand gars avec toi ?

— Rocco Sharp. C'est mon promis, ajouta-t-elle en rougissant.

— Heureux de vous rencontrer, monsieur, dit Rocco en lui tendant la main.

— Ton promis, vraiment ? demanda Cormac en lui broyant la main entre ses doigts. Qu'est-ce qui vous amène jusqu'ici ?

— Pouvons-nous parler à l'intérieur ? dit-elle en se frottant les bras. Il ne fait pas chaud. Et si tu avais quelque chose à grignoter ce ne serait pas de refus.

Loin de l'enceinte, son appétit était revenu.

Son oncle lui enlaça les épaules et les entraîna vers sa cabane de rondins.

À l'intérieur, le mobilier était simple et rustique – la plupart des meubles semblaient faits à la main – et il faisait chaud grâce au feu dans la cheminée. Une bonne odeur de cuisine flottait dans l'air.

— Chérie ? appela son oncle.

Une porte s'ouvrit et une femme au visage buriné encadré de deux longues tresses entra dans la pièce.

— Voici ma nièce Mercy et son fiancé, Rocco, dit Mac. Et voici ma femme, Sue Ellen.

— Bienvenue, dit sèchement Sue Ellen sans sourire. Aimeriez-vous boire ou manger quelque chose ?

Mercy posa son sac par terre.

— Avec plaisir, si ce n'est pas trop compliqué.

— Des sandwichs au fromage et du ragoût de lentilles vous iraient ? demanda Sue Ellen.

— C'est parfait.

— Merci, madame, dit Rocco.

— L'un de vous a-t-il un téléphone sur lui ? s'enquit Mac.

Rocco sortit l'appareil qu'il avait acheté à la station-service.

Son oncle s'empara d'une pochette grise suspendue à un crochet au mur et l'ouvrit.

— Déposez-le, dit-il à Rocco, qui obéit.

— Qu'est-ce que c'est ? demanda Mercy.

— Une pochette Faraday. Elle bloque tous les signaux. RFID, radio FM, GPS, cellulaire, Bluetooth, 5G, wi-fi, etc.

Il la referma et la remit à sa place.

— Mettez-vous à l'aise, dit-il en leur montrant la table et les chaises.

Ils s'y installèrent.

— Je vais vous chercher du cidre chaud, ajouta-t-il en ramassant une cruche d'argile.

Sue Ellen sortit du fromage du réfrigérateur, coupa du pain, et versa la soupe dans des bols à l'aide d'une louche en bois.

Mercy remarqua une étagère chargée de petits pots étiquetés. Ils contenaient diverses herbes et plantes. Du gingembre, des orties, de la lavande, de l'herbe à chat, de l'écorce de saule, de la camomille... Elle se demanda s'ils se soignaient avec les plantes médicinales.

Sue Ellen posa ce qu'elle avait préparé sur la table.

— Dites-nous ce qui vous amène ici, reprit Cormac tout en remplissant leurs chopes de cidre.

Mercy, qui ne savait pas mentir, invita d'un geste Rocco à répondre.

— Empyrée a estimé que je ne convenais pas à Shining Light et inversement, dit-il, aussi facilement que si c'était la vérité, et d'une certaine manière ça l'était. Il a pensé que je serais plus adapté à votre Confrérie.

— Il ne vous trouve pas assez bien pour sa communauté, mais assez bien pour épouser sa fille ? demanda Cormac d'un ton suspicieux. C'est bizarre, non ?

Mercy se tourna vers Rocco. Elle lui caressa la joue, un sourire sur les lèvres.

— Mon père n'apprécie pas notre union, mais il ne l'interdit pas non plus. Il a vu à quel point nous étions attirés l'un par l'autre et comme Rocco était gentil envers moi.

Pour en attester, il glissa un bras autour de ses épaules et la rapprocha de lui.

— Rocco ne plaît peut-être pas à mon père, mais pour moi il est « the One », l'élu.

La frontière entre la vérité et les mensonges disparaissait.

Tout en s'essuyant les mains sur un tablier, Sue Ellen s'assit à côté de Mac. Elle ne soufflait mot, se contentant d'écouter.

— Avez-vous été banni ? demanda son oncle.

— Non, monsieur, répondit Rocco. Mais disons que les choses se sont un peu envenimées entre Empyrée et moi.

Mac haussa un sourcil.

— Comment ça ?

— Le FBI a réussi à faire entrer un de ses agents dans la communauté, un indic se faisant passer pour un novice, dit-il. Quand le type a été démasqué, j'ai pensé qu'il fallait le tuer. Un minimum, non ? Et s'il n'avait tenu qu'à moi je ne me serais pas arrêté là. Pour qui se prennent-ils ? Ils nous infiltrent, nous espionnent, essayent de nous priver de nos libertés et il faudrait l'accepter, baisser la tête sans réagir ? Je ne suis pas d'accord !

Mercy le dévisagea, sidérée par la facilité avec laquelle il parvenait à se glisser dans la peau d'un tout nouveau personnage.

Cormac hocha la tête.

— Je partage à cent pour cent ton avis, dit-il à Rocco. Il est grand temps de reprendre les rênes de notre pays. Les fédéraux cherchent à nous priver de nos droits, à commencer par celui, inaliénable, de détenir des armes. Une fois qu'ils nous auront désarmés, nous serons sans défense et ils pourront nous imposer leurs lois, un nouvel ordre mondial.

Rocco et Sue Ellen opinèrent tous deux.

Mercy grignota un bout de pain pour ne pas avoir à répondre.

— Il y a peu, ces fumiers de l'ATF ont saisi une cargaison de mes armes dans le Colorado, poursuivit Mac. Ce sont des voleurs. Ils m'ont confisqué ce qui m'appartient. Mais je n'ai pas l'intention de me laisser faire. Nous allons leur donner une leçon qu'ils n'oublieront pas de sitôt. Demain, nous avons prévu un attentat d'ampleur. Le sang coulera à flots dans les rues.

Un frisson glacé parcourut Mercy. Son oncle était visiblement violent et paranoïaque.

Sue Ellen posa la main sur le bras de Mac et il se tut.

— Ce qui m'amène à m'interroger sur le moment de votre arrivée, dit-elle d'un air suspicieux. Pourquoi n'êtes-vous pas venus le mois dernier ? Ou dans deux jours ? Pourquoi avez-vous débarqué spécifiquement *aujourd'hui* ?

— Empyrée a pris la pleine lune et l'éclipse comme un signe, répondit Rocco. Pour lui, c'était le moment.

Mercy se tendit. Cette explication ne tenait pas et ne ferait que renforcer leurs soupçons. Son père aurait profité de la pleine lune et du rituel de mue pour annoncer leur départ. Il les aurait donc envoyés le lendemain. Pas la veille.

Comme elle le craignait, elle vit les yeux de Sue Ellen se durcir et Cormac croiser les bras.

Elle posa son sandwich et envoya un discret coup de pied à Rocco sous la table.

— Chéri, je pense que nous pouvons être sincères avec mon oncle et sa femme et leur dire ce qui nous a poussés, en réalité, à précipiter notre départ et à venir aujourd'hui.

Elle reporta son attention sur Sue Ellen et Cormac.

— Oncle Mac, te souviens-tu d'Alex ?

Il hocha la tête.

— Bien sûr. Le petit garçon bizarre qui te suivait partout comme un chiot perdu.

Les chiots étaient mignons et câlins. Pour sa part, elle avait toujours considéré Alex comme une ombre. Sombre, silencieux, en permanence collé à ses basques et cherchant à l'attirer dans des coins obscurs.

— Il a essayé de me tuer aujourd'hui.

— Quoi ? s'exclamèrent-ils en blêmissant.

— C'est vrai, dit Rocco. Il a tenté de l'empoisonner. Il a mis des cacahouètes concassées dans son bol de chili. Elle a fait un choc anaphylactique. J'ai eu la peur de ma vie. Je ne me suis jamais senti aussi impuissant qu'en la regardant étouffer sans pouvoir rien faire. C'était horrible.

— C'est pour ça qu'il y avait un sac de perfusion dans la voiture ? demanda Cormac.

— Oui. Pour m'aider à récupérer. Après cet épisode, mon père a voulu que nous partions au plus vite. Alex est devenu fou.

— Il est obsédé par elle, ajouta Rocco. Il ne supporte pas de la voir avec un autre.

Son oncle se pencha et posa les coudes sur la table.

— Vous avez bien fait de venir ici.

Sa femme hocha la tête.

— Tu as eu raison de t'éloigner de cet homme, Mercy. S'il te désire à ce point, il essayera de nouveau de te tuer. Ton promis et toi pouvez rester.

— Vous êtes tous les deux les bienvenus, renchérit son oncle. Nous avons une chambre d'amis. Cela ne vous ennuie pas de partager le même lit, j'espère ? Si cela vous pose un problème, je t'installerai une tente et un lit de camp, Rocco.

— Ce ne sera pas nécessaire, dit Mercy en caressant la cuisse de Rocco. Nous préférons dormir ensemble. N'est-ce pas, chéri ?

Il sourit d'un air intimidé, mais hocha la tête.

— Je suis incapable de détacher les mains de toi quand nous sommes seuls, tu le sais, chérie.

Il écarta tendrement une mèche de cheveux de sa joue, lui caressant la peau au passage.

Le souffle court, elle essaya, sans succès, d'ignorer la vague de désir qui la soulevait. Elle finit par renoncer à lutter et l'embrassa. Un baiser rapide mais d'une infinie douceur.

Rocco s'éclaircit la gorge.

— À condition que ton oncle nous autorise à partager le même lit sous son toit.

Ses yeux bruns chauds étaient presque hypnotiques. Elle retombait sous son charme. Il l'avait utilisée, lui avait menti et la manipulait peut-être encore pour sauver sa mission, et pourtant elle avait hâte de refaire l'amour avec lui.

— Ton père sait-il que vous couchez ensemble ? demanda Cormac. Dans le temps, il était très protecteur envers toi.

— Il l'est toujours, dit-elle, contrariée que son père et son oncle la traitent comme si elle était encore une enfant. Je ne lui ai jamais rien caché.

— En tout cas, tu vas te marier. Ce qui se passe derrière la porte de votre chambre ne me regarde pas, dit Mac avec un sourire entendu. En revanche, il n'y a qu'une seule salle de bains ici. Et des toilettes sèches. Nous vivons à l'énergie solaire et récupérons l'eau des torrents. Notre camp n'est pas aussi luxueux et confortable que l'enceinte où tu as grandi, Mercy. Mais la chambre est à vous aussi longtemps que vous le souhaitez ou jusqu'à ce que nous puissions vous construire une cabane.

— Merci, j'apprécie votre hospitalité. Mais nous gagnerons notre vie, déclara Rocco. J'aimerais commencer par vous aider avec ce que vous avez prévu demain. Donner une bonne leçon aux Feds me plairait beaucoup.

— Heureux d'avoir un tireur supplémentaire, répondit son oncle. Surtout si c'est un bon tireur.

— Je le suis. Quelle est exactement la cible ?

Sue Ellen chuchota quelque chose à l'oreille de Cormac.

— Je te donnerai les détails demain, répondit Mac. Excuse ma prudence. Il y a quelques jours, un indic de l'ATF a réussi à s'introduire dans le camp. Nous sommes encore un peu nerveux.

— Oh ! oui, j'imagine. Comment avez-vous géré l'affaire ? demanda Rocco.

— De la même manière que tu voulais gérer ton espion, répondit Cormac avec un rire sinistre. Barry et Dennis se sont occupés de ce traître.

— Bien fait pour lui.

Rocco leva sa tasse et tous deux portèrent un toast. Mercy en avait la nausée.

— Pour l'instant, dit Mac, je vais vous montrer le camp.

Ils finirent leur repas et sortirent tous les trois.

— Je ne voulais rien dire devant Sue Ellen, dit Cormac à voix basse. Mais je comprends pourquoi Alex a perdu la tête à cause de toi, Nugget. Tu es le portrait craché de ta mère. Et je n'ai jamais vu plus jolie femme.

Mercy sentit son cœur s'emballer dans sa poitrine.

— Elle a quitté l'enceinte le même jour que toi, n'est-ce pas ?
— Simple coïncidence, mais oui.
— Que lui est-il arrivé ? Où est-elle allée ?

Il fronça les sourcils, visiblement étonné.

— Tu ne le sais pas ?
— Je ne sais pas quoi ?
— Je lui avais donné de l'argent pour l'aider à reprendre sa vie en main. Elle s'est finalement installée à Wayward Bluffs, mais j'avais entendu dire que, des années durant, elle revenait à Laramie chaque semaine. En espérant te voir. Pour s'enfuir avec toi. Pour te convaincre de quitter Shining Light. Vers ton vingtième anniversaire, elle a pensé que tu avais prononcé tes vœux et elle a perdu espoir.

Jusqu'à ses vingt et un ans, son père ne lui avait pas permis de se rendre en ville avec les autres pour aider à recruter des gens. Cette interdiction avait-elle été intentionnelle ?

Avait-elle raté sa chance ? N'aurait-elle plus jamais l'occasion de rencontrer sa mère ?

— As-tu son adresse ou un numéro de téléphone ?
— Non. Elle voulait mettre le plus de distance possible entre elle et ton père et entre elle et la Confrérie.

Dévastée, Mercy se sentit blêmir. Rocco s'en aperçut et la serra dans ses bras.

— Ça va aller, lui murmura-t-il à l'oreille.

Il laissa un bras protecteur autour d'elle et ils reprirent leur marche.

— Maintenant que j'y pense, continua son oncle, je crois qu'elle a travaillé comme serveuse pendant un temps. Un restaurant sur Third Street. Le Delgado. C'était il y a longtemps, mais ils ont peut-être gardé un numéro de téléphone ou une adresse dans leurs dossiers.

Le Delgado. Mercy passait devant le restaurant chaque fois qu'elle se rendait à l'Underground Self-Defense School. Sans le savoir, elle s'était aventurée dans un quartier que sa mère avait fréquenté autrefois. En prendre conscience lui serra le cœur.

— Pourquoi ma mère m'a-t-elle abandonnée ? J'étais si jeune. J'avais besoin d'elle.

— Ton père ne lui a pas laissé le choix. Elle voulait quitter l'enceinte. Il a accepté à condition que tu restes. Avec lui. C'était compliqué et la décision n'a pas été facile à prendre pour elle. Mais elle ne pouvait plus respirer dans l'enceinte. Ton père et le mouvement l'étouffaient.

Il lui caressa les cheveux.

— Je suis content que tu sois là. Elle voudrait que je t'aide.

Mercy comprenait ce sentiment de claustrophobie.

La sensation de murs se refermant sur elle, d'un monde qui se rétrécissait, rapetissant de plus en plus, tandis qu'une personne au centre ne faisait que grandir, en devenant chaque jour plus présente, plus envahissante.

Une seule personne.

Empyrée.

Mac se gratta la barbe.

— Ta réaction allergique, le choc anaphylactique dont tu as été victime, est étrange puisque les cacahouètes ne sont plus autorisées dans l'enceinte. Tu n'es pas la première à y être allergique. Alex avait dû en cacher depuis un certain temps.

— Comment ça ? demanda Rocco en s'arrêtant de marcher.

— Ayanna, la mère de Mercy, était allergique aussi. Elle avait fait un choc anaphylactique, un jour. Je n'en ai pas été témoin, mais j'en avais entendu parler.

— Quand est-ce arrivé ? demanda-t-elle.

Mac haussa les épaules.

— Peut-être deux ou trois mois avant son départ. Cette réaction l'avait secouée. Après cet épisode, elle était devenue totalement silencieuse. Elle avait même cessé de parler de partir et de t'emmener avec elle. J'aurais juré qu'elle avait décidé de rester. Mais, le jour où mes gars et moi sommes partis, elle t'a dit au revoir précipitamment et a quitté l'enceinte avec nous. Elle n'a rien emporté, à part les vêtements qu'elle portait sur le dos. Elle a laissé tout le reste derrière elle.

Y compris moi.

— Est-il possible que Marshall ait provoqué sa réaction allergique volontairement ? demanda Rocco.

— Que veux-tu dire ?

Mac s'immobilisa et le considéra avec horreur.

— Il aurait mis des cacahouètes dans son assiette ?

— Pour lui faire peur et l'inciter à rester, suggéra Rocco.

— Certainement pas, répondit Mac en secouant la tête avec force. Il l'aimait. Au contraire, il était devenu encore plus protecteur envers elle et envers toi. C'est à ce moment-là qu'il a interdit les cacahouètes dans l'enceinte et fait planter ces noyers. Ton père t'a même conduite à Denver, dans un établissement chic, pour te faire tester, mesurer tes allergies.

Elle se souvenait vaguement du voyage avec lui. Elle avait pleuré lorsque le médecin l'avait piquée avec des aiguilles. Elle avait appelé sa mère, mais elle n'était pas là. Seulement son père et Alex, qui lui tenait la main.

Cette histoire n'était pas simple à assimiler. Et dans l'immédiat elle avait à gérer des choses autrement plus graves. Des vies étaient en jeu, y compris les leurs, si elle et Rocco ne réussissaient pas à empêcher l'attentat prévu.

L'esprit ailleurs, elle les suivit. Son oncle leur fit visiter le camp, leur présenta ses compagnons. Ils serrèrent des mains, répondirent aux questions. Heureusement, Cormac et Rocco parlaient beaucoup et elle n'avait pas besoin de le faire.

Elle ne pensait qu'à sa mère Elle se demandait à quoi elle ressemblait, s'interrogeait sur l'odeur de ses cheveux, le son de sa voix. Il avait dû être difficile pour elle de choisir entre abandonner son enfant et renoncer à sa liberté. Un choix impossible.

Son père avait-il fait pencher la balance, l'avait-il menacée, empoisonnée, pour la forcer à partir sans sa fille ?

L'idée était monstrueuse mais, quelque part, Mercy savait qu'il en aurait été capable. Alex aussi avait prétendu l'aimer et s'était persuadé que la tuer était un geste d'amour.

La lumière changea, passant du crépuscule à l'obscurité, la tirant de ses pensées.

Une lanterne à la main, son oncle les conduisit dans une grotte.

— Voici notre cache d'armes, dit-il.

Il y avait des piles et des piles de caisses en bois ornées d'un éclair brûlé sur le côté et des malles métalliques.

— Nous avons tout, poursuivit-il avec fierté. Des fusils-mitrailleurs. De toutes sortes, des AR-15, des kalachnikovs, des fusils de chasse, des mitraillettes jusqu'au calibre 50, des pistolets, des revolvers, des balles à pointe creuse, perforantes. Des grenades propulsées par fusée. De puissants explosifs.

Mercy considéra la cache, sous le choc.

Dans l'enceinte, ils avaient stocké beaucoup d'armes, pour se défendre, en cas d'attaque extérieure, mais là...

Son oncle détenait un arsenal digne d'une armée. Il avait la possibilité de mener une guerre, de semer la mort, de sacrifier la vie d'innombrables personnes innocentes.

Elle n'avait jamais rien vu de pareil.

— Impressionnant, déclara Rocco, d'un ton admiratif. J'ai hâte de voir ce que vous nous réservez pour demain.

Cormac sourit. Dans la lumière ambrée de la lanterne projetant des ombres sur son visage, il ressemblait au diable.

— Nous allons faire pleuvoir l'enfer sur eux.

Envahie d'une indicible terreur, elle refusa d'imaginer comment tout cela allait se terminer.

16

Allongé sur le lit, Rocco réfléchissait. Cormac McCoy était à la tête d'un groupe de survivalistes endurcis et déterminés à répandre le sang dans les rues dans quelques heures. Il était étonnant que la Brotherhood of the Silver Light, la Confrérie de la lumière argentée, soit restée si longtemps sous les radars.

Grâce au courage de Mercy, qui avait risqué sa vie pour demander l'aide de son père, il connaissait à présent leur existence et l'imminence d'un attentat.

Mais il ignorait toujours quelle était leur cible et comment il en informerait Nash, une fois qu'il la connaîtrait. Seule certitude : s'il échouait, beaucoup de gens allaient mourir.

Percy ne s'était pas trompé. Quelque chose d'énorme et d'horrible se préparait. Pour que son indic ne soit pas mort pour rien, il devait à tout prix trouver le moyen d'empêcher cette tragédie programmée. Et assurer la sécurité de Mercy.

Une porte s'ouvrit en grinçant.

— Merci encore, dit Mercy.

— Bonne nuit, lui répondirent Sue Ellen et Cormac du salon où il les avait vus, assis devant la cheminée.

Lorsqu'elle entra dans leur chambre et referma la porte, il sentit une tension différente l'envahir.

Tandis qu'elle se déshabillait, il resta là à la contempler, fasciné par sa beauté et sa grâce. Ses cheveux blonds captaient la lumière, encadrant son visage angélique. Il ne pouvait détacher les yeux de ses courbes douces.

Il la désirait. Sous lui. Au-dessus de lui. Mais aussi à ses côtés, pour la vie entière.

Elle se glissa dans le lit, près de lui.

— Pourquoi portes-tu autant de vêtements ? demanda-t-elle.

Comme elle tirait sur son T-shirt pour le lui retirer, il se redressa pour l'y aider.

— Parce que je ne savais pas si tu parlais sérieusement tout à l'heure, à propos de nous deux et de notre vie sexuelle, murmura-t-il. Ou si cela faisait partie de notre comédie.

— Je parlais sérieusement, répondit-elle en promenant la main sur lui, sur son ventre, sur son torse.

Aussitôt, un désir impérieux l'enflamma.

— Et toi, faisais-tu semblant quand tu disais que tu ne pouvais pas t'empêcher de me toucher ? ajouta-t-elle en le chevauchant.

— Non.

— Alors pourquoi ne me touches-tu pas ?

Bonne question.

Il l'enlaça, la rapprocha de lui. Lorsque leurs corps se pressèrent l'un contre l'autre, peau contre peau, il captura sa bouche. Emporté par ce baiser, il oublia l'attentat en préparation, sa mission. Il oublia tout ce qui n'était pas elle.

Elle se frotta contre son érection en poussant des gémissements qui le rendirent fou. Très vite, elle lui saisit la main pour la poser sur sa grotte secrète, déjà chaude et humide.

Comme il commençait à l'exciter, elle se mit à geindre de plus en plus fort. Il la sentait trembler sous ses mains.

Il avait l'intention de lui donner tout le plaisir du monde, de lui montrer à quel point il la désirait. Il voulait la caresser jusqu'à ce qu'elle le supplie de la prendre. Il lui ferait alors l'amour jusqu'à ce qu'elle en perde la raison. Il ne la laisserait pas tant qu'elle n'aurait pas touché le ciel avec lui.

— Le chalet est minuscule et les murs sont peu épais, chuchota-t-il. Ton oncle et sa femme risquent de nous entendre.

— Tant mieux. Ils croiront d'autant mieux notre histoire de fiançailles. Nous allons bientôt nous marier, nous sommes incapables de nous rassasier l'un de l'autre. Donnons-leur-en pour leur argent ! ajouta-t-elle en riant.

Heureux de lui rendre service, il se remit à l'embrasser, à la caresser. Il prenait son temps, refusait de se presser. Il laissait ses mains, ses lèvres, sa langue parcourir son corps pour la faire vibrer.

L'entendre gémir d'extase le ravissait. Il lui suçota la pointe des seins, l'une après l'autre, les fit se dresser. Quand elle ouvrit les jambes pour l'inviter à la rejoindre, il se glissa entre ses cuisses. En voyant ses yeux suppliants, il sourit. Mais il n'avait pas fini de la faire jouir. Lentement, pour faire durer le plaisir, il descendit le long de son ventre, en le picorant au passage de baisers brûlants. Enfin, il plaqua ses lèvres sur son bouton de rose et le taquina de la langue pour la rendre folle. Elle balbutia son nom avant de se mettre à crier, en se liquéfiant dans sa bouche.

Il était prêt à exploser, mais il se maîtrisa, bien décidé à l'entraîner plus haut encore vers le ciel.

La nuit ne faisait que commencer.

Le lendemain, une vague de chaleur inhabituelle pour la saison avait fait grimper les températures. Mercy n'avait pas besoin de pull, mais elle en enfila pourtant un. Pour réaliser leur plan, il était indispensable qu'elle en porte un.

Rocco avait en effet besoin qu'elle sorte son téléphone de la pochette Faraday sans que Sue Ellen s'en aperçoive.

Par la fenêtre de la cuisine, elle regarda les compagnons de son oncle. Ils étaient dehors autour d'une table, occupés à préparer des cocktails Molotov.

Elle finit de laver et de sécher la vaisselle du petit déjeuner.

De son côté, Sue Ellen emballait un pique-nique que les hommes emporteraient avec eux.

— Je souffre d'une horrible migraine, lui dit Mercy. Je ne sais pas pourquoi.

— Le manque de sommeil, sans doute, répondit Sue Ellen avec un sourire ironique. Mac et moi avons eu, nous aussi, du mal à nous endormir...

Mercy rougit comme une pivoine.

— Désolée. Je... nous...

— Ne t'excuse pas. Vous êtes jeunes et amoureux. C'est naturel.

Était-ce de l'amour ?

Avec Rocco, elle se sentait en sécurité, aimée, presque adorée. Elle pouvait tout lui dire, il la comprenait comme personne. Mais elle se méfiait de ses propres sentiments et, plus encore, de ceux qu'il prétendait éprouver pour elle. Pour le moment, elle n'était sûre de rien.

— Aurais-tu quelque chose contre les migraines ?

— Prends de l'écorce de saule, répondit Sue Ellen en montrant un bocal. Mets-en deux cuillères à soupe dans une tasse d'eau bouillante. Laisse infuser. Quand tu l'auras bue, ton mal de tête aura disparu.

Mercy se dirigea vers l'étagère et attrapa le pot indiqué. Comme par inadvertance, elle le laissa lui échapper des mains et se briser sur le sol.

— Oh non ! dit-elle. Que je suis maladroite...

En soupirant, Sue Ellen se leva.

— Ce n'est pas grave. Nettoie les dégâts puis va apporter les sandwichs aux hommes. Pendant ce temps-là, je vais courir jusqu'au chalet de Barbara pour voir si elle a de l'écorce de saule en rab.

— Merci. Je suis vraiment désolée.

Dès que Sue Ellen sortit, Mercy balaya rapidement les éclats de verre et les jeta à la poubelle. Elle regarda par la fenêtre. La femme de son oncle se hâtait vers une maisonnette. Cormac discutait et riait avec Rocco.

Mercy s'approcha de la pochette Faraday, en tira le téléphone et le fourra sous son pull. Puis elle remit la pochette sur le crochet, exactement comme elle l'avait trouvée.

Elle ramassa alors les sacs de pique-nique et se précipita dehors. Quatre camions étaient chargés, prêts à partir.

Elle croisa le regard de Rocco et lui adressa un petit signe. Maintenant, elle devait lui remettre le téléphone sans que personne la voie faire.

Elle déposa les sacs de sandwichs dans les camions. Mais alors qu'elle y laissait le dernier la barrière qui fermait le camp s'ouvrit.

Un SUV noir arriva. Shawn était au volant.

Elle se sentit blêmir. Que venait-il faire ici ?

Il s'arrêta à côté d'elle. Cormac et Rocco abandonnèrent leurs cocktails Molotov pour les rejoindre.

Shawn bondit sur le sol en laissant le moteur tourner.

— Je suis là pour te reconduire à l'enceinte, Mercy.

De plus en plus inquiète, elle recula de quelques pas.

— Il n'en est pas question. Je ne retournerai pas là-bas.

Il fouilla dans sa poche, en tira deux enveloppes et lui en tendit une sur laquelle était écrit son prénom. Celui de son oncle figurait sur l'autre.

— Lis-la, ordonna Shawn.

En toute hâte, elle l'ouvrit et y trouva une note manuscrite qu'elle parcourut en vitesse.

Ma chère Mercy,
Rentre à la maison.
Ou je serai obligé de dire à ton oncle la vérité sur Rocco.
Empyrée

Ses yeux se remplirent de larmes en lisant ces mots. Mais surtout elle sentit monter en elle une puissante colère.

Son père ne cesserait jamais de la manipuler, de décider à sa place de sa vie et de lui imposer ses quatre volontés.

Shawn ouvrit la portière arrière.

— Que dis-tu ?

Le souffle court, elle resta pétrifiée. Elle avait envie de s'enfuir, de se battre, de déchirer la deuxième lettre en mille morceaux, d'étrangler Shawn.

Mais Empyrée avait toujours trouvé le moyen de l'obliger à se plier à ses desiderata. Cette fois-ci ne faisait pas exception.

— Décide. Maintenant, dit Shawn en brandissant l'autre enveloppe et en l'agitant devant son visage.

Elle froissa la lettre dans sa main et monta dans la voiture avant de perdre le courage de le faire.

Sa peur pour Rocco était plus forte que sa fureur.

Et son père comptait précisément là-dessus. Même si elle aurait aimé prétendre le contraire, elle ne pouvait nier à quel point elle tenait à Rocco.

Shawn claqua la portière et remit l'autre enveloppe dans sa poche.

Cormac et Rocco s'approchèrent d'eux.

Elle baissa la vitre.

— Je retourne à l'enceinte.

Aussi catastrophé qu'elle, Rocco secoua la tête.

— Quoi ? Non ! Il n'en est pas question.

— Empyrée a eu un mauvais pressentiment à propos de sa fille pendant la méditation du matin, déclara Shawn. Il a décidé de la ramener pour la cérémonie de ce soir.

— Sera-t-elle en sécurité là-bas ? demanda son oncle. J'ai entendu parler de ce qu'Alex lui a fait.

— Empyrée l'a enfermé.

Ce qui ne signifiait pas qu'elle serait en sécurité.

— Ce n'est que pour une nuit, assura Shawn en remontant dans le SUV. Elle sera protégée. Rocco, tu pourras venir la chercher demain. Empyrée pense que tu préfères rester ici.

Rocco n'avait pas le choix, comprit-elle. Son oncle ne lui avait toujours pas dit quelle était sa cible, où se déroulerait l'attaque.

Cormac attendrait qu'ils soient en route pour lui donner leur destination.

Mais Rocco s'avança :

— Mercy, sors de cette voiture.

Il saisit la poignée de la portière, mais d'un geste Shawn la verrouilla.

— Je dois y retourner, dit-elle.

— C'est vraiment ce que tu veux, Nugget ? s'enquit Cormac avec inquiétude.

— Tout à fait, mon oncle.

— Que se passe-t-il ? cria Rocco en lui prenant la main. Que t'a fait ton père ? Sors et parlons-en tous les deux.

Ses yeux la transpercèrent, leurs regards fusionnèrent.

— Elle ne sort pas de la voiture, asséna Shawn.

Par la vitre ouverte, elle glissa la lettre froissée de son père dans la main de Rocco.

— Cela vaut mieux comme ça, dit-elle. Il n'y a pas moyen de faire autrement.

Elle était coincée. Rester signifiait que Rocco serait dénoncé et tué. Mais sans elle il n'aurait personne pour surveiller ses arrières, songeait-elle, le ventre noué.

Son père avait-il vraiment eu un mauvais pressentiment ? Ses visions étaient-elles réelles ? Ou s'agissait-il d'une énième imposture : le marionnettiste tirant plus de ficelles ?

Une véritable migraine commençait à gagner ses tempes.

— Dis-lui au revoir, dit Shawn.

Cormac tapota le dos de Rocco.

— Je te laisse un instant seul avec elle.

— Quel que soit le problème, nous pouvons le résoudre ensemble, Mercy, dit-il. Sors de la voiture. Tu n'es pas obligée d'y retourner.

— Si, il le faut. Crois-moi.

Rien n'arriverait à Rocco. Pas à cause d'elle.

— Tu dois me laisser partir. Je t'en prie.

Shawn enclencha la première, prêt à démarrer.

Rocco se pencha par la vitre pour un baiser profond qui la laissa pantelante et le cœur brisé.

— Je viendrai te chercher, dit-il.

— Je le sais.

Et c'était ce qui l'inquiétait parce que son père le devinerait et prendrait certainement des mesures pour l'en empêcher.

Il l'embrassa encore. À ce moment-là, profitant du fait que son oncle ne la regardait pas et que Shawn détournait les yeux, elle sortit le téléphone portable de sous son pull et le glissa dans la poche de Rocco.

— Fais attention à toi. Reste en vie.

— Je t'aime, Mercy.

Shawn pressa l'accélérateur et s'élança à toute vitesse sans lui laisser le temps de répondre. Il franchit la barrière à toute allure.

Elle se retourna pour regarder Rocco à travers le pare-brise arrière. Debout, les jambes écartées, il était magnifique. Redoutable.

Un poids énorme tomba sur sa poitrine.

Il lui manquait déjà. Dans ses bras, la tête sur son épaule, le visage enfoui au creux de son cou, elle était bien. Elle se sentait à sa place.

Sans le savoir, chaque fois qu'elle était allée en ville, à la recherche de sa voie, de quelque chose à changer dans sa vie, de quelque chose qui ferait battre son cœur, elle l'avait cherché. Lui.

Pas n'importe quel homme. Pas quelqu'un comme lui.

Mais lui, Rocco.

Elle détestait son père parce qu'il voulait le lui enlever.

Shawn alluma un talkie-walkie.

— Empyrée. Parlez.

Une étrange peur l'envahit.

— As-tu Mercy avec toi ? demanda son père.

— Oui.

Elle sentit son cœur battre à tout rompre, de terreur.

— Bien. Dépêchez-vous de rentrer.

La gorge serrée, elle s'efforça de réprimer l'angoisse qui l'étreignait en tentant d'imaginer ce que son père avait prévu pour elle dans l'enceinte.

Le sentiment d'une catastrophe imminente l'envahit, enserra sa poitrine, brouilla sa vision.

Que lui arrivait-il ? Était-ce une autre crise de panique ? Il ne s'agissait pas d'une réaction allergique, mais elle avait de nouveau l'impression de mourir.

Accablée, elle baissa la vitre, laissa l'air frais s'engouffrer dans l'habitacle, ferma les yeux et se mit à prier.

17

Mercy n'était partie que depuis deux heures et Rocco avait l'impression d'une éternité.

Il s'était senti déchiré quand il était monté dans l'un des camions avec les hommes de Cormac.

Il aurait fait n'importe quoi pour la retenir, pour l'empêcher de retourner dans cette secte de malheur, auprès de son père... Mais il avait une mission à accomplir. Des centaines de vies étaient en jeu, il en était douloureusement conscient.

Après avoir lu la lettre, il avait compris le piège tendu par Empyrée à sa fille et le choix de Mercy pour sauver Rocco.

D'un instant à l'autre, elle serait de retour dans l'enceinte, si elle n'y était déjà. Qu'allait-il lui arriver alors ?

Au moins, Alex serait-il enfermé, incapable de lui faire de nouveau du mal, se répétait-il pour se rassurer.

Il resserra sa prise sur la kalachnikov que Cormac lui avait donnée, avec un gilet pare-balles. Celui-ci le protégerait des projectiles tirés par les forces de l'ordre. Mais pas de leurs balles perforantes, si ses compagnons décidaient de le prendre pour cible.

Ils étaient partis une demi-heure après Mercy et n'allaient plus tarder à quitter la montagne. Il était assis à l'arrière du camion de tête – le véhicule qui avait sorti Percy Tiggs de la route – à côté de Barry. Mac avait pris place sur le siège passager et au volant, devant Rocco, se trouvait Dennis.

Les deux hommes à l'avant portaient un fusil-mitrailleur

et un calibre 9 mm tandis que Barry avait une mitraillette en bandoulière et un poignard sur sa hanche gauche.

Rocco s'éclaircit la gorge.

— Cormac m'a appris que vous aviez liquidé un indic, tous les deux.

— Ouais, répondit Dennis. Barry lui a tiré dessus et moi je l'ai envoyé dans le décor.

— Bien joué, dit-il. J'aurais aimé faire subir le même sort à l'agent du FBI qui s'était infiltré dans l'enceinte.

— Ne t'inquiète pas. Celui-là t'a peut-être échappé, mais tu vas maintenant avoir la possibilité d'en buter un maximum.

— Alors, où allons-nous ? demanda-t-il. Ne pas savoir me rend fou.

— D'accord. Nous pouvons te le dire, à présent, répondit Mac. Nous allons frapper le quartier général de l'ATF dans le Wyoming. Ils se sont installés dans un bâtiment fédéral, à Cheyenne. Si nous avons de la chance, nous parviendrons aussi à éliminer certains des services secrets qui y sont également basés.

Rocco sentit son ventre se nouer.

L'ATF et plusieurs services secrets se trouvaient en effet dans cet édifice, mais aussi le tribunal de justice. Des gardes surveillaient l'entrée, mais l'endroit grouillait de monde. Plus de deux cents employés y travaillaient, sans parler des innombrables civils qui y passaient chaque jour.

— C'est un site ultra-sécurisé, non ? dit-il. Peut-être devrions-nous choisir une cible plus facile. Ce n'est pas avec des cocktails Molotov que nous aurons le dessus.

— Ne te bile pas, répondit son voisin en riant. Nous avons tout prévu.

— J'ai quelqu'un à moi à l'intérieur, expliqua Mac. Un agent de sécurité qui bosse là-bas depuis près d'un an. À mon signal, il déclenchera l'alarme incendie. Quand tout le monde évacuera les lieux, nous passerons à l'attaque. Le site s'étend sur tout un pâté de maisons. Voilà pourquoi nous avions besoin de quatre véhicules pour bloquer toutes les sorties. Tout va sauter, le quartier sera à feu et à sang, il n'en restera rien. Je t'ai promis un carnage et je tiens toujours mes promesses.

Marshall se tenait dans le hall quand Shawn entraîna Mercy à l'intérieur du Light House. Tandis que tous deux retiraient leurs chaussures, elle le dévisagea, les yeux brillants de colère, mais elle resta silencieuse.

Les mains dans le dos, Marshall lui adressa un sourire compatissant.

Elle avait l'air prête à lui cracher à la figure, mais elle se ressaisit et s'efforça de dissimuler sa fureur. Elle paraissait à présent si calme, si posée, qu'il aurait pu croire que tout allait bien.

Mais il remarqua que ses mains tremblaient légèrement.

— Nous parlerons plus tard, ma chérie, et mettrons les choses au clair, lui dit-il. En attendant, emmène-la dans l'une des salles de méditation individuelle, Shawn. Et enferme-la.

Sa fille pensait le détester, mais il n'en avait pas encore terminé. Quand tout aurait été dit et fait, la haine qu'elle éprouverait à son égard serait mille fois pire.

Marshall les regarda s'éloigner et retourna à son bureau. Il lui avait brisé le cœur et l'avait profondément blessée. Il le regrettait. Sa souffrance ne lui procurait aucun plaisir.

Maintenant que Mercy était en sécurité sous son toit et enfermée, il alluma le talkie-walkie. Une fois Rocco mort, elle n'aurait personne vers qui se tourner à l'extérieur et voilà pourquoi elle finirait par se soumettre, par prononcer ses vœux et par s'engager pour de bon.

La communauté – sa famille – l'aiderait à cicatriser. Avec le temps, le souvenir du beau cow-boy s'effacerait. Et elle trouverait le vrai bonheur dans la Lumière.

Si elle ne lui pardonnait jamais ce qu'il s'apprêtait à faire, qu'il en soit ainsi. Il savait ce qui était bon pour elle. Mieux qu'elle.

Même si elle devait le maudire jusqu'à la fin de ses jours, il referait le même choix et sacrifierait l'amour que sa fille lui portait afin de sauver son âme des ténèbres.

Mais pour que tout fonctionne comme il l'escomptait Rocco devait mourir.

Il n'était animé que par la recherche du bien de tous.

Se débarrasser de ce garçon relevait de son devoir, de sa responsabilité en tant que père. En tant que prophète. En tant qu'Empyrée.

Comme l'avait si bien écrit Shakespeare, « Lourde est la tête qui porte la couronne »...

Tout en regardant par la vitre les sapins qui défilaient, Rocco cherchait le moyen de fausser compagnie à ses compagnons. À sa gauche se trouvait un précipice. À sa droite, le flanc rocheux de la montagne, tout aussi escarpé. L'endroit n'était pas idéal pour leur demander de s'arrêter pour lui permettre de soulager sa vessie...

Bientôt, ils dépasseraient Wayward Bluffs et quitteraient la montagne. Mais avant que le convoi ne rejoigne la voie express il simulerait un besoin pressant. Il trouverait un prétexte quelconque pour s'isoler afin d'envoyer un message à Nash. Il devait le prévenir de l'imminence d'un attentat pour qu'il puisse faire évacuer le bâtiment à temps.

Le talkie-walkie, posé sur le tableau de bord, grésilla.

— Mac ? Tu m'entends ?

La voix anxieuse de Marshall crépita au milieu des parasites.

Rocco sentit son cœur se serrer, une vague d'inquiétude le soulever.

Mercy allait-elle bien ? Lui était-il arrivé quelque chose ?

Comme il croisait le regard de Mac dans le rétroviseur, une pensée le traversa soudain. Et si Marshall n'appelait pas son frère à propos de Mercy ? Mais à propos de lui ? Pour le perdre ?

Il aurait fallu être bien naïf pour le croire incapable de trahir sa parole. Mais si Marshall s'apprêtait à tout révéler à Mac la situation allait vite dégénérer dans la cabine. Faire feu dans un espace confiné risquait de finir en désastre...

Sans oublier que trois autres camions, chargés d'hommes lourdement armés, les suivaient.

Mac saisit le talkie-walkie et pressa un bouton sur le côté.

— Salut, Marsh. Je t'écoute.

— Je suis sous le choc, dit Marshall d'un ton précipité. Je viens de découvrir que j'ai été trompé. Que nous avons tous été trompés.

Rocco sentit un frisson glacé lui parcourir l'échine.

Mac se pencha en avant pour mieux entendre son frère.

— Que se passe-t-il ? Trompés par quoi ?

— L'important n'est pas par *quoi*, mon frère, mais par *qui*. Rocco est un agent infiltré de l'ATF. Il nous a bien eus. Il faut l'éliminer au plus vite. Je te laisse gérer l'affaire. Tu as carte blanche.

À ces mots, une décharge d'adrénaline parcourut Rocco. Un instant médusés, ses trois compagnons se tournèrent vers lui en s'emparant de leurs armes.

Puis tout se passa très vite.

D'un geste brusque, Rocco arracha le poignard du holster de Barry et le lui enfonça dans le ventre.

Comme Mac, son calibre à la main, s'apprêtait à tirer, Rocco lui balança la crosse de sa kalachnikov en pleine figure, en l'envoyant s'écraser contre sa vitre.

Mais Mac avait eu le temps de faire feu et Rocco entendit la balle siffler à ses oreilles. Elle finit sa course dans le pare-brise arrière, qui explosa.

Affolé, Dennis voulut se pencher pour récupérer son fusil-mitrailleur. Le camion fit un écart.

Tout en tirant sur sa ceinture de sécurité pour se donner plus de liberté de mouvement, Rocco détacha celle du conducteur. Il assomma Dennis d'un coup de poing à la tempe. Puis il attrapa le volant et le tira violemment pour faire sortir le poids lourd de la route.

Le cœur battant à tout rompre, il se rassit en vitesse et resserra sa prise sur la sangle de sa ceinture de sécurité.

Hors de contrôle, le camion dévala la pente à toute allure. Il fonçait sur les arbustes en écrasant tout sur son passage. Enfin, il se coucha, emboutit un arbre et s'arrêta net.

L'impact brutal projeta Rocco en avant, mais sa ceinture le plaqua contre le siège.

Avec une profonde inspiration, il s'efforça de recouvrer ses esprits. Barry était mort, Mac inconscient, le visage dans un airbag déployé. Dennis avait été éjecté du véhicule, à travers le pare-brise.

Rocco s'empara de la mitrailleuse et du calibre de Mac. Sa portière était coincée et il dut l'ouvrir à coups de pied.

À la vue de Mac, il fut tenté de lui tirer une balle en pleine tête, de l'envoyer directement en enfer. Mais il se souvint à temps qu'il n'était pas un justicier.

L'air était chargé de l'odeur d'essence provenant des cocktails Molotov brisés, entassés à l'arrière. Heureusement pour lui, les explosifs se trouvaient dans les autres camions.

Rocco entendit alors des cris affolés au-dessus de lui, bientôt suivis de pas précipités. Les hommes de Mac accouraient pour leur venir en aide.

Il ne devait pas rester là.

Traversé par une décharge d'adrénaline, il s'élança vers les arbres et s'éloigna à la hâte du lieu de l'accident. Dès qu'il fut assez loin de l'épave, il remonta la pente vers les camions arrêtés au bord de la route.

L'ascension fut épuisante, des branches lui giflaient le visage, des pierres roulaient sous ses pieds, mais il ne ralentit pas. Le temps pressait. Il lui fallait faire vite.

La sueur coulait le long de son échine. L'air s'était raréfié et ses poumons étaient en feu.

Plus vite, plus vite !

Il gravit le flanc de la montagne en s'efforçant de rester sous les sapins pour ne pas être vu.

Comme il approchait de la route, il s'arrêta et tendit l'oreille. Il identifia des bruits de bottes sur l'asphalte. Et des voix... deux... non, trois voix différentes.

Trois hommes étaient restés pour monter la garde près du chargement. Penchés vers le précipice, tous trois regardaient le véhicule accidenté en contrebas.

Une balle siffla soudain à ses oreilles et se planta dans le tronc au-dessus de sa tête.

Il avait été repéré. L'un d'eux le ciblait.

Rocco sortit sa mitraillette et riposta. Il tira en rafale.

Deux des types tombèrent. Le troisième réussit à se cacher.

Rocco visa alors les pneus des deux derniers camions, qui s'aplatirent. Sans perdre un instant, il se précipita vers celui de tête et sauta au volant.

Dans leur hâte à aller aider Cormac, ses compagnons avaient laissé les clés sur le contact et le moteur en marche.

Il passa la première et écrasa l'accélérateur.

Des coups de feu retentirent derrière lui et il baissa la tête. Après avoir mis les gaz, il négocia un virage aussi vite que possible.

Il jeta un coup d'œil dans le rétroviseur. Personne ne le poursuivait. Mais il ne ralentit pas.

Tout en fonçant sur la route sinueuse, il sortit son téléphone de sa poche, appela Nash Garner et lui raconta tout.

18

Mercy se leva en entendant le cliquetis de la serrure.

Toujours vêtue d'un jean, d'un T-shirt et d'un pull gris, elle se prépara à affronter son père.

Quoi qu'il lui raconte, sa décision était prise. Elle en avait fini avec Shining Light. Dès que Rocco viendrait la chercher, elle quitterait l'enceinte. Comme tant de déchus avant elle.

Une fois libérée d'Empyrée, elle réfléchirait aux conséquences pour son âme.

Mais lorsque la porte s'ouvrit elle vit entrer Alex et elle se sentit blêmir.

Il referma derrière lui et se baissa pour caler un bloqueur de porte.

Le sang de Mercy se glaça dans ses veines. Retirer le morceau de bois pour ouvrir prendrait du temps. Si elle tentait de sortir, il parviendrait sans doute à l'en empêcher.

— Pourquoi n'es-tu pas enfermé ?

Alex s'appuya contre la porte. Ses yeux semblaient étranges et vitreux.

— J'ai expié ma faute et Empyrée m'a libéré, répondit-il.

Il semblait confus. Comme s'il était ivre. Ou planait.

Ce qui était bizarre. Alex ne buvait pas et ne consommait pas de drogues. Il n'avait pris de l'ayahuasca qu'une seule fois, au cours du rituel de sa mue intérieure.

— Comment t'es-tu procuré la clé de cette pièce ?

— Je me suis débrouillé, répondit-il en souriant.

Il avait dû obliger Shawn à la lui donner.

Malgré son angoisse, elle s'interdit de paniquer.

— Qu'est-ce qui ne va pas, Alex ? Qu'est-ce qui t'arrive ?

— Tellement de choses ne vont pas que je ne sais pas par où commencer, répondit-il en riant.

Il s'était manifestement drogué. Mais pourquoi ?

— Quand tu me regardes, que vois-tu ? demanda-t-il.

Un pauvre type pathétique, mesquin, aux yeux verts...

— Un monstre.

Il émit un rire triste qui l'émut malgré elle.

— Tu ne m'épouseras jamais, n'est-ce pas ? Pas après le chili.

En essayant de la tuer, il avait en effet franchi un point de non-retour. Mais elle n'aurait jamais uni son destin à lui, de toute façon. Il était dérangé, complètement dingue.

Elle espérait qu'il n'avait pas d'arme sur lui ni l'intention de lui loger une balle dans la tête.

— Pourquoi veux-tu te marier avec moi alors que tu sais que je ne t'aime pas ? demanda-t-elle.

— Parce que je t'aime assez pour nous deux. Je ferais n'importe quoi pour toi.

— Y compris me laisser partir ?

Avec un sourire narquois, il agita un doigt.

— Le véritable amour exige de l'adhésion, dit-il en s'approchant d'elle. Et du sérieux.

— Le véritable amour exige de la bonté, de la générosité et de la gentillesse, répliqua-t-elle en serrant les poings. Tu ne m'en as pas beaucoup montré quand tu as cherché à m'empoisonner.

Il saisit avec douceur une poignée de ses cheveux et y plongea le nez. Il inspira profondément.

— J'ai toujours pensé que nous nous réserverions pour notre nuit de noces. Mais tu as offert ta pureté à cet homme. Je me sens trahi, trompé... Et si tu me donnais un avant-goût de ce que tu lui as donné, hein ?

Il se pencha pour l'embrasser de force.

Mercy n'était pas violente. Ni même une battante. Mais Rocco lui avait appris que la colère qui l'animait, la rage qui s'emparait d'elle chaque fois qu'elle était victime d'une injustice, déclenchait chez elle une réaction puissante qu'elle aurait tort de sous-estimer.

Elle lui envoya son genou dans le bas-ventre. Lorsqu'il se plia en deux avec un cri de douleur, elle le repoussa sans ménagement.

Il recula en titubant. Il tenta de se redresser, mais n'en eut pas le temps. Dès qu'il se releva, elle le frappa à la poitrine. Rocco lui avait dit qu'un coup de poing au plexus solaire provoquait une baisse de la pression artérielle et une perte de connaissance.

Sous la violence de l'attaque, Alex s'effondra. Il roula sur le côté, à l'agonie.

Elle regrettait d'avoir dû lui faire mal. D'instinct, elle aurait voulu l'aider. Mais elle courut vers la porte, retira le bloqueur et le jeta sur le côté.

— Attends, siffla-t-il, le souffle court. Aide-moi.

Mercy le regarda, ne sachant pas quoi faire.

Elle remarqua alors les taches de sang sur le dos de sa chemise. Il avait été fouetté.

Sans réfléchir, elle prit sa main tendue et le fit monter sur son lit. Elle avait tellement l'habitude de l'assister.

Il se recroquevilla sur lui-même en gémissant.

— Que t'est-il arrivé ? demanda-t-elle.

Il déboutonna sa chemise et lui montra son dos zébré de rouge.

— Le fouet a été mon châtiment.

— Et ensuite tu as pris quelque chose contre la douleur, non ? Quelque chose de fort, j'imagine ?

Les yeux vitreux, il hocha la tête.

— Alex, je dois partir. Je ne peux plus rester dans l'enceinte.

— Je sais, dit-il, en larmes. À cause de moi. J'ai tout gâché.

Il n'avait été que la goutte d'eau qui avait fait exploser le vase. Sa décision remontait à loin et avait mûri au fil des ans.

— Je n'étais pas destinée à être une Starlight, voilà tout, dit-elle avant de le lâcher et de s'éloigner vers la porte.

— Te souviens-tu de mon livre préféré ? demanda-t-il en l'arrêtant. Quand nous étions plus jeunes.

Comment aurait-elle pu l'oublier ?

— *Frankenstein* de Mary Shelley. Tu l'as lu dix fois.

— Dans l'histoire, tout le monde pense que la Créature est un monstre. Mais elle n'est qu'un pauvre être incompris. Et malheureux parce que rejeté par tous à cause de sa laideur. En réalité, Victor Frankenstein, celui qui a créé la Créature, est le véritable monstre. Pourquoi est-ce que personne ne le comprend ?

Sa voix se brisa et il se mit à pleurer.

— Moi aussi, je suis devenu un monstre, poursuivit-il. Mais je suis ce que notre père a fait de moi. Je t'ai fait subir ce qu'il avait fait subir à Ayanna.

— Quoi ? s'écria-t-elle en revenant vers lui.

— Ta mère a eu la même réaction allergique que toi.

— Parce qu'il avait mis des cacahouètes dans sa nourriture ?

Alex hocha la tête.

— Je l'ai vu faire. Il ne savait pas que j'étais là, dans la cuisine. Il ne voulait pas la tuer, il s'était assuré que le médecin n'était pas loin et parviendrait à la sauver à temps. C'est ainsi que m'est venue l'idée.

Une bouffée de rage brûlante se mêla au chagrin qui montait dans sa poitrine.

— Comment ai-je pu m'aveugler si longtemps ? cria-t-elle. Comment n'ai-je pas vu plus tôt quel monstre il était ?

— Il a tout fait pour t'aveugler. Et je l'y ai aidé.

Comme elle gagnait la porte, il tenta encore de la retenir :

— Mercy, je t'en prie, ne me quitte pas. J'ai besoin de toi !

Les larmes aux yeux, elle vola pourtant vers la porte, dévala les marches de l'escalier, saisit ses chaussures et courut jusqu'au hall d'entrée.

Une voix furieuse émanant d'un talkie-walkie la pétrifia soudain. Elle reconnut son oncle Cormac.

— Marshall, décroche ! ordonna-t-il.

Elle se retourna et remonta sans bruit le couloir jusqu'au bureau de son père.

— Décroche, répéta Cormac via l'appareil. Je sais que tu m'entends, Marsh. Décroche, fils de...

— Je suis là, Mac, répondit son père. As-tu réglé notre petit problème ?

Par la porte ouverte, elle vit son père s'approcher de l'une des fenêtres, le talkie-walkie à la main.

— Tu ne m'as pas tout dit ! cria Mac.

— Comment ça ? Bien sûr que je t'ai tout dit.

— Rocco n'est pas qu'un agent de l'ATF.

Mercy sentit son cœur se serrer. Mac connaissait la vérité. Rocco était en danger.

— A-t-il fait partie des forces spéciales ? hurla Cormac. Du SWAT ? Qui est ce gars ? Un ancien assassin ?

— Je n'en ai aucune idée.

Son père semblait complètement dépassé. Une première.

— Je t'ai dit tout ce que je savais dès que je l'ai appris, Mac, assura-t-il.

Au bord de la nausée, elle refoula la douleur provoquée par le nouveau mensonge de son père, sa énième trahison.

— S'est-il enfui ? poursuivit-il.

— Oui, il s'est enfui après avoir tué deux de mes hommes. Il m'a blessé ainsi que deux autres de mes gars avant de filer.

Que la Lumière soit louée ! se dit-elle, soulevée par un intense soulagement.

— Tu as eu tort d'attendre, asséna son père. Tu aurais dû le descendre tout de suite.

— C'est toi qui as commis une grave erreur en envoyant un agent infiltré dans mon camp, gronda son oncle avec colère.

— Il n'est pas trop tard pour en finir avec lui, répliqua Marshall. Son équipe a des bureaux en ville.

Elle entendit avec effroi son père lui donner une adresse sur Second Street.

— C'est au rez-de-chaussée. Cette fois, prépare bien ton coup pour ne pas le rater.

Comment savait-il où se trouvaient leurs bureaux ? Avait-il fait suivre Nash et Becca après leur départ ?

— Nous allons nous charger de Rocco, fais-moi confiance, promit Cormac. Mais tu ne perds rien pour attendre. Nous viendrons ensuite au complexe pour te régler ton compte et celui de Mercy.

— Je n'y suis pour rien ! protesta Marshall. Je t'ai appelé dès que j'ai appris la vérité. Quant à ma pauvre fille, elle a été dévastée de comprendre que son promis était un agent infiltré... Mac, tu m'entends ?

Son père appuya plusieurs fois sur le bouton de la radio.

— Cormac ? Allô ? Cormac ?

Mais son frère avait raccroché.

— Qu'as-tu fait ? demanda Mercy en entrant dans son bureau.

Son père pivota sur ses talons pour lui faire face.

— Ma chérie, comment es-tu sortie de la salle de méditation ?

— Tu me dégoûtes. Comment as-tu pu trahir Rocco alors que j'étais revenue comme tu me l'avais demandé ?

Il éteignit le talkie-walkie.

— Si cet homme vit, tu partiras. Mais s'il meurt...

— Je te détesterai jusqu'à la fin de mes jours.

— Un prix que je suis prêt à payer, tant que tu restes là où est ta place.

Elle secoua la tête, écœurée.

— Tu avais conclu un accord avec les agents Garner, Hammond et Rocco. Je te croyais de bonne foi.

— Je n'ai signé aucun papier, prêté aucun serment, rétorqua-t-il.

Ma seule obligation est envers cette communauté, envers Shining Light et surtout envers la Lumière.

— Envers la Lumière ? répéta Mercy avec un rire dur. Tu ne connais que l'ombre, que les magouilles obscures. Tu savais ce que Cormac préparait depuis le début, n'est-ce pas ?

— Pas dans les détails. J'ai toujours refusé de les entendre pour ne pas être complice de leurs crimes.

— Naturellement. Comme d'habitude, tu t'es débrouillé pour ne pas avoir d'ennuis avec la justice, mais tu n'ignorais pas que des gens allaient mourir. Tu te doutais que Cormac préparait un attentat, mais tu n'as jamais eu l'intention de l'arrêter.

— Je ne suis pas le gardien de mon frère. D'ailleurs, pourquoi devrais-je l'empêcher d'aller au bout de ses délires ? poursuivit-il avec un soupir. Chaque fois que des extrémistes dans son genre sèment le chaos et la mort dans les rues, de plus en plus de personnes voient ma communauté comme un refuge. Ton oncle est devenu très actif au cours des cinq dernières années et le nombre de mes disciples a augmenté en conséquence. Il me rend service.

Les paroles de son père la rendaient malade.

— J'ai longtemps cru en toi et en ce que tu prêchais. Mais tu as essayé de tuer ma mère pour la forcer à me laisser ici. C'est à ce moment-là que tout a changé pour moi.

Elle étudia son visage, à la recherche d'une once de regret, de remords. Elle attendait qu'il s'explique, même si elle devinait qu'il lui servirait de nouveaux mensonges pour se justifier.

Il joignit les mains et opina lentement.

— Alex t'a laissée sortir et t'a tout raconté. Comme tu lui refuses ton amour, il ne veut pas que je l'aie non plus.

— Tu ne nies pas ?

— Me croirais-tu si j'essayais ?

Il se dirigea vers elle, mais elle recula.

Le Grand Empyrée n'était que fumée, jeux de miroirs et envolées lyriques.

Une illusion.

— Comment as-tu osé traiter ma mère de cette façon ? demanda-t-elle. Et moi ? Comment as-tu pu nous séparer ?

— Il le fallait. Même si c'était dur. Je l'ai fait pour ton bien, pour te protéger.

— Tu ne m'as jamais protégée. Tu n'as jamais fait que me manipuler pour m'imposer ta volonté. Maintenant tu veux tuer Rocco. Pourquoi ? Parce qu'il va m'emmener ? Me soustraire à ton influence ? Parce qu'il m'aime ?

En prononçant ces mots, elle sut qu'ils étaient vrais.

Contrairement à son père, Rocco l'aimait, l'aimait vraiment. Il avait toujours été tendre et attentionné avec elle. Et elle aussi l'aimait. Elle était prête à tout sacrifier pour assurer sa sécurité.

Y compris son propre bonheur. Et il ferait la même chose pour elle, elle n'en doutait plus.

Elle dévisagea son père, en proie à un mélange de colère, de dégoût et d'angoisse.

— Tu es diabolique.

— Diabolique ? Non, non, ma chérie.

Le grand Empyrée s'approcha d'elle d'une démarche empreinte de dignité et de grâce comme s'il s'apprêtait à marcher sur l'eau. Mais cette fois il ne l'impressionna pas parce qu'elle le voyait à présent tel qu'il était.

Il poursuivit sur un ton de vieux sage assénant une vérité biblique :

— Je ne suis pas plus diabolique qu'un ouragan, un tremblement de terre ou une inondation. Tous servent un objectif qui n'est pas facile à comprendre. Les compagnies d'assurances les qualifient de « cas de force majeure », d'« *acts of God* », en anglais. Ils sont la volonté de Dieu.

Elle recula.

— Tu n'incarnes pas Dieu sur terre. Le simple fait de l'insinuer montre à quel point ton âme est corrompue. Alex avait raison, ajouta-t-elle. Tu es le véritable monstre. J'étais tout simplement trop naïve pour le voir.

— Mercy, tout ce que j'ai fait avait pour but de te protéger.
— Menteur ! Tout ce que tu as fait avait pour but de protéger ton pouvoir et ton aura. Pas moi.

Avec colère, elle arracha le collier Shining Light qu'elle portait au cou et le lui jeta au visage.

— J'en ai fini. Avec toi. Et avec cet endroit.
— Rocco pourrait ne pas survivre, contra-t-il. S'il meurt, tu auras besoin de nous.

Son ton empreint de douceur lui donnait envie de hurler.

— Tu auras besoin de moi, poursuivit-il. Passe la nuit ici, ma chérie. Attends de voir la tournure des événements avant de décider de la suite.

Elle se redressa.

— Ma mère a quitté cet endroit sans rien d'autre que les vêtements qu'elle portait et elle s'en est très bien sortie sans toi. Moi aussi.
— Je t'ai mise sur un piédestal, j'ai veillé à ce que tu sois vénérée par tous. Et en remerciement tu me jettes comme un vieux Kleenex pour te rouler dans la boue avec ce porc.

Il perdait son sang-froid, son masque.

— Si tu pars comme ça, tu seras considérée comme une déchue par tes frères et sœurs. Tu seras bannie de la Lumière et rejetée dans l'obscurité pour le reste de tes jours.

Sa gorge se serra. Elle quittait la seule maison qu'elle ait jamais connue, des gens qu'elle aimait, auprès de qui elle avait grandi. Elle rompait avec un mouvement auquel elle avait adhéré autrefois, animée d'une foi totale.

Mais elle devait s'éloigner d'Alex. Et de l'emprise écrasante de Marshall McCoy.

— Tout comme ma mère, dit-elle en gagnant la porte.

Sur le seuil, un instinct la fit se retourner vers lui.

— Si tu tentes quoi que ce soit pour m'empêcher de partir, si tu me fais encore un sale coup, je dirai à toutes les Starlight disposées à m'écouter qui tu es vraiment. Le diable. Et elles me croiront. Parce que, contrairement à toi, je ne leur ai jamais menti. Laisse-moi partir et je me lave les mains de toi et de ta communauté.

Il resta silencieux un long moment. Il réfléchissait, complotait comme toujours.

— Tu promets de ne rien dire de ce que tu as entendu de mon échange avec mon frère ?

Une vague de déception la submergea. Il ne se souciait que de sa réputation.

— Pas un mot, assura-t-elle.

De toute façon, son père avait un talent remarquable pour se sortir des ennuis. Aucun des actes ignobles de Cormac ne lui serait reproché, elle en était certaine.

— Tu doutes peut-être de moi, mais je t'aime. Si tu es certaine de vouloir partir... qu'il en soit ainsi.

Il décrocha le téléphone et pressa un bouton.

— Mercy se dirige vers les grilles de l'enceinte. Laissez-la sortir. Ensuite, nous entrerons en confinement. Personne ne devra plus entrer. La sécurité doit être renforcée. Une menace crédible a été proférée contre nous.

Il raccrocha puis composa un numéro, trois chiffres. Au bout d'un moment, il dit :

— J'aimerais signaler un attentat prévu dans les heures qui viennent, ciblant les bureaux d'une équipe fédérale sur Second Street.

Voilà qui était typique de son père. Il assurait ses arrières, se protégeait avant tout le monde.

Mercy se précipita dehors. Elle se sentait délivrée d'un énorme poids, mais Rocco et son équipe étaient en danger.

Le gardien la salua. Les grilles s'ouvrirent.

— Je dois téléphoner, dit-elle, le souffle court en désignant l'appareil de la guérite.

— Empyrée m'a seulement dit de vous laisser sortir.

— Il ne vous a pas interdit de me laisser utiliser le téléphone.

— Non, en effet. Allez-y. Tapez o pour avoir l'extérieur.

Elle décrocha l'appareil et se rendit compte qu'elle ne connaissait qu'un seul numéro. Elle le composa.

— Bonjour, ici l'Underground Self-Defense School. En quoi puis-je vous être utile ?

— Charlie, balbutia-t-elle, le cœur battant à tout rompre. Rocco, Brian et toute l'équipe sont en danger.

Elle espérait que son père avait appelé la police, mais elle savait qu'il ne fallait pas lui faire confiance.

— Moins vite. Où es-tu ?

— Devant les portes de l'enceinte. Je rentre en ville. À pied.

— Je viens te chercher.

— Sauve d'abord la vie des membres de l'équipe. Ils doivent évacuer d'urgence leurs bureaux. Appelle ensuite la police. Et le shérif. Et la Garde nationale. La police d'État aussi. Tout le monde. Dis-leur que les hommes de la Brotherhood of the Silver Light sont en route pour provoquer un attentat sur Second Street. Ils sont très dangereux et lourdement armés de fusils-mitrailleurs et d'explosifs.

19

Dès qu'il arriva en ville, Rocco ralentit et se rendit sur Second Street. Alors qu'il était en route, Nash l'avait rappelé pour faire le point avec lui.

Une équipe d'intervention du FBI se préparait à prendre d'assaut le camp de Cormac et à saisir toutes les armes qui y étaient cachées. De son côté, le SWAT, l'unité d'intervention en milieu urbain de la police, avait sécurisé le bâtiment fédéral de Cheyenne tandis que les autorités cherchaient à identifier l'indic de Cormac. Mais la cible de la Brotherhood of the Silver Light avait donc changé. La Confrérie avait finalement décidé d'attaquer le quartier général de l'équipe.

La police de Laramie, le bureau du shérif et toutes les forces de l'ordre disponibles étaient sur place. Ils s'étaient retrouvés à Cottonwood Park pour discuter de la meilleure manière de neutraliser la Brotherhood of the Silver Light.

Rocco s'était douté que Cormac modifierait ses plans, mais il ne s'attendait pas à ce que la Confrérie déclenche les hostilités en plein centre-ville.

Il s'arrêta devant le parc. Vêtu d'un gilet pare-balles, Brian lui fit signe de passer devant les policiers et les voitures de patrouille.

Brian considéra les explosifs et les armes rangés à l'arrière.

— Deux autres camions aussi chargés que celui-ci arrivent ?

— Oui et ils ne doivent pas être loin. Ils seront là dans quinze, peut-être vingt minutes maximum.

— Nous sommes en train de parachever le plan, dit Brian en désignant du menton le groupe d'agents et de policiers en conciliabule. Tous les bureaux de notre immeuble et de ceux alentour ont été évacués. Grâce à Mercy, nous savions à quoi nous attendre et avons pu anticiper.

— Où est-elle ? demanda-t-il, la gorge serrée.

Si elle était toujours retenue dans l'enceinte et n'avait réussi qu'à faire passer un message, il risquait de la perdre à tout jamais. Cette perspective le paralysait. Il aurait du mal à se concentrer sur la tâche à accomplir.

— Rocco !

Il se retourna. En voyant Mercy courir vers lui, il sentit son cœur s'accélérer dans sa poitrine et une douce chaleur l'envahir.

Il lui ouvrit les bras et elle y vola. Il l'étreignit avec force.

— Ne me laisse plus jamais comme ça, dit-il en l'embrassant. Ne me quitte plus jamais, mon amour.

— Ne t'inquiète pas, dit-elle, le souffle court. Je n'en ai pas l'intention.

— Je t'aime, Mercy. Je t'aime tellement.

— Je t'aime aussi.

Il la reposa à terre et planta les yeux dans ses prunelles bleues.

— Répète.

Elle lui caressa la joue.

— Je t'aime, Rocco. Je n'osais pas te le dire parce que j'avais peur. Je n'avais jamais éprouvé des sentiments aussi forts, je doutais de leur authenticité. Je n'étais pas certaine non plus de ta sincérité. J'hésitais à te faire confiance. Mais plus maintenant. J'ai quitté le mouvement. J'en ai fini avec mon père.

Du bout des doigts, il caressa sa gorge, où ne brillait plus le pendentif Shining Light. Il était heureux qu'elle l'ait enlevé et soulagé qu'elle se soit enfin libérée de son père.

— Désolé d'interrompre ces retrouvailles, dit Nash en approchant, entouré de plusieurs personnes. Mais nous devons arrêter des terroristes avant qu'ils ne frappent.

Rocco les salua rapidement. Il les connaissait tous : le shérif Daniel Clark, la cheffe de la police Willa Nelson, Becca, Charlie, l'adjoint en chef Holden Powell et son frère, le policier Monty Powell.

— J'ai crevé les pneus de leurs camions pour les ralentir, dit-il, mais il ne leur faudra pas longtemps pour les changer.

— Nous avons lancé une patrouille routière à leur recherche, dit Nash. Le plan est d'attirer Cormac McCoy et ses hommes sur Second Street. Tous les civils ont été évacués. Nous allons canaliser les types de la Brotherhood of the Silver Light pour les pousser à se rendre près de notre immeuble, là où ils comptaient d'ailleurs aller. Ensuite, le piège se refermera sur eux. Nous bloquerons Second Street en plaçant la police de Laramie à une extrémité de la rue et le bureau du shérif à l'autre.

Un plan solide. Il le fallait. Ils n'avaient pas droit à l'erreur. La Brotherhood of the Silver Light utilisant des balles perforantes, la situation serait plus délicate à gérer que dans des circonstances normales.

— Et nous ? demanda Rocco.

— Brian, les gars de la sécurité, toi et moi prendrons position sur les toits. Tout le monde sait que les hommes de Cormac utilisent des balles perforantes. S'ils ouvrent le feu, nous tirons pour tuer.

L'équipe avait réquisitionné un bureau de poste désaffecté pour y installer son quartier général provisoire. Mercy se tenait à côté de Charlie, assise sur une chaise, mais elle-même était trop nerveuse pour rester immobile. Becca discutait à l'écart avec un policier de Laramie.

L'ancienne poste était située dans une petite rue, à l'angle de Second Street, à deux pas des bureaux de l'équipe. Impressionnée, Mercy regarda les véhicules des forces de l'ordre, dont un char blindé, qui stationnaient à l'extérieur. Ils étaient prêts à bloquer

Second Street dès que la Brotherhood of the Silver Light serait entrée dans le piège.

— Ils viennent de quitter la Highway 130, annonça un patrouilleur via le talkie-walkie posé sur la table. Quatre hommes à l'intérieur de chaque camion et quatre autres sur les plates-formes, tous armés de fusils d'assaut. Seize hommes au total. Les deux véhicules s'engagent à présent sur Snowy Range Road.

— Jusqu'à présent, ils ont emprunté l'itinéraire que nous avions prévu, dit Becca. Pour éviter qu'ils s'en écartent, nous avons condamné l'accès à certaines rues.

Mercy se tordait les mains et Charlie lui sourit.

— Ça va aller, lui dit-elle à voix basse.

— Ils viennent d'entrer sur Second Street, déclara le policier. Ils sont à dix pâtés de maisons de l'immeuble ciblé. La ville ressemble à une ville fantôme, sans personne dans les rues. Pour l'instant, ils ne semblent pas s'en inquiéter. Ils roulent toujours dans votre direction. En respectant les limitations de vitesse. Ils sont maintenant à sept pâtés de maisons.

La peur saisit Mercy.

Elle priait pour tous ceux qui s'exposaient au danger pour protéger la ville – Rocco, Brian, Nash et tous les policiers. Elle priait pour qu'ils s'en sortent sains et saufs.

Ils étaient armés et bien entraînés, mais leur équipement tactique ne les protégerait pas totalement. Les balles perforantes déchireraient leurs gilets pare-balles. Au moins les policiers sur le terrain disposaient-ils d'un char derrière lequel s'abriter.

Mais les hommes positionnés sur les toits étaient à découvert.

— Ils arrivent, ils se sont arrêtés à un feu rouge. Je me mets en retrait. Ils sont à cinq pâtés de maisons... à quatre.

— Nous avons un visuel, dit Nash. Nous les avons dans notre ligne de mire.

Les secondes semblaient durer des heures. Mercy s'ordonna de se calmer. Paniquer ne servait à rien ni à personne et n'aiderait pas Rocco.

— Ils sont à trois pâtés de maisons... à deux... Voilà, vous pouvez y aller.

Les véhicules garés à l'extérieur, le char en tête, se mirent en mouvement et prirent position à une vitesse surprenante.

Elle courut à la fenêtre et regarda la rue. Elle vit les policiers arrêtés, bloquant cette extrémité de Second Street. Mais dès les premiers coups de feu son stress monta en flèche.

Les hostilités débutèrent sans sommation.

Elle entendit des tirs nourris. De part et d'autre, les armes automatiques crachaient un déluge de balles.

Ne pas savoir ce qui se passait la rendait folle.

Sa seule certitude était qu'affronter son oncle et ses hommes était très dangereux.

— Un policier à terre, annonça quelqu'un via le talkie-walkie.

La terreur envahit Mercy. Elle dut faire appel à toute sa volonté pour ne pas s'effondrer. Qui avait été tué ?

— Utiliseraient-ils le terme « policier » pour désigner n'importe quelle personne chargée du maintien de l'ordre ? demanda-t-elle. Y compris un agent, par exemple ?

L'air sombre, Becca hocha la tête.

— Oui.

Elle pensa tout de suite à Rocco. Avait-il été touché ?

Tout en arpentant la pièce, elle priait la Lumière, et toute puissance supérieure qui l'entendrait et l'exaucerait, de permettre à tout le monde de s'en sortir sain et sauf.

— Un autre policier à terre, lança une voix féminine. Policier à terre.

BOUM !

Une énorme explosion fit sursauter Mercy. Une tour de flammes et de fumée s'éleva dans les airs là où s'était trouvé le bâtiment de deux étages de l'équipe.

— Oh non !

Il y eut encore quelques coups de feu. Puis plus rien.

Elle expira enfin et ouvrit les yeux.

Tout était calme, silencieux.

Les armes se levèrent, les policiers sortirent de derrière leurs véhicules et se précipitèrent dans la rue.

C'était fini ?

Qui avait été blessé ? Ou, pire, qui avait été tué ?

Les nerfs à vif, elle sentait son cœur battre à tout rompre dans sa poitrine.

— Nous avons besoin d'une ambulance, cria quelqu'un dans le talkie-walkie. L'adjoint Holden Powell a été touché à l'épaule. Tout ira bien pour lui. Mais l'agent Tyson... n'a pas survécu.

Catastrophée, Mercy se couvrit la bouche de ses mains. Elle n'avait jamais rencontré l'agent Tyson, mais il était le fils, le frère, le mari de quelqu'un. Des gens qui l'aimaient le pleureraient.

— Nous avons arrêté Cormac McCoy et deux de ses hommes, déclara Nash. Les autres sont morts.

Tant de morts insensées. Et pourquoi ?

Au loin, elle entendit les hurlements des camions de pompiers et des ambulances postés à trois pâtés de maisons. Il ne leur faudrait pas longtemps pour arriver sur place.

Elle vit alors Rocco surgir à l'angle de la rue. Sain et sauf. Il se dirigeait vers elle en longues et puissantes foulées. Un profond soulagement la souleva.

Il n'était pas blessé et il avait réussi. Avec son groupe d'intervention interarmées, ils avaient mis la Brotherhood of the Silver Light hors d'état de nuire.

Quatre jours plus tard

Rocco n'arrivait pas croire à sa chance. Après l'assaut de la Brotherhood of the Silver Light, Nash lui avait ordonné de souffler et lui avait offert un mois de vacances. En lui disant que s'il n'en profitait pas il le perdrait.

Lors du raid du FBI au camp de Cormac, tous les membres

de la Confrérie avaient été arrêtés sans qu'aucun blessé soit à déplorer. Tout leur arsenal avait été saisi.

Malheureusement, l'équipe n'avait pas réussi à faire condamner Marshall McCoy pour complicité. Son avocat avait réussi à l'innocenter en s'appuyant sur l'appel passé au 911 pour prévenir de l'attentat à venir. De même, Rocco aurait voulu qu'Alex soit poursuivi pour tentative de meurtre sur Mercy, mais le procureur n'avait reconnu qu'une voie de fait grave. Et lorsque la police s'était rendue au complexe pour l'arrêter Alex s'était volatilisé dans la nature.

— Je suis contente que tu sois en vacances, dit Mercy avec un sourire alors qu'ils rangeaient le matériel à l'Underground Self-Defense School.

Son débardeur rose et ses leggings bleu marine mettaient en valeur ses courbes féminines.

— Moi aussi.

Il avait décidé de passer du temps avec la femme qui avait conquis son cœur. Ils allaient rénover son ranch et dresser un *business plan* pour permettre à Mercy d'ouvrir une boutique dédiée au bien-être. Elle y vendrait des bougies, du savon, des huiles de bain, des herbes médicinales et du miel. Il achèterait d'abord des ruches et des abeilles. Puis des chevaux.

Il leur faudrait sans doute un an pour concrétiser son projet et ouvrir un commerce. Mais aux yeux de Rocco il était essentiel pour elle d'avoir un rêve, un but.

— Cela dit, travailler à l'USD en l'absence de Charlie ne ressemble pas à de vraies vacances.

Mercy se mit à rire tout en dansant au rythme de la musique qui passait à la radio.

— Tu es un cousin à la hauteur. Elle travaille trop et avait vraiment besoin de souffler avec Brian. Grâce à toi, elle le peut.

Charlie ignorait le sens du mot « farniente », mais Brian lui apprendrait.

— Et grâce à toi aussi puisque tu m'aides.

— J'ai besoin de me rendre utile en attendant de commencer comme serveuse au Delgado, dit-elle.

Charlie lui avait laissé ses clés et proposé de s'installer chez elle puisqu'elle vivait à présent officiellement chez Brian. Mais Mercy passait toutes les nuits au ranch, chez lui.

Rocco en était heureux et avait hâte de la présenter à ses parents. Ils viendraient par avion le mois prochain assister à la fête d'anniversaire surprise qu'il avait organisée pour Mercy.

Il avait tout prévu. Un DJ, un gâteau personnalisé et une invitée d'honneur. La mère de Mercy, Ayanna.

Toutes deux s'étaient revues grâce à Becca, qui avait mené l'enquête pour dénicher son adresse. Leurs retrouvailles avaient été fortes et émouvantes. Partager à présent des moments joyeux et légers leur ferait du bien.

Il avait également invité à la fête ses collègues, le bureau du shérif au grand complet, les policiers de Laramie et les forces de l'ordre locales. La moitié de la ville serait de la partie. Mercy avait peut-être quitté sa communauté, mais Rocco était décidé à lui offrir son groupe d'amis. Celui-ci était fondé sur la bonté, le respect des valeurs fondamentales et était composé de personnes qui croyaient toutes au service et au don de soi.

Garder le secret était difficile. Il aurait voulu partager les détails de la fête avec elle.

— Je sors charger la voiture des serviettes à laver et nous partons, dit-il.

— D'accord. Pendant ce temps-là, je vais éteindre la sono et l'ordinateur.

Mercy souriait en regardant Rocco s'éloigner vers le parking. Elle songeait à tout ce qu'elle lui ferait plus tard, quand ils se retrouveraient tous les deux au lit. Et à ce qu'elle aimerait qu'il lui fasse. Expérimenter dans ce domaine lui plaisait beaucoup. Mais la veille au soir, alors qu'il était en elle, il avait planté les

421

yeux dans les siens et le temps avait paru s'arrêter. Il l'avait dévisagée comme s'il voulait lui dévoiler son âme, qu'elle sache ce qu'elle représentait pour lui, à quel point lui faire l'amour comptait pour lui.

Elle avait alors compris qu'il l'aimait, qu'il l'aimait vraiment.

Un frisson de plaisir anticipé la parcourut. Après avoir éteint les lumières des salles d'entraînement, elle se dirigea vers le bureau en dansant. Elle se sentait heureuse comme elle ne l'avait jamais été. Échapper aux mensonges et aux manipulations de son père lui avait demandé plus de courage et de détermination qu'elle ne l'aurait cru. Elle n'aurait jamais réussi à se libérer de son emprise sans Rocco et Charlie. Leur soutien avait été indéfectible.

Elle leur en serait éternellement reconnaissante.

Elle prit son sac à main. Charlie le lui avait offert. Il lui semblait encore étrange d'en avoir un. Comme tout ce qu'elle n'avait jamais eu ou connu au cours des vingt-cinq premières années de sa vie.

Si elle n'en avait jamais eu l'usage auparavant, maintenant, elle avait des choses à transporter : une carte d'identité et bientôt le permis, puisqu'elle apprenait à conduire. Un peu d'argent, une carte bancaire, un tube de gloss, un téléphone.

Elle coupa l'ordinateur et la radio. Comme elle contournait le bureau pour éteindre la lampe, elle se figea.

Alex sortit du vestiaire de l'Underground Self-Defense School, une arme à la main. À la vue de ses yeux brillants d'une indicible rage, elle sentit sa gorge se serrer.

Mercy n'avait jamais eu peur de mourir. Elle croyait en une vie après la mort et en un paradis pour les bonnes âmes.

Mais elle n'était pas prête à rejoindre l'au-delà. Pas encore.

Elle venait à peine de rencontrer Rocco, de commencer une nouvelle vie.

— Alex...

Elle entendit la porte arrière se refermer.

Rocco.

Des pas lourds résonnèrent dans le couloir, les bottes de Rocco frappaient le sol. Et elle se mit à trembler pour lui.

Elle l'aimait, elle l'aimait vraiment. Et elle ne pouvait pas laisser Alex s'en prendre à lui.

Rocco entra dans le bureau, le sourire aux lèvres, mais s'arrêta net en découvrant Alex.

— Je veux que tu la voies mourir, lança ce dernier sans la quitter des yeux. Que tu connaisses la douleur que je ressens.

Rocco s'avança, lentement, silencieusement.

— Un pas de plus et je lui tire une balle en pleine tête, prévint Alex, le doigt sur la détente.

Rocco s'immobilisa.

— Tu n'as pas envie de la tuer, en réalité, Alex. Tu veux qu'elle souffre. Alors, tue-moi plutôt.

— Tu as raison, dit-il en pointant son arme sur lui. Je vais vous buter tous les deux.

Mercy ne voulait pas que Rocco se sacrifie. Le perdre était inimaginable. Et lui serait insupportable.

— Non ! Je t'en supplie, Alex, ne lui fais pas de mal ! Tue-moi, mais pas lui !

Comme elle explosait en sanglots, Alex mesura l'amour qui les unissait et lança d'un air écœuré.

— Tu es à moi, Mercy. C'est moi que tu devais aimer ! La Lumière l'avait ordonné. Puisque tu t'y refuses, tu ne mérites pas de vivre.

Hors de lui il pressa la détente, mais au même moment un coup de feu claqua et il s'effondra sur le sol.

Alex était peut-être bon tireur, mais des années d'expérience avaient donné à Rocco une réactivité et surtout une vivacité exceptionnelles. Et par chance il ne se séparait jamais de son arme, même en vacances.

Il courut vers elle et la prit dans ses bras. Elle tremblait de tous ses membres et il la fit asseoir.

Puis il décrocha le téléphone, composa le 911 pour signaler ce qui venait de se passer.

Il s'agenouilla alors devant elle et lui prit les mains pour mêler leurs doigts.

— C'est fini. Il est mort. Il ne te fera plus jamais de mal.

Elle le regarda, le visage marbré de larmes.

— Je suis désolée.

— Alex avait sans doute prévu de nous tuer tous les deux et de se suicider. Sa vie n'avait plus de sens et il cherchait à en finir. Tu n'as aucune raison d'être désolée.

— Je ne regrette pas sa mort. Je suis désolée de t'avoir mis, *toi,* en danger.

— Quoi ?

Il l'entoura de ses bras et la tint serrée contre lui jusqu'à ce qu'elle cesse de frissonner.

Il prit alors son visage entre ses mains.

— Alex m'a menacé parce qu'il était obsédé par toi.

— Exactement. Si tu ne m'avais pas rencontrée, rien ne serait arrivé...

— Ne dis pas de bêtises, mon amour, dit-il en l'embrassant. Te rencontrer a été la plus belle chose qui me soit jamais arrivée. Tu m'as sauvé. En me pardonnant de t'avoir menti, de m'être servi de toi. Et surtout en m'aimant, malgré tout.

Il approcha son visage du sien jusqu'à ce que leurs fronts se touchent et elle se perdit dans la chaleur de son regard.

— Toi aussi, tu m'as sauvée, Rocco. Et à plus d'un titre.

Elle pensa à son père, aux années à subir son emprise, à la secte dont elle avait finalement réussi à s'échapper grâce à Rocco.

— Nous nous sommes mutuellement sauvés, conclut-elle.

— Et l'idée de passer le restant de mes jours avec toi me rend tellement heureux, Mercy.

Elle se jeta à son cou, soulagée d'être avec lui, libérée de son passé. Pour en arriver là, ils avaient traversé beaucoup d'épreuves, frôlé la mort, mais elle n'avait vraiment aucun regret.

Elle avait envie de cette vie, de construire un avenir avec Rocco. Dans ses bras, elle se sentait à sa place.

Et surtout aimée et amoureuse.

Vous avez aimé ce roman ?
Retrouvez en numérique les intrigues passionnantes
de Juno Rushdan :
1. *Je te protégerai toujours*
2. *Un protecteur pour Grace*
3. *Otage de la montagne*
4. *La disparue des montagnes*
5. *Conspiration amoureuse*
Et découvrez la conclusion de cette série
dès le mois prochain dans votre collection Black Rose !

MALLORY KANE

L'identité d'une autre

Traduction française de
BLANCHE VERNEY

BLACK ROSE

HARLEQUIN

Titre original :
DEATH OF A BEAUTY QUEEN

Ce roman a déjà été publié en 2018.

© 2012, Rickey R. Mallory.
© 2018, 2024, HarperCollins France pour la traduction française.

Prologue

Douze ans auparavant.

C'était une scène de crime bien laide. Non pas que Dixon, jeune inspecteur fraîchement intégré à la Criminelle, en ait vu beaucoup, c'était même sa première en tant qu'enquêteur, mais celle-ci était pire que la plupart. Il lui suffisait d'observer l'expression sur le visage des autres policiers présents pour en être certain.

Il y avait du sang sur les murs, sur la moquette, sur les draps de satin blanc de la victime. Des lambeaux d'un peignoir de bain, découpés au rasoir, étaient encore noués à la tête de lit ; ils avaient visiblement servi à attacher la victime par les poignets.

Dixon sentit son estomac se nouer.

Il passa dans la salle de bains. La vaste baignoire était pleine aux deux tiers et un verre de vin blanc attendait sur le rebord en somptueux marbre italien. De l'autre côté du robinet en plaqué or, toute la cire d'une chandelle avait coulé d'un élégant bougeoir.

Dixon imagina sans peine la belle créature faisant glisser de ses épaules une robe du soir, pour se plonger dans un bain parfumé à la lumière de la flamme vacillante d'une bougie...

Seulement, à présent, l'eau était froide et rougie par le sang.

Il se pencha pour examiner l'empreinte de la main de la victime sur le marbre, à côté du verre. Peut-être avait-elle essayé de s'en saisir, pour en briser l'extrémité et s'en faire une arme. Elle n'y était pas parvenue, visiblement. Pas assez rapide, sans doute...

Dixon avala péniblement sa salive, cherchant à se représenter ce qui avait pu se passer dans cette pièce. Comme on le lui avait appris, il se força à chercher ce qui ne collait pas plutôt que ce qui paraissait trop évident.

— Arme ?

C'était la voix de son équipier et mentor, l'inspecteur James Shively, un vétéran de la Criminelle. Il s'adressait aux techniciens d'identification, à côté, dans la chambre.

— Difficile à dire... un rasoir, peut-être. Une lame fine, en tout cas...

Dixon examina minutieusement la baignoire. Le tueur avait dû surprendre la jeune femme dans la chambre, l'attacher au lit, puis la jeter dans la baignoire et laisser son sang s'y écouler.

— Dis donc, Shively, reprit le technicien. Sur la porte, il y a le nom de Rosemary Delancey... c'était pas la dernière reine du Carnaval ?

— Y a longtemps que t'es à La Nouvelle-Orléans, toi ? reprit, gouailleur, le policier chevronné. Non seulement elle était la reine du Mardi-Gras cette année, mais c'est l'aînée des petites-filles du vieux Conrad Delancey...

— Non ? Vraiment ? J'avais pas fait le rapprochement...

Dixon les rejoignit dans la chambre. Lui aussi connaissait ce nom, comme tout le monde ici. Feu Conrad Delancey avait été sénateur de la Louisiane. Mais ce n'était pas par sa gestion des affaires publiques qu'il s'était rendu célèbre, plutôt par la série impressionnante de scandales retentissants auquel il avait été mêlé.

C'était donc la petite-fille de Conrad Delancey qui avait été assassinée. La nouvelle allait faire la une de la presse locale et nationale, peut-être pendant des jours. À la police de La Nouvelle-Orléans, tout le monde serait sur le pont pour attraper le tueur. La Criminelle au premier rang, bien entendu. Après tout, c'était leur job...

— Ouais, approuva Shively en le regardant, comme s'il lisait dans ses pensées. Bienvenue à la Criminelle, petit. Tu es verni : ta première affaire est le meurtre le plus sensationnel que La Nouvelle-Orléans ait vu depuis longtemps...

Dixon reporta son attention sur le lit. Un petit cadre doré était tombé de la table de nuit. Il le ramassa au milieu des éclats de verre et le remit à sa place. La jeune fille, sur la photo, portait une tiare assez criarde et une robe en lamé argent. Au-dessus de sa tête, une banderole proclamait :

« La Reine du Carnaval ».

Dixon regarda de nouveau le sang sur les draps, se sentant toujours aussi nauséeux. Rosemary Delancey avait dû crier, lutter, supplier son agresseur de la laisser en vie. Rien que d'y penser...

Il retira la photo du cadre, en laissant tomber les derniers morceaux de verre brisé.

— Ce serait tout de même pas mal, soupira-t-il, si on avait un cadavre...

1

Aujourd'hui.

Aron tâtonna dans le noir pour trouver son téléphone portable sur la table de nuit. Il désactiva la sonnerie avant que l'appareil pût de nouveau sonner, puis soupira, grimaça et finalement, rejeta les couvertures en glissant le téléphone dans sa veste de pyjama.

Son épouse se retourna dans le lit.

— Aron ? murmura-t-elle. Tu n'oublieras pas le match d'Amy ? C'est ce soir, à 18 heures...

Il se pencha et l'embrassa sur le front.

— Mais non, Carol, je n'oublie pas. Rendors-toi...

Elle poussa un nouveau — et tout petit — soupir. Elle s'était habituée aux horaires étranges de son mari et à ses coups de fil en pleine nuit, ainsi qu'à ne jamais poser de questions...

Aron descendit dans la cuisine se faire du café. Puis il regarda le soleil se lever au-dessus du patio de sa maison, en attendant que la machine lui ait préparé son espresso.

Le président de Aron Accounting, sa couverture légale, travaillait avec lui depuis bien des années. Il était intelligent et très capable. Toujours à la hauteur. S'il pensait que quelque chose valait la peine de l'appeler à l'aube, c'est que ce devait être le cas... peut-être même suffisamment pour qu'Aron doive aller travailler un jour de repos.

Il fit de nouveau la grimace. Pas toute la journée, cependant. Il n'était pas question qu'il rate encore un match de sa fille.

Son café était prêt. Il y rajouta un généreux nuage de lait et trois cuillerées de sucre. Puis il sortit dans son élégant patio où l'aube tachait de rose fleurs et arbustes.

Il sourit en pensant à Carol taillant ses rosiers. Elle avait transformé la maison et le jardin, créé ce patio et fait de cet endroit un foyer pour lui et leur fille de six ans. Il l'aimait pour cela, pour ce soin qu'elle avait mis à faire de leur intérieur un douillet refuge contre la violence du monde.

Il alla s'asseoir dans une balancelle et se laissa doucement bercer d'avant en arrière en buvant son café. Il ne connaissait rien de meilleur que cela.

Son téléphone sonna de nouveau et il prit le temps d'une longue gorgée, avant de répondre. De nouveau, c'était Wexler.

— Bruce ? Deux appels avant 7 heures du matin ? J'espère que vous avez une bonne raison...

Il teinta délibérément sa voix d'un brin d'agacement, pour le seul plaisir d'embarrasser son interlocuteur.

— Désolé, monsieur Wasabe, mais... oui, je pense que c'est important. Il y a un jeune qui raconte des choses, en ville... Il dit qu'il a vu la petite-fille de Delancey. Vous savez... la reine du Carnaval... celle que vous avez... vous vous souvenez ? Il y a douze ans...

Aron s'étrangla un peu avec son café, puis s'éclaircit la gorge, en tâchant de dissimuler son anxiété :

— C'est pour ça que vous me réveillez ? Un ragot de seconde zone qu'un petit malin a essayé de vous refiler ?

Ce n'était pas possible. Rosemary Delancey ne pouvait pas être vivante, pas après tout ce temps. Paradoxalement, une bouffée d'espoir l'envahit. Si jamais...

— Je savais que ça ne vous plairait pas de l'entendre, lui répondit un peu timidement Bruce Wexler. Mais comme je sais aussi que tout ce qui touche aux Delancey vous intéresse...

Aron avait pris soin de le laisser régulièrement entendre à ses associés, comme à ses employés, afin que rien, jamais, ne lui échappe. Il ne s'était pas donné la peine de leur expliquer pourquoi. La plupart croyaient qu'il se passionnait pour la personnalité du patriarche, Conrad Delancey. Et c'était très bien ainsi...

Wexler parlait toujours, mais il ne l'écoutait plus. Soudain, il se ressaisit.

— Qu'avez-vous dit, Bruce ?

— J'ai dit que le jeune gars était le fils de James Fulbright.

— Fulbright ? Le conseiller municipal ?

— Oui. Il dit que son père a été le roi *Krewe ti Malice* au carnaval dont Rosemary était la reine.

— Ah oui ?

Wexler devait le savoir... il ne manquait aucun carnaval depuis son enfance...

— Oui, il y était aussi, il était tout gamin, à l'époque, il dit même que c'était la première fois qu'il en avait pincé pour une fille.

— Vous m'en voyez ravi, grogna Aron, et alors ?

— Eh bien, il dit qu'il l'a reconnue dans un bordel, avec un gros client...

— Et ça vous est revenu comment, cette histoire édifiante ?

— Oh ! Junior — on l'appelle comme ça — s'en vante partout. Il paraît que c'est revenu aux oreilles de Ti-Bo Pereau et que depuis, il est excité comme un pou...

— Qui c'est ça encore, Ti-Bo Pereau ?

— Un pas grand-chose... Un junkie qui passe son temps à se faire coincer par les flics pour possession et trafic de drogue... À toute petite échelle, le trafic...

— Bon, vous me le tenez à l'œil et votre Junior, là, vous vous arrangez pour qu'il soit au bureau sur le coup de midi. Appâtez-le comme vous voudrez, débrouillez-vous. Puisqu'il connaît si bien Rosemary, il va nous la retrouver. Et qu'il ne parle plus d'elle à personne, s'il tient à ses phalanges...

Il allait raccrocher, mais se reprit.

— Et qu'il ne soit pas en retard, non plus. Je vais voir ma fille jouer au foot à 18 heures, quoi qu'il arrive !

— Oui, monsieur Aron, à tout à l'heure...

Aron raccrocha et reprit sa tasse de café d'une main qui tremblait un peu. Douze ans plus tôt, alors qu'il travaillait comme récupérateur de loyers pour un marchand de sommeil, il avait saisi l'opportunité d'embrasser une bien plus lucrative carrière en devenant tueur à gages. Un changement de vie radical, qui lui avait permis d'avoir tout le confort dont il rêvait. Mais il n'avait pas gagné sa liberté pour autant, car depuis, il était toujours aux ordres d'un homme aussi puissant que sans scrupules.

Tenait-il sa chance de refermer enfin la parenthèse ? Si Rosemary Delancey était vivante, allait-il enfin gagner sa liberté en la livrant au Boss ?

C'était elle. Il en était sûr et certain. Le sang de l'inspecteur Dixon Lloyd battait à ses tempes. Ti-Bo Pereau, le dealer à deux sous qu'Ethan avait fait tomber pour faux témoignage, avait raison et Ethan, lui, se fourrait le doigt dans l'œil.

Ethan Delancey était un de ses collègues à la Criminelle et il faisait partie de l'illustre famille du même nom. C'était le cousin germain de Rosemary. Il ne croyait pas un mot des dires de Ti-Bo Pereau. Celui-ci offrait de révéler, en échange de sa liberté, bien sûr, où se cachait l'ex-reine du Carnaval. Il jurait ses grands dieux qu'elle avait survécu à son horrible agression, douze ans auparavant.

Dixon était tout près d'accepter le marché, mais Ethan avait haussé les épaules.

— C'est toujours la même chose, avait-il dit. Chaque fois que quelqu'un prononce mon foutu nom de famille, les gens voient des dollars leur passer devant les yeux. Ton Ti-Bo Pereau, comme les autres ! Tu peux me croire, mon vieux, il y a toujours quelqu'un prêt à nous raconter une belle histoire, à nous autres, les Delancey... Il y a quelques années, c'était un assassin, qui prétendait s'en tirer en révélant qui avait tué mon grand-père. Une fois ou deux par an, il se trouve toujours une feuille de chou pour affirmer qu'on a vu Conrad Delancey vivant, en général au bord d'un bayou du Mississippi, avec une femme cajun et douze enfants à ses basques. Tout ça, photos floues à l'appui, bien entendu !

Dixon avait lui aussi lu ou entendu de telles histoires. Ethan avait probablement raison mais il préférait en avoir le cœur net.

Le malheureux Ti-Bo avait donc bien pris le chemin de la prison d'État, située dans le comté d'Angola, mais Dixon avait négocié quelques faveurs avec la direction, en échange de ce que le petit dealer savait de Rosemary Delancey.

Il fallait l'avouer, les « révélations » de Ti-Bo s'étaient révélées bien décevantes. Il avait simplement aperçu une jeune femme qui ressemblait à Rosemary, tandis qu'elle descendait du tramway à la station Prytania, dans Canal Street. À la question de savoir s'il était certain que c'était elle, il avait répondu d'un air fat que « tout le monde connaissait les Delancey ». Dixon, alors, avait commencé à regretter le temps perdu à lui tirer les vers du nez et les quelques faveurs qu'il lui avait fait obtenir.

Mais à présent qu'il suivait la jeune femme, il remerciait sa bonne étoile de l'avoir incité à écouter les histoires de Ti-Bo Pereau.

Les cheveux de celle qui marchait devant lui étaient d'un noir d'encre, rassemblés en une lourde tresse. Elle cachait sa silhouette, des pieds jusqu'au cou, sous une robe longue, une blouse vaporeuse à manches et des gants en dentelle. Sa démarche et son port de tête étaient extraordinairement élégants, altiers.

Presque inconsciemment, il posa sa main sur son portefeuille, où il gardait la photo qu'il avait prise, ce jour-là, dans l'appartement souillé de sang. Une profonde tristesse l'accablait chaque fois qu'il repensait à cette horrible scène de crime. Cela avait été sa première affaire de meurtre en tant qu'enquêteur. Un meurtre sans cadavre : l'élégant appartement du quartier chic avait été couvert de sang, mais le corps de Rosemary Delancey était toujours resté introuvable.

La jeune femme devant lui ralentit son allure et il en fit autant, veillant à rester à distance. Elle marchait avec autant de grâce, une baguette de pain à la française sous son bras, que si le vieux trottoir étroit était jonché de pétales de roses.

Dixon n'était pas, au départ, un expert en compétitions de beauté, ni en traditions du Carnaval, mais au cours de l'enquête, il avait visionné systématiquement toutes les photos, tous les films où Rosemary apparaissait, même fugitivement. Expert, il l'était devenu ; de sa démarche et de ses attitudes.

À cet instant précis, elle tourna la tête pour traverser dans Prytania Street. Il vit son visage et ne fut soudain plus très sûr... Mais il n'eut pas le temps de s'interroger plus avant. La mystérieuse brune traversait la rue et se dirigeait vers un kiosque à journaux.

Elle dit quelques mots au vendeur et il se mit à rire. Puis elle continua son chemin. Trois numéros plus loin, elle s'arrêta devant un immeuble d'un étage, tout en longueur et à la façade étroite, une « shotgun house » typique de l'architecture ancienne à La Nouvelle-Orléans. Elle sortit une clé de sa poche et ouvrit la porte.

Le cœur de Dixon se mit à battre de plus en plus vite. Avait-il retrouvé la retraite de Rosemary Delancey ?

Il avait passé au peigne fin tout le secteur désigné par Ti-Bo Pereau, sans trop y croire, et n'avait trouvé que trois résidents portant des noms pouvant dissimuler la réelle identité de Rosemary. Il savait d'expérience que la plupart des gens, quand ils devaient changer de nom, choisissaient, par une sorte de nostalgie, quelque chose de proche, qui « sonnait » à peu près de la même manière. Il n'y avait que trois personnes dans ce cas.

Rosalie Adams, qui avait quatre-vingt-trois ans, Rosemary Marsden, quarante-huit, qui tenait une boutique de vêtements sur Magazine Street et une certaine Rose Bohème, trente ans, dont la signature apparaissait sur la patente concédée par la ville pour l'usage d'un kiosque de vente ou d'animation à Jackson Square.

La titulaire pour ce droit d'exploitation était une certaine Renée Petitpas. Des trois, cette Rose Bohème était celle qui correspondait le mieux au signalement de Rosemary Delancey, même si elle paraissait un peu jeune, l'héritière des Delancey devant avoir, aujourd'hui, trente-deux ans.

À présent qu'il était devant l'adresse de Renée Petitpas, l'excitation montait en lui. Et si Rose Bohème était vraiment Rosemary Delancey ?

Il leva les yeux sur la façade du petit immeuble. Ses cicatrices trahissaient de nombreuses strates successives de stuc et de peinture : du blanc, du rose, du gris et plus récemment, du vert. Dans cette partie de la ville, l'effet de cette peinture écaillée sur les vieux immeubles de brique offrait à la vue un charme un peu mélancolique.

Il songea à sa sœur. Elle gagnait bien sa vie en offrant à de riches clients nostalgiques de vieillir, de cette manière, mais artificiellement, leurs maisons cossues du Garden District, ce qu'ils préféraient généralement à la perspective de devoir vivre dans les quartiers où la plupart des maisons présentaient réellement cet aspect fatigué. Il aurait dû prendre une photo pour elle. Elle se serait pâmée devant les couches successives de couleur que montrait cette façade. Il y avait également une enseigne, plus écaillée encore, où on lisait :

« **MAMAN RENÉE.**
Vaudou, potions et bonne aventure »

Sa sœur aurait voulu la démonter pour l'emporter chez elle...

Au moment où la jeune femme aux cheveux noirs allait passer la porte, une petite fille, de huit ou neuf ans, peut-être, se précipita dans ses jambes.

— Ah, Melinda, dit la jeune femme en se penchant pour l'embrasser sur les deux joues. Tu es en avance, comme toujours.

Elle montra le sac de toile, à son bras.

— J'ai un beau morceau à te faire travailler.

— Miss Rose, dit la fillette en remuant ses couettes, moi, je voudrais jouer *When the Saints go marchin'in*.

— Chaque chose en son temps, ma chérie...

Elle poussa la porte et fit passer la petite fille devant elle, avant de la refermer avec douceur.

Dixon resta quelques secondes à fixer le battant vermoulu et sa lucarne aux carreaux alternés rouges et transparents. En écoutant la petite fille, il avait presque sursauté. Elle avait dit « Rose ».

Rose. Il n'était pas encore tout à fait convaincu, bien sûr, mais il n'allait pas abandonner au point où il en était.

Il regarda autour de lui. Sur le trottoir les maisons voisines s'alignaient, quasiment identiques à celle de Maman Renée. À une fenêtre, un vieil homme le scrutait, derrière ses voilages. Se sentant observé à son tour, il laissa rapidement retomber le rideau, d'un doigt noueux.

Tout le pâté de maisons avait l'air inchangé depuis un siècle, au moins. Même l'ouragan Katrina semblait l'avoir épargné.

Un peu plus loin, il y avait la terrasse d'un café, dont l'enseigne proclamait :

« Chez BING, depuis 1992 »

Dixon alla s'y asseoir. Un homme râblé, une serviette sur l'épaule, avec le globe terrestre et l'ancre des US Marines tatoués sur son avant-bras, vint prendre sa commande.

— Qu'est-il arrivé à Maman René ? lui demanda-t-il d'un air détaché en montrant la maison où était entrée la jeune femme.

L'homme ne s'y laissa pas prendre. Il le regarda d'un air soupçonneux.

— Pourquoi ? Z'êtes de la police ?

Dixon eut un petit rire bref et secoua la tête.

— Un crème, s'il vous plaît...

Ainsi, ce « Bing » protégeait Rose Bohème. Cela ne l'étonnait guère. Dans sa carrière d'enquêteur, il avait souvent constaté ce genre de « solidarité de quartier » se mettre en place. Certes, on protégeait celle qu'il surveillait, et c'était plutôt rassurant, mais cela allait singulièrement compliquer son travail, s'il ne pouvait recueillir aucune information...

Surtout qu'il n'avait posé cette question que pour briser la glace. Il savait très bien que, cinq mois auparavant, la dénommée Renée Petitpas avait été victime à soixante-dix-huit ans d'une crise cardiaque. Rose avait appelé le numéro d'urgence, mais le temps que l'ambulance arrive, le cœur de Maman Renée avait lâché.

Mais maintenant ? se demanda Dixon en attendant que l'ancien marine lui apporte son café-crème. La petite fille venait prendre une leçon de piano. Rien d'étonnant, puisque Rosemary était diplômée de l'École supérieure de Musique de l'université de Loyola. Tout collait parfaitement, à part l'âge de Rose Bohème et son visage, qu'il n'était pas bien sûr de reconnaître. Il se renfrogna, pensant à la photo qu'il gardait là, dans son portefeuille et qu'il avait regardée tant de fois. Depuis tout ce temps, il espérait que Rosemary avait échappé à cette terrible agression et qu'il la trouverait. Mais quand ? Ça, c'était plus flou... jusque ces derniers jours. Voilà qu'il était tout près d'entrer en contact avec celle qui était peut-être l'héritière des Delancey et que tout le monde croyait morte depuis douze ans.

Il poussa doucement, sur la nappe, les couverts enveloppés dans une serviette en papier. Ceux-ci se mirent à tinter. Surpris, il regarda sa main. Elle tremblait bel et bien. Était-il nerveux à ce point ?

Le dénommé Bing revint un instant plus tard avec son café-crème. Il le déposa sur la table et, croisant les bras, le regarda boire une gorgée, avant de lui demander d'un ton bourru :

— Et vous lui vouliez quoi, à Maman Renée ?

Dixon ne répondit pas directement. Il prit le temps de boire une autre gorgée et demanda :

— Vous êtes là depuis 1992 ?
— C'est ce qui est écrit...
— Et avant ça ?

Il désigna le tatouage sur le robuste avant-bras de l'homme.

— Les Marines ?

— On ne peut rien vous cacher, répondit Bing, toujours aussi flegmatique.

— Vous devez savoir ce que protéger quelqu'un veut dire...

— Vous avez besoin qu'on vous protège ? demanda l'ancien marine, de plus en plus froid.

Dixon eut un rire bref et secoua la tête.

— Non... mais j'imagine qu'on est solidaire dans le quartier et qu'on protège Rose depuis que Maman Renée n'est plus là.

Bing décroisa ses bras et posa lentement ses énormes mains sur la table.

— Vous êtes bien sûr que ça vous regarde ? lui demanda-t-il tout doucement. Parce que, oui, c'est vrai, on se serre plutôt les coudes par ici. Et je dois vous prévenir qu'on n'aime pas beaucoup les flics...

Sans se laisser impressionner, Dixon se pencha en avant.

— J'ai des raisons d'être inquiet pour elle, dit-il tout doucement, ses yeux plongés dans ceux de son interlocuteur.

Ceux de Bing se plissèrent.

— Comment ça ? demanda-t-il.

Dixon prit un risque calculé.

— Vous vous souvenez quand elle est arrivée ici, il y a douze ans ?

L'ancien marine ne répondit pas.

— On avait essayé de la tuer. Et puis Maman Renée l'a prise sous son aile.

Dixon étudiait attentivement les réactions de Bing. Mais celui-ci haussa simplement les épaules.

— Si vous le dites...

Il n'avait pas mordu à l'hameçon, mais Dixon continua à l'examiner en buvant son crème.

— Vous êtes là tous les jours ? lui demanda-t-il.

— Oui, répondit celui-ci en bougonnant un peu. Et je garde les yeux ouverts.

— Ça tombe bien, parce que j'ai besoin que vous soyez particulièrement attentif. Moi, je ne pourrai pas être là tout le temps...

L'œil du cafetier était toujours aussi glacial.

— Vous ne m'avez toujours pas dit en quoi c'était vos affaires..., maugréa-t-il.

Dixon glissa un billet de cinq dollars sous la tasse vide et se lança.

— Je suis un flic, vous avez bien deviné. Inspecteur Dixon Lloyd, de la Criminelle...

Il prit son porte-cartes et dévoila son badge officiel de la Police de la Nouvelle-Orléans.

— ... Mais j'enquête incognito. Personne, je répète : personne ne doit le savoir. La sécurité de Rose est à ce prix.

— Pourquoi vous m'en parlez, alors ? grogna Bing.

— Parce que vous la protégez. Dès que je vous ai parlé de Maman Renée, vous avez flairé que j'étais un flic et vous vous êtes fermé comme une huître. Est-ce que je peux compter sur vous pour ouvrir l'œil, veiller sur elle et me prévenir immédiatement si vous voyez ou entendez quoi que ce soit de suspect ?

Dixon fixa Bing du regard. Celui-ci n'hésita qu'une seconde avant d'acquiescer. Ils échangèrent leurs numéros de téléphone et Dixon lui tendit sa main, pour sceller leur accord. Mais l'ancien marine le regardait toujours avec méfiance.

— Je vais surveiller Rose, d'accord, lui dit-il. Je le fais, de toute façon. Et je vous appelle si je vois quelque chose. Mais vous avez drôlement intérêt à ne lui faire aucun mal, d'aucune manière. Sinon vous aurez affaire à moi, c'est vu ?

— C'est parfaitement compris, répondit Dixon sans baisser un instant les yeux.

Ils se mesurèrent encore un instant du regard, puis Bing serra la main qu'il lui tendait.

Dixon retraversa la rue en direction de la maison de Maman

Renée. Il allait attendre tranquillement que la fillette s'en aille, après son cours. Alors, il sonnerait à la porte et poserait enfin les questions qui le taraudaient depuis douze ans.

Comment avait-elle pu échapper à son agresseur ? Où était-elle allée ensuite ? Et pourquoi, oui, pourquoi, n'avait-elle jamais rien fait pour que sa famille et la police sachent qu'elle était en vie ?

Il voulait tout savoir.

Ce « meurtre », si l'on pouvait dire, n'avait pas seulement été sa première enquête criminelle, mais aussi la seule à ne pas avoir abouti à ce jour. L'inspecteur débutant de ce temps-là était devenu l'un des directeurs d'enquête les plus chevronnés de la Criminelle. On disait qu'une procédure qu'il ouvrait allait toujours jusqu'à son terme. Sauf celle-là !

Peut-être allait-il pouvoir clore avant la fin de la semaine ce dossier que la presse à sensations avait appelé « LE MEURTRE DE LA REINE DU CARNAVAL ».

Rose referma sa porte après y avoir raccompagné son élève et lui avoir bien recommandé de rentrer directement chez elle. Elle sourit toute seule. La fillette n'avait pris que trois semaines de leçons de piano et déjà, elle pouvait jouer plusieurs morceaux. À ce train-là, elle allait bientôt passer au statut d'enfant prodige et il lui faudrait un professeur plus accompli...

Comme elle remontait par l'escalier de bois sur le palier de l'appartement, un reflet de lumière l'éblouit un instant.

Elle se figea sur place, glacée d'une terreur indicible, incontrôlée, des images confuses se bousculant sous son crâne. Heureusement, la raison prit presque aussitôt le pas sur la peur. Elle s'avança vers la fenêtre sans rideau qui donnait sur la rue et soupira. Ce n'était peut-être qu'un rayon du soleil de cette fin d'après-midi, rien de plus.

Elle pouvait encore entendre la voix de Maman Renée, quand elle la prenait dans ses bras et lui disait :

— Respire bien, ma p'tite, et oublie tout ce qui s'est passé. Maman Renée a un charme qui protège ceux qui viennent chercher refuge dans cette maison. Ici, tu es en sécurité.

Mais derrière ce doux souvenir, il y avait d'autres voix, inquiétantes celles-là, comme des murmures qui hantaient ses rêves.

Rose pressa ses doigts sur ses tempes et secoua la tête pour ne plus les entendre, en essayant de se concentrer sur la voix de Maman Renée dans sa mémoire. Cela la soulageait un peu. Mais comme elle s'y employait, son estomac se mit à émettre quelques borborygmes.

Bien sûr, elle avait faim, la belle affaire ! Elle avait le ventre vide depuis des heures. Elle pensa alors au *gombo* qu'elle avait préparé le matin. C'était cela qu'il lui fallait, avec un morceau de baguette, ce pain français qu'elle aimait tant Et après cela, au lit ! Elle se levait tôt, le lendemain.

Elle se réjouissait à l'avance de ce délicieux repas lorsque des coups furent frappés à la porte, la faisant sursauter.

La petite Melinda ? Sûrement pas. Elle devait être rentrée chez elle, à présent.

Rose redescendit l'escalier, clignant des yeux dans la lumière du soleil qui filtrait par la lucarne. Elle ouvrit le verrou, mais prit soin de laisser la chaîne de sécurité.

— Le cabinet de voyance est fermé, commença-t-elle, il n'y a plus de...

L'ombre d'un homme s'avança, le pied déjà dans l'entrebâillement de la porte. Et un nouveau reflet lumineux vint éblouir la jeune femme. Elle faillit pousser un cri, puis s'aperçut qu'il s'agissait d'un insigne métallique monté sur un porte-cartes que l'homme lui montrait.

— Police, mademoiselle, dit une voix basse et profonde. Je peux entrer ?

— Police ?

Elle posa une main sur son cœur qui battait à tout rompre.

— Est-ce qu'il est arrivé quelque chose à Melinda ? reprit-elle.

— Melinda ? Non, non, pas du tout. Je suis l'inspecteur Lloyd. Dixon Lloyd. Je voudrais seulement vous poser quelques questions.

Rose ouvrit la porte jusqu'à l'extension maximale de la chaîne, sans la retirer, et fixa le policier. Il était grand, quinze centimètres au moins de plus qu'elle. Et pourtant, elle n'était pas petite. Il s'abritait les yeux de la main.

Elle, elle avait toujours dans les siens le reflet du soleil sur le rutilant insigne. Elle imita le policier et mit sa main en écran devant. S'il pouvait arrêter de lui brandir sous le nez ce machin ! Qu'est-ce que la police pouvait bien lui vouloir ? Elle n'avait rien fait...

— Vous devez vous tromper, lui dit-elle.

— Vous êtes bien Rose Bohème ?

Sa voix était ferme et pleine d'autorité.

Il connaissait son nom. Cela ne présageait rien de bon.

— Oui, dit-elle en essayant de trouver le ton juste, entre bonne foi et léger agacement. De quoi s'agit-il ?

— Puis-je entrer, s'il vous plaît ? répéta-t-il.

Cela n'avait rien d'une prière et tout d'un ordre. Pouvait-elle vraiment s'y soustraire ?

— Ou... oui, bien sûr.

Elle défit la chaîne et ouvrit grand le battant de la porte, tout en essayant de maîtriser la panique qui l'envahissait. Le policier s'avança dans le petit vestibule qu'il semblait remplir de sa haute taille et de ses larges épaules. Au passage, elle lança un regard dans la rue, sur les façades du trottoir d'en face. Quelques rideaux bougèrent derrière les fenêtres, une porte se referma. Rose ne put s'empêcher de sourire. On n'aimait pas beaucoup la police dans le quartier ! Elle allait avoir des explications à donner.

— Que puis-je faire pour vous, inspecteur ? demanda-t-elle en essayant de mieux voir, dans le contre-jour, le visage de son visiteur.

Elle se reprocha de ne pas avoir encore remplacé, dans la suspension en opaline, l'ampoule usagée. Elle avait reculé devant l'amas de poussière qui avait dû s'accumuler là-haut. Le policier ne lui répondit pas tout de suite. Il regardait consciencieusement autour de lui.

Elle n'aimait pas trop l'acuité de son regard, comme une machine de précision qui enregistrerait le moindre détail. Il semblait fixer le haut de l'escalier avec attention.

— Il y a un endroit où nous pourrions nous asseoir ? finit-il par demander.

Rose songea un instant à répondre par la négative. Cet homme s'introduisait chez elle quasiment par la force et elle ne se sentait pas obligée d'être polie. Mais alors qu'elle allait parler, les yeux sombres du policier rencontrèrent les siens.

Elle se détourna et ses maux de crâne s'intensifièrent immédiatement. Elle connaissait bien ce symptôme ; c'était là son alarme interne, personnelle. Cet homme n'était pas venu l'interroger sur un quelconque événement survenu dans le voisinage. Non, il était là pour elle.

Ce qu'elle redoutait depuis toujours était en train d'arriver. La police venait l'interroger et elle ne savait même pas exactement pourquoi.

Elle sentit une peur panique l'envahir, comme ce jour, il y avait de cela douze ans, où elle s'était réveillée, perdue, d'un affreux cauchemar en voyant une femme panser soigneusement ses blessures avec de la gaze.

Il lui fallut toute sa force d'âme pour ne pas devenir instantanément hystérique et ne pas jeter cet homme à la porte.

— Si vous ne voulez pas me laisser monter, nous pouvons parler ici, lui dit calmement le policier.

Ses yeux de fouine n'avaient pas quitté les siens.

Elle n'aimait ni son calme ni ce regard qui ne la lâchait pas. Trouvait-il qu'elle se conduisait de façon suspecte ?

— P... pas du tout, si vous voulez me suivre...

Elle le précéda dans l'escalier. Il avait un pas typiquement masculin qui résonna sur les marches de bois et elle sentait son œil toujours braqué sur elle, son dos, sa nuque. Tout juste si ses pensées de flic ne flottaient pas dans l'escalier, autour d'elle, la cernant de « pourquoi » et de « comment ».

Sur le palier, elle alluma la lumière du couloir et conduisit son visiteur dans le salon, où les rideaux étaient ouverts et où le soleil entrait plus largement qu'au rez-de-chaussée.

Le policier s'arrêta un instant sur le seuil, pour examiner la pièce, et Rose s'efforça mentalement de regarder le décor en se mettant à la place du nouveau venu. Les lourds fauteuils de velours et le canapé au brocart bordeaux fatigué, tout cela n'avait pas trop bonne mine. Mais le grand piano au vernis brillant sous la lumière du jour compensait peut-être cette mauvaise impression. Après le cours à Melinda, il aurait fallu qu'elle passe un coup de chiffon ; il y avait des traces de doigts sur...

Elle se figea. Traces. Empreintes digitales. Ses mains se mirent à trembler. Elle s'efforça de les détendre, mais ses poings se refermaient comme pour essayer frénétiquement de dissimuler l'extrémité de ses doigts. Elle regarda le piano. Ses gants y étaient toujours posés, elle les avait retirés pour sa leçon.

— A... asseyez-vous, je vous en prie, dit-elle, embarrassée d'elle-même.

Elle s'approcha du piano et saisit les gants de dentelle noire qu'elle enfila aussi prestement qu'elle le put.

Puis elle se percha sur le tabouret et posa ses mains à plat sur ses genoux.

Le policier ne l'avait pas lâchée du regard.

Il prit place dans un fauteuil qu'il avait légèrement déplacé pour le mettre bien en face du piano. Puis il se pencha un peu en avant, les coudes sur ses genoux. Ils n'étaient qu'à quelques centimètres des siens. Elle se sentit de nouveau trembler.

Il n'avait toujours pas ouvert la bouche... et regardait ostensiblement ses mains gantées. Il lui fallut beaucoup de volonté pour ne pas les dissimuler derrière son dos comme une enfant prise en faute.

Après de longues minutes, il détacha enfin son regard de ses gants, pour se fixer sur son propre porte-insigne. Il le tenait toujours à la main et le rangea, sans un mot, dans la poche intérieure de son veston.

Rose n'en pouvait plus et décida de se concentrer sur lui, au lieu de chercher à deviner ce qu'il pouvait bien penser d'elle. Maintenant qu'il était en pleine lumière, c'était plus facile. Elle l'examina donc avec toute l'expérience de la diseuse de bonne aventure expérimentée qu'elle était. Maman Renée lui avait appris l'art d'en apprendre long sur ses interlocuteurs, grâce à de petits détails. Exercer cet art sur le policier pourrait s'avérer fort utile.

L'inspecteur Dixon Lloyd était habillé avec beaucoup d'élégance. Ses vêtements n'étaient pas forcément très coûteux, mais sobres et chic. Il les portait avec une prestance indéniable, aidé en cela par sa silhouette élancée et ses larges épaules. Il affichait à son poignet une montre de plongée qui avait dû lui coûter une grosse partie de son salaire mensuel. Il la portait à l'inverse de la plupart des gens, sur l'intérieur, ce qui dénotait un esprit pratique qui n'aimait pas perdre du temps, pas même une demi-seconde à retourner son poignet.

Sa chemise blanche était impeccablement taillée, ses manches longues ne dépassant qu'à peine de celles de son veston d'été. Elle était parfaitement repassée, mais un œil exercé comme l'était celui de Rose ne pouvait que remarquer le léger pli sur le devant, qui indiquait le travail d'un professionnel, plutôt qu'un coup de fer à la maison.

Il était mince, avec une musculature visiblement sèche, des jambes longues...

De belles mains aussi. Bien dessinées avec des ongles propres et coupés court. D'après Maman René, cela dénotait un caractère pragmatique et voué à son métier, ce qui concordait bien avec ce qu'elle avait déjà remarqué. Sa montre était la seule fantaisie, très relative, qu'il se permettait. Pas de chevalière et même en regardant attentivement ses doigts, pas de marque montrant qu'il ait jamais pu porter une alliance.

— Mademoiselle ?

Interrompue dans son examen attentif, elle sursauta presque et le fixa avec ce qu'elle espérait être un intérêt poli.

— Comme je vous le disais, j'appartiens à la brigade criminelle et j'enquête sur un meurtre datant de plusieurs années. Une affaire non résolue à ce jour.

Il tira de la poche de sa veste un carnet et un crayon.

— Un meurtre non résolu ? Mais de qui ?

Il ne répondit pas. Il ouvrit son carnet, le considéra quelques secondes, puis releva la tête et la fixa de ses yeux sombres, si pénétrants.

— Est-il vrai, lui demanda-t-il, que vous vous faites appeler Rose Bohème ?

2

« Vous vous faites appeler Rose Bohème... »

Ces mots étaient entrés en elle comme une lame.

Arrête, se dit-elle, instantanément. *Cesse de penser à ce qui tranche, à ce qui découpe. À ce qui tue...*

Elle frissonna.

— Vous l'épelez comment ? demanda-t-il.

Le ton de sa voix suggérait qu'il ne croyait pas une seule seconde que cela pût être autre chose qu'un pseudonyme.

Mais elle soutint son regard, le menton levé et décida de se payer un peu sa tête. Il arrivait chez elle avec arrogance et sans raison valable, posait des questions avec un air soupçonneux. Il ne méritait pas qu'on lui réponde avec franchise.

— R.O.S.E., épela-t-elle d'un air suave.

L'œil sombre du policier ne cilla qu'à peine.

— Merci. Nom de famille ?

— B.O.H.E.M.E.

— Comme l'opéra ?

— C'est cela.

Elle se tortilla sur le tabouret de piano.

— Vous avez vraiment des questions à me poser ? Je ne sais rien de ce vieux meurtre.

L'inspecteur la fixa d'un air étrange. Croyait-il qu'elle lui mentait ?

— Depuis combien de temps vivez-vous ici ?

— Plus de dix ans.

451

Elle croisa les bras.

— Le meurtre a-t-il eu lieu dans les environs ? demanda-t-elle avec une légère impatience. Parce que je me souviens juste de la fois où Gilbert Carven a tiré sur un cambrioleur qui escaladait sa fenêtre. Mais on ne peut pas vraiment parler de...

L'inspecteur l'interrompit d'un geste.

— Permettez... c'est moi qui pose les questions.

Il lui jeta un regard particulièrement sévère.

— Maman Renée vit ici avec vous ?

— Non, répondit-elle en luttant contre la soudaine, mais habituelle, envie de pleurer qui la saisissait, comme chaque fois, depuis des mois. Elle est morte, au début de l'année.

— Toutes mes condoléances.

Cette phrase convenue la mit instantanément sur ses gardes et sécha toute velléité de larmes.

— Comme c'est aimable à vous, lui répondit-elle avec une ironie non dissimulée.

Il leva les yeux de son carnet et la regarda.

— Je sais ce que c'est que perdre un proche, lui dit-il. Quel lien de famille avait-elle avec vous ?

Elle ne s'était pas attendue à cela. Dans le quartier, tout le monde connaissait Maman Renée et sa protégée. Personne n'avait jamais posé la moindre question.

— Elle était ma... ma...

Elle s'interrompit. Elle ne pouvait pas répondre « mère », il lui serait trop facile de vérifier. Même chose pour « Tante ».

— Ma cousine, acheva-t-elle, d'une voix peu sûre d'elle-même.

— Votre cousine ? répéta-t-il, d'un ton sarcastique.

— Oui, éloignée, du côté de ma mère, compléta-t-elle en bredouillant.

Elle se mordit la lèvre. Elle n'aurait pas dû préciser.

Pourvu qu'il ne lui demande pas le nom de sa mère !

— La maison est toujours à son nom..., ajouta-t-elle, pour reprendre l'avantage.

Ce flic soupçonneux la mettait sur la défensive.

Pourquoi posait-il ces questions sur elle et sur Maman Renée ? La dernière chose dont elle avait besoin, c'était que la police vienne s'intéresser à la succession, ou plutôt, au fait qu'elle n'avait rien fait pour exécuter les dernières volontés de Maman Renée.

— Je ne vois pas ce que tout cela a à voir avec un meurtre ancien, fit-elle remarquer d'un ton acerbe.

— Oui ? Pour vous, il n'y a aucun rapport ? lui demanda-t-il du tac au tac.

Décidément, elle n'aimait pas cet inspecteur. Il était aussi arrogant qu'agressif. Il n'avait pas même essayé de dissimuler son dégoût devant le modeste décor de sa maison. Il posait des questions brutales en ignorant les siennes. S'il ne lui répondait pas, pourquoi diable lui répondrait-elle ?

Elle se leva.

— Je ne pense pas pouvoir vous aider, inspecteur. Vos questions sont terriblement indiscrètes, compte tenu que je ne peux rien avoir à faire avec l'enquête dont vous prétendez vous occuper. Maintenant si vous voulez m'excuser... J'ai du travail.

Très détendu, il se cala plus profondément dans le fauteuil.

— J'ai encore une ou deux questions, lui rétorqua-t-il sans se démonter.

Elle le regarda bien en face, bras croisés. Ses cheveux étaient si noirs qu'ils luisaient dans les reflets du soleil. Quant à ses yeux, ils semblaient bleu marine. Elle n'en avait jamais vu de pareils. Maman Renée lui avait-elle parlé d'un homme aux yeux bleu marine ?

— Mademoiselle Bohème ?

Elle tressaillit.

— Oui ?

— Je vous disais : si vous veniez vous rasseoir ? Je ne serai pas long.

— Je préfère rester debout, merci.

Elle se tourna vers la fenêtre, lui présentant son profil.

Du coin de l'œil, elle le vit hausser les épaules et se caler un peu plus confortablement encore contre le coussin du fauteuil.

— Comme vous voudrez. Est-ce que le nom de Rosemary Delancey vous dit quelque chose ?

Delancey ? Un choc. Un tremblement en elle, de la tête aux pieds. Le mal qui revenait en force lui vriller les tempes et puis ces murmures, encore et encore. Ces murmures terrifiants, en écho au martèlement sous son crâne. Elle ferma les yeux.

Qu'avait-il demandé ? Quelque chose au sujet des Delancey.

La main du policier toucha la sienne. Elle sursauta et s'écarta vivement. Comment avait-il pu s'approcher aussi près d'elle sans qu'elle ne le sente ou ne l'entende venir ?

— Mademoiselle ? Avez-vous déjà entendu le nom de Rosemary Delancey ?

— Non, répondit-elle sèchement, jamais !

Elle ne mentait pas. Mais pourquoi cette rumeur sous son crâne, alors, en entendant ce nom ?

Elle avait les paupières closes, mais même ainsi, le regard sombre du policier la brûlait.

— Non ? Vous êtes sûre ? Il me paraît difficile d'avoir vécu des années à La Nouvelle-Orléans sans jamais entendre parler des Delancey...

Il semblait, sans le dire, lui intimer l'ordre d'ouvrir les yeux. Elle lui obéit.

— Le nom, oui bien sûr. Qui, en Louisiane, n'a jamais entendu parler des Delancey ? Mais ce que je voulais dire, c'est que je ne connais aucun d'entre eux.

Elle le regarda.

— Pourquoi, je devrais ? C'est quelqu'un de cette famille qui a été tué ?

— Oui, dit-il, sans la quitter des yeux.

— Mais...

Elle avait du mal à coordonner ses pensées. Les voix se faisaient plus fortes dans sa tête, étouffant tout le reste. Elle se frotta les tempes en grimaçant.

— Et Lyndon Banker ?

Elle grimaça. Qui donc ? Elle n'avait aucune idée de qui cela pouvait être.

— Comment ?

— Lyndon Banker. Vous connaissez ce nom ?

Murmures, murmures, murmures... contre les parois de son crâne, comme un ping-pong de phrases dans sa tête.

— Mademoiselle... ça ne va pas ?

Les mots du policier passaient à peine au travers de ce bruit continu qui l'envahissait. Elle pressa ses mains contre ses tempes. Cela lui fit un peu de bien. Elle pouvait de nouveau parler.

— Que disiez-vous ?

Il fit un geste vague.

— Mmm... oublions cela...

Il regarda un peu distraitement la montre à son poignet.

— Vous êtes sûre que vous ne vous rappelez vraiment rien à propos d'un meurtre ? demanda-t-il.

— Mais c'est arrivé dans le quartier ?

— Dans le Garden District, en fait. St. Charles Avenue. Il y a douze ans.

— Douze ans ?

La vision de Maman René, des bandages ensanglantés dans les mains, passa devant ses yeux.

— Oui. Où étiez-vous, Rose Bohème, il y a douze ans ?

Elle lui tourna le dos et alla à la fenêtre qui donnait sur Prytania Street. Elle contempla les façades des maisons, les fenêtres, les ombres derrière les rideaux. Son voisinage... son quartier.

Elle l'aimait. Cette maison était la sienne, son foyer, son refuge.

Elle croisa les bras autour de sa poitrine.

— Il y a douze ans, j'étais ici, avec Maman Renée. En sécurité.

Elle sentit le regard pénétrant du policier dans son dos, entendit son pas sur le plancher. Il s'approchait. Il était tout près. Quelque chose émanait de lui, comme de la chaleur ou de l'énergie. Quand il parla, sa voix était... trop proche, trop intime.

— Vous en êtes bien sûre ?

Sûre de quoi ? Qu'elle était ici ou bien qu'elle était en sécurité ?

— Je ne comprends pas, dit-elle en se retournant vers lui. Qu'est-ce que j'ai à voir avec ça ?

— Pensez à ce nom de Rosemary Delancey.

Puis il se pencha à son oreille et répéta :

— Ro-se-ma-ry De-lan-cey.

Dans la tête de Rose, les murmures inquiétants se mêlaient à la voix du policier, comme une mélopée.

— Mais je ne sais rien ! s'écria-t-elle.

— Je crois que si, lui dit-il doucement.

Il avança sa main vers ses cheveux.

Elle se figea, l'inquiétude lui serrant la poitrine, puis s'écarta vivement.

— Laissez-moi !

Il la regarda, les yeux plissés, la mâchoire serrée.

— Dites ce nom : Rosemary Delancey. Dites-le... Rosemary...

— Arrêtez !

Elle pressa ses mains sur ses tempes.

— Je ne connais pas ce nom. Pourquoi faites-vous ça ?

— Je pense que vous savez très bien pourquoi, lui dit-il toujours aussi doucement.

Rose laissa éclater sa colère.

— Mais laissez-moi tranquille, à la fin ! Puisque je vous dis que je ne la connais pas, que je n'ai jamais entendu parler d'elle !

Il leva les sourcils.

— C'est surprenant, car c'est quelqu'un qui a dû beaucoup compter, pour vous.

— Mais comment ça ? hurla-t-elle. Comment ?

Elle agrippa la manche de sa veste et la secoua.

— Cessez de faire le mystérieux et dites-moi ce que vous voulez que je dise, à la fin !

Dixon baissa les yeux et regarda cette main sur son bras. Une jolie main avec de longs doigts aux ongles coupés court. Cette main ne cadrait pas avec les images qu'il gardait de la scène de crime douze ans plus tôt. Et pour tout dire, l'allure de cette jeune femme ne cadrait pas non plus avec celle de la jeune reine de beauté qu'il avait appris à connaître au cours de son enquête.

Il se concentra sur les gants en dentelle noire de Rose Bohème. La jeune femme jouait-elle à se donner une image un peu hippie, un peu artiste ? Était-ce une posture, au même titre que la blouse flottante et la jupe longue ? Ou bien tout ce romantisme ne servait-il qu'à masquer des séquelles physiques… des cicatrices faites au couteau, par exemple ?

Il avala sa salive, regarda la jeune femme, plus attentivement encore. Son visage, au moins, était exempt de toute cicatrice. Elle était belle, fascinante, plus encore que sur la photo qu'il conservait dans son portefeuille. Ce n'était plus la toute jeune fille dans la première fraîcheur de sa jeunesse. C'était mieux encore. Comme un beau fruit poussé au soleil. Fascinante, oui, et dangereuse. Une combinaison particulièrement explosive.

Elle lui lâcha le bras brusquement.

— Qu'est-ce que vous faites ici ? s'écria-t-elle. Qui est Rosemary Delancey ? Pourquoi croyez-vous qu'elle puisse avoir le moindre rapport avec moi ?

Elle lui lançait tout cela au visage, comme un défi. Mais il avait douze ans d'enquêtes criminelles derrière lui. Au fond, elle n'était pas si vertueuse qu'elle pouvait le paraître. Son visage était tout pâle, ses yeux se mouillaient et un léger tremblement l'agitait. Elle était au bord des larmes.

Il ne fallait pas qu'il se laisse attendrir. Il avait encore bien des questions à lui poser. Pourquoi était-elle restée à l'écart tout ce temps ? Se cachait-elle à cause de cicatrices sur son corps, sur ses mains ?

Si elle était bien Rosemary Delancey, elle avait aujourd'hui trente-deux ans. Son apparence comptait-elle tant pour elle ? Ou bien était-ce la peur de son agresseur de ce jour-là qui la hantait toujours ? Quelle qu'en fût la raison, elle devait bien savoir que l'on ne peut fuir éternellement.

Le temps était venu de la mettre en face des faits et de voir sa réaction.

— Primo, dit-il en levant le pouce, Rosemary Delancey a été la victime d'une violente agression il y a de cela douze ans. Elle a perdu tant de sang que les médecins légistes doutaient qu'elle ait pu survivre. Mais en fait, cela n'a pas été vérifié, car on n'a jamais retrouvé son cadavre.

Il leva un deuxième doigt.

— Deuxio, je suis ici parce que quelqu'un vous a reconnue.

Les yeux d'ambre de la jeune femme s'agrandirent démesurément et son visage perdit instantanément toute couleur. Elle pressa sa main sur sa poitrine, qui se soulevait rapidement.

— Reconnue... moi ?

Dixon fut surpris de la terreur, impossible à feindre à ce niveau, qu'elle trahissait. On ne pouvait pas simuler une telle pâleur. Mais si elle avait tellement peur d'être découverte, pourquoi vivait-elle à quelques pâtés de maisons du lieu de son agression ? Pourquoi n'avait-elle pas, tout simplement, quitté la ville ? Et pourquoi n'avoir jamais cherché à rentrer dans sa famille ? Si le puissant clan Delancey était incapable de la protéger, qui diable le pourrait ? Il faudrait d'ailleurs qu'il repense plus tard à ce point important.

Il leva un troisième doigt en direction de Rose.

— Tertio, le rapport avec vous. Je crois que la réponse à cette question est particulièrement évidente, mademoiselle Delancey.

La jeune femme poussa alors un faible gémissement. Son visage vira d'une pâleur de linge au verdâtre malsain et elle battit rapidement des paupières.

Dixon s'approcha d'elle, inquiet. Elle était blafarde et ses yeux se révulsèrent. De nouveau, elle émit un petit cri, puis s'effondra dans ses bras, évanouie.

Il la rattrapa d'extrême justesse et la releva maladroitement en la serrant contre lui. Il avait délibérément provoqué ce choc, s'attendant à une réaction explosive, peut-être même violente. Il n'aurait pas été surpris qu'elle veuille le frapper ou s'enfuir, mais il ne s'était pas attendu à ce qu'elle lui tombe dans les bras !

— Hé.. euh... Rosemary ! murmura-t-il à son oreille, un bras passé derrière son dos pour assurer sa prise et la porter jusqu'au canapé. Vous m'entendez ? Ça va ?

Les jambes de Rose, semblables à celles d'une poupée de chiffon une seconde auparavant, retrouvèrent toute leur vigueur en un éclair.

— Laissez-moi ! hurla-t-elle en se remettant sur ses pieds.

Mais il ne voulait pas la lâcher avant d'être bien certain qu'elle n'allait pas retomber dans les pommes. Elle posa alors ses mains sur son torse et le repoussa vigoureusement.

— Vous allez me ficher le camp d'ici ! cria-t-elle.

Il la regarda attentivement. Elle était toujours très pâle, sa peau comme translucide, mais au moins elle avait perdu sa malsaine couleur verte et le rose revenait doucement à ses joues. En revanche, sa poitrine se soulevait toujours rapidement.

— Quand je serai sûr que vous allez bien, lui dit-il.

— Bien sûr que non, je ne vais pas bien ! s'écria-t-elle. Vous venez, vous m'accusez...

Il haussa un sourcil.

— Je ne vous accuse pas, pour le moment... ni personne, mademoiselle Delancey. Je suis inspecteur de police. Je pose des questions.

— Arrêtez de m'appeler comme ça, enfin ! À quoi jouez-vous ?

Il lui lança un regard sévère.

— J'essaie de savoir ce qui s'est réellement passé, la nuit où vous avez été attaquée. Comment avez-vous pu vous échapper ? Pourquoi n'êtes-vous jamais rentrée chez vous, n'avez jamais contacté votre famille, au moins pour dire que vous étiez vivante ? Vous aviez peur de votre famille ?

Elle s'était retranchée derrière un fauteuil et s'accrochait si fort au dossier que ses doigts blanchissaient aux jointures.

— Je ne comprends pas de quoi vous parlez, lui dit-elle dans un souffle.

Il la regarda en silence un long moment. Le doute commençait à l'envahir. Et si elle disait vrai ? Si elle ne voyait vraiment pas où il voulait en venir ?

Si elle ne se rappelait rien du tout ?

Pourtant, elle n'était pas amnésique. On peut perdre la mémoire oui, partiellement, et momentanément après un traumatisme, mais l'effacer pour toute une vie, comme le disque dur calciné d'un ordinateur ? Non, pas moyen qu'il croie à ça.

Pourtant, Rosemary paraissait bel et bien perdue. Ses yeux s'agrandissaient de terreur. Pouvait-on simuler une telle panique ?

— Bon, reprit-il, beaucoup plus doucement que jusque-là. Parlez-moi de Rose Bohème. Qui êtes-vous, Rose ? Où êtes-vous née ? Où êtes-vous allée à l'école ? Avez-vous des cicatrices sur le corps ?

Rose se redressa de toute sa taille, le menton levé.

— Vous n'avez pas le droit... commença-t-elle.

Mais sa voix faiblissait.

— Rosemary, que vous est-il arrivé ? demanda-t-il très calmement.

Les lèvres de la jeune femme se pincèrent et ses yeux se remplirent de larmes.

— Allez-vous-en, murmura-t-elle. Je vous en prie, laissez-moi !

— Je ne peux pas. Vous êtes Rosemary Delancey, n'est-ce pas ? Il y a douze ans, vous avez été sauvagement agressée dans votre appartement. Dites-moi ce qui est arrivé ce jour-là...

Elle cligna des yeux et les larmes qu'elle avait retenues jusque-là coulèrent sur ses joues. Elle secoua la tête.

— Je ne peux pas... je ne sais pas, je...

— Comment avez-vous échappé à votre agresseur ?

— Échappé ?
De nouveau, elle se mit à pleurer et le regarda, l'air ahuri.

Dixon se mit à marcher de long en large dans la pièce. Harceler une victime ou un témoin n'était pas dans ses habitudes et il n'avait aucun goût pour cela, même s'il savait se montrer implacable avec certains suspects récalcitrants. En tout cas, il n'avait pas pour habitude de tourmenter une femme visiblement fragile et terrifiée. Il se faisait l'effet d'une brute.

Il s'arrêta devant la fenêtre et jeta un coup d'œil sur la rue tranquille. Si Rose simulait, sa performance était digne d'un oscar. Il se retourna et la regarda un instant sans rien dire.

— Pourquoi ne me racontez-vous pas ce dont vous vous souvenez ? lui demanda-t-il doucement.

Elle essuya ses larmes d'une main tremblante et vint s'asseoir au bord du canapé, puis se releva, croisant les bras sur sa poitrine. Elle paraissait à bout, acculée et misérable.

Dixon ressentit alors un inexplicable besoin d'aller vers elle, de la rassurer, de prendre ses mains dans les siennes et de lui dire que tout irait bien désormais, qu'il la protégerait. Il avait bien souvent eu à réconforter des victimes, mais d'ordinaire il s'y pliait parce que cela faisait partie du métier, et non par goût. Il se sentait d'ailleurs toujours maladroit en le faisant. Il savait bien que tapoter la main des gens en leur murmurant des paroles bienfaisantes ne les réconfortait pas vraiment. Mais là, face à Rose...

— Allez-vous-en, répéta-t-elle, les poings serrés et les yeux furibonds. Allez-vous-en, je vous dis !

— Rosemary, insista-t-il. Un terrible drame est survenu et...

— Dehors ! hurla-t-elle encore en agitant ses poings. Dehors ou j'appelle la police !

— Hé ! Calmez-vous ! lui dit-il en levant la main.

Elle était passée un peu rapidement à ses yeux de la terreur à l'hystérie.

— Tout va bien. Je vous ai montré mon insigne, non ? Je suis inspecteur de police.

— Je vous préviens : je vais appeler... je vais faire le 911, cria Rose. Je leur dirai que vous m'avez agressée.

Elle désigna un guéridon, dans un coin de la pièce. Le téléphone portable était dessus et son sac à main à côté.

Il la prit de vitesse en s'en emparant.

— Très bien, dit-il, je vais partir, je vois bien que vous avez reçu un choc.

Il ouvrit le sac.

— Mais avant, reprit-il, je vais vous laisser mon numéro de portable, d'accord ?

Il la surveillait du regard, guettant son assentiment. Elle semblait s'être un peu assagie, mais lorsqu'il plongea sa main dans le sac, elle protesta vivement :

— Hé ! C'est mon...

Il la fit taire d'un geste.

— Tout ce que je fais, c'est que je vous laisse mon numéro pour que vous puissiez m'appeler en cas de besoin, d'accord ?

Les doigts pressés sur ses tempes douloureuses, Rose répondit :

— Je veux juste que vous partiez, je vous en prie... je vous en prie...

— Très bien, très bien !

Il enregistra son numéro sur le clavier du téléphone de Rose, puis appela le sien.

— Voilà, maintenant vous avez mon numéro et moi, le vôtre. Écoutez-moi, Rosema... euh... Rose. Souvenez-vous bien de mon nom. C'est Dixon Lloyd. Je ne suis pas venu ici pour vous faire du mal, mais pour vous protéger. Pour vous aider à retrouver les vôtres.

Rose changea si rapidement d'expression qu'il craignit qu'elle ne s'évanouisse de nouveau. L'inquiétude, la panique disparurent

d'un coup de son visage. Ses yeux s'adoucirent et se remplirent de larmes. Elle joignit ses mains, comme pour une prière, et murmura :
— Re... retrouver les miens ?

3

Les siens. Chez elle. Ces mots pénétrèrent le cœur de la jeune femme comme un rayon de soleil. Pendant un instant, ce fut comme une éclosion d'espoir.

Elle n'osait pas même répéter ces mots...

Cela pouvait être un piège.

Elle se tourna vers Dixon Lloyd et crut voir une lueur de triomphe dans son œil. Jouait-il de ses émotions, pour lui faire baisser sa garde ?

Elle se redressa, le menton levé.

— Je suis chez moi. Je n'ai besoin ni de votre aide ni...

Elle prit une inspiration, elle était de nouveau au bord des larmes.

— ... ni de votre protection.

Puis, elle croisa les bras sur sa poitrine.

— Ce que je veux, c'est que vous sortiez d'ici !

Elle le fusilla du regard, jusqu'à lui faire baisser les yeux. Il replaça le téléphone mobile au fond du sac à main, puis la regarda comme s'il allait lui dire quelque chose. Mais non ! Il quitta la pièce sans un mot.

L'écho de son pas s'éloigna dans l'escalier. Puis ce fut le silence.

Rose resta immobile, retenant son souffle jusqu'à ce qu'elle fût bien sûre d'avoir entendu la porte d'entrée se refermer. Elle poussa alors un soupir de soulagement, puis s'assit sur le canapé, sa tête bourdonnant encore.

Il avait bien failli venir à bout de ses dernières défenses avec son histoire de « rentrer chez elle ». Pourquoi ? Oui, pourquoi ces mots-là l'affectaient-ils autant ? C'était ici, chez elle, dans la maison de Maman Renée, et ça l'était depuis douze ans. Avant...

Elle ferma les yeux, le sang battait toujours douloureusement à ses tempes. Il lui fallait descendre, vérifier que l'inspecteur Dixon Lloyd était bien parti, puis mettre le verrou et la chaîne. Mais elle n'osait pas encore emprunter l'escalier. La migraine lui donnait le vertige. Elle avait besoin d'une pilule.

Elle se traîna jusqu'à sa chambre et en avala une, sans eau. Puis elle s'allongea quelques minutes sur le lit, dans le noir, le temps que ces coups sous son crâne passent de l'intolérable au presque supportable.

Après quelques minutes, abritant ses yeux de sa main, elle se força à se lever et à descendre l'escalier. L'inspecteur avait pris soin de bien fermer la porte. Elle tira le verrou et mit la chaîne, puis remonta lentement à l'étage.

Cette fois, elle se dirigea vers la cuisine. Elle trouva une boite de biscuits salés dans un placard, un soda dans le réfrigérateur et rapporta le tout dans sa chambre. La boisson glacée lui fit un peu de bien, elle s'allongea de nouveau et essaya de se détendre. Mais elle n'arrivait pas à tenir les cauchemars à distance.

Les murmures fantomatiques revenaient de plus belle, virevoltant autour d'elle comme de sinistres feux follets, entrecoupés de lueurs étranges, tel un éclat de soleil sur une lame. Et puis du sang, un rideau de sang comme de la pluie, devant ses yeux.

Elle poussa un gémissement et se couvrit la tête de son oreiller.

Au bout de très longues minutes, les murmures et les flashs s'estompèrent, laissant progressivement la place à la voix assourdie mais apaisante de Maman Renée.

Sous les fenêtres de Rose, Dixon s'assurait qu'aucune lumière n'était encore allumée. Il regarda sa montre : 20 h 30. Il décida d'attendre encore quelques minutes, afin d'être certain qu'elle ne ressortirait pas. Mais la maison demeurait obscure et silencieuse.

Quand il avait redescendu l'escalier après leur discussion, il s'était plus ou moins attendu à la voir arriver sur ses talons et lui claquer la porte dans le dos. Mais elle n'en avait rien fait et cela l'inquiétait. Il n'aimait pas l'idée qu'elle pût être faible au point de ne plus pouvoir veiller à sa propre sécurité.

D'un autre côté, le fait qu'elle ne l'ait pas suivi lui avait permis de remarquer, sur le guéridon de l'entrée, un pli à l'air très officiel. Il y avait jeté un rapide coup d'œil grâce à la minilampe de poche qu'il portait toujours sur lui. C'était le renouvellement d'une patente foraine pour un emplacement à Jackson Square, sur St. Ann Street, au nom de Rose Bohème. Le document stipulait que l'autorisation initiale avait été accordée à Mme Renée Petitpas, mais que c'était à présent Rose qui en était la titulaire. Il datait d'après la mort de la vieille dame.

Il avait éprouvé un choc à la lecture de ce document. Il voyait très bien, d'après le plan joint, où se trouvait ce petit emplacement de diseuse de bonne aventure : à l'entrée du petit square, en face d'une confiserie où l'on vendait les fameuses pralines de La Nouvelle-Orléans. Il était passé devant des centaines, peut-être des milliers de fois au cours de ces douze dernières années. Rose était-elle déjà présente ? Assistait-elle Maman Renée avant qu'elle ne meure ? Et si c'était le cas, comment avait-il pu ne jamais remarquer cette belle bohémienne brune qui tirait les cartes ou lisait dans les lignes de la main ?

Il était à la fois embarrassé et soulagé de ne pas avoir deviné sa présence dans le bourdonnant Jackson Square.

Embarrassé, car s'il l'avait su, il aurait peut-être pu clore ce dossier plus tôt, mais soulagé de se dire qu'il n'était pas obsédé par le « cas » Rosemary Delancey au point de sentir sa présence partout autour de lui.

Il revint à pas lents, comme à regret, vers sa Dodge Charger.

Il luttait contre le désir, aussi agaçant qu'incongru, de rester là pour veiller sur elle.

Mais il était un peu limite dans cette affaire. Quand elle avait menacé d'appeler le 911, il s'était senti soudain très mal à l'aise. Il ne tenait pas tant que cela à expliquer aux flics du quartier pourquoi il était là et ce qu'il cherchait.

Il ne voulait surtout pas que tout cela revienne aux oreilles d'Ethan, son coéquipier et cousin germain de Rosemary Delancey. Pour toute la famille Delancey, la jeune femme était morte depuis douze ans. Pas question de leur donner de faux espoirs, non plus que d'entendre Ethan lui dire qu'il était stupide de croire les histoires d'un petit marlou drogué jusqu'aux oreilles et simplement désireux de bénéficier de quelques faveurs en prison.

Il lui faudrait trouver des preuves plus tangibles que la panique de Rose Bohème et que son seul acharnement, avant de faire des révélations à toute la famille. Et mieux valait ne pas trop penser aux bouleversements que tout cela entraînerait dans la vie discrète et calfeutrée de Rose/Rosemary.

Il jeta un dernier coup d'œil par-dessus son épaule et vit l'enseigne de Maman Renée se balancer doucement sous la brise du soir.

« Vaudou, potions et bonne aventure »

Rose avait vécu là, bien cachée depuis douze ans. Il serait très présomptueux de sa part de penser que désormais elle allait avoir besoin de lui pour assurer sa protection...

Un quart d'heure plus tard, Dixon était assis dans le patio un peu négligé de la maison qu'il avait achetée à une vente aux enchères quatre ans auparavant. À trente-deux ans, il avait fait deux constatations, celle qu'il n'était pas fait pour le mariage et celle que louer son logement équivalait à jeter son argent dans le

Mississippi. Il avait donc acquis cette maison, mais sans trouver le temps de la retaper.

Il se cala confortablement dans son fauteuil de jardin en teck et but une gorgée du bourbon qu'il s'était servi. Faisant tourner le verre dans ses doigts, il admira la couleur ambrée du liquide. L'ambre... C'était la couleur exacte des yeux de Rosemary Delancey.

Il ne l'avait quittée que depuis moins d'une heure et pourtant tout cela lui paraissait un rêve. Il ferma les yeux pour conjurer la vision de la toute jeune femme qu'elle avait été à vingt-deux ans. L'image imprégnait son cerveau tout comme le sang de Rosemary avait imprégné les draps de lit de la malheureuse victime. Celle qui n'existait plus.

Il avait eu devant les yeux une tout autre personne, à la chevelure noire comme la nuit, qui offrait un bien saisissant contraste avec ses sourcils roux. Et puis il y avait ces amples vêtements flottants que Rosemary Delancey, la reine du Carnaval, n'aurait certainement jamais eu l'idée de porter.

Il se redressa sur son fauteuil et prit la boîte de nourriture pour poissons qu'il avait posée devant lui sur la table de jardin.

— Dites-moi, Pete et Louis, je vous ai déjà parlé de Rosemary Delancey ?

Louis Armstrong et Pete Fountain, les deux poissons rouges qui vivaient dans le bassin du patio, s'intéressaient visiblement davantage aux daphnies qu'il versait dans leur eau qu'à sa conversation.

— Mais si, Louis, souviens-toi : c'était ma première affaire de meurtre, la reine du Carnaval...

Il but une gorgée d'alcool et chercha dans son portefeuille la photo de Rosemary. Mais il interrompit aussitôt son geste.. Il n'avait plus envie de contempler ce visage. Ces traits réguliers ne l'obsédaient plus. Cette jolie débutante était morte.

— Si seulement tu la voyais, dit-il à son poisson. Elle marche comme si elle dansait. Ses cheveux sont noirs comme la nuit et ses yeux...

Il leva son verre de bourbon.

— Tu vois comme la lumière se reflète dans le whisky ? Eh bien c'est ça, l'exacte couleur de ses yeux.

Louis avala la bouchée de nourriture séchée qui flottait à la surface du bassin et se tourna d'un coup de queue avant de se laisser couler, indifférent, sous un nénuphar.

Pete, lui, nageait toujours en surface, de daphnie en daphnie, mais Dixon était certain que le poisson rouge n'apprécierait pas outre mesure de s'entendre vanter les appâts de Rose Bohème. Déjà qu'il était jaloux de Louis...

Comme s'il pouvait lire dans ses pensées, Pete disparut à son tour sous un nénuphar.

Dixon laissa échapper un petit rire sarcastique.

— Ne fais pas ta mauvaise tête, Pete, lui dit-il. Tu n'auras même pas à t'occuper d'elle, en fait, tu ne la rencontreras probablement jamais...

Son téléphone mobile vibra dans sa poche et son cœur se mit à battre plus vite. Et si c'était Rose, qui l'appelait ? Mais il regarda le petit écran et reconnut le numéro d'Ethan. Il soupira et décrocha.

— Oui, qu'est-ce qu'il y a ? demanda-t-il d'un ton plutôt revêche.

Il n'avait pas la moindre envie de repartir au travail, d'autant plus qu'il comptait bien se lever avant l'aube, le lendemain.

— Rien de particulier, répondit son équipier.

Dixon poussa un nouveau soupir, cette fois de soulagement.

— Je voulais juste vérifier l'heure pour demain, reprit Ethan.

— L'heure pour demain ? répéta mécaniquement Dixon. Comment, l'heure pour demain ?

— Le match. Tu voulais y aller. Ne me dis pas que tu as oublié ?

— Le...

Oui, bien sûr qu'il avait oublié.

— Je suis désolé, je ne vais pas pouvoir. Il y a eu des changements...

Ethan en resta coi pendant une demi-seconde.

— Des changements ? finit-il par répéter, abasourdi. Depuis ce matin ? Qu'est-ce que tu racontes ?

Dixon réfléchit à toute vitesse.

— C'est Dee. Elle veut que je l'aide à... déménager des trucs.

Il détestait devoir mentir à son partenaire, mais que diable aurait-il pu lui dire ? Qu'il surveillait sa cousine morte ? Cela n'aurait guère de chance de passer...

— Bien sûr, répondit Ethan en se moquant. Ta sœur t'a forcé à renoncer à un match pour lui filer un coup de main. Ça lui ressemble tout à fait...

— Écoute, Ethan. Tu sais ce que c'est... Dee n'a pas insisté, bien sûr, mais elle avait l'air d'en avoir tellement besoin...

Impliquer la famille était un peu risqué, mais Dixon savait que c'était le genre d'arguments qui pouvait marcher avec Ethan.

— Bon très bien, dit celui-ci. Je vais demander si quelqu'un d'autre de la boîte est intéressé.

— Et si tu emmenais cette fille avec qui tu sors depuis peu ? proposa Dixon.

— Et si tu te mêlais de ce qui te regarde ? lui répliqua Ethan du tac au tac.

— Oh oh, on dirait que le torchon brûle, railla Dixon. Que se passe-t-il ? Tu lui as demandé de régler la moitié des additions ?

Depuis peu, Ethan avait fait la connaissance de la fille d'un avocat huppé et il se plaignait des goûts de luxe de son amie, peu compatibles avec le salaire d'un policier.

— Non, grogna-t-il. Bien sûr que non !

— Elle n'aime peut-être pas le football ?

— À part les chaussures et les boîtes à la mode, elle n'aime pas grand-chose, maugréa Ethan. Bon... Amuse-toi bien à déménager des trucs...

— Merci.

Dixon allait raccrocher, quand une idée lui traversa l'esprit.

— Dis donc, Ethan, lorsque ta cousine est morte, elle vivait dans son appartement à elle, c'est bien ça ?

Son équipier poussa un lourd soupir.

— Dixon, encore des questions sur Rosemary ? Il faut vraiment que tu l'aies dans la peau ! Oui, elle vivait dans son propre appartement. Et alors ?

— Je me demandais simplement s'il n'y avait pas eu une brouille entre elle et ses parents. Si ce n'était pas pour cela qu'elle avait quitté le domicile familial.

Ethan grogna.

— Je n'en ai pas la moindre idée. Autre chose ?

Dixon lui répondit que non et raccrocha. Il se passa une main sur le visage tout en reposant l'appareil sur son chargeur de batterie. Il allait bien lui falloir, à un moment ou un autre, apprendre à Ethan que sa cousine était vivante et qu'elle vivait à quelques rues à peine de l'endroit de son agression.

Dixon entra dans la maison et passa de la cuisine à la chambre à coucher. Il était plus de 22 heures et 5 heures du matin arriverait bien assez tôt : il allait se mettre au lit...

Une fois sous les draps, il tenta de se libérer de ses pensées pour pouvoir s'endormir. Mais comme il allait y parvenir, le visage de la reine de beauté de vingt-deux ans qu'avait été Rosemary passa devant ses yeux, immédiatement métamorphosé en celui de la non moins belle Rose Bohème.

Elle l'avait bien quitté, la jolie jeune femme qui avait hanté ses pensées pendant douze ans. Aujourd'hui, Rose Bohème avait besoin de lui. Demain, il serait à Jackson Square pour mieux veiller sur elle. À présent qu'il l'avait retrouvée, il n'allait pas la laisser disparaître de nouveau, pas avant d'avoir résolu le mystère de sa résurrection d'entre les morts.

À 6 heures du matin, Rose installa sa table de diseuse de bonne aventure dans le square et, en regardant le ciel, se félicita que la petite nappe qui la recouvrait soit ornée de rubans qui permettaient de tenir les tarots en place, même en cas de vent. Car si la météo n'annonçait que trente pour cent de risques de pluie, le ciel était très nuageux et la brise soufflait sur l'espace dégagé du square.

Elle roula sa lourde tresse et la fit tenir dans le filet d'une résille, avec quelques épingles. Puis, elle se pelotonna dans son châle brodé. Même à La Nouvelle-Orléans, les matinées d'octobre étaient fraîches. Elle frissonnait un peu et sortit de la poche de sa jupe ses gants doublés. Ils avaient l'avantage de lui tenir chaud et de dissimuler ses cicatrices. De toute manière, peu de gens s'en apercevaient et seules quelques personnes mal élevées posaient des questions. Les enfants aussi, bien sûr, mais eux, ils ne la gênaient pas. Il suffisait de leur expliquer qu'elle avait eu un grave accident, il y avait des années de cela.

Elle soupira.

Sa nuit avait été très agitée, avec de nombreux cauchemars dont, par bonheur, elle ne se souvenait que très vaguement au matin. De toute façon, ses nuits étaient mauvaises depuis la mort de Maman Renée. Mais les journées étaient à elle et elle n'allait pas laisser ces visions et ces voix d'outre-tombe les lui gâcher.

Heureusement, elle avait pu se débarrasser de cet inspecteur si intrusif. Quand elle l'avait menacé d'appeler ses collègues à la rescousse, il n'avait pas insisté et avait préféré prendre la porte.

Un sentiment de panique l'envahit. Mon Dieu, c'était cela : il n'était pas vraiment inspecteur. Il lui avait bien montré son insigne, mais c'était peut-être un faux. Comment savoir ?

Les mains de Rose tremblaient sur les pans de son châle, qu'elle resserra sur elle. Aurait-elle dû lui interdire l'entrée de sa maison, ce refuge dont Maman Renée disait qu'elle y serait toujours en parfaite sécurité ?

Peu à peu, l'angoisse monta en elle. La terreur revenait au galop. Mais cette fois, elle avait un nom et un visage. La terreur avait des cheveux noirs et des yeux d'un bleu incroyablement profond. Et elle avait nom Dixon Lloyd.

— Yo, Mama, hey !

La voix familière la fit sursauter. Elle s'aperçut alors qu'elle regardait fixement ses tarots sur la table. Elle leva les yeux.

C'était Diggy Montgomery, un gamin qui dansait toujours au coin de la rue, à côté de son emplacement.

— Tu vas bien, ma sœur ?

Tout en parlant, il faisait d'amusants gestes de hip hop avec ses mains.

— Très bien, répondit-elle en se forçant à sourire pour lui faire plaisir. J'aime beaucoup ta casquette.

— Ouais...

Il la souleva et la fit tourner dans sa main pour la lui présenter.

— Je l'ai trouvée sur Canal Street. A dû tomber de la tête d'un riche ou un truc du genre... Tu veux pas un café ?

— Si, répondit-elle en mettant la main à sa poche.

Elle lui donnait toujours trois dollars pour une grande tasse de café-crème qu'il allait lui chercher au Café du Monde et elle ne lui demandait jamais de lui rendre sa monnaie. Comme la mère de Diggy était serveuse là-bas, elle était à peu près certaine que le crème ne lui coûtait rien, mais cela n'avait pas d'importance. Il le lui sucrait et le lui apportait toujours avec un grand sourire, cela valait bien trois dollars.

Quand il revint, il tenait le gobelet dans une main et un petit sac en papier dans l'autre.

— Voilà, lui dit-il, fais-toi plaisir !

— Attends, Diggy, un dollar de plus pour le beignet...

Le gamin exécuta un impeccable demi-tour, ses pieds chaussés de baskets décrivant des figures compliquées, puis remit sa casquette sur la tête, lui décochant un clin d'œil et un sourire malin :

— Non, Mama. T'as l'air d'être toute gelée. Mange ton beignet, c'est bon.

— Merci monsieur, lui répondit-elle en souriant. Passez donc me voir tout à l'heure, je vous tirerai les cartes.

Toujours en dansant, il s'éloigna vers le coin de la rue où il déposa sa casquette sur le trottoir pour que les passants y jettent des pièces de monnaie.

À dire vrai, les quelques touristes assez matinaux pour se trouver là étaient plus intéressés à s'attabler au Café du Monde qu'à se faire tirer les cartes. Mais Rose ne perdait pas espoir. Avant midi, elle aurait certainement davantage de clientèle qu'elle n'en avait besoin, du moins s'il ne pleuvait pas. Après tout, on était à une semaine d'Halloween. C'était, jusqu'au jour de l'an, le meilleur moment pour les affaires.

Dixon remonta la cagoule de son sweat-shirt et prit sa place dans la queue devant le comptoir pour commander un café-crème. Il n'aurait pas détesté s'asseoir à une table et manger un beignet, mais il avait hâte de retrouver Rosemary.

Son gobelet de carton à la main, il descendit St. Ann Street, en buvant nonchalamment quelques gorgées brûlantes et en essayant de se donner l'air du type qui se promène nonchalamment à Jackson Square, un samedi matin.

C'est alors qu'il la vit. Rose, assise à une petite table, en train de glisser des tarots sous les rubans d'une nappe. Elle portait des mitaines de laine cette fois et maniait les cartes avec toute l'agilité d'une professionnelle.

Cette vision lui sembla familière. Ne l'avait-il pas déjà vue ici sans la reconnaître ? Il haussa les épaules. Il était difficile d'en être vraiment sûr.

À bien la regarder, elle ne tirait pas tant que cela les cartes à la dame assise devant elle. Celle-ci devait avoir dans les quarante ans. Elle semblait fatiguée et, visiblement, elle était venue consulter la voyante contre l'avis de son mari. Elle lui lançait de fréquents coups d'œil. L'homme était un peu plus loin, appuyé à la grille du parc Andrew-Jackson, d'où il surveillait deux petits garçons qui s'obstinaient à vouloir donner du pop-corn à une mouette.

Dixon avala une nouvelle gorgée de son café-crème. Il n'était pas nécessaire d'être extralucide pour prédire à cette femme le sort qui l'attendait : encore une douzaine d'années au bas mot à s'occuper de ses enfants et à se faire rabrouer par son mari sans jamais avoir une minute à elle. Toutefois, Rosemary lui prévoirait certainement un autre avenir...

Il avait vu juste. Après que la jeune femme eut soulevé plusieurs cartes et parlé d'un air sérieux durant quelques minutes, la cliente lui adressa un large sourire en posant une main sur son bras. Rosemary rougit et lui sourit en retour. La dame prit alors deux billets dans son sac et les glissa sous l'un des rubans de la table, s'attirant un regard noir de son époux.

Il l'aurait parié ! Rosemary savait y faire...

Il s'assit sur un banc, à côté d'un jeune type au catogan blond crasseux et à l'air morose. Il finit son café-crème sans regarder directement Rosemary, mais en la surveillant cependant toujours du coin de l'œil. À dire vrai, il ne savait pas trop ce qu'il faisait là. Mais il était important pour lui de s'assurer qu'elle était en sécurité.

Durant trois bonnes heures, il la regarda tirer les cartes et rendre les gens heureux, à en juger par leur réaction ravie et l'argent qu'ils lui laissaient. Apparemment, la voyance extralucide n'était pas un mauvais métier, surtout quand celle qui l'exerçait était une belle et mystérieuse bohémienne.

4

Rose avait posé son châle sur le dossier de sa chaise et changé ses mitaines tricotées pour celles de dentelle noire. La température était toujours plus douce, presque chaude avec le soleil de l'après-midi...

Elle sourit et remercia la jeune fille qui glissait un billet de vingt dollars sous les rubans verts de la petite table. Il n'avait pas été bien difficile de lui tirer les cartes ; elle portait un petit diamant à la main gauche et son fiancé se tenait à côté d'elle, une bouteille de boisson énergisante à la main. Les cartes reflétaient ce que Rose pouvait lire sur leurs visages : ils étaient amoureux et visiblement absorbés par les préparatifs de leur mariage.

Comme le couple s'éloignait le long de St. Ann Street, admirant l'exposition de tableaux accrochés aux barreaux de la grille du parc, Rose défit sa résille et laissa pendre sa tresse. Elle chercha Diggy du regard, mais apparemment il faisait une pause ou avait même abandonné son poste pour l'après-midi.

Elle sentit une goutte de sueur perler au-dessus de sa lèvre. Avec son billet de vingt dollars, elle se serait bien offert une boisson fraîche.

C'est alors qu'une ombre passa devant le soleil et s'arrêta face à elle. Elle leva les yeux : c'était Dixon Lloyd, le soi-disant inspecteur de police.

Elle rassembla ses cartes et les battit, faisant mine de l'ignorer, jusqu'à ce qu'il pose sur la table une bouteille d'eau minérale couverte de buée. Des gouttes de condensation coulaient le long du plastique sur la nappe et les rubans verts. Elle en avait la gorge sèche.

— Allez-y, lui dit-il, je l'ai apportée pour vous.

Elle eut bien aimé pouvoir balayer la bouteille d'un revers de main, mais sa soif fut plus forte que son indignation et même que ses craintes.

— Merci, murmura-t-elle avec réticence en dévissant le bouchon.

Elle but le tiers du liquide glacé, puis s'arrêta pour reprendre son souffle.

— Je vous en prie, répondit-il en s'asseyant sur la fragile chaise pliante devant elle.

Elle posa la bouteille et le regarda.

— Vous me surveillez ? demanda-t-elle, fière de parvenir à se maîtriser.

Il haussa les épaules.

— On peut dire les choses comme ça, si vous voulez. Ou bien, que je vous protège.

Elle sentit son cœur s'emballer en entendant ces mots. Mais elle se reprit aussitôt.

— Vous me protégez ? répéta-t-elle d'un ton sec, déterminée à ne pas se laisser effrayer cette fois-ci.

Après tout, on était en plein jour et dans un lieu public, avec plein de gens autour d'eux. Il y aurait bien quelqu'un pour intervenir, s'il devenait par trop menaçant.

— Je ne pense pas avoir besoin d'être protégée. Je crois que vous voulez me faire peur. Mais cette fois, ça ne marchera pas.

Il lui sourit.

— Dites-moi la bonne aventure, Rosemary.

Elle dut faire un effort pour ne pas rester bouche bée. Son sourire était désarmant et transformait son visage. Sans cela, il serait resté impénétrable. Un véritable masque, avec des sourcils qui se haussaient d'un air sarcastique et cette large bouche au pli ironique...

Mais ce sourire faisait de ses yeux bleus deux lacs d'eau profonde et sa bouche devenait presque enfantine. Son nez, petit et droit, ajoutait à son air juvénile. Cela le rajeunissait facilement de cinq ans.

Elle se força à le considérer de nouveau d'un air sévère et peu avenant.

— Très bien, lui dit-elle. Je vais vous tirer les cartes. Mais je vous préviens, je ne garantis pas le résultat.

Le sourire de Dixon s'élargit encore davantage.

— Je prends le risque, lui dit-il.

Elle l'avait déjà consciencieusement étudié et cerné la veille, chez elle, en utilisant la méthode que Maman Renée lui avait apprise. Avec lui, les petits trucs de bon sens et les déductions ne suffiraient pas. Elle allait lui dire sans détour ce que révélaient les cartes.

Elle retourna la première et eut un mouvement de surprise : le joker...

Quelque chose que Maman Renée lui avait dit, il y a longtemps, revint à sa mémoire.

« Écoute ton cœur, petite, et ne le ferme pas. Quand je serai partie, tu ne seras en sûreté qu'entre les mains du joker. »

Dixon montra la carte sans la toucher.

— Cela veut dire quelque chose, n'est-ce pas ?

— Vous voulez faire le travail à ma place ? demanda-t-elle sèchement.

Il la dévisagea, la tête légèrement penchée de côté. Et son œil se mit pétiller. Oui, à pétiller !

— Toutes les cartes veulent dire quelque chose, répondit-elle, reprenant son explication habituelle à l'usage de ses clients. Leur nature, mais aussi leur position. Le joker en zéro signifie...

Elle prit une profonde inspiration et se jeta à l'eau :

— ... Plus besoin de chercher, vous avez trouvé. Vous êtes au seuil d'une nouvelle vie. Vous n'avez besoin que d'utiliser ce que vous savez, mais attention : si vous vous écartez de votre but principal, vous échouerez et vous perdrez tout.

Elle sentit son œil sombre sur elle pendant toute l'explication, mais elle, elle ne pouvait détacher les siens de la carte où l'on voyait le bonnet à clochettes du joker.

Elle aurait voulu tricher, lui mentir sur son avenir, lui dire qu'il devait renoncer à son obsession, seulement voilà, ce n'était pas dans les cartes et elle était bien incapable de prétendre quoi que ce soit qu'elle n'avait pas lu dans le jeu.

Elle voulut couper et battre celui-ci, de nouveau, mais Dixon arrêta son geste.

— Et quel est-il, mon but principal ? lui demanda-t-il doucement, mais avec une étrange intensité, en montrant les cartes d'un coup de menton.

Elle regarda sa grande main brune, si puissante, posée sur les siennes, au point que leur chaleur s'insinuait en elle et se répandait dans son corps tout entier.

On peut dire que je vous surveille ou bien que je vous protège.

Non. Même s'il était le joker, elle devait veiller seule sur elle-même. Elle retira son bras.

— Si vous l'ignorez, ce n'est pas moi qui peux vous le dire.

Sans cesser de la regarder au fond des yeux, il hocha la tête.

— Mais je le sais. — Il prit une profonde inspiration. — C'est vous, mon but !

Prise de court, elle eut un mouvement de recul.

— Arrêtez, bredouilla-t-elle. Je ne...

Elle ramassa en hâte les cartes et les jeta au fond de son sac.

— Je... Je dois y aller.

Il se leva.

— Alors, je vous ramène.

Il replia la chaise sur laquelle il s'était assis.

Elle se leva à son tour en manquant renverser la table.

— Je... Il n'en est pas question ! bafouilla-t-elle.

479

Mais il fut plus rapide qu'elle. En un tournemain, il avait plié la table et rangée dans sa housse.

— Rendez-la-moi, à présent, lui ordonna-t-elle.

Elle prit une profonde inspiration pour se donner du courage.

— Je vous ai prévenu, j'appelle la police si vous ne me laissez pas tranquille !

— Et moi je vous ai déjà dit que la police, c'était moi.

— Je ne vous crois pas.

— Je vous ai montré mon insigne, pourtant. Si vous ne me croyez pas, eh bien allez-y, appelez-les !

Il la regardait droit dans les yeux, la mettant clairement au défi d'appliquer son conseil. Et il avait raison. C'était bien là le pire ! Si elle appelait la police, il lui faudrait expliquer pourquoi elle n'avait ni permis de conduire ni compte en banque et pourquoi non seulement sa licence de forain pour l'emplacement de Jackson Square, mais aussi la maison où elle vivait étaient au nom de Maman Renée. Il lui faudrait aussi expliquer pourquoi il n'y avait nulle part ni extrait de naissance ni déclaration d'impôts au nom de Rose Bohème. Ça ferait beaucoup !

Il la regarda quelques secondes, puis il prit sous son bras la petite table pliante.

— Je ne suis pas votre ennemi, Rose. J'essaie seulement de vous aider.

— Et vous faites du bon travail, s'écria-t-elle, parce que j'allais bien ! J'étais en sécurité et heureuse jusqu'à ce que vous arriviez dans les parages. Je n'ai pas besoin de votre aide et je n'en veux pas. Si vous ne me laissez pas tranquille, je vous jure que je vais crier !

Il leva les mains en signe d'apaisement et recula d'un pas. Puis il tourna les talons et se dirigea vers le banc où il avait été assis toute la matinée. Mais il n'y avait plus de place ! Aussi resta-t-il debout, les deux mains dans la poche ventrale de son sweat-shirt, à la regarder.

Elle ramassa rapidement la table et les chaises, passa le bras sous la sangle de transport de leurs housses et se dirigea rapidement vers le croisement de Decatur Street.

Dixon regarda Rose le fuir à grands pas. Il aurait voulu se gifler lui-même. Pourquoi donc lui avoir demandé de lui tirer les cartes ? Et surtout, pourquoi avoir fait ces commentaires inutiles et embarrassants ? Il avait dû se laisser prendre par son charme bohème. Bohème, comme son nom d'emprunt. Il en avait oublié la raison pour laquelle il était venu la voir.

En fait, depuis qu'il l'avait aperçue pour la première fois dans Prytania Street, il en avait perdu tout sens commun. C'était comme s'il avait voulu l'obliger à accepter sa présence auprès d'elle, et par là, qu'elle admette qu'elle avait besoin de lui.

Avant de tourner au coin de la rue en direction de Canal Street, il remarqua un homme qui marchait à quelques pas derrière Rose. Il reconnut son catogan crasseux et le sweat-shirt à capuche élimée avec une fleur de lys à demi effacée dans le dos. C'était le jeune homme qui était assis à côté de lui sur le banc, le matin même. Et « Catogan » était certainement là pour la même raison que lui : il surveillait Rose et la suivait.

Dixon resta sur les talons de l'homme, mais toujours avec suffisamment de distance pour ne pas être remarqué. « Catogan » suivait bel et bien Rose : quand celle-ci tourna au coin de la rue, il fit de même. Puis, elle monta dans le tramway.

Dixon était alors à une trentaine de mètres de « Catogan ». Celui-ci attrapa la rampe d'accès du tramway en un éclair, une demi-seconde avant le départ, et se hissa sur la plate-forme. Puis, il se tourna vers lui avec un large sourire narquois.

Dixon en resta médusé un quart de seconde. L'homme l'avait joué comme un gosse. Il l'avait repéré en train de le suivre et avait délibérément sauté sur la plate-forme du tramway au moment où celui-ci redémarrait. Mais s'était-il aperçu de sa présence seulement depuis qu'ils avaient quitté le square ou dès le matin, quand ils étaient tous deux assis sur le banc ?

Quoi qu'il en soit, Dixon était au bord de l'écœurement. Était-ce lui qui avait guidé ce louche personnage vers Rose ? En croyant la protéger, l'avait-il plutôt mise gravement en danger ?

Il courut jusqu'au parking où il avait laissé sa voiture, en maudissant tous ceux, véhicules ou piétons, qui se dressaient sur sa route. Trois minutes après avoir démarré, il se retrouvait pris dans un embouteillage géant.

Il jura sourdement en se tordant le cou pour essayer de voir plus loin que le véhicule qui était devant lui. Que se passait-il, bon Dieu ? Depuis qu'il avait quitté le parking et tourné dans Canal Street, c'était pare-chocs contre pare-chocs. À peine eut-il formulé la question qu'il en trouva la réponse : le match, bien sûr ! L'équipe des « Saints » de La Nouvelle-Orléans jouaient ce soir. C'était l'encombrement classique des jours de grandes rencontres sportives. Jamais il ne pourrait rejoindre le tramway qu'avait pris Rose avant qu'elle n'en descende. Si « Catogan » la suivait pour l'agresser, il n'y avait malheureusement rien à faire.

Par chance, la circulation se fluidifia juste assez pour qu'il puisse se garer dans Canal Street, devant un drugstore. Il connaissait bien le quartier. En six-sept minutes, il pouvait rejoindre Prytania Street à condition de courir vite et de traverser quelques arrière-cours et terrains vagues.

Quand il parvint enfin à l'arrêt du tramway, en sueur et à bout de souffle, celui-ci redémarrait déjà. Il se tourna vers la maison de Rose. La jeune femme était à quelques mètres de lui. En revanche, nulle trace de « Catogan » dans les parages. Heureusement !

Dixon s'élança à la suite de Rose, tout en s'efforçant de reprendre son souffle. Même chargé de la table, des chaises et de son sac, elle marchait aussi vite qu'elle devait trottiner au temps où elle était la reine du Carnaval. Il parvint tout de même à se rapprocher d'elle quand elle fut quasiment arrivée à sa porte. Il ne la quittait pas des yeux et se mit à courir de nouveau. Il voulait la rattraper avant qu'elle ne referme sa porte.

Elle avait déjà sorti sa clé de son sac lorsqu'il aperçut « Catogan » se glisser dans l'ombre d'une ruelle, de l'autre côté de la rue. Une demi-seconde plus tard, l'homme le voyait aussi. Il eut un rictus qui n'avait rien d'un sourire, puis lança un regard de dépit dans la direction de Rose qui ouvrait sa porte. Raté ! Il tourna les talons et s'enfuit.

En un instant, Dixon décida de prendre en chasse « Catogan » plutôt que de suivre Rose. Celle-ci venait d'entrer chez elle et fermerait certainement sa porte à double tour. Il serait plus utile de se saisir de cette crapule, de l'empêcher d'agir et de lui soutirer toutes les informations qu'il pouvait détenir.

Malheureusement, « Catogan » avait parcouru en tramway la distance qu'il venait de franchir en courant. Ce type avait bien dix ou douze ans de moins que lui et lui rendait facilement vingt kilos.

Pourtant, il réussit à le rattraper et il allait agripper son maudit catogan lorsque l'homme, d'un bond, enjamba une clôture métallique, puis se hissa sur une autre, plus haute et en planches, celle-là.

Dixon allait le suivre, mais un objet tomba de la poche de « Catogan » sur le sol. Le fuyard y jeta un simple regard et décida manifestement que cela ne valait pas la peine de s'arrêter. Il sauta au sol, de l'autre côté, et se remit à courir.

Dixon décida de ne pas le suivre. Il se pencha pour ramasser l'objet tombé, à l'aide de son mouchoir pour effacer le moins possible d'éventuelles empreintes digitales. C'était un simple briquet en plastique. Avec un peu de chance, l'objet pourrait parler et donner quelques pistes.

Aron retourna les côtelettes dans la poêle.
— Dans cinq minutes, annonça-t-il.

Son épouse, Carol, se leva et posa son verre de cocktail sur la desserte.

— Je vais chercher le vin, la salade et prévenir Amy et Jill, annonça-t-elle à leur voisin George et Ann Clampette. Finissez tranquillement vos verres.

Puis elle s'éloigna pour frapper à la porte de la chambre où les deux fillettes regardaient un DVD.

Le téléphone d'Aron se mit à sonner dans la poche de son short. Il le prit avec une grimace agacée. C'était Wexler.

Il s'éloigna pour que ses voisins ne puissent pas l'entendre.

— Faites vite, grogna-t-il dans l'appareil.

— Le petit Fulbright m'a appelé. Il dit qu'il a trouvé la fille et qu'il l'a suivie jusque chez elle, mais qu'un flic l'a repéré et pris en chasse.

— Un flic, quel flic ? Il vous l'a dit ?

— Non, décrit seulement. Un grand brun dans la trentaine. Mais il a pu apercevoir son insigne.

Aron grinça des dents. Il n'y avait que deux personnes au monde plus obsédées par Rosemary Delancey que lui-même. Le Boss, d'abord, et puis...

— L'inspecteur Dixon Lloyd, acheva-t-il pour son interlocuteur.

— Lloyd ? Ce n'est pas l'équipier d'Ethan Delancey ?

— Si, grogna Aron. Il a travaillé sur l'enquête, au début.

Depuis toujours, il se fiait à son instinct et ce ne pouvait être que Dixon Lloyd qui avait poursuivi ce crétin de Fulbright.

— À propos, vous m'aviez demandé de garder un œil sur le dénommé Ti-Bo Pereau ? Figurez-vous qu'il s'est de nouveau fait piquer. Il a été enfermé au pénitencier d'Angola, mais il semblerait qu'il y bénéficie de quelques privilèges, ce que cette raclure ne mérite certainement pas.

— Que voulez-vous dire ? demanda Aron.

— Eh bien, je pense qu'il a vendu ce qu'il savait sur la fille à Ethan Delancey en échange des faveurs en question.

— Hmm, c'est possible, répondit Aron.

Il soupira. Si Pereau avait parlé de Rosemary à Ethan Delancey ou à Dixon Lloyd, alors il était en danger et de plus d'un côté... Les choses évoluaient un peu trop vite. Il devait réagir sans tarder. Tout d'abord, il ne fallait pas que le Boss puisse apprendre par un autre que lui que Rosemary avait été repérée.

— Qu'est-ce qu'on fait maintenant, monsieur Wasabe ? lui demanda Wexler, interrompant sa réflexion.

— Donc, le jeune Fulbright a échappé à Lloyd, si je comprends bien...

Du dos d'une fourchette, le téléphone à l'oreille, il testait la chair des côtelettes. Elles étaient prêtes à être retirées du feu. Il coinça le petit appareil contre son épaule et attrapa la poêle.

— Et il vous a dit quelque chose d'autre ?

— Oui, quand le flic l'a repéré, la fille entrait chez une voyante, dans Prytania Street.

— Vérifiez. Et tâchez de savoir à qui exactement Pereau a parlé. Je vous rappelle...

— Et si...

— J'ai dit : je vous rappelle.

Aron raccrocha brutalement et apporta la poêle à table. Il prit une brève inspiration avant de lancer avec chaleur à ses hôtes :

— Servez-vous !

— La viande a l'air parfaite ! dit Georges, la mine gourmande, en prenant son couteau et sa fourchette.

5

Rose déposa la table pliante, les chaises et son sac dans l'entrée. La journée avait été très profitable. Certes, la matinée avait commencé lentement, mais ensuite, elle avait tiré les cartes deux bonnes douzaines de fois. Et ses clients l'avaient bien payée, à la hauteur de la satisfaction qu'ils trouvaient à entendre ses prédictions... L'argent gagné ainsi suffirait à lui assurer sa nourriture et à payer les factures courantes.

Elle posa sa main sur la rampe d'escalier, savourant par avance la tasse d'infusion de *rooibos* qu'elle allait se préparer. Ensuite, quand elle se serait détendue un peu, elle irait chez Bing, le café un peu plus loin dans la rue, pour emprunter au patron son ordinateur portable et essayer d'en savoir un peu plus long sur Rosemary Delancey.

Il était bien dommage que l'inspecteur Lloyd lui ait mis ce nom en tête, mais à présent qu'il y était, elle ferait tout ce qui serait en son pouvoir pour savoir qui était cette femme qui avait disparu au moment précis où sa vie à elle avait commencé.

Un frisson d'angoisse rétrospective la parcourut. Mais elle chassa cette mauvaise impression et se préparait à monter l'escalier lorsque des coups retentirent à la porte. Elle se retourna. Par la lucarne aux vitres de verre alternées, claires et opaques, elle pouvait voir une silhouette. À la taille de celle-ci et à la largeur de ses épaules, elle reconnut sans peine l'inspecteur Lloyd.

Un sentiment d'irritation teinté d'appréhension monta en elle.

Mais il n'y avait pas que ça. C'était plus compliqué. Elle leva les yeux vers le palier en songeant avec regret à son infusion, puis elle soupira et redescendit ouvrir la porte.

— Vous ici ? Ça, pour une surprise ! dit-elle très ironiquement à Dixon.

Cela ne le fit pas sourire...

— Savez-vous que vous avez été suivie, cet après-midi ? lui dit-il.

— En fait, ça ne m'avait pas échappé, en effet, lui répliqua-t-elle sur le même ton.

Il parut surpris.

— Ce type, vous le connaissez ? Où l'avez-vous rencontré ? demanda-t-il, pressant.

Elle poussa de nouveau un soupir, excédée.

— Ah, je vous en prie, répondit-elle en roulant les yeux. Il est devant moi, en ce moment même !

— Mais non, pas moi ! répondit-il en haussant les épaules. Un jeune type, l'air minable, avec un catogan...

Le cœur de Rose se mit à battre plus vite, mais elle s'appliqua à tenter de paraître parfaitement calme.

— Je ne sais pas du tout de quoi vous voulez parler.

Sans lui en demander la permission, Dixon passa devant elle et commença à monter l'escalier.

— Qu'est-ce que vous faites ? Mais attendez ! protesta-t-elle.

Il ne prêta pas la moindre oreille à ses protestations et elle n'eut d'autre choix que de le suivre. Quand elle parvint sur le palier, il était déjà dans le salon.

— Je vous en prie, faites comme chez vous ! lui dit-elle, toujours avec une lourde ironie, tandis qu'il s'approchait de la fenêtre pour regarder dans la rue.

Il ignora ce sarcasme comme les précédents.

— Connaissez-vous un jeune type, plutôt miteux, habillé comme un pouilleux, les cheveux blonds, sales, avec un catogan et de mauvaises dents ?

Elle secoua la tête, mais il ne la regardait pas. Elle dut répondre.

— Non.

— Avez-vous vu aujourd'hui quelqu'un qui ressemblait à ce signalement ?

— Vous voulez dire : au square ? Non. Qui est-il ? Comment est-il habillé ?

— Avec de vieilles nippes : un jean élimé et troué, un sweat-shirt gris complètement passé avec l'emblème de l'équipe des Saints, la fleur de lys, sur le dos.

— Il y a beaucoup de gens qui ressemblent à ça, dans le Vieux Carré, vous savez ? Qu'est-ce qui vous fait penser qu'il me suivait ? Et vous-même, d'ailleurs, pourquoi me suivez-vous ?

Il se tourna vers elle et la regarda, ses yeux s'assombrissant encore davantage.

— Je vous l'ai dit hier soir. J'essaie de vous protéger.

— Écoutez, monsieur... euh... inspecteur, je commence à croire que ce qu'il me faudrait surtout, c'est que l'on me protège de vous. Personne n'a aucune raison de vouloir me suivre.

Elle eut un rire bref, plutôt amer.

— ... Et croyez-moi, personne ne s'intéresse suffisamment à moi pour cela.

Elle vit un muscle tressaillir sur sa joue.

— C'est là où vous vous méprenez ! lui répondit-il lentement.

Il avança alors sa main vers elle et écarta une mèche de cheveux sur sa tempe. Elle frissonna, de surprise autant que d'émoi.

— Vous avez des souvenirs, lui murmura-t-il, mais ils sont là, quelque part, verrouillés dans votre crâne et vous ne pouvez pas les libérer. Si nous y arrivions, nous pourrions attraper ceux qui vous ont fait du mal.

Elle écarta sa main.

— Personne ne veut me tuer et personne ne m'a jamais ennuyée, du moins jusqu'à ce que *vous* apparaissiez.

Elle le regarda fièrement, le menton levé.

— Si vous n'avez rien de nouveau à m'apprendre, alors je

vous prie de sortir... s'il vous plaît. Je n'ai pas bien dormi la nuit dernière et je suis fatiguée.

— Vous devriez venir avec moi, je ne crois pas qu'il soit raisonnable que vous restiez seule ici.

Elle éclata de rire et secoua la tête.

— Vous plaisantez ? Vous ne croyez tout de même pas que je vais venir avec vous ? Je vis seule ici depuis cinq mois que Maman Renée est morte. Et d'ailleurs je ne suis pas seule, j'ai des amis, par exemple Bing qui tient le café un peu plus loin dans la rue. Et puis, je donne des leçons de piano pendant la semaine. En fait, je suis rarement toute seule...

— Vous êtes bien sûre que vous n'avez jamais vu ce type avec un catogan, avant ?

— Comment voulez-vous que j'en sois sûre ? Un jeune, mal habillé avec des cheveux longs et sales, ça court les rues, autour de Jackson Square. Et même s'il m'a suivie... Pourquoi n'a-t-il pas essayé de m'attaquer ou de me dérober quelque chose ? J'avais les mains prises et je ne marche pas spécialement vite.

Dixon haussa les épaules.

— Parce que je l'ai repéré et que je lui ai donné la chasse !

— Vraiment ? Alors, inspecteur Lloyd, si ce que vous dites est vrai, je dois en conclure que c'est vous qui l'avez amené jusqu'à moi !

À sa grande surprise, Dixon parut accuser le coup et se passa la main sur le visage.

— C'est ça, n'est-ce pas ? insista-t-elle. Vous vous êtes inquiété parce que c'est vous qui avez amené cet homme jusqu'à moi...

Elle s'interrompit et ouvrit de grands yeux effrayés.

— Mon Dieu, mais oui ! s'exclama-t-elle. Ce doit être vous l'inspecteur qui avait enquêté sur ce fameux meurtre... C'est pour ça que vous êtes obsédé par cette histoire !

Dixon évita son regard.

— Ce n'est pas ce qui importe, dit-il d'une voix hésitante. L'important c'est que vous êtes en danger. Lorsque j'ai repéré cet homme qui vous suivait, il était à votre porte. Il vous a vue et maintenant, il sait où vous habitez.

Rose ne pouvait plus tolérer de rester dans la même pièce que cet étrange inspecteur. Elle tourna les talons et alla dans la cuisine préparer son infusion d'une main fébrile.

— Il y a deux jours, j'étais bien, j'étais heureuse, murmura-t-elle pour elle-même. Et puis ce type est venu frapper à ma porte !

Enfin... relativement heureuse, se reprit-elle intérieurement en déposant les feuilles rouges de *rooibos* dans la théière. Mais en tout cas, tranquille !

Et maintenant, on la traquait dans la rue, elle n'était plus en sécurité dans sa propre maison et un grand type d'une séduction quelque peu dérangeante s'arrogeait le douteux privilège de devenir son protecteur.

Comme la bouilloire sifflait, elle la retira de sa plaque chauffante et versa soigneusement l'eau frémissante sur les feuilles de *rooibos*. Le sifflement l'avait empêchée d'entendre Dixon approcher, mais elle sentit soudain sa présence juste derrière elle, de l'autre côté du comptoir de cuisine. Elle aurait bien voulu se persuader que la présence chez elle de ce policier ne la dérangeait pas, mais cela aurait été, pour le moins, un mensonge. Il semblait remplir tout l'espace avec ses longues jambes et ses larges épaules...

— Vous voulez une infusion de *rooibos* ? demanda-t-elle d'un air revêche et uniquement parce qu'elle se sentait tenue à une sorte de devoir d'hospitalité.

— Volontiers, répondit-il. Vous savez, dans tout ça, il y a quelque chose qui me tracasse...

Rose reposa le couvercle de la théière pour laisser infuser le breuvage et se retourna vers lui en croisant les bras sur sa poitrine.

— Ah bon ? Une seule chose vraiment ? commenta-t-elle avec ironie.

Il pencha la tête et peut-être son œil sombre pétillait-il un peu. Elle n'en était pas très sûre. Si ce fut le cas, cela ne dura qu'un instant. Tout de suite après, il retrouva tout son sérieux.

— Vous ne m'avez posé aucune question, lui dit-il. Aucune ne vous titille ?

Les yeux de la jeune femme s'étrécirent.

— Bien sûr que si ! Des tas de questions.

— Comme... pourquoi je continue à insister... qui peut bien vouloir vous suivre... ce genre de choses. Vous n'avez même pas montré le plus petit intérêt pour ce qui vous est arrivé... enfin... ce qui est arrivé à Rosemary Delancey.

— Mais si ! répliqua-t-elle, un peu trop vite.

Il secoua la tête.

— Non, pas une seule fois.

Il souleva le couvercle de la théière et respira la vapeur rose qui s'en dégageait.

— Est-ce parce que vous avez peur, ou bien vous n'avez pas besoin de le demander parce que vous le savez déjà ? s'enquit-il, toujours sans la regarder.

— Je ne sais pas ce que vous voulez de moi. Exigez-vous que je me jette à vos pieds et que je vous supplie de tout me dire sur cette femme qui n'est rien pour moi ?

Sa bouche se mit à trembler un peu.

— Eh bien, je ne le ferai pas, inspecteur ! Je ne veux rien savoir d'elle. Je veux juste que vous me laissiez tranquille.

— Ce n'est pas possible et vous le savez !

Rose sentit les larmes lui brûler les paupières. Oui, elle le savait. Elle savait autre chose, aussi. Quoi qu'elle puisse dire à Dixon Lloyd, elle ne voulait pas vraiment qu'il la laisse tranquille. Plus maintenant. Plus depuis qu'elle lui avait tiré les cartes.

Elle se sentait des fourmillements dans les doigts, exactement comme quand elle avait retourné le joker sur la table. Maman Renée ne lui avait-elle pas dit : « Quand je serai partie, ta sécurité sera entre les mains du joker » ?

Rose ne savait pas si elle devait croire Dixon Lloyd, mais elle était sûre qu'elle devait faire confiance à Maman Renée.

Elle s'éclaircit la gorge et demanda :

— Vous voulez du sucre ? du lait ?

— Comment ?

— Dans votre infusion ? Du sucre, du lait ?

— Pas de lait, merci. Du sucre, je veux bien et si ça ne vous ennuie pas... quelques glaçons. Je sais bien qu'on n'est pas censé sucrer le *rooibos*, mais je trouve ça un peu amer...

Elle se permit d'esquisser un petit sourire.

— Ce n'est pas moi qui vous dirai le contraire, lui dit-elle, je mange trop de sucre.

Elle alla chercher une tasse et un grand verre, puis se souvint qu'elle avait fait quelques cookies pour ses élèves de piano. Elle les disposa sur une assiette et poussa celle-ci devant Dixon. Puis, après avoir placé les glaçons dans un verre, elle versa le *rooibos* dessus, puis le sucre.

Dixon but une gorgée, fit tourner le liquide dans son verre, puis but une autre lampée de *rooibos* et lui sourit.

— C'est très bon, dit-il en passant légèrement le bout de sa langue sur sa lèvre.

Elle regardait sa bouche et, aussitôt qu'elle s'en aperçut, se força à détourner les yeux. Mais ce fut pour remarquer sa pomme d'Adam qui montait et descendait tandis qu'il buvait. Son cou était à la fois fort et long, bien ancré sur de solides et larges épaules, du genre qui pourrait porter n'importe quel fardeau.

Elle cilla un peu. *Ne le regarde pas*, se morigéna-t-elle intérieurement. *Pas comme ça*.

Elle baissa les yeux sur sa tasse et l'entoura de ses deux mains. Le liquide était rouge. On eût dit du sang mélangé à de l'eau.

Elle tremblait et reposa bien vite la tasse sur le plan de travail, faisant tinter au passage la porcelaine sur les carreaux de céramique.

— Quelque chose ne va pas ? demanda Dixon.

Mieux valait qu'elle reprenne l'offensive.

— Bien sûr que quelque chose ne va pas, répondit-elle d'un ton rogue. Vous avez envahi ma vie avec vos histoires de danger. Dans quel but ? Je l'ignore. Peut-être pour soigner vos propres névroses, ou bien vous consoler de ne pas avoir trouvé le coupable dans cette histoire... il y a douze ans.

Elle sentit les larmes lui couler sur les joues et essaya de se calmer en prenant une profonde inspiration.

— Rose, murmura Dixon, je n'ai pas voulu...

Elle leva la main pour l'arrêter.

— Non, s'il vous plaît, restons-en là.

Elle avait réussi à retenir ses pleurs.

— Ou plutôt non, dites-moi un peu pourquoi vous êtes venu frapper à ma porte hier. Racontez-moi... tout.

Il la regarda sans répondre, longuement, puis ses lèvres se serrèrent en une ligne mince. Pourquoi hésitait-il donc à parler, à présent ?

Elle sentit un frisson de panique lui parcourir l'échine. Cette histoire était donc tellement horrible, que ce qui était arrivé à Rosemary Delancey l'affectait encore ?

Son pouls s'accéléra. Elle aurait voulu lui intimer l'ordre de se taire et s'enfuir loin de lui, mais au lieu de cela, une sorte de résolution commença de se faire jour en elle. Elle devait entendre ce qu'il avait à lui dire. S'il y avait la moindre chance que Dixon Lloyd pût lui donner la clé de son passé, il ne fallait pas la gâcher. Aussi affreuse que pouvait être la réalité, rien ne pouvait égaler en horreur le vide de sa mémoire sur tous les événements qui s'étaient déroulés avant qu'elle ne se réveille chez Maman Renée.

Dixon la regardait d'une curieuse manière. Comme elle le dévisagea à son tour, il cilla, puis parut s'absorber dans la contemplation de son verre, sur la buée duquel il traçait des signes avec son doigt.

— Vous êtes sûre ? demanda-t-il doucement.

Elle carra ses épaules et leva le menton.

— Parfaitement sûre, lui répliqua-t-elle en espérant que sa voix ne tremblait pas autant qu'elle en avait l'impression.

— Bon...

Il prit une profonde inspiration.

— Rosemary Delancey était l'aînée des petits-enfants de Conrad Delancey, un politicien de Louisiane qui a été compromis par un scandale. Elle avait tout pour elle, la beauté, la santé, la richesse et la jeunesse. Quelques mois avant le drame, elle avait été faite reine du Mardi Gras et du bal de Ti-Malice.

Il s'interrompit pour finir son verre d'infusion glacée.

— Vous savez beaucoup de choses sur elle. La connaissiez-vous ?

Il secoua la tête et eut un rire bref.

— Non, lui répondit-il. Nous n'étions pas vraiment du même monde. Quand on m'a appelé, ce soir-là, je n'étais qu'un débutant. C'était mon premier meurtre en tant qu'enquêteur. Il était tard, près de minuit. C'est le concierge d'un immeuble de St Charles Street qui nous a prévenus. Des voisins s'étaient plaints d'avoir entendu du bruit et des cris, alors il était monté voir. Il a trouvé la porte grande ouverte et du sang partout.

Rose avala péniblement sa salive. Du sang. Rouge comme le *rooibos* dans la tasse.

— Il y en avait sur les draps, sur le plancher, sur la baignoire...

Tout en parlant, il la regardait attentivement.

— La baignoire ? murmura-t-elle.

Il acquiesça.

— Il y avait un verre de vin blanc sur le rebord, avec des empreintes digitales sanglantes, dessus...

Il serra les dents.

— L'eau de la baignoire était rose de sang.

— Et elle... Rosemary ?

Elle connaissait la réponse, mais n'avait pu s'empêcher de poser la question.

Il secoua la tête.

— Elle n'était nulle part. Du sang, beaucoup de sang... et pas de cadavre.

Il reposa son verre vide sur le plan de travail.

Elle le regarda faire et pendant un instant, sa vision se brouilla. Le verre de jus de fruits, aux bords droits, se transforma en un verre à vin, à pied, taché de sang. Elle cligna des yeux pour essayer de chasser cette image. Ce n'était que le produit de son imagination et non un souvenir.

— Rose ? murmura Dixon en touchant brièvement sa main.

Elle sursauta.

— Je... je ne bois pas de vin, bredouilla-t-elle, un peu absurdement.

Il la regarda, d'un air surpris.

— Donc, vous ne l'avez jamais retrouvée ? demanda-t-elle, sachant, dès qu'elle l'eut posée, que sa question était naïve, voire stupide.

Il se contenta de secouer négativement la tête.

La gorge serrée, elle fit un geste vague en direction de la théière.

— Vous en voulez encore ? lui demanda-t-elle.

Il secoua la tête, une fois de plus.

— Dans son rapport, le médecin légiste a écrit qu'à son avis, elle avait perdu trop de sang pour pouvoir survivre.

« Trop de sang pour pouvoir survivre. » À ces mots, la gorge de Rose devint très sèche. Trop sèche pour qu'elle pût parler.

— Puis, nous avons reçu un autre coup de fil. Un corps avait été découvert...

— Un corps ? Mais...

Le regard de Dixon la fit s'arrêter net.

— La victime avait couru sur quelques centaines de mètres, puis avait été abattue de deux balles dans le dos. C'était Lyndon Banker, fils d'Eldridge Banker...

Il s'interrompit un instant sans la quitter des yeux, puis il acheva :

— ... et fiancé de Rosemary Delancey.

6

Les yeux de Rose s'agrandirent de stupeur et le peu de couleurs qu'elle avait encore aux joues disparut.

— Le... fiancé ?

Sa voix n'était qu'un murmure rauque.

Dixon acquiesça.

— Nous pensons que Banker était chez Rosemary ce soir-là et qu'il avait pris le tueur sur le fait. Il s'est enfui...

Dixon haussa les épaules.

— ...Peut-être bien pour chercher du secours. Mais le tueur l'a rattrapé et l'a abattu.

— Vous êtes sûr de cela ?

Dixon fronça les sourcils.

— Sûr de quoi ?

— Que le fiancé a vu le tueur ?

— On a trouvé ses empreintes sur le plancher et du sang du groupe de Rosemary sous ses chaussures.

Tout cela allait un peu vite pour elle.

— Et si c'était son fiancé qui l'avait tuée ? demanda-t-elle. Enfin, pas tuée... je veux dire : s'il l'avait agressée et que l'autre personne l'ait surprise et l'ait tuée ?

— C'est peu probable. Le fiancé n'avait aucune arme blanche sur lui. Et puis, dans ce cas, il n'aurait pas eu du sang seulement sous les semelles de ses chaussures.

Il s'interrompit un instant, puis demanda :

— Pourquoi me dites-vous cela ?

— Je... je ne sais pas.

— D'ailleurs, reprit-il, après avoir abattu Banker, le tueur est revenu à l'appartement de Rosemary pour emporter le corps...

— Mais je croyais...

— C'est du moins ce que nous supposons en nous basant sur les empreintes de ses semelles. Mais Rosemary n'était plus là et on ne l'a jamais retrouvée.

Dans les yeux d'un bleu sombre de Dixon, Rose put lire les mots de conclusion qu'il ne prononça pas :

Jusqu'à aujourd'hui...

— Mais vous disiez que le médecin légiste affirmait qu'elle n'avait pas pu survivre à ses blessures ?

— Il ne l'affirmait pas. Il a écrit qu'à son avis elle avait perdu trop de sang pour survivre.

Elle hocha la tête.

— Je ne vois toujours pas quel rapport cela peut avoir avec moi. Comment pouvez-vous être sûr que je suis... cette femme ?

Elle n'arrivait même pas à prononcer le nom de Rosemary Delancey.

Dixon la regarda sans ciller.

— Tout concorde, lui dit-il simplement.

— Mais vous ne pouvez pas être aussi sûr de vous !

Elle se frotta les tempes du bout des doigts. Pas facile de repousser l'image de l'appartement d'une jeune femme riche et gâtée, mais au sol et aux murs tachés de sang. Des traces partout...

Comme s'il avait lu dans ses pensées, Dixon poursuivit :

— Il y avait de nombreuses traces sur le plancher. Des empreintes de pieds nus. Ceux de Rosemary.

— Et des empreintes du tueur ?

— Il y avait deux autres sortes de traces. De pieds d'hommes. Celle de Lyndon Banker, des baskets de luxe avec le nom du fabricant sur la semelle. Testini ou Testoni, je ne me souviens plus. L'autre homme, le tueur, portait des mocassins qui n'avaient rien de reconnaissable, à part que le talon du pied gauche était très usé. Bref, pas particulièrement identifiable...

Le cerveau de Rose fonctionnait à toute vitesse et la panique lui serrait la poitrine comme dans un étau.

— Mais le couteau ? Le pistolet ? Les empreintes digitales ? Il doit bien y avoir quelque chose !

— C'était ma première enquête de meurtre, Rose, la seule que je n'ai pas pu résoudre. Croyez-moi, j'en connais chaque détail. Le revolver utilisé pour abattre Lyndon Banker était posé près du corps, et visiblement laissé là pour qu'on le trouve. C'était une arme légère de calibre 22. Elle avait été soigneusement essuyée pour qu'on n'y découvre aucune empreinte. Tout ce qu'on a pu trouver, c'est un peu de sang de Rosemary sur le pontet. Et puis, en étudiant les ogives des balles, on a pu établir que l'arme avait servi avant cela à un autre meurtre.

— Pas d'ADN, nulle part ?

La gorge de plus en plus serrée, elle ajouta :

— Je n'y connais pas grand-chose, mais je suppose qu'elle a dû se débattre, griffer son agresseur ou quelque chose comme ça... Comment y aurait-il eu autant de sang si elle ne s'était pas défendue ?

— Je crois aussi qu'elle s'est battue. Je pense même qu'elle a lutté jusqu'au bout, qu'elle l'a griffé, je l'espère, d'ailleurs. Mais avec la quantité de sang sur place, c'eût été miracle si les techniciens d'identification avaient pu relever un peu de celui du tueur, surtout que les techniques n'étaient pas aussi élaborées qu'aujourd'hui.

Rose resta sans voix. Rien de ce que lui disait Dixon n'éveillait en elle le moindre souvenir, mais son imagination suppléait à sa mémoire. Elle pouvait, comme si elle y était, voire Rosemary Delancey lutter, se débattre et essayer d'échapper à la lame mortelle du couteau. La seule idée de la lumière sur l'acier lui vrillait les tempes. Son cœur battait à tout rompre. Ne pouvait-elle vraiment pas se souvenir d'un couteau ? Était-ce donc cette seule image mentale, de reflets sur une lame, qui pouvait lui déclencher une migraine ? Du bout des doigts, elle chercha le point douloureux pour le masser.

— Vous êtes sûre que ça va ? lui demanda Dixon.

Elle acquiesça, lèvres closes, puis ajouta :

— C'est trop affreux, cette pauvre fille...

— Personnellement, je ne crois pas que son agresseur avait l'intention de tuer. Je pense qu'il est venu chez elle pour essayer de la faire chanter. À mon avis, il était envoyé par quelqu'un à qui Banker devait de l'argent — beaucoup d'argent. Banker était un flambeur notoire et sa dernière rentrée d'argent datait... Tout le monde sait qu'aucun héritier des Delancey ne peut toucher un seul dollar avant ses vingt-cinq ans, mais il faut croire que...

Il s'interrompit un instant.

— Enfin, beaucoup de sang a coulé avant que le tueur ne le découvre, je pense.

— Je ne comprends pas..

Elle avait peur, au contraire, de saisir un peu trop bien... Et une nausée migraineuse montait à sa gorge.

Visiblement embarrassé, Dixon se passa de nouveau la main sur le visage.

— Eh bien, un bourreau expérimenté peut faire couler beaucoup de sang sans mettre en danger la vie de sa victime, en multipliant sur elle les blessures douloureuses mais non mortelles. C'est ce qui a dû se passer.

Il regarda fixement Rose au fond des yeux, un moment, avant d'ajouter :

— Et beaucoup d'entre elles ont dû être faites aux mains, au bras et à la poitrine.

Ses yeux s'agrandirent de peur. Elle comprenait parfaitement où il voulait en venir.

Dixon fit lentement le tour du comptoir qui les séparait.

— Laissez-moi voir vos mains, Rose, demanda-t-il doucement, en tendant les siennes, paumes en l'air.

Sans cesser de soutenir son regard, elle secoua la tête et croisa les bras sur sa poitrine.

— Non.

C'était à peine un son, juste un mouvement des lèvres. Elle recula d'un pas.

Il continua de lui tendre ses mains.

— Allons, insista-t-il. Je vous ai dit la vérité. Je vous protégerai, je vous le jure. On ne vous fera plus de mal tant que je serai auprès de vous.

Il s'approcha un peu plus, sans la quitter des yeux. Ils étaient à quelques centimètres l'un de l'autre. Leurs souffles se mélangeaient presque.

Les larmes se mirent alors à perler sous les cils de Rose et à couler sur ses joues. Elle continuait à secouer la tête mais, lentement, ses épaules s'affaissaient et ses bras s'ouvraient. Sans un mot, elle finit par retirer ses gants de dentelle et les laissa tomber sur le sol, puis elle remonta ses manches bouffantes, exposant ses avant-bras jusqu'au-dessus du coude.

Dixon retenait son souffle. Il avait attendu douze ans, toute une carrière à la criminelle de La Nouvelle-Orléans, pour ce moment-là. Bien qu'il ne l'eût jamais dit à personne, pas même à son équipier ou même à sa propre sœur, durant tout ce temps, il n'avait jamais cessé de rechercher Rosemary Delancey.

Et à présent, avec cette belle femme terrifiée devant lui, prête à rendre les armes et à lui démontrer que ses efforts n'avaient pas été vains, voilà que c'était lui qui avait peur.

Une part de lui-même ne voulait pas voir ce que ce monstre sans visage avait fait. La scène de crime avait déjà raconté son horrible histoire, sans qu'il ressente le besoin d'en voir les dernières traces.

Il lui fallut cligner des yeux plusieurs fois pour pouvoir regarder les mains et les bras que Rose lui tendait.

Quand il le fit enfin, il eut un moment de doute. La peau de Rose était à cet endroit aussi laiteuse que celle de son visage. De délicates veines bleues se dessinaient sur ses poignets.

Mais on y voyait, hélas, très vite autre chose. L'agresseur avait usé de son couteau comme l'eût fait un peintre fou sur une toile. De fines cicatrices décolorées s'entrecroisaient sur les avant-bras, les poignets et jusque sur les paumes de Rose.

Il sentit sa gorge se serrer et ses mâchoires lui faisaient mal à force d'être crispées.

Il cligna des yeux, les frotta et essuya furtivement ses mains moites. Doucement, avec d'infinies précautions, il effleura de ses doigts la peau si douce de Rose. Les cicatrices étaient tellement fines qu'il ne pouvait pas déceler le moindre bourrelet de peau, même avec la partie la plus sensible du bout des doigts. Il tourna ses deux mains dans les siennes ; il y avait autant de cicatrices d'un côté que de l'autre.

Son regard remonta vers les coudes et les épaules, puis il se fixa, en atteignant la poitrine. Il imaginait malheureusement très bien ce que le monstre pouvait avoir fait des parties de son corps qu'elle cachait…

Il se pencha, ramassa les gants de dentelle noire sur le sol et les lui rendit, sans croiser son regard. Il ne le pouvait pas.

Il l'avait forcée à faire cela, l'avait poussée jusque dans ses derniers retranchements et maintenant, il était plein de honte. Jamais il n'aurait dû l'obliger à s'exposer ainsi. Pourquoi donc l'avait-il fait ?

Pas pour prouver qui elle était. Il n'avait besoin d'aucune preuve. Depuis qu'il avait vu son visage, la veille, il savait. Il n'avait nul besoin de vérifier qu'elle portait bien des cicatrices.

Non. Il l'avait fait pour lui prouver, à elle, qu'elle était bien Rosemary Delancey. Seulement, il s'était attendu à davantage de résistance et non à ce que finalement elle lui fasse confiance et accepte de se dévoiler.

La voir ainsi tellement faible et sans défense, vaincue, déjà, lui brisait le cœur. Il se détourna.

— Dixon ?

Elle parlait d'une toute petite voix hésitante et avait posé doucement, timidement, sa main sur son bras.

— C'est moi, n'est-ce pas ?

Il ne répondit pas.

— C'est moi... je suis...

Son souffle s'accéléra.

— Je suis Rosemary Delancey.

Ce n'était pas une question, mais une affirmation. Sa voix était blanche de terreur.

Elle poussa une sorte de soupir d'animal blessé, probablement à peine conscient. Et comme un profond cri de douleur rentré. Pas physique, mais émotionnelle.

Tous les soupçons qu'il pouvait encore nourrir sur l'honnêteté de Rose s'envolèrent : il était évident qu'elle n'était pas au courant de son passé avant qu'il n'arrive dans sa vie...

Il ne croyait guère à toutes ces histoires d'amnésie, mais il avait devant lui la preuve vivante que c'était possible.

Sans réfléchir, sans même croiser son regard, il la prit dans ses bras.

Il ne savait pas comment la réconforter. Probablement était-ce même impossible. Rien de ce qu'il pourrait faire n'y suffirait jamais. Mais il la serra contre lui et sentit à travers le tissu de son sweat-shirt le tremblement qui l'agitait et son souffle chaud dans son cou.

Il enfouit son visage dans ses cheveux. Ils sentaient le miel, ils étaient doux et tombaient gracieusement dans son cou.

De la main, il découvrit les courbes élégantes de son dos, la finesse de son corps. Un léger trouble commença à s'emparer de lui.

Il sentait sa poitrine contre son torse et presque le battement de son cœur. Le désir montait de plus en plus en lui. Son sexe se durcissait et la situation devenait terriblement gênante. Il ne voulait pas s'éloigner d'elle, mais il ne fallait pas qu'elle pût réaliser ce qui lui arrivait.

Il lutta de longues secondes pour penser à autre chose, oublier ce corps qui le troublait tant.

Rose releva alors la tête, juste assez pour que, s'il l'avait voulu, leurs lèvres se rencontrent. Puis, elle posa ses mains sur ses pectoraux, tendus par l'excitation qui ne l'avait pas totalement quitté.. S'était-elle rendu compte de quelque chose ? Savait-elle qu'il la désirait ?

Il poussa un soupir embarrassé et prit ses mains dans les siennes.

Elle le regarda droit dans les yeux.

— Dixon ?

Il secoua la tête.

— Je suis désolé, Rose, je ne voulais pas...

Elle s'écarta.

— Non, vous ne l'êtes pas !

Parlait-elle de ce qu'il venait de faire ? L'espace d'un instant, il le crut. Mais elle s'écarta tout à fait.

— Ne dites pas que vous êtes désolé, alors que vous êtes venu ici volontairement et que vous avez bouleversé ma vie !

Ses yeux étaient devenus noirs de colère.

— Je ne sais plus quoi faire. Il y a quarante-huit heures, je n'avais aucune idée de qui j'étais ni ce qui m'était arrivé.

Elle s'interrompit et le regarda, l'œil dur et apeuré à la fois.

— Ce que je savais, c'est que j'étais heureuse !

Il sentit le remords le gagner. N'avait-il pas commis l'erreur de sa vie en débarquant ainsi chez elle ? Ne l'avait-il pas mise un peu plus en danger ?

— Il faut vous mettre en sécurité, reprit-il. Y a-t-il quelque part où vous puissiez aller, quelqu'un chez qui habiter pendant quelque temps ? Vous ne pouvez pas rester ici toute seule.

À ces mots, elle se raidit plus encore.

— Mais je n'irai nulle part, inspecteur, répliqua-t-elle avec hauteur. Je suis chez moi, ici. C'est ici que mes élèves viennent prendre des leçons de piano. Il n'est pas question que je vous laisse bouleverser ma vie plus que vous ne l'avez déjà fait !

Il réfléchit à toute vitesse.

Bien sûr, il avait demandé à Bing de garder un œil sur elle, mais pouvait-il se fier complètement au patron du café ? L'homme lui paraissait avoir de l'affection pour Rose et c'était un ancien marine, mais lui laisser la responsabilité de la sécurité de la jeune femme n'était peut-être pas une bonne idée.

— Pourquoi donc êtes-vous si entêtée ? lui demanda-t-il sèchement. Vous savez qu'on vous a suivie aujourd'hui. Je n'ose imaginer ce que ce type aurait tenté si je ne lui avais pas fait peur.

— Non ! Je ne sais rien ! répondit-elle.

Elle ajouta avec un peu d'emphase :

— Je ne sais rien du tout, c'est vous qui dites avoir vu cet homme. Moi, non. Mais je ne suis pas isolée pour autant. J'ai un portable, des voisins. Tout ira bien.

— Je n'ai jamais rencontré quelqu'un d'aussi entêté que vous ! grogna-t-il.

Bras croisés, menton levé, elle le défiait du regard.

— Très bien, dit-il. J'enverrai une voiture de patrouille faire une ronde toutes les nuits, de 20 heures à 6 heures du matin. Mais je n'aime pas ça...

— Vous n'oseriez tout de même pas faire ça ! protesta-t-elle. Je ne veux pas qu'on vienne me surveiller toutes les heures et une voiture de police circulant ici la nuit effraiera mes voisins.

— Eh bien, cela pourra peut-être effrayer aussi ceux qui vous veulent du mal, répliqua-t-il d'un ton sec. Beaucoup de choses peuvent arriver en une heure. Il n'a pas dû en falloir davantage à l'agresseur pour vous faire tout ça...

Du doigt, il désignait les cicatrices sur les mains et les avant-bras de Rose.

Le visage de celle-ci devint soudain très pâle, mais ses yeux se mirent à lancer des éclairs.

Une fois de plus, il sentit qu'il était allé trop loin.

— Rose, écoutez-moi, je...

— Sortez, lui dit-elle sourdement. Sortez d'ici !

Il obtempéra sans discuter. Pourquoi, encore, avait-il parlé ainsi ? C'était une cruauté inutile et sa seule excuse était qu'il était à bout et désespéré de lui faire comprendre le danger qu'elle courait.

Il aurait bien voulu faire machine arrière et présenter ses excuses, mais cela n'aurait servi à rien. Rose trouvait déjà ses motivations suspectes avant cela. À présent, sans nul doute possible, elle le haïssait. Il avait peut-être perdu définitivement toute chance de gagner sa confiance.

En montant la rue où il avait laissé sa voiture, Dixon aperçut un collègue qu'il avait connu à ses débuts, quand il était simple flic dans un commissariat de quartier. Il s'appelait Ray Fieri et il était resté, lui, dans le secteur de Garden District, quand Dixon partit à la Criminelle.

— Alors, Ray, lui lança-t-il, toujours de nuit ?

— Bosser dans le noir me repose les yeux. Pourquoi, tu veux qu'on échange nos boulots ? lui répliqua son ancien camarade en souriant.

Dixon rit.

— Tu ferais quelque chose pour moi, discrètement ?

— Je sais pas trop. La dernière fois que je t'ai rendu un service, j'ai failli être mis à pied trois mois...

— Tu dis n'importe quoi et tu le sais. Tu as même reçu une lettre de félicitations à la suite de ça...

— Ça m'a fait une belle jambe ! Dis toujours...

— Voilà, j'aurais besoin que tu fasses un tour toutes les heures à cette adresse-ci, pendant quelques jours.

Ray prit le papier sur lequel son ami avait écrit l'adresse et il haussa les sourcils.

— C'est chez Maman Renée, ça ? remarqua le policier.

Dixon tiqua un peu, ennuyé qu'il le devine.

— Oui, c'est ça. Est-ce que tu peux le faire sans rendre de comptes à personne ? Si tu vois quelqu'un traîner par là, tu m'appelles sur mon portable, quelle que soit l'heure.

— Traîner par là ? répéta Ray, avec un sourire ironique.

— Traîner, guetter, surveiller, tout ce que tu voudras.

— Ça devrait pouvoir se faire, tu sais que j'aime bien le très vieux bourbon...

— Compris... Et souviens-toi, tu n'interpelles personne. Tu m'appelles, c'est tout.

— C'est la fille qui vit chez Maman Renée qui t'intéresse ? Drôlement belle, mais bizarre.

Dixon ne put s'empêcher de pousser un soupir agacé.

— Comment ça bizarre ? Qu'est-ce que tu veux dire ?

— C'est une sorte de recluse. Je sais qu'elle tire les cartes à Jackson Place, mais je crois bien que c'est le seul endroit en ville où on puisse la voir...

— Oui, c'est bien possible, répondit prudemment Dixon. Écoute, pour le moment, je ne peux pas tout t'expliquer. Je te donnerai des détails quand je serai sûr que tout est O.K.

— D'accord. Et quand tu m'apporteras la bouteille de bourbon, on en profitera pour manger un morceau ensemble et se regarder un bon match à la télé.

— Bonne idée. Appelle-moi si tu remarques quoi que ce soit d'anormal autour de cette maison, d'accord ?

Dixon salua son ami et continua son chemin. Il pouvait se fier à Ray. Si le lascar voyait quelque chose, il le préviendrait tout de suite. Il fallait seulement espérer que ces rondes seraient suffisantes.

— Bon sang, Rose, murmura-t-il en ouvrant sa portière de voiture, comment vais-je te protéger, si tu ne me crois pas ?

7

Si l'inspecteur Dixon Lloyd avait osé se montrer de nouveau, Rose l'aurait probablement étranglé de ses propres mains. Elle n'avait pratiquement pas dormi la nuit précédente. Les cauchemars et les murmures avaient été pires que jamais. Et ce n'est que vers midi qu'elle partit pour Jackson Square. Mais il se mit à pleuvoir et elle décida de rentrer chez elle pour faire le ménage et classer des piles de papiers et de vieux magazines.

En fait, elle se sentait épuisée. Au bout d'une vingtaine de minutes à tenter de ranger, le moindre reflet de lumière, le plus petit rougeoiement lui portait sur les nerfs et la replongeait dans une version diurne de ses terreurs de la nuit. Le plus infime rayon de soleil qui frappait ses rétines était la lame d'un couteau, le plus minuscule petit point rouge sur le mur ou sa peau, une tache de sang.

Finalement elle décida d'abandonner son travail et d'aller faire un tour chez Bing.

— 'Jour, Bing, comment va, aujourd'hui ?

— Ah, salut, Rose. Bien et toi ?

Elle lui sourit.

— Plutôt pas mal ! Est-ce que je pourrais utiliser ton ordinateur portable ? Je voudrais juste faire une petite recherche.

— Bien sûr, vas-y. Je viens de faire des beignets, tu en veux ?

— Je veux bien, merci, répondit-elle en passant derrière le comptoir pour prendre l'ordinateur.

Elle l'alluma et entra le nom de Rosemary Delancey sur le moteur de recherche. À sa grande surprise, des dizaines et des dizaines de liens s'affichèrent, pour la plupart en référence au Carnaval de La Nouvelle-Orléans, mais aussi des articles de presse à propos de l'agression et les clichés d'un appartement aux murs tachés de sang. Il y avait aussi des photos, bien sages et posées, d'une jeune fille souvent habillée d'une robe du soir, coiffée d'une tiare et accompagnée d'un monsieur d'âge mûr qui tenait au-dessus de sa tête une couronne incrustée de joyaux manifestement faux vu leur taille.

Rose tenta d'ignorer les photos de la scène de crime et de se concentrer sur les portraits. Machinalement, elle touchait ses cheveux noirs en regardant la chevelure d'un blond vénitien de la jeune fille. Elle avait remarqué quelques jours plus tôt que ses racines réapparaissaient et qu'il lui faudrait refaire une teinture.

Puis, elle trouva un site internet dont le nom était *dynastie.delancey.com*. Les pages en étaient entièrement dédiées à la célèbre famille louisianaise, avec un arbre généalogique, des biographies ainsi qu'une page de nouvelles et de ragots divers. Des photos illustraient le tout.

Les Delancey formaient un ensemble spectaculaire où la beauté n'était pas rare. Rose les contempla longuement, un par un. Ils se ressemblaient tous un peu ou, du moins, avaient entre eux un « air de famille ».

Elle ne pouvait se dissimuler que, tous les matins, elle voyait le même dans son miroir…

Bing revint avec une tasse de café où il versa un nuage de crème.

— Tout va bien, Rose ? demanda-t-il.

Elle ferma prestement la fenêtre du navigateur internet.

— Oui, oui. Merci pour tout ça, ça me fait plaisir, tu sais…

— C'est à moi que ça fait plaisir. Tu sais que tu peux tout me demander…

Il déposa sur le comptoir une assiette de beignets saupoudrés de sucre, tandis qu'elle retournait s'asseoir sur l'un des hauts tabourets du bar.

— Tu es très occupé, là ? lui demanda-t-elle.

— Non, pas pour le moment, pourquoi ?

Elle prit une profonde inspiration.

— Bing... Tu te souviens du temps... enfin... de l'époque où je suis arrivée ici ?

Le visage grave, le patron du café prit le torchon qu'il avait sur l'épaule et se mit à essuyer le comptoir.

— Je suppose, oui... Il n'y a pas tant d'années que ça..., commença-t-il d'un ton prudent.

Elle remarqua son embarras.

— Maman Renée t'a demandé de ne pas m'en parler, n'est-ce pas ?

Bing ne répondit pas. Il plongea la main sous son comptoir et ramena une bouteille d'un liquide transparent qu'il versa sur le zinc avant de se remettre à jouer du torchon. Elle sentit l'odeur de l'alcool.

— D'accord, Bing. Je sais que tu essaies de me protéger... Mais maintenant, elle n'est plus là et j'ai besoin que tu me dises tout ce que tu sais sur moi.

— Il y avait un flic qui essayait de me faire parler de toi, l'autre jour. Je ne lui ai rien dit, évidemment.

Il balança son torchon sur l'épaule et s'accouda au comptoir, les bras croisés.

— Il m'a aussi demandé de veiller sur toi...

— Il faut que je sache, dit-elle simplement.

Bing soupira, la fixant du regard.

— On était ouvert le soir, en ce temps-là. Il doit y avoir... douze ans, maintenant. Je fermais la boutique à 21 heures, passais le torchon, comme je viens de le faire, préparais la pâte pour les beignets et les crêpes. Quand j'avais fini tout ça, on était souvent après minuit. À 5 heures, rebelote, il fallait que je sois là pour lancer le petit déjeuner.

Il sourit.

— C'était avant que j'épouse Angélique et qu'elle m'oblige à fermer boutique le soir.

— Angélique est un ange.

— Ce soir-là, Maman Renée m'a téléphoné. Elle m'a demandé de lui apporter une nappe blanche et tout l'alcool que j'avais.

Les pansements... Les bandes blanches tachées de sang...

— Pendant que je lui déchirais la nappe pour faire de la charpie, elle m'a raconté qu'elle était sortie à minuit pour cueillir des feuilles de pissenlits. Elle disait que c'était la meilleure heure, parce qu'à ce moment-là les feuilles sont bien grasses et craquantes. Elle m'a dit aussi qu'elle t'avait trouvée en train de marcher pieds nus dans la rue, dans un peignoir de bain trempé de sang et ensanglantée toi-même...

Rose pressa sa main sur son cœur pour essayer d'en calmer les battements affolés.

— De quoi avais-je l'air ? demanda-t-elle.

— Ça, je ne peux pas te le dire, répondit Bing, parce que Maman Renée ne m'a pas laissé te voir. Elle m'a fait promettre de ne rien dire à personne. Elle m'a dit qu'elle allait réfléchir et mettre au point la version que nous devrions raconter aux gens.

Un couple entra et vint s'asseoir à une table. Bing alla prendre leurs commandes et Rose dut attendre qu'il revienne. Quand il repassa derrière le comptoir, il demanda :

— Où en étais-je ?

— La version de Maman Renée.

— Ah oui ! Donc, il fallait dire que tu étais une parente à elle qui se cachait pour se protéger d'un petit ami violent et abusif. Mais je ne crois pas que les gens lui posaient beaucoup de questions. Tu sais comment elle était... elle avait la manière...

Rose rit doucement.

— Oui, en effet. Tu me rappelles quelque chose... une des premières paroles que je me souviens qu'elle m'ait dites, c'était que j'avais été très malade et que je ne devrais pas sortir avant d'être complètement guérie.

Elle secoua la tête.

— Elle me faisait faire de l'exercice à la maison tous les jours, mais elle m'a très longtemps empêchée de sortir.

— Quelques mois, oui, confirma Bing. Puis, quand les gens ont commencé à te voir aller et venir, ils ont eu l'impression que tu avais toujours vécu dans le quartier.

— Est-ce qu'elle savait, Bing ? Je veux dire... elle savait qui j'étais ?

L'ancien marine la regarda d'un air embarrassé.

— Elle avait lu les journaux, comme moi. Bon, une fois, j'y ai fait allusion devant elle et elle m'a fait taire tout de suite... puis...

Il fit un geste vers les mèches teintes de Rose.

— Quand je t'ai vue pour la première fois, tu avais déjà les cheveux noirs.

— C'est parce qu'elle savait, qu'elle m'a appelée Rose ?

Bing tourna la tête vers ses clients, mais ce n'était pas vraiment eux qu'il regardait. Il semblait plutôt se tourner vers son passé, songea Rose.

— Maman Renée m'a dit une fois que quand elle t'avait trouvée, tu n'avais pas parlé pendant des jours et des jours, seulement gémi quand tu étais éveillée. Il paraît qu'elle te demandait continuellement qui tu étais, quel était ton nom, mais que tu ne faisais que pleurer. Puis un matin, elle t'a monté une rose avec le plateau du petit déjeuner et tu as éclaté en sanglots en prononçant ce mot... rose.

Il s'arrêta un instant. La gorge serrée, Rose attendit.

— Maman Renée avait eu une fille, reprit Bing. Elle était très belle et voulait devenir une grande pianiste. Il y a vingt-cinq ans de cela, alors qu'elle avait tout juste vingt ans, elle a été tuée par son petit ami.

Rose en ressentit un grand choc, qui la laissa muette un moment, le cœur déchiré.

— Mais… elle ne me l'a jamais dit.
— Elle n'en parlait pas. Et puis… Enfin, elle t'a trouvée.
Bing hocha la tête et acheva :
— Oui, elle savait que tu étais Rosemary Delancey.

Était-ce bien elle ? Aron venait juste de prendre le tournant de Prytania Street quand il l'aperçut. Elle se dirigeait vers un bâtiment où pendait une enseigne de diseuse de bonne aventure. Le souffle coupé, il se pencha à sa portière pour essayer de la voir mieux, mais avant qu'il y parvienne, elle avait ouvert la porte et était rentrée. En jurant entre ses dents, il regarda sa montre. Il était à peine 18 heures. La nuit ne viendrait pas vite. Il allait devoir laisser sa voiture et se cacher quelque part, suffisamment près pour voir son visage quand elle ressortirait. Il fallait espérer qu'il y ait encore assez de lumière pour cela, sinon, il y aurait au moins les réverbères… Rien en tout cas ne le ferait abandonner avant d'en avoir le cœur net.

Il avait emprunté la vieille Chevrolet de son cousin. Sa propre voiture, une luxueuse berline, attirerait trop l'attention dans ce quartier. Il se gara dans une rue adjacente et revint se dissimuler dans l'ombre d'une petite allée d'où il pouvait surveiller la maison. Un peu plus loin, il y avait même mieux : deux immeubles abandonnés, aux vitres cassées, où l'on pouvait certainement s'introduire pour surveiller le côté d'en face. Ce n'était pas trop mal, mais encore un peu voyant en plein jour. Il serait trop dangereux de rester là longtemps. Il risquerait de tomber sur l'inspecteur Lloyd. Le policier ne quittait certainement pas Rosemary d'une semelle. Mieux valait, décidément, attendre la nuit.

Il retourna à sa voiture.

Son plan d'action n'était pas encore établi. Il était surtout venu pour vérifier si la jeune femme qu'il avait entrevue était bien Rosemary Delancey. Il espérait la croiser dans la rue, reconnaître son visage et surtout, voir si elle reconnaissait le sien. Ça, c'était le point capital. Et puis, il voulait aussi être sûr que le flic qui la protégeait était bien Dixon Lloyd, même s'il n'en doutait pas trop.

Il jeta un regard sur la poubelle qu'était l'habitacle de la voiture de son cousin. Il y avait des paquets de cigarettes vides sur le siège à côté de lui, des bouteilles de plastique sur le plancher et même quelques sacs de fast-food, encore imprégnés d'une odeur rance qui se mêlait à celle, tout aussi nauséabonde, de la cendre froide.

Il se démancha le cou pour regarder derrière la banquette. Il y avait là, sur les tapis de sol, tout un tas de pochettes d'allumettes publicitaires.

Il réfléchit en regardant sa montre. Il restait bien deux heures avant qu'il ne fasse suffisamment nuit pour pouvoir espionner la fille à travers ses fenêtres. Il avait du temps devant lui !

Il ramassa une poignée de pochettes d'allumettes et commença à déchiffrer leurs logos. Au bout de deux ou trois, il s'arrêta sur l'une d'elles, qui portait le nom d'un restaurant de la ville d'Angola. Il sourit, enfouit la pochette dans sa poche et chercha autour de lui. Il trouva rapidement ce qu'il espérait : un paquet de cigarettes qui n'était encore qu'à moitié vide.

Si la fille en question était bien Rosemary Delancey, il pourrait lui faire peur quand elle se mettrait à sa fenêtre en craquant plusieurs allumettes d'affilée, le temps de bien éclairer son visage et qu'elle le voie distinctement. Si elle le reconnaissait, si elle avait suffisamment peur, elle appellerait Lloyd. Il suffirait de lui laisser la pochette d'allumettes bien en vue. C'était un bon flic, il ne manquerait pas de la trouver et en lisant le nom de la ville d'Angola, il comprendrait...

C'était à Angola qu'était situé le pénitencier d'État de Louisiane. Lloyd comprendrait clairement que lui pouvait frapper où et quand il le voulait, même derrière les murs d'une prison.

La nuit tombait quand Rose leva enfin les yeux de son clavier. La seule lumière venait de la lampe posée sur le piano. Elle avait joué durant des heures.

Elle resta ainsi un moment à détendre ses doigts. Quand elle était rentrée de chez Bing, elle s'était sentie... trahie. Maman Renée lui avait caché beaucoup de choses. La plupart de ses propres secrets et tous ceux de Rosemary Delancey.

Dès qu'elle était arrivée à la maison, elle s'était précipitée à l'étage pour fouiller la chambre de Maman Renée. Elle ne jeta qu'un coup d'œil au vaste placard où sa protectrice rangeait ses vêtements. Elle y avait déjà mis de l'ordre après le décès : ce qu'elle cherchait ne s'y trouverait pas. Mais il y avait un petit débarras attenant à la chambre. Elle n'y était jamais entrée, car il était toujours fermé à clé.

Mais elle savait où se trouvait la clé. Dans un tiroir du buffet de la cuisine. Elle courut l'ouvrir. Là, à côté d'un vieux plat en argent cabossé, il y avait un trousseau de clés. Elle s'en saisit et retourna en courant dans la chambre de Maman Renée. Elle essaya les clés, l'une après l'autre.

Lorsque l'une d'elles tourna enfin dans la serrure, elle prit une profonde inspiration et prononça mentalement des excuses émues à sa protectrice, puis elle ouvrit la porte... et de grands yeux. Le cabinet était pratiquement vide. On n'y voyait que deux ou trois vêtements sur des cintres, dont une étole de fourrure mangée par les mites. Et dans un coin, seul autre trésor, une boîte blanche en carton épais, genre grand carton à chapeau. Elle la tira hors du petit réduit, s'agenouilla devant elle sur le plancher et en souleva le couvercle.

C'était exactement ce qu'elle cherchait, mais durant quelques minutes, elle ne put esquisser le moindre geste, comme fascinée. Le peignoir de bain taché de sang séché et noirci était devant elle, douze ans après.

— Oh ! Maman Renée, murmura-t-elle dans un sanglot, pourquoi ne m'as-tu rien dit ?

De colère autant que de désespoir, elle saisit le peignoir et l'envoya balader sur le lit, puis claqua la porte de la chambre. Il lui fallait faire autre chose, s'occuper l'esprit. Elle courut jusque dans le salon et se mit au piano.

Elle avait joué des heures durant, sans se rendre compte que la nuit était tombée. Ses mains tremblaient d'avoir tant travaillé et peut-être aussi d'avoir ouvert ce carton à chapeau...

Elle se leva du tabouret et s'étira, soulagée de pouvoir enfin détendre un peu ses muscles engourdis. Jouer du piano l'avait aidée à digérer toutes les révélations de la journée. Mais elle ne se sentait pas apaisée pour autant, bien plutôt déchirée. Elle avait aimé Maman Renée et elle savait qu'elle aussi l'aimait. Elle l'avait recueillie, s'était occupée d'elle, l'avait protégée et choyée. Pourtant, la voyante cajun ne lui avait dit que des mensonges et si elle l'avait gardée auprès d'elle, c'était peut-être davantage pour apaiser ses propres souffrances que celles de sa protégée.

Rose poussa un long soupir et descendit l'escalier pour vérifier que la porte était bien verrouillée. En éteignant la lumière, elle remarqua une ombre mouvante de l'autre côté de la rue, dans une allée entre deux bâtiments vides, sinistrés depuis l'ouragan Katrina. Ils avaient l'air de deux sentinelles fantomatiques autour de cette ruelle étroite, avec leurs fenêtres aux vitres brisées par des vandales armés de pierres ou de carabines à air comprimé.

Soudain, elle s'immobilisa, tous les sens en alerte, pour tâcher de vérifier si quelque chose n'avait pas de nouveau bougé en face.

Il ne lui manquerait plus que cela après une telle journée ! Elle devrait alors appeler l'inspecteur Dixon, il arriverait à son secours et la serrerait dans ses bras... Elle se mit presque à rire à cette idée. Cet inspecteur Dixon... C'était sa faute si elle sursautait à chaque ombre qui passait dans la rue.

Quelque chose attira de nouveau son attention, vers les deux immeubles abandonnés. Une petite lueur, comme l'ultime bout d'un mégot de cigarette. Y avait-il quelqu'un qui fumait, par là ?

Le point incandescent se déplaçait, comme si on faisait les cent pas derrière les fenêtres ouvertes et brisées des bâtiments. Elle ne le vit plus, puis le revit de nouveau. Peut-être vaudrait-il mieux qu'elle ouvre sa porte si elle voulait en voir davantage... L'alternance de carreaux neutres et de carreaux dépolis, taillés en diamants, de la lucarne, avec la distorsion qu'ils produisaient, l'empêchait de voir clairement ce qui se passait.

Elle regarda derrière elle. Toutes les lumières étaient éteintes en bas, donc on ne pouvait pas la voir.

Elle ouvrit le battant, aperçut la lueur rouge de nouveau, puis celle-ci disparut. À cet instant même, elle eut l'impression d'un murmure à son oreille et d'un frôlement. Qu'était-ce ? Un courant d'air ou le produit de son imagination ?

La peau de ses bras se hérissa de chair de poule. Elle croyait encore entendre les mots de Maman Renée.

« Il y a une poule qui est en train de passer à l'endroit où on creusera ta tombe, ma chérie. C'est pour ça qu'on appelle ça la chair de poule... »

Elle croisa les bras et se tint prête à toute éventualité mais sans toutefois fermer la porte. Elle avait dit à Dixon qu'elle n'avait pas peur. Elle avait menti... Elle était totalement terrifiée, au point qu'un vagabond qui avait trouvé refuge dans un bâtiment abandonné ou un gamin qui se promenait en quête d'une sottise à commettre l'obligeait à se cacher peureusement chez elle.

Le menton levé, elle se tourna d'un air de défi dans la direction d'où venait la lueur intermittente, celle d'une fenêtre aux carreaux brisés. Ce fut alors qu'une lueur plus importante apparut, comme celle d'une allumette que l'on craquait. Un frisson d'alarme la parcourut, mais elle tint bon et n'abandonna pas la place. Le vagabond ou le gamin allumait une cigarette. Et voilà tout.

Elle attendait une nouvelle lueur rougeoyante, qui ne vint pas. Au lieu de cela, une nouvelle allumette s'enflamma et il apparut qu'on la levait pour illuminer un visage. Un masque qui la regardait fixement, effrayant comme celui d'un démon. L'inconnu cligna des yeux puis les ouvrit si grands qu'elle pouvait voir le blanc autour de la pupille. Pendant qu'elle regardait, interdite et fascinée, la main sur sa gorge, tout redevint noir derrière la vitre brisée, comme si rien ne s'était passé.

En se forçant à ne pas montrer de panique ou de précipitation, elle rentra et referma la porte.

Elle essaya plutôt, car quelque chose empêcha le battant de revenir en place. Elle baissa les yeux, effarée. C'était une chaussure d'homme en cuir, engagée dans la porte. Folle de peur, elle repoussa le battant de toutes ses forces et elle allait crier, quand...

— Rose !

Dixon ! Elle exhala une sorte de soupir étouffé, tandis que ses bras et ses jambes devenaient du coton. Elle lutta pour avaler une grande bouffée d'air.

— Que... Qu'est-ce que vous faites là ? parvint-elle à articuler.

— Je vous ai vue à la porte. Je venais vous voir.

Elle rejeta la tête en arrière et expira bruyamment.

— Vous m'avez fait peur ! Vous auriez pu me dire, au moins, que vous étiez là !

— Mais je viens d'arriver !

Son visage s'assombrit.

— Que se passe-t-il ? lui demanda-t-il, inquiet, en entrant dans la maison.

— Rien du tout, lui répondit-elle, un peu trop vite.

Elle avait toujours sa main sur sa gorge. Elle la laissa retomber gauchement le long de son corps, un brin penaude.

— J'étais en train de me dire qu'il faisait nuit de plus en plus tôt.

Elle se renfrogna.

— Qu'est-ce que vous faites ici ?

— Je suis venu vérifier que tout allait bien.

Il revint vers la porte et jeta un coup d'œil à l'extérieur.

— Vous regardiez quelque chose. Qu'est-ce que c'était ?

— Je vous l'ai dit, rien du tout ! répondit-elle, encore bien trop vite.

— Vous regardiez ce bâtiment, n'est-ce pas ? C'est là que vous avez vu quelque chose qui vous a fait peur ?

C'était comme s'il pouvait lire dans ses pensées. Ou plus vraisemblablement, qu'il avait suivi la direction de son regard quand il était entré.

— Non, murmura-t-elle faiblement.

Puis, plus fermement :

— Non, c'est vous qui m'avez fait peur.

Il se tourna vers elle et, sans s'émouvoir, demanda :

— Qu'avez-vous vu ?

Elle poussa un soupir exaspéré et leva un peu les bras, montrant par là qu'elle abandonnait la partie.

— Bon, très bien ! C'était juste une lueur. Un point rouge, comme une cigarette. Puis, ça a disparu, et il y en a eu une autre... comme la flamme d'une allumette.

— Qu'avez-vous vu dans la lueur de cette allumette ? Qu'est-ce qui vous a fait peur ? Dites-le-moi.

Il était juste derrière elle et posa sa main sur son bras comme un simple geste de réconfort. Elle sentit sa chaleur s'insinuer en elle à travers la mince barrière de coton. Un geste de réconfort, oui, protecteur, mais pas seulement. Un contact qui appelait quelque chose en elle. Quelque chose qu'elle n'avait jamais ressenti à ce point, jamais ressenti vraiment auparavant, en fait.

À moins qu'elle n'en ait pas conservé le souvenir. Elle fondait littéralement de l'intérieur sous ce contact.

— Rose... il faut me dire ce que vous avez vu.

Elle ne pouvait détacher ses yeux de la sombre façade en ruine, redoutant d'y voir apparaître, à chaque seconde, ce regard terrifiant braqué sur elle.

— Dans la lueur de l'allumette, j'ai vu... un visage.

Elle serra le poing sur sa poitrine.

— Un masque affreux, comme celui d'un démon, avec des yeux rouges.

Elle s'attendait à le voir rire et hausser les épaules. Elle l'espérait presque, car cela l'aurait rassurée de pouvoir croire qu'elle avait rêvé. S'il lui disait tout net que son imagination lui avait joué des tours, elle pourrait s'appuyer sur sa confiance, sur son assurance.

Mais l'inspecteur de police ne rit pas et ne prononça aucune parole rassurante, aucune moquerie. Il étudiait attentivement la façade.

— Je crois que je vais aller y faire un tour, annonça-t-il lentement. J'ai une lampe de poche dans ma voiture.

— Vous allez là-bas ?

— Oui, il faut que je voie s'il y avait bel et bien quelqu'un. Quand je reviendrai, je veux que vous ayez mis quelques affaires dans une valise et que vous soyez prête à partir. Nous irons chez moi et vous y resterez jusqu'à ce que je sache qui en a après vous.

Elle le regarda, un peu perdue. Elle ne voulait pas s'abandonner à la peur qui rôdait toujours autour d'elle, causait ses cauchemars et ses migraines, à cette peur de l'inconnu qui l'avait tailladée et laissée pour morte. Elle voulait le confort, la tranquillité.

— Non, ce n'est pas possible, mes élèves... je... c'est ma maison, j'y suis en sécurité.

Il poussa un soupir excédé.

— Nous en reparlerons tout à l'heure. Pour l'instant, verrouillez bien la porte, avec la chaîne de sécurité. Et écoutez bien : à mon retour, je taperai comme ceci...

L'index replié, il frappa un coup unique, s'interrompit et tapa deux coups rapprochés, puis encore deux autres.

— Vous saurez que c'est moi.

Il retira son pistolet de l'étui qu'il portait à la ceinture, dans le creux de ses reins, et en vérifia le fonctionnement.

— Vous... vous pensez que vous aurez à vous servir de ça ?

— Ce n'est pas impossible, c'est pour ça qu'on m'en fait porter un, répondit-il avec flegme.

— Et s'il est armé, lui aussi ? Il pourrait vous tuer. Et si vous ne...
— Si je ne revenais pas ? Ne vous inquiétez pas.
Il passa la porte et répéta :
— Le verrou et la chaîne.

Elle obéit et mit en place toutes les sécurités qu'il demandait. La lumière des réverbères éclairait la haute silhouette de Dixon à travers le verre dépoli de la lucarne, ce qui lui rappela la première fois qu'elle l'avait vu.

Quelques instants plus tard, il se fondit dans l'ombre. Le cœur au bord des lèvres, elle éteignit la lumière de l'entrée, puis elle s'assit sur les premières marches de l'escalier, la main sur son portable au fond de la poche de sa jupe. Si Dixon était en danger, elle appellerait immédiatement les secours.

Grâce à l'affichage numérique sur le petit écran, elle put voir qu'elle avait attendu ainsi quinze minutes. Pas d'ombres inquiétantes, pas de lueur de cigarette, ni même celle de la lampe de Dixon.

Quand la silhouette du policier vint obscurcir la lucarne de la porte, elle bondit sur ses pieds. Il frappa à la vitre selon le code qu'il avait établi et elle s'empressa de retirer toutes les sécurités.

— Prenez vos affaires, lui dit-il en refermant la porte derrière lui. Vous venez avec moi.

Elle secoua la tête.

— Je vous ai déjà dit non. Je ne laisserai pas un vagabond ou un quelconque gamin farceur me chasser de chez moi.

Elle fit un geste en direction de la rue.

— Je n'ai rien vu, là-bas. Vous êtes entré dans l'immeuble ?

Il acquiesça.

— Montons, lui dit-il.

Et sans attendre la réponse, il prit l'escalier.

Elle le suivit jusque dans la cuisine.

— Vous pensez qu'il est encore là ? demanda-t-elle.

— Je n'en sais rien, mais je ne prends pas le risque.

— Je n'ai même pas vu la lueur de votre lampe.

— Et pour cause, les fenêtres de cet immeuble sont obturées par des planches, derrière ce qui reste des vitres...

— Mais c'est impossible, balbutia-t-elle. J'ai vu cette lueur et cette flamme.

— Il faut croire que l'homme était devant le bâtiment et non à l'intérieur.

— Je n'ai pas vu grand-chose, d'ailleurs, seulement le haut de son visage, comme un masque grotesque qui aurait flotté dans...

Elle s'interrompit, troublée autant par ce souvenir que par l'intensité du regard de Dixon. Elle serra ses bras contre sa poitrine et haussa les épaules. Alors, il lui montra, entre ses doigts, une petite pochette d'allumettes.

— J'ai trouvé ça sur le trottoir, devant les ruines.

Elle prit l'objet dans le creux de sa main. On pouvait y lire le nom d'un restaurant. Le Doll's Dinner, à Angola.

— Il l'a perdue ?

— Ou bien, il l'a laissée exprès.

— Je ne comprends pas...

Il tira un mouchoir et il emballa soigneusement la pochette dedans, avant de ranger le tout dans sa poche.

— C'est là que se trouve le pénitencier de l'État de Louisiane.

— Et ça signifie ?

Il fit une vague moue.

— Peut-être rien de précis... peut-être une indication. Je vais faire vérifier si elle porte des empreintes, mais je suis presque certain que non. L'important, c'est que vous n'avez pas rêvé. Il y avait bel et bien quelqu'un.

— Il l'a fait exprès, n'est-ce pas ?

— Quoi donc ?

— De craquer cette allumette pour illuminer son visage. C'était pour me faire peur ?

Dixon ne répondit pas directement.

— Vous avez vu ses yeux, lui dit-il, est-ce que vous le reconnaîtriez ?

— Non...

Elle entendit elle-même l'hésitation dans sa propre voix.

Soudainement, sans qu'elle sache pourquoi, de mystérieuses portes s'ouvrirent dans son inconscient et toutes les questions qu'elle n'avait pas voulu, pas osé se poser jusque-là, revinrent à la surface.

Aurait-elle dû reconnaître l'homme qui avait brièvement éclairé son visage avec la flamme de son allumette ? Et était-ce bien celui qui l'avait tailladée et laissée pour morte, la faisant vivre dans la peur depuis ?

— Rose, qu'y a-t-il ?

Il s'était approché d'elle, avec douceur.

Elle sursauta légèrement.

— Rien, bredouilla-t-elle.

Elle se passa la main sur le front.

— ... Je me demandais si j'aurais pu le reconnaître.

Son regard se perdit un instant par la fenêtre, de l'autre côté de la rue, puis revint vers Dixon.

— Mais je ne l'ai pas reconnu.

— Vous n'avez plus à vous en inquiéter, car de toute façon, vous venez avec moi. Préparez quelques affaires.

Son regard redevint dur comme la pierre.

— Combien de fois faut-il le répéter ? Je ne viendrai pas avec vous. C'est ma maison, la seule que j'aie jamais eue, jamais connue.

Il ne la ferait pas changer d'avis, même en la fixant avec ses beaux yeux bleus.

— De plus, c'est ici que je reçois mes élèves. J'ai des obligations, figurez-vous.

— Très bien, dit-il. Dans ce cas, je reste ici.

522

8

— Rester ici ? Mais c'est impossible, vous ne le pouvez pas !

Dixon montra le petit sac de voyage qu'il avait sorti de sa voiture.

— Je me doutais bien que vous refuseriez de venir avec moi, alors j'ai pris mes précautions. J'ai mis deux trois bricoles et ma brosse à dents dans ce sac. Bon... Où puis-je dormir ?

Rose ouvrit la bouche de surprise, puis la referma. Elle hésita un instant entre le sommer de partir et l'inviter vicieusement à s'étendre à même le plancher...

Au lieu de cela, elle passa la porte de la cuisine et il la suivit dans un couloir étroit.

— Ma chambre est là, dit-elle en montrant la première porte à gauche. Vous pouvez prendre celle-ci.

Elle montra la deuxième.

— La première porte à droite est celle de la salle de bains et la deuxième est un cagibi.

Elle ouvrit la chambre qu'elle destinait à son encombrant invité et alluma la lumière. Puis elle sursauta.

Instantanément, Dixon mit la main à son arme et passa devant elle. Sur le grand lit à baldaquin, il y avait ce qui ressemblait bien à un peignoir de bain taché de sang séché.

Il bondit vers le lit pour s'en saisir, les mâchoires serrées, puis se tourna vers Rose.

— Vous saviez que ceci était ici ?

Les yeux écarquillés, elle fixait toujours le peignoir ensanglanté. Puis ses yeux s'en détachèrent enfin et elle répondit tranquillement :

— Oui. Je l'ai trouvé cet après-midi et jeté là. Je n'y pensais plus.

— Où était-ce ?

— Dans la penderie de Maman Renée.

Le cœur de Dixon se mit à battre plus vite.

— Y avait-il quelque chose d'autre ? Une preuve supplémentaire permettant de vous identifier ?

Elle secoua la tête.

— Juste...

Elle fit un geste vague en direction du peignoir.

— Je dois le prendre, dit Dixon. C'est une pièce à conviction.

Elle hocha de nouveau la tête.

— Oui, s'il vous plaît, murmura-t-elle, emportez-le.

Dixon avisa la boîte blanche et y déposa le peignoir.

— Je l'emporterai demain. Cette nuit, il restera dans ma chambre.

Elle ne répondit rien, se contentant de le regarder.

— C'était celle de Maman Renée ? reprit-il.

— Non, c'était la mienne. J'ai pris sa chambre, après...

Sa voix se fêla.

Il posa la main sur son épaule. Elle tourna légèrement la tête, mais ne se déroba pas à ce contact.

— Je sais que c'est dur, lui dit-il. Cinq mois, c'est très peu de temps. C'est difficile à croire, mais cela ira mieux, un peu plus tard.

Elle leva les yeux vers lui.

— Vous semblez en avoir fait l'expérience...

Il lâcha son épaule et s'appuya au chambranle de la porte.

— Oui, mes parents sont morts dans un accident de voiture quand j'avais quinze ans et que Dee en avait neuf.

— Oh ! je suis désolée. Dee, c'est votre sœur ?

— Oui, elle s'appelle Delilah, en fait.

— Et elle n'avait que neuf ans ? On vous a mis tous les deux sous tutelle ?

Il eut un petit sourire un peu amer.

— Non. Nous vivions dans le Ninth Ward, c'est un quartier un peu comme ici, les gens s'entraident. Ils se sont occupés de nous.

— Vous n'aviez pas d'oncles et de tantes ?

Il secoua la tête.

— Non, personne. J'ai dû quitter l'école et travailler.

— Oh ! Dixon...

Il haussa les épaules.

— Bah, on s'en est tirés. Je voulais simplement vous dire qu'avec le temps, on parvient à aller mieux.

Elle se frotta les tempes, comme par réflexe.

— Je sais, dit-elle, enfin... je le suppose. Mais ce n'est pas seulement qu'elle me manque. C'est aussi que j'ai découvert certaines choses.

— Quelles choses ?

— Bing m'a dit que Maman Renée savait qui j'étais depuis le début, mais qu'elle me l'avait caché, exprès.

Elle acheva, dans un souffle :

— Elle a eu une fille, qui est morte. Je l'ai, en quelque sorte, remplacée.

Sa voix se brisa de nouveau.

— Rose, commença Dixon, je sais combien c'est dur, mais...

— Vous savez, vous savez ! s'écria-t-elle soudain en serrant les poings. Vous savez peut-être beaucoup de choses, mais vous ne savez pas tout ! Vous déboulez dans ma vie comme... comme un bulldozer et vous retournez tout sur votre passage, parce que, parce que...

Elle reprit son souffle de nouveau.

— Parce que tout ce qui vous préoccupe, ce sont les résultats. Vous vous moquez bien du mal que vous faites aux autres, au passage.

Elle sentit les larmes monter en elle mais se reprit et le regarda, le menton levé, d'un air de défi.

— Vous vous êtes pointé à ma porte, non pas pour m'apporter votre aide ou simplement pour savoir si j'avais besoin de quelque chose, mais parce que vous êtes persuadé que vous savez ce qu'il me faut et comment je dois me conduire.

De nouveau, il posa les mains sur ses épaules, très doucement. Elle se raidit, mais l'espace d'un instant, sa lèvre trembla et une larme unique coula lentement le long de sa joue.

— Je suis désolé que vous pensiez cela de moi, Rose, murmura-t-il.

— Peut-être, mais ça ne vous fera pas pour autant changer d'avis, n'est-ce pas ? Vous insistez toujours pour rester ici, que je le veuille ou non ?

— Oui, il le faut.

Il laissa retomber ses mains le long de son corps et s'éloigna d'elle, pour s'approcher de la fenêtre qui surplombait Prytania Street. Il en écarta légèrement les rideaux, juste pour jeter un coup d'œil à l'extérieur.

— Vous aviez raison l'autre jour, quand vous disiez que vous aviez peur que ce soit moi qui amène le danger jusqu'à vous...

Il se retourna vers elle et la regarda.

— Et si je vous ai retrouvée, c'est parce que quelqu'un l'avait fait avant moi. Quelqu'un qui vous avait vue et vous avait reconnue.

Elle serra instinctivement les bras sur sa poitrine et ne put masquer son émoi.

— Quelqu'un m'a reconnue ? Qui ?

— Personne. Un pauvre type. L'important, c'est que je sois là.

— Évidemment ! C'est encore vous qui décidez de ce qui est important et de ce qui ne l'est pas !

Elle se tordit les mains.

— Ah, je ne sais pas si je pourrai supporter cela encore longtemps ! Tout ce que m'a dit Maman Renée était un mensonge et tout ce qu'elle a fait pour assurer ma sécurité était fondé sur ce mensonge !

Elle secoua la tête comme pour se débarrasser de ce fardeau insupportable. Ses yeux se mouillèrent de nouveau.

Il fit un pas vers elle.

— Maman Renée a certainement fait ce qu'elle a pu..., dit-il d'une voix posée.

— Ah, vous croyez ça ? Vous pensez qu'elle ne savait pas ce qu'elle faisait ? Bien sûr que si !

— Je ne dis pas qu'elle a eu raison de vous garder si longtemps au secret...

— Mais vous ne comprenez pas ! La seule personne au monde en qui j'avais confiance me regardait dans les yeux chaque jour et me mentait. Tous les jours ! Elle lisait les journaux, suivait l'enquête, et ne m'a jamais rien dit !

Elle mit le dos de sa main devant sa bouche et poussa un véritable gémissement.

— Comment a-t-elle pu faire ça ? Comment a-t-elle pu me garder ici comme... comme une prisonnière ! Savez-vous que jamais, pas une seule fois, nous n'avons parlé de cette nuit, elle et moi ? Tout ce qu'elle m'en a dit, c'est : tu es en sécurité maintenant, Maman Renée va s'occuper de toi. Et pendant tout ce temps, elle gardait cet horrible peignoir dans sa penderie !

Alors, elle perdit le contrôle de ses nerfs et éclata en sanglots.

Il la prit dans ses bras. Elle s'y abandonna, les paumes à plat sur son torse, le visage enfoui entre son cou et son épaule. Elle trempait de larmes sa chemise et sa peau.

Il enfouit son visage dans ses cheveux et posa doucement la main sur son cou, pour lui masser la nuque. Il la berça gentiment dans ses bras, sans parler, et peu à peu, elle sentit ses sanglots s'estomper, jusqu'à n'être plus que quelques soupirs.

Elle aurait pu s'éloigner de lui, mais elle se serra davantage contre son corps rassurant. D'un peu trop près. Il était plein de désir et la regarda, embarrassé.

Elle plongea ses yeux dans les siens. Il rougit. Leurs bouches étaient toutes proches.

— Rose..., murmura-t-il.

Elle ne sut que répondre, restant collée à lui. Alors, il se pencha et posa sa bouche sur la sienne. L'air qu'il expirait était comme un souffle chaud sur les braises du désir qui grondaient en elle. Cette délicate sensation, à peine effleurée, fit bouillir son sang. Elle leva la tête, avec lenteur, et lui rendit son baiser. Il ferma les yeux, l'attira plus encore contre lui. Elle murmura son prénom. « Dixon ».

Il se figea et la regarda dans les yeux.

— Tout... tout va bien ? lui demanda-t-il.

Elle le fixait sans ciller.

— Je... je ne sais pas, murmura-t-elle.

— Je suis désolé, dit-il en reculant encore, je n'aurais pas dû...

Elle posa un doigt sur sa bouche.

— Chuuut ! lui dit-elle doucement. Ne le soyez pas. J'avais lu des livres, vu des films, mais jamais... Enfin, je ne me souviens pas qu'on m'ait jamais embrassée.

Ses yeux se mouillèrent de larmes.

— Comment est-ce que je peux ne me souvenir de rien, comme ça ?

— Je ne sais pas, murmura-t-il.

Il posa de nouveau la main sur son épaule et immédiatement, elle revint dans ses bras. Il enfouit son nez dans sa chevelure soyeuse.

— La théorie de l'amnésie, explique-t-il, c'est que vous bloquez vous-même l'accès à vos souvenirs parce qu'ils sont trop douloureux ou trop terrifiants pour être supportables. On appelle cela l'amnésie dissociative et elle est généralement causée par un traumatisme extrême.

Elle ouvrit de grands yeux.

— Comment savez-vous cela ? demanda-t-elle.

— Nous avons un psychanalyste à la Criminelle. J'ai discuté un peu avec lui et il m'a dit...

Elle se raidit et releva la tête vers lui.

528

— Vous avez parlé de moi à un psychanalyste ?
— Pas exactement de vous, pas spécifiquement...

Si son regard avait été un rayon laser, il aurait immédiatement été tranché en deux. Elle eut un rire sec et bref à cette idée, avant de s'écarter tout à fait de lui.

— Qu'est-ce que ça veut dire, pas spécifiquement ? demanda-t-elle à brûle-pourpoint.

Il se rembrunit.

— J'ai fait très attention à ne prononcer aucun nom, à ne citer aucune date. Je lui ai seulement parlé de quelqu'un qui avait perdu la mémoire de toute sa vie à un moment donné et il m'a répondu que l'amnésie dissociative était généralement causée par un fort traumatisme, comme l'agression dont vous avez été victime.

— Et puis quoi encore ? Je ne peux pas croire qu'il vous a laissé l'interroger sans vous demander à un moment ou à un autre de qui vous pouviez bien parler.

Elle s'écarta encore un peu plus de lui.

— Il l'a fait. Il m'a demandé si je travaillais sur un cas d'amnésie, mais je ne lui ai fourni aucune autre explication. Je lui ai simplement dit que j'avais longtemps pensé que les amnésiques étaient des simulateurs.

— Des simulateurs ?

— Je ne le crois plus, s'empressa-t-il de préciser. Et il m'a confirmé que c'était un trouble bien réel...

Elle était à présent droite comme un i, le menton haut et les yeux lançant des éclairs, ou des lasers, d'ambre.

— Eh bien, commenta-t-elle, je suis heureuse qu'il vous l'ait expliqué ! Au moins vous ne me prendrez pas plus longtemps pour une menteuse !

— Allons, Rose, ce n'est pas ce que j'ai voulu dire...
— Ah non ?
— Je suis désolé. Je ne voulais pas vous offenser.

Il prit un air contrit.

— Je vous promets, Rose, que je vais découvrir qui vous a fait ça et qu'il va payer. Mais pour le moment, il faut que je reste ici. Je ne veux pas qu'il vous arrive quelque chose.

Elle n'argumenta pas davantage et passa devant lui comme une reine outragée en direction de sa chambre. Elle en claqua la porte derrière elle. *Ça lui apprendra !* songea-t-elle.

Le lundi matin, Dixon partit très tôt au bureau. Au passage, il alla discuter avec Ray au commissariat du quartier, comme il l'avait fait la veille. Son vieux copain n'avait vu personne rôder autour de la maison de Maman Renée, ni durant la nuit de samedi à dimanche, ni pendant celle de dimanche à lundi. Dixon le remercia chaleureusement et lui demanda de continuer sa veille pendant encore quelques nuits.

À la Criminelle, il poussa un soupir de découragement en voyant les dossiers accumulés sur son bureau. Il lui fallait s'en débarrasser avant midi, afin de pouvoir partir pour Angola et parler à Ti-Bo Pereau. Il allait donc devoir traiter un dossier par demi-heure. Mais avant de s'y attaquer, il ouvrit un tiroir et en sortit celui du crime que les journaux de l'époque avaient appelé le « MEURTRE DE LA REINE DU CARNAVAL ». Il aurait pu en réciter chaque ligne par cœur, mais il voulait tout de même encore vérifier certains points. Il tourna les feuillets dactylographiés jusqu'à ce qu'il trouve la déposition du père de Lyndon Banker.

Dixon n'avait pas oublié combien l'homme lui avait paru abattu par le remords quand il l'avait interrogé. Eldridge Banker lui avait avoué qu'il avait mis son fils à la porte une semaine auparavant.

« Je voulais seulement lui donner une leçon, vous comprenez, inspecteur », lut Dixon dans les transcriptions de l'interrogatoire. « Il avait dilapidé tout l'héritage de sa grand-mère et lorsque je m'en suis aperçu et que j'y ai mis bon ordre, il a vidé tous mes comptes en banque. Les usuriers le tenaient à la gorge. Il jouait... »

C'était là le passage que Dixon recherchait. Il le lut attentivement mais, comme dans son souvenir, Banker n'avait décidément pas mentionné le nom de l'usurier.

Il soupira et tourna les pages pour chercher le rapport de l'inspecteur James Shively, son coéquipier à l'époque où il avait rejoint la Criminelle. Il en commença attentivement la lecture.

C'était bien là. Il marqua la page. Shively indiquait que l'individu qui avait prêté de l'argent au jeune Banker à un taux d'usure était un homme d'affaires de Gretna, en Louisiane, qui s'appelait George Innes.

En ce temps-là, Innes avait quasiment le monopole de la drogue, du blanchiment d'argent et des prêts à taux usuraires dans plusieurs quartiers de La Nouvelle-Orléans. Cependant, Shively précisait que plusieurs jeunes loups lui savonnaient la planche, car le vieux caïd avait dépassé quatre-vingts ans. Sa théorie était que le fiancé de Rosemary s'était retrouvé au milieu d'une guerre des gangs.

Dixon soupira et rangea le dossier. Il devait se débarrasser de son travail de routine au plus vite, s'il voulait pouvoir se rendre à Angola. Il prit note mentalement de téléphoner à Shively, à présent à la retraite, afin de lui demander des tuyaux sur les jeunes prétendants dont il parlait dans son rapport, ceux qui voulaient prendre la place de George Innes. Puis, il appellerait la Mondaine, pour savoir qui avait repris le business des prêts usuraires…

À 10 heures, Ethan entra dans le bureau avec deux gobelets de café. Dixon était en train de traiter le quatrième dossier de sa pile.

— Comment s'est passé le déménagement ? lui demanda son coéquipier.

— Le déménagement ? répéta Dixon en buvant une gorgée de café.

Il était chaud et pas trop mauvais.

— Ben oui, le déménagement de ta sœur. Celui qui t'a empêché de venir au match samedi… qui était formidable, d'ailleurs…

— Ouais, dit Dixon en signant le rapport terminé, avant d'en prendre un autre. Je suis bien désolé d'avoir raté ça...

— ... Et puis, après l'alerte à la bombe, on est allé prendre des cuisses de poulet avec une bière..., enchaîna son équipier d'un ton très naturel.

— Tant mieux, tant mieux, commenta à tout hasard Dixon d'un air absent. Vous avez dû vous amuser...

Il avala une autre gorgée. Il pouvait presque sentir la caféine commencer à faire son effet.

— Tu parles ! Tu n'as pas prêté la moindre attention à ce que j'ai dit, protesta Ethan. Et je n'apprécie pas beaucoup le fait que tu me racontes des craques, en plus !

Dixon leva les yeux de son dossier et regarda son coéquipier.

— Qu'est-ce que tu as ce matin ? De quoi tu parles ?

— Voilà ! s'exclama Ethan en ouvrant les bras d'un geste qui voulait dire : « c'est bien ce que je disais ». Tu n'as rien écouté !

Dixon fronça les sourcils.

— Si ! Tu n'as pas parlé d'alerte à la bombe ?

Ethan eut un petit rire sarcastique.

— Bonjour, Dixon, dit-il avec ironie, en esquissant une petite révérence comique. Et pose tes bagages ; on est arrivé ! Bon, tu me racontes ce que tu as fait réellement, samedi soir ?

— C'est-à-dire que Dee m'a téléphoné pour me dire qu'en fait, je n'avais pas besoin de venir, commença Dixon embarrassé.

Il n'aimait pas mentir à son coéquipier, mais la situation l'exigeait. Et puis, il avait commencé par lui raconter cette fable, il fallait bien fermer la parenthèse.

— ... Alors, je me suis retrouvé à traîner...

— Et tu as traîné jusqu'à Jackson Square ?

Pincé une nouvelle fois en flagrant délit de mensonge, Dixon sentit ses oreilles s'échauffer. Il espérait ne pas être devenu tout rouge.

— Comment tu le sais ? grommela-t-il.

— Jerreau t'a vu. Tu étais sur un banc. Il t'a fait signe, mais tu regardais dans le vide.

— Oui, je traînais, quoi !

— Tu aurais dû m'appeler et venir au match.

— Bah, c'était compliqué et puis il était déjà tard...

Ethan le considéra d'un air réprobateur.

— Tu savais qu'on allait en boîte, après !

— Écoute, tu sais que je n'aime pas trop ça...

Dixon revint au dossier ouvert devant lui.

— C'est vrai, j'oublie toujours que tu es un vieillard, railla Ethan en s'installant à son bureau. Alors, tu fais quoi, ce matin ?

— Dès que j'aurai fini ces dossiers, je file à Angola. Il faut que je parle à Pereau.

— Pereau ? L'espèce de demi-sel qui t'a dit qu'il avait vu Rosemary ?

Dixon acquiesça.

— J'ai besoin de savoir qui d'autre est au courant et s'il a parlé d'elle..., expliqua-t-il.

— À quoi bon ? s'étonna Ethan. Ça fait douze ans que ma cousine a disparu. Celui qui l'a tuée l'a probablement jetée dans le Mississippi. Et le fleuve rend rarement les corps...

— Ça ne t'intéresse pas, toi, qu'une petite frappe comme Pereau certifie qu'il l'a vue ? Il aurait pu essayer de te vendre l'info, quand il a découvert qui tu étais, et pourtant, il ne l'a pas fait.

— Non, parce qu'il est assez malin pour s'apercevoir que c'est toi le maillon faible. Je te le dis, tu perds ton temps... Il suffit de prononcer le nom des Delancey dans les bas-fonds de La Nouvelle-Orléans pour que tous les rats sortent de leur trou... Ils essaieront tous de te vendre leurs petites histoires. Tu en seras vite fatigué.

— Eh bien, disons que j'attends les premiers signes de fatigue, répondit Dixon.

Ethan regarda un long moment son coéquipier avant de demander doucement :

— Pourquoi tu fais tout ça, au juste. ?

Dixon s'étira sur son siège en étouffant un bâillement.

— Bon sang, ce que je peux détester ces rapports ! Il me donne des raideurs dans la nuque... Écoute, j'ai toujours voulu clore ce dossier. C'était mon premier à la Criminelle. Et je pense que le tueur n'a pas pu supprimer le fiancé, revenir à l'appartement et enlever le corps de Rosemary...

— Oui, le coupa Ethan d'un air sinistre, achève ta démonstration...

— Je pense qu'elle était toujours vivante.

— Tu n'as pas le plus petit début de preuve et je te préviens, Dixon. Si tu remues un peu trop de vase et que tu indisposes ma famille, je donnerai ton cul à bouffer aux alligators. C'est bien compris ?

— T'inquiète... Je suis tout seul sur le coup et je n'en parle à personne. Je te promets que si ça ne mène à rien, je laisserai tomber.

Dixon était confiant, persuadé qu'il n'aurait pas à abandonner. Pereau en savait davantage qu'il voulait bien en dire et il comptait lui tirer les vers du nez, que ce soit par la persuasion ou par des moyens beaucoup plus énergiques.

9

Il fallut deux heures à Dixon pour rallier le pénitencier d'Angola. Sur la route, il appela Shively, en espérant que celui-ci n'ait pas changé de numéro. Il n'avait pas parlé à son vieux camarade depuis plusieurs mois.

Ils échangèrent quelques banalités et plaisanteries, puis il lui dévoila la véritable raison de son appel.

— Dans ton rapport de l'époque, tu as parlé des successeurs probables de Innes, ces jeunes loups qui étaient prêts à prendre sa place...

— Oui, tu sais qu'on se posait des questions à propos d'Innes, surtout quand on constatait qu'il venait de faire une grosse rentrée d'argent dont on ne connaissait pas trop la source. À la Criminelle, il y avait en gros deux théories : la première, c'était qu'Innes n'était en fait qu'une façade, un prête-nom pour un gros bonnet plus riche que lui, un « très discret » qui aimait l'odeur de l'oseille, mais détestait se salir les mains. La seconde, c'était qu'il faisait ses affaires loin de La Nouvelle-Orléans, ce qui expliquait que l'on ait si peu d'informations sur celles-ci. Certains pensaient même que c'étaient les deux à la fois et que son actionnaire était Tito Vega, un type qui rayonnait sur toute la côte, de la Floride au Texas et que personne n'avait jamais pu faire tomber.

— Mais il avait déjà quatre-vingts ans, en ce temps-là, Innes... qui a pris sa suite ?

— Je ne sais pas vraiment. Il y avait deux ou trois types qui convoitaient sa place. Il semblerait qu'ils se soient partagé son territoire.

Shively réfléchit un instant.

— J'ai un copain à la police de Gretna qui pourra peut-être te renseigner... ce que je crois savoir, c'est qu'un type venu du nord, du nom de Wasabe, s'intéressait aux secteurs de Touro Bouligny et de l'Irish Channel.

— Wasabe ?

— Oui, j'ai oublié son prénom. Allen ou Aron, quelque chose comme ça... Il a une couverture, un cabinet comptable quelque part sur Tchoupitoulas Street. Mais pourquoi tu réveilles toutes ces vieilles histoires ?

Dixon expliqua les choses sans révéler trop de détails.

— C'est bizarre, reprit Shively. Cette affaire était ta première enquête de meurtre et pratiquement ma dernière...

Dixon savait à quoi Shively faisait allusion. Quelques mois après l'agression de Rosemary, ils enquêtaient tous deux sur un faux suicide quand le vieux flic expérimenté fut blessé dans une fusillade. Le chirurgien lui sauva la mise, mais Shively dut rester derrière un bureau durant une bonne année, puis il prit sa retraite.

— J'y pense souvent, tu sais, continua-t-il. Tout ce sang, sur les murs, sur le plancher, partout...

— Oui, moi aussi, répondit simplement Dixon. En tout cas, je te remercie pour toutes ces infos.

Il lui promit de passer le voir un de ces jours pour boire une bière ensemble et raccrocha.

Il était déjà 14 heures quand il se retrouva devant les petites tables couvertes de graffitis du parloir de la prison.

Un surveillant lui amena Ti-Bo Pereau, et quand celui-ci l'aperçut, son visage basané de cajun vira au verdâtre. Il se mit à freiner des quatre pieds, mais le surveillant le traîna jusqu'à la table et le fit asseoir sur la chaise.

Dixon remercia le maton d'un signe de tête, puis, considérant le pâle voyou d'un air narquois, lui lança un « bonjour » ironique.

À demi tourné sur sa chaise, Ti-Bo Pereau lui répondit en ne bougeant qu'à peine ses lèvres pincées.

— Pourquoi tu m'as fait appeler ? se plaignit-il. Si les gars me voient te parler, je suis mort, c'est sûr !

— Eh bien, tu n'as qu'à me dire tout de suite tout ce que tu sais...

— Je t'ai déjà dit ce que je savais.

Le visage de Ti-Bo reprenait des couleurs, mais il suait à grosses gouttes, malgré l'air conditionné. Il n'en lança pas moins un regard torve à la cartouche de cigarettes que Dixon avait apportée.

— C'est tout pour moi ? lui demanda-t-il, toujours du coin de la bouche.

Dixon ne venait jamais à Angola sans une cartouche. En prison, les cigarettes servaient de menue monnaie. Il fit mine de tapoter distraitement sur le carton de l'emballage et Ti-Bo, les yeux brillants, avança sa main. Mais Dixon lui retira la cartouche.

— Quelques petites infos d'abord, lui dit-il.

Ti-Bo se recula sur sa chaise et croisa les bras. Toujours sans regarder son interlocuteur, il lui dit entre ses dents :

— Faut que je fasse comme si je ne voulais pas te parler. Tu n'imagines pas... T'as beau avoir une chemise blanche et une cravate à trois dollars, y a pas un type dans cette taule qui n'est pas capable de voir que t'es un flic...

— Très bien, lui répondit Dixon. Je veux bien faire le guignol et jouer au gars qui ne peut rien obtenir de toi, mais je te préviens que si tu ne parles pas, je m'arrangerai pour que tout le monde ici sache à quel point tu peux te montrer obligeant envers la police, quand on sait un peu te prendre...

Ti-Bo releva le menton, la mine rageuse et insubordonnée, comme s'il se refusait à toute collaboration avec l'homme qui lui faisait face.

— Bon, vas-y, accouche, murmura-t-il entre ses lèvres presque closes. Qu'est-ce que tu veux savoir ?

— Comment tu as su, pour Rosemary Delancey ? Ne me raconte pas que tu l'as reconnue, je ne te crois pas...

Ti-Bo haussa les épaules.

— Ben si, pourtant.

— Ti-Bo, annonça Dixon avec une légère impatience dans la voix, si tu continues, je me lève et je te donne l'accolade. Ce sera du meilleur effet sur tes petits camarades...

— O.K., O.K. C'est un pote à moi... les flics nous ont cravatés ensemble... Il l'a vue et il m'a dit que, aussitôt, il avait pensé à la fille Delancey qui avait disparu. Il disait que c'était à sa façon de marcher qu'il l'avait reconnue. Personne ne marche comme ça, il paraît...

Dixon sentit une sueur froide lui parcourir le dos. Ti-Bo ne mentait pas, cette fois : il s'était fait la même réflexion que lui. Personne ne marchait comme Rosemary Delancey et la voir faire était un régal. Elle traversait la rue ou son salon comme si elle était encore la reine du Carnaval. Il n'y avait rien de plus sexy au monde.

— Je lui ai dit qu'il racontait des craques, continua Ti-Bo, qu'il ne risquait pas de connaître une Delancey... Il m'a dit que si, et qu'il avait vu son père l'escorter au bal de Ti-Malice, l'année où elle a été reine du Carnaval...

Ti-Bo sembla oublier un instant qu'il était supposé ignorer Dixon et se pencha vers lui, sur le ton de la confidence.

— Mon pote, il devait avoir treize ans à l'époque, mais il m'a dit que chaque fois qu'il la voyait, il avait la triq...

— Ça va, Ti-Bo, le coupa Dixon, plus qu'agacé. Tu veux me faire croire que tu as des amis assez chic pour assister au bal de Ti-Malice avec les Delancey ?

— C'est le fils d'un gros bonnet de la ville. Un conseiller municipal, peut-être bien. Oui c'est ça, un conseiller...

Dixon lui lança un regard à la fois incrédule et dédaigneux.

— À qui tu veux faire croire que le fils d'un gros bonnet s'est retrouvé en taule avec des paumés de ton espèce ? Il est tombé pour quoi ?

— Pour des histoires de drogue et de résistance à l'autorité. Son père n'a pas voulu le faire libérer, il a dit qu'il avait besoin d'une bonne leçon...

Dixon fronça les sourcils. Il avait déjà entendu cette histoire quelque part. Mais il n'avait toujours pas de nom.

— Bon, c'est qui, ton ami, Ti-Bo ? lui demanda-t-il. J'ai commencé à te récompenser pour tes infos et là, je perds patience...

Ti-Bo se carra sur sa chaise et croisa de nouveau les bras, non sans avoir lancé un regard furtif aux alentours.

Dixon poussa la cartouche vers lui, sur la table du parloir.

— Junior Fulbright, et maintenant, sors d'ici ! lui lâcha la petite crapule.

Il fallut un quart de seconde à Dixon pour digérer l'information.

— Le fils du conseiller municipal ? C'est bien lui ?

Ti-Bo acquiesça.

James Fulbright était justement l'un des adjoints au maire de La Nouvelle-Orléans chargé de la sécurité et il n'avait pas la réputation d'être particulièrement tendre avec les délinquants. Le fait qu'il ait laissé son propre fils faire de la prison sans intervenir était tout à fait cohérent avec ce profil. De nouveau, il sentit un filet de sueur froide couler dans son dos. Tout se mettait en place parfaitement. Ti-Bo ne mentait pas.

— À qui d'autre tu as parlé de Rosemary Delancey ?

— À personne, répondit Ti-Bo, le regard fuyant.

— Ça y est, voilà que ça te reprend, soupira Dixon. Bon, lève-toi, je vais te donner l'accolade que tu mérites pour ton petit renseignement.

— Il y avait deux personnes avec nous, quand Junior m'a raconté ça.

— Ti-Bo...

— Attends, je te jure que j'en sais pas plus. Junior était défoncé quand il en a parlé et il disait qu'il pourrait bien vendre l'info, que ça intéresserait sûrement quelqu'un. Ceux qui avaient essayé de la tuer par exemple voudraient peut-être savoir ce qu'elle était devenue.

— Et où ça se passait, cette petite conversation ?

— Au coin de Bourbon Street et de Rampart, et j'en sais pas plus.

Tout à coup, sans crier gare, Ti-Bo se leva si brusquement qu'il renversa sa chaise, en prenant soin toutefois de s'être saisi au préalable de la cartouche de cigarettes.

— Je vous ai déjà dit de me laisser tranquille, lança-t-il à Dixon d'un air furieux. Je suis pas une balance !

Jouant le jeu, le policier se leva à son tour, le visage menaçant.

— Rends les cigarettes, alors.

— Y a pas de raison ! Vous me les avez données, pas vrai ?

Un surveillant voulu s'approcher mais Dixon l'arrêta d'un geste. Pour la sécurité de Ti-Bo à l'intérieur de la prison, il fallait jouer la petite scène jusqu'au bout.

— D'accord, dit-il d'un ton rageur, puisque c'est comme ça, garde-les et profites-en bien, ce sont les dernières que tu auras.

Puis il fit signe au surveillant.

— Emmenez-moi chez le gardien chef, lui dit-il assez haut pour que tout le monde l'entende. Il y a des privilèges qui vont sauter...

Après deux nouvelles heures de route, Dixon fut de retour à La Nouvelle-Orléans et trouva une feuille de papier sur son bureau. Il s'agissait du rapport du labo sur le briquet que « Catogan » avait laissé tomber lors de leur course-poursuite. Il y avait bien une empreinte digitale dessus et elle appartenait sans nul doute possible à... James Fulbright Junior.

Dixon poussa un sifflement de surprise. Puis il saisit sa souris d'ordinateur et entra ce nom dans la base de données de la police. Quand le profil s'afficha et qu'il vit la photo, il siffla de nouveau.

— Tiens, tiens, murmura-t-il, voilà donc notre ami « Catogan »...

C'était le portrait d'un jeune homme de vingt ans à peine, avec des cheveux blonds pleins d'épis. Ce visage peu amène était bien celui du traîne-savates qui avait suivi Rose dans le tramway.

Ainsi, Junior surveillait Rose, probablement pour vendre ses informations au plus offrant.

Dixon lut rapidement l'extrait de casier judiciaire. Il y trouva un peu de détention et de revente de drogue, de la conduite en état d'ivresse, quelques troubles à l'ordre public et même une affaire de résistance aux forces de l'ordre, comme le lui avait dit Pereau.

Il songea au conseiller Fulbright, le père de Junior. On le savait implacable avec les délinquants, c'est pourquoi il n'avait pas levé le petit doigt pour tirer son fils d'affaire, même pour les délits relativement mineurs qu'il avait pu commettre, comme la conduite en état d'ivresse. Tout cela avait fini par mener le jeune homme dans les prisons de l'État de Louisiane, lesquelles n'étaient pas particulièrement réputées pour leur confort.

Dixon fit ensuite une recherche d'images sur internet. Et il trouva une photo de James Fulbright avec Rosemary, datant de 1999 : elle était la reine du Carnaval cette année-là, mais le roi, c'était lui... !

Dixon se souvint alors d'avoir parlé avec le conseiller durant l'enquête. Fulbright avait beaucoup plaint Rosemary, disant qu'elle était une douce et bonne jeune fille et qu'il ne pouvait imaginer que quelqu'un pût vouloir lui faire du mal.

Dixon regarda pensivement le visage du conseiller sur la photo. Jusqu'où était prêt à aller cet homme pour éradiquer le crime dans sa ville ? Il avait laissé mettre son propre fils presque encore adolescent en prison. Aurait-il été capable de faire tuer Lyndon Banker et sauvagement torturer Rosemary Delancey, parce qu'ils se trouvaient en travers de son chemin ? C'était une piste qui ne pouvait être exclue.

Il devait tout savoir des faits et gestes de Junior Fulbright et d'abord se rendre chez les parents du jeune homme. Mais, il ne pourrait parler au conseiller Fulbright qu'à titre privé et sans jamais mentionner le nom de Rosemary Delancey.

Il imprima une copie de la photo de Junior et à peine celle-ci sortie de l'imprimante, Ethan entra dans le bureau.

— Tu as raté la meilleure, lui dit-il.

— Ah ? répondit Dixon en fourrant la photo dans sa poche de veste.

— On a eu une désespérée qui voulait se jeter dans le Mississippi...

— Sans blague ?

— Comme je te le dis ! Je me suis demandé si on allait réussir à l'empêcher de sauter... Toute jeune, vingt ans à peine. Apparemment, elle venait d'apprendre que ses parents avaient payé son petit ami pour qu'il arrête de la voir... et qu'il avait pris leur argent...

— Comment tu t'y es pris ?

— Je vais te dire ça... Premièrement, comme tu m'as laissé ici tout seul pour aller courir je ne sais où, quand on a reçu l'appel, le lieutenant m'a collé Burgess comme coéquipière...

Dixon ne répondit pas, se mordant les lèvres pour ne pas rire. Mary Burgess était une enquêtrice dure à cuire qui avait dix ans d'expérience et ne montrait jamais la moindre faiblesse : dure aux criminels, dure pour ses équipiers et, plus encore, dure pour elle-même...

— Et comment ça s'est passé ? demanda Dixon qui ne pouvait malgré tout s'empêcher de sourire.

— Eh bien, étonnamment bien, figure-toi. Elle m'a surpris, Burgess, elle a parlé à la fille et elle était... toute douce, toute gentille.

— Burgess ? Douce et gentille ?

— Ben oui, c'est comme ça ! Bon, et toi ? Comment s'est passé ton petit voyage d'agrément à Angola ?

Dixon montra à Ethan la photo de Junior.

— Qui est-ce ? demanda machinalement son coéquipier, alors que le nom et la date de naissance étaient imprimés sous la photo.

— Junior Fulbright.

— Le fils du conseiller municipal ?

Ce n'était pas vraiment une question. Dixon acquiesça.

— Ça ne m'étonne pas, enchaîna tranquillement Ethan. Il faut toujours qu'il se fourre dans les ennuis, celui-là... Mais qu'a-t-il à voir avec cette petite crapule de Ti-Bo Pereau ?

— C'est lui qui...

Dixon s'interrompit brusquement. Il avait été à deux doigts de dire « qui suivait Rose ». Il s'était arrêté juste à temps : il était encore trop tôt pour révéler à Ethan qu'il avait retrouvé sa cousine.

— ... C'est lui qui a dit à Ti-Bo qu'il avait vu Rosemary.

À condition que cela soit vrai, corrigea-t-il tout de suite mentalement. Il était plutôt surprenant de voir un Junior Fulbright traîner avec un moins-que-rien comme Ti-Bo Pereau.

— Qui aurait dit, rectifia-t-il. En fait, je pense plutôt que Ti-Bo a entendu Junior Fulbright le raconter à quelqu'un d'autre.

Ethan fit une moue dégoûtée.

— Qu'est-ce qu'il t'a raconté exactement ?

— Il m'a dit que Junior prétendait avoir connu Rosemary Delancey à l'époque où elle était la reine du Carnaval.

— Bon, quel âge a-t-il ? Vingt ans et des poussières ? Comment aurait-il pu reconnaître Rosemary, en admettant même qu'il l'ait vraiment vue autrefois, ce qui, je te le rappelle, n'est qu'une supposition ? Il aurait eu huit ans !

Dixon se baissa pour ramasser la photo qui était tombée sur le sol.

— D'accord, soupira-t-il. Ti-Bo n'est pas vraiment un informateur tout à fait fiable.

— Ça ne mène à rien, ton affaire. Je te l'avais dit. Et on n'a pas fini d'entendre les contes et légendes de la vie de Rosemary Delancey, crois-moi !

Dixon n'essaya même pas d'argumenter. Il ne voulait pas, pour le moment, laisser deviner à Ethan que Rosemary était vivante et qu'il le savait. Son coéquipier n'était déjà pas ravi de le voir persister à interroger Ti-Bo Pereau...

Il plaça la photo dans une chemise cartonnée et la déposa sur le bord de son bureau pour penser à l'emporter chez lui. Il détestait mentir à son partenaire, même par omission. Mais comme sa cousine et le reste de leur famille, Ethan avait besoin de preuves et, pour le moment, il n'avait que des suppositions à leur offrir.

En quittant son bureau, après sa journée de travail, il prit sa voiture et se rendit à la résidence des Fulbright, dans la banlieue chic de Metairie. C'était la seule adresse de Junior qu'il connaissait. Quand il frappa à la porte, ce fut le conseiller lui-même qui lui ouvrit.

— Monsieur le conseiller, mon nom est Dixon Lloyd. Je suis inspecteur à la brigade criminelle de La Nouvelle-Orléans. Nous nous sommes déjà rencontrés, il y a douze ans, quand j'enquêtais sur le meurtre de Rosemary Delancey.

Le visage grave, Fulbright acquiesça.

— Je désirerais vous poser quelques questions au sujet de votre fils.

Fulbright devint subitement très pâle.

— Il lui est arrivé quelque chose ?

— Non, non, monsieur, pas que je sache. Pardon si je vous ai inquiété. Mes questions concernent quelque chose qu'il aurait dit à un tiers, à propos d'une autre affaire dont je m'occupe.

Fulbright s'effaça pour laisser passer Dixon.

— Si vous voulez entrer... Mon bureau est à gauche.

Dixon attendit poliment que son hôte se soit assis dans un fauteuil de cuir, puis il prit un siège à son tour.

— Je n'ai pas vu mon fils depuis environ deux mois, lui déclara Fulbright d'emblée. Que désirez-vous savoir ?

— En fait, j'aurais voulu lui parler. Si vous savez où il se trouve, je vous serais reconnaissant de me le dire.

L'élégant quinquagénaire regarda le policier avec un air de soupçon.

— Vous me certifiez que vous ne le cherchez pas parce qu'il aurait commis un délit ou un crime ?

— Je n'ai connaissance d'aucune activité illégale le concernant directement. Il semble simplement qu'il ait vu une personne disparue. C'est uniquement pour savoir s'il dispose d'informations supplémentaires que je désire m'entretenir avec lui.

— Qui est cette personne disparue ?

— Là, je crains de ne pouvoir vous répondre. Le secret de l'enquête, vous comprenez...

— Oui, j'ai l'habitude des procédures, répondit Fulbright, d'un air un peu pincé. Inspecteur, est-ce que vous me donnez votre parole que vous ne cherchez pas à arrêter mon fils ?

Dixon hocha la tête.

— À moins qu'il ne commette un délit entre maintenant et le moment où je lui parlerai, je n'ai aucune raison de faire autre chose que lui poser des questions. Vous avez ma parole.

Fulbright se frotta pensivement le menton en étudiant la physionomie de Dixon. Finalement, il soupira :

— Mon fils a eu quelques ennuis avec la justice, dans le passé, mais il m'a juré que cela ne se reproduirait plus. Il s'est inscrit au Delgado Community College. La dernière fois que je lui ai parlé, il m'a dit qu'il cherchait un appartement près du campus.

— Quel campus ? City Park ?

Fulbright acquiesça.

— Puis-je avoir son numéro de portable ?

Le conseiller municipal hésita un instant, puis griffonna une série de chiffres au dos d'une de ses propres cartes de visite et tendit celle-ci à l'inspecteur.

Dixon le remercia. Comme il se levait pour partir, Fulbright l'arrêta.

— Inspecteur, lui dit-il, s'il se trouve que mon fils a de nouveau transgressé la loi, je veux qu'il ne lui soit accordé aucun traitement de faveur. C'est une règle chez moi. Vous l'avez peut-être déjà entendu dire ?

— Oui, monsieur, en effet.

Il reprit sa voiture et se dirigea directement vers l'administration du Delgado College à City Park, où il demanda à consulter les listes d'inscriptions. Il n'avait pas envie d'appeler directement Junior et de le prévenir qu'il le recherchait. Le jeune homme s'était certainement inscrit pour au moins douze heures de cours par semaine, puisque c'était le minimum légal exigé pour avoir droit au statut d'étudiant.

Après avoir obtenu son adresse en montrant son insigne et en haussant le ton devant les secrétaires, il se rendit à un immeuble plutôt cossu sur General Diaz Street et frappa à l'appartement n° 5.

La porte s'ouvrit sur le visage blême et les yeux chassieux du jeune traîne-savate qui avait suivi Rose jusque dans le tramway.

Quand il le reconnut, Junior tenta bien de lui claquer la porte au nez, mais Dixon l'en empêcha sans peine.

Il lui montra son insigne.

— James Fulbright Junior ?

— Qu'est-ce que vous voulez ? grommela le jeune homme, en lui tournant le dos pour aller s'installer sur un canapé défoncé.

Dixon entra et referma la porte derrière lui. L'appartement sentait le fauve, le renfermé et le haschisch froid. C'était à peine si on pouvait respirer. La table basse constellée de taches était couverte d'emballages de chips et de biscuits, de cannettes vides de bière ou de soda et de cendriers remplis à ras bord de mégots roulés à la main.

Dixon ne manqua pas également de remarquer le sac en plastique bourré d'herbe que Junior dissimula prestement derrière les coussins du canapé.

— Allez, détends-toi, lui dit-il. Je ne vais pas te causer d'ennuis.

— Ah, ouais ? répliqua le jeune homme, ben ça m'étonnerait...

— Déjà, tu vas t'asseoir un peu mieux que ça et puis tu vas réfléchir...

Comme Junior ne réagissait pas et se contentait de le regarder d'un air de vague défi ennuyé, Dixon se pencha et d'un coup sec, lui fit retirer les pieds du canapé. Effrayé, Junior se redressa prestement en poussant un cri étranglé.

— Et maintenant, lui dit Dixon d'un air suave, tu vas te

concentrer. Écoute-moi bien : puisque tu m'as reconnu, je pense que tu sais pourquoi je suis ici.

Junior se laissait aller contre les coussins du canapé et fermait les yeux.

— Regarde-moi quand je te parle..., tonna Dixon.

Fatigué de l'attitude nonchalante du jeune homme, il l'attrapa par le col de son sweat-shirt élimé et l'amena à quelques centimètres de son visage.

— Je t'ai dit de me regarder, tu es sourd ?
— D'accord, d'accord, glapit le gamin. Vous fâchez pas !

Dixon le laissa retomber sur le canapé. Au bout de quelques secondes, Junior articula, la bouche en coin et l'œil torve :

— Ça y est, je vous reconnais. C'est vous l'allumé qui m'avez donné la chasse dans la moitié de la ville, samedi dernier.

— Reste poli, espèce de petite frappe, lui lança Dixon. Oui, c'est moi qui t'ai donné la chasse. Tu suivais une amie à moi. Tu te rappelles ?

Junior cligna des yeux, essayant, sans guère de succès, de se composer une attitude innocente.

— Je vois vraiment pas de quoi vous parlez...

— Je crois qu'on ne se comprend pas bien, petit. Jette encore un coup d'œil à ceci...

Il lui brandit de nouveau son insigne sous le nez.

— Ce truc-là, ça veut dire que je peux te passer les bracelets et te coller au frais vingt-quatre heures, sans même avoir pour ça une seule raison valable...

Il s'interrompit et fit mine d'avoir soudain une idée.

— Mais j'y pense, j'en ai une, de raison. Ce sac que tu essaies de me cacher derrière les coussins, il y a là-dedans de quoi te faire rester à l'ombre un certain temps...

Le visage de Junior blanchit.

— Mais vous m'aviez dit que vous ne me feriez pas d'ennuis..., commença-t-il à geindre. S'il vous plaît, faites pas ça... Mon père ne me fera pas sortir et je veux pas y retourner...

Dixon le dévisagea. Junior avait vraiment la trouille.

— Je te l'ai dit, c'est vrai. Mais tu sais ce que c'est : souvent, on change d'avis...

— Je vous dirai tout ce que vous voulez, gémit de nouveau le garçon. Mais ne me remettez pas en prison.

— Bon, alors écoute bien : je veux savoir qui t'a payé pour t'intéresser à la diseuse de bonne aventure.

Dixon prit particulièrement soin de ne pas prononcer le nom de Rose.

— La diseuse de quoi ?

Junior faisait encore le malin. Dixon le reprit par le col de son sweat-shirt.

— Écoute-moi bien, mon petit gars. Tu crois que j'ai oublié le regard que tu m'as lancé, quand tu montais dans ce tramway ? Tu savais très exactement ce que tu faisais. Alors, tu vas me dire qui t'a payé pour la suivre et je pourrai peut-être oublier tes petites manies et ce sac d'herbe dans lequel tu puises si généreusement. Je suis sûr que ça ennuiera beaucoup ton papa si tu tombes pour trafic de drogue...

Une fois de plus, Junior changea de couleur. Il vira au verdâtre et la sueur se mit à couler abondamment de son front.

— Personne, je vous le jure !

Dixon leva un sourcil incrédule.

— Personne ? répéta-t-il avec impatience. C'est « personne » qui te fait transpirer comme ça ?

Sans répondre, Junior s'essuya le front d'une main tremblante.

— Allons, je sais ce que tu as dit à Ti-Bo et...

— Ti-Bo ? Ti-Bo a cafardé ? Cette raclure... Il est mort !

— Oh là, oh là, Junior, l'arrêta Dixon d'un air sévère. Tu profères des menaces de mort en présence d'un officier de police ?

Le gamin perdit un peu plus de sa superbe. Il renifla et se moucha d'un revers de main.

— N... non, bredouilla-t-il à regret.

— Tu as exactement trois secondes pour me dire ce que je

veux savoir. Choisis : tu me dis qui t'a demandé de suivre la diseuse de bonne aventure, ou tu vas en prison pour usage et trafic de stupéfiants.

Junior secoua la tête, l'air désespéré.

— Je suis foutu de toute façon. Si vous m'embarquez, mon compte sera réglé en prison et si je parle, je serai aussi mort que Ti-Bo.

— Qu'est-ce que tu veux dire par « aussi mort que Ti-Bo » ?

Est-ce que quelqu'un cherchait à supprimer le jeune Cajun ? songea Dixon.

— Simplement ça, reprit Junior. Il n'est pas encore mort, bien sûr, mais il a balancé auprès des flics. Il ne verra pas son prochain anniversaire.

Pour la première fois, Junior sourit.

— Peut-être même qu'il verra pas le jour se lever, demain...

Dixon tiqua. Dès qu'il sortirait d'ici, il appellerait Angola et demanderait au directeur de mettre Ti-Bo à l'isolement. Là, le petit Cajun serait au moins protégé des tueurs.

— Je serais toi, dit-il lentement au jeune vaurien, je souhaiterais beaucoup, beaucoup d'aubes radieuses et de joyeux anniversaires à Ti-Bo Pereau, parce que s'il devait lui arriver quelque chose, je m'arrangerais pour qu'on te mette dans son ancienne cellule...

À ces mots, les yeux de Junior s'agrandirent de terreur.

— Non, mec, gémit-il. Pas ça. Il ne faut pas que je retourne en prison.

— C'est à toi de voir, répliqua sèchement Dixon.

Il attendit, sans quitter Junior des yeux. Le gamin était visiblement terrifié. Mais il avait encore plus peur de celui qui l'avait engagé que de retourner à Angola.

Dixon soupira. Les choses ne s'arrangeaient pas comme il l'aurait voulu. Il préférait de beaucoup que le gamin soit en liberté. De cette manière, il pourrait le suivre discrètement et voir à qui il parlait.

— Réfléchis bien, lui dit-il. Je te repose la question dans

quelques jours. Ça te va ? Pendant ce temps, je te suggère de lever tes fesses de ce canapé et d'aller un peu à tes cours, comme tu l'as promis à ton père.

— D'accord, j'irai, s'empressa de promettre le jeune homme.

Les yeux grands ouverts, il regarda Dixon comme s'il n'osait trop y croire.

— Alors, vous m'arrêtez pas ?

— Pas aujourd'hui. Mais avant que je revienne te parler, tu vas bien réfléchir et quand je reposerai ma question, tu auras une réponse à me fournir. C'est bien vu ?

La jeune crapule était si soulagée que Dixon crut qu'il allait se mettre à pleurer.

— Oui, m'sieur, oui m'sieur ! Promis ! s'empressa-t-il servilement de répondre.

Dixon quitta l'appartement et reprit sa voiture, remontant la rue sur quelques centaines de mètres. Puis il appela le cousin d'Ethan, Dawson Delancey. Dawson avait créé une agence de détective privé, D&D services. Il avait pris sa petite amie Juliana comme associée.

— C'est Dixon Lloyd, s'annonça-t-il quand Dawson décrocha. Ça va, Dawson ?

— Tiens, Dixon ! Tu sers toujours de nounou à mon cousin ?

— Tu parles ! C'est plutôt moi qui peine à le suivre, il rajeunit tous les jours. Il va très bien...

— Heureux de l'entendre.

— Dis donc, Dawson, j'aurais une affaire pour toi, si tu as quelqu'un de libre... mais il me le faut tout de suite.

— Il y a Grey Reed... tu veux dire... tout de suite, tout de suite ?

Dixon ne connaissait pas ce Grey Reed, mais Dawson ne l'aurait certainement pas engagé s'il n'avait pas été un as dans sa spécialité.

— Dans moins d'une heure, si possible. Je voudrais qu'il prenne en filature Junior Fulbright. Je veux savoir qui il voit, à qui il parle, tout ce qu'il fait et ce, pendant les deux ou trois prochains jours.

— Junior Fulbright ? Le fils du conseiller municipal ?

— Lui-même.

Dixon lui donna l'adresse de Junior.

— Reed sera là-bas dans une demi-heure.

Dixon le remercia et raccrocha. Il caressa un instant l'idée de retourner surveiller l'appartement de Junior en attendant l'arrivée du détective, mais Dawson ne s'engageait pas à la légère et, de toute façon, il allait devoir s'assurer que tout allait bien du côté de chez Rose.

Il composa donc le numéro du pénitencier d'Angola et le directeur le prit immédiatement au téléphone.

— Je suis content que vous appeliez, lui dit-il, je ne savais pas si vous étiez ou non en repos pour la journée.

— Non, répondit Dixon. Il faut que je vous parle de Ti-Bo Pereau. Mettez-le à l'isolement, c'est pour sa propre sécurité.

— Trop tard, soupira le directeur. C'est justement pour ça que j'allais vous appeler.

— Quoi ? Qu'est-il arrivé ?

— On vient de retrouver Pereau dans les douches, un pain de savon profondément enfoncé dans la gorge.

10

Dixon sentit son estomac se révulser. Pereau était mort...
— Est-ce que quelqu'un a vu quelque chose ?
— Non...
Le directeur fit une pause, puis il enchaîna :
— De quoi diable avez-vous bien pu lui parler ?
Dixon s'attendait à cette question, il avait même élaboré une réponse, mais devoir mentir de nouveau ne lui plaisait pas pour autant.
— J'avais juste besoin qu'il me confirme une identification, c'est tout. Qui était à la douche avec lui ?
Le directeur eut un rire bref.
— Si je savais ça, mon vieux, je changerais de boulot. Je me ferais voyant extralucide.
Dixon se mordit la lèvre. La colère et le remords se mêlaient étroitement en lui.
— Quand allez-vous vous décider à mettre des caméras de sécurité, là-dedans ? demanda-t-il, excédé.
En quelques mots bien choisis, le directeur du pénitencier d'Angola lui dit tout le mal qu'il pensait de ses autorités de tutelle : elles lui refusaient les crédits nécessaires.
— D'accord, d'accord, soupira Dixon. Donc, personne n'a rien vu ?
— Rien du tout.
— Et vous ne savez pas qui a pu faire ça ?

— J'ai bien quelques idées, mais pourquoi Pereau ? Ça n'était jamais qu'un dealer à la manque. Ça n'a pas de sens.

— Qu'est-ce qui n'a pas de sens ?

— La manière, d'abord. En général, c'est un avertissement. Un savon dans la gorge, ça veut dire : boucle-la.

— Mais un message pour qui ? Quand vous avez un pain de savon enfoncé dans la gorge, vous ne pouvez plus guère parler.

Un nouveau coassement de rire se fit entendre dans le téléphone.

— À ses copains, peut-être, ou à quiconque voudrait se mettre à table avec vous autres, les flics.

Dixon garda un instant le silence. L'allusion implicite du directeur du pénitencier ne lui faisait pas vraiment plaisir. Il se sentait terriblement responsable de la mort de Ti-Bo Pereau.

— On a pris soin de faire comme s'il ne voulait pas me parler, tenta-t-il d'expliquer.

— Ne me prenez pas pour un imbécile, Lloyd, répliqua le directeur. Franchement, votre petit numéro à tous les deux ne vous vaudra pas l'oscar du meilleur rôle. Vous ne croyez tout de même pas que les prisonniers qui y ont assisté, même de loin, n'ont pas pu remarquer que quoi qu'il ait pu vous dire ou ne pas vous dire, Pereau gardait quand même ses cigarettes ! Et moi, je n'ai pas oublié qu'il y a trois semaines, vous m'avez téléphoné pour me demander de lui installer la télé dans sa cellule. Alors, si vous, vous avez une idée de qui a pu faire ça et pourquoi, vous seriez bien gentil de me le dire !

— J'aimerais bien le savoir ! Ti-Bo m'a donné quelques informations à propos d'une vieille affaire, mais il ne savait pas grand-chose en fait et je n'ai pas pu aller bien loin...

Ce n'était qu'un demi-mensonge, songea Dixon. D'accord, il avait retrouvé Rosemary Delancey grâce à Ti-Bo, mais celui-ci ne lui avait guère été utile dans sa recherche de qui pouvait bien être l'agresseur.

— ... C'est d'ailleurs pour cela que je revenais le voir.

— Et vous lui avez donné les cigarettes alors qu'il refusait de parler ?

— Disons qu'il ne m'a pas dit ce qui m'aurait été utile de savoir.

Le directeur jura sourdement entre ses dents et ajouta :

— Vous savez, mon petit Lloyd, moi je vous aime bien, mais si vous essayez un peu trop souvent de me raconter des histoires, il ne faudra plus compter sur mon aide, à l'avenir...

— Allons, cher directeur, répondit Dixon en riant. Ne vous fâchez pas, c'est mauvais pour votre tension. Dites-moi plutôt si vous avez fait pratiquer une autopsie.

— Ma tension vous dit bien des choses... et bien sûr que j'ai fait demander une autopsie, mais je n'en ai pas encore les résultats. De toute façon, la cause de la mort de Pereau ne fait pas de doute : un corps étranger bloquant les voies respiratoires. Vous vous attendez à autre chose ? Au fait, on aura besoin de votre déposition, au sujet de la conversation que vous avez eue tous les deux.

— Pas de souci. Vous me communiquerez les résultats.

Il raccrocha, lança le téléphone sur le siège passager avec un juron bien senti et démarra.

Le danger était donc bien réel. La mort de Ti-Bo le confirmait. Celui qui avait ordonné qu'on le tue était très certainement le même qui avait fait torturer Rose. Et il viendrait très prochainement la tuer.

Quelque chose réveilla Dixon. Un instant, il ne sut plus où il était. En tout cas, pas dans son lit, pas chez lui. Dans le lit de Rose ! Et elle, elle était juste derrière la cloison.

Il resta sans bouger, à écouter dans la nuit. La pluie martelait contre les carreaux de la fenêtre et il pouvait voir les gouttes frapper obliquement les vitres avant de s'écouler en petits ruisseaux que d'autres gouttes venaient disperser. Qu'est-ce qui avait bien pu le réveiller ? Cette pluie ?

Non, il n'en était rien. Il avait entendu quelque chose d'autre.

Il pressa le petit bouton d'éclairage de sa montre. Il était un peu plus de 3 heures du matin. Il rejeta les couvertures et sauta dans son pantalon. Il prit sur la table de nuit l'étui de son arme de service et la clipsa à sa ceinture. Pratiquement dans le même mouvement, il s'empara de son pistolet. Ce n'était probablement rien, mais Rose était en danger. Il ne devait prendre aucun risque.

Immobile et prêt à bondir, il écouta de nouveau, dans le silence de la nuit.

Voilà. Il avait bien entendu. C'était Rose. Elle pleurait. Il n'hésita qu'une ou deux secondes avant d'aller voir ce qu'elle avait. Ce n'était probablement qu'un cauchemar, mais mieux valait s'en assurer.

Ouvrant la porte pour passer dans le couloir, il vit de la lumière sous la porte de la chambre de Rose. Il y fut en deux enjambées. Là, il s'interrompit de nouveau pour écouter. Il y eut un cri étouffé, suivi d'un long soupir, puis une sorte de gémissement inarticulé. Le ton sourd de la voix de la jeune femme laissait supposer qu'elle était bel et bien la proie d'un mauvais rêve. Il hésita de nouveau. Fallait-il la réveiller ou la laisser aller seule au bout de son cauchemar ?

Puis à travers la porte, il l'entendit sangloter et pleurer.

— Non, non..., gémissait-elle tout haut.

Elle prononça d'autres mots, incompréhensibles, mais Dixon avait déjà pris la décision d'intervenir, bien qu'il ne fût pas certain que le fait qu'elle dorme bien ou mal le regardât vraiment. Il allait entrer et la réveiller car la terreur qu'il entendait vibrer dans sa voix lui était insupportable. Même, et peut-être surtout, si cette terreur était fondée sur des faits réels.

Il tourna soigneusement et silencieusement le bouton de porte. La clenche ne fit presque aucun bruit. Puis, il poussa doucement le battant et la porte tourna silencieusement sur ses gonds.

La pluie battait les fenêtres de cette chambre, comme de l'autre. Sur les vitres, les traînées de pluie étaient pareilles à des larmes et la lumière des réverbères de la rue projetait sur le mur des ombres imprécises.

Rose était recroquevillée en position fœtale, le corps emmêlé dans un couvre-lit multicolore. Ses cheveux noirs étaient sur l'oreiller comme de l'encre dans l'eau et elle n'avait pas bronché quand il s'était glissé dans la chambre. Elle continuait simplement à gémir doucement. En fait, elle paraissait assez tranquille, n'était le rêve qui visiblement la tourmentait.

Dixon resta quelques secondes à la regarder. Elle ne bougeait que les lèvres, dans un murmure inintelligible, et la tête, secouée de droite à gauche comme si elle disait toujours non. La tentation était grande de toucher sa peau, d'apaiser son front et de lui murmurer à l'oreille qu'elle était en sécurité, que ce n'était qu'un mauvais rêve. Mais devait-il vraiment la réveiller ? Quelle horreur que de sortir d'un cauchemar et de trouver un quasi-inconnu au pied de votre lit...

Il n'eut pas à se poser la question bien longtemps, car à ce moment précis, elle se redressa sur le dos, complètement rigide.

— Non, non suppliait-elle. Je vous en prie, non !

— Rose ! murmura-t-il en se précipitant vers elle.

Elle ne se réveilla pas, mais son sourcil se mit à frémir, comme si une part d'elle-même avait entendu.

Il effleura sa tempe du bout des doigts et ce fut aussi léger que la caresse d'une aile de papillon. Elle frémit de nouveau et, soudainement, ouvrit les yeux. Dans ses pupilles, il vit briller les lumières de la rue et presque les reflets de la lune. Elle ne le voyait pas. Elle était encore face au monstre qui hantait son rêve.

— Lyndon, au secours ! s'écria-t-elle soudain.

Peut-être n'avait-elle pas prononcé le prénom aussi distinctement, mais c'était bien son fiancé que Rose appelait ainsi dans son cauchemar. Il en était certain. Il serra les poings. Au moins, il savait à quoi elle rêvait. Et elle ne faisait pas ce cauchemar pour la première fois, même si elle paraissait ne pas en garder de souvenirs, en tout cas, pas entièrement, quand elle s'éveillait.

Elle le regardait toujours, l'œil absent, comme lointain. Son visage était affreusement pâle et sa poitrine se soulevait au rythme d'une respiration haletante et difficile.

— Rose ! lui dit-il doucement, Rose, réveillez-vous ! Vous êtes en train de faire un cauchemar.

Il toucha délicatement son épaule.

— Allons, Rose. Tout va bien. Vous êtes en sécurité...

Une fraction de seconde plus tard, elle se redressait, hagarde.

— Non ! s'écria-t-elle encore. Allez-vous-en, allez-vous-en, au secours !

Elle levait ses mains, ses belles mains scarifiées, comme pour se protéger.

Il les prit dans les siennes et tenta de les faire s'ouvrir.

— Rose, c'est moi... Dixon. Vous êtes en train de faire un cauchemar.

Mais elle se recroquevilla contre la tête de lit et ses yeux roulèrent en tous sens comme si elle cherchait une issue de secours.

— Allez-vous-en ! répétait-elle. Allez-vous-en !

— D'accord, d'accord ! dit Dixon, en reculant d'un pas. Mais calmez-vous, Rose. Vous êtes réveillée ? Vous vous souvenez qui je suis ?

Elle le regarda sans comprendre.

— Vous vous souvenez ? J'ai dormi à côté, dans votre ancienne chambre. Vous vous rappelez qui je suis ?

— D... Dixon ? murmura-t-elle.

— Oui, c'est ça, Dixon, vous avez fait un mauvais rêve.

— Un mauvais... ?

Elle secoua la tête, regarda sans paraître comprendre la fenêtre que cinglait la pluie, puis la porte de la chambre.

— Vous êtes en sécurité, maintenant, lui dit-il tout bas, en la prenant dans ses bras.

D'un seul et souple mouvement, elle se leva du lit, tandis qu'il s'approchait d'elle, et il la prit contre son torse nu, caressant son dos, lui murmurant des choses apaisantes et sans suite dans l'odeur si suave de ses cheveux.

— Là, là..., lui dit-il. Tout va bien, vous êtes en sécurité, maintenant.

Il la berça doucement dans ses bras, la rassurant, la calmant.

Malgré le tremblement qui l'agitait, ses seins simplement recouverts d'une fine chemise de nuit de coton étaient doux et fermes contre son torse nu, excitante était la courbe de son dos sous ses doigts, mélange de muscles délicats et de souplesse. Il dut lutter contre le frisson de plaisir qui parcourait son corps tout entier, du bout de ses doigts et de ses lèvres jusqu'à son sexe. Avait-il jamais rien connu de comparable à la sensation exquise de tenir cette femme dans ses bras ? Il en avait pourtant connu de toutes sortes mais Rose était différente. Ce fut comme une révélation. Il l'aimait et ce, depuis le premier instant où il l'avait vu. Même la première fois où il avait trouvé sa photo, parmi les morceaux de verre brisé dans l'appartement saccagé, il l'aimait déjà.

C'était proprement impensable, mais il n'y pouvait rien et il mourrait pour la protéger, s'il le fallait.

Elle cessa de trembler dans ses bras, elle se calmait. Insensiblement, un changement survenait. Sa peau si douce, sa chair si ferme sous ses doigts, commençait à frémir. Elle se coulait contre lui, plaquant son corps contre le sien. L'exquise pression de son ventre et de ses cuisses rendait l'érection inévitable. Il se redressa, en prenant garde de ne pas trop se soustraire à la caresse que Rose lui offrait.

— Dixon ? murmura-t-elle.

— Oui, Rose, je suis là. Est-ce que vous vous sentez mieux ?

Il glissa sa main dans son dos, la réconfortant et s'exposant lui-même à une exquise torture.

— Je...

Elle émit un drôle de petit bruit qui ressemblait à un gloussement.

— J'ai oublié que vous étiez là, je...

Elle s'interrompit et le regarda.

— Est-ce que j'ai fait un cauchemar ?

Il hocha la tête.

— Vous ne vous rappelez rien ? demanda-t-il.

La petite ride d'expression que Rose avait entre les sourcils se creusa.

— Je ne crois pas, lui répondit-elle. Sauf que...

Il la prit par la main et la ramena vers le lit. Ils s'assirent l'un à côté de l'autre.

— Voulez-vous essayer de me raconter... ce que vous vous souvenez de ce rêve ?

Elle haussa ses épaules nues et il admira la faible lumière jouer sur la peau satinée de ses épaules et de son cou.

Il voulait goûter à toutes les parties que la lumière avait touchées et plus encore, celles qu'elle ne touchait pas, que jamais elle n'avait touchées.

Arrête, maintenant ! Il avala péniblement sa salive et se força à ignorer son érection lancinante. Pourvu que Rose n'ait rien remarqué et qu'elle n'en déduise pas qu'il était guidé par ses bas instincts. Il fallait qu'elle ait confiance en lui et elle ne la lui accorderait pas, cette confiance, si elle savait le puissant effet qu'elle lui faisait.

— Je ne pense pas en être capable, dit-elle.

Il dut se concentrer quelques secondes pour se souvenir à quoi exactement elle répondait.

— Parlez, tout simplement. Tâchez de mettre des mots sur ce dont vous souvenez, avant que les souvenirs ne s'enfuient et que cela ne soit plus possible.

— Maman Renée entrait dans ma chambre et venait s'asseoir sur mon lit, quand cela m'arrivait. Elle me disait d'oublier mes cauchemars et de m'endormir.

De son pouce, il caressait doucement ses phalanges et sentait sous son doigt le relief presque insoupçonnable d'une cicatrice.

— Et vous préférez cela ? demanda-t-il doucement.
— Non...
Elle baissa la tête.
— Maman Renée, c'était une sorte de sentinelle, elle montait la garde et tenait les mauvais souvenirs à distance. Mais vous...
Elle leva la tête et le regarda bien en face, ses yeux brillants comme l'ambre dans la faible lumière.
— Avec vous, je me sens en sécurité.
Il eut l'impression que son cœur se mettait subitement à gonfler.
— Je vous jure sur ce que j'ai de plus précieux, Rose, lui dit-il, que vous pouvez me faire confiance. Je ne laisserai personne vous faire du mal.
— Je vous crois, murmura-t-elle, et son regard descendit de ses yeux à sa bouche.
L'espace d'un instant, il crut qu'elle allait l'embrasser. Qu'aurait-il fait si cela était arrivé ? Il venait de lui demander de lui faire confiance, mais il était tout de même assis à côté d'elle sur son lit encore chaud, tout juste vêtu d'un pantalon de toile kaki. Quant à elle, elle était moins habillée encore ; sa fine et diaphane chemise de nuit ne dissimulait rien.
Rose humidifia ses lèvres de sa langue et il faillit perdre la tête. Son érection, qu'il croyait pouvoir garder sous contrôle, devenait presque douloureuse.
Il se leva prestement et marcha vers la fenêtre, mordant sa langue. La douleur allait peut-être enfin faire mollir son sexe !
Ressaisis-toi, voyons. Tu as trente-six ans, pas dix-sept ! Mets un peu à l'épreuve ta force de caractère... L'esprit doit dominer la matière.
Il regarda par la fenêtre : il ne pleuvait plus et la lune perçait timidement entre les nuages.
Les ressorts du matelas craquèrent, mais avant qu'il n'ait pu se retourner, Rose était juste derrière lui. Elle posa sa main dans son dos, entre les deux omoplates. Ce simple contact brûlait comme du feu.
— Dixon, qu'est-ce qui ne va pas ?

Sans se retourner, il commença :

— Je n'aurais pas dû... il faut que vous dormiez. Et moi... — Il cherchait ses mots. —Moi, je ferais mieux de partir d'ici.

Il se dirigeait vers la porte, mais elle l'arrêta en l'attrapant par le bras.

— Non, je ne veux pas que vous partiez. J'ai besoin de vous.

Il ferma les yeux, les mâchoires serrées.

— Non, Rose, murmura-t-il. Vous ne savez pas ce que vous faites.

Elle eut un petit rire léger et laissa courir sa main le long de son bras fort et musclé, jusqu'à son biceps.

— J'ai perdu la mémoire, mais je n'ai pas encore perdu la tête, lui dit-elle. Je sais parfaitement ce que je fais.

Il la regarda droit dans les yeux.

— Je ne crois pas, non.

Il retira sa main délicate de son bras et la plaça sur son ventre, juste au-dessus du bouton de son pantalon.

Rose fut choquée. Il l'avait certainement fait exprès. Elle avait lu des livres et vu des films, avait ressenti l'excitation procurée par certaines images et certaines descriptions. Mais jamais elle n'avait senti le ventre d'un homme sous ses doigts. C'était plus doux que son bras et si dur à la fois. Un roc sous du velours. Elle n'avait pourtant jamais vu une érection, même pas sous un tissu.

Elle ouvrit sa main à plat, caressa la peau satinée. Sous ses doigts, les muscles frissonnaient et se contractaient. Elle prit une profonde inspiration, elle allait gagner. Un frisson d'appréhension parcourut néanmoins son échine. Il avait raison, elle ne savait pas exactement ce qu'elle avait fait. Mais quelque chose en lui l'attirait au plus haut point, quelque chose qu'elle n'avait jamais rencontré chez personne d'autre, du moins dans son souvenir.

— Oui, murmura-t-elle en levant la tête, de telle façon que sa bouche ne fut plus qu'à un ou deux centimètres de la sienne. Je sais exactement ce que je fais.

Les yeux de Dixon étaient très sombres dans la pénombre, mais ils entraient en elle comme deux lasers noirs, elle les sentait pénétrer jusqu'au plus profond d'elle-même.

— Je ne le crois toujours pas, répondit-il, son souffle chaud sur ses lèvres à elle, mais c'est ce que nous allons voir.

Elle se laissa faire et il prit sa bouche, sans la caresser, en la tenant simplement. Elle avait toujours la main sur son ventre et sentait toujours celui-ci se contracter, surtout quand ses doigts descendirent vers les boutons de son pantalon. Elle caressait ses poils drus et sa chair plus douce encore. Puis, elle effleura la flèche bizarrement aussi rigide que tendre. Elle poussa un soupir étranglé et lui aussi. Il rejeta la tête en arrière, et la regarda comme s'il cherchait à lire quelque chose sur son visage. Mais quoi ? La peur ? La surprise ? Le triomphe ?

Elle ferma les yeux et chercha sa bouche. Lèvres entrouvertes, elle goûta les siennes. Alors, dans un souffle, leurs langues se mêlèrent.

Elle poussa un gémissement du fond de la gorge et un désir farouche s'empara d'elle, comme une étincelle mettant le feu aux poudres, jusqu'au bout de ses doigts et de ses cheveux. Ses genoux tremblaient.

Il dût sentir qu'elle était près de s'évanouir, car il la serra dans ses bras, plaquant son corps contre le sien, son sexe dressé contre son ventre.

— Rose, murmura-t-il, si vous voulez que l'on arrête, je vous en prie, dites-le-moi maintenant.

Elle secoua la tête.

— Non, répondit-elle sur le même ton. Non, ne t'arrête pas.

Et elle chercha sa bouche de nouveau, se pressant contre son corps, cherchant à épouser de son bassin la verge dure. Quelque chose guidait sa conduite, qu'elle ne reconnaissait pas, au-delà même du désir physique. C'était un besoin vital. C'était presque terrifiant de sentir cet élan invincible qui la poussait vers lui. Rien de comparable à tout ce qu'elle avait pu connaître auparavant.

Était-ce quelque chose qui la rattachait au passé, à la brume, au mystère et au mensonge ?

C'était pourtant Dixon qui avait commencé à lui faire entrevoir tout cela et elle avait besoin de lui pour aller plus loin, pour se prouver qu'elle était vivante et capable d'affronter le monde dont Maman Renée avait tenté de la protéger. Elle se forgea une force nouvelle dans la chaleur de sa bouche et s'immergea complètement dans cette expérience, se sentit soulevée de terre et portée sur le lit. La joie qu'elle ressentait était si grande ! Elle n'en revenait pas.

— Rose, murmura-t-il, voulez-vous... veux-tu que je m'arrête... Je le peux.

Il prit une profonde inspiration.

— Je le peux, je t'assure.

Elle prit son visage entre ses mains et l'embrassa encore et encore.

— Je t'interdis d'arrêter, Dixon, tu m'entends ? Je te l'interdis !

Il enfouit sa bouche dans la courbe de son cou, tandis qu'elle passait la main dans ses cheveux.

— J'ai eu si peur de ne jamais te retrouver, soupira-t-il doucement.

Un frisson la parcourut. Même si elle avait été perdue pour le monde entier, lui, il l'avait cherchée. Même si elle avait perdu toute mémoire, lui s'était souvenu d'elle, sans relâche.

Le tumulte était dans sa tête et dans son cœur. Elle avait besoin de lui faire confiance et le réalisait pleinement pour la première fois. Il ne lui avait pas menti, elle en était certaine, mais s'était-il intéressé à elle uniquement parce qu'il désirait clore enfin ce dossier ? Ou alors avait-il vraiment eu peur qu'elle soit morte ? Peur de passer le reste de sa vie sans la connaître jamais et de finir seul, sans elle ?

À cet instant, il se dressa sur ses coudes et la regarda. Délicatement, il poussa une mèche de cheveux de son front et joua un instant à les emmêler entre ses doigts. Il ouvrit la bouche, comme s'il allait parler, puis la referma comme s'il préférait s'en abstenir.

Elle sentit l'appréhension lui nouer le ventre. Y avait-il un souci, un problème ? Elle faillit le lui demander, mais il plongea la main dans ses cheveux et se pencha. Non pas pour l'embrasser, mais pour lui parler à l'oreille.

— Je jure devant Dieu de le retrouver, Rose, murmura-t-il avec ferveur. Je le jure. Quand je l'aurai trouvé, il faudra que je m'empêche de le tuer tout de suite, ce qui ne sera pas facile.

— Non, Dixon, ne dis pas ça...

Elle reprit son visage entre ses mains et le força à la regarder.

— Nous n'en sommes pas là. Nous sommes tous les deux, ici et maintenant. Il ne faut penser à rien d'autre.

Il sourit.

— Je peux faire ça, dit-il.

Et il se pencha de nouveau pour reprendre sa bouche dans un baiser à lui couper le souffle.

— J'adore que tu m'embrasses, lui dit-elle en touchant du bout des doigts, curieuse et joueuse à la fois, le bord de ses lèvres. Ta bouche est si douce, si sexy...

Ses doigts s'éloignèrent sur sa joue.

— Ta barbe pique un peu, à cette heure-ci, ajouta-t-elle pour le taquiner.

Il rit et elle sourit en retour.

— C'est la première fois que je te vois rire, lui dit-elle.

— Mais non !

— Mais si !

Elle toucha ses lèvres de nouveau, lui se pencha pour déposer des petits baisers sous son menton, puis sa bouche descendit le long de son cou, de ses épaules. Elle soupira quand il toucha ses seins, les prenant en coupe dans ses mains, ses pouces caressant ses pointes sensibles.

Elle se sentit fondre au bas du ventre, comme jamais auparavant.

— Oh ! Dixon...

Il repoussa le tissu très léger de la chemise de nuit au-dessus de ses seins, en prit un dans sa bouche. Elle se mordit la lèvre pour essayer d'étouffer le cri qui montait dans sa gorge. Elle laissa tout de même échapper un long gémissement de plaisir. Jamais elle n'avait imaginé qu'une telle extase pût exister.

Il se pencha sur elle et fit passer la délicate chemise de nuit au-dessus de ses épaules.

Il se figea, le souffle coupé. Sur le haut de la poitrine, au-dessus des seins, il y avait d'autres cicatrices.

— Oh non, soupira-t-il. Comment as-tu pu supporter ça ?
— Il ne faut pas..., commença-t-elle.

Il secoua la tête et posa doucement ses mains sur les marques qui striaient sa peau laiteuse.

— Je suis... tellement désolé, Rose...

Il ne put en dire davantage et, du bout de la langue, toucha chacune des cicatrices. Elle voulut protester, mais il l'ignora et passa des lignes pâles qui zébraient sa peau aux aréoles sombres de ses seins. Il en suça une, la prenant entre ses lèvres, la tirant, puis la laissant échapper. Et il recommença, léchant, suçant et agaçant les fraises sensibles entre ses dents.

Elle retint un cri de plaisir tandis qu'il tournait son attention vers l'autre sein avec le même talent. Le dos arqué, frémissante, elle les lui offrait.

Elle posa ensuite ses mains sur ses puissantes épaules, les caressant, puis sa nuque virile. Elle essayait de l'attirer à elle et de l'embrasser, mais il ne s'y plia pas. Au contraire, il descendit vers son ventre, découvrant l'unique et longue cicatrice qui s'y trouvait. Il la caressa et en suivit le tracé avec sa langue, comme il l'avait fait sur sa poitrine. Sa main partit à l'aventure, jusqu'à ce que sa paume vienne se nicher entre ses cuisses et que son doigt commence à la caresser.

Elle frémit de tout son corps. Ce contact intime lui faisait l'effet d'un éclair déchirant un ciel d'orage par une chaude journée d'été. Il poussait et retirait son long doigt comme si c'était un sexe, dans un affolant simulacre. Il avait posé sa tête sur son ventre et pouvait sentir les contractions rythmées de ses muscles sous l'effet du plaisir qu'il lui offrait.

D'un geste convulsif, elle lui agrippa le poignet.

— Dixon, dit-elle d'une voix étranglée. Que... ?

Il interrompit son geste.

— Non ! Ne t'arrête pas, je t'en prie ! le supplia-t-elle.

Ouvrant les yeux, elle s'aperçut que la lune brillait par la fenêtre, donnant à leurs peaux des reflets d'argent. La force et la beauté du corps de Dixon s'accordait particulièrement bien à cette lumière blafarde à peine réchauffée par la nuance d'or qui provenait de celle des réverbères. Ce corps, dont elle pouvait parcourir à présent les pleins et déliés, sous sa peau si douce.

Il paraissait plus mince sans ses vêtements, mais toujours musclé et solide. Son large torse se soulevait au rythme de sa respiration, son ventre frémissait, ses longues jambes se tendaient puissamment...

Pour le moment, il ne regardait pas son visage et accordait toute son attention à ce que son doigt faisait dans la toison d'or roux, en haut de ses cuisses. Il plongeait puis replongeait, toujours plus profond. Bientôt, elle oublia tout ce qui était autour d'elle. Plus rien n'existait que cette bouleversante caresse. Arc-bouté contre lui, elle était plus que prête. Il se redressa un peu pour prendre sa bouche.

Elle referma alors sa main sur le sexe tendu. Il rejeta la tête en arrière et laissa fuser un grognement rauque entre ses dents. Ses yeux dans les siens, il entra doucement en elle, les mâchoires serrées d'abord, la bouche légèrement ouverte, ensuite, sur son souffle court et rapide.

Elle le sentit qui l'emplissait et en était à la fois effrayée et avide. Oui, c'était de cela qu'elle avait tant besoin, ce qu'elle avait ignoré jusqu'à cet instant, incapable d'imaginer que quelque chose au monde pût être aussi exquis.

Il grimaça et elle crut qu'il allait s'arrêter. Elle prononça son prénom et de ses mains le serra plus près encore, plus près... Un instant avant qu'il ne retombe sur le couvre-lit, elle poussa un cri, au sommet de l'orgasme.

Il enfouit son visage dans la chair tendre de son cou, redescendant lentement des cimes de plaisir qu'ils avaient atteintes ensemble.

Il poussa un soupir satisfait et leva la tête pour la regarder.

Les yeux mi-clos, elle lui adressa un sourire extatique. Il s'approcha de ses lèvres et baisa doucement le coin de sa bouche. Elle rouvrit un peu les yeux, rien qu'un instant, puis les referma.

— J'ai sommeil, murmura-t-elle.
— Je sais, répondit-il.

Et il la serra contre lui, de façon à ce que sa tête repose sur son épaule et qu'elle puisse dormir confortablement.

Il ne fallut pas longtemps pour que le souffle de la jeune femme devienne profond et régulier. Elle était endormie. Alors il ferma les yeux à son tour et ne bougea pas tant que le soleil ne baigna pas la pièce à travers les rideaux.

Il baissa alors les yeux vers les cheveux de Rose, dont les racines d'or roux réapparaissaient sous la teinture noire. Il baisa doucement son front, elle murmura quelque chose d'indistinct tandis que ses doigts caressaient les poils de son torse.

C'est alors que le remords l'atteint comme un uppercut au menton.

Qu'avait-il fait ? Qu'est-ce qui lui avait pris ? Il était supposé la protéger et n'avait rien trouvé de mieux à faire qu'à venir la sauter dans son lit.

À peine eut-il pensé ce mot, qu'il regretta. C'était injuste, pour elle comme pour lui. Ce qui s'était passé entre eux méritait mieux que cela. Ils avaient fait l'amour, et rien d'autre.

Ce n'était pas acceptable pour autant. Il n'aurait pas dû se laisser aller ainsi. Mais il était incapable de le regretter vraiment. Jamais, de toute sa vie, il n'avait connu chose pareille. Faire l'amour à Rose, c'était tout ce qu'il ne s'était jamais autorisé à imaginer durant les douze années où il avait travaillé sur cette terrible affaire, avec son horrible scène de crime.

Le souvenir des cicatrices qu'il avait pu voir s'imposa brutalement à lui. Leur laideur n'en soulignait que mieux sa splendide peau laiteuse et la rondeur de ses seins.

Quelle espèce de monstre avait pu taillader ainsi une peau si fine et si délicate ?

À travers la cloison, il entendit soudain le vibreur de son téléphone portable.

En grimaçant, il se glissa silencieusement hors du lit. Rose remua, se tourna sur le matelas, mais ne se réveilla pas.

Il referma doucement la porte et se rua dans l'autre chambre. Il attrapa son téléphone sur la table de nuit.

C'était Ethan Delancey et le remords le piqua de nouveau. Si son coéquipier apprenait... rectification, *lorsque* son coéquipier apprendrait qu'il avait mené toute cette enquête en cachette de lui, il sortirait probablement son arme de service pour l'abattre. Mais quand Ethan saurait ce qu'il avait fait à sa cousine, alors, la mort par balles serait sans doute encore trop miséricordieuse à ses yeux !

11

— As-tu beaucoup de souvenirs de ta cousine Rosemary ? demanda Dixon à son coéquipier, tandis qu'ils se rendaient en voiture sur une scène de crime devant le vieux cimetière St. Louis, au coin de St. Louis Street et de Basin Street.

Si on lui avait demandé à brûle-pourpoint pourquoi il interrogeait ainsi Ethan Delancey, il aurait été bien incapable de répondre.

Était-ce sa soif d'en apprendre toujours plus sur elle ? Ou une tentative pour pousser Ethan à deviner que Rosemary était toujours vivante, sans avoir besoin de lui mettre les points sur les *i* ?

Son coéquipier poussa un soupir et but une gorgée de café dans son gobelet de carton.

— Allons, Dixon, qu'est-ce qui t'arrive ? lui dit-il. Elle t'obsède, ce n'est pas possible ! Tu m'as pourtant bien dit que Ti-Bo Pereau ne t'avait donné aucune information valable, à part le nom de Junior Fulbright ?

Dixon ne pensait qu'à Rose. Il dut se concentrer une seconde pour focaliser son esprit sur Ti-Bo Pereau.

— Oui, mais entre-temps, il a été assassiné.

— Tu ne sais pas si c'est en rapport avec ce qu'il t'a dit...

— C'était le même jour, je te le rappelle.

— Justement ! Un peu court, le délai entre la commande et l'exécution, tu ne crois pas ?

— Il avait tout de même un savon enfoncé dans la gorge. Tu sais ce que ça veut dire...

569

— Ouais, quelqu'un n'a pas aimé quelque chose qu'il a dit ou peut-être... quelque chose qu'il a fait avec sa bouche. Querelle d'amants, peut-être bien, si tu vois ce que je veux dire...

— J'ai eu la liste des visiteurs au parloir, ce jour-là. Il y en a eu plus de quarante et plus de trois cents appels téléphoniques, dont beaucoup auraient pu être l'ordre de régler son compte à Ti-Bo.

Il soupira.

— Sans compter, reprit-il, les surveillants qui auraient pu transmettre un message à un prisonnier...

— Tu veux les interroger tous ?

Il secoua la tête.

— J'ai seulement demandé que l'on me prévienne s'il y avait le moindre mouvement dans la prison qui soit en rapport avec l'un des noms de la liste.

Ethan eut un petit rire narquois et but une nouvelle gorgée de son café.

— Je suis sérieux, Delancey, protesta Dixon. Je veux tout savoir sur Rosemary. Quels souvenirs as-tu d'elle ?

— Mais moi aussi je suis sérieux, bon Dieu ! Je commence vraiment à en avoir marre de tout ça... Tu ne peux pas penser à autre chose ? Elle est morte !

— J'ai déjà répondu à cela des dizaines de fois ; depuis douze ans que je suis à la Criminelle, c'est le seul dossier que je n'ai jamais réussi à clore.

Il tourna dans St. Louis Street et se gara derrière deux voitures de police aux gyrophares en action. Il y avait une ambulance de l'autre côté de la rue. Il coupa le moteur et se tourna vers Ethan.

— Réfléchis, lui dit-il. Et si Ti-Bo avait dit la vérité ? Si elle était quelque part, dans la nature, amnésique ou quelque chose comme ça ? Si ta cousine était encore vivante, bon Dieu, tu ne ferais pas tout pour l'aider ?

Ethan le regarda avec une commisération un peu méprisante, puis il secoua la tête et soupira de nouveau.

— J'avais seize ans quand c'est arrivé, daigna-t-il expliquer, et elle en avait vingt-six. Autant dire une éternité de différence à cet âge-là. Et puis je ne m'intéressais pas aux filles de la famille, mais aux autres.

Sans s'émouvoir, Dixon attendit la suite. Ethan fut obligé d'enchaîner, mais avec réticence :

— Rosemary s'est installée dans son propre appartement quand elle est entrée à l'université. Elle était au conservatoire de musique, et commençait aussi à travailler comme mannequin, en même temps.

— Est-ce qu'elle avait beaucoup d'argent ? Une pension ? Une rente de ses parents ?

Ethan secoua la tête.

— Chez nous, pas de possibilité de percevoir des fonds avant l'âge de vingt-cinq ans. Mais je suis sûr que grand-mère payait l'appartement et la voiture de Rosemary. Ou peut-être oncle Robert. Pourquoi tu me demandes ça ?

— J'essaie de comprendre pourquoi cette agression la visait. Tu me dis qu'elle ne pouvait pas retirer de grosses sommes d'argent ?

— Je n'en sais rien, en fait. Je dis simplement ce que je peux déduire aujourd'hui, en y repensant. Pourquoi cette question sur l'argent, d'ailleurs ?

Dixon haussa les épaules.

— Elle était une Delancey. On a très bien pu l'agresser pour la voler.

— Ou pour soutirer de l'argent à son fiancé, poursuivit Ethan. C'était le fils d'Eldrige Banker... est-ce qu'il n'a pas été assassiné, lui aussi ?

Dixon hocha la tête.

— Si, à quelques dizaines de mètres de là. On a supposé qu'il avait surpris l'agresseur, s'était enfui et que l'autre l'avait rattrapé pour le tuer.

— Il s'est enfui ? Ça, je ne le savais pas. Ce n'est pas joli, joli.

— Oui, le tueur s'était lancé à sa poursuite et l'a abattu dans une ruelle. Puis, il a traîné le corps derrière des containeurs à ordures. Et c'est là que les choses se mettent à devenir bizarres...

Ethan le regarda.

— Toi, lui dit-il, tu crois que le tueur est retourné chez Rosemary et qu'il ne l'a pas trouvée, c'est ça ?

— C'est plausible, non ? En tout cas, c'est pour ça que le procureur n'a jamais voulu clore complètement le dossier.

— Et il n'y avait aucun indice sur la scène de crime qui permettait d'identifier le tueur ?

— Aucun, Ethan.

— Pas d'ADN, d'empreintes digitales ? De traces quelconques ?

Dixon secoua la tête.

— Le type était si bon que ça ? reprit son coéquipier.

— Je ne sais pas. Je te raconte simplement ce qui s'est passé.

— Qu'est-ce qui a pu arriver, alors ? Tu crois que Rosemary s'est levée et qu'elle est sortie de chez elle, toute nue et couverte de sang ?

— Je n'en sais rien, mais il y avait des bouts d'un peignoir en tissu-éponge...

Il s'interrompit. Jusqu'à quel point pouvait-il révéler à Ethan que...

— Des lanières découpées dedans, précisa-t-il. Elles avaient servi à attacher Rosemary par les poignets à la tête du lit. Il y avait pas mal de sang dessus, mais on n'a jamais retrouvé le peignoir.

Ethan parut hésiter, comme si ces arguments commençaient à l'ébranler.

— Pourquoi n'avez-vous pas essayé de suivre ses traces de pas sur l'asphalte ? demanda-t-il. Elle n'a pas dû aller bien loin...

— Un orage a éclaté, cette nuit-là. Des torrents de pluie et pas de traces.

Ethan eut une moue dubitative.

— Bon, on en reparlera plus tard, Dixon. On a du boulot qui nous attend.

Il posa son gobelet de carton dans l'anneau de plastique prévu à cet effet sur le tableau de bord et ouvrit sa portière.

Dixon en fit autant et ils s'approchèrent du petit attroupement sur le trottoir.

— Police, messieurs dames, brigade criminelle, dit Ethan en tenant son insigne au-dessus de sa tête. Veuillez circuler, s'il vous plaît, vous gênez les constatations...

Pendant que les badauds se dispersaient, les secouristes déployèrent un drap sur le cadavre allongé sur le trottoir et emmenèrent un blessé inconscient dans un brancard, vers l'ambulance.

Ethan leur fit signe.

— Eh ! On sait qui c'est ?

— Vos collègues ont son portefeuille, répondit l'ambulancier chef. Il faut qu'on l'emmène à l'hôpital, il a besoin d'un chirurgien.

— Juste une seconde...

Dixon et lui se penchèrent sur le visage de l'homme dans le brancard.

— Je le connais, dit Ethan. Il est videur au Top Hat.

— Le bar topless sur Bourbon Street ? demanda un jeune brancardier en regardant l'homme évanoui avec un intérêt accru. Remarque, il a la carrure pour ça... et je me demande s'il a le droit de toucher à la marchandise qu'il protège...

Dixon lui lança un regard dégoûté.

— Bon, dit-il à la cantonade, il serait peut-être temps que vous l'emmeniez à l'hôpital, maintenant, au lieu de papoter ?

Il se tourna vers son coéquipier.

— Tu le connais bien ?

— Pas vraiment. Je lui ai parlé quelquefois, surtout quand j'étais flic en tenue et que je faisais des patrouilles de nuit. Son nom est Gordon Blunt. Les petits marrants l'appellent « Ferme-la-porte ».

— Parce qu'il est videur ?

— Oui et puis parce que : « Ne fermez pas la porte, Blunt s'en chargera... » Ah, Ah ! expliqua-t-il, l'air sinistre. Il se fait parfois payer par les filles pour leur assurer une protection supplémentaire.

Une fois, j'ai été appelé sur un tapage nocturne. C'était en fait une dispute entre une fille et son mac. Le mac s'était déjà tiré à notre arrivée, et elle, il a fallu l'emmener à l'hôpital pour quelques points de suture. Peu de temps après, on a appris que le mac en question avait eu l'oreille arrachée, avec les dents...

— Et tu penses que c'est...

Dixon montra le brancard.

— Bien sûr !

Ethan se tourna vers le policier en uniforme qui les avait fait appeler.

— Qui est-ce ? demanda-t-il en montrant le cadavre allongé sur le sol.

— Son permis de conduire est au nom de Lavonne Dufour, répondit l'agent en appuyant sur ce nom avec ironie. Mais je parierais que le permis est faux...

Ethan sourit.

— Tiens, tiens, comme ça se trouve ! remarqua-t-il. C'est lui justement, le souteneur qui avait eu une embrouille avec notre ami Ferme-la-Porte.

Il souleva le drap.

— Tiens, dit-il à Dixon. Jette donc un coup d'œil à son oreille...

Dixon se pencha. En effet, l'oreille du mort semblait avoir été arrachée.

À cet instant, son mobile se mit à sonner. Il le tira de sa veste et regarda le numéro qui s'affichait. C'était celui de Bing, le propriétaire du café près de chez Rose. Son sang ne fit qu'un tour.

Il s'écarta pour ne pas être entendu, non sans avoir remarqué le regard surpris d'Ethan.

— Lloyd, j'écoute...

— Oui, inspecteur, j'ai quelque chose pour vous.

— Quoi donc ?

— Il y a un type qui se promène autour de chez Rose. Il fait comme s'il était du quartier, mais je ne l'ai jamais vu par ici.

— Que fait-il exactement ?

— Pas grand-chose. Il fume des cigarettes et il surveille sa porte. De temps en temps, il téléphone.
— J'arrive.
— Je vais essayer de vous prendre une photo de lui.
— Non, Bing. Ne tentez rien de ce genre. Il est peut-être dangereux.

L'ancien marine eut un rire bref.

— Vous en faites pas, je ferai attention.

Il raccrocha aussitôt.

Dixon jura entre ses dents et revint rapidement vers la scène de crime où les techniciens d'identification criminelle prenaient des photos sous tous les angles.

— Il faut que j'y aille, dit-il à Ethan. J'ai un problème avec un informateur.
— Qui ça ?
— Tu ne le connais pas.
— Tu veux que je vienne avec toi ?

Dixon secoua la tête.

— Pas cette fois. Quelqu'un pourra te déposer ?
— Oh ! je suppose qu'une patrouille pourra faire ça...

Il regarda Dixon d'un air pénétré.

— Tu pourrais m'expliquer un peu ce qui arrive ? Je suis censé être ton coéquipier...

Dixon se hâtait déjà vers sa voiture.

— Je ne peux rien te dire pour le moment, lui répliqua-t-il par-dessus son épaule. Mais je te dirai, je te promets... Enfin, s'il y a quelque chose à dire...

Bing déposa un café-crème sur le comptoir, devant un homme à la paupière lourde et aux vêtements fatigués, puis il essuya ses mains à son torchon, qu'il balança ensuite sur son épaule. Comme il retournait dans la cuisine, son regard tomba sur Dixon. L'air étonné, il leva les sourcils et s'approcha de sa table.

— Je ne vous avais pas vu vous installer, lui dit-il. Vous voulez un crème ?

Dixon secoua la tête.

— Merci, mais je ne reste pas. Parlez-moi du type...

— Je peux faire mieux que ça, je vais vous montrer sa photo...

Bing mit la main à sa poche et en tira un petit appareil numérique.

— Je vous avais dit de ne pas faire ça, lui répliqua sèchement Dixon. Cet homme peut être très dangereux.

Le large visage rond du cafetier se fendit en un large sourire.

— Vous m'avez fait confiance parce que vous aviez vu ça, pas vrai ? lui demanda-t-il en montrant son tatouage signalant qu'il était un ancien marine.

— Oui, mais...

— Vous croyez peut-être que je n'ai pas retenu tout ce qu'on m'y a appris ?

Bing baissa les yeux vers son ample bedaine, comme pour indiquer quelque chose. Dixon suivit son regard et vit la forme d'un pistolet sous sa ceinture. Il ne l'aurait jamais remarqué si Bing n'avait pas attiré son attention dessus.

— Impressionnant, dit-il calmement.

— Vous serez encore plus impressionné quand vous saurez ce que c'est, répliqua flegmatiquement le cafetier : SIG-Sauer P 226.

Dixon hocha la tête en guise d'approbation.

— Vous avez un permis, pour ça, naturellement ? demanda-t-il, l'air badin.

Avec un sourire en coin, Bing haussa nonchalamment une épaule.

— Bon, soupira Dixon, je ne tiens pas à avoir la réponse. Faites-moi plutôt voir la photo.

Bing jeta un coup d'œil circulaire pour vérifier que personne ne suivait de trop près leur conversation, puis percha ses cent vingt kilos sur le bord d'une chaise. Il appuya sur un bouton de l'appareil et l'écran s'alluma. La photo était cadrée d'assez loin, mais Dixon en reconnut immédiatement le sujet principal.

— Junior..., laissa-t-il tomber avec dégoût.
— Vous le connaissez ? demanda Bing.
— Oui, un petit vaurien à la manque... je l'ai déjà menacé de le ramener chez son père par la peau des fesses, s'il ne se calmait pas un peu.
— Vous êtes son baby-sitter ? demanda Bing en riant.
— Non, mais il lui en faudrait un, répliqua Dixon. Ce garçon finira mal...

Il se leva et posa un billet de cinq dollars sur la table. Si Junior traînait dans les environs, Reed, le « privé », n'allait pas manquer de lui coller aux basques.

— Avez-vous vu quelqu'un d'autre rôder par ici ? demanda-t-il avec un peu d'inquiétude.

L'ancien marine secoua la tête et il en fut soulagé. Si Bing, qui connaissait parfaitement le quartier, n'avait pas remarqué Reed, c'est que le détective privé connaissait vraiment bien son métier.

Le cafetier ramassa le billet sur la table et le rendit à Dixon.

— Ce n'est pas nécessaire, lui dit-il. On se serre les coudes, dans le quartier.
— Gardez-le, lui répliqua l'inspecteur. Vous m'offrirez un crème, la prochaine fois...

Bing sourit à une jeune femme qui lui faisait signe et il empocha le billet.

— D'accord.
— Et... euh... Bing, à l'occasion, pensez à prendre un permis...

Le cafetier acquiesça et se dirigea vers la table où l'attendait la jeune femme.

Rose tentait bien de garder les paupières obstinément closes, mais celles-ci ne pouvaient plus faire barrage aux rayons du soleil. Ouvrant à peine un œil, elle regarda la fenêtre. Quelle heure était-il donc ?

Tard, certainement. Dixon l'avait quittée avant l'aube. Elle s'était un peu réveillée quand son téléphone avait sonné, puis s'était immédiatement rendormie quand elle l'avait entendu refermer la porte d'entrée.

Elle se tourna sur le dos, s'étira sensuellement en goûtant l'agréable sensation des draps de coton sur sa peau nue. Elle se sentait en pleine forme, alerte, souple et rassasiée.

Elle frissonna au souvenir de Dixon la tenant dans ses bras, la caressant, lui faisant l'amour, la remplissant et faisant chanter son corps tout entier, comme un orchestre. Cela avait été une expérience effrayante et excitante à la fois, bien meilleure que tout ce qu'elle avait pu imaginer.

Elle s'étira de nouveau, soupira de contentement, puis tourna sa tête sur l'oreiller. Au milieu d'un bâillement satisfait, elle s'arrêta net.

Elle avait couché avec Dixon ! Quoi que cela n'allait absolument pas de soi au départ — après tout, c'était sa première fois, du moins la première dont elle se souvenait — cela lui était apparu comme une évidence.

Une évidence délicieuse et bouleversante, dans la nuit, avec la pluie qui tambourinait sur les vitres. Dixon était venu la rejoindre et il avait chassé ses cauchemars. Il avait fait taire les chuchotements, éteint les éclairs aveuglants.

À présent, à la lumière du jour, elle se faisait l'effet d'une parfaite effrontée de s'être donnée ainsi. Elle avait pour ainsi dire invité dans son lit l'homme qui, entre tous, pouvait ruiner son existence, celui qui avait transformé son tranquille train-train en quelque chose de chaotique et d'imprévisible.

À cause de lui, elle avait peur dans sa propre maison, depuis la première fois de son existence. À cause de lui, elle avait perdu le cocon d'innocence dont Maman Renée l'avait entourée. Si elle avait choisi de dormir dans la chambre de sa protectrice et non plus dans la sienne, c'était précisément pour que l'absence de la disparue ne paraisse plus aussi évidente.

À regret, elle rejeta les couvertures et s'assit sur le bord du lit. Son regard tomba sur la porte du débarras. Elle frissonna de plus belle : elle ne savait vraiment que faire du peignoir taché de sang. Mais il n'était pas encore temps d'y penser. Pas ce matin... Son regard alla se poser sur la vieille armoire. L'une des deux portes en était ouverte, un châle de dentelle posé dessus.

Rose sourit au souvenir des histoires que Maman Renée avait l'habitude d'associer à toutes ces fanfreluches, tandis qu'elle bandait ses blessures. Il y avait une anecdote attachée au moindre ruban et Maman Renée les essayait devant elle en les lui racontant. Beaucoup de ces souvenirs se rapportaient à des hommes : riches affairistes, politiciens, musiciens.

Rose était bien certaine que la plupart de ces anecdotes, sinon toutes, étaient vraies. Mlle Renée Petitpas avait été, sans nul doute, une jeune femme très désirable, car même à plus de soixante-quinze ans, son visage conservait encore une sorte de beauté impériale.

Que dirait-elle si elle savait que Rose avait couché avec l'inspecteur qui enquêtait sur son meurtre ? Rose n'avait pas à se creuser la tête bien longtemps pour le savoir. Maman Renée aurait été furieuse de la voir accepter l'inspecteur Lloyd dans sa maison et plus encore dans son lit. « J'ai fait ce qu'il faut pour que tu sois en sécurité ici et voilà comment tu me remercies ! », crut-elle l'entendre dire.

Cette pensée la fit presque pleurer. Elle attrapa sa chemise de nuit sur le plancher et la passa par-dessus ses épaules puis elle décrocha un kimono rose du dossier d'une chaise.

Elle s'approcha de l'armoire et ouvrit la porte de droite, là où les écharpes et les châles de Maman Renée étaient suspendus. Elle choisit un châle ivoire avec de longues franges et s'enroula dedans. Il sentait encore ce parfum de lavande qu'aimait tant sa protectrice.

— Pourquoi as-tu tellement essayé de me protéger de la réalité ? murmura-t-elle. Croyais-tu donc que tu pouvais me garder pour toujours ?

Ses yeux se remplirent de larmes. Maman Renée avait fait ce qu'elle croyait juste, mais elle ne l'avait manifestement pas préparée à affronter la dure réalité.

— Tu savais ? chuchota-t-elle encore. Tu savais qui j'étais, durant tout ce temps ? Et si tu le savais, as-tu gardé le secret pour mon bien ou pour le tien ?

Dixon composa le numéro de Reed sur son portable, tout en marchant vers la maison de Rose. Il était presque 9 heures du matin, mais il ne voyait aucun signe d'activité derrière les fenêtres du premier étage. Était-elle encore au lit ? Ou peut-être donnait-elle une leçon de piano ?

— Reed, j'écoute ! dit une voix grave de baryton dans le téléphone.

— Ici, l'inspecteur Dixon Lloyd.

— Oui ?

Le ton était délibérément neutre. Dixon comprit.

— Vous ne pouvez pas parler pour le moment ?

— Oui, c'est ça, merci, répondit le détective privé. Je vous rappelle.

Il raccrocha immédiatement.

Frustré, Dixon remit le téléphone dans sa poche. Il avait espéré que Reed pourrait lui dire tout de suite ce que Junior fabriquait dans le quartier, mais il ne pouvait qu'approuver la prudence du détective privé.

Il reporta son attention sur les fenêtres de Rose, les deux chambres et la grande baie vitrée du salon. Il y avait quelques heures à peine, il avait fait l'amour avec elle, derrière l'une de ces vitres et puis il s'était tenu devant, à regarder la pluie.

À ce moment-là, d'ailleurs, est-ce que Junior les avait observés, tapi dans l'ombre ? Il n'avait vu personne sous les réverbères, mais il n'avait pas alors vraiment la tête à l'observation...

Il grogna vaguement. Oui, à ce moment-là, il avait été plutôt distrait, pour ne pas dire plus... Les dents serrées, il renouvela son vœu de protéger Rose.

La protéger, cela voulait dire ne pas la perdre des yeux un seul instant. Pas un seul. Pour les temps à venir et peut-être pour toujours, il devait mettre en parenthèse son désir, son amour et la traiter comme le policier qu'il était se devait de traiter toute victime de violences. Ses sentiments ne pouvaient pas — ne devaient pas — entrer en ligne de compte.

Le jour de leur accident fatal, ses parents se disputaient dans la voiture. Lui, il était sur la banquette arrière. Depuis ce moment dramatique, il savait qu'une seconde d'inattention pouvait coûter la vie.

Son portable vibra dans sa poche. Il décrocha, le regard rivé sur les fenêtres de Rose.

— Allô, c'est Reed. Désolé pour tout à l'heure.

— Junior a été repéré ici, dans Prytania Street, lui dit Dixon sans préambule.

— Oui, répondit le détective un peu sèchement. On a été en observation toute la nuit. On a une bonne photo de vous, d'ailleurs, prise vers 4 heures du matin...

Dixon se tut un instant. C'était bien ce qu'il craignait. Si Reed avait pu le voir, Junior aussi.

— Bing, le patron du Sidewalk Café a pris une photo de Junior, reprit-il, mais il ne vous a pas vu.

— Il faut croire que je ne fais pas trop mal mon métier, répondit placidement Reed.

Dixon ne répliqua pas et posa tout de suite la question qui lui tenait à cœur.

— Qu'avez-vous pu apprendre ?

— Nous l'avons pris en surveillance hier à midi, il a quitté la faculté et s'est rendu dans un vieil immeuble... Je ne connaissais pas l'endroit, mais j'ai la liste de toutes les sociétés qui ont leur adresse là. Est-ce que je dois vous l'envoyer ? Je l'ai annotée.

— Oui, envoyez-la-moi. Où est-ce ?

Reed lui donna une adresse sur Tchoupitoulas Street.

— Je connais, répondit Dixon. Il y a deux ou trois prêteurs à taux usuraire qui opèrent là, sous des couvertures légales et aussi une soi-disant agence artistique dont nous avons fait tomber le directeur pour proxénétisme, il y a deux ou trois ans de cela.

— Ouais, une adresse sympathique, bien connue dans le milieu... Même Tito Vega avait des bureaux là, dans le temps. Maintenant, il y a une pancarte « À LOUER » sur ses fenêtres.

— Et vous ne savez pas dans quels bureaux Junior a pu se rendre ?

— Eh non ! Je suis en train de vous envoyer la liste de noms. Faut-il que je continue à filer Junior ?

— Non, je vous remercie. Je prends la suite.

— Bien, si vous avez besoin de moi, vous savez où me joindre, conclut Reed juste avant de raccrocher.

Dixon soupira. Quel que soit l'endroit où Junior s'était rendu la veille, c'était là qu'on lui avait donné l'ordre de surveiller Rose. Il avait dû passer la nuit en embuscade devant sa maison.

Une sonnerie discrète avertit Dixon qu'il était en train de recevoir un message. Comme il le vérifiait, une deuxième alarme retentit.

Reed lui avait envoyé deux messages. Le premier était la liste des occupants du bâtiment sur Tchoupitoulas Street, le second, l'emploi du temps universitaire de Junior.

Dixon savait ce qui lui restait à faire. Il n'était plus temps d'épargner son équipier. Il devait savoir aux ordres de qui Junior obéissait et pour cela, il allait devoir mettre Ethan dans la confidence.

Il se dirigea vers sa voiture et, au dernier moment, eut le réflexe de regarder une nouvelle fois les fenêtres de Rose, à un moment où le soleil disparaissait derrière un nuage. Puis il ressortit et éclaira directement la fenêtre. Rose se tenait là. On devinait sa silhouette derrière la vitre, sa chevelure noire contrastant fortement avec la robe claire qu'elle portait. Elle ne regardait pas dans la rue, mais vers le ciel, comme hypnotisée.

Même ainsi, dissimulée dans une semi-pénombre, elle offrait le plus beau spectacle qu'il eût jamais vu. La gorge serrée, il la regarda longtemps. Le soleil disparut de nouveau et la vitre s'obscurcit. Il avala péniblement sa salive. Il ne pouvait décidément pas vivre sans la voir.

Il se corrigea aussitôt. Il était là pour la protéger et devait se montrer prudent.

N'était-ce pas son devoir, après tout ?

Il avança vers la porte et appuya sur la sonnette, puis attendit, sachant qu'il faudrait une minute ou deux à Rose pour venir lui ouvrir. Enfin, il la vit à travers la lucarne de la porte.

Quand elle lui ouvrit, il faillit avoir un sursaut de surprise. Sa chevelure était nattée en une longue tresse. Elle rosissait joliment, ce qui allait très bien avec le kimono rose qu'elle portait. Elle était belle à couper le souffle.

Il serra les dents. Il devait se blinder contre ce genre de sentiment s'il voulait assurer convenablement sa sécurité. Les émotions altéraient le jugement et toute distraction pouvait tuer.

— Dixon ! s'exclama-t-elle, et son visage s'éclaira.

Il entra sans lui rendre son sourire.

— Ferme la porte, lui dit-il simplement.

— Que se passe-t-il ? demanda-t-elle, l'inquiétude perçant dans sa voix.

Il la regarda d'un air plutôt sévère.

— Il ne faut pas que tu ouvres ta porte à n'importe qui, dit-il d'un ton bref. Et il faut attendre avant d'enlever la sécurité, demander qui est là et exiger aussi une preuve d'identité, pour en être bien sûre.

Elle pencha la tête et se mit à rire.

— Mais enfin Dixon, j'ai bien vu que c'était toi à travers la lucarne.

C'était l'évidence, mais il ne se rendit pas pour autant.

— Si tu ne reconnais pas la personne, appuya-t-il, par pitié n'ouvre pas !

— D'accord...

Son rire s'effaça presque aussitôt.

— Quelque chose est arrivé ? demanda-t-elle.

Il secoua la tête.

— Non, je suis juste passé voir si tout allait bien.

Elle sourit de nouveau.

— Je vais bien, lui dit-elle, ses yeux d'ambre pétillant dans la pénombre. Et toi ?

Elle s'avança d'un pas, comme si elle attendait un baiser.

Il mourait d'envie de l'embrasser. Comment avait-il pu vivre jusque-là sans ses lèvres sur les siennes, son corps pressé contre le sien ? Mais s'il commençait à l'embrasser, il n'était pas sûr de pouvoir s'arrêter et ce n'était pas une bonne idée. Pas maintenant. Pas avant qu'il ne s'assure qu'elle était définitivement hors de danger. Il recula d'un pas.

— Il s'est passé quelque chose, dit Rose, de nouveau inquiète. Quoi ?

— Rien du tout, répondit-il sèchement.

Et il le regretta quand il vit sa réaction de surprise peinée.

— Rien n'est arrivé et j'entends bien que ça continue. Mon boulot, c'est de m'assurer que tu es en sécurité. Il y aura un temps pour les sentiments, mais pour le moment, tu es en danger.

— Un temps pour les sentiments ? Je ne comprends pas.

— Cette nuit, j'ai fait une erreur de jugement. Aussi longtemps que tu seras sous ma responsabilité, je ne peux pas prendre le risque de...

En s'expliquant ainsi, il ne faisait que rendre les choses pires encore. Elle était troublée et peinée par ce qu'il était en train de lui dire.

Mais comme il l'observait, elle se redressa, le menton levé.

— Je vois, dit-elle d'une voix aussi sèche que la sienne. J'apprécie infiniment l'intérêt que tu prends à ma sécurité.

— Rose..., commença-t-il.

Il avança maladroitement la main vers sa chevelure, mais elle se recula.

— Ma priorité, c'est ta sécurité, expliqua-t-il d'une voix mal assurée. Je pense que tu peux le comprendre ?

— Je ne pense pas, non, lui répliqua-t-elle du tac au tac. Ta priorité, c'est clore ce dossier. Tu pourrais au moins le reconnaître nettement. Mais ne t'inquiète pas, je me le tiendrai pour dit.

— Écoute, Rose, je te promets que quand tout ceci sera fini...

— C'est bon ! le coupa-t-elle les mains levées. Ne me fais pas de promesses que tu ne pourrais pas tenir. Et tu peux me faire confiance... À partir de maintenant, je réfléchirai à deux fois avant d'ouvrir ma porte... à qui que ce soit.

Elle l'ouvrit en grand et lui montra la sortie.

— Au revoir, inspecteur.

Il avait envie d'argumenter, de l'attraper par les épaules et de la forcer à comprendre son point de vue. Mais en la voyant aussi déterminée, il renonça. C'était probablement mieux comme ça. Elle était en colère contre lui et cette colère était le meilleur gage de sa sécurité. Au moins, il avait fait son travail...

Et il avait gâché toutes ses chances de bonheur...

12

Rose regarda sa montre. Thomas aurait dû être arrivé. Sa leçon de piano commençait à 15 h 30. Mais parfois, sa mère, infirmière, qui travaillait de nuit aux urgences de la Touro Infirmary, devait monter deux tours de garde successifs et partait au travail plus tôt, ce qui avait pour effet que son père, qui était mécanicien, devait l'emmener au travail avec lui. Généralement, l'une ou l'autre l'appelait alors pour lui dire que le petit garçon ne serait pas présent. Elle avait offert plus d'une fois de garder l'enfant, mais sa mère avait toujours refusé, ne voulant pas lui causer de dérangement.

— Si elle me laissait le garder, il ne manquerait jamais un cours, grommela-t-elle tout bas en passant dans la cuisine.

Elle était si nerveuse qu'elle laissa tomber dans l'évier un verre qui se brisa et lui coupa la paume et le gras du pouce. Avec un soupir exaspéré, elle détacha une feuille du rouleau de papier essuie-tout pour stopper l'hémorragie.

Tout cela, c'était de la faute de Dixon, avec sa psychorigidité imbécile. « Les sentiments doivent passer après la sécurité », disait-il. Eh bien, s'il avait barré la route aux siens la nuit passée, il avait vraiment un sang-froid extraordinaire ! Et ne ressentait-il rien, vraiment, quand il lui murmurait : « je croyais que je ne te retrouverais jamais » ? Il n'avait pensé qu'à sa sécurité quand il faisait l'amour à chaque pouce carré de son corps ? Quand il souffrait si visiblement de voir les cicatrices sur ses seins et son ventre ?

Ne faisait-il que son métier, en lui faisant atteindre des sommets d'extase qu'elle n'aurait jamais crus possibles ?

Non ! Bien sûr que non ! Quelque chose que lui avait dit Maman Renée lui revint alors à la mémoire : « Les hommes croient souvent qu'ils ont le devoir de protéger les femmes. Cela peut leur servir d'excuse pour ne pas s'avouer qu'ils sont, tout simplement, amoureux. »

Oh ! j'espère que tu avais raison, Maman Renée. Tu te souviens ? Tu m'as dit que ma sécurité reposait entre les mains du joker...

Elle mit la main sous le robinet d'eau froide. Cela faisait un peu mal, mais elle n'y pensa guère. Elle regardait le filet d'eau teintée de sang couler dans l'évier de céramique blanche et filer par la bonde, les très fines volutes roses qui disparaissaient en se dissolvant...

C'était comme si elle rentrait en elle-même. Une voix murmurait dans sa tête.

Le tintement de la sonnette la fit sursauter. Depuis combien de temps regardait-elle le fond de cet évier ? Elle ferma le robinet tandis que la sonnette résonnait encore au bas de l'escalier.

— Dixon, si c'est toi, je te jure que je n'ouvrirai pas la porte, murmura-t-elle.

En descendant ouvrir, elle se recomposa tant bien que mal un visage aux traits détendus. C'était probablement Thomas et elle ne voulait pas l'accueillir avec un air trop renfrogné.

Mais la silhouette que l'on devinait derrière la lucarne était trop haute pour être celle du garçon et ce n'était pas non plus celle, grande et élancée, de Dixon. Peut-être était-ce le père de Thomas ? Le temps de se poser la question, elle était déjà en bas, la main sur la poignée de la porte. Les mots de Dixon lui revinrent à la mémoire.

« Ne pas ouvrir à n'importe qui. Toujours demander des preuves d'identité. »

Chassant de son esprit, avec humeur, ce rappel de prudence, elle ouvrit la porte. Si l'inspecteur Lloyd s'intéressait tant à sa sécurité, il n'avait qu'à rester là pour filtrer ses visiteurs. Elle se refusait à céder à la peur chez elle, au milieu de son voisinage.

L'homme qui se tenait sur son paillasson lui sourit. Avec ses yeux mi-clos, son nez aplati et son teint olivâtre, il avait l'air d'un alligator. Mais ce visage lui était vaguement familier.

— Oui, vous désirez ? lui dit-elle d'un ton poli, mais un peu froid.

Elle examinait son visage, cherchant à se souvenir.

— Mme ou Mlle Petitpas ? demanda-t-il en s'inclinant légèrement.

Ce fut, pour elle, comme une alarme. La voix de l'inconnu, basse et métallique, grinçait telle une serrure rouillée. Instantanément, un étau lui pressa les tempes. L'avait-elle entendue, auparavant ?

— Non, je suis désolée, répondit-elle en reculant.

Comme elle voulait refermer la porte, elle sentit une résistance et ce fut tout à coup comme si sa tête explosait. Elle cria un « non ! » désespéré tandis que sa hanche, son épaule, puis sa tête heurtèrent violemment le sol du palier. Des feux d'artifice bleu et blanc éclatèrent devant ses yeux.

Elle lutta pour ne pas se laisser assommer par la douleur, mais ses tempes résonnaient du coup qu'elle venait de recevoir. Elle se retourna sur le ventre et tenta de ramper pour échapper à son agresseur. De crier, aussi, pour appeler au secours.

— Allons, Rosemary, lui dit l'homme. Ne rendez pas les choses plus compliquées qu'elles ne le sont. J'ai un boulot à finir...

Elle essaya de se redresser sur ses genoux et ses poignets, mais il planta ses deux jambes de chaque côté de son corps et la saisit par les cheveux.

— Allons, lui susurra-t-il, soyez gentille...

Était-ce à cause de la douleur ? Il y eut un déclic dans son cerveau. Elle entendit et reconnut le murmure qui hantait ses cauchemars.

— Non ! s'écria-t-elle.

C'était lui. Il était revenu et il allait la tuer.

Elle essayait bien de se tortiller pour lui échapper, mais sa poigne était de fer.

— Je vous en prie... non... s'il vous plaît, implora-t-elle.

— Toutes ces cicatrices qu'il a fallu te faire, petite Rosemary, murmura l'homme. Cela ne m'a pas plu de te torturer, tu sais... Et puis, tu as saigné... beaucoup, beaucoup de sang. Ça a mis ton fichu inspecteur Lloyd sur la piste, hein, Rose ?

Elle secoua encore la tête pour essayer de lui faire lâcher prise, mais il tira davantage ses cheveux, lui tordant la tête en arrière et lui faisant venir des larmes de douleur.

— Laissez-moi ! s'écria-t-elle.

— Bientôt, Rosemary, bientôt, répondit-il. Si tu coopères, tout ira plus doucement, cette fois-ci. Si tu ne veux pas comprendre, eh bien...

Il sortit un pistolet d'un genre étrange de sa poche. Elle s'immobilisa.

— Qu'est-ce que c'est ? demanda-t-elle.

— Ça ? C'est un Taser. Tu ne regardes pas la télévision ? Le dernier cri de la technologie. Ça sert à obliger les gens à faire ce qu'on leur demande...

Juste comme le mot « Taser » s'imprimait dans son esprit, elle sentit quelque chose pénétrer son corps. C'était comme une flamme brûlante. Ses muscles se crispèrent en une crampe très douloureuse, puis, en une fraction de seconde, ses muscles devinrent mous comme du coton. Elle s'écroula sur le sol, le front en avant et s'évanouit.

Aron regarda Rose allongée sur le sol, puis son Taser.

— Pas mal, murmura-t-il. C'est exactement comme dans leurs publicités...

Il regarda attentivement la silhouette étendue. Sa première réaction, quand elle avait ouvert la porte, avait été que Junior s'était trompé ; ce n'était pas Rosemary Delancey. Mais il ne lui avait fallu ensuite qu'une demi-seconde pour reconnaître son erreur. Bien sûr que c'était elle. Cette altière beauté était inimitable...

Certes, ses cheveux étaient teints en noir, mais à présent il en voyait les racines, d'or légèrement roux, la couleur exacte de ses sourcils.

Il se pencha et la saisit de nouveau par les cheveux pour mieux contempler son visage. Il trembla un peu. Même après tout ce temps, il se souvenait de la sensation du couteau dans sa main. Il ressentait toujours ce mélange de répulsion et d'excitation, tandis que la lame affûtée comme le meilleur des rasoirs fendait la peau délicate. Un frisson le parcourut et son estomac se tordit violemment, pris de nausée.

Il préférait le couteau. C'était plus propre et plus précis. Il s'était même fait une petite réputation de sa capacité à remplir son contrat d'un seul coup de lame bien placé.

Le souvenir d'avoir dû torturer Rosemary Delancey l'avait hanté durant douze ans. Son visage se durcit. Comment réagirait-il si le Boss lui demandait de recommencer ?

Cette pensée tournant et retournant dans sa tête, comme une obsession, il repoussa les jambes de Rose hors de son chemin. Il verrouilla la porte et empocha les clés. Tirant un rouleau de bandages élastiques de sa poche, il lui lia les mains et les pieds. Les instructions du Boss étaient bien précises : pas de traces, pas de marques sur la peau. Aucun signe que ses mouvements aient pu être entravés. Il ne comprenait pas pourquoi, mais puisque le Boss le voulait, il fallait obéir.

D'une autre poche, il sortit un petit rouleau de sparadrap, du type que l'on utilise dans les hôpitaux pour les peaux sensibles. Il en colla un morceau en travers des lèvres de la jeune femme. Ce bâillon ne lui abîmerait pas la bouche, mais pour plus de sûreté, il le lui enlèverait dès son arrivée à l'entrepôt.

Comme il finissait son travail, elle ouvrit les yeux. Ils étaient vagues et presque vitreux. C'était assez comique de voir ses membres s'agiter convulsivement, tandis qu'elle luttait contre ses liens.

Il lui administra un nouveau coup de Taser et, avec un gémissement étranglé, elle s'affaissa comme un pantin désarticulé. Il repoussa son bras du bout de sa chaussure et le membre retomba au sol d'une façon impossible à simuler ; elle était bel et bien évanouie.

La laissant une minute, il alla examiner la porte de service, sur l'arrière de la maison. Elle était verrouillée, mais il n'eut aucun mal à en trouver la clé. À l'extérieur, une étroite petite véranda de deux marches donnait sur une ruelle tranquille.

Il fit le tour de la maison pour aller chercher sa voiture et l'amena dans la ruelle, juste derrière la porte de service. Puis il revint à l'intérieur et traîna le corps inanimé de Rose jusque sous la véranda. Heureusement il n'y avait pas âme qui vive aux alentours.

Il reprit un peu son souffle avant de la charger dans son coffre. Il y avait bien des années qu'il n'avait pas charrié ainsi un corps. Il était un peu vieux pour ce genre de travaux de force.

La confortable quatre portes qu'il avait achetée des années auparavant était enregistrée au nom de Aron Accounting, la société paravent de ses diverses activités illégales. Ce genre de société-écran lui était nécessaire pour pouvoir blanchir les sommes très substantielles qu'il demandait à ses commanditaires.

En général, ils ne regrettaient pas leur argent ; il faisait un travail soigné.

En général... Car cela n'avait pas vraiment été le cas lors de son premier contrat, sur Rosemary et son fiancé. Un fiasco total. Jamais il n'aurait dû accepter, mais il était jeune, inexpérimenté, prêt à accepter tous les sales boulots pour prouver qu'un gamin efflanqué de Chicago pourrait faire son chemin dans les eaux troubles de La Nouvelle-Orléans. Les années passant, il avait développé quelques talents qui avaient fait de lui un des exécuteurs des basses œuvres les plus réputés du sud-est des États-Unis.

Il était même devenu une légende pour son habileté à manier le *balisong* ou couteau-papillon. Un des principaux avantages de cette arme, c'était qu'on pouvait l'ouvrir, prête à être utilisée, d'une seule main. Il appréciait particulièrement l'effet de surprise qu'il produisait, car peu de gens en avaient vu et ils ne se méfiaient pas. Lorsque le couteau s'ouvrait, il était déjà trop tard. Et puis, il y avait la symétrie de ses branches et de leur action, la rapidité...

Le travail d'amateur qu'il avait effectué sur Rosemary Delancey l'avait lui-même choqué et répugné. Mais c'était son premier essai et il avait beaucoup appris depuis. Avec le temps, il n'avait plus accepté que des missions qu'il pouvait exécuter rapidement et facilement. Et puis, il s'était bien juré, cette nuit-là, de ne plus jamais accepter de torturer quelqu'un. Mais le meurtre de la reine du Carnaval avait fait sa réputation et le Boss le lui rappelait souvent. Il était seul à savoir qu'il ne s'était jamais vraiment tout à fait remis de ce qu'il avait fait à Rosemary.

À présent, il allait la livrer au Boss, remplissant ses obligations et apaisant ce qu'il lui fallait bien appeler sa conscience. Après, il ne se servirait plus de son couteau qu'à la pêche. Il avait mis suffisamment d'argent de côté pour ne plus avoir à travailler. Il pourrait se retirer et laisser Wexler gérer seul les activités légales de Aron Accounting.

Oui, c'était ce qu'il lui fallait : aller à la pêche, soigner son jardin, voir sa fille jouer au foot et, pourquoi pas, faire un autre enfant à sa femme...

Il démarra sa voiture, prit une paire de lunettes noires sur le tableau de bord, quitta son stationnement et tourna le coin de la rue. C'est alors qu'il vit un petit garçon avec une pochette sous le bras frapper à la porte de Rosemary.

Lorsque l'enfant aperçut la voiture, il fronça un instant les sourcils et sa main se leva en une sorte de salut.

Aron changea ses plans en un éclair L'enfant, qui ne semblait pas avoir plus de neuf ans, ne penserait probablement pas à mémoriser le numéro de sa plaque d'immatriculation, mais pour plus de sûreté, il préféra éviter de lui en laisser le temps. Au lieu de prendre Prytania Street vers l'ouest pour retourner vers St. Charles, comme il l'avait prévu, il se dirigea vers l'est et tourna tout de suite à droite. De cette façon, le gamin, ou quiconque d'autre qui aurait pu le voir, n'aurait que cinq ou six secondes pour voir sa plaque avant qu'il ne tourne.

Il jeta un œil dans son rétroviseur. Le petit garçon était planté au milieu de la rue et suivait sa voiture du regard.

Il prit par Gentilly Street, vers Chef Menteur Highway. À quelques kilomètres de la bretelle, il y avait là plusieurs entrepôts que l'ouragan Katrina n'avait pas détruits, ou du moins, dont la charpente métallique avait tenu bon. Aron Accounting en avait acheté un et l'avait fait restaurer.

Aron entassait là tout ce qu'il ne voulait pas voir apparaître chez lui, la voiture de société comprise. Même le plancher y était encore en bon état, à part dans quelques recoins. C'était là qu'il comptait enfermer Rosemary jusqu'à ce que le Boss vienne en prendre livraison.

L'entrepôt n'était plus bien loin, à présent. Il prit à droite après Chef Menteur et passa devant le bâtiment au pied duquel coulait un petit canal. Il se gara à l'ombre de grands arbres et appela le Boss sur son portable.

— Le colis vous attend à l'entrepôt, lui dit-il.

Il entendit le souffle du Boss s'accélérer.

— Je ne pourrai pas venir avant la fin de l'après-midi, lui dit-il. Mets-le en sécurité. Je te rappelle.

— C'est que ma fille a un match de foot, expliqua Aron. Alors je voudrais bien...

— J'ai peur que ta fille doive jouer sans toi...

Aron se rembrunit.

— Attendez une minute... Vous savez que je ne manque aucun match de ma fille, protesta-t-il.

— Cette fois, tu le manqueras, si tu sais où est ton intérêt... C'est ta dernière chance qu'elle ne nous file pas entre les doigts...

Le Boss raccrocha, mais Aron garda encore un instant le téléphone à l'oreille.

— Je ne raterai pas un match de ma fille, répéta-t-il sourdement. Même pas pour vous !

Il était furieux contre le Boss, mais ne put s'empêcher de pousser un soupir de soulagement. Il avait eu très peur de recevoir l'ordre de « travailler » Rose. Il n'aurait pas pu refuser.

Après tout, il avait manqué son coup la première fois...

L'emploi du temps de Junior, envoyé par Reed à Dixon, prévoyait un cours de littérature anglaise à 14 heures et une heure de travaux pratiques de biologie à 16 heures. Dixon pensait pouvoir en profiter pour trafiquer un peu la voiture de Junior, puis aller vérifier que tout allait bien pour Rose et revenir au campus avant la fin du T.P. de biologie. Mais quand il vint rôder autour de l'appartement de Junior vers 15 h 15, la voiture du jeune homme n'était pas là.

Alors, il reprit la sienne, fila vers le Delgado Community College et inspecta les abords du département d'anglais. Comme il s'y attendait, la voiture était bien là. Il vit Junior la reprendre et il le suivit jusqu'à chez lui. Dès qu'il fut rentré, Dixon cacha rapidement dans la voiture du jeune homme un appareil permettant de la suivre à distance, puis il regarda sa montre. Il lui restait une heure et demie pour aller vérifier que tout allait bien chez Rose.

Elle avait été très en colère contre lui, le matin même. Il l'avait su dès qu'il avait ouvert la bouche ; elle ne comprenait pas ce qu'il essayait de lui dire. Et plus il s'expliquait, plus il gâchait tout.

Il avait donc décidé de se servir de la sécurité de ses élèves comme argument. Elle ne pouvait rester chez elle sans les mettre en danger : elle devait venir habiter chez lui. C'était si simple ! Pourquoi n'en avait-il pas eu l'idée sur le moment ?

Son portable sonna et il jeta un œil au petit écran : c'était le labo de la police.

— Lloyd ? C'est Bearden, du labo. J'ai les résultats pour le peignoir que vous nous avez déposé lundi.

Le cœur de Dixon s'accéléra.

— Allez-y !

— Le sang est bien du même groupe que celui de Rosemary Delancey et le tissu est le même que les lanières trouvées sur la scène de crime.

Un grand soulagement s'empara de Dixon. Il tenait sa preuve. L'évidence légale que Rose et Rosemary Delancey ne faisaient qu'une. Il y avait maintenant davantage que sa seule conviction. Rose était bel et bien Rosemary Delancey. Il ne lui restait qu'à attraper l'homme qui voulait la tuer.

— Inspecteur Lloyd ? Vous êtes toujours là ?

La voix du laborantin lui rappela opportunément qu'il était toujours en ligne.

— Oui ? Il y a quelque chose d'autre ?

— Oui, sur le peignoir. Un deuxième groupe sanguin...

— Un deuxième... Vous êtes en train de me dire... ?

— On ne peut pas en être sûr, évidemment, mais ce pourrait être celui de son agresseur. Elle a pu le griffer ou encore, il a pu se blesser lui-même avec son couteau. Cela se voit assez souvent dans ce genre d'agression...

— Merci, lui dit-il. Vous avez fait du bon travail !

Il gara sa voiture, rangea son portable dans sa poche et se dirigea vers la porte de la maison de Rose.

Il voyait désormais les choses d'une façon très différente. Il brûlait d'apprendre à Rose que le peignoir prouvait d'une façon irréfutable qu'elle était bien Rosemary Delancey. Il allait enfin pouvoir effacer le doute et la peur dans ses yeux.

Il appuya sur la sonnette et l'écouta résoner dans la maison qui semblait vide. Son excitation disparut immédiatement, remplacée par de l'inquiétude. Elle n'était pas là ? Où était-elle ? Il appuya plusieurs fois, plus longuement. Finalement, il se servit de la clé que Rose lui avait donnée. Se glissant dans le vestibule, il ne fit qu'un bond vers l'escalier.

— Rose ? appela-t-il.

Sa semelle glissa sur quelque chose d'humide. Il baissa les yeux et eut subitement l'impression que son cœur se glaçait. Une peur affreuse, comme jamais il n'en avait connu, l'envahissait. Il y avait du sang sur les marches.

Il chancela et dut agripper la balustrade pour se soutenir. Il lui fallut quelques secondes pour que son esprit et ses yeux s'éclaircissent un peu. Il se passa la main sur le visage, la ramena trempée de sueur froide. Rassemblant tout son courage, il prit une profonde inspiration et se força à regarder de nouveau le sol.

C'était bien du sang et il n'était pas encore sec. Immédiatement, il eut son arme en main. Lentement et méthodiquement, il inspecta les pièces de l'étage, puis redescendit au rez-de-chaussée. Quand il fut absolument sûr que la maison était vide de toute présence, il revint se pencher sur les taches de sang dans l'escalier. Les images terribles de la scène de crime, douze ans auparavant, se bousculaient dans sa tête, risquant d'altérer son jugement. Il se força à les chasser de son esprit pour réfléchir calmement et logiquement, comme l'inspecteur de police qu'il était.

Le sang qui avait coulé n'était pas très abondant. Guère plus que si Rose s'était par exemple fait une simple coupure, avec un morceau de verre ou un objet tranchant. Il prit sa lampe de poche et examina les taches. Elles n'avaient pas vraiment pénétré le vernis du bois, étaient régulières et semblaient presque toutes étirées, comme si on avait traîné sur le sol le corps dont elles provenaient. Il n'était pas trop difficile de les suivre et elles menaient à l'arrière de la maison. L'une d'elles était coupée par la trace de quelque chose qui devait être un talon de chaussure.

L'angoisse faisait trembler sa main qui tenait la lampe. Il essayait désespérément de reconstituer ce qui avait pu se passer. Quelqu'un, le donneur d'ordres de Junior, très probablement, était venu sonner à la porte. Rose était venue lui ouvrir, il l'avait neutralisée, peut-être à l'aide d'un Taser ou d'un autre procédé incapacitant à action rapide.

Il sentit une nausée lui monter à la gorge.

Ou bien l'agresseur avait utilisé un couteau, ou un scalpel aussi bien...

Quoi qu'il en soit, il s'était assuré qu'elle ne puisse plus lui opposer aucune résistance, puis il l'avait traînée jusqu'à la porte de derrière. Mais qu'était-ce donc qui avait pu entraîner l'hémorragie ? Un saignement d'ailleurs peu abondant, à l'évidence. Est-ce que Rose était blessée ou était-ce elle qui avait blessé son agresseur ?

Il fouilla machinalement la poche de son veston où il gardait toujours une paire de gants. Ce sang, c'était comme un message qui lui était destiné. Sans bien savoir pourquoi il en avait la certitude : l'homme était le même que celui qui avait tailladé Rose si cruellement autrefois.

— Je t'aurai, mon salaud, tu vas me le payer, murmura-t-il sourdement entre ses dents.

Il ouvrit la porte de derrière, passa sur la petite véranda où il trouva encore quelques taches. La petite allée adjacente, revêtue de gravier et de coquillages concassés, comme beaucoup d'arrière-cours à La Nouvelle-Orléans, gardait encore les traces de pneus d'une voiture.

S'emparant de son portable, il appela la centrale de police. Une fois en liaison avec l'opérateur, il déclina son nom, son grade et le numéro de son insigne officiel. Puis il indiqua sobrement : violation de domicile et probabilité d'enlèvement. Enfin, il nomma la victime : Rose Bohème. Comme il terminait, il entendit une voix qui l'appelait.

— M'sieur !

Il se tourna et vit un garçon d'une dizaine d'années arriver du coin de la rue, suivi d'une femme à l'air fatigué qui tenait un torchon à la main.

— Thomas, viens ici ! lui disait-elle. Thomas !

Dixon l'arrêta d'un geste.

— Attends, mon garçon, ne marche pas sur les traces de pneus s'il te plaît...

— Non, m'sieur, je veux dire : oui, m'sieur. C'est vous, l'inspecteur ?

Il le regarda avec surprise.

— Toi, c'est Thomas, c'est ça ? Oui, je suis l'inspecteur Dixon Lloyd. Comment tu le sais ?

Le gamin regarda précautionneusement autour de lui avant de répondre :

— Tout le monde le sait, dans le quartier, que vous embêtez Mlle Rose.

Il ne savait trop quoi répondre à cela. Mais le gamin enchaîna :

— Il y a quelque chose qu'il faut que je vous dise. J'étais venu pour ma leçon de piano, mais Mlle Rose ne m'a pas ouvert la porte. J'avais vu que derrière la maison, il y avait une voiture, garée juste à la porte de derrière. J'ai frappé, au cas où la sonnette serait cassée, et c'est alors que j'ai vu la voiture tourner le coin et partir à toute vitesse...

Il fit un geste vers la rue.

— Et tu as vu Rose ?

— Non, m'sieur.

— Thomas, s'impatienta sa mère, tu embêtes M. l'inspecteur. Il faut le laisser travailler...

Dixon leva la main pour l'interrompre.

— Non, non, madame, lui dit-il, au contraire. C'est moi qui le lui demande. Continue mon garçon... donc, tu n'as pas vu Rose ?

— Non, mais je pense qu'elle était dans la voiture. Je crois que l'homme qui conduisait l'a traînée par la porte de derrière et qu'il l'a mise dans le coffre. Il l'a probablement droguée pour qu'elle se tienne tranquille.

Thomas parlait en le regardant droit dans les yeux. Intéressé au plus haut point, Dixon s'accroupit pour se mettre à sa hauteur.

— Et qu'est-ce qui te fait dire ça ? lui demanda-t-il.

— Parce que Mlle Rose, elle bougeait jamais d'ici et y a jamais de voiture qui vient se garer derrière chez elle, jamais, jamais...

C'était le raisonnement d'un garçon de neuf ans, mais il avait l'avantage d'être simple et logique.

— Je vois. Tu peux m'en dire plus sur la voiture ?

Thomas haussa les épaules.

— Je connais pas le modèle. Peut-être qu'elle est vieille... Grosse et noire, avec un hayon qui se lève.

Dixon hocha la tête et lança un coup d'œil à la mère du petit.

— Tout ce que tu me dis m'aide beaucoup, Thomas. Maintenant tu vas rentrer chez toi avec ta maman. J'appellerai tes parents si j'ai besoin de plus d'information.

— Allons, viens, Thomas, lui dit sa mère en prenant sa main.

— Attends, m'man, j'ai pas tout dit à l'inspecteur, s'écria le petit garçon.

— Thomas ?

Il regarda l'enfant. Il semblait effectivement tenir absolument à lui donner une dernière information. Il fit un signe à sa mère.

— D'accord, Thomas. Que veux-tu me dire encore ?

— J'ai retenu le numéro de la plaque, au moins, la plus grande partie...

Dixon retint son souffle et son pouls s'accéléra. Il fronça néanmoins les sourcils. Il était difficile de croire qu'un petit garçon pouvait mémoriser tous les chiffres d'une plaque d'immatriculation. Il pria néanmoins pour que ce soit le cas...

— C'est vrai ?

— Oui, j'aime bien les nombres. À l'école, ils disent que j'ai un don pour ça. C'est vrai, hein, maman ?

— Et c'est quoi, ce numéro ?

L'enfant le récita. Dixon sentit le sang battre de plus en plus fort à ses oreilles. La séquence de chiffres correspondait bien à une plaque d'immatriculation de Louisiane.

— Bravo, Thomas ! lui dit-il. Beau travail. Je crois que je vais demander à ce que tu sois officiellement récompensé pour ça.

— C'est vrai ? s'exclama l'enfant, émerveillé. Tu as entendu, maman ? Une récompense !

— Oui, j'ai entendu, mon chéri.

La mère le regarda comme si elle lui posait une question muette. Il savait laquelle.

— Je pense que tout va bien pour mademoiselle Rose, s'empressa-t-il d'affirmer, mais tant que nous n'en serons pas sûrs, il faut que chacun prenne ses précautions. Fermez vos portes à clé, prévenez la police si vous voyez toute personne suspecte dans les environs. Et toi, Thomas...

Il lui posa la main sur l'épaule.

— Tu dois protéger ta maman. Alors, pas question d'aller courir partout tout seul, d'accord ? Tu restes auprès d'elle pour la protéger.

Tout fier, le gamin se redressa de toute sa taille.

— Oui, m'sieur !

Puis, il le regarda un peu de côté.

— Il vaut mieux que je n'aille pas à l'école, alors, hein m'sieur ? Que je reste à la maison pour protéger maman ?

Dixon ne put s'empêcher de sourire.

— Je pense que ta maman sera parfaitement en sécurité lorsque tu seras à l'école. Pour le moment, je te demande de la ramener à la maison et de t'assurer que toutes les portes sont bien fermées. D'accord ?

Il fit un bref signe de tête à l'intention de la mère de Thomas.

— Merci, inspecteur, lui dit celle-ci. Allons, viens, Thomas.

Comme ils s'éloignaient le long du trottoir, Dixon entendit des sirènes de police. Il regarda sa montre. On venait de passer 16 heures. Il eût bien aimé rester là et continuer à faire ses investigations dans la maison, mais il lui fallait retourner au campus afin d'intercepter Junior à la sortie de son cours. Le jeune homme savait très certainement qui avait pu enlever Rose.

Derrière deux voitures de police toutes sirènes hurlantes, une antique Camaro noire vint se ranger le long du trottoir et Ethan, son coéquipier, en sortit comme un diable d'une boîte.

— Dixon, qu'est-ce que tu fais là ? lui lança-t-il.

— Je pourrais te demander la même chose.

— Quelqu'un m'a dit que tu avais appelé le central pour une violation de domicile à Prytania. J'ai voulu voir ce que tu fabriquais par là...

— Pas le temps de parler. Il faut que je parte.

— Je viens avec toi !

Dixon réfléchit un quart de seconde. Si bénéficier de l'aide d'Ethan était tentant, il n'était pas encore prêt pour les explications. Celles-ci prendraient trop de temps et il ne voulait pas laisser Junior lui glisser entre les mains. Il secoua la tête.

— Désolé. Je t'expliquerai tout lorsque je rentrerai à la Boîte.

— Mais, Dixon...

En ouvrant la portière de sa voiture, il se tourna vers son coéquipier.

— Écoute, dit-il, note les chiffres que je vais te dicter, ce sont ceux d'une plaque d'immatriculation...

Ethan maugréa, mais il tira un stylo de sa poche et écrivit dans sa paume la suite de chiffres que Dixon lui donna.

— Il y a dans le voisinage un gamin qui s'appelle Thomas, il habite à deux numéros d'ici. Il pourra te confirmer le numéro, il a vu la voiture. Il pourra même sans doute te donner une description du conducteur.

— Quel véhicule ? hurla son coéquipier. Dixon, reviens ici !

Mais il était déjà monté en voiture et démarrait en trombe. Dans son rétroviseur, il vit Ethan s'époumoner sur le trottoir. Il accéléra et prit la direction du Delgado Community College.

13

Dixon se gara en double file devant le département des Sciences juste au moment où les portes s'ouvraient, libérant un flot d'étudiants. Il repéra vite Junior dans son blue-jean élimé, accompagné d'une fille habillée et maquillée dans le plus pur style « gothique ».

Dans l'angoisse où il se trouvait, c'était une torture que d'attendre que les deux jeunes gens veuillent bien, de leur pas nonchalant, s'approcher de sa voiture. Il patientait tant bien que mal, ses doigts crispés sur le volant, au point qu'au bout de quelques secondes, il dut faire un effort pour les détendre.

Quand Junior et la fille furent à la hauteur de sa voiture, il en sortit, son insigne à la main.

— Eh, Junior ! T'as une minute ? demanda-t-il en prenant sur lui pour ne pas renverser directement le gamin sur le trottoir et lui passer les menottes.

Junior s'arrêta net et la gothique, en train de chercher une cigarette dans son sac, faillit, prise de court, le percuter. Elle poussa une exclamation de surprise, vit l'insigne de Dixon et se figea.

Junior donnait l'impression de vouloir prendre ses jambes à son cou.

— Ne fais pas ça, mon grand, l'avertit Dixon. Tu te souviens, la dernière fois ?

— La dernière fois, vous ne m'aviez pas eu, grommela-t-il.

— De très peu. Et ce coup-ci, tu n'irais pas loin...

Junior le regardait, les yeux ronds. Il avala sa salive avec difficulté, sa pomme d'Adam montant et descendant sur son cou maigre.

— C'est bon, dit la gothique, vous voulez parler à Junior, et moi, ça ne me regarde pas, je me tire, j'ai un rendez-vous...

Elle regarda ostensiblement sa montre au large bracelet noir clouté de métal.

— File, trésor, lui dit Dixon, je ne te retiens pas.

Elle obtempéra, sans demander son reste. Dixon se tourna vers le jeune dealer.

— Où est Rose et qui l'a enlevée ?

Junior avait toujours un regard de défi, néanmoins, ses Birkenstocks restaient comme clouées au trottoir.

— Qui a fait quoi ? grogna-t-il.

Dixon saisit le jeune homme par le devant de son T-shirt et le hissa à quelques centimètres de son nez.

— Tu le sais parfaitement, espèce de raclure, lui dit-il, la fille que tu as espionnée toute la nuit.

— Quoi ? J'ai rien fait, pleurnicha le jeune homme, vous me faites mal !

— Je vais te faire encore plus mal, si tu ne réponds pas à mes questions, gronda Dixon.

— Laissez-moi partir ! cria Junior en essayant de lui faire desserrer le poing.

Un monsieur en costume s'approcha alors d'eux, visiblement pour faire cesser ce qu'il croyait être une altercation. Dès qu'il le vit, Dixon brandit son insigne dans sa direction. L'homme, visiblement soulagé de ne pas avoir à intervenir, hocha la tête en signe d'acquiescement et s'éloigna.

Dixon tira Junior jusqu'à sa voiture, ouvrit la portière du côté passager et le poussa à l'intérieur. Il referma d'un coup sec. Junior essaya de l'ouvrir, mais n'y parvenant pas, il leva les yeux vers le policier. En guise d'avertissement, Dixon souleva légèrement l'ourlet de sa veste, afin que l'étui de son arme de service soit bien visible. Junior se calma immédiatement et se renfrogna sur son siège. Sans cesser de lui montrer ostensiblement son pistolet, Dixon fit le tour de la voiture et vint s'asseoir à la place du conducteur.

— Vous allez pas m'arrêter, hein ? gémit le jeune homme. Mon père va me tuer...

— C'est moi qui vais te tuer, si tu ne parles pas, répondit Dixon en bloquant les portières avec la sécurité enfant.

Puis il démarra la voiture et prit la direction du quartier général de la police de La Nouvelle-Orléans.

— Mais pour le moment, tu restes tranquille et tu boucles ta ceinture.

— Mais vous ne comprenez pas, implora le jeune homme. Il me laissera pourrir en prison, cette fois.

Dixon lui lança un coup d'œil. Junior était vraiment terrifié.

Il poursuivit sa route, sans cesser de le tenir à l'œil. Lorsque Junior fourragea dans sa poche et en sortit son portable, il lui ordonna sèchement :

— Donne-moi ça !

— Non, je...

— Donne, ou j'arrête la voiture et je te le prends de force.

— C'est mon téléphone !

— Non, ça ne l'est pas. Légalement, c'est celui de ton père, parce que c'est lui qui paie les factures. Et il m'a donné la permission de te le confisquer. Il s'inquiète de tes fréquentations.

C'était du bluff, mais calculé. Junior ne lui tiendrait pas tête sur ce point. Et en effet, le jeune homme n'ajouta rien. Il se contenta de lui tendre le petit appareil. Dixon l'empocha.

Au quartier général de la police, il guida le jeune dealer à travers les couloirs jusqu'au bureau de la Criminelle. Ethan était rentré et lui fit signe au passage.

Il emmena Junior dans l'une des salles qui servaient aux interrogatoires et lui dit de s'asseoir. Puis il ressortit et verrouilla la porte. Ethan l'attendait sur le seuil.

— Bon, Dixon, lui dit-il, si tu m'expliquais ce que tu fabriques et d'abord, qui est ce gamin ?

Depuis qu'il avait aperçu Rose pour la première fois, Dixon savait que ce moment viendrait. Mais expliquer les choses à son coéquipier n'était pas sa priorité. C'était la retrouver, qui l'était.

— Juste une minute, lui dit-il.

Il passa devant lui et se dirigea vers le bureau de l'informaticien de la brigade. Il lui tendit le téléphone mobile de Junior.

— J'ai besoin de savoir à qui sont les numéros du carnet d'adresses et du journal d'appel, lui dit-il.

— D'accord, répondit distraitement le technicien en posant l'appareil au bord de son bureau.

— Je les veux tout de suite !

Surpris, l'autre leva les yeux vers lui, mais l'expression du visage de Dixon le dissuada tout de suite de tergiverser.

— D'accord, d'accord, marmonna-t-il en reprenant le téléphone.

Dixon revint vers Ethan.

— Est-ce que vous avez trouvé des indices ? lui demanda-t-il.

— Bon Dieu, Dixon, éclata l'autre, on ne se tire pas comme ça d'une scène de crime ! Et surtout ne me dis pas que la supposée disparue a quoi que ce soit à voir avec ma cousine...

— Qu'est-ce que vous avez trouvé ? répéta Dixon sans oser le regarder en face.

Ethan poussa un soupir lourd d'impuissance et maugréa :

— ... Que la porte n'avait pas été forcée...

— Oui, ça, j'avais vu ! le coupa Dixon, agacé.

— Tu veux savoir ce qu'on a constaté, pas vrai ? Eh bien, je te le dis !

Dixon serra les dents et baissa la tête, avec un vague signe d'acquiescement.

— Il n'y a pas de trace de lutte, continua Ethan, mais la fille a probablement été traînée jusqu'à la porte de derrière et embarquée dans une voiture...

— Tu as parlé au petit Thomas ? Tu sais à qui est la plaque ?

Ethan était manifestement hors de lui et Dixon n'aurait pas été surpris s'il avait vu de la fumée sortir de ses oreilles. Heureusement son sang-froid de policier l'empêchait de lui sauter à la gorge, du moins pour l'instant.

— Bon Dieu, il a neuf ans ! s'écria-t-il.

— Il a tout de même lu la plaque. Alors, à qui ?

— À Aron Accounting. Un véhicule de société, répondit Ethan, les lèvres pincées.

— Aron Accounting ? Bon Dieu, c'est l'un des noms de ma liste ! Qui dirige l'enquête ? Il faut aller les interroger tout de suite.

— Mais quelle liste ?

Ethan s'interrompit une seconde et reprit sur un autre ton :

— Enfin, vas-tu me dire ce qui se passe, à la fin ?

Dixon était partagé entre le remords et l'angoisse. Il montra une deuxième salle d'interrogatoire, vide, à son coéquipier.

— Viens !

Le visage fermé, Ethan le suivit et il ferma la porte derrière eux.

— Bon, dit-il, nous y sommes. Maintenant, parle !

Dixon fit quelques pas devant le miroir qui était en fait une glace sans tain. Il prit une profonde inspiration, expira, en prit une autre. C'était encore plus difficile qu'il ne se l'était imaginé.

— J'espère que tu ne vas pas recommencer avec tes histoires sur ma cousine, commença Ethan.

Il ne croyait pas si bien dire, songea Dixon. Cela sonnait comme un avertissement, mais il y avait également dans le ton de son coéquipier une pointe d'inquiétude.

Il se tourna vers lui et le regarda une seconde.

— Tu as vu le nom de celle qui habite cette maison ?

— Renée Petitpas ?

— Non, ça c'était la propriétaire. Elle est morte il y a quelques mois. Celle dont je te parle est une jeune femme, celle qui a été enlevée.

Ethan hocha la tête sans changer d'attitude.

— Oui, répondit-il, Rose Bohème. Ça ressemble furieusement à un pseudo.

Dixon se passa la main sur le visage, puis il regarda de nouveau son coéquipier.

— C'en est bien un, en effet. Celui de Rosemary Delancey. Ta cousine est vivante, Ethan.

Son coéquipier ouvrit la bouche, la referma et serra les poings. Son visage était rouge de colère.

— Espèce de salaud de... je.. je ne t'écoute plus, balbutia-t-il. Je t'avais dit que si tu continuais...

— Arrête, je te jure que c'est vrai, le coupa Dixon.

— Si c'est une blague, je vais te casser la...

— Ni une blague ni une erreur. Je sais que c'est difficile à croire, mais bon Dieu, c'est la vérité. ! Je ne voulais pas t'en parler avant d'en être sûr et puis, j'ai voulu la protéger, mais...

Ethan leva la main.

— Une minute, lui dit Dixon, une minute !

Son coéquipier souffla bruyamment du nez, le regarda un instant, puis reprit :

— Ce n'est pas possible. Je ne te crois pas. Après douze ans, comment est-ce que...

— Assieds-toi, Ethan, bon Dieu. On dirait que tu vas te trouver mal...

— Je vais te dire ce que je crois, lui répliqua son coéquipier, l'air sombre. Je crois que tu as perdu complètement les pédales. Je t'avais prévenu que ça tournait à l'obsession. Je sais que c'était ta première affaire et que tu voudrais bien clore le dossier. Mais bon Dieu, elle est morte. Morte !

Il s'était mis à hurler ce mot, soudain, dans la pièce presque nue.

— Écoute-moi, plaida Dixon. Elle a été amnésique, à cause du choc de son agression. Elle ne se rappelle rien de ce qui s'est passé, ni ce jour-là, ni avant.

— Amnésique ?

Ethan eut un rire bref et sans joie qui ressemblait plutôt à un aboiement. Il traversa la pièce à grandes enjambées, tourna le dos une seconde à Dixon, puis lui fit face de nouveau.

— Tu es en train de me dire que cette Rose Bohème est ma… ?

Il s'arrêta comme s'il était à court de mots.

— Espèce de…

Il se frotta le front, puis les yeux, souffla comme un cheval furieux, puis se remit à arpenter la pièce.

— Tu te rends compte de ce que ça va faire à ma famille ? demanda-t-il.

— Il ne faut pas leur dire. Pas encore.

Ethan regarda Dixon, l'air abasourdi, puis lui lança :

— Parce que tu crois que je suis assez stupide pour leur raconter ton histoire à la noix ?

Il eut encore un rire sans joie et même menaçant.

— Tu es complètement cinglé. Mon coéquipier a perdu l'esprit.

— Ethan, je ne peux pas te forcer à me croire, mais je te supplie de me faire au moins confiance. Rose est en danger et je ne sais même pas où elle est. Mais je suis sûr que l'homme qui l'a enlevée est le même que celui qui l'a torturée il y a douze ans.

Ethan le regarda fixement.

— Et comment sais-tu ça ?

Dixon baissa les yeux et prononça douloureusement les mots qu'il se répétait sans répit depuis des heures :

— Parce que c'est moi qui l'ai menée à elle.

Il se sentit agrippé par le col de sa veste, ne chercha ni à esquiver le coup qui allait venir, ni à se dérober. Il était prêt et il acceptait.

Il vit Ethan ramener son poing droit en arrière, son visage déformé par une grimace de rage et ses yeux plus sombres que la nuit.

Il attendait.

Mais Ethan le lâcha tout à coup et jura sourdement entre ses dents.

— Mais frappe, bon Dieu ! Frappe ! lui cria Dixon.

— Non, c'est trop facile. Tu restes là à attendre que je te casse les dents parce que tu sais que c'est ce que tu mérites...

Il marcha vers la porte, mais ne sortit pas encore. Il s'appuya du bras au chambranle en regardant fixement devant lui.

Dixon, toujours silencieux, ne le quittait pas des yeux. Au bout d'un long et pénible silence, son coéquipier se retourna finalement vers lui.

— Bon, lui dit-il. Qu'est-ce qu'on fait maintenant ? Comment va-t-on la retrouver ?

Dixon laissa échapper un soupir de soulagement.

— La petite crapule dans la pièce à côté, lui dit-il avec un geste vers l'autre salle d'interrogatoire. Je te parie un mois de salaire qu'il sait où elle est, ou du moins, avec qui. Il faut que j'arrive à le faire parler. Et puis, j'ai piégé sa voiture... avec un peu de chance, elle nous conduira à elle.

— Résumons, dit Ethan, dont la voix était redevenue d'un calme menaçant. Tu as retrouvé ma cousine, tu lui as parlé, tu sais qu'elle est amnésique, et voilà que tu viens de t'apercevoir qu'un maniaque l'a enlevée, c'est bien ça ? Ah oui, et puis tout ça est de ta faute...

Dixon soupira.

— Oui, mais je peux encore me racheter. Je peux arranger les choses et la sauver.

— Très bien, dit Ethan sans le quitter des yeux, toujours avec un calme glaçant. Tu vas l'interroger maintenant, ton gars ?

Dixon acquiesça.

— Je vais aller boire un verre d'eau, reprit Ethan. Après, je serai derrière la glace sans tain, si tu as besoin de moi.

Et sans attendre la réponse, il quitta la pièce.

Dixon poussa un douloureux soupir et se frotta les yeux. La confrontation avec son coéquipier s'était finalement révélée un peu moins pénible qu'il ne l'avait imaginé. Il avait pensé s'en sortir avec des bleus au visage ou la mâchoire démise, mais Ethan avait fait montre d'une impressionnante retenue.

Il se dirigea vers la salle d'interrogatoire numéro un, mais l'informaticien l'arrêta au passage.

— Je t'ai fait un listing de toutes les adresses, lui dit-il en lui tendant le portable de Junior et une feuille de papier. Et il vient de recevoir un SMS...

Dixon remit l'appareil dans sa poche et prit immédiatement connaissance de la liste. Ses yeux s'arrêtèrent sur un nom.

Wexler. Où l'avait-il déjà vu, ce nom ? Il sortit son propre téléphone et rechercha dans la liste que Reed lui avait envoyée, celle de l'immeuble de bureaux sur Toupitchoulas Street. C'était ça : Aron Accounting. Bruce Wexler était désigné comme gérant de la société et comptable principal. Or, la plaque d'immatriculation que Thomas avait permis d'identifier appartenait à un véhicule de société de la Aron Accounting. Et il n'y avait pas que ça. Son ancien équipier, Shively, lui avait indiqué que parmi les successeurs de Innes, il y avait un jeune requin du nom de Aron Wasabe.

Aron. Aron Accounting.

L'excitation se mit à bouillonner dans ses veines. Et si c'était Aron Wasabe, le monstre qui avait torturé Rose ? Si c'était lui qui la tenait de nouveau entre ses griffes ?

Il se saisit fébrilement du mobile de Junior et chercha le dernier message.

« On t'attend @ entrpôt C. M tt de suite. Appell-moi. »

Comme l'informaticien passait par là, il l'arrêta pour lui montrer le message.

— Entrepôt C.M, ça te dit quelque chose ? lui demanda-t-il.

Le jeune technicien fit la moue.

— Par contre, le signe @, je sais..., ajouta-t-il pour faire le malin.

— Très drôle. Si on veut pouvoir tracer ce téléphone, même quand il est éteint, c'est possible ?

— C'est fait, répondit l'informaticien avec un sourire faraud.

— Comment ça, c'est fait ?

— J'ai piégé la batterie et l'ai couplée avec un de nos GPS.

Tant qu'il y aura un signal, on pourra tracer l'appareil, même s'il est éteint.

— Combien de temps ?

— Peut-être vingt-quatre heures, peut-être moins. Ça dépend de pas mal de choses, sa consommation, l'âge de la batterie...

— C'est bien, lui dit Dixon en souriant enfin. On fera quelque chose de toi...

Le jeune informaticien sourit de toutes ses dents.

— Je me doutais que tu voulais le rendre à son propriétaire pour le tracer... Tu veux voir le traçage ? Viens...

Il le mena à son bureau.

— Tiens, regarde cet écran...

Il lui montra un ordinateur où l'on pouvait voir clignoter un point rouge sur un plan.

— Voilà, tu es là, au milieu du quartier général...

— Quelle est la portée de ce truc ? demanda Dixon, qui essayait de brider son excitation grandissante.

— Je ne sais pas exactement. Quarante kilomètres, peut-être...

— Il n'y a aucun moyen que je voie ça de ma voiture ? Sur l'écran de mon GPS, par exemple ?

Le jeune technicien se mit à rire.

— Non, il faudrait un équipement spécial... Mais je peux le tracer d'ici et te guider par téléphone.

— O.K., à partir de maintenant tu es requis jusqu'à nouvel ordre, lui dit fermement Dixon.

— Pas de problème, jusqu'à l'heure de la fin du service... ricana l'informaticien.

Les traits de Dixon se figèrent. Il s'appuya des deux mains au bureau et se pencha vers le jeune homme, d'un air glacial :

— Je crois qu'on ne s'est pas bien compris. Une femme est en grand danger, sa vie est en jeu. Pour te parler plus clairement : si nous ne pouvons pas tracer ce téléphone, elle va mourir. Tu travailles pour la police de La Nouvelle-Orléans, je crois ? Il me semble que cela implique que tu puisses faire quelques heures supplémentaires.

— Euh... oui, oui, bien sûr ! bredouilla le jeune homme instantanément dompté.

— Maintenant, je veux que tu envoies une réponse au dernier message de Wexler.

Il prenait un grand risque en se faisant passer pour Junior. Wexler allait peut-être se méfier et prévenir ce Aron Wasabe. Mais il n'avait pas le choix. Junior était trop paralysé par la peur pour être aisément manipulable.

— Je te le dicte, dit-il à l'informaticien : entrepôt — point d'interrogation —C.M — point d'interrogation.

Le jeune homme obtempéra, puis lui rendit le portable. Dixon l'empocha, tourna les talons et se dirigea vers la salle d'interrogatoire où Junior l'attendait.

Il ne tirerait rien d'intéressant du jeune homme. Mais il avait besoin que Junior croie qu'il en savait plus long que ce qu'il voulait bien dire. Il avait piégé sa voiture dans l'espoir qu'elle le mènerait à l'endroit où Rose était détenue, mais à présent, il avait un meilleur plan. Du moins... Il fallait l'espérer.

Le portable de Junior se mit à sonner. Était-ce déjà la réponse de Wexler ? Dixon ouvrit le SMS. Celui-ci était des plus secs :

Entrepôt sortie Chef Menteur, crétin ! Coupe ton tél.

Wexler était prudent, mais Dixon allait rendre à Junior son portable et le tracer. Même s'il le jetait, il pourrait toujours le suivre grâce au dispositif caché dans sa voiture.

Et si Junior se rendait directement à l'entrepôt, il fallait prier pour que ce soit précisément l'endroit où Rose était retenue prisonnière.

Dixon soupira d'angoisse.

C'était sa seule chance de la sauver.

Tout le corps de Rose lui faisait mal. Elle essaya de remuer pour trouver une meilleure position, mais dès qu'elle étendit ses jambes, son mollet se noua en une crampe douloureuse. Instinctivement, elle replia le genou, mais la crampe se déplaça alors dans son pied.

Ne bouge pas, c'est tout.

De toutes ses forces, elle tentait de faire cesser l'intolérable douleur. Elle aurait voulu se détendre, mais chacun de ses muscles était aussi tendu qu'une corde à piano. La seule solution était de rester parfaitement immobile. Ainsi, la douleur s'atténuait quelque peu et devenait supportable.

Et puis, il y avait plus urgent. Elle devait réfléchir à son environnement immédiat ainsi qu'à sa situation. Mais ce n'était pas non plus très facile. Sa tête lui faisait mal quand elle essayait de se concentrer, et elle avait l'impression que son cerveau était emballé dans du coton. Tout était trouble, ouaté, brumeux.

Exactement comme elle avait essayé d'accomplir de petits mouvements, elle essaya de remettre son esprit en marche avec des idées simples et positives.

Par exemple, où était-elle ? Elle respira profondément. Il flottait une odeur de moisi qui lui était vaguement familière, sans qu'elle puisse pour autant l'identifier. Comment était-elle arrivée là ? Elle essaya de se concentrer sur ses quelques souvenirs de ce qui avait pu se passer.

Il y avait d'abord l'homme qui s'était introduit chez elle et lui avait appliqué une sorte de décharge électrique, quelque chose qui lui avait fait si mal qu'elle avait cru mourir. Ensuite, elle se souvenait seulement qu'il l'avait jetée dans un coffre de voiture et de nouveau lui avait donné un « coup » de cet appareil de torture.

Puis, nouveau réveil, en position fœtale dans l'obscurité, un tissu rugueux sur sa tête. À l'odeur d'essence, de caoutchouc, et à la sensation de la route en dessous d'elle, elle avait compris qu'elle était toujours dans le coffre et que la voiture roulait. Enfin, on l'avait de nouveau jetée sur une surface dure et froide.

Et c'est là qu'elle était...

Elle ouvrit lentement les yeux, essayant de discerner les alentours sans bouger la tête. Il y avait très peu de lumière, seulement quelques rais qui tombaient des hautes fenêtres au-dessus d'elle. Au-dehors, il devait faire nuit.

Un entrepôt, sans l'ombre d'un doute. Elle voyait les rivets sur les poutres métalliques, les palettes de bois chargées de sacs de jute. Dessus, on lisait le mot « CAFÉ ». L'odeur s'expliquait, et l'humidité aussi, car on devait être au bord du fleuve.

L'angoisse et le désespoir s'emparèrent d'elle un peu plus. La douleur. Le coffre de la voiture. Elle avait été enlevée et on la séquestrait dans un entrepôt abandonné. La panique la gagnait et avec la peur revinrent les crampes.

L'ouragan Katrina avait laissé des douzaines d'entrepôts abandonnés dans les environs de La Nouvelle-Orléans, après le retrait des eaux. La retrouver serait aussi difficile que de repérer une aiguille dans une botte de foin.

Dixon avait eu raison de bout en bout. Celui qui avait déjà essayé de la tuer l'avait retrouvée et Dixon ignorait où elle se trouvait. Son ravisseur était venu l'enlever chez elle pour la conduire dans un endroit inconnu de tous. Si elle voulait survivre, elle allait devoir s'en tirer toute seule.

Où était-il, d'ailleurs, son ravisseur ? Se tenait-il là, dans l'ombre, à rire secrètement de sa douleur et de son inquiétude ?

Elle ouvrit la bouche et se passa la langue sur les lèvres. Le bâillon de toile adhésive n'était plus en place. Elle prit une bonne bouffée d'air et cria :

— Où êtes-vous, espèce de lâche ?

Les muscles de son cou et de ses épaules se tendirent douloureusement sous l'effort et elle dut laisser reposer sa tête sur le sol pour atténuer ses crampes. Elle écouta attentivement le silence, pour tenter de surprendre un bruit, un mouvement, une toux, n'importe quoi qui lui signalerait la présence du monstre qui l'avait enlevée.

De nouveau, elle emplit d'air ses poumons et fit une autre tentative :

— Est-ce que vous vous cachez pour m'observer ?

Son cou et ses épaules se tendirent encore plus douloureusement.

Que faisait-elle donc à crier ainsi ? Cela ne servait à rien, qu'à s'épuiser inutilement.

Mais elle était déterminée à agir. Elle fit une sorte de check-up de son corps. Pendant qu'elle était inconsciente, son ravisseur avait changé ses liens en caoutchouc par des lanières de toile. Elle ne les voyait pas, mais ses jambes étaient certainement entravées de la même manière. Quant à ses bras, la façon dont ils l'étaient produisait un pénible tiraillement dans ses épaules, rendant douloureux le moindre de ses mouvements.

Dans la faible lumière, elle examina les liens de ses poignets. Ils étaient extrêmement serrés, mais elle pourrait, sans trop de contorsions, arriver à en prendre une partie entre ses dents et à les ronger.

Pour y parvenir, la première chose à faire, c'était de se redresser. Elle rassembla ses forces pour entreprendre la tâche gigantesque de rouler sur elle-même et de donner un coup de reins pour propulser son torse à la verticale.

C'était toute une affaire, mais si elle n'y arrivait pas, l'homme aux yeux sombres qui l'avait amenée ici allait la tuer.

14

Dixon secoua la tête.

— Pas question que tu viennes avec moi, dit-il très fermement à son coéquipier. J'ai besoin de toi au GPS.

— Je dois y aller, objecta Ethan. C'est ma cousine, je te le rappelle.

— Écoute-moi, Delancey. Je peux délivrer Rose tout seul. Par contre, je n'ai aucune confiance dans cet informaticien à la manque. Si Junior quitte sa voiture, j'ai besoin que tu me guides. C'est la meilleure chance que nous ayons de la tirer de là.

Ethan regarda Dixon, puis sa voiture.

L'espace d'une seconde, Dixon eut l'impression que son coéquipier allait bondir à la place du passager et le défier de l'en extraire. Mais finalement, il poussa un lourd soupir de frustration.

— Tu vas mettre dans le coup le groupe d'intervention de la SWAT, au moins ? lui demanda-t-il.

— Si besoin est. Sur appel.

— Comment ça, sur appel ? Il faut les emmener, qu'ils soient en position, prêts à tirer...

— Ethan, si c'est le même agresseur que la première fois, il ne reculera devant rien. Si la SWAT donne l'assaut, qu'est-ce qui le retiendra de couper la gorge à Rose ?

Son coéquipier devint très pâle.

— Écoute-moi, lui dit-il. Si tu ne leur donnes pas la position dès que tu la connaîtras, je le ferai. C'est bien compris ?

Dixon n'hésita pas.

— D'accord, répondit-il. Tu leur donneras, mais pas avant de me l'avoir donnée, à moi.

— Comment sais-tu si Junior ne va pas s'enfuir ?

— Parce qu'il a trop peur de ce Aron pour risquer de retourner en prison et que je l'ai prévenu que c'est ce qui lui arriverait s'il ne nous aidait pas.

Il tendit la main à son coéquipier.

— Alors, je peux compter sur toi ?

Ethan releva fièrement le menton, dans un geste qui rappelait beaucoup Rose, puis après une seconde hésitation, lui tendit la main. Dixon la serra et lui donna une tape sur l'épaule.

Puis il monta en voiture. Il appela un numéro sur son portable et déclara :

— O.K., tu peux lâcher Junior, maintenant.

Il attendit quelques instants.

— Ça y est, lui dit le responsable. Il est devant la porte de l'ascenseur.

— Il a pris son portable ?

— Oui, il l'a en main.

— Parfait. Merci !

Deux minutes plus tard, il vit le jeune homme sortir du quartier général de la police avec son téléphone à l'oreille. Il se dirigea droit vers sa voiture qu'un policier en tenue lui avait amenée.

Dixon démarra et laissa tourner le moteur en attendant de voir quelle direction Junior allait prendre. Il le suivit jusqu'à l'Interstate 10 et, tout en conduisant, discutait en mains libres avec Ethan, dont la voix lui parvenait directement par les hautparleurs.

— Pour l'instant, il va vers la 10, lui dit son coéquipier. Tu le vois ?

— Ouais. J'espère qu'il se rend directement à cet entrepôt et que Rose est bien là-bas. S'il reste dans sa voiture, je le suis et s'il stoppe, tu prends le relais au traçage.

617

— O.K. J'ai tenu la SWAT informée de la route qu'il prenait. Ils te suivent à trois minutes.

— Tu leur as dit aussi de ne pas intervenir avant mon signal ?

— Ce n'est pas comme si je l'avais déjà entendu vingt fois, maugréa Ethan. En tout cas, pour l'instant, il prend la direction générale de Chef Menteur. Mais il y a une vingtaine d'entrepôts abandonnés, dans ce coin-là.

— Je sais, grogna Dixon. Et Rose est dans l'un d'eux.

Aron prit la bretelle de Chef Menteur et écrasa l'accélérateur, dépassant allègrement la vitesse autorisée. Il retournait à l'entrepôt, avec pas mal de retard. Quand le match de sa fille s'était terminé, ses voisins, George et Ann Clampette, les avaient coincés, Carol et lui, pour leur tenir des discours sans fin sur une prochaine invitation à dîner. Peut-être le Boss serait-il lui aussi en retard... Ça l'arrangerait bien : il ne voulait pas arriver à l'entrepôt après lui. Il lui avait défendu d'aller voir le match de sa fille et n'était pas homme à aimer qu'on lui désobéisse.

Fichu Boss ! soupira Aron. Il le haïssait...

Son mobile se mit à vibrer et il actionna le système mains-libres. Quand on parle du loup...

— Allô !

— Où diable es-tu ? demanda la voix grave du Boss. Je suis à l'entrepôt et je ne vois pas ta voiture.

— J'y suis presque, répondit Aron d'une voix aussi innocente et détachée que possible.

— Presque ?

La voix du Boss résonnait dans l'habitacle.

— Qu'est-ce que je t'avais dit ? Comment oses-tu désobéir à mes ordres ?

— Boss, je...

Ses efforts d'explication furent noyés dans le flot d'injures qui lui parvenait de ses haut-parleurs. Il serra les poings sur son volant, les yeux fixés sur la route.

Lorsque enfin le Boss fut un peu calmé, Aron reprit la parole.

— Je serai là dans cinq minutes.

De nouveau, le Boss lui envoya dans les oreilles une bordée de jurons, puis se ressaisit :

— Je suis prêt à prendre livraison du colis. Gare à toi si tu me fais attendre plus longtemps.

Aron leva les yeux au ciel en raccrochant. Il n'avait pas vraiment peur du Boss. Celui-ci avait bien vingt ans de plus que lui et il n'était pas en très bonne forme. Et puis, il avait besoin de lui. Ils étaient les deux seuls au monde à savoir ce qui était arrivé, cette nuit-là, à Rosemary Delancey. L'unique autre témoin était mort cette même nuit.

Aron arriva par l'arrière de l'entrepôt. La Lexus noire du Boss était garée là. Il était seul à bord. C'était déjà un soulagement.

Il ouvrit sa portière et se dirigea vers la voiture, sa main droite serrée, dans sa poche, sur son couteau-papillon.

Le Boss ouvrit la sienne à son tour et sortit.

— Tu es seul ?

— Oui, monsieur. Comment voulez-vous que l'on procède ?

Le Boss lui lança un regard furieux.

— C'est ta partie, il me semble. Tu ne sais plus faire ton métier ?

Le Boss avait pris ce ton de voix glacial qu'il lui connaissait bien. Un ton menaçant, bien plus inquiétant que lorsqu'il lui criait dessus au téléphone, quelques minutes plus tôt.

— Je voulais juste mettre au point les détails, voir si vous êtes d'accord. Je l'ai ficelée comme vous vouliez. Pas de marque visible. J'ai rempli une baignoire avec de l'eau du fleuve. Je lui tiendrai la tête dessous. Attachée, comme elle l'est, elle sera noyée en moins de deux minutes.

Le Boss hocha la tête.

— Je veux y assister, dit-il. Pas question de faire la moindre erreur cette fois.

— Aucun danger. Ensuite, je balancerai son corps dans le fleuve et dans moins d'une journée, elle sera dans le golfe du Mexique. Le courant est très rapide, dans le secteur.

— Parfait. Allons-y, alors.

Aron s'assombrit. Que voulait exactement le Boss en assistant à l'assassinat de Rosemary ? Et pourquoi voulait-il toujours la faire tuer, après toutes ces années ? Peut-être qu'il désirait simplement prendre sa revanche. Oui, peut-être bien...

Peut-être voulait-il simplement tirer un trait sur le passé. Bah, peu importait finalement ! Ce qu'il voulait plus que tout, lui, c'était lui échapper et reprendre sa liberté.

— Vous êtes bien sûr que vous voulez voir ? demanda-t-il, pour la forme et sans trop d'espoir.

Le Boss le fusilla du regard.

— Ne me demande plus jamais ça, gronda-t-il. Je veux vérifier par moi-même si tout se passe bien. Tu sais ce que tu me dois, je pense ? Je ne prendrai aucun risque.

Voilà. Aron était là pour ça. Satisfaction garantie presque à cent pour cent. Presque, car il restait cette tache noire sur sa carrière, douze ans auparavant, que le Boss lui faisait payer tellement cher. Mais sa libération était en vue. Il lui avait promis qu'après ce dernier meurtre, il pourrait se retirer en paix. Il lui resterait toutefois une dernière petite chose à faire. Oh ! une broutille...

Il consulta sa montre. Junior ne devrait plus tarder.

Puis, il guida le Boss vers la porte de l'entrepôt et ils entrèrent dans un bureau à l'abandon.

— Vous voyez cette porte ? lui dit-il. Juste derrière, il y a le hangar principal. La fille est là, près des vieux sacs de café. Si vous voulez voir, il vous suffira de rester dans l'embrasure de la porte. Et si vous voulez être plus près, vous n'aurez qu'à longer le mur. Il n'y a pas de fenêtre de ce côté et, d'une façon ou d'une autre, vous resterez dans l'ombre, même si j'allume la lumière. Elle ne pourra pas vous voir.

Le Boss hocha la tête sans répondre.

— Bon, reprit Aron, allons-y.

Rose avait les mâchoires crispées et douloureuses à force de tirer sur les liens qui lui maintenaient les poignets. Elle avait eu raison du premier des deux, mais le second lui échappait encore. Elle cracha un bout de tissu sur le plancher de l'entrepôt et se remit à l'ouvrage. À ce train-là, il lui faudrait toute la nuit pour libérer ses bras.

Soudain, elle entendit quelque chose et se figea, retenant son souffle. Mais tout semblait tranquille. Qu'avait-elle entendu ? Une porte ? Un rat ? Le vent ?

Elle baissa la tête et reprit le tissu entre ses dents.

Ce bruit, encore. À présent, elle le reconnaissait...

La terreur l'envahit, paralysant complètement ses sens et sa pensée. Elle attendit, incapable de bouger, en priant pour s'être trompée.

Ce qu'elle venait d'entendre, c'était des pas d'homme sur le sol. Elle retint son souffle. Les pas vinrent dans sa direction, puis s'éloignèrent.

Peut-être n'était-ce pas son ravisseur ! Peut-être venait-on la sauver !

Mais non, elle savait bien que c'était lui... Douze ans après ! Il revenait.

Soudain, la lumière se fit, aveuglante. Elle frémit. Ses muscles, encore tétanisés par le Taser et par les liens, se crispèrent de nouveau en une crampe douloureuse.

— Bonjour, Rosemary, dit la voix de ses cauchemars.

Après son long séjour dans l'obscurité, la vive lumière l'aveuglait. Elle entendait ses pas se rapprocher, encore et encore.

— Oh ! Tu crois vraiment que tu allais te libérer toute seule ?

reprit la voix. Il aurait fallu au moins huit ou dix heures, pour cela. N'empêche, tu es une fille très courageuse, je le sais depuis le début.

Rose décida de n'ouvrir qu'à peine les yeux et de regarder son ravisseur à travers les fentes de ses paupières. Elle trouvait toujours à son visage un air vaguement familier, sans parvenir toutefois à l'identifier davantage. Elle connaissait sa voix, ça oui... Depuis douze ans, ce timbre métallique hantait ses cauchemars.

— Je te demande pardon pour le mal que je t'ai fait, Rosemary, lui dit-il doucement. Je voulais en finir vite et bien...

Tout en parlant, il tira quelque chose de sa poche et le lui montra. Cela brillait, c'était en métal.

Elle sentit son pouls s'accélérer et la terreur lui nouer la gorge.

Son agresseur leva la main au-dessus d'elle et fit quelques mouvements rapides du poignet. Un éclair l'aveugla. Elle se mit à crier.

— Je vois que tu te rappelles..., dit doucement le tueur.

Un mouvement du poignet, encore... Et elle entendit le métal cliqueter.

Des larmes coulaient sur ses joues. L'homme passa derrière elle, agrippa une poignée de ses cheveux et lui tira la tête en arrière. Elle se mordit la lèvre presque jusqu'au sang pour ne pas crier de nouveau. Elle ne se plaindrait pas, ne gémirait pas, ne donnerait pas à ce monstre le plaisir de l'humilier.

Derrière ses paupières presque closes, elle voyait les yeux bleu marine et le si doux sourire de Dixon. Elle allait mourir et elle l'aimait. Parce qu'il avait tout tenté pour la sauver, parce que durant douze ans il l'avait cherchée sans relâche. Parce qu'il était l'homme qu'il était, simplement.

Dixon, je suis désolée... J'aurais tellement aimé passer tout le reste de ma vie auprès de toi...

Mon Dieu, je vous en prie, faites que d'une façon ou d'une autre, il le sache.

Le tueur tira davantage ses cheveux en arrière et posa la lame de son couteau contre sa gorge, juste sous l'oreille. Elle sentit le fil sur sa peau.

— Tu le sais que j'aimerais te descendre, là, maintenant, Junior ? Tu vois, il y a une femme, là-dedans... murmurait Dixon en montrant au jeune dealer l'entrepôt délabré. Peut-être qu'elle est morte à l'heure qu'il est...

Sa voix manqua de se briser et il s'éclaircit la gorge.

— ... Et c'est ta faute. Je te jure que tu iras en prison pour ça et que ton pauvre petit postérieur décharné ne tiendra pas huit jours, là-bas !

— Non... S'il vous plaît, gémit le malheureux en tremblant de tous ses membres, je ne savais pas... Il ne m'a rien dit... Je vous en prie !

Il se mit à pleurer comme un enfant.

Dixon l'empoigna et le fit sortir de la voiture avant de le jeter au sol. Il lui passa rageusement les menottes et accrocha celles-ci aux pare-chocs de la voiture. C'était à peine si Junior pouvait encore bouger. Enfin, il lui fourra son mouchoir dans la bouche en guise de bâillon.

Puis, il regarda autour de lui. Les hommes de la SWAT étaient-ils déjà en position ? Au fond, c'était de peu d'importance, car il n'allait pas les attendre. À l'heure qu'il était, Rose était peut-être déjà morte. Et si ce n'était pas le cas, il n'y avait vraiment pas une seconde à perdre...

Il jeta à peine un œil aux deux véhicules garés devant l'entrepôt. Ce serait l'affaire de la police locale, quand elle viendrait faire ses constatations, une fois que tout serait fini.

La seule chose qui comptait, c'était trouver Rose.

Tout de suite, il remarqua une petite porte entrouverte sur la façade aveugle. Il tira son pistolet et se glissa à l'intérieur.

Il lui fallut de longues secondes pour que ses yeux s'habituent à l'obscurité. Finalement, il fut capable de distinguer les contours des meubles. Il était dans un bureau, à en juger par les quelques armoires métalliques encore en place. Sur le mur d'en face, une autre porte entrouverte, par laquelle filtraient un peu de lumière et des murmures de voix avec un léger écho, car c'était sans doute là, la plus grande pièce de l'entrepôt, son espace de stockage. L'arme prête, il se glissa près de la porte et se tapit dans l'obscurité, essayant d'entendre et de voir par l'entrebâillement ce qui se passait.

— Stop ! cria une voix.

Dixon se figea instantanément. Était-il repéré ? La voix continua :

— Tu es cinglé, ou quoi ? Retire tout de suite ton couteau de sa gorge !

Au même moment, on entendit une voix de femme, de faibles gémissements étouffés. Dixon en ressentit un soulagement si intense qu'il en eut instantanément les larmes aux yeux. Rose était vivante ! Du moins pour l'instant. Il respira profondément et assura sa prise sur la crosse de son pistolet. Qui était donc l'homme venu à son secours ?

— Je voulais juste lui faire peur, Boss, répondit une autre voix.

— Détache-la, reprit la première voix, impérieuse. Tout de suite !

Dixon entrouvrit suffisamment la porte pour pouvoir se glisser de l'autre côté. Son premier mouvement était de courir prêter main-forte à l'homme qui venait d'intervenir. Mais quelque chose le retint. Peut-être le fait que le deuxième homme répondait au premier avec déférence et l'appelait Boss.

Le spectacle que Dixon découvrit dans l'entrepôt lui coupa le souffle. Rose était à genoux, les poignets et les chevilles entravés par ce qui devait être des liens de toile. Derrière elle se tenait un grand type décharné qui la tirait par les cheveux et appliquait sur son cou quelque chose qui ressemblait fort à un couteau-papillon. Avec une rapidité et une précision confondante, il trancha immédiatement les bandes de tissu.

Rose cria de douleur lorsque ses membres furent libérés et,

quand l'homme la lâcha, elle s'effondra sur le sol comme une poupée de chiffon.

Silencieusement, dans l'ombre, Dixon se coula le long du mur. Arrivé en face du tueur, il se mit en position de tir, jambes écartées, le corps légèrement fléchi, la main gauche ouverte en soutien sous la crosse de son pistolet, l'index prêt à appuyer sur la détente.

— Maintenant, range ton couteau et écarte-toi d'elle, Aron, commanda l'homme qui se faisait appeler le Boss.

L'exécuteur des basses œuvres obtempéra. Ainsi, c'était donc lui, le fameux Aron Wasabe...

Puis, le Boss fit deux pas en avant, sortant de l'ombre. Quand la lumière tomba sur son visage, Dixon eut un sursaut de surprise. Il le connaissait. Et voilà pourquoi cet homme était si déterminé à empêcher Wasabe de faire du mal à Rose...

625

15

Rose ne pouvait en croire ses oreilles. Elle connaissait cette voix, n'est-ce pas ?

— Lyndon ? murmura-t-elle sans trop savoir d'où elle connaissait ce nom, non plus que le souvenir de cette voix.

Cela lui venait du fond du brouillard, au-delà de cet écran de fumée qui obscurcissait sa mémoire.

Mais Dixon ne lui avait-il pas dit que Lyndon était mort, assassiné le jour où elle avait disparu, tué par celui qui l'avait torturée ? Celui qui l'avait amenée ici ?

Aron éclata d'un rire grinçant, en traînant une sorte de grande bassine en métal remplie d'eau sur le sol.

— Non, ce n'est pas Lyndon, petite Rose, lui dit-il.

Puis il la saisit de nouveau par les cheveux et la traîna vers la bassine.

— Une seconde, Aron, reprit la voix.

Le tueur assura plus fortement sa prise. Rose sentit de nouveau les larmes lui monter aux yeux.

— Qu'est-ce qu'il y a encore, Boss ? demanda Aron, excédé. Vous voulez lui expliquer pourquoi nous faisons ça ? Finissons-en, je suis fatigué. Je voudrais bien rentrer chez moi.

— Tu me donnes des ordres, maintenant ?

Rose écarquilla les yeux. Ce n'était pas la voix de Lyndon. C'était celle, profonde, d'un homme âgé et le ton en était très impérieux.

— Non, Boss, répondit Aron, dompté. C'est seulement que

cela fait douze ans que j'attends ça, tout comme vous. Et comme vous, j'aimerais bien que ce soit fait une bonne fois pour toutes.

— Tu as raison, lui répondit la voix. Moi aussi je suis fatigué. Fatigué d'entendre ta voix de crécelle et tes excuses. Tiens, ça, c'est pour avoir tué mon fils.

Le bruit d'une détonation résonna dans l'entrepôt.

Rose sursauta.

La main du tueur lâcha ses cheveux et elle entendit un corps s'effondrer sur le sol, comme une masse. Elle se retourna. Une tache de sang s'élargissait sur la poitrine du tueur et ses yeux grands ouverts semblaient stupéfaits de ce qui venait de se passer. Il expira à ses pieds, dans une mare de sang.

Elle se tourna vers l'homme qui venait de tirer. C'était Eldridge Banker, le père de Lyndon.

— Monsieur... Monsieur Banker..., murmura-t-elle.

Il approcha et l'aida à se relever, en la tirant vers lui, ses yeux sombres dans les siens.

— J'ai essayé de te sauver, petite, lui dit-il, mais il est trop tard.

Rose le dévisageait, en essayant désespérément de comprendre le sens de ses paroles.

— Mais non, balbutia-t-elle, je vais bien.

Il secoua lentement la tête.

— Oh non, je suis désolé ! Mais j'ai vraiment essayé.

Peut-être parlait-il au passé ?

— Moi aussi, dit-elle tout bas, je suis désolée que Lyndon ait été tué.

Elle voulut s'écarter de lui, mais il la retenait d'une poigne de fer.

— Tu as voulu détourner de lui l'arme de Wasabe et tu l'as tué, dit Banker d'une voix sépulcrale. Lyndon, que tu aimais, est mort par ta faute.

— Comment ? murmura Rose, sidérée.

— Au désespoir, tu as griffonné une note disant que tu avais secrètement épousé Lyndon quelques jours avant sa mort. Puis, tu as retourné l'arme de Wasabe contre toi et tu t'es suicidée.

— Mais, murmura encore Rose, qu'est-ce que vous racontez ?

— J'ai votre licence de mariage sur moi. Lyndon l'avait mise dans un coffre-fort...

— Je ne comprends pas, monsieur Banker.

Mais elle croyait bien commencer à comprendre. Est-ce que Banker avait attendu tout ce temps pour la tuer ?

— Non ? C'est pourtant simple. Tu sais bien que Lyndon était un bon à rien. Il m'a ruiné, avec ses dettes de jeu. Wasabe devait te faire peur pour t'inciter à me donner ton argent.

La tête de Rose lui tournait. Les mots de Banker faisaient remonter des bribes de souvenirs à sa mémoire.

— Il me disait de lui donner de l'argent et qu'il arrêterait, dit-elle en montrant l'homme étendu à terre. Mais je n'avais pas d'argent à lui donner. J'étais trop jeune pour en disposer...

— Maintenant tu le peux, lui répondit Banker. À présent, tais-toi et écoute : j'ai deux documents à te faire signer. Une lettre expliquant ton suicide et la licence de mariage. Dans la lettre, tu expliques que tu ne peux pas supporter de vivre en ayant tué ton fiancé.

— Vous êtes fou ! répliqua-t-elle. C'est vous qui avez tué votre fils !

Il la reprit contre lui.

— Ce n'était pas prévu, dit-il d'une voix haletante. Et toi non plus, tu ne devais pas mourir. J'ai attendu douze ans que Wasabe te retrouve. Pourquoi crois-tu que je l'ai tué ? C'est lui qui a assassiné mon fils !

Il la fit asseoir de force dans un fauteuil de bureau.

— Maintenant, lui dit-il, ne bouge plus ou je te tire une balle dans la jambe.

— Si vous faites ça, vous aurez du mal à faire croire que je me suis suicidée, lui répliqua-t-elle du tac au tac.

Le visage de Banker devint rouge de colère.

— Je n'ai pas besoin de toi ! se mit-il à hurler. J'imiterai ton écriture. Après tout ce temps, personne ne s'en apercevra.

Tout à coup, il leva le bras et retourna son arme, comme s'il voulait la frapper avec la crosse.

Mais Rose plongea en avant et le coup dévia. Elle aurait voulu prendre ses jambes à son cou, mais ses membres étaient encore engourdis d'avoir été longtemps attachés. Elle trébucha et tomba au sol.

Au même instant, une détonation déchira le silence.

Rose se figea, s'attendant à la douleur de la balle entrant dans sa chair, mais elle ne sentit rien.

Derrière elle, Banker poussa un grognement sourd et elle entendit le choc d'un corps sur le sol.

Elle releva la tête. Banker gisait face contre terre, son arme abandonnée à trente centimètres de sa main. En tremblant, elle se jeta en avant pour se saisir du pistolet.

— Rose !

Elle entendit la voix, mais n'en crut pas ses oreilles, trop ébranlée par ce qui venait de se passer pour pouvoir se rassurer. Il lui fallait ce pistolet.

Elle referma enfin sa main dessus, leva l'arme, la pointa vers Banker.

— Non ! Rose, il est chargé !

Ce n'était pas possible. Ce ne pouvait pas être la voix de Dixon.

— Ne vous approchez pas, hurla-t-elle, ou je tire !

— Rose, c'est moi, c'est Dixon. La SWAT est juste derrière moi... Je viens vers toi, Rose. Tu sais qui je suis, n'est-ce pas ?

Non, ce n'était pas lui. Ce ne pouvait pas être lui !

Comme elle pointait son arme dans la direction de la voix, elle vit des mouvements dans l'ombre. Le pistolet était lourd au bout de son bras.

— Rose, reprit la voix. J'ai eu tellement peur de ne pas te retrouver !

Il continua à parler, répétant des choses qu'il lui avait dites.

Elle se sentait de plus en plus faible, ses bras tremblaient. L'arme était si lourde...

Enfin, Dixon sortit de l'ombre, avec ses larges épaules et sa chevelure si noire. Il avait les mains en l'air, paumes ouvertes. Son pistolet n'avait pas quitté son étui...

Un pas encore, et elle vit ses yeux, ses beaux yeux bleu marine. Ils brillaient d'un éclat étrange et merveilleux.

— Je suis tellement désolé, Rose. J'avais juré de te protéger et j'ai failli à ma mission. Banker te tenait si étroitement que je n'osais pas tirer, de peur de te toucher.

Sa voix se brisa. Elle le regardait toujours. C'était lui, il était là, si sûr de lui, il était tout ce qu'elle avait jamais désiré. Elle prononça son prénom et comme elle tentait de se lever, le pistolet tomba de ses doigts. Alors, il se précipita pour la prendre dans ses bras et la soutenir. Elle enfouit son visage dans son épaule, tandis que les hommes de la SWAT envahissaient l'entrepôt.

Le lendemain après-midi, Rose se trouvait dans le salon de la maison de Maman Renée, les mains sur le clavier du grand piano. Elle n'essayait pas de jouer et n'aurait d'ailleurs pas pu distinguer les touches, à travers ses larmes.

La nuit précédente avait été si chaotique et éprouvante. À peine Dixon venait-il de lui promettre de rester auprès d'elle, quoi qu'il arrive, que quelqu'un l'avait entraînée auprès d'une infirmière d'urgence qui l'avait rapidement examinée et lui avait donné deux pilules au cas où elle aurait du mal à s'endormir. Puis un inspecteur de police l'avait bombardée de questions et un autre, revêtu d'un gilet portant les lettres N.O.P.D dans le dos, avait pris ses empreintes digitales. « Simple routine », lui avait-il dit avec un sourire engageant.

Du coin de l'œil, elle avait vu les secouristes s'affairer autour d'Eldridge Banker, que l'on avait évacué sur un brancard, tandis que le corps d'Aron Wasabe quittait les lieux dans un sac de plastique qui ressemblait à une housse à vêtement. Le temps que Dixon revienne auprès d'elle, elle s'était à demi évanouie de froid et d'épuisement. Alors, il l'avait ramenée chez elle, lui avait fait prendre les pilules, l'avait mise au lit et avait promis de rester auprès d'elle toute la nuit. Lorsque finalement elle s'était réveillée, le lendemain vers midi, elle avait trouvé une note sur sa table de nuit.

« Je pars travailler et reviens aussi vite que possible. Repose-toi ! Je t'aime. D. »

Les mains toujours sur le piano, elle entendit la sonnette de l'entrée, puis un bruit de clé dans la serrure.

— Rose !

C'était Dixon. Un flot d'émotions confuses l'envahit d'un coup, à la fois de l'angoisse et de la joie. Elle l'avait entendu prononcer certaines choses, la nuit dernière. Certaines choses qu'elle brûlait tant de croire que son cœur s'embrasait. Mais oserait-elle le croire ?

— Rose, on peut monter ? J'ai amené quelqu'un...
— Bien sûr !

Elle avait l'impression que sa voix était rauque et grinçante. Elle baissa les yeux sur sa tenue. Elle avait passé un vague kimono sur sa chemise de nuit et l'un des châles à franges de Maman Renée par-dessus le tout. C'était probablement une tenue à peu près décente pour recevoir deux inspecteurs de police.

Elle entendit le double pas viril dans l'escalier, tandis qu'elle mettait de l'eau à chauffer pour le thé. Quand elle se retourna, Dixon se tenait dans l'embrasure de la porte de la cuisine, accompagné d'un homme qui paraissait un peu plus jeune que lui.

— Comment ça va ? lui demanda-t-il. Tu as dormi ?

Elle se força à sourire.

— Je me suis réveillée à midi. Voulez-vous du thé, messieurs ?
— Je viens de prendre un café, lui répondit Dixon.

Il se tourna vers l'autre homme.

— Rose, voici mon coéquipier, Ethan Delancey.

Ce nom la pénétra comme une lame. Elle regarda celui que Dixon venait de désigner ainsi sans pouvoir dissimuler les larmes qui lui venaient aux yeux. Il avait les cheveux sombres et ses yeux étaient d'une étrange couleur mordorée. Il lui sourit timidement en hochant un peu la tête.

— Ethan est ton cousin, lui dit doucement Dixon.

— E... Ethan..., prononça timidement Rose. Je... Je ne sais pas quoi dire.

Elle se drapa un peu gauchement dans les plis du châle.

— Je... Je suis bien content que vous... Enfin, que tu ne sois pas..., balbutia le jeune inspecteur.

— Morte ? Franchement, moi aussi, acheva-t-elle pour lui, en riant.

— Dixon m'a expliqué que tu ne te souvenais de rien de ce qui avait précédé ton agression ?

Rose pinça les lèvres et secoua la tête.

— L'année dernière, avec tout ce qui s'est passé, j'ai commencé à me souvenir de certaines choses, expliqua-t-elle, c'est très étrange...

Elle regarda Ethan avec plus d'attention.

— Vous... Tu es mon cousin ? Il faudra que tu m'expliques... notre degré de parenté...

— Je crois que tu vas avoir un tas de choses à apprendre, Rosemary, répondit Ethan. Pourrai-je passer ce soir pour parler de tout cela ? Je... j'apporterai le dîner.

— D'accord, répondit Rose en souriant timidement.

— Dixon, tu viens aussi et tu apportes le vin ? demanda Ethan.

Dixon regarda Rose.

— Si tu veux bien..., répondit-il, sans la quitter des yeux.

C'était clairement à elle qu'il parlait...

Elle haussa les épaules.

— Parfait, répliqua Ethan, alors, à tout à l'heure.

En un clin d'œil, il était parti.

Rose le regarda passer la porte. Son cousin... Elle était une

Delancey et avait aussi, en fait, d'après le site internet qu'elle avait consulté, des frères et sœurs, des oncles, des tantes et des parents. Un tas de gens qu'elle allait devoir rencontrer.

La vie tranquille et préservée que Maman Renée avait bâtie autour d'elle n'était plus qu'un lointain souvenir.

La voix de Dixon fit irruption dans ses pensées.

— Rose ?

Elle se tourna vers lui, le menton levé.

— Pourquoi l'as-tu amené ici ? lui demanda-t-elle.

Dixon baissa légèrement les yeux.

— Il est mon coéquipier, expliqua-t-il, et c'est ton cousin... Il voulait te voir.

— Je comprends ça, mais il me semble qu'il y a autre chose, que tu avais une autre intention...

— Pour l'instant, la police tient ton identité secrète. Mais cela ne durera pas. Lorsque le secret sera levé, tu vas être assiégée par la presse, il faut te préparer.

— Dans... combien de temps ? demanda-t-elle, la panique lui serrant la poitrine comme un étau.

— Si nous avons un peu de chance, pas avant une douzaine d'heures. Un peu moins, si nous n'en avons pas.

— Oh ! murmura-t-elle d'une toute petite voix. Que... que devrais-je faire ?

Dixon la regarda un instant sans répondre.

— Pourquoi ne viendrais-tu pas t'installer chez moi pendant quelques jours, proposa-t-il doucement, jusqu'à ce que tu sois prête à rencontrer ta famille. Si tu restes ici, tu ne pourras pas mettre un pied dehors sans qu'on essaie de prendre des photos de toi ou te poser des questions. Alors que si tu viens chez moi, je pourrai te protéger.

Rose soupira et ses yeux se mouillèrent de larmes. Ces mêmes mots, il les lui disait depuis le début. Il pouvait la protéger. Il l'avait fait. Elle l'avait vu !

— Et toi, demanda-t-elle, tu as enfin pu clore le dossier ?

Il acquiesça.

— J'ai eu la confirmation ce matin que le deuxième groupe sanguin trouvé sur ton peignoir était bien celui d'Aron Wasabe. Alors oui, j'imagine que cette fois, le dossier est définitivement clos. Je n'aurai plus cette excuse...

— Cette excuse ? répéta-t-elle sans comprendre.

— Cela fait douze ans que mes collègues se moquent de moi parce que je suis, ou plutôt j'étais, obsédé par ma première affaire criminelle. Et pour me justifier, je disais que c'était parce que c'était la seule que je n'étais jamais parvenu à résoudre. Mais ce n'est pas vrai, ce n'était pas cela qui m'obsédait.

— N... non ?

Il secoua la tête.

— Non. C'était toi.

Il leva vers elle ses beaux yeux bleu marine. Ils étaient humides d'émotion.

— Je te l'ai dit, j'avais peur de ne jamais te retrouver. Je craignais d'être, pour toujours, amoureux d'une morte.

Rose était stupéfaite. Dans le fond de son cœur, elle avait toujours espéré que les prédictions de Maman Renée se réaliseraient, mais elle n'avait cependant jamais osé y croire.

— Ce soir-là, dit-elle lentement, quand je me suis réveillée et que Maman Renée me bandait les mains et les bras, elle m'a dit qu'elle me protégerait et me garderait jusqu'à ce que mon ange noir me rende la mémoire et efface le deuil de mon cœur, à jamais.

Dixon la regarda intensément.

— Ce n'est que l'une des prédictions qu'elle m'a faites, continua-t-elle, et pour obscures qu'elles étaient, je sais à présent qu'elles étaient vraies.

Dixon paraissait si médusé qu'elle ne put s'empêcher de rire, et elle effaça du bout du doigt la ride creusée entre ses sourcils.

— Elle me disait aussi que ma destinée reposait entre les mains du Joker et que lorsqu'elle ne serait plus là, il faudrait que je guette l'arrivée de mon ange noir. Qu'il me protégerait...

Elle toucha la main de Dixon.

— Maman Renée savait que tu viendrais, conclut-elle.

Et ses yeux se remplirent de larmes, à son tour.

— Tu as vécu des choses terribles, lui dit-il, plus que n'importe qui aurait pu en supporter. Il te faut du temps, maintenant, pour te retrouver...

Il prit une profonde inspiration avant de reprendre :

— Tu vas devoir témoigner au procès d'Eldridge Banker. Je l'ai touché à l'estomac et il semblerait qu'il en réchappe. Mais tu n'as pas besoin pour le moment de stress supplémentaire...

Il s'arrêta un instant et reprit :

— Je suis tellement heureux de t'avoir retrouvée, heureux que tu n'aies rien et que tu puisses, à ton tour, retrouver ta famille...

— Oh non, lui dit-elle, non, tu ne vas pas encore t'éloigner de moi !

— Non, bien sûr, répondit-il rapidement. Puisque je t'ai proposé de venir quelque temps chez moi... J'ai une chambre d'amis avec sa propre salle de bains. Le robinet fuit, mais je voulais le réparer, de toute façon...

Il la regarda, puis baissa les yeux.

— Mais tu préféreras probablement t'installer chez tes parents. Ils ont davantage de moyens et...

— Écoute-moi bien, Dixon Lloyd... Depuis l'instant où je t'ai rencontré, tu essaies de diriger ma vie... Tu m'as toujours bousculée en me faisant faire ce que tu pensais être bon pour moi. Il est temps que cela change !

Dixon voulut parler, mais elle leva la main pour le faire taire.

— Maman Renée m'a également dit que mon ange noir allait essayer de se sacrifier pour moi et qu'il ne fallait surtout pas que je le laisse faire. Elle disait que les Chinois pensaient que si vous sauvez la vie de quelqu'un, alors vous devenez responsable de lui. Tu comprends ? Cela veut dire que tu es responsable de moi. Alors, que comptes-tu faire ?

Dixon resta médusé, incapable de parler. Alors, avec un soupir excédé, elle s'avança et l'embrassa.

Au bout d'un long, long moment, il murmura dans un souffle :

— Je t'aime, Rose, davantage que tu ne le sauras jamais...

— Ne cesse jamais de m'aimer comme ça, répondit-elle.

Il se recula et la regarda au fond de ses yeux d'ambre.

— Je crois que je sais ce que je vais faire, lui dit-il avec un merveilleux sourire. Puisque je suis responsable de toi, le mieux est que je te garde aussi près que possible. Je vais donc devoir t'épouser...

Elle le regarda un peu de haut.

— Le mieux, tu dis ? Bon, alors on peut faire ça... Mais n'espère pas m'y forcer !

Il éclata de rire.

— Jamais !

Et Rose sauta dans les bras de l'homme qui l'aimait depuis plus longtemps encore qu'elle ne pouvait se le rappeler.

RESTEZ CONNECTÉ AVEC HARLEQUIN

Harlequin vous offre un large choix de littérature sentimentale !

Sélectionnez votre style parmi toutes les idées de lecture proposées !

 www.harlequin.fr   **L'application Harlequin**

- **Découvrez** toutes nos actualités, exclusivités, promotions, parutions à venir...

- **Partagez** vos avis sur vos dernières lectures...

- **Lisez** gratuitement en ligne

- **Retrouvez** vos abonnements, vos romans dédicacés, vos livres et vos ebooks en précommande...

- Des **ebooks gratuits** inclus dans l'application

- **+ de 50 nouveautés tous les mois !**

- Des **petits prix** toute l'année

- Une **facilité de lecture** en un clic hors connexion

- Et plein d'autres avantages...

Téléchargez notre application gratuitement

SUIVEZ-NOUS !  facebook.com/HarlequinFrance
twitter.com/harlequinfrance